I libri da leggere

In copertina:
Giuliano della Casa
Il merlo della Pomposa (1984)

Grafica:
Gloriano Bosio
Alfredo La Posta

Redazione:
Adelio Fusé
Filippo Gentili

I edizione I libri da leggere febbraio 1993

ISBN 88-286-0166-3
Tiratura

10 11 12 13 14 15 16 17
2002 2003 2004 2005

Stampato in Italia - Printed in Italy

Sebastiano Vassalli

La chimera

A cura di Vincenzo Viola

Einaudi scuola

Nota introduttiva

L'autore e le sue opere

Sebastiano Vassalli è nato a Genova nel 1941; laureato in lettere, ha insegnato per alcuni anni, poi si è dedicato completamente all'attività letteraria. Dal 1982 vive a Pisnengo, un piccolo paese in provincia di Novara. Ha esordito nell'ambito del Gruppo '63 con alcuni testi sperimentali di poesia (*Disfaso*, 1968) e di prosa (*Narcisso*, 1968; *Tempo di màssacro*, 1970) spesso satirici nei confronti dei luoghi comuni del linguaggio politico e letterario; l'interesse per tale filone ricompare in un'originale opera recente, il *Neoitaliano* (1989), dizionario ironico dei neologismi, sorta di «foto di gruppo per i posteri» dei «banali» anni Ottanta.

Nel 1976 pubblica *L'arrivo della lozione*, seguito nel 1980 da *Abitare il vento* e, nel 1982, da *Mareblu*: i tre romanzi, tutti dedicati alle contraddizioni e alle convulsioni ideologiche degli anni Settanta, formano un trittico d'opere sull'epoca attuale, cui si aggiunge *Sangue e suolo* (1985), inchiesta sulla difficile convivenza di popolazioni italiane e tedesche in Alto Adige.

Gli anni Ottanta vedono la nascita di un autore in parte nuovo rispetto al precedente. Ne *La notte della cometa* (1984) (lo straordinario romanzo-biografia di Dino Campana scritto «con accanimento, con scrupolo, con spirito di verità») Vassalli cerca, ripercorrendo le tormentate vincente di quello che egli definisce «l'ultimo dei poeti in Italia», di «parlare di ciò di cui altrimenti non si può parlare, cioè la poesia[1]»; il romanzo successivo, *L'oro del mondo* (1985), indaga, attraverso un'autobiografia fantastica, sul recente passato dell'Italia appena usci-

[1] F. Piemontese, *Autodizionario degli scrittori italiani*, Leonardo, Milano 1989, alla voce «Sebastiano Vassalli», p. 354.

ta dalla guerra e dal fascismo, alla vigilia del «boom» economico. Negli ultimi anni la ricerca di Vassalli si è svolta con decisione ancora maggiore: «la fantasia inventiva si inoltra nelle epoche passate per denunciare con forza di stile lo smarrimento di valori e il disagio esistenziale che dominano la nostra civiltà[2]»: «Guardando questo paesaggio, e questo nulla, ho capito che nel presente non c'è niente che meriti d'essere raccontato. Il presente è rumore: milioni, miliardi di voci che gridano, tutte insieme in tutte le lingue e cercano di sopraffarsi l'una con l'altra, la parola "io". Io, io, io... Per cercare le chiavi del presente, e per capirlo, bisogna uscire dal rumore...» (*La chimera*, p. 6).

Nascono cosí due grandi romanzi «neostorici», *La chimera* (1990) e *Marco e Mattio* (1992), che hanno come protagonisti dei «Gesucristi», vittime sacrificali della crudeltà camuffata e di «buon senso»: «ma nel mondo governato dal buon senso, per nostra fortuna, di tanto in tanto affiorano degli uomini che ci passano vicino e che poi scompaiono portandosi appresso universi di domande, a cui sarebbe troppo facile, o troppo stupido, rispondere...» (*Marco e Mattio*, Einaudi, Torino 1992, p. 4).

La Storia, romanzo dei marginali

Ciò che rende affascinanti questi testi, oltre al forte spessore storico (la documentazione è sempre di prima mano), è innanzitutto la linearità narrativa. Come scrive Giovanna Rosa[3] «il successo del romanzo neostorico coincide con il momento di maggiore crisi della narrativa sperimentale: all'esaurimento dell'antiromanzo si risponde con il recupero del romanzo piú romanzesco, la contestazione intellettualistica lascia il posto al racconto affabilmente cordiale, la trasgressione delle norme si capovolge nel recupero di moduli e sistemi consolidati».

Ma per Vassalli vanno fatti dei distinguo. Il recupero della dimensione storica non è in lui frutto di una nostalgia un po' retorica e snob; è invece il tentativo di recuperare quello spazio d'immaginazione e di verità in cui dar nuova vita a ciò che è

2 G. Rosa, *Di storia in storia*, in *Tirature '91*, a cura di V. Spinazzola, Einaudi, Torino 1991, p. 11

3 *ibid.*, p. 11.

stato cancellato e dimenticato per favorire la nascita del nostro mondo. «Un episodio a suo tempo clamoroso era scivolato fuori dal cerchio di luce della storia e si sarebbe perso irreparabilmente se il disordine delle cose e del mondo non lo avesse salvato nel piú banale dei modi, facendo finire fuori posto certe carte, che se fossero rimaste al loro posto ora sarebbero inaccessibili, o non ci sarebbero piú...» (*La Chimera*, p. 5).

Grazie al recupero operato dal romanzo ciò che è finito in un angolo buio riemerge, ciò che era stato relegato ai margini della storia s'impone al centro della ricerca. La marginalità è un dato costante nei romanzi di Vassalli. Marginale è l'ambiente umano descritto: «il popolo del fiume», disperso dal progresso lungo le rive del Ticino, ne *L'oro del mondo*; i contadini della bassa novarese ne *La Chimera*; i montanari e i fabbri di una valle cadorina nell'ultimo romanzo, *Marco e Mattio*. Addirittura marginali, all'interno dei rispettivi ambienti, appaiono i personaggi principali dei diversi romanzi: il giovane Sebastiano e suo zio Alvaro, cercatori d'oro senza reali prospettive, Antonia, trovatella e strega, Mattio, omosessuale reso demente dalla pellagra. A costoro va la simpatia dell'autore; non si tratta però di una simpatia paternalistica e untuosa, ma di un legame profondo che li rende compartecipi e «li unisce al loro autore». Si tratta di una vera e propria parentela spirituale in quanto tutti, personaggi ed autore, discendono da un unico «babbo matto», Dino Campana: «L'adozione volontaria di Vassalli, nella scoperta di essere figlio di Dino Campana, è un'identificazione completa nelle situazioni di vita del suo babbo matto: [...] la vittima espiatoria di una società che reprime il puro, il primitivo umano, nei manicomi[4]».

Visionari e verità

I personaggi di Vassalli, però, non sono caratterizzati soltanto dalla loro condizione di emarginati sociali: non sono cioè i miserabili di Victor Hugo e neppure gli accattoni di Pasolini. Essi, almeno per un certo periodo della loro vicenda, sono integrati nella società in cui vivono, ed anzi operano sempre per raggiungere e mantenere tale posizione. Nonostante questo,

[4] A. Bollini, *Sebastiano Vassalli. Lo scrittore italiano o del Vero Visionario*, in «*Profili letterari*», n. 2, p. 69.

essi possiedono una qualità che li differenzia in maniera irriducibile da tutti gli altri esseri umani (non importa se buoni o cattivi) con cui entrano in contatto: essi possiedono, cioè, il dono e la condanna di essere visionari, o meglio, «sono depositari della verità ma vengono scambiati per visionari, mentre è la società a concepire le aberrazioni. Solo ciò che la società, qualsiasi società, crede visionario, è vero[5]». Ancora una volta il modello è Dino Campana, «poeta notturno», riflesso nella figura di Mattio, il quale afferma: «Io sono il Figlio dell'Uomo che deve tornare sulla croce, perché il mondo possa liberarsi dell'Anticristo». (*Marco e Mattio*, p. 292).

Scorgere la verità senza poterla raggiungere; è questa la tensione che genera il mito fondamentale dell'opera di Vassalli, la *chimera*, simbolo del sogno utopico e irraggiungibile. L'immagine piú frequente di essa è offerta da una visione di monti lontani, sfumati all'orizzonte, osservati magari attraverso le sbarre di una prigione da cui non si uscirà mai piú. Cosí è per Mattio, rinchiuso nel manicomio di Venezia («[...] a chiudere l'orizzonte c'erano quei grandi sassi sbrecciati e seghettati e qua e là coperti di ghiaccio, cosí simili alle montagne della valle di Zoldo: [...] Dalla sua finestrella al secondo piano dell'ospizio dei matti sull'isola di San Servolo, Mattio vide, o credette d'aver visto, tra i cento e cento picchi che affollavano l'orizzonte, il monte Civetta; e gli occhi gli si riempiono di lacrime», *Marco e Mattio*, p. 304); per Antonia in attesa dell'esecuzione («[...] il Monte Rosa che affiorava da quelle nebbie, irraggiungibile, come il suo sogno di salvezza [...]» «Ecco, – avrebbe pensato in quei suoi ultimi giorni, – io vorrei essere lassú!», *La chimera*, p. 84); per Dino («La dolce Lombardia coi suoi giardini / Il Monte Rosa / È un grande macigno / Ci corrono le vette / A destra e a sinistra all'infinito / Come negli occhi del prigioniero»[6]); ma cosí è anche per lo stesso autore, chiuso nel carcere di un presente che gli appare immiserito e vuoto.

La chimera è un sogno, il sogno di una vita in sintonia con se stessi e con la natura; ed è insieme desiderio d'amore, di un volto di donna, di una «Regina adolescente». Essa simboleggia «una stagione dell'anima a cui tutti, e gli artisti piú degli

[5] A. Bollini, *Sebastiano Vassalli. Lo scrittore italiano o del Vero Visionario*, cit., pp. 69-70.

[6] D. Campana, *La dolce Lombardia coi suoi giardini*, in *Opere*, a cura di S. Vassalli e C. Fini, Tea, Milano 1989, p. 208.

altri, vorrebbero tornare; una primavera in forma di donna, o di Madonna», (*La chimera*, p. 94). Il perseguirla pone però in contraddizione con il vivere comune, minaccia la pigra ripetitività delle convinzioni e delle ideologie che su di essa si fondano per perpetuare il loro potere. Nasce cosí la storia di Antonia, la chimera bruciata come strega, di cui l'autore racconta «l'ignoto poema / di voluttà e di dolore».

Caratteri de «La chimera»

Il luogo in cui si svolgono i fatti narrati in questo libro è un angolo di mondo un tempo al confine tra le zone d'influenza delle grandi potenze dell'epoca (la Francia e la Spagna), oggi quasi a metà strada tra le aree metropolitane di Torino e di Milano; un posto senza grande storia e senza grandi tradizioni.

Si tratta della bassa novarese, paese d'acqua, di risaie e di nebbie, capace di illuminarsi talvolta di tutta la luce delle montagne lontane.

La storia è ambientata tra la fine delle guerre di religione e l'inizio della guerra dei Trent'anni: l'Europa e l'Italia attraversano un periodo di relativa pace, caratterizzato però dall'imperversare dell'intolleranza religiosa, che in ambito cattolico e italiano celebra il suo lugubre trionfo con il processo e l'abiura di Galileo, e con la condanna al rogo di Giordano Bruno. «La polemica nei confronti della civiltà urbana e industriale induce l'autore al ricupero di un tempo lontano, certo ingiusto e violento, ma ricco di passioni autentiche, abitato da popolazioni incolte ma ben piú interessanti dell'anonima folla eterodiretta delle nostre città»[7].

Ma è anche l'epoca in cui proprio il dilagare del fanatismo segna l'inizio di quella battaglia delle idee e delle concezioni di vita, che con alterne vicende caratterizzerà l'Europa fino ai nostri giorni: è lo scontro che oppone gli assertori di verità assolute a coloro che intendono invece la verità come un'inesausta e difficile ricerca.

Su questo sfondo di luoghi e di tempi si svolge l'eccezionale vicenda di Antonia, una giovane contadina che, per il solo fatto di essere bella, desiderosa di amare e un po' insofferente delle autorità e delle consuetudini, è condannata al rogo

[7] G. Rosa, *Di storia in storia*, in *Tirature '91*, cit., p. 12.

dall'Inquisizione. Si tratta di una storia marginale, chiusa in sé, senza apprezzabili conseguenze sul mondo di campagna in cui si svolge: «La "casa della strega" rimase dov'era e se ne parlò ancora per molti inverni, nelle stalle: per dire che si sarebbe dovuto darle fuoco a qualunque costo, e che portava disgrazia. Finché un giorno imprecisato – un giorno come tutti gli altri, nella storia infinita del mondo! – anche Zardino scomparve e le sue chiacchere finirono» (pp. 278-79).

Tale vicenda s'inquadra entro una cornice staticamente circolare, costituita da una Premessa e un Congedo, entrambi intitolati «il nulla»: Antonia è una trovatella, della cui origine si ignora ogni cosa; dopo il supplizio, anche le sue ceneri finiranno nel nulla, disperse da un nubifragio (p. 297). Tra questi due estremi, Antonia appare come una «Gesucrista» schiacciata dall'ordinaria violenza e dal pregiudizio della gente verso quel poco di diversità che c'è in lei, divenendo facile bersaglio di un mondo in cui qualsiasi infrazione alla regola genera sospetti o addirittura terrore.

La vittima sacrificale

Contro Antonia si mette in moto una macchina mostruosa, fatta di credenze favolose e di maldicenze quotidiane, di liti e di casi fortuiti, di spirito missionario e di banali interessi, sotto la regia di un lucido e feroce apparato repressivo, il Sant'Uffizio. Essa diviene cosí vittima sacrificale della piú immodificabile pulsione collettiva a cui il potere dia sfogo per fondarsi e giustificarsi: «l'inane fattispecie d'un mito punitivo», come scrive in una pagina giustamente celebre C.E. Gadda[8]. Il bisogno di una «vittima» necessaria per poter sopportare tutta la fatica e le sofferenze della vita quotidiana – l'Ineluttabile Pesantezza del Vivere, si potrebbe dire con Calvino, cioè «la fitta rete di costrizioni pubbliche e private che finisce per avvolgere ogni esistenza con nodi sempre piú stretti[9]» – determina il mostruoso comportamento di quasi tutti gli attori del dramma; esso non è il risultato di chissà quale follia, bensí l'inevitabile approdo della loro abituale filosofia di vita: «Non erano gente

[8] C. E. Gadda, *Quer pasticciaccio brutto de via Merulana*, Garzanti, Milano 1983, p. 104.

[9] I. Calvino, *Lezioni americane*, Garzanti, Milano 1988, p. 9.

sanguinaria, nè malvagia. Al contrario, erano brava gente: la stessa brava gente laboriosa che nel nostro secolo ventesimo affolla gli stadi, guarda la televisione, va a votare quando ci sono le elezioni, e, se c'è da fare giustizia sommaria di qualcuno, la fa senza bruciarlo, ma la fa; perché quel rito è antico come il mondo e durerà finché ci sarà il mondo» (pp. 291-92). Per questo l'ultimo capitolo, quello del supplizio di Antonia, porta il titolo, urtante ma veridico, di «La festa».

«I narratori "storici" – sostiene Raffaele Crovi – non hanno mai espresso, né esprimono, speranza nei processi evolutivi della civiltà umana: sono anzi sospettosi e critici verso la Storia e le sue "magnifiche sorti e progressive". [...] Ecco perché, puntualmente, in questi tre decenni, la narrativa ha ripercorso i territori della Storia per una verifica delle leggi sociali (del potere politico, del Progresso, dei conflitti di Classe, dei processi di Alienazione, della Conservazione e della Rivoluzione, dell'incontro-scontro tra Stato e Chiesa ecc.) e per individuare un territorio di "controstoria" facendo magari uso dello specchio ustorio delle utopie[10].» Si può capire allora perché *La chimera*, controstoria del Seicento, sia una straordinaria indagine in profondità della storia dei nostri giorni confusi e dolorosi.

Struttura, lingua e ironia

La centralità di personaggi che, come dice l'autore, non appartengono alla storia e che quindi sono «terra, polvere, fumo, ombra, nulla» spiega anche la particolare struttura del romanzo: la «controstoria» dà infatti luogo a un capovolgimento narrativo. Esso consiste nella radicale anticipazione delle informazioni riguardanti gli esiti della vicenda narrata (fin dalla premessa sappiamo che Antonia verrà processata come strega e condannata nel 1610) per dare spazio all'indagine delle connessioni che, in un modo o nell'altro, hanno prodotto gli eventi. Lo spazio dedicato al «romanzato» è dunque molto ridotto (ciò costituisce la specificità di Vassalli, nel quadro del romanzo neostorico), mentre l'accento è posto sul «visionario».

Da ciò deriva il grande amore con cui l'autore crea i personaggi, che vengono ricostruiti «con scrupolo, con spirito di verità» nella loro contraddittoria umanità. La pagina di Vassalli

10 R. Crovi, *Cinque domande sul ritorno al passato*, in *Tirature '91*, cit., p. 39.

non nasconde la ricchezza dei sentimenti: anzi, la continua riflessione in prima persona dell'autore-narratore si sostanzia sempre di simpatia o antipatia nei confronti delle figure del romanzo.

In questa logica s'iscrive anche «la curiosità per la vita al di fuori dell'uomo: nelle erbe, negli insetti, nelle montagne, nei mondi lontani» (*Marco e Mattio*, p. 5); e un profondo amore per il paesaggio, specialmente per quello scomparso, che viene rievocato con cura, non per gusto erudito, ma per scoprire in esso una componente essenziale della vita degli uomini. Indicativa, nella *Chimera* la splendida descrizione della campagna della bassa (pp. 41-42) o quella che apre il capitolo dedicato a Zardino. La fusione tra l'uomo e l'ambiente produce l'«effetto di meraviglioso» di cui parla R. Cesarani[11]; esso si affianca all'«effetto di realtà» e all'«effetto di storia» nel rendere questo romanzo vivo e affascinante per il lettore.

Anche «l'attenzione dell'autore alla lingua come "luogo della parola" e, in prospettiva, del "senso" di un universo altrimenti insensato[12]» trova ampia eco in questo romanzo. La lingua dell'opera, scorrevole ed elegante, è il frutto di un impasto molto complesso in cui sono inclusi un registro saggistico; uno ricco di echi letterari (spesso la «sfida» con il modello è volutamente palese, altre volte è affidata a piú sottili citazioni stilistiche); ed altri ancora, che vanno dal dialetto al gergo, nei quali l'aspetto affettivo ed emotivo svolgono una parte rilevante. Ma non si avverte mai discontinuità tra l'uno e l'altro, perché lo scrittore dimostra di possedere una familiarità profonda con ogni forma di espressione usata: senza trovarsi mai a disagio, egli cambia registro con estrema naturalezza, a seconda della situazione narrativa. D'altra parte il plurilinguismo, per Vassalli, non è soltanto una scelta stilistica, ma nasce dall'esigenza di trasmettere con chiarezza al lettore un importante messaggio: il rispetto per la differenza di linguaggi, di culture, di concezioni e di stili di vita, come unico mezzo per armonizzare e rendere vivibili esistenze destinate altrimenti a passare «nella gran confusione e nel frastuono».

La narrazione, se è ancorata al passato attraverso la capacità evocativa del linguaggio cosí strutturato, è invece collegata al

11 R. Ceserani, *Cinque domande sul ritorno al passato*, in *Tirature '91*, cit., p. 27.
12 F. Piemontese, *Autodizionario degli scrittori italiani*, cit., p. 355.

presente tramite l'ironia, usata anch'essa con una grande flessibilità e varietà di registri stilistici. Non stupisca questa affermazione: basta leggere qualche pagina del romanzo per imbatterci ora in un'ironia lieve, gioiosa, dissacrante («Per quante scodelle Bescapè risciacquasse, e per quanti piatti lavasse, il Cappello non venne; arrivò invece la notizia della morte di Gregorio XIV e da quel momento, per il nostro santo lavapiatti, andò tutto di male in peggio; p. 21); ora invece in un'ironia venata di dolore e di sdegno («Antonia crebbe rapidamente, e, secondo quanto possiamo desumere dagli atti del suo stesso processo, crebbe bene: fin troppo, per la sua condizione e per i gusti dell'epoca»; p. 132). L'ironia diviene cosí un mezzo per tener vivo lo spirito critico del lettore, per non farlo acquietare nella consapevolezza di non appartenere a un'epoca crudele e di non possedere una mentalità tanto ristretta. Vassalli, per liberarci da un tale pericolo, teorizza inoltre l'esistenza di uno stretto legame tra il nostro presente e quel passato: «Cosí è nata l'Italia moderna, nel Seicento: ma può essere forse motivo di conforto, per noi, sapere che il malcostume ci è venuto da fuori, e che è piú recente di quanto comunemente si creda» (p. 44).

Il risultato è una storia avvincente, benissimo raccontata: una storia preservatasi intatta, in tutta la sua emblematica ricchezza, contro l'omogeneizzazione e l'appiattimento della Storia.

La chimera

Per la notte dei tempi [...]
All'anima del mondo, insaziabile.

Premessa

Il nulla

Dalle finestre di questa casa si vede il nulla. Soprattutto d'inverno: le montagne scompaiono, il cielo e la pianura diventano un tutto indistinto, l'autostrada non c'è piú, non c'è piú niente. Nelle mattine d'estate, e nelle sere d'autunno, il nulla invece è una pianura vaporante[1]*, con qualche albero qua e là e un'autostrada che affiora dalla nebbia per scavalcare altre due strade, due volte: laggiú, su quei cavalcavia, si muovono piccole automobili, e camion non piú grandi dei modellini esposti nelle vetrine dei negozi di giocattoli. Capita anche di tanto in tanto – diciamo venti, trenta volte in un anno – che il nulla si trasformi in un paesaggio nitidissimo, in una cartolina dai colori scintillanti; ciò si verifica soprattutto in primavera, quando il cielo è blu come l'acqua delle risaie in cui si rispecchia, l'autostrada è cosí vicina che sembra di poterla toccare e le Alpi cariche di neve stanno là, in un certo modo che ti si allarga il cuore solamente a guardarle. Si vede allora un orizzonte molto vasto, di decine e di centinaia di chilometri; con le città e i villaggi e le opere dell'uomo inerpicate sui fianchi delle montagne, e i fiumi che incominciano là dove finiscono le nevi, e le strade, e lo scintillío di impercettibili*[2] *automobili su quelle strade: un crocevia di vite, di storie, di destini, di sogni; un palcoscenico grande come un'intera regione, sopra cui si rappresentano, da sempre, le vicende e le gesta*[3] *dei viventi in questa parte di mondo. Un'illusione...*

Davanti a queste finestre, e a questo nulla, mi è accaduto spesso di pensare a Zardino: che fu un villaggio come quegli altri che si vedono laggiú, un po' a sinistra e un po' oltre il secondo cavalcavia; sotto la montagna piú grande e piú imponente di questa parte d'Europa, il Monte Rosa. Nelle giornate-cartolina il pae-

1 *vaporante*: umida e nebbiosa.
2 *impercettibili*: delle quali, per la distanza, non si riesce a percepire il rumore.
3 *gesta*: imprese.

saggio di questi luoghi è dominato ed è anche fortemente caratterizzato dalla presenza di quella montagna di granito e di ghiaccio che s'innalza sui picchi circostanti quanto quelli sulla pianura: un «macigno bianco» – cosí lo descrisse all'inizio del secolo il mio babbo matto[4]*, il poeta Dino Campana – attorno a cui «corrono le vette / a destra a sinistra all'infinito / come negli occhi del prigioniero». Campana era arrivato a Novara una sera di settembre, in treno, senza vedere niente perché fuori era già buio e la mattina del giorno successivo, attraverso le inferriate di un carcere, gli era apparso il Monte Rosa in un «cielo pieno di picchi / bianchi che corrono»: un'immagine inafferrabile e lontana come quell'amore che lui allora stava inseguendo e che non avrebbe mai raggiunto, perché non esisteva... Una chimera*[5]*! Da lassú, dalla sommità della chimera, per un percorso tortuoso e in piú punti scavato nella roccia viva, discende a valle il fiume Sesia, che nel linguaggio delle popolazioni locali ha un dolce suono femminile: la Sesia, ed è il piú bizzarro e imprevedibile tra tutti i fiumi che nascono dalle Alpi ed anche il piú subdolo, il piú rovinoso per gli uomini e le cose lungo il suo percorso. Ancora oggi, le sue piene improvvise arrivano in pianura con onde d'acqua fangosa alte alcuni metri: e chissà quanti danni produrrebbero se il lavorio degli uomini, secolo dopo secolo, non avesse imposto al fiume due lunghissime briglie*[6] *di terrapieno e ciottoli e in qualche tratto di cemento, che lo frenano e lo accompagnano fino alla confluenza nel Po. Nei secoli scorsi, invece, ogni pochi anni capitava che il Sesia straripasse, cambiando corso; qua spostandosi di cento metri, là d'un miglio; creando stagni e paludi dove prima c'erano terreni coltivati, cancellando dalle mappe interi feudi e villaggi e addirittura modificando i confini tra gli Stati: che in*

[4] *babbo matto*: appellativo affettuoso dato al poeta Dino Campana (1885-1932), del quale Sebastiano Vassalli ha scritto un'affascinante biografia, intitolata *La notte della cometa*. In essa l'ultima giornata novarese del poeta, la prima quasi serena dopo tante d'angoscia, viene narrata con parole che sembrano anticipare il paesaggio de *La chimera*: «Venerdí 14 settembre Dino passeggia sul "baluardo" di Novara, di fronte alle Alpi illuminate dal sole. Entro ventiquattr'ore deve presentarsi ai carabinieri di Marradi ma non ha fretta. Sta bene: "L'aspro vino mi ha riconfortato / E dal baluardo un azzurro / Sconfinato / Posa sulle betulle, / Panteon aereo di colonne / Sopra un giardino di Lombardia. / Settembre solare denso / Dove le betulle emergono nel / Piano / Lontano / Il macigno bianco"».

[5] *Una chimera*: mostro mitologico con il corpo di capra, la testa di leone e la coda di serpente, nato dall'unione di Tifone con Echidna. Questo favoloso animale è passato a significare un sogno irraggiungibile. È anche il titolo di una poesia di Dino Campana (vedi n. 1, p. 94).

[6] *briglie*: il fiume è visto come un cavallo da tenere a freno.

questa parte d'Italia, all'inizio del Seicento, erano a occidente il Ducato di Savoia, un'appendice meridionale della Francia, e a oriente il Ducato di Milano, soggetto allora al Re di Spagna. È cosí, forse, che è scomparso Zardino. Circa la metà del Seicento o poco prima, dicono gli storici: un villaggio d'una trentina di fuochi[7] *portato via da un'alluvione del Sesia con i suoi abitanti, e mai piú ricostruito; ma la faccenda è tutt'altro che certa. Altre cause possibili della sparizione del paese – il cui nome, nei documenti medievali, risulta spesso ingentilito in «Giardino» – potrebbero essere la peste del 1630, che spopolò decine di villaggi in tutta la pianura del Po; o una battaglia; o un incendio; o chissà che altro.*

In questo paesaggio che ho cercato di descrivere e che oggi – come spesso capita – è nebbioso, c'è sepolta una storia: una grande storia, d'una ragazza che visse tra il 1590 e il 1610 e che si chiamò Antonia, e delle persone che furono vive insieme a lei, negli anni stessi in cui lei fu viva, e che lei conobbe; di quell'epoca e di questi luoghi. Già da tempo mi proponevo di riportare quella storia alla luce, raccontandola, tirandola fuori dal nulla come il sole d'aprile fa venire fuori la cartolina della pianura e il Monte Rosa, e avevo anche pensato di raccontare questi luoghi, e il mondo dove Antonia era vissuta: ma poi sempre mi dissuadevano la distanza di quel mondo dal nostro, e l'oblio che l'avvolge. Chi si ricorda piú nel nostro secolo ventesimo – mi dicevo – del vescovo Bascapè, del bandito Caccetta, del boia Bernardo Sasso, del canonico Cavagna, dei risaroli, *dei* camminanti, *del Seicento? Di Antonia, poi, si ignorava tutto: che esistette, che fu la «strega di Zardino», che subí a Novara un processo e una condanna correndo l'anno del Signore 1610... Un episodio a suo tempo clamoroso era scivolato fuori dal cerchio di luce della storia e si sarebbe perso irreparabilmente se il disordine delle cose e del mondo non lo avesse salvato nel piú banale dei modi, facendo finire fuori posto certe carte, che se fossero rimaste al loro posto ora sarebbero inaccessibili, o non ci sarebbero piú... L'Italia, si sa, è un paese disordinato e qualcosa fuori posto si trova sempre, qualche storia che si doveva dimenticare finisce sempre per salvarsi: ma io, che pure avevo avuto la fortuna di imbattermi nella storia di Antonia, e di Zardino, e della pianura novarese nei primi anni del Seicento, esitavo a raccontarla, come ho detto,*

[7] *fuochi*: famiglie.

perché mi sembrava troppo lontana. Mi chiedevo: cosa mai può aiutarci a capire del presente, che già non sia nel presente? Poi, ho capito...

Guardando questo paesaggio, e questo nulla, ho capito che nel presente non c'è niente che meriti d'essere raccontato. Il presente è rumore: milioni, miliardi di voci che gridano, tutte insieme in tutte le lingue e cercando di sopraffarsi l'una con l'altra, la parola «io». Io, io, io... Per cercare le chiavi del presente, e per capirlo, bisogna uscire dal rumore: andare in fondo alla notte, o in fondo al nulla; magari laggiú, un po' a sinistra e un po' oltre il secondo cavalcavia, sotto il «macigno bianco» che oggi non si vede. Nel villaggio fantasma di Zardino, nella storia di Antonia. E cosí ho fatto.

Capitolo primo

Antonia

Nella notte tra il 16 e il 17 gennaio 1590, giorno di Sant'Antonio abate, mani ignote deposero sul *torno* cioè sulla grande ruota in legno che si trovava all'ingresso della Casa di Carità di San Michele fuori le mura, a Novara, un neonato di sesso femminile, scuro d'occhi, di pelle e di capelli: per i gusti dell'epoca, quasi un mostro. L'inverno era gelido, il mostro era avvolto in un brandello di coperta senz'altri indumenti specifici che gli riparassero le mani e i piedi e sarebbe certamente morto se una *bayla* (balia) in servizio temporaneo presso la Casa di Carità, tale Giuditta Cominoli da Oleggio, non avesse compreso, dall'abbaiare dei cani e da altri indizi, che qualcuno s'era avvicinato al *torno* e non si fosse alzata dal letto per andare a vedere, sfidando il freddo polare di quella notte senza luna; se non avesse suonato la campana che obbligava le inservienti della Casa ad alzarsi: attirandosi ogni genere d'improperi, *càncari, malemorti* ed altre cortesie. Il mostro visse. Venne battezzato due giorni dopo il suo ritrovamento (era domenica) nella chiesetta medioevale di San Michele, annessa alla Pia Casa, e si chiamò Antonia Renata Giuditta Spagnolini: Antonia, perché qualunque fosse stato il giorno in cui realmente aveva visto la luce, era rinata (Renata) sopra il *torno* il 17 gennaio, Sant'Antonio; Giuditta, in ricordo della *bayla* che l'aveva salvata dalla morte per assideramento, e che s'era presa cura di lei; Spagnolini, infine, perché il colore nero dei suoi occhi e la pelle scura avevano fatto pensare ad una diretta discendenza da qualcuno dei non pochi ufficiali e soldati spagnoli che costituivano la guarnigione di Novara e che abitavano nel castello compreso dentro la cinta dei bastioni, a sud della città. A quell'epoca, si poteva ancora imporre col battesimo anche il cognome, oltre il nome: sicché in mancanza di padre accertato o presunto ci si poteva sbizzarrire a inventare un cognome, seguendo l'estro[1] o

[1] *estro*: fantasia.

i segni zodiacali o le proprie private congetture[2] sull'origine del bambino, o quell'altro ancora che si voleva. Nel caso di Antonia l'invenzione fu facile; anche se poi, a ben vedere, il colore degli occhi e della pelle e la precocità dei capelli[3] non dimostravano proprio niente, e le origini di Antonia avrebbero anche potuto essere diverse da quelle che il cognome alludeva. Alla fabbrica degli *esposti*, cioè dei bambini abbandonati sopra il *torno*, a Novara, lavoravano in molti oltre ai soldati spagnoli del presidio; a onor dei quali va anzi detto che talvolta, per orgoglio di sangue, per scrupoli religiosi e per chissà quali altri motivi, riconoscevano i loro figli illegittimi davanti al fonte battesimale ed all'altare; e che lo stesso castellano di Novara, don Juan Alfonso Rodriguez de la Cueva, maestro di campo del quinto reggimento alabardieri di Sua Maestà Cattolica il Re di Spagna, puttaniere indefesso se mai ve ne furono e grandissimo fornicatore al cospetto di Dio, portò personalmente in Duomo perché vi fossero battezzati secondo il rito di Santa Romana Chiesa una mezza dozzina di suoi bastardi maschi e femmine, ai quali tutti fece imporre il dolce nome di Emmanuele (o Emmanuela), che significa appunto: «Mandato da Dio». Altre categorie di fornicatori che pure c'erano, in Novara, oltre agli spagnoli, non avrebbero potuto mostrarsi alla luce del sole, in quel modo tra coraggioso e sfrontato: e però certamente erano quelle che facevano girare il *torno* con maggiore frequenza. Novara, all'epoca della nascita di Antonia, era forse la piú disgraziata in assoluto tra le molte disgraziatissime città che costituivano il regno disgraziato di Filippo II di Spagna: i cui dominî, come già quelli di suo padre Carlo V, erano cosí vasti e sparsi per il mondo da giustificare il detto, che «il sole non vi tramontava mai». I guai di Novara – cioè, i guai grossi: ché di guai minori ce n'erano sempre stati, come dappertutto – erano cominciati nel 1550; quando l'allora comandante generale delle truppe imperiali, don Ferrante Gonzaga, guardando la carta geografica aveva avuto un'illuminazione, e aveva deciso che proprio Novara, e nessun'altra città, avrebbe dovuto diventare la roccaforte dell'Impero contro la Francia e gli Stati suoi alleati, nel centro-sud dell'Europa. Una città fortezza, cin-

2 *congetture*: ipotesi.
3 *precocità dei capelli*: la bambina era nata con tanti capelli, caratteristica piú dei popoli mediterranei che di quelli nordici.

ta da mura inespugnabili: un baluardo a prova d'assedio e di cannoni, che sbarrasse l'accesso alla pianura del Po dalla parte del Ducato dei Savoia, e delle valli alpine. Dal quartiere generale delle truppe imperiali erano giunti all'allora podestà[4] di Novara, gentiluomo Giovan Pietro Cicogna, ordini perentori e insensati: provvedesse immediatamente a far distruggere i quartieri esterni, in cui risiedevano i tre quarti della popolazione civile, e a riutilizzare le macerie per rinforzare le mura aggiungendovi nuovi contrafforti, nuovi bastioni, nuove opere di difesa; erano in gioco, oltre alla carriera personale del Cicogna, le sorti del conflitto, l'avvenire, l'Impero, il mondo intero. Il Cicogna, uomo ambiziosissimo, si buttò a capofitto in quell'adempimento senza guardare in faccia a chicchessia, laico o ecclesiastico: distrusse tutto quello che doveva distruggere e poi anche cominciò a fortificare l'antica cerchia dei bastioni come gli era stato ordinato di fare; ma, arrivato a questo punto dell'impresa, si accorse di tre cose. La prima fu, che alla relativa facilità del distruggere non corrispondeva un modo altrettanto spedito di riedificare, e che per procedere alle opere di fortificazione volute dal Gonzaga occorrevano soldi: un mare di soldi. La seconda cosa di cui il Cicogna si rese conto fu che il teatro del conflitto[5], mentre lui spianava i sobborghi di Novara, s'era spostato in modo irreversibile verso altre parti dell'Europa e del mondo, e cosí da questa seconda constatazione discese l'ultima: che Novara e le sue difese, se davvero in passato erano potute interessare a qualcuno, ormai non interessavano piú. I lavori furono abbandonati e non ne restano tracce nel presente; del resto, si trattava di muraglioni di ciottoli, laterizi e calcina che ben difficilmente avrebbero potuto sostenere un vero assedio e che al primo tiro diretto delle artiglierie sarebbero crollati come scenari di cartone: sicché anche dal punto di vista militare il progetto non era poi tanto buono. Novara giacque, stremata, in un mare di macerie. Dei sessanta o settantamila abitanti che vi risiedevano prima che i guai cominciassero a manifestarsi in tutta la loro forza, la maggior parte s'erano ritirati nel contado o erano andati a vivere in altre città; ma i guai, ancora, non erano finiti. Sarebbe stato uno smacco insostenibile per l'autorità civile e militare spagnola dire ai no-

[4] *podestà*: autorità locale, simile al sindaco.
[5] *teatro del conflitto*: area geografica in cui si svolgeva la guerra.

varesi: «Scusateci, ci siamo sbagliati. Ricostruite le vostre case e che Dio vi aiuti. Le mura non si fanno piú». Tutt'al contrario, gli spagnoli vietarono, nel piú solenne e rigoroso dei modi, di costruire alcunché nella zona che s'era liberata dalle case, foss'anche solo un canile o una baracca per riporvi gli attrezzi da coltivarci un orto; lasciarono trascorrere qualche tempo e poi se ne vennero fuori, come niente fosse, con nuove tasse, straordinarie e pesantissime, «per terminare le intraprese opere di fortificazione»; «per portare a termine, con profitto dei cittadini e a loro esclusivo beneficio e vantaggio, le iniziate opere di difesa»; eccetera. Novara, definitivamente, si spopolò. Dentro la cerchia delle mura, oltre ai soldati spagnoli della guarnigione, restarono forse seimila, forse settemila abitanti: ed erano per la maggior parte preti o monache, esentati per antichissimo privilegio dal pagare tasse, o persone che avevano trovato il modo d'arricchirsi a spese appunto dei religiosi e dei soldati, con la legge o fuori della legge, per le vie piú brevi. Avventurieri d'ogni razza e d'ogni genere, sensali[6] d'ogni merce, trafficanti, puttane. Queste ultime soprattutto erano numerose. Nonostante il Cicogna e le sue distruzioni, e nonostante le prescrizioni del Concilio di Trento, ancora alla fine del Cinquecento la città di Novara poteva a buon diritto vantarsi d'avere il clero piú gaudente e spensierato d'Europa: i frati piú intriganti, le monache piú mondane, i canonici piú grassi, gli abati piú felici, i parroci piú ricchi. Alcuni alberghi, ben noti ai novaresi, ospitavano con garbo e discrezione i curati di campagna quando venivano in città per *romper l'aria*, come allora si diceva: cioè per sottrarsi ai miasmi della risaia, e per sbrigare i propri affari di denaro e di cuore. E c'erano case private, accoglientissime, dove si poteva trovare ogni sorta di calore umano a un prezzo ragionevole; maschi e femmine, adulti e ragazzini circondavano il visitatore di tutte le attenzioni e le premure richieste, e poi anche si giocava d'azzardo, si facevano scommesse, s'investivano denari in pratiche d'usura. La penuria di abitanti laici – per quanto la cosa possa sembrare strana – non aveva per niente rallentato le attività del clero, anzi al contrario le aveva stimolate. C'erano preti avvocati, preti usurai, preti tenutari di bordelli e di case da gioco, preti osti; c'erano ancora, ed anzi erano numerosi, i *quistoni*: avventurieri che si vestiva-

6 *sensali*: mediatori per la compravendita di prodotti agricoli e di bestiame.

no da preti e perlustravano le campagne predicando, spacciando «bolle» d'indulgenza o reliquie false, operando miracoli e trafficando in vari modi, ma sempre in nome di Dio. Le monache, e soprattutto le superiore delle monache, le badesse, facevano vita da gran dame, nei conventi e fuori. Cosí, tornando a San Michele, e ad Antonia, e alla Pia Casa degli *esposti*: c'era da stupirsi, visto il modo come andavano le cose in città, che la ruota della misericordia, il famigerato *torno*, continuasse a girare, e che anzi girasse sempre piú in fretta?

Il mostro crebbe, diventò una bambina dagli occhi e dai capelli nerissimi. Dalla casa del *torno*, dov'erano le *bayle*, passò all'ospizio vero e proprio: che era un edificio suddiviso in due sezioni, una per i maschi ed una per le femmine, ed era retto, all'epoca della nostra storia, dalle monache della congregazione di Sant'Orsola. Qui le rasarono i capelli – secondo quanto prescrivevano i regolamenti – e le misero indosso il grembiule di tela verde, lungo fino ai piedi, che era la divisa specifica degli *esposti*, il loro abito per tutti gli usi e per tutte le stagioni. A cinque anni cominciò ad uscire dalla Pia Casa, con le suore e con le compagne, per sfilare nelle processioni del Venerdí Santo, del Corpus Domini, dell'Assunta, di tutti i Santi e di tutte le feste del calendario in cui gli *esposti* maschi e femmine, con i crani rasati e i ceri in mano, davano al mondo la dimostrazione inconfutabile d'un fatto meraviglioso e prodigioso: la bontà umana! Destinata a trionfare sull'egoismo, sulla malvagità e su tutte le altre inclinazioni perverse che sembravano invece essere – in quell'epoca – il vero segno dei tempi. E non è tutto. L'apparizione in pubblico degli *esposti*, mantenuti dalla carità dei novaresi e accuditi e vigilati dalle monache, non era solo uno spettacolo edificante, e di grande elevazione morale: serviva anche a ricordare a chi vi assisteva che, facendo un'offerta alla Pia Casa, qualsiasi peccatore poteva ottenere nell'aldilà un sostanzioso sconto della pena, in anni e secoli di Purgatorio; e che lasciando per testamento i propri beni alla fabbrica dei bambini abbandonati, l'anima del benefattore se ne volava diritta in grembo a Dio, senza scali intermedi[7]: tanto piú raggian-

7 *senza scali intermedi*: cioè senza passare per il Purgatorio. All'interno di questa narrazione-indagine l'ironia ha un compito importante, in quanto permette di avvertire la «voce» dello scrittore. Il lettore viene messo al corrente fin dall'inizio di quella che sarà la conclusione del romanzo, ma è anche invitato a compiere un percorso per capire le possibili connessioni che condurranno a quella conclusione.

te di gloria e di beatitudine, quanto piú consistente era stato il lascito. Cosí, tra una processione e l'altra, tra una funzione religiosa e l'altra, trascorsero i primi anni di vita di Antonia Renata Giuditta Spagnolini nella Casa di Carità di San Michele, a Novara; tutti sostanzialmente uguali, con gli inverni e gli *esposti* che tossivano, si arrossavano di febbre e poi morivano e venivano sepolti dietro la chiesa, tra il pollaio e la casa del *torno*. Con le estati e gli *esposti* che gonfiavano, diventavano gialli, agonizzavano per due o tre giorni o anche piú: a causa dell'acqua infetta, dicevano i medici. Non ci fosse stato quel rapido ricambio tra vivi e morti, la Pia Casa non avrebbe mai potuto ospitare tutti i bambini che ci entravano attraverso il *torno* o ci venivano portati dai parenti, dai parroci, da chi aveva la ventura di trovarli per strada; sicché la morte di un *esposto* non era un dramma: al contrario! Erano i piú fortunati – dicevano le monache – quelli a cui il Signore, nella sua infinita bontà e misericordia, concedeva quella grazia specialissima, di andarsene via dal mondo prima di avere raggiunto l'età di peccare; di volare diritti in Paradiso, senza dover sottostare a tutte le tentazioni e tribolazioni che poi avrebbero contristato la vita degli adulti. Crescendo, la principale occupazione degli *esposti* era data appunto dai funerali: funerali allegri e sbrigativi, di compagni per cui bastavano poche gocce d'acquasanta spruzzate su quelle stesse zolle dove di solito becchettavano le galline, dietro la casa del *torno*; e funerali solenni di benefattori che invece duravano ore e ore, in San Gaudenzio[8] o tra le navate del Duomo sfavillanti di luci; ma ciò non significava che gli *esposti* non trovassero poi il tempo per i giochi della loro età, o che fossero piú tristi di quanto comportasse la loro condizione. Tutt'al contrario: non c'è niente che stimola la vita, nei giovani e non solo nei giovani, come l'abitudine alla morte! A Novara, dopo la distruzione dei sobborghi, non erano piú accaduti fatti straordinari; si viveva senza drammi, normalmente; la gente se la passava bene o male a seconda del suo destino e dei suoi soldi e non varrebbe nemmeno la pena di parlarne se proprio allora, mentre Antonia era a San Michele, non si fosse verificato un altro evento destinato ad avere conseguenze altrettanto profonde e durevoli, in questa parte d'Italia e dello Stato di Milano, di quelle causate da don Ferrante Gonzaga, e dalla do-

[8] *San Gaudenzio*: chiesa dedicata al primo vescovo e santo protettore di Novara.

minazione spagnola, e dal Cicogna. Quell'evento piú importante che clamoroso fu l'arrivo, annunciato e a lungo rinviato, del nuovo vescovo Carlo Bascapè: sul cui conto correvano voci tali, da far rabbrividire preti e monache e da disturbare i sonni di moltissima gente, in città e in tutta la diocesi di Novara. Questo Bascapè – dicevano i bene informati – era stato il pupillo[9] di Carlo Borromeo, l'arcivescovo matto[10] di Milano che voleva far diventare i suoi preti e le sue monache Santi e Sante per forza; e poi anche era stato consigliere di due Papi, e in corsa lui stesso per diventare Papa; ma fortunatamente nell'ultimo conclave[11] il partito dei fanatici era uscito sconfitto, e il nuovo Papa ora se ne liberava cosí: mandandoli a fare i vescovi nelle sedi piú lontane e disagevoli; disperdendoli ai quattro punti cardinali del mondo cristiano. Nel caso di Bascapè, però, mandarlo in esilio a Novara non era stata impresa facile né rapida, perché lui al momento di cadere in disgrazia era «generale» di una delle piú potenti congregazioni della nuova Chiesa, quella dei Barnabiti[12], e aveva recalcitrato con tutte le sue forze; ma alla fine aveva dovuto piegarsi, e prepararsi a lasciare la sua congregazione, e Roma, e le alte sfere in cui fino a quel momento era vissuto, per venire a seppellirsi in una piccola città, e in una diocesi di frontiera, a soli quarant'anni, o poco piú! Era un'aquila rimasta intrappolata in una rete per tordi, una cometa venuta a impigliarsi tra le pozzanghere e gli acquitrini della pianura novarese: dove avrebbe combinato chissà quali disastri – dicevano i grassi e placidi canonici di San Gaudenzio, e del Duomo – se, non rendendosi conto della situazione locale, avesse voluto attuarvi a viva forza quella Chiesa ultraterrena, disumana e santa, che lui e gli altri forsennati come lui, fortunatamente non erano riusciti a imporre all'universo mondo. Dopo molti pettegolezzi, molti preannunci, molte chiacchiere, finalmente il nuovo vescovo arrivò, e, poco dopo il suo arrivo, scomparve da San Michele la superiora delle Orsoline, suor Anna; che dovunque andava si lasciava dietro una

9 *pupillo*: persona protetta e favorita da qualcuno.

10 *l'arcivescovo matto*: Carlo Borromeo (1538-1584), arcivescovo di Milano, fu uomo molto severo e intransigente (per questo giudicato matto anche dai suoi contemporanei), «fanatico» in quanto acceso riformatore e instancabile organizzatore della Chiesa.

11 *conclave*: riunione di cardinali convocata per eleggere il nuovo papa.

12 *Barnabiti*: ordine clericale fondato da Antonio Maria Zaccaria nella prima metà del Cinquecento per rinnovare e rafforzare la Chiesa.

scia lunga di profumo, e riceveva spesso visite di persone che venivano a trovarla in carrozza da Novara: anche di sera, e anche uomini. Arrivò una nuova superiora, suor Leonarda, gialla in viso e con le sopracciglia foltissime: migliorarono il vitto e le condizioni igieniche degli *esposti*, ma il carico delle messe di suffragio e delle preghiere quotidiane per i benefattori si fece insostenibile; in piú, tremendi castighi incominciarono ad abbattersi sui bambini che giocavano durante i funerali o s'azzardavano in chiesa a parlare tra loro: pomeriggi interi in ginocchio sopra il miglio, bastonature pubbliche e giornate di digiuno, chiusi a chiave dentro appositi sgabuzzini; sicché gli *esposti* piú grandicelli incominciarono a scappare di notte, scavalcando il muro di recinzione della Casa, irto di vetri. Arrivò una conversa[13] di nome Clelia, appositamente per istruire le ragazze nel catechismo e nelle pratiche di devozione; tutti i giochi furono proibiti, in quanto inutili e nocivi alla loro corretta formazione di donne e di cristiane, e sostituiti da speciali «ricreazioni» in cui le *esposte* dovevano imparare, per poi ripeterli a memoria, episodi significativi tratti dalle vite dei Santi. Perfino i muri, a forza di ascoltarle, dovettero apprendere le storie della regina Adelaide, vedova di Lotario Re d'Italia e dell'Imperatore Ottone il Grande[14], che nello sfarzo delle regge e dei palazzi imperiali tesseva il proprio drappo funebre; e di Pelagia, ch'era stata la donna piú scostumata di Antiochia fino al giorno in cui si convertí sentendo predicare Nonno vescovo di Edessa[15], e poi visse mortificata e contenta in una grotta sopra il monte Oliveto; e di Rita da Cascia, che innaffiando per obbedienza un palo secco, vide che quello incominciava a mettere gemme, e foglie, e grappoli di zibibbo[16]; ed altri fatti innumerevoli di Cipriano, d'Antonio, di Perpetua martire, di Teresa d'Avila, di Procopio, di Cunegonda, di Vincenzo... Ma insieme ai Santi del passato c'erano i Santi del presente, i nuovi Santi: cioè i missionari della fede cristiana che giust'appunto in quegli anni si spingevano fino negli angoli piú lontani e inesplorati dei nuovi mondi, per portare la parola di Dio agli uomini selvatici che vivevano in quei luoghi, e per riceverne in cambio il martirio. C'erano gli eroismi, i miracoli, le grandi imprese e i piccoli episodi di dedizione e di sacrificio quotidiano

13 *conversa*: monaca addetta a servizi e a lavori manuali.
14 *Ottone il Grande*: imperatore germanico vissuto attorno all'anno Mille.
15 *Antiochia... Edessa*: antiche città dell'Oriente mediterraneo.
16 *zibibbo*: uva dolcissima.

che precedevano l'inevitabile morte tra i tormenti di questi moderni successori degli Apostoli. Come tutti i giovani religiosi dell'epoca, la conversa Clelia sognava di andare missionaria in terre lontanissime – la Cina, l'India, il Giappone erano per lei e per i suoi contemporanei ciò che per noi oggi sono i pianeti del sistema solare, o, meglio: ciò che sarebbero quei pianeti, se vi si trovassero terre abitate da altri esseri umani – e si portava sempre appresso uno speciale quadernetto dove aveva annotato diligentemente tutti i fatti che aveva sentito narrare dai padri missionari. Per burla, a volte, oppure per distrarla da qualche marachella che stavano architettando, le *esposte* le chiedevano di raccontargli la storia «della piccola cingalese[17]», quella «dei cinesi convertiti dagli sputi» o quella, giustamente famosa, «del bambino giapponese che si ruppe tutti i denti con un sasso per poter ricevere la prima comunione». La supplicavano: «Suor Clelia, per favore, raccontatela!»

A lei brillavano gli occhi: «Sí, care, sí! Venite qui vicino!»

Quando poi s'accorgeva che le sue storie non interessavano a nessuno, e che le *esposte* anzi si facevano beffe di lei, allora proprio s'arrabbiava. Gli gridava: «Piccole vipere! Briccone! Scellerate!», tirando orecchie e dando in giro certi pizzicotti cosí forti, che, a volte, ne usciva il sangue. Decretava: «Pane e acqua a tutte per due giorni! Per tre giorni! Un pomeriggio in ginocchio sopra il miglio! Due giorni a tutte senza cena! Mascalzone!»

«Ve la tolgo di corpo, io, la malizia!»

Di notte, a volte, capitava che qualcuna delle *esposte* piú grandi s'infilasse al buio dentro al lettino d'Antonia e cominciasse a accarezzarla, sospirando, in certe parti del corpo e in un certo modo, che la riempiva di sorpresa e di vergogna. Lei cercava di sottrarsi, sussurrava per non essere sentita dalla conversa che dormiva dietro una tenda in fondo allo stanzone e che, se l'avessero svegliata, gli avrebbe inflitto chissà quali castighi: Chi sei? Smettila! Lasciami dormire!

«Sta' zitta, – bisbigliavano le sciagurate, cercando di alterare la voce per non farsi riconoscere. (Antonia, però, le riconosceva sempre). – Sono il tuo Angelo custode, ti porto in Paradiso... Dammi un bacio!»

«È la Madonna che è venuta a visitarti! Vedrai che dopo ti piace! Abbi fede in me!»

17 *cingalese*: abitante dell'isola di Ceylon (attualmente chiamata Sri Lanka) che si trova a sud dell'India.

Capitolo secondo

L'uovo

Crescendo, Antonia s'era fatta proprio bella, una bambina in cui già s'indovinavano i lineamenti e le fattezze della donna; e ciò, nonostante avesse solamente nove anni e i capelli tagliati corti per motivi d'igiene, come tutte le *esposte.* Perfino il grembiulone verde in tela ruvida, per cui anche i maschi, fino a una certa età, venivano scambiati per femmine, e le bambine e le ragazze piú magre sembravano spaventapasseri, o, come dicevano le monache, «scope vestite», a lei stava bene indosso. Era quieta e taciturna di carattere; naturalmente portata alla riflessione, piú che al chiasso e agli entusiasmi. Spesso, tra un funerale e l'altro, tra una messa cantata e l'altra, invece di partecipare ai giochi delle compagne e ai loro cicalecci maliziosi e pettegoli, ai loro piccoli intrighi di bambine già consapevoli di molti mali della vita, s'appartava per pensare ai casi suoi o andava attorno per la Pia Casa. Curiosava. Andava a vedere i capponi che erano sempre chiusi in certe stie[1] di legno, strette strette e poco piú alte di loro stessi, che erano appoggiate al muro esterno della casa in cui abitavano le suore, sotto le finestre del loro refettorio. Quei capponi avevano la particolarità di essere straordinariamente aggressivi, per la loro razza e per la loro condizione: bastava avvicinare un dito alle loro gabbie e loro subito s'avventavano a beccarlo, perché erano incattiviti dalla prigionia e piú ancora dal caldo: secondo quanto diceva il vecchio Adelmo che a San Michele era l'unico rappresentante adulto del sesso maschile, con mansioni di giardiniere e di *sacrista*[2]. Quelle gabbie dei *pulon*[3] – ripeteva l'Adelmo tutti i giorni in cui Antonia lo incontrava – non si sarebbero dovute tenere lí dov'erano perché lí il sole batteva da mezzogiorno fi-

[1] *stie*: gabbie in cui si tengono rinchiusi i polli.
[2] *sacrista*: sacrestano (voce dialettale).
[3] *pulon*: capponi (voce dialettale).

no a sera, ma riparate dall'altra parte dell'edificio; però l'altra parte dell'edificio era quella con l'ingresso, e le monache giustamente non volevano saperne di tenersi i capponi davanti alla porta di casa: sicché la questione non appariva risolvibile. Un'altra tappa obbligata delle passeggiate di Antonia era la cuccia di Diana, un bracco femmina che una volta all'anno «andava in calore» e compiva imprese mirabolanti: rompeva steccati, si feriva malamente con i vetri del muro di recinzione tentando di saltarlo, morsicava suor Clelia e tutto ciò, dicevano le monache, per quest'unico ridicolo motivo, che voleva scappare dalla Pia Casa e andare a «comprare i cuccioli»! (Con che soldi li avrebbe comprati? E poi: da chi? Chi vende cuccioli ai cani? Perché – pensava Antonia – la gente dice simili sciocchezze, e parla in modo cosí oscuro?) Diana di solito era una bestia mansuetissima e anche la faccenda del calore era tutt'altro che chiara: cosa significava, «andare in calore»? Oltretutto la cagna le sue mattane le faceva d'inverno! Antonia aveva anche provato a chiedere spiegazioni in proposito all'Adelmo ma nemmeno lui s'era voluto sbilanciare, le aveva detto: «Cosí... tutt'a un momento le vien caldo...» A volte, in quelle sue passeggiate, Antonia incontrava una suora, suor Livia, che si fermava a parlare con lei come se lei fosse stata un'adulta; si lamentava del tempo, degli acciacchi, della superiora che la maltrattava, delle *esposte* che le facevano scherzi anche crudeli: le mettevano topi morti nel bucato o le tendevano dei fili invisibili dove lei doveva passare, e lei passava, e naturalmente cadeva... Tutto ciò veniva raccontato un po' a parole e un po' a gesti, perché suor Livia era straniera, d'un paese chiamato «Napoli» e non sempre Antonia capiva i suoi discorsi: diceva *isso, issa* per dire lui, lei, *vien'accà* per dire vieni qua, *guagliona* per dire ragazza e cosí via. A San Michele, suor Livia era la «conversa anziana» addetta alle pulizie – cosí come suor Clelia era la «conversa giovane» addetta all'istruzione delle *esposte* – e le altre monache la trattavano da serva, le dicevano: «Suor Livia, per favore! Non vedete che c'è una ragnatela sulla finestra del refettorio? Che queste panche sono sempre impolverate? Che questo pavimento è sporco? Cosa aspettate a pulire?» La rimbrottavano: «Suvvia! Vi fate sempre ripetere le cose!»

Lei arrivava con secchio e spazzolone, ciabattando a piú non posso. Borbottava: «La ragnatela, senti un po'! Se la togliessero con le loro belle mani, la loro polvere!» Un giorno che suor Leonarda le aveva fatto una gran sgridata di fronte a tutta la Pia Casa, suor Livia le aveva risposto brontolando, non cosí sottovoce, però, che Antonia e le altre ragazze non sentissero: «Ha parlato suor Chiavica! Riverisco!»

«Sarà fatto come dice suor Vernacchia!» (Letteralmente: «Suor Scorreggia»).

«È un po' matta, – dicevano le suore, mettendosi l'indice sulla fronte. – Poveretta! Non lo fa per cattiveria. È proprio un po' suonata!»

Quando fu annunciata una visita a San Michele del nuovo vescovo di Novara, monsignor Carlo Bascapè – le solite persone bene informate dissero che sarebbe venuto a piedi dalla città, con gli allievi del Seminario e con alcuni canonici dei capitoli di San Gaudenzio e del Duomo – le Orsoline, dopo lunghi conciliaboli, scelsero proprio Antonia tra tutte le *esposte* per recitare al vescovo la poesia di benvenuto: forse perché era piú bella delle altre ragazze, o perché era piú assennata... Chissà! Per settimane e settimane, prima del gran giorno, la costrinsero a ripetere certi orribili versi che la superiora suor Leonarda aveva scritto in occasione della visita («Noi miserelle plaudiamo / Al grande vescovo cristiano / Campione invitto della Fede / Di quel Dio in che ciascuno crede», eccetera), fino a stordirla; le diedero zuccherini per incoraggiamento e schiaffi e pizzicotti per punizione. La assillarono di raccomandazioni: – Mi raccomando! Ricorda! Stai bene attenta! Non sbagliare! – Venuto il giorno lungamente atteso e temuto la tirarono fuori dal letto che era ancora buio e la portarono nel locale dove si lavano i panni, la spogliarono, la misero dentro una tinozza d'acqua cosí calda, che quando infine si decisero a tirarla fuori sembrava un gambero dopo la cottura, tanto era rossa: la lavarono col *ranno* (acqua di cenere) e poi anche la scorticarono viva per asciugarla con certi panni di lino misto a canapa che chiamavano *asciugatoj,* la fecero gridare di dolore. La vestirono tutta di bianco; le attaccarono sulle spalle due ali di cartone in cui suor Clelia aveva appiccicato centinaia di piume di colomba per farle sembrare delle vere ali; le misero in testa una parrucca bionda di granoturco, con un'aureola di cartone. Siccome intanto s'era fatto giorno, la costrinsero a bere un uovo crudo per «prender forza». (Cosí, almeno, si era espressa suor Leonarda; in realtà, ad Antonia le uova crude davano disgusto, non forza, ma non ci fu modo di sottrarsi a quel beneficio: bisognò trangugiare l'uovo come volevano le suore, ad occhi chiusi e tutto d'un fiato). Con l'uovo in pancia e con suor Clelia che la teneva per mano, Antonia poi dovette correre in chiesa ad implorare da Dio e dalla Madonna che l'assistessero, recitandogli le preghiere del rosario ed altre specifiche per quella circostanza; mentre tutti gli *esposti* maschi e femmine erano già fuori della Pia Casa, schierati sulla strada che saliva verso Porta Santa Croce, e per passare il tempo mentre aspettavano il vescovo cantavano inni di ringraziamento ed inni di lode, fino a sgolarsi. Arrivarono dal castello alcuni archibugieri che si appostarono lungo il passaggio del corteo; nessuno dalla Curia li aveva richiesti, ma il castellano personalmente aveva preso l'iniziativa di mandarli a vigilare sull'incolumità di quel *cabron* (caprone), di quel *loco* (matto): cioè del vescovo Bascapè. «Se i suoi nemici lo vogliono ammazzare, – diceva *su excellencia* il castellano spagnolo ruotando gli occhi in atto di minaccia e tormentandosi con le dita i lunghi baffi affusolati che erano il suo orgoglio di *caballero* e la sua principale cura nella vita, – dovranno farlo lontano da Novara!» E poi aggiungeva sottovoce, ma non abbastanza perché quelli che gli stavano piú vicini non potessero capire ed ascoltare ciò che diceva: «Mi dà già abbastanza guai da vivo, quel *cabron*, e da morto me ne darebbe il doppio!» Fortunatamente, però, i nemici del *cabron* quel giorno non si fecero vedere. Comparve lui, a una certa ora della mattina, quando ormai gli *esposti* non avevano piú fiato né forza per cantare, e qualcuno anche s'era sentito male per via del sole che gli batteva in testa; si videro venire fuori a due per volta, dalla Porta di Santa Croce in cima alla salita detta della Cittadella, i seminaristi del Duomo: tutti vestiti di nero, con guance e testa rasate e una gran croce di legno in mezzo al petto. Dietro i seminaristi apparvero poi i canonici, riconoscibili per i cappelli rotondi e per i contrassegni di porpora dell'abito talare; tra essi faceva spicco da lontano, per grandezza di corporatura e floridezza di carni, quel Giovan Battista Cavagna da Momo che era destinato, di lí a pochi anni, a diventare piú celebre di quanto lui stesso potesse prevedere o desiderare: come poi si vedrà. Il giorno in cui venne in visita alla Pia Casa con il vescovo, invece, monsignor Cavagna era ancora poco conosciuto, un prete come tanti: ma già circolava sul suo conto la facezia che il poeta medioevale Dante Alighieri avesse previsto la sua nascita con tre secoli d'anticipo, e che avesse pensato a lui quando scrisse quel verso, in cui si parla d'un'«oca bianca piú che burro[4]»... I preti della provincia italiana, nel Seicento, ridevano cosí e nel caso del Cavagna qualche ragione di ridere ce l'avevano davvero: perché il poveretto, che veniva da una zona del novarese ricchissima di oche, sembrava lui stesso un'oca, anzi un ocone smisurato, nell'andatura e nella voce e nella struttura fisica; aveva infatti un gran sedere, spalle strette e una testolina da bambino su un lungo collo che muoveva camminando, come per curiosare ai due lati della strada. Soltanto il colore dell'abito, che era nero, non corrispondeva all'immagine dell'oca. Dietro i canonici veniva il vescovo: vestito tutto di bianco, sotto un baldacchino dorato sorretto da quattro seminaristi che camminavano a tempo con lui e che lui sovrastava d'una parte del capo; magrissimo, con la pelle del colore della cera, la barba grigia e i capelli anch'essi grigi sotto la mitria. Nonostante il viso fosse sciupato e precocemente vecchio, appariva però evidente, a chi lo guardava, che questo vescovo Bascapè da giovane doveva essere stato un uomo vigoroso e dotato d'un certo fascino anche della persona; e che a quarantanove anni, quanti allora ne aveva, non era ancora quel «cadavere vivo» di cui avrebbe parlato lui stesso di lí a poco, inaugurando in Novara la chiesa di San Marco Apostolo. Fu in quella circostanza – scrivono i biografi – che Bascapè si rivolse ai novaresi indicando il suo corpo: «Questo cadavere che voi ora vedete vivo, – gli disse, – e che vi sta parlando, voi tra poco lo rivedrete morto in questo stesso luogo, dove io voglio che sia sepolto». Ma già di fatto era un sopravvissuto a un altro uomo; di cui credo si possa dire, senza far torto a nessuno, che aveva cessato di esistere quando Bascapè, cioè il suo corpo, era venuto a Novara a fare il vescovo, per obbedienza. E quel corpo vestito da vescovo aveva poi continuato a muoversi e a combattere come il cavaliere di cui parla l'Ariosto nel suo *Orlando furioso:* che rimasto senza testa andava ancora attorno per il campo di battaglia, e tirava di gran fendenti con la spada, perché non s'era reso conto d'essere morto...

Gran personaggio, il vescovo Bascapè! Personaggio emblematico di un'epoca, ormai lontana nel tempo e in sé conclusa;

4 *oca... burro*: immagine tratta dal canto XVII dell'*Inferno* (vv. 62-63), ove Dante parla delle borse degli usurai: «Vidine un'altra, come sangue rossa, / Mostrare un'oca bianca piú che burro».

ma anche di un modo di intendere la vita e il destino dell'uomo, che non cessa di riproporsi e che certamente durerà, ben oltre il nostro secolo ventesimo... Personaggio che la fortuna favorí nella prima parte della sua esistenza, dandogli tutto, e poi nella seconda parte sfavorí, togliendogli tutto ciò che gli aveva dato e qualcosa in piú. Nobile per nascita, raffinato per educazione e per cultura, buon conoscitore del latino e dello spagnolo, cioè delle due lingue internazionali dell'epoca, brillante scrittore in latino e in italiano, esperto di diritto ecclesiastico e civile[5] e dotato, in piú, di un naturale talento di organizzatore e di «manager»: Bascapè aveva tutte le carte in regola per aspirare a cambiare il mondo – naturalmente in meglio – e per presumere di riuscirvi. Filippo II di Spagna, che lo aveva ospitato nella sua reggia di Madrid, lo conosceva e lo apprezzava; un arcivescovo – l'amato Carlo Borromeo – e poi anche due Papi – Gregorio XIV e Innocenzo IX – ne avevano ricercato i consigli e la collaborazione. A quarant'anni, anzi: a trentanove, gli era stata annunciata la nomina a cardinale; perciò, quasi seguendo la trama già scritta della propria ascesa al soglio pontificio[6] e poi anche quella della propria santificazione, s'era ritirato a Monza in un convento dei suoi Barnabiti: «*Ove diedesi* – cosí scrive un suo biografo – *coi Novizi a lavar piatti e scodelle, ed a cose simili; col sentimento credo di San Bonaventura, che se in simili servizi fosse giunto chi gli recasse il Cappello* (cioè: le insegne di cardinale) *potesse dirgli, che costí l'attaccasse, finché rassettato avesse ciò che aveva per le mani*[7]». Inutilmente! Per quante scodelle Bascapè risciacquasse, e per quanti piatti lavasse, il Cappello non venne; arrivò invece la notizia della morte di Gregorio XIV e da quel momento, per il nostro santo lavapiatti, andò tutto di male in peggio. Il cardinale Facchinetti, eletto Papa, durò poche settimane e poi morí e dopo di lui salí sul trono di San Pietro quell'Ippolito Aldobrandini che in un batter d'occhi tolse a Bascapè tutto ciò che aveva: incarichi, relazioni pubbliche, grandi missioni e grandi prospet-

5 *civile*: dello Stato.
6 *soglio pontificio*: trono papale.
7 *«Ove diedesi... per le mani»*: in segno di disinteresse per gli onori del mondo. Nel tratteggiare la figura di Carlo Bascapè l'autore si muove lungo due piani narrativi: quello dei fatti relativi alla biografia del vescovo (caratteristiche personali, aneddoti dei contemporanei, successi e insuccessi, progetti, ecc.) e quello delle riflessioni, rafforzate da alcuni pertinenti richiami al presente. In questo modo il personaggio viene attualizzato senza perdere consistenza storica e la sua vicenda diventa un paradigma attraverso cui leggere il passato e il presente.

tive e lo spedí a rigovernare non piú stoviglie, ma anime, in un'oscura provincia della provincia milanese, a Novara. Morto nell'animo, Bascapè continuò a combattere. Pensò che non era accaduto niente, che i suoi programmi restavano immutati: anziché cambiare il mondo partendo da Roma lui lo avrebbe cambiato partendo da Novara e si buttò, come s'è detto, a corpo morto in quell'impresa che non saprei nemmeno definire: disperata?, folle?, di trasformare una diocesi di frontiera nel centro della rinascita spirituale di tutto il mondo cristiano. La nuova Roma! La città di Dio! Come i rivoluzionari russi del 1918 volevano costringere gli uomini ad essere felici, e lo scrissero nei loro manifesti («Con la forza, costringeremo l'umanità ad essere felice»), cosí tre secoli prima di loro il vescovo Carlo Bascapè voleva costringere i suoi contemporanei ad essere Santi; e, se anche le parole sono diverse, la sostanza è piú o meno la stessa. Gli atti, poi, furono coerenti ed adeguati all'enormità dell'impresa: e questo spiega le preoccupazioni del castellano comandante il presidio spagnolo, per la vita del vescovo. In nemmeno cinque anni dacché era a Novara, Bascapè aveva scomunicato un podestà, tale Alessandro Lessona, e buona parte del clero, canonici inclusi; s'era accapigliato con il senato di Milano, con il governatore, con tutti gli ordini religiosi presenti in città e nella diocesi, con l'inquisitore Buelli del Sant'Uffizio[8], con i parroci: di questi, molti ne aveva cacciati dalle loro sedi, molti li aveva costretti a cambiar vita; aveva tolto a quasi tutti i beneficati ecclesiastici i rispettivi benefici[9]; aveva proibito i canti, i balli, il riso, l'allegrezza, la festa; aveva imposto la mestizia e la morte. E i suoi fedeli (il suo «gregge», a cui lui continuamente rivolgeva inviti pressanti, calde esortazioni, appelli, moniti, benedizioni e rampogne) avevano cercato di ripagarlo con la stessa moneta, ma senza successo: come si fa ad assassinare un defunto? Ci avevano provato con il veleno, due volte, e poi con un colpo d'archibugio, e poi ancora avevano cercato di fargli cadere addosso il terrazzino d'una casa che lui stava visitando: inutilmente! Il corpo del defunto era

8 *Sant'Uffizio*: organismo ecclesiastico, detto anche Sacra Romana e Universale Inquisizione, che ebbe il compito di procedere «contro tutti gli apostati, eretici, sospetti di eresie, i loro complici, fautori e seguaci». Fondato nel 1542 da papa Paolo III, rafforzato da Sisto V nel 1588 e rimasto attivo fino al 1908, fu quasi sempre affidato ai Domenicani e si rese responsabile di vere campagne persecutorie sia contro intellettuali sia nei confronti di gente comune, per lo piú donne accusate di stregoneria.

9 *benefici*: rendite provenienti da chiese, monasteri, ecc.

uscito indenne da tutte quelle prove ed ora se ne veniva giú per la discesa, piano piano, in mezzo ai suoi seminaristi, ai suoi canonici, agli archibugieri del castellano spagnolo, agli *esposti* che gridavano senza piú voce:

«Evviva sua eccellenza monsignor vescovo! Evviva il vescovo Bascapè!»

Venendo fuori dal buio della chiesa, Antonia era rimasta abbacinata dal sole, dalla folla, dal chiasso: senza quasi rendersene conto, s'era ritrovata sopra un palco, davanti al vescovo e ai canonici che la guardavano sorridendo in un certo modo («Sbrigati a recitare la tua poesia, – diceva l'espressione di quei visi, – e facciamola finita»), con tutti gli occhi puntati su di lei; aveva avuto un primo smarrimento, forse a causa della levataccia o di quell'uovo che l'avevano costretta a bere contro volontà, le era sembrato che tutto si offuscasse e che tutto le girasse intorno: il palco, il vescovo, la Pia Casa, le mura di Novara. Riunendo tutte le sue forze, aveva balbettato:

«Noi miserelle plaudiamo...»

ed era rimasta là, ritta, con la bocca aperta, le mani che annaspavano. Sentiva suor Clelia che da dietro suggeriva, quasi gridando: «Al grande vescovo cristiano! Al grande vescovo cristiano!» ma non aveva la forza di dire niente. Poi tutto era diventato buio e lei aveva perso conoscenza, s'era abbattuta sulle assi del palco: le ali s'erano staccate e anche l'aureola di cartone era rotolata fino ai piedi di monsignor Cavagna che, sforzandosi un poco per via della corporatura, s'era chinato a raccoglierla. Bascapè aveva avuto un gesto di disappunto, aveva mormorato: «Chissà cosa le hanno fatto! Quelle stupide!» (Naturalmente, si riferiva alle suore). S'era voltato per scendere dal palco, era entrato in chiesa e tutti gli erano andati dietro: seminaristi, canonici, *esposte* e *esposti* ed anche alcuni fedeli che lo avevano seguito fuori Porta Santa Croce, venendo dalla città. Dal gruppetto delle suore s'era alzato un grido:

«Evviva sua eccellenza monsignor vescovo! Evviva il vescovo Bascapè!»

Dopo pranzo, in segno di perdono, Antonia era stata ammessa nel refettorio delle monache per baciare l'anello di sua signoria il vescovo: che – le disse suor Clelia mentre l'accompagnava – aveva voluto dare a tutte loro questo esempio della sua carità e del suo amore del prossimo, informandosi della salute d'una *esposta* – lei – e addirittura mandandola a chiamare per benedirla. Badasse dunque – l'ammoní suor Clelia – a non combinare altri guai, scambiando il vescovo con qualcuno dei monsignori che l'accompagnavano, voltandogli le spalle per uscire o facendo qualche altra stupidaggine: per esempio, toccandogli la mano con le sue mentre gli baciava l'anello. Antonia entrò; vide che le tavole del refettorio erano state separate, da una parte c'era il vescovo con il suo seguito e dall'altra suor Leonarda con le monache che le facevano dei segni concitati[10], le dicevano a gesti: cosa aspetti? Sbrigati! Non vedi che sua signoria ti sta aspettando? Inginocchiati! Si inginocchiò. Contrariamente a quanto le avevano raccomandato di fare, prese la mano del vescovo tra le sue e la guardò, prima di baciare l'anello. Era una mano bianca e scarna, con unghie diafane[11], lunghe e ben curate; avrebbe anche potuto essere una mano femminile, se le nocche non fossero state cosí grandi e se non ci fossero stati tutti quei peli, neri e lucidi come seta, che ne infioravano il dorso, spingendosi giú giú fino alla seconda falange delle dita. Baciò l'anello. Il vescovo Bascapè ritirò la mano e cominciò a pulirla con un tovagliolo ricamato, minuziosamente e anche con una certa energia, nei punti dov'era stata sfiorata dalle dita dell'*esposta.* Le domandò: «Come ti chiami?»

«Antonia Spagnolini, per servirvi».

«È stato il Diavolo, – disse con forza suor Leonarda, – che è entrato nel corpo di questa creatura, stamattina, per impedirle di rivolgere a vostra signoria il saluto e la preghiera di tutti gli esposti presenti nella Pia Casa –. Ribadí, con disgusto e esecrazione: – Non c'è ombra di dubbio: è stato lui!»

«Come ci state a San Michele: state bene?» domandò il vescovo all'*esposta.* Antonia, che non s'aspettava una tale domanda, si rivolse alle monache per averne un cenno di suggerimento e di conforto: ne ebbe invece un'occhiata talmente folgorante da toglierle quasi la forza di rispondere. Balbettò: «Sí... Sissignore!»

Monsignor Cavagna, alla sinistra del vescovo, teneva un lembo del tovagliolo infilato tra il primo e il secondo bottone dell'abito talare e aveva tracce di sugo, ben visibili, sul colletto e sul mento. Chiese all'*esposta*, e il viso e gli occhi gli ridevano: «Mangiate bene? Tutti i giorni? A pranzo e a cena?»

10 *concitati*: agitati e un po' isterici.

11 *diafane*: sottili da apparire quasi trasparenti.

«Due volte al giorno! A pranzo e a cena! Sissignore!»

Ci fu ancora un momento di silenzio, mentre Bascapè finiva di pulire l'anello su cui si erano posate le labbra dell'*esposta* e suor Leonarda guardava le altre monache con un'espressione tra compiaciuta e sollevata, come a dirgli: anche questa è fatta! È andata bene! Poi il vescovo posò il tovagliolo, alzò la mano. Disse: «Antonia. Io ti benedico nel nome del Padre, del Figlio e dello Spirito Santo». La congedò: «Vai con Dio!»

L'*esposta* allora si rialzò, si inchinò come le aveva insegnato suor Clelia. Se ne andò camminando all'indietro, con gli occhi di tutti fissi su di lei: e non vedeva l'ora di arrivare alla porta. Monsignor Cavagna le fece un cenno di saluto, alzò il mento e mosse il collo come un'oca – ma quello era un gesto che lui faceva abitualmente, perché il colletto inamidato gli dava fastidio – e poi subito si rivolse alle monache per chiedere che gli versassero nel bicchiere un altro goccio di vino, «un goccio solo»: «Scusate tanto, sorelle! È per lo stomaco! – Spiegò: – Altrimenti, non riesco a digerire il cappone!»

Capitolo terzo
Rosalina

Finí la primavera, arrivò l'estate. Il *torno*, alla Pia Casa, continuava a girare[1], ma con minore frequenza che in passato: ed era anche questo un segno certo che la presenza del vescovo Bascapè stava cambiando molte cose a Novara, nel clero e non soltanto nel clero; si vedevano per strada meno monache, meno parroci di campagna, meno donne che restavano affacciate alle finestre o che s'atteggiavano in modo da lasciar intendere, oltre ogni ragionevole margine di dubbio, quale fosse il loro mestiere. Anzi quel genere di donne sembrava essere del tutto scomparso dalle vie del centro e soltanto se ne vedevano alcune sui bastioni, dalle parti del castello e verso sera: quando la loro presenza diventava necessaria per evitare che i soldati in libera uscita, assatanati com'erano, e sfrontati!, dedicassero tutte le loro energie a molestare le donne oneste. Le locande chiudevano i battenti due ore dopo il tramonto del sole, gli alberghi compiacenti non c'erano piú, o, se c'erano, non mettevano l'insegna sul portone e non tenevano registri. La città, un tempo gaudente, sembrava essersi ricomposta in una sua gelida moralità esteriore, in cui nessuno piú si fidava di nessuno e in cui ognuno continuava, bene o male, a fare ciò che aveva sempre fatto in passato: con molte piú precauzioni, però, ed anche con maggiori difficoltà; causate, queste ultime, dai maggiori rischi che si correvano. Tutti infine maledivano il nuovo vescovo e chi l'aveva mandato proprio lí. «Con tante diocesi che ci sono in Italia, – dicevano, – proprio a noi doveva capitarci: a romper l'uova nel paniere, qui a Novara! Gli venisse un accidente, da lasciarci in pace!»

Un giorno a San Michele scomparve suor Livia, la «conversa anziana» addetta alle pulizie della Pia Casa e la faccenda lí

[1] *continuava a girare*: vi si mettevano sempre bambini *esposti*.

per lí sembrò inspiegabile: era scappata? Con chi? E come aveva fatto? Da sola certamente non poteva essere arrivata lontano – dicevano le *esposte* – se qualcuno non l'aveva aiutata! Ad Antonia che la conosceva bene, invece, l'idea che suor Livia potesse essere andata chissà dove, e addirittura con un uomo, appariva assurda. Alla sua età, e senza nemmeno saper parlare quel dialetto novarese, che parlavano tutti! Senza capire chi lo parlava! E poi – pensava Antonia – certamente suor Livia era già scappata una volta, in vita sua, quando era venuta lí da loro; parenti non ne aveva; amicizie fuori del convento, nemmeno; se scappava di nuovo, dove andava: ritornava a Napoli? Per parte loro, suor Leonarda e le altre monache pensarono dapprima che la «conversa anziana» si fosse sentita male e la fecero cercare dappertutto: in cantina, in chiesa; mandarono anche Adelmo a controllare il rigagnolo che scorreva proprio di fianco alla Pia Casa, casomai fosse caduta lí dentro e ci fosse affogata: ma non c'era. Allora smisero le ricerche. La trovarono all'alba del giorno successivo, quando arrivò il cappellano da Novara per dire messa, come faceva tutte le mattine, e Adelmo andò a suonare la campana e non trovò la corda: guardò su, e vide suor Livia appesa sopra la sua testa con la faccia gonfia colorata a chiazze, gli occhi bianchi spalancati e le labbra contratte in un sogghigno cosí orribile che al poveretto mancò poco gli venisse un colpo; uscí fuori, talmente stralunato che andava attorno senza riuscire a parlare, e soltanto dai suoi gesti e dal suo aspetto le monache capirono cos'aveva visto... Corsero al campanile e la prima cosa a cui pensarono, passato il raccapriccio per quella scoperta, fu il modo di evitare lo scandalo: una religiosa suicida, e per giunta in chiesa, avrebbe fatto notizia, e che notizia! Bisognava nascondere tutto. La storia del suicidio – disse il cappellano a suor Leonarda e alle altre monache che continuavano a farsi il segno di croce, e a sbirciare in su – non doveva uscire da San Michele; gli *esposti* non ne avrebbero mai saputo niente e soltanto il vescovo, in città, ne sarebbe stato informato. Per chiunque altro, suor Livia era scappata: delusa della vita del convento, aveva prestato orecchio alle lusinghe del mondo e s'era sbarazzata di quell'abito[2], che portava indegnamente. Del resto – si chiese il prete, e rivolse la domanda anche alle monache – non era quella la pura verità? Se

2 *quell'abito*: l'abito indica la condizione di monaca.

per abito si intende questo involucro di carne che Dio ci ha dato come fardello da trascinare nel mondo, e che è lo scrigno dell'anima... Il corpo della sciagurata conversa, da lei rifiutato, doveva essere sepolto in gran segreto, di notte, in terra sconsacrata e a lampade velate[3]; con il corpo, si doveva anche seppellire il ricordo di lei. Le monache ubbidirono; ma le cose, poi, andarono in un modo un po' diverso rispetto alle intenzioni, perché all'interno della Pia Casa la verità su suor Livia e sulla sua morte la seppero tutti: e se la storia non arrivò fino a Novara fu soltanto perché, fuori San Michele, suor Livia non la conosceva nessuno. Per Antonia, che pure era abituata fino dall'età di cinque o sei anni a ogni genere di funerali e di funzioni funebri, quell'evento fu il primo incontro con la morte: su cui lei in passato non si era mai soffermata seriamente a riflettere e che soltanto dopo il suicidio di suor Livia le apparve come una cosa reale, indipendentemente dal commercio che se ne faceva alla Pia Casa, con i cosiddetti benefattori; una cosa vera. Anche la vita di suor Livia, di cui lei non aveva mai saputo niente e che poi era finita cosí male, la incuriosiva. A volte, nelle sue passeggiate solitarie, si domandava dove potesse essere quella Napoli da cui suor Livia era venuta fin lí, a fare la serva e ad ammazzarsi. Si chiedeva: perché ne era scappata? Perché s'era fatta suora? Che mistero era nascosto in quella morte – e, prima ancora, in quella vita – cosí angoscioso per chi lo aveva portato e cosí insignificante per gli altri? Aveva un senso la vita degli uomini, al di là di quelle storie un po' melense[4] che alla Pia Casa si ripetevano tutti i giorni, piú e piú volte ogni giorno, e in cui lei credeva come si crede nelle favole, cioè credeva che erano favole... Si viveva, si moriva: perché?

In quell'estate del 1599 Antonia ancora non aveva dieci anni e seppe tutto del sesso: di come i bambini si formano in fondo al ventre delle donne dopo che il maschio, montandole, le ha *ingallate* (cioè ci ha lasciato dentro quella gocciolina colorata che si vede anche nell'uovo di gallina, quando si rompe); delle *lune*[5] che infastidiscono le donne e sono il segno tangibile della loro inferiorità rispetto al maschio, della loro impurità; del piacere che le donne provano quando il maschio le *ingalla* e che in

[3] *a lampade velate*: in segno di condanna per il suicidio.
[4] *melense*: insipide e insensate.
[5] *lune*: mestruazioni.

misura minore possono anche provare da sole, compiendo un certo gesto o addirittura senza fare niente: com'era successo per l'appunto ad Antonia, una domenica mattina alla Pia Casa, mentre veniva giú dalle scale che portavano al dormitorio delle *esposte*. Improvvisamente le era sembrato di morire, e che le succedesse qualcosa di terribile... I fatti erano andati cosí, che lei quel giorno si trovava insieme ad un'altra ragazza, di nome Carla, e tutt'e due scendevano le scale trattenendo il fiato per lo sforzo che stavano facendo, tutt'e due prestavano la massima attenzione a dove mettevano i piedi perché avevano in mano un manico ciascuna d'un recipiente di coccio con coperchio che era il vaso da notte collettivo, la *ruera* del dormitorio femminile; quel vaso era molto pesante, almeno per loro, ma non c'era niente da fare, bisognava portarlo fino al fosso e vuotarlo; da quando suor Livia aveva smesso di fargli quel servizio, tutte le ragazze, a turno, dovevano provvedere a tener vuota la *ruera*: e quel giorno era il loro turno. Antonia – come anche la compagna – aveva le guance arrossate per lo sforzo e improvvisamente, muovendosi, s'era sentita un formicolío che le saliva dai piedi, che le entrava nell'inguine; qualcosa di cosí intenso, di cosí improvviso, di cosí strano, da lasciarla sgomenta. Aveva aperto la bocca per dire «mi sento male», «aiuto», o qualcosa del genere: ma, come anche capita nei sogni, la voce non usciva. In compenso, le sue dita avevano allentato la stretta senza che lei se ne accorgesse e poi Carla aveva gridato: «Cosa stai facendo? Sta' attenta!», quando ormai era troppo tardi. La *ruera* era caduta, rovesciandosi, aveva prodotto un'alluvione. Pentola e coperchio erano rimbalzati di scalino in scalino, s'erano frantumati in un nugolo di cocci e avevano anche infradiciato suor Leonarda che per sua disgrazia s'era trovata in fondo alle scale e che naturalmente s'era presa un'arrabbiatura terribile, tremava da capo a piedi. Aveva detto ad Antonia: «Mascalzona! L'hai fatto apposta a insudiciarmi, ti ho visto! L'hai lasciata cadere di proposito!» Anche l'altra ragazza, la Carla, era spaventatissima per ciò che era successo e badava solo a scolparsi, gridava: «Non è colpa mia! Io ho cercato fino all'ultimo di tenerla!» (La *ruera*). «È stata lei a farla cadere!» Tutte le *esposte*, quel giorno, si tolsero la soddisfazione di vedere la superiora della Pia Casa inzaccherata da capo a piedi del loro piscio, inferocita come mai non s'era vista prima d'allora; in quanto a lei, suor Leonarda, dopo essersi lavata e rilavata e disinfettata con la lisciva e cambiata d'abito e di biancheria e d'ogni cosa che avesse indosso al momento del fattaccio, decretò che la colpevole di quell'attentato alla sua persona doveva restare chiusa per tre giorni nello stanzino detto «del digiuno»: ch'era una sorta di grotta seminterrata, umida e piena di scarafaggi e di ragni, dove alle *esposte*, una volta al giorno, veniva dato soltanto un po' di pane e un po' d'acqua e da dove non potevano uscire prima d'aver scontato il castigo assegnatogli per nessun motivo, nemmeno se stavano male; perché quella era la regola della Casa. Fu lí, nello stanzino del digiuno, che Antonia conobbe Rosalina, un'*esposta* adulta con cui loro, le *esposte* piú piccole, non avrebbero dovuto avere nessun genere di rapporti, perché le suore gliel'avevano proibito; e fu lí che Rosalina le spiegò, fino nei minimi dettagli, come fa il maschio a *ingallare* la femmina, e tutto il resto: le *lune*, le gravidanze, le formule magiche per non rimanere incinte. («Che però, – ammise la ragazza, – di solito non funzionano. Meglio usare la spugnetta[6], anche se dà fastidio e a volte non si trova piú: chissà mai dove vanno a finire, dentro al corpo, le spugnette che non si ritrovano!») Antonia stava ad ascoltare a bocca aperta, senza nemmeno capire tutto. «E vero, – chiese, – che si prova molto piacere, con gli uomini?»

«Un piacere immenso, – rispose seria Rosalina. – Il piú gran piacere che si può provare in questo mondo!» Ci ripensò; fece una smorfia. «A dire il vero, – si corresse, – io in genere non provo niente, o quasi niente; ma dev'essere perché mi hanno rovinata[7] da piccola... Tutte dicono che è una cosa straordinaria, bellissima, e che si può perfino impazzire, in quei momenti: anche noi donne, si capisce! Mica solo gli uomini. Naturalmente, – aggiunse ancora, – se vuoi provare piacere devi andare soltanto con quelli che ti piacciono. Se sei costretta a farlo per soldi e vai con tutti, come facevo io prima di ritornare qua dentro, ad ascoltare le scemenze delle monache, dopo un po' provi fastidio o addirittura schifo».

Rosalina era una ragazza alta e ben fatta, con gli occhi azzurri e i capelli del colore della stoppa; aveva diciassette anni – quasi il doppio di Antonia – e un'esperienza di vita ormai praticamente completa, essendo stata ceduta dalla Pia Casa quan-

[6] *spugnetta*: tipo rudimentale di anticoncezionale.
[7] *rovinata*: violentata.

do ancora non aveva compiuto i dieci anni ad un panettiere di Galliate[8] che s'era impegnato solennemente a sposarla non appena lei avesse avuto le sue *lune*, le aveva anche istituito la dote con un regolare atto notarile: tante lenzuola, tante federe, tanti asciugamani, tanti grembiuli e fazzoletti e cosí via. Prima che diventasse vescovo di Novara il terribile Carlo Bascapè, – disse Rosalina, – le *esposte* della Pia Casa venivano date a chi ne faceva richiesta e prometteva di sposarle, chiunque fosse: giovane o vecchio, ricco o povero, vagabondo o residente; com'era appunto accaduto a lei e a tante altre sue compagne. Anche se tutti poi sapevano benissimo qual era la fine logica di quelle storie, e che genere di contratti erano mai quelli, in cui la parte soccombente era sempre l'*esposta*. Non appena Rosalina aveva avuto le sue *lune* e s'era ingravidata, il panettiere l'aveva messa sulla strada, le aveva detto: «Puttana. Vai a farti sposare da chi ti ha ingallato!» Invece era stato proprio lui a *ingallarla*; ma cosí anche succedeva a tutte le altre e non c'era niente da fare, bisognava andarsene: senza le lenzuola e le federe e tutti gli altri ammennicoli[9] del contratto. Senza un posto dove rifugiarsi; alla ventura. Cosí incinta com'era Rosalina se ne era venuta a Novara, dove una vecchia *mammana* l'aveva liberata del figlio del panettiere e poi l'aveva tenuta con sé, insieme ad altre due ragazze che «facevano la vita» in una casa di piazza dei Gorricci, al primo piano: ogni ragazza aveva una stanza tutta per lei e lí dormiva, s'affacciava alla finestra per farsi guardare da quelli che passavano e poi anche riceveva in privato i suoi clienti, come le signore della buona società ricevono i loro visitatori; era anche lei una signora: anche se la vecchia voleva per sé la maggior parte di ciò che guadagnava, le restavano sempre abbastanza soldi per comperarsi un fazzoletto di seta o un pasticcino di fegato o un flacone di profumo. In quella casa di piazza dei Gorricci, Rosalina c'era rimasta quattro anni e lí era stata felice; nonostante il timore delle gravidanze e d'essere denunciata all'autorità come puttana, e nonostante le bigotte del quartiere si facessero il segno di croce quando la vedevano, e i monelli le gridassero parolacce per strada... Scosse con forza la testa: «Stupidaggini!» Di lí a pochi anni – disse – giusto il tempo che crescessero un po', quegli stessi monelli sarebbero ri-

8 *Galliate*: grosso paese del novarese.
9 *ammennicoli*: piccoli oggetti vari.

tornati a cercarla, e allora anche il loro atteggiamento sarebbe stato diverso... Lei non si vergognava affatto d'andare con gli uomini per soldi: anzi pensava che era meglio vivere in quel modo che non facendo la lavandaia o la sguattera, «tanto la storia è la stessa, che tutti cercano d'ingallarti, ma gratis, e poi anche pretendono che gli fai da serva»; mentre invece una puttana ha sempre attorno tanti uomini che le portano regalini e le promettono di redimerla, e giurano d'amarla... «La maggior parte dei miei clienti, – disse Rosalina, – erano preti che venivano dal contado due volte al mese o anche piú, per romper l'aria; e tutti senza eccezione dicevano d'essere innamoratissimi di me, di volermi togliere da quella vita di vergogna e piangevano su me e sulle mie colpe nell'atto stesso d'ingallarmi: riesci a crederci? Sembravano sinceri; erano sinceri!» Per farla breve: Rosalina era vissuta quattro anni con i suoi preti di campagna che le portavano il miele e le ricotte, l'insalata e la frutta di stagione, e con la *mammana* che la liberava dagli incerti del mestiere[10], in quella casa di piazza dei Gorricci; finché era arrivato a Novara il vescovo Bascapè, ed era stato come quando in primavera il sole improvvisamente sparisce, e nel cielo grigio di nuvole rimbombano i tuoni. I preti e gli altri clienti s'erano diradati fino quasi a scomparire e poi anche una mattina le ragazze s'erano ritrovate sole, senza soldi e senza piú abiti di seta; la *mammana* se ne era andata via durante la notte, prendendo con sé i pochi oggetti di valore e dimenticandosi, nella fretta, di saldare i debiti che aveva fatto negli ultimi mesi: con il padrone di casa, con i fornitori. Erano arrivati gli sbirri, avevano interrogato le ragazze e poi le avevano rispedite ai rispettivi luoghi di provenienza, senza punirle in alcun modo ma con un solenne avvertimento: guai a loro, se si fossero fatte rivedere in città! Rosalina era stata ricondotta alla Pia Casa: che era l'ultimo posto al mondo dove sarebbe ritornata di sua iniziativa. Aveva pianto e gridato, s'era anche buttata per terra in mezzo alla strada ma le sue scene non erano servite a niente,

10 *incerti del mestiere*: gravidanze derivate dall'attività di prostituta. Il dialogo tra Rosalina e Antonia, pur nella crudezza del linguaggio e della situazione, rappresenta uno dei momenti emotivamente piú alti del romanzo, perché in esso sono presenti quasi tutti gli elementi che fanno da sottofondo alla storia di Antonia: l'adolescenza negata, la condizione femminile da vivere come un rischio mortale, i sentimenti sognati e delusi, la violenza e l'ipocrisia degli adulti, dei bigotti, delle istituzioni. Rosalina, la «poveracrista», è, nel suo martirio quotidiano, una figura profetica del martirio che attende Antonia, perché le cause della rovina dell'una e dell'altra sono identiche.

aveva dovuto rivestirsi da *esposta:* col grembiulaccio in tela verde e quelle orribili zoccole di legno che le riempivano i piedi di vesciche e di piaghe... Le Orsoline, che s'erano assunte l'impegno di redimerla, le avevano dato alcuni incarichi: anzitutto, doveva provvedere tutte le mattine a vuotare nel fosso la *ruera* del dormitorio maschile; ciò – dicevano le suore – le avrebbe giovato sia come esercizio fisico, sia per ispirarle un salutare disgusto del fango di cui è fatto l'uomo. Avrebbe poi lavorato in cucina come sguattera e ancora al fosso come lavandaia; sarebbe andata ad attingere l'acqua dal pozzo, avrebbe tenuto pulito il cortile con la ramazza e infine, al termine della giornata, si sarebbe ritirata in chiesa e ci sarebbe rimasta fino a notte, per le pratiche di devozione: le preghiere, le penitenze, i dialoghi con Dio. Il suo vitto era il piú semplice che si potesse pensare, un poco di polenta scondita e un poco d'acqua due volte al giorno; per evitare – diceva suor Leonarda – che gli umori tornassero a riscaldarsi in quel suo corpo già provato dal vizio, e che poi gli umori riscaldati suscitassero le passioni, istigatrici dei piú sozzi peccati. Lei, Rosalina, aveva finto d'adattarsi, per poi scappare: era scappata, o per lo meno ci aveva provato; ma non era riuscita, e cosí era finita lí, nello stanzino del digiuno. Scavalcando al buio il muro di recinzione della Pia Casa s'era ferita malamente con i vetri, e poi anche ci s'era messa quella maledetta bestiaccia – la cagna Diana – ad abbaiare e a tentare d'azzannarla da sotto: erano uscite le suore con i lumi, perfino i soldati di guardia alle mura di Novara erano scesi a vedere cosa fosse accaduto, e a ridere di lei... Un fallimento completo, ed a che prezzo! Rosalina aveva tutt'e due le mani fasciate con delle bende ormai quasi nere per via dello sporco e andò sotto l'inferriata, le sfasciò, mostrò ad Antonia le ferite che si stavano infettando. Disse a se stessa: «Sono stata stupida! La prossima volta che ci provo, a scappare, non sarà di notte e non sarà scavalcando il muro. Uscirò di giorno e dalla porta principale, dovessi anche ammazzare qualcuno! – Chiese ad Antonia: – Non mi credi capace?»

«Cosa farai? – domandò Antonia. – Dove andrai?»

Rosalina si riavvolse le bende intorno alle mani piagate. Fece una smorfia, alzò le spalle: e Antonia, che fino a quel momento l'aveva considerata «una grande», s'accorse da quel gesto che aveva voglia di piangere. Ma durò un attimo. «Andrò in un'altra città, – disse la ragazza. – Almeno per il momento e per togliermi d'attorno: forse a Casale, o a Pavia... Farò la puttana: cos'altro credi che possiamo fare nella vita, noialtre esposte?» Alzò le spalle. Storse il viso, in un sorriso un po' sforzato che avrebbe voluto essere spavaldo; prese il mento di Antonia con due dita, la costrinse ad alzare gli occhi. Scoppiò a ridere. La bambina cominciava a sentirsi a disagio per quei discorsi che la turbavano ed anche un po' per quel modo di fare della compagna; ma Rosalina le parlava senza piú guardarla, e non ci fece caso. «Anche voi che adesso siete piccole, – le disse, – nella vita farete le puttane, o le bestie da lavoro: non c'è scampo! Per quanti rosari abbiate recitato, e per quante comunioni abbiate fatto! Tutte le favole che vi raccontano le monache, fuori di qui non hanno il minimo valore. La Madonna, le Sante, la verginità... Tutte scemenze!» Scosse la testa. Disse ad Antonia: «Del resto, loro stesse sono le prime a non crederci... Ma si farebbero ammazzare piuttosto di dirvi che, come donne e come esposte, la sola cosa che vi aiuterà ad affrontare il mondo è quell'affare che avete tra le gambe. Lí c'è la Provvidenza, quella vera, l'unica che ci viene in aiuto anche quando il mondo intero ci è contro! Tutto il resto sono storie: non mi credi?» Buttò indietro la testa, rise ancora; poi con la mano fasciata diede un colpetto sul grembiule di Antonia, nel punto dove approssimativamente doveva esserci la Provvidenza. Ritornò seria. Mormorò: «Quella è l'unica risorsa che madre natura ci ha dato quando ci ha fatto nascere esposte, e gran parte della nostra vita dipende dall'uso che sappiamo farne, dai retta a una che il mondo l'ha già visto e ha capito come funziona! Ti ridurranno una polpetta se cercherai di affrontare il mondo come dicono le suore! Finirai martire subito, te lo dico io! Anche loro, del resto, le cornacchie: ci hai mai pensato perché sono venute a chiudersi qua dentro? Spose di Dio... I miei coglioni! Sono qui perché nessuno le ha volute, o perché dovevano nascondere i panni sporchi sotto il grigio dell'abito, o per qualche altro motivo che nemmeno mi interessa sapere! Io me le ricordo ai tempi di suor Anna, le Orsoline di San Michele: c'era un viavai tra Novara e la Pia Casa che con quest'altra superiora, brutta com'è, non ci sarebbe stato di sicuro! Uomini di tutte le razze: spagnoli, piemontesi, milanesi, perfino un moro c'è venuto, una volta... Si può sapere cosa ti prende? Ehi, tu: sta' ferma!»

Antonia improvvisamente s'era buttata su di lei, le dava pugni, le tirava i capelli. «Non è vero niente! Sono tutte bugie! Tu sei cattiva!»

Singhiozzava: «Vuoi farmi andare all'Inferno! Io non ti ascolto!»

Si faceva un segno di croce dopo l'altro e guardava la compagna: se era il Diavolo, doveva sparire! Rosalina fece una smorfia: «Che cretina!» S'alzò in piedi; allora Antonia corse all'uscio, tenendosi le mani premute sulle orecchie per non sentire piú quello che l'altra le diceva, le mostrò la lingua in segno di irrisione. Minacciò: «Guarda che chiamo suor Clelia! Le racconto tutto!»

Capitolo quarto

La bassa

Di tanto in tanto, alla Pia Casa, capitava gente che nessuno conosceva e che la superiora suor Leonarda accompagnava personalmente a vedere gli *esposti*. Molte di quelle persone erano nobili squattrinati, o, come allora si diceva, *strapelati*, che cercavano un paggio; altri invece erano artigiani o mercanti che, avendo necessità d'un garzone, s'erano detti: «Andiamo a dare un'occhiata a San Michele, se c'è un ragazzo che può fare al caso nostro!» Quand'erano in mezzo agli *esposti* si comportavano come al mercato dei cavalli; li guardavano ad uno ad uno, li palpavano, chiedevano a suor Leonarda: «Non sarà un ribelle? Non avrà cattive abitudini? Non sarà malato?»; e poi infine si decidevano a scegliere, tra quei poveracci che s'atteggiavano a spavaldi ma in realtà erano terrorizzati dall'idea di separarsi dai compagni, quello che gli sembrava il piú adatto per le loro esigenze, di casa o di bottega. Se ne andavano insieme al malcapitato che li seguiva piangendo tutte le sue lacrime: mentre i compagni, ritornati seri, gli stringevano la mano o lo toccavano, in un ultimo silenzioso saluto. A volte anche accadeva che qualcuno di quei visitatori s'interessasse alle femmine: sapevano cucinare, cucire, assistere un infermo? Ma generalmente tutto finiva lí. Le richieste da parte di privati d'avere in affidamento un'*esposta* erano diventate molto rare, alla Pia Casa, da quando il vescovo Bascapè aveva fatto rigoroso divieto che venissero cedute ragazzette «in prova», ad uomini che dicevano di volerle sposare: com'era accaduto a Rosalina, in passato, e a molte altre. Capitavano di tanto in tanto vecchie dame che cercavano ragazze speciali, per accudire un'ammalata o un paralitico, e che, dopo approfondita ricerca, rinunciavano a trovarle perché non c'era mai stata, né lí né altrove, un'*esposta* come la volevano quelle: dolce di carattere, robusta, laboriosa, onesta e soprattutto... brutta; tanto brutta, da tenere a bada gli uomini soltanto con il suo aspetto e da evitare ai suoi ospiti l'imbarazzo di una gravidanza, con tutto ciò che questa, poi, avrebbe comportato. Per farla breve: mentre i maschi, alla Pia Casa, piú erano belli e piú venivano richiesti, le femmine trovavano chi si interessava a loro soltanto se erano gobbe, o storpie, o bruttissime: e un'*esposta* come Antonia sembrava destinata a diventare adulta lí dentro, perché nessuna benefattrice se la sarebbe mai presa. Anche se tutte la guardavano: non occorreva essere indovini, né profeti, per capire che, crescendo, quella ragazzetta con gli occhi neri come la notte e con quel neo sopra il labbro superiore avrebbe portato il trambusto attorno a sé, dovunque fosse capitata! «Come ti chiami?» le chiedevano le dame. Lei rispondeva «Antonia Spagnolini» e quelle allora le accarezzavano la testa rapata, a volte anche le davano un confetto, una caramella; poi però sceglievano sempre qualcun'altra, con il naso schiacciato e i denti in fuori, o se ne andavano com'erano venute, scuotendo il capo: peccato! Non c'era piú, nella Pia Casa di Novara, una sola ragazza con la gobba, o col gozzo, o con le gambe storte. Erano tutte belle: e nessuno voleva prenderle...

Arrivò il 1600, l'Anno Santo; cominciò il secolo. Ad aprile, in un giorno di mercato, capitarono a San Michele due visitatori d'un genere insolito: contadini, anzi, contadini della *bassa*; che è la parte piana del contado di Novara, ricca d'acque sorgive, e, a sud della città, coltivata prevalentemente a riso. Lui, Bartolo Nidasio da Zardino, era un uomo di circa cinquant'anni, basso e tarchiato, con la barba grigia; sorrideva in un certo modo un poco goffo, come fanno appunto i contadini in città, e si passava da una mano all'altra un cappello a cono, il proverbiale «cappello aguzzo» dei villani. Sua moglie Francesca, che teneva la mano sotto il braccio di lui, aveva un viso rotondo senza età, con due occhi azzurri che mettevano allegria solamente a guardarli; il suo corpo, però, infagottato in uno scialle e in un vestito di lanetta lungo fino ai piedi, appariva sproporzionato e anche un po' informe, con un seno enorme e un sedere cosí grosso che le ragazze della Pia Casa, non appena la videro, dissero: «La culona! La culona!» I visitatori vennero in mezzo alle *esposte* accompagnati da suor Clelia – suor Leonarda non aveva ritenuto di doversi scomodare per due contadini – e la «culona» portava in mano un cartoccio di quei biscotti che oggi si chiamano «biscottini di Novara» e che allora, un po' piú tozzi e un po' piú duri, si chiamavano «biscottini di San Gaudenzio» o «delle monache»: perché una credenza popolare ne faceva risalire l'invenzione ai tempi del primo vescovo di Novara, Gaudenzio, e ne attribuiva il merito alle suore di clausura. Quando si vide che la visitatrice aveva portato il cartoccio per aprirlo lí, e per distribuire i biscotti, la gioia delle *esposte* salí alle stelle: «Evviva la culona! Ci ha portato i biscottini delle monache!»

Fu un arrembaggio: «A me! A me!»

«Non è permesso dargli da mangiare! – strillava suor Clelia, mentre le *esposte* saccheggiavano il cartoccio. – È proibito dai regolamenti! Date qua!»

«Gli verranno distribuiti all'ora del pranzo!»

La visitatrice nemmeno l'ascoltava. «Sí, care, sí – continuava a ripetere. – Avessi saputo che eravate cosí tante, ne avrei portati di piú! Tornerò ancora! Lo prometto!»

In un batter d'occhi il cartoccio restò vuoto e le *esposte* si presero per mano, girarono in tondo attorno ai due visitatori. Cantavano una canzoncina improvvisata sul momento, cambiando le parole di una filastrocca per bambini: «Evviva la culona / che ci porta i biscotti / i biscotti sono cotti / la culona è buona...»

«Le cornacchie sono brutte», stonò una voce. «Cornacchie» era l'epiteto poco riguardoso con cui gli ospiti della Pia Casa – maschi e femmine – chiamavano le monache e suor Clelia si protese in avanti per capire chi aveva parlato ma c'erano tante *esposte*, lí attorno! Ridevano e facevano «ciao» con la manina; cosí a lei, tutt'a un tratto, venne fretta. Disse ai due visitatori: «Su, sbrighiamoci! Prendetevi una di queste vipere, se proprio ci tenete, e che Dio vi aiuti». «In quanto a voi, – scandí, rivolta alle *esposte*, – faremo i conti tra poco! Non vi dico altro!»

«Dipendesse da me, le porterei via tutte, – disse la donna al marito: – ma non si può. Dobbiamo sceglierne una sola». Indicò Antonia. «Ti andrebbe bene, se pigliassimo questa?»

Ad Antonia, che fino a quel momento aveva riso insieme alle altre, e non s'era data pensiero di quegli strani visitatori, sembrò che il mondo s'abbuiasse. «Sono matti? – Pensò: – Dev'esserci un errore!» Lei non aveva nessuna imperfezione fisica, nemmeno i denti sporgenti come Caterina, o le gambe un po' storte come Iselda. Sentí gli occhi che le si riempivano di lacrime. Perché quei due volevano separarla dalle amiche, dalle compagne, tirarla fuori dal suo ambiente? Dove volevano portarla? Perché, lei?

Si ritrovò sopra un carro, rannicchiata tra i sacchi di sementi a guardare il mondo deformato dalle lacrime: la piazzetta davanti alla Pia Casa, il pozzo, il viale dei pioppi che portava al Borgo Santa Croce ed alle mura di Novara; sulla sinistra i campi arati, i boschi, l'orizzonte, il cielo senza una nuvola. Dove andava? Scoppiò in un pianto dirotto, disperato: cosí, ecco, tutto stava per finire! Tutto era finito! Andava incontro all'ignoto! Addio, Pia Casa! Addio infanzia, addio mondo conosciuto... Singhiozzava in un modo tale che avrebbe indotto a pietà anche un uomo molto duro di cuore e Bartolo, che non lo era affatto, guardò la moglie seduta di fianco a lui nella parte alta del carro, le chiese con lo sguardo: «Cosa devo fare?» Lei gli accennò di non preoccuparsi, di partire subito. Allora lui sollevò le redini, le fece schioccare. Gridò al cavallo: «Ah! Va' là!»

«Ve' chi assà!» («Gira a destra!») «I si drè!» («Volta a sinistra!»)

Passo dietro passo, costeggiando le mura, cavallo e carro vennero a Porta San Gaudenzio che si trovava, all'incirca, dov'è oggi la Barriera Albertina: un ingresso monumentale costruito nella prima metà dell'Ottocento in onore di Carlo Alberto di Savoia, Re di Sardegna e principe di Piemonte. Come sempre nei giorni di mercato c'era un gran transito di carri e Bartolo dovette attendere alcuni minuti prima di potersi immettere nella strada principale, per cui una scritta sul muro della casa del dazio, sotto a una freccia, spiegava: *Va a Vercelli, al Po, e poi a Tortona.* Francesca, intanto, parlava alla bambina, cercava di consolarla e di rassicurarla con il suono della sua voce. Le chiedeva: «Perché piangi, Antonia?» Le faceva coraggio, le diceva: «Non perdi niente lasciando quella casa, dei bambini e delle bambine abbandonate sul torno. Starai meglio in campagna, insieme a noi. Ci sono tanti ragazzi della tua età, laggiú al paese: giocherai con loro!» Accennava a Bartolo e a se stessa. Le diceva: «Noi due, vedi, non abbiamo avuto figli, siamo rimasti soli; perciò, se sarai buona e starai bene con noi, ti terremo come se tu fossi nostra figlia e quando verrà il momento che ti dovrai sposare ti faremo sposare da signora, mica da esposta: avrai un corredo tutto tuo! Una tua dote! Mi stai ascoltando? Dimmi almeno perché piangi...»

Antonia, invece, aveva smesso di piangere: i ragazzi hanno questo vantaggio sugli adulti, che anche nei momenti di disperazione riescono a distrarsi. Se ne stava là, rannicchiata in mezzo ai sacchi, voltando le spalle a chi le parlava e guardava con gli occhi spalancati quel paesaggio che non aveva mai visto prima d'allora, con le Alpi bianche nel blu del cielo, e, tra le Alpi, il macigno del Rosa. Uno scenario indimenticabile; e lei, Antonia, era vissuta dieci anni a San Michele, dall'altra parte delle mura di Novara, senza nemmeno sapere che esistevano quelle montagne da cui l'intera regione dove lei stessa era nata prendeva nome: Piemonte! Ben presto, però, altre cose attirarono l'attenzione dell'*esposta*, oltre al paesaggio. Proseguendo per la sua strada, il carro di Bartolo Nidasio si stava inoltrando in un sobborgo che sembrava fosse stato appena costruito, tant'era lucido di vernici, fresco di intonaci, nuovo in ogni suo dettaglio, dai ferri battuti alle tegole dei tetti; e c'era lí per strada una gran ressa, una grande animazione di carri, di carretti, di venditori ambulanti, di contadini – riconoscibili per i cappelli a punta e per i sacchetti di sementi appesi alla cintura – che s'accalcavano e si cercavano e si rincorrevano, gesticolando, gridando, paonazzi per lo sforzo di chissà quali contrattazioni, davanti agli ingressi di osterie dai nomi fantasiosi: Osteria della Luna, Osteria della Corona, Osteria della Croce Rossa, Osteria del Falcone, Osteria del Moro, Osteria dell'Aquila. Quell'agglomerato di tettoie, di case, di recinti per il bestiame e di magazzini era il sobborgo San Gaudenzio, risorto abusivamente a qualche centinaio di metri di distanza dalla porta omonima, dopo le distruzioni volute dal Gonzaga. Stando alla legge, non avrebbe dovuto esistere; di fatto, invece, esisteva ed era anche il luogo dove le strade s'incrociavano e si riunivano: a sinistra, uscendo dal sobborgo, s'andava verso Vercelli e verso il Po; a destra, s'andava verso Biandrate e verso i paesi della valle del Sesia. Era lí che sostavano i convogli diretti in città, che si contrattavano le merci e che si trovavano i sensali di tutto: delle granaglie, dei terreni, dei matrimoni, dei *famigli* e degli *schiavandaj*[1]... Lí, nei giorni di mercato, c'erano i notai che

[1] *famigli... schiavandaj*: i «famigli» sono i braccianti che vivono nelle cascine, gli «schiavandaj» sono i lavoratori stagionali che vengono contrattati di volta in volta.

scrivevano gli atti di compravendita dei terreni e i contratti e le ipoteche per chi era rovinato, e gli usurai che prestavano denaro a interessi altissimi. Di lí passavano le notizie che venivano dalla città e che la voce pubblica avrebbe poi divulgato nel contado: sulla situazione politica, sull'andamento delle guerre, sulle epidemie degli uomini e degli animali e in genere su ogni novità che in qualche modo potesse interessare gli abitanti di quest'ultima frontiera del Ducato di Milano, e del regno di Sua Maestà Cattolica il Re di Spagna: nei cui domini, come già s'è detto, il sole non tramontava mai e anche le tribolazioni non cessavano d'abbattersi sugli uomini, per impedirgli di annoiarsi e per tenerli in forma...

«Appena a casa ti togli quel grembiule da esposta, – diceva a Antonia la signora Francesca, mentre attraversavano il guado dell'Agogna[2]: che è un piccolo fiume dalle acque gelate e oggi non piú limpide, ma ancora limpidissime all'epoca della nostra storia; con lunghe alghe verdi che si muovevano sul fondo ghiaioso, ed ombre viola di pesci che dileguavano non appena si sentivano risuonare gli zoccoli dei cavalli tra i sassi del guado. – Cercheremo nei miei vestiti da ragazza: qualche gonna e qualche farsetto che ti vada bene ci deve essere ancora! E poi compreremo della stoffa, ne faremo dei nuovi. Non te la voglio piú vedere addosso, quella roba!»

Oltre i boschi della valletta dell'Agogna, «ombrosa d'alberi fitti» come ebbe a scrivere – in latino – un poeta della *bassa*, il Merula, la campagna che oggi appare piatta come un tavolo da bigliardo era allora ondulata e colorata con tinte a tratti vivacissime, dal giallo accecante del ravizzone al blu celeste del lino, passando per tutte le varietà di verde: verde smeraldo della segale, verde luminoso del grano, verde azzurro dell'avena, verde tenero delle fave e dell'erba... Piú avanti invece, dove la terra ancora non era stata mossa dall'aratro, erano i fiorellini del marrubio, che è una pianticella selvatica, a ravvivare la tavolozza primaverile formando grandi macchie irregolari d'un colore violetto che s'accendeva per contrasto attorno al giallo sulfureo dei taràssachi o alle chiazze dorate dei ranuncoli; mentre già i primi iris si specchiavano nelle pozzanghere e le delicate infiorescenze dei salici sembravano rabbrividire, sopra i fossi, non appena una brezza leggera arrivava a sfiorarle.

2 *Agogna*: piccolo fiume affluente del Po.

Lungo la strada, a ogni incrocio, c'erano edicole votive dedicate alla Madonna, a Sant'Anna, a San Martino, a San Rocco, al Sacro Cuore di Gesú; sul bivio di Gionzana, una cappella con annesso un piccolo porticato serviva, in caso di necessità, a offrire riparo al viaggiatore che fosse stato sorpreso in quei paraggi dalla notte o da un acquazzone improvviso. La volta interna del portico, che un tempo doveva essere stata affrescata, era ormai tutta annerita dal fumo e cosí pure erano nere di fuliggine alcune grosse pietre disposte per terra in modo da formare un rustico focolare. Mentre il carro dei Nidasio passava lí davanti, si sentí venire dal villaggio nascosto tra i boschi un suono festoso di campane – era l'*Angelus*, che annuncia il mezzogiorno – e la signora Francesca si segnò; Bartolo, che sonnecchiava o meditava, assorto in uno di quei pensieri profondi che il dondolio del carro e la monotonia di un tragitto fin troppo noto gli ispiravano sempre, si riscosse, si raddrizzò; disse: «Ah! Va là!», schioccando anche la frusta per incitare il cavallo ad andare piú in fretta. Attraversarono un boschetto di betulle e di querce e quando ne uscirono Antonia si accorse che il paesaggio era cambiato, da terrestre che era stato fino a quel momento, d'un tratto s'era fatto acquatico. Era il paesaggio della risaia: una laguna abbagliante nel riverbero del sole, suddivisa in una serie innumerevole di scomparti a forma di quadrato, di triangolo, di trapezio, di rombo; un mosaico di specchi che però presentava, qua e là, delle zone opache: dove l'acqua si fermava e imputridiva diventando palude. Come il Borgo di San Gaudenzio, che i nostri personaggi avevano attraversato venendo da Novara, anche quelle risaie, per la legge, non esistevano: avendo il governatore di Milano marchese d'Ayamonte, eccetera (l'eccetera sta al posto dei quindici o venti titoli nobiliari che ne formavano e ne seguivano il cognome), ordinato «*a qualunque persona di qualsivoglia grado, e stato ancora privilegiato, che non ardisca di seminare, ne far seminare riso intorno alla città di Milano per sei miglia, e intorno alle altre città dello Stato per miglia cinque, riservato però, che nel novarese Sua Eccellenza non vuole, che si possa seminare riso in luogo alcuno della provincia senza espressa licenza sua*[3]*, sotto la pena a chi contravverrà alli predetti Capitoli, o ad alcun d'essi per la prima volta della perdita delli frutti, e di scudo uno per pertica*[4]*, la*

[3] *senza espressa licenza sua*: senza suo esplicito permesso.
[4] *pertica*: misura agricola di superficie molto diffusa nel milanese.

seconda volta la perdita delli frutti e de tre scudi per pertica, e la terza volta sotto la pena se sarà fittavolo, massaro, o brazzante[5] *della galera per tre anni, e se sarà padrone della pertica del terreno, di scudi sei la pertica e del bando per tre anni da questo Stato, la qual pena pecuniaria, e ammissione de beni si applicherà per la terza parte alla Camera*[6], *e l'altra terza parte all'accusatore, qual sarà tenuto secreto, e l'altra terza parte all'officio della Sanità*». E ciò, chiariva la *grida*, perché «*il seminar de' risi in alcune parti di questo Stato causa da anni in qua manifesta corrutione et infettione di aere e per conseguente mortalità grande ne' sudditi*[7]». La data in calce alla *grida* era il 24 settembre 1575, anno d'inizio di quell'epidemia che avrebbe poi colpito piú duramente la città e il contado di Milano nell'anno successivo, il 1576: ma quale altro stimolo, o motivo, potevano avere le autorità in generale, e quelle spagnole in particolare, per interessarsi alla coltivazione del riso, se non quello, ricorrente, delle epidemie? Però poi le epidemie passavano, e la coltivazione del riso continuava a prosperare, anzi s'ingrandiva: essendo di gran lunga piú redditizia della coltivazione della segale o del foraggio, ed essendo quella che consentiva al contado e alla città di Novara di portare un carico d'imposte superiore, in proporzione al numero degli abitanti, rispetto ad altre città. Contro le *gride* del d'Ayamonte, e del suo successore Carlo d'Aragona, il 21 aprile 1584 erano quindi insorti «*i Professori Medici del Collegio di Novara*»; affermando sotto giuramento che le risaie «*puoco danno possono apportare a l'Aere et alla sanità Universale de gl'homini, sempre che distino dalla Villa* (città) *un miglio, conforme à l'ordine di Sua Eccellenza, ò puoco meno, e nei luochi il piú inhabili à produr altri frutti lontani dalle strade correnti e sopra tutto provvedendo che le Acque dei Risi decorrino liberamente, ne in modo alcuno si fermino, et impaludino*[8]». Nel 1593, allontanandosi il ricordo dell'epidemia, il governatore Ferdinando Velasco, conestabile di Castiglia, eccetera, aveva concesso che si diminuissero le distanze: per Milano e No-

[5] *brazzante*: bracciante.
[6] *Camera*: Tribunale.
[7] *causa... ne' sudditi*: provoca da molti anni a questa parte un evidente inquinamento e avvelenamento dell'aria e di conseguenza una grande mortalità tra i sudditi.
[8] *puoco danno... impaludino*: poco danno possono recare all'aria e alla salute generale degli uomini, sempre che distino dalla città un miglio, secondo l'ordine di Sua Eccellenza, o poco meno, e nei posti piú inadatti a produrre altri frutti lontano dalle strade piú frequentate e soprattutto se si provvede che le acque delle risaie defluiscano liberamente e in nessun modo si fermino e ristagnino.

vara quattro miglia, per le altre città tre miglia. Restando su queste anche il suo successore don Pedro Enriques de Azevedo conte di Fuentes, eccetera, la città di Novara incaricò il suo oratore ufficiale, il Langhi, di protestare formalmente con il governo di Milano in ogni sede a ciò idonea: «*Perché*, – spiega uno scrittore dei nostri tempi, il Cognasso, – *le coltivazioni di riso nel novarese sono a occidente della città fuori Porta Vercelli e Porta Mortara, sino a Borgo Vercelli, se si proibisce da Novara per quattro miglia e da Borgo per tre, praticamente non vi è piú posto per la coltivazione. Si faceva inoltre osservare che la città non ritraeva alcun danno dall'aere, e che non avendo altri introiti, provvedeva a pagare tutti i pesi* (cioè: tutti i carichi fiscali) *con i proventi del riso*». Il Langhi dunque riferí al governatore le ragioni dei novaresi; il governatore le ascoltò, e lasciò che le leggi rimanessero com'erano. Del resto, era una precisa tecnica di governo al tempo della dominazione spagnola in Italia, questa di costringere i sudditi a convivere con leggi inapplicabili e di fatto inapplicate, restando sempre un poco fuori della legge: per poterli poi cogliere in fallo ogni volta che si voleva riscuotere da loro un contributo straordinario, o intimidirli, o trovare una giustificazione per nuove e piú gravi irregolarità. Cosí è nata l'Italia moderna, nel Seicento: ma può essere forse motivo di conforto, per noi, sapere che il malcostume ci è venuto da fuori, e che è piú recente di quanto comunemente si creda. Tornando dunque al carro dei Nidasio, ed alla storia di Antonia: tale era l'aspetto della campagna novarese in quella mattina d'aprile dell'anno del Giubileo[9] in cui l'*esposta*, rannicchiata tra due sacchi, la guardava scorrere nei suoi occhi spalancati; e chissà mai cosa le passava per la testa vedendo per la prima volta le montagne riflesse e frantumate negli specchi delle risaie, e le lunghe file dei salici con i rami tagliati, e tutto il

[9] *anno del Giubileo*: il Giubileo è una solennità della Chiesa che si celebra ogni 25 anni a partire dal 1300. L'anno in questione è il 1600. Nell'addio di Antonia è sensibile il ricordo dell'«addio» di Lucia posto a conclusione del capitolo VIII dei *Promessi sposi*. Gli elementi naturali sono quasi identici: monti, acque, alberi, e analoga è la posizione delle due protagoniste: Lucia «seduta ... nel fondo di una barca», Antonia «rannicchiata tra due sacchi» sul carro dei Nidasio. Anche il loro stato d'animo non è molto differente: entrambe controvoglia stanno avviandosi verso un futuro sconosciuto. Ma è diverso il rapporto che si stabilisce con il paesaggio: mentre Lucia si allontana e lo percepisce analiticamente e razionalmente, Antonia vi si immerge e assume nella loro interezza «le immagini che si riflettevano automaticamente nei suoi occhi e s'imprimevano nel suo ricordo». Cosí gli oggetti e gli eventi acquistano un valore simbolico molto forte: il «volo d'anatre» allude a un'ansia di libertà, il «serpe» a un'insidia nascosta.

resto. Forse pensava ancora a San Michele e a ciò che le sue compagne stavano facendo in quel momento, a suor Clelia, a suor Leonarda, alla cagna Diana; forse cercava di prefigurarsi ciò che l'attendeva: chi può dirlo! Forse, anzi probabilmente, non pensava a niente; lasciandosi cullare dal dondolio del carro e lasciandosi distrarre dalla novità e dalla varietà delle immagini che si riflettevano automaticamente nei suoi occhi e s'imprimevano nel suo ricordo: un airone ritto in mezzo a una risaia, un volo d'anatre, un serpe che attraversava a nuoto un rigagnolo o addirittura il martirio d'un Santo (San Lorenzo) raffigurato in una pittura d'un'edicola con la graticola, i carnefici, gli Angeli in cielo... Anche agli adulti, assai spesso, capita di vivere i grandi mutamenti dell'esistenza – magari lungamente attesi, o presagiti, o temuti – in una sorta di assenza, e di stupore, che non lascia spazio alla concatenazione logica dei pensieri; in un vuoto di volontà: quasi in un sogno.

Capitolo quinto

Don Michele

«Hai visto? Quella lí è la nostra casa», disse la signora Francesca alla bambina che era rimasta in piedi vicino al carro, dopo che Bartolo l'ebbe tolta di mezzo ai sacchi, prendendola per le ascelle, e l'ebbe messa a terra: e le indicò una bella casa di due piani, con le balconate in legno e il tetto d'ardesia, avvolta e in parte nascosta da un'edera secolare. Ma Antonia non l'ascoltava: guardava l'aia dei Nidasio, tenendo il mento sul petto, da sotto in su. In fondo all'aia, dove il carro era venuto a fermarsi, c'era un albero di fico; poi c'erano le stalle, il granaio, la casa del colono, la tettoia degli attrezzi, le stie dei polli e la montagna del letame. Dietro il letame c'era il resto di Zardino o per lo meno ciò che se ne vedeva stando lí: altre stalle, altri cortili, altre case con i balconi in legno, con i tetti d'ardesia o di *coppi*[1] o di paglia impastata con il fango; altri muri coperti d'edera, altri alberi di fico, altri pollai, altri cortili tenuti separati tra loro da muriccioli irti di chiodi o di vetri perché i ladri e i monelli non potessero scavalcarli. Laggiú, proprio sotto il mucchio del letame, s'era radunato un gruppetto di donne: erano le comari del villaggio, infagottate nei loro scialli neri o grigi, che guardavano l'*esposta* e parlavano fitto fitto tra loro commentando quella gran novità, della Francesca che era dovuta andare fino a Novara, in capo al mondo!, per cercarsi e per trovarsi una mocciosa; come se il paese non fosse già stato pieno di marmocchi, sani e malati, legittimi e illegittimi, di tutte le razze e di tutte le taglie, con un'unica caratteristica in comune, quella di mangiare a ufo! E pazienza ancora – dicevano le comari – se la Francesca fosse andata a prendersi un maschio, i maschi crescono e lavorano nei campi; ma andare a prendere una femmina, in città, era una cosa che non stava né

1 *coppi*: tegole.

in cielo né in terra, che non s'era mai udita. Un controsenso! «Come cambiano i tempi! – commentavano. – E pensare che le nostre madri, e le nostre nonne, affogavano le figlie femmine nella *Crosa* (cioè: nella roggia del mulino) il giorno stesso che nascevano, se erano troppe, o se non avevano piú il latte per allattarle, o se le annate erano scarse: sissignore! Le affogavano come si affogano i gatti o i cagnolini e nessuno ci trovava niente da ridire, nemmeno il prete!» Attribuivano la colpa di tutto ciò che di strano e di sbagliato succedeva nel mondo al nuovo secolo e alla sua smania di novità, per cui la gente, dicevano, «non è piú come una volta!» Si chiedevano: «Di questo passo, dove andremo a finire?» Un po' in disparte rispetto al gruppo delle comari, due donne piccolissime e rugose e quasi identiche tra loro stavano ferme a guardare l'*esposta* e non parlavano, soltanto si scambiavano certe occhiate che dovevano significare: hai visto? È andata a prenderla davvero!, o qualcosa del genere. Quelle donne erano le gemelle Borghesini, «confinanti» dei Nidasio; con cui erano in lite. Le altre comari invece parlavano, come già s'è detto, e non solo parlavano ma anche gesticolavano, mettendosi i pugni sui fianchi, si accomodavano lo scialle o si sistemavano il grembiule con atto di sussiego; ripetevano, scuotendo il capo in modo tale che non faceva presagire niente di buono: «Anche questa ci doveva capitare! Un'esposta a Zardino! In mezzo ai nostri figli!»

«Una figlia del Diavolo! Una piccola *stria*[2]!»

Indifferente alla presenza delle comari o comunque ignara delle loro maldicenze – che del resto non poteva ascoltare, data la distanza – la signora Francesca prese Antonia per mano e s'abbassò a bisbigliarle nell'orecchio: «Hai fame?»

Lei ora aveva alzato il viso e guardava verso casa: il cane nero (si chiamava proprio Nero: ma, questo, Antonia lo avrebbe saputo solamente piú tardi) che abbaiava eccitatissimo, correndo avanti e indietro per quanto glielo consentiva la catena, tirando la catena fino quasi a strozzarsi; i polli, le oche che

2 *stria*: strega (voce dialettale). Fin dal primo momento Antonia è connotata come «strega» dagli abitanti di Zardino. Nell'economia del romanzo questa espressione ha un triplice valore: in quanto modo di dire diffuso e abbastanza comune nella bassa, introduce una coloritura realistica alla scena e al lessico; collocata però nel contesto dell'atteggiamento di diffidenza dei contadini, la parola sottolinea anche il sospettoso rifiuto dell'estranea e ne preannuncia le sventure; infine l'accorrere della gente attorno alla «stria» rivela un tratto della psicologia di massa che si manifesterà in tutta la sua ampiezza e ferocia nel capitolo conclusivo del romanzo.

sbattevano le ali, emettendo i loro suoni inarticolati; i ragazzi e le ragazze di Zardino che le stavano attorno e la guardavano con le bocche aperte e gli occhi spalancati, come se lei fosse stata un'apparizione soprannaturale, d'un altro mondo. Fece cenno con la testa: sí.

La signora Francesca scoppiò a ridere. «Ecco un buon segno!, – le venne fatto d'esclamare. – Anzi no, i buoni segni sono due: che tu abbia fame e che incominci a rispondermi».

Due ragazzette s'avvicinarono all'*esposta*: erano le figlie dei coloni dei Nidasio, che abitavano dall'altra parte del cortile. La piú piccola allungò una mano, sfiorò il grembiule d'Antonia con un dito e subito lo ritrasse. L'altra, che era un po' piú grande di Antonia, le chiese: «Perché ti hanno tagliato i capelli? Sei cattiva?»

Arrivò nell'aia un ragazzetto trafelato, gridando: «Don Michele! Don Michele!» Allora Bartolo si levò il cappello, le comari si voltarono e tutti videro la persona che era stata cosí annunciata venire avanti camminando di buon passo, con a fianco il chierichetto che gli reggeva il secchiello dell'acquasanta e doveva averla già persa quasi tutta per strada, a giudicare da come lo agitava. Don Michele era un ometto vispo e bene in carne, anche se non grasso, d'un'età indefinibile ma certamente superiore ai sessant'anni: vestiva da contadino – fatto nuovo per Antonia, che non aveva mai visto un prete andare attorno senza l'abito nero lungo fino ai piedi – con un paio di brache di fustagno tenute su con lo spago e un giubbone pure esso di fustagno, pieno di rattoppi. Soltanto la stola verde ricamata in oro che don Michele portava a tracolla faceva parte del corredo solito dei preti. Quello strano prete – notò Antonia – non aveva nemmeno la chierica[3]: i suoi capelli, tutti bianchi, erano tagliati corti; le sue guance erano rasate, la pelle del viso era rosea e gli occhi, cosí chiari da sembrare quasi gialli, ricordarono all'*esposta* quelli di un gatto che compariva di tanto in tanto alla Pia Casa e che le monache scacciavano con le ramazze, smaniando come se si fosse trattato di chissà quale animale nocivo. Davanti ad Antonia don Michele si fermò, prese l'aspersorio che il chierichetto gli porgeva e benedisse i presenti «nel nome del Padre, del Figlio e dello Spirito Santo»: schizzando l'acqua

[3] *chierica*: tonsura, taglio circolare e rasatura dei capelli in mezzo alla testa, un tempo tipico dei preti.

fin sul cavallo dei Nidasio, che si ritrasse bruscamente e si sarebbe fors'anche imbizzarrito se non fosse stato legato tra le stanghe del carro. Si rivolse all'*esposta*, le domandò: «Come ti chiami?» E poi, quando lei glielo ebbe detto, le augurò: «Benvenuta, Antonia!»

«Vivi in pace con gli abitanti di Zardino, e che loro vivano in pace insieme a te! Rispetta e onora questi tuoi affidatari[4] come se fossero i tuoi genitori naturali, mandati a te per volontà di Dio! Adora Dio e ubbidisci ai suoi comandamenti. Sii felice!»

«Preghiamo tutti insieme». Le comari s'avvicinarono, borbottando il *Pater noster*; e conviene forse, a questo punto del racconto, approfittare delle loro devozioni per spiegare al lettore del ventesimo secolo che Michele Cerruti, «don» Michele, era effettivamente un prete d'un genere particolare: abbastanza frequente prima del Concilio di Trento e della Controriforma, ma ormai praticamente estinto, nei primi anni del Seicento. Un prete anomalo: che non si faceva scrupolo di usare la chiesa per allevarci i *bigatti*, cioè i bachi da seta, e che perciò in questa stagione dell'anno la teneva chiusa, qualunque cosa succedesse, dovendo ancora riscaldare l'ambiente coi bracieri; ma che anche nelle altre stagioni, di funzioni religiose ne celebrava poche. Un prete mago: che tastando il cranio dei bambini ne prevedeva lo sviluppo fisico ed anche i casi della vita, conosceva le virtú delle pietre e delle erbe e sapeva rimettere al loro posto le ossa fratturate o slogate, legando l'arto tra due assicelle di legno di betulla e pronunciando certe formule di cui lui solo conosceva il segreto... Un falso prete, se dobbiamo dire le cose come realmente stavano: un uomo che sapeva a malapena leggere e scrivere, e che dei suoi studi di filosofia e di teologia amava ripetere d'averli compiuti all'università della vita: andando in giro per i monti e per le valli ad insegnare ai contadini che l'Inferno è orribile, e che se volevano raggiungere il Paradiso dopo morti per la via piú breve, dovevano comperare le indulgenze che lui stesso gli vendeva. Nella diocesi di Novara, per secoli, i falsi preti come don Michele s'erano chiamati *quistoni* e la Chiesa ufficiale aveva fatto finta di ignorarli, cioè in pratica li aveva tollerati; poi, però, da un giorno all'altro i Tribunali ecclesiastici avevano incominciato ad occuparsi di

4 *affidatari*: persone alle quali sei stata affidata, genitori adottivi.

loro e i *quistoni* erano diventati sempre piú rari, fino quasi a scomparire. All'epoca della nostra storia, di *quistoni* ne restavano pochissimi e non andavano piú in giro a predicare o a compiere miracoli ma si tenevano nascosti come don Michele, in qualche valle alpina o in qualche borgo tra i piú sperduti della *bassa*. Quando parlava di sé, don Michele amava raccontare che a soli dodici anni suo padre l'aveva messo al servizio d'un *quistone* vestito da frate, e che la sua carriera era incominciata cosí: girando di paese in paese, e di piazza in piazza, con il falso frate che per far sciogliere ai villani i cordoni della borsa gli raccontava certe storie d'oltretomba – con i lamenti dei defunti e il crepitio delle fiamme infernali – da tenerli poi svegli per chissà quante notti, a sobbalzare nel buio ad ogni minimo fruscio. Queste cose accadevano – raccontava don Michele – quando ancora i *quistoni* erano tollerati e rispettati, e perfino i parroci, in certi paesi, li ospitavano; in quegli anni ormai lontani in cui Novara aveva vescovi dai nomi altisonanti: cardinale Ippolito d'Este, cardinale Giulio della Rovere[5], che però nessuno mai aveva visto e che forse non sapevano nemmeno dove si trovasse quella loro diocesi cosí lontana dalle corti in cui vivevano, ma si limitavano a riscuoterne le rendite. Dopo i vent'anni, s'era messo in proprio: dalle pendici del Monte Rosa fino al Po aveva dimostrato d'avere bene imparato la lezione del falso frate, tenendo certe prediche sulle piazze dei villaggi, che i contadini pur di levarselo di torno gli compravano le indulgenze e tutto quello che lui voleva vendergli; aveva avuto grandi amori, grandi avventure, grandi liti; era stato otto mesi ai lavori forzati, condannato per frode e furto ai danni d'una vedova di Pettenasco, sulla Riviera d'Orta; s'era preso il *mal franzese*[6] ma ne era guarito; per un paio di stagioni e per prova aveva anche commerciato in Reliquie (frammenti di Sante Croci, unghie e denti di Martiri, fili di Sante Vesti e cosí via); finché, avendo quasi raggiunto i cinquant'anni d'età, s'era reso conto che la Chiesa e il mondo erano ormai molto cambiati rispetto ai tempi della sua giovinezza; e che continuando a fare il *quistone* come l'aveva fatto fin lí, sarebbe finito a lavorare in miniera con i ferri ai piedi per il resto dei suoi giorni, o addirittura

[5] *Ippolito... della Rovere*: Ippolito d'Este (1479-1520) e Giuliano della Rovere (1445-1513; papa dal 1503 con il nome di Giulio II) furono potenti cardinali del Rinascimento. Entrambi, tra i molti titoli, furono nominati anche vescovi di Novara solo per poter godere delle rendite diocesane.

[6] *mal franzese*: sifilide, malattia venerea allora tra le piú diffuse.

sulla forca. Bisognava cambiar vita. Andò a Novara: aveva qualche conoscenza tra i monsignori della Curia e tanto blandí, corruppe e trafficò che ottenne d'essere fatto chierico minore. Prese quindi – come allora si diceva – le *patenti* di cappellano di Zardino, pagando all'amministrazione vescovile una somma piuttosto contenuta, d'una ventina di *ducatoni*: con quei soldi, al di fuori della Chiesa, non si compravano nemmeno due stanze per andare a viverci, sicché il suo fu senz'altro un buon affare; in quanto poi alle sue capacità di amministrare il culto, ed ai titoli che poteva accampare per fare il prete, nessuno si prese la briga di verificarli e la faccenda, almeno sulla carta, ebbe i crismi della legalità. A quell'epoca, parrocchie e vescovadi si compravano e si vendevano per denaro come ancora oggi in Italia si comprano le farmacie, le tabaccherie, i banchi del lotto; il prezzo variava a seconda dell'importanza e dell'estensione della parrocchia stessa, della sua rendita accertata o presunta di decime, elemosine, *donatici* e benefici vari; le verifiche sull'idoneità dei preti non sempre si facevano, e non sempre erano rigorose. Don Michele diventò prete, legalmente: nonostante il suo specifico chiericato (era *ostiario*[7]) gli consentisse soltanto di « aprire e chiudere le porte della chiesa, suonare le campane e benedire i fedeli ». Celebrò messa, a modo suo e quando proprio non poteva farne a meno: con lunghe prediche sull'immortalità dell'anima, l'Inferno e il Purgatorio e la remissione dei peccati; battezzò, confessò, uní in matrimonio e accompagnò alla tomba gli abitanti di Zardino; ma, soprattutto, organizzò la seconda parte della sua personale esistenza mettendo a frutto alcune cognizioni acquisite negli anni in cui girava il mondo facendo il *quistone*, e che avrebbero dovuto assicurargli – in quel borgo sperduto della *bassa* dove s'era ritirato per viverci e per morirci – una vecchiaia serena e confortevole, al riparo dei colpi di sfortuna. S'attrezzò dunque di caldaie e di alambicchi per la distillazione delle *graspe*[8], di lettiere per la cova dei *bigatti*, di vasi blu di maiolica in cui teneva certe erbe secche e certe polverine che i villani dei paesi tutt'attorno a Zardino venivano a comperargli anche di notte, quando avevano male di denti o male di stomaco o le loro donne soffrivano le *lune*. Tutte le sere attraversava

[7] *ostiario*: uno degli ordini ecclesiastici minori, che consente solo alcune modeste attività liturgiche.
[8] *graspe*: grappe, distillati d'uva.

la piazza della chiesa ed entrava all'Osteria della Lanterna, ch'era proprio di fronte, per incontrarsi con i suoi parrocchiani e per giocare a carte; ogni due settimane, infine, tirava fuori il carro dalla rimessa e se ne andava a Novara a *romper l'aria*, come anche facevano i veri preti. Alloggiava in certe pensioni familiari, fin troppo ospitali a detta di alcuni, rette da donne di non eccelsa virtú: una tal Paola, una Gradisca, una «*Isabela de Valves dita la Sciveta*» (Civetta) che abitava in contrada della Tela e che tanto s'affaccendò, nei tempi suoi, che arrivò a lasciare traccia di sé nei registri della chiesa cattedrale – reparto nati illegittimi – ed anche in quelli delle carceri del Broletto. Cosí vivendo e amministrandosi don Michele aveva ormai raggiunto i sessant'anni d'età, in buone condizioni economiche oltreché in perfetta salute fisica e mentale; finché un giorno, improvvisamente, il mondo gli era crollato addosso, mandando in frantumi la sua quiete e rimettendo in discussione tutto ciò che lui s'era costruito nel corso della sua vita, anzi: la sua vita stessa. Convocato a Novara, esaminato per conto del nuovo vescovo Carlo Bascapè dal canonico decano del Duomo di Milano, monsignor Antonio Seneca, il povero Michele Cerruti era stato giudicato da costui per ciò che era: un impostore ed un usurpatore dei sacri uffici, meritevole d'essere mandato a tirare il remo sulle galere e forse anche di salire il patibolo; solo l'età già avanzata – diceva la sentenza del processo canonico – rendendolo prossimo al giudizio d'un piú solenne e tremendo Tribunale, avrebbe potuto mitigare la condanna dei giudici terreni, e salvargli la vita. Consegnato all'autorità civile allora rappresentata in città dall'eccellentissimo dottore *utriusque iuris*[9] don Vincenzo Zuccardo, il reo Michele Cerruti («*vero quistone e falso prete*», come fu scritto negli atti di quest'altro processo) si vide mettere al bando da Novara, e dal suo territorio, e da tutte le terre dello Stato di Milano: con pena, nel caso avesse osato tornarci, la prima volta d'essere frustato e poi mandato a remare sulle navi, o a lavorare in miniera; la seconda volta, d'essere appeso per la gola sulla pubblica piazza, in Novara o nel luogo stesso dove si fosse ritrovato, secondo l'opportunità e l'arbitrio di chi avrebbe dovuto decidere in quella circostanza. Atterrito, confuso, don Michele andò al Po in compagnia degli sbirri; si trattenne qualche giorno di là dal

[9] *utriusque iuris*: in latino, «di entrambi i diritti», cioè il diritto canonico e il diritto civile.

confine, a Casale, e poi con mezzi di fortuna e alla chetichella se ne tornò a Zardino; avendo deciso che comunque si mettevano le cose lui non aveva un altro luogo al mondo dove rifugiarsi, e che era troppo vecchio per cambiare ambiente e abitudini di vita; ed anche, che i guai suoi e degli altri *quistoni* divenuti preti si sarebbero risolti entro breve tempo con la scomparsa del comune persecutore, cioè del vescovo Bascapè. Costui – secondo quanto ne diceva chi aveva avuto modo di vederlo da presso – era un uomo esangue, afflitto da una quantità di malattie che lo tormentavano in ogni momento della giornata e di cui poi lui si ripagava tormentando i suoi prossimi; non era ancora lí lí per render l'anima, purtroppo, ma comunque le sue condizioni erano tali da far ragionevolmente sperare che non sarebbe durato a lungo a reggere una diocesi come quella di Novara, e con quei metodi, poi! La diocesi di Novara, lo sapevano tutti, aveva piú di duecento parrocchie senza preti, nella *bassa*, nelle valli, intorno ai laghi; che male c'era, se qualcuna di quelle parrocchie veniva retta e amministrata da un *quistone*, o da un chierico minore, o da uno qualsiasi di quei preti che venivano messi sotto inchiesta proprio in quei giorni, a Novara, per tantissime colpe: simonia[10], concubinato, usura, ignoranza delle Scritture, negligenza nei propri uffici e però in fondo – diceva don Michele – non si erano mica creati da sé soli, cosí com'erano! Erano anche loro figli di Santa Madre Chiesa: magari discoli o illegittimi, ma pur sempre figli; e quale madre snaturata si sbarazza dei suoi figli, perché non le piacciono come sono fatti o perché pensa che non siano degni di lei? E poi: chi li avrebbe sostituiti, quei figli imperfetti? Non ci sarebbero mai stati abbastanza preti per realizzare i progetti del vescovo Bascapè: tanto piú – s'infervorava don Michele – che il mondo già s'era girato un'altra volta e nessun giovane moderno, dopo essersi sacrificato e aver studiato per diventare prete, sarebbe poi venuto a seppellirsi in un posto come Zardino: grazie al cielo, avevano altro per la testa, i giovani di quell'epoca! Se erano ambiziosi pensavano alla carriera, a diventare monsignori, a andare a Roma; se erano idealisti o sognatori, progettavano di fare i missionari in terre lontanissime: l'India, il

10 *simonia*: compravendita di cariche ecclesiastiche a scopo di lucro.

Giappone, le Americhe; la nuova Chiesa, rinata dal Concilio[11], e il Papa personalmente, li spingevano laggiú. Cosí aveva ragionato don Michele ritornando a Zardino; e s'intende però che era anche pieno di paure d'essere denunciato, incatenato, mandato a fare il minatore in una cava di granito o di ghiaia e che quindi aveva cambiato tutte le sue abitudini: si muoveva poco, non andava piú a Novara per nessun motivo, non usciva dal paese. Beveva molto piú che in passato, all'osteria con gli amici e anche da solo; parlava ad alta voce con se stesso: si poneva domande, si dava le risposte. Non diceva messa, non predicava e non amministrava altri sacramenti che il battesimo, ma non era piú successo niente che lo riguardasse, a Novara in Curia: mese dopo mese, stagione dopo stagione, erano ormai trascorsi quattro anni da quando la sentenza contro di lui era stata pronunciata e lui ancora se ne stava là, gli sbirri non erano venuti ad arrestarlo e nessun vero prete s'era presentato per fare il cappellano al posto suo; il vescovo non moriva, non succedeva niente. Sembrava quasi che il tempo si fosse fermato: ma a don Michele andava bene anche cosí. Che lo lasciassero in pace: non chiedeva di meglio!

Finita la preghiera, don Michele si chinò, prese il viso di Antonia tra le mani, la baciò in fronte. Poi le mise le dita tra i capelli, dietro le orecchie, sulla nuca: le tastò pian piano le ossa temporali fino all'occipite, e poi le ossa degli zigomi; le prese il polso sinistro e guardò le linee sul palmo della mano. «Crescerà sana e anche molto graziosa, – disse alla signora Francesca che era entrata in casa e poi subito era tornata fuori, reggendo con tutt'e due le mani un gran vassoio di frittelle. – Dalla forma della testa, – continuò, – direi buona e generosa di carattere ma anche un po' capricciosa, sicché non bisognerà avere troppa fretta a darle marito. La linea della vita, nella mano, è lunga e netta; c'è soltanto un'interruzione sui vent'anni, un pericolo mortale che però verrà superato. Lo sposo voluto dalla Provvidenza non sembra essere un giovane di qua ma un forestiero;

11 *Concilio*: il Concilio di Trento (1545-1563). Convocato per favorire una pacificazione tra cattolici e protestanti, portò invece a una durissima contrapposizione tra le due confessioni cristiane, a ribadire i fondamenti della teologia cattolica e a un rinnovamento organizzativo e disciplinare che rese la Chiesa piú austera, attiva e intollerante. Particolarmente importanti furono i provvedimenti relativi al clero, per il quale vennero istituite speciali scuole di formazione (i seminari) e fissate norme di comportamento molto rigide.

da lui, Antonia avrà un solo figlio e sette dolori, tanti quanti ne ebbe nella sua vita la Vergine Maria. Resterà vedova quando già suo figlio sarà diventato adulto e vivrà a lungo. Non morirà di morte naturale, ma per una fatalità: forse, un incendio...» Lasciò andare la mano dell'*esposta*. Prese con garbo una frittella dal vassoio che la signora Francesca gli stava porgendo, ne assaggiò un angolo. Disse: «È molto buona. Complimenti a chi l'ha preparata!» Allora tutti si fecero avanti per reclamare la loro parte di frittelle, i monelli, il chierichetto, le figlie del colono; quelle stesse comari che fino a pochi minuti prima erano state cosí indignate e seriamente preoccupate per la venuta a Zardino dell'*esposta*, non esitarono ora ad avvicinarsi a lei e alla signora Francesca per mangiare le sue frittelle. Soltanto Antonia rimase ferma dov'era, guardando intimidita i ragazzi che s'azzuffavano intorno al vassoio; e dovette intervenire il padrone di casa, cioè Bartolo in persona, a prendere nel vassoio due frittelle e a mettergliele tra le dita. A dirle: «Mangia. È per te che Consolata le ha fatte, per festeggiare il tuo arrivo. Sono tue!»

Capitolo sesto

I fratelli cristiani

A Pasqua piovve e il fiume straripò: invase boschi e campi seminati, riempí i fossi dentro e fuori del villaggio d'un'acqua scura e fangosa che in certi punti si riversava nelle strade, trasformando in torrenti i sentieri acciottolati e i cortili e gli orti in paludi. Per due o tre giorni non si vide che acqua; a nord, a sud, in ogni direzione fino all'orizzonte; poi pian piano le acque defluirono, si ritirarono negli alvei a loro destinati e il paesaggio riacquistò le sue caratteristiche abituali, coi monelli che andavano attorno armati di reti e d'altri arnesi per catturare i pesci rimasti imprigionati nelle pozzanghere, e gli adulti che invece si davano da fare a rimettere in sesto le cose che l'alluvione gli aveva guastato. Dopo Pasqua arrivarono i *risaroli*: uomini d'aspetto miserabile, dai vestiti cenciosi, con i fagotti di tutti i loro averi appesi a tracolla o portati sotto il braccio; spesso legati l'uno all'altro con grosse corde o addirittura con catene, perché non scappassero; scortati da quegli stessi *capi* che erano andati a scovarli e a reclutarli fino in Val d'Ossola, o di là dal Po nel Monferrato, o nel biellese, e che ora si spostavano assieme a loro di villaggio in villaggio: offrendo i servigi dei loro *risaroli*, e i loro stessi servigi, ai massari della *bassa*... Il lavoro nelle risaie, o, come allora si diceva, *nei risi*, era tra i piú disumani che ci fossero mai stati nella campagna italiana, per l'ambiente in cui si lavorava e per il modo come si lavorava, piegati nell'acqua da buio a buio, spesso battuti come schiavi e sottoposti ad ogni genere di disagi. Le scarsissime testimonianze che se ne hanno, confermano che si trattava di un lavoro considerato peggiore di quello dei condannati al remo sulle galere, e che chi ci si metteva volontariamente, o era disperato o era matto: in entrambi i casi, si trattava quasi sempre di persone che non avevano altra alternativa alla morte per fame. Molti tra i *risaroli* erano uomini cosí sfigurati dal vaiolo o dalla lebbra da essere troppo ripugnanti per chiedere l'elemosina sulla porta delle chiese; molti erano i nati invalidi o i menomati psichici che i genitori mandavano a guadagnarsi il pane cosí, per levarseli di torno oppure anche perché avevano creduto, nella loro ingenuità, a ciò che raccontava chi reclutava *risaroli*: che lavorare *nei risi* fosse una cosuccia da bambini, una sorta di passatempo, o di gioco; e che i loro figliuoli, alla fine della stagione, dopo essersi divertiti a sguazzare nell'acqua avrebbero anche avuto in regalo tanti bei denari da passarci l'inverno. Molti *risaroli* erano vecchi decaduti, a cui importava ormai poco della vita ma che si sarebbero comunque vergognati di chiedere l'elemosina; molti, infine, venivano da paesi cosí poveri, dove conducevano un'esistenza cosí miserabile, che a sentire i discorsi dei procacciatori doveva essergli sembrato d'andare a stare nel Paese di Cuccagna, a mangiare tutti i giorni – due volte al giorno la domenica! – e ad accumulare facili guadagni. Tutti costoro di cui s'è detto, ed altri ancora di cui sarebbe troppo lungo continuare a dire, per venire nel novarese a fare i *risaroli* avevano dovuto mettere la loro firma o la loro croce – nel caso degli incapaci di intendere, la firma l'avevano messa i genitori o i parenti prossimi – in calce a un foglio stampato, che certamente non avevano letto e che era la loro rinuncia volontaria ad essere garantiti dalle leggi, per quel poco o nulla che le leggi del Seicento garantivano a chi non era in grado di garantirsi da solo. Di fatto, ciò che c'era scritto su quel foglio era l'accettazione di una schiavitú temporanea ma completa, che poteva soltanto finire – e spesso, infatti, finiva – prima che spirasse il termine previsto dal contratto, con la morte dello schiavo. A Zardino, come del resto in tutti i villaggi della *bassa*, i *risaroli* arrivavano ogni anno, a metà primavera; e, se non erano già stati contrattati in precedenza da un massaro, si contrattavano e si acquistavano sulla pubblica piazza cioè sul sagrato antistante la chiesa, dove anche si svolgevano gli altri mercati, di bestie e oggetti: tra le bestemmie e le imprecazioni dei *capi*, gli sproloqui dei contadini che cercavano d'abbassare il prezzo d'ogni singolo *risarolo* e la curiosità divertita dei monelli, che diventava entusiasmo se un *risarolo* imbizzito veniva poi ricondotto alla ragione a suon di calci, di pugni e di frustate. I *risaroli*... L'Europa, quando poi ha scritto la sua storia e quella di tutte le altre parti del mondo, ha pianto ipocrite lacrime sui neri che lavorarono nei campi di cotone in America e su ogni genere di schiavi, moderni o antichi: ma non ha speso una parola, una sola!, sui *risaroli*. Nemmeno la Chiesa, cosí prodiga, dopo la Riforma, di missionari e di Santi che accudivano i lebbrosi in terre lontanissime, curavano gli appestati fino in Cina e cercavano di convertire i giapponesi parlandogli in latino, s'è mai accorta della loro esistenza sulla porta di casa. E sí che non erano mica pochi: erano migliaia, di qua e di là dal Ticino, e morivano in gran numero, ogni anno, senza cure mediche e senza conforti religiosi, al modo delle bestie; come anche ci è attestato da una memoria scritta dal magistrato (ministro) della Sanità e indirizzata al governatore dello Stato di Milano, correndo l'anno del Signore 1589. «*Sopra tutto ci cade in considerazione*[1], – cosí, in quella circostanza, ebbe a esprimersi il solerte magistrato, – *che convien riparare alla gran crudeltà, che usano i capi di risaroli con quelle povere creature, che per diversi mezzi, e talvolta con inganno, sono condotte a mondare i risi*[2], *et fare altre opere simili intorno ad essi, le quali patiscono assai per soverchia fatica, et per bere di quelle acque putride, et per non esser dato loro completamente da vivere et trattati con battiture come schiavi, facendoli lavorare per forza quando non possono et sono malati, sí che ne muoiono miseramente anco nei campi et sopra le cassine senza confessione*[3]». La denuncia era grave, le parole non erano equivoche: ma sua eccellenza il duca di Terranova, cui la memoria era rivolta, dovette avere tutt'altre cose a cui badare, e come lui i suoi successori; se dopo piú di settant'anni, nel novembre del 1662, la situazione dei *risaroli* risultava essere immutata o addirittura aggravata, secondo quanto ci è testimoniato da una *grida* dell'allora governatore di Milano, don Luis de Guzman Ponze de Leon, eccetera. (Titoli omessi). «*E perché al tempo*, – recita la *grida*, – *che si mondano li Risi, ò si fanno intorno ad essi altre opere, alcuni chiamati Capi de Risaroli procurano in piú modi unire quantità di uomini, e garzoni, con quali usano barbare crudeltà, perché ridotti con promesse, e lusinghe al luogo destinato, gli trattano male, non pagandoli, o non prouedendo à quelle meschine creature del viuere necessa-*

1 *ci cade in considerazione*: riteniamo opportuno e necessario.

2 *mondare i risi*: la monda del riso consisteva nell'estirpare tutte le piantine di riso e le erbacce presenti in una risaia, separare il riso dall'erba e trapiantare tutte le piantine di riso nella risaia pulita. Il lavoro si svolgeva tutto in mezzo al fango e all'acqua ed era faticosissimo, perché il risaiolo doveva muoversi e lavorare stando sempre piegato.

3 *sí che... confessione*: al punto che muoiono miseramente anche nei campi e nelle cascine senza potersi confessare.

rio, facendogli faticare come schiaui, con battiture, e con asprezze maggiori di quelle, che s'usano con li condannati al remo, di modo che molti, anche ben nati, sedotti come sopra, se ne muoiono miserabilmente nelle Cassine, ò nelli campi circonuicini senz'agiuto non solo corporale, ma né anco spirituale: però volendo S. E. (cioè: Sua Eccellenza) *che nell'auenire non si conduca detti figlioli ò garzoni al macello, ne alcuna persona sia maltratata, ò defraudata della douuta mercede e che sia estinto il nome, traffico, et effetto de detti Capi. Comanda a chiunque,*» eccetera. Inutile trascrivere l'elenco, puntigliosissimo, delle prescrizioni, e poi quello terrificante delle pene, *pecuniarie* e *corporali*: queste *gride* si facevano per la storia, cioè per noi posteri che ne siamo i veri destinatari e che leggendole dovremmo esclamare, o quantomeno pensare: «Che uomo saggio, e pietoso dei suoi simili, ed impaziente di fronte all'ingiustizia, e capace di alti e di nobili sentimenti fu il caballero don Ponze de Leon!» Nella realtà d'ogni giorno non servivano a niente. In pratica, la tratta dei *risaroli* continuò fino all'occupazione napoleonica, e all'Ottocento: quando l'evolversi parallelo del profitto e della pubblica morale nei paesi cattolici permise che si utilizzassero le donne ovunque ci fosse la possibilità di rimpiazzare la mano d'opera maschile nei lavori piú infami e male pagati. Soltanto allora, ai *risaroli*, subentrarono le cosiddette *mondariso*, o *mondine*: che se fossero esistite nel Seicento avrebbero scandalizzato il mondo non con le loro sofferenze ma con l'esibizione – inevitabile, dato il genere di lavoro che si fa d'estate, seminudi nell'acqua e tenendo la parte ignobile del corpo piú alta di quella nobile, che è la fronte – della loro sconcia femminilità[4]: che invece doveva essere tenuta accuratamente nascosta e repressa, secondo quanto prescriveva la Chiesa e volevano i costumi dell'epoca.

«I risaroli! I risaroli!»

Il grido si propagò di cortile in cortile, arrivò all'aia dei Nidasio. Antonia, da quando era a Zardino, trascorreva la maggior parte del suo tempo con le due figlie minori dei Barbero, Anna Chiara e Teresina, che abitavano dall'altra parte del cortile ed erano state le prime ragazze del paese ad avvicinarsi al-

4 *sconcia femminilità*: naturalmente secondo l'opinione della Chiesa e il modo di pensare dell'epoca. L'autore pone in evidenza come il moralismo prenda in considerazione non le situazioni reali, ma gli aspetti secondari o apparenti e su questi basi la propria visione della realtà, visione che assume inevitabilmente caratteri repressivi.

l'*esposta* il giorno del suo arrivo: Anna Chiara l'aveva toccata con il dito, per vedere come reagiva e se mordeva, Teresina invece le aveva chiesto perché portava i capelli tagliati corti. Aiutavano ad accudire agli animali, soprattutto alle oche, oppure anche giocavano tra loro o con le ragazze dei cortili vicini: come appunto quel giorno. Al primo grido, corsero tutte sulla piazzetta della chiesa e i *risaroli* erano già là, guardati a vista da due tizi armati di staffile, che era l'attrezzo specifico dei *capi*: una striscia di cuoio larga un dito che s'avvolgeva attorno alla mano e che, quando veniva usata per frustare, stampava sulla pelle certi segni cosí nitidi, da sembrare fatti con un ferro incandescente. Uno dei due bravacci aveva una benda nera sopra un occhio, un *pistolese* infilato nella cintura e un corno appeso sul petto: impugnò il corno, sorridendo verso le bambine in un certo modo che Antonia si sentí un brivido nella schiena, lo portò alle labbra; ci soffiò dentro piú e piú volte, fermandosi ogni tanto per riprendere fiato. Quel suono lungo e ricco di echi serviva ad avvisare i contadini del paese, dovunque fossero nel raggio d'un miglio, tra le case o nei campi, che erano arrivati a Zardino i *risaroli*, e che erano in piazza. Che venissero a vederli. Soffiando, le guance del briccone si gonfiavano da una parte e dall'altra, e il suo viso, già non particolarmente bello, diventava mostruoso. I ragazzi ridevano a crepapelle. Qualcuno gli gridò: «Sembri proprio un porco!»

«Ne fan pochi, di affari, qui a Zardino!», disse Teresina Barbero: che aveva quasi tredici anni e una predisposizione naturale all'assennatezza, parlava sempre come avrebbe parlato sua madre Consolata. Spiegò: «Quei due capi. Quello con la benda sull'occhio e l'altro. Chissà da dove vengono, chi sono: a vederli, sembrano proprio due banditi!» Si chiese, o forse chiese alla sua compagna: «Come fa un massaro, a prendersi in casa degli uomini cosí?»

Antonia, però, non l'ascoltava. Stava là, con gli occhi spalancati e la bocca aperta: guardava i *risaroli* che s'accalcavano in quella parte della piazza dove c'era il sole e si spingevano, s'urtavano per mettersi al sole, avvolgendosi dentro certe coperte militari che, a giudicare da com'erano ridotte, dovevano essere molto antiche, del tempo di Carlo V o piú vecchie ancora. Qualcuno tra loro batteva i denti; tutti mostravano di avere un gran freddo per la notte trascorsa chissà dove, certamente all'aperto. C'erano dei vecchi coi capelli bianchi, e la pelle del viso e delle mani violacea; c'erano due poveri idioti, riconoscibili per la posizione innaturale degli occhi e per il tremolío della testa e delle mani; c'era un uomo con un gozzo cosí grosso che doveva per forza tenerlo fuori dal giaccone e quella mostruosità pulsava pian piano sottopelle, sembrava vivere di vita propria: era un parassita appeso al collo di quell'uomo, una sanguisuga di forma inusitata, e di dimensioni enormi... C'era un giovane nero di capelli, con il viso devastato da una sorta di lebbra che gli rodeva le labbra, le narici, le orecchie; alzò su Antonia gli occhi lucidi di febbre e la ragazzetta allora si voltò, tentò di dire qualcosa alla compagna ma era cosí sconvolta che balbettava, non riusciva a parlare normalmente. Teresina la prese per un braccio, le chiese: «Cosa c'è? Non ti senti bene?»

«Quei poverini, – riuscí finalmente a dire Antonia. – Da dove vengono? Chi sono?»

La sua nuova compagna alzò le spalle. «Sono quelli che lavorano nei risi, cosa vuoi farci... Vengono tutti gli anni!» Dopo un momento di silenzio, disse ancora: «Ce li ha anche massaro Bartolo. Gli arriveranno a giorni: non te l'ha detto la signora Francesca?»

Antonia strinse i pugni: «Li farò scappare!»

Le brillavano gli occhi. Sussurrò: «Resterò sveglia di notte: non mi credi? Poi, quando tutti dormiranno...»

«Sei matta?» Teresina la guardò seria, l'ammoní: «Non pensarci nemmeno!» «In primo luogo, – spiegò, – i nostri risaroli non scappano perché massaro Bartolo e la signora Francesca li trattano bene. In secondo luogo, se scappassero, i fratelli cristiani li riprenderebbero e forse anche li ammazzerebbero... È già successo altre volte!» Si guardò attorno, se qualcuno le ascoltava. Domandò a Antonia, sottovoce: «Lo sai, tu, chi sono i fratelli cristiani? Li hai mai visti?»

Antonia fece segno con la testa: no.

«Vieni con me, – le disse Teresina prendendola per mano. – Andiamo via. Tanto, qui non c'è proprio niente da vedere: ci sono solo quei disgraziati... Entriamo in chiesa! Se don Michele l'ha lasciata aperta, come fa di solito, voglio mostrarti i fratelli cristiani». La tirò, ma Antonia non si muoveva. L'altra rise. «Su, su! – le disse. – Non avere paura: son dipinti!»

Entrando in chiesa c'erano un gran silenzio, ed un gran buio. Le due ragazzette avanzarono a tentoni, tenendosi per mano e respirando con qualche difficoltà per via dell'aria riscaldata dai bracieri e dell'odore dei bachi da seta; ma il buio, dapprincipio cosí fitto, era in realtà soltanto una penombra a cui gli occhi s'abituavano in fretta e che poi permetteva di vedere, oltre alle luci rossastre dei bracieri, anche le lettiere dei *bigatti* disposte sopra i banchi e perfino le pitture dei muri... Teresina ne mostrò alcune alla compagna, indicandogliele col dito. «Quella è Sant'Agata, a cui viene tagliata la mammella! Quello è San Giulio, che attraversa il lago sul mantello per andare a liberare l'isola dai serpenti! Quel cavaliere inginocchiato è Sant'Ubaldo, e davanti a lui c'è la cerva con la croce!» Proprio di fianco all'altare, sulla destra, c'era un affresco che riceveva piú luce degli altri attraverso la vetrata dell'abside e Teresina vi condusse Antonia: «Sono loro! Guardali! I fratelli cristiani!» L'affresco rappresentava un Santo, riconoscibile dall'aureola, che benediva un gruppo di uomini inginocchiati davanti a lui e quegli uomini erano tutti vestiti d'una tunica bianca legata in vita, tenevano una torcia in una mano e uno staffile nell'altra e avevano la testa ricoperta da un cappuccio con una croce rossa sopra i buchi degli occhi. La scena, pur raggelata nelle forme dell'immagine devota, comunicava allo spettatore un senso d'inquietudine: dove sarebbero andati quegli uomini col cappuccio, dopo aver ricevuto la benedizione del Santo, e cosa avrebbero fatto, cosí equipaggiati com'erano? «Quegli uomini col cappuccio, – disse Teresina a Antonia parlandole sottovoce come se loro, lassú, avessero potuto ascoltarla, – sono i fratelli cristiani di Zardino, e quello in piedi con la faccia scoperta è il loro protettore San Rocco». Le bisbigliò nell'orecchio: «Vanno a cavallo di notte, con le torce; e finché portano in testa il cappuccio con la croce, devono difendersi l'uno con l'altro, e restare insieme senza mai dividersi: uniti fino alla morte! Perciò si chiamano fratelli... Ci riportano i risaroli quando scappano e ci proteggono dagli zingari, dai ladri di cavalli, dagli spiriti delle persone insepolte e perfino dal Diavolo... Cosí, almeno, dice mia madre Consolata! E cosí, in paese, credono tutti!»

Antonia, zitta, guardava la pittura. Lei li aveva già visti, i *fratelli cristiani*: anche se non sapeva che si chiamassero con quel nome. A Novara, nelle processioni del Venerdí Santo: c'erano gli uomini con i cappucci neri e le *cocolle* (mantelli corti che gli coprivano le spalle fino al gomito) che venivano avanti producendo un frastuono spaventoso, da rompere i timpani, facendo girare alti sopra le loro teste certi attrezzi di legno chiamati *raganelle*; quelli erano i *tenebrofori*, letteralmente: portatori di tenebra, e dietro loro, a piccoli gruppi, venivano gli incappucciati dei paesi della *bassa*: le croci rosse, le croci nere, le croci a due braccia e le croci a quattro braccia, con le torce spente; sfilavano, nella luce debolissima dei lumini ad olio sui davanzali delle case; sfilavano, cosí lenti che sembrava non dovessero finire mai di passare. Dietro alle confraternite degli incappucciati ne venivano delle altre, di uomini che si mostravano a viso scoperto, e poi venivano le suore, e i seminaristi, e le pie donne: tutte vestite di nero e tutte in lacrime, portando la statua della Madonna Addolorata e una bara vuota che si chiamava «il Cristo Morto». Dietro la bara, cantando il *Miserere*, venivano gli ordini religiosi, e i preti secolari[5], e i canonici dei due capitoli, quello di San Gaudenzio e quello del Duomo, e i vicari del vescovo, e il vescovo, e le autorità civili, e gli ufficiali, e i soldati, e la folla con i lumi... Si riscosse. Teresina la teneva per mano e la guidava verso l'uscita posteriore della chiesa, continuando a parlarle sottovoce di cose misteriose. Sussurrava: «Mia madre dice che, di notte, tutt'attorno a Zardino ci sono i Diavoli. Vengono giú dai dossi o dalla parte del mulino, non te l'ha detto la signora Francesca? Ce n'è uno che tutti chiamano il Biron ed è un capro con gli occhi rossi come la brace, che si porta via le ragazze se le trova fuori di casa quand'è buio. Se ne è portate già tante! Anche le mie sorelle piú grandi, la Liduina e la Giulia, uscivano di notte e il Biron le ha prese».

Dietro la chiesa non c'era nessuno, il paese finiva lí e le due amiche andarono a sedersi sul bordo di un sarcofago in pietra grigia che, dopo essere stato per chissà quanti secoli il sepolcro d'un tale Cornelio Corneliano, decemviro[6] novarese – secondo quanto ancora si poteva leggere scritto nella pietra – ora fungeva da vasca per abbeverare il bestiame e lavare i panni. Era una bella mattina di primavera, luminosa e piena di sole ma Teresina aveva incominciato a parlare del soprannaturale di Zardino e quello per lei era un argomento irresistibile, che l'appassionava come nessun altro. Del resto, si sa che certi discorsi bisogna farli di giorno e alla luce del sole, perché poi di

[5] *preti secolari*: tutti i sacerdoti che non appartengono a ordini monastici, in pratica i preti delle parrocchie.

[6] *decemviro*: il decemvirato era una carica romana di importanza solo locale.

sera mettono spavento! Anche Antonia l'ascoltava a bocca aperta, senza piú pensare a quei poveri *risaroli* che erano ancora sulla piazza della chiesa, e che con il loro arrivo avevano in qualche modo causato quel suo viaggio tra le ombre e i misteri della *bassa*. Ascoltava con l'avidità istintiva che hanno i ragazzi di ogni paese e di ogni epoca per quel genere di storie. A nord di Zardino – le disse Teresina – in un luogo chiamato la Fonte di Badia c'erano *le Madri*: donne crudeli, capricciose, terribili, sopra il cui altare e alle cui immagini chiunque passava di lí doveva sacrificare qualcosa di ciò che aveva indosso, o che portava con sé, per placarne la collera... Anche il gorgo della Crosa, un ruscello d'acqua sorgiva che scorreva tutt'attorno al paese venendo da levante, e faceva girare la ruota del mulino, era un luogo fatato, pericolosissimo. Lí, sul fondo, c'era in agguato la *Melusia*: una donna coi capelli lunghi e verdi e con le gambe fatte come due code di pesce, che attirava i bambini e le bambine quando si affacciavano sull'acqua per specchiarsi, e, se riusciva ad acchiapparli, li teneva sotto finché morivano affogati. Quanti bambini s'era già presa, la *Melusia!* E poi – disse Teresina – c'erano i *dossi*. Quelle due collinette appena fuori del paese, verso il Sesia: il *dosso* di sinistra, dove il sole tramontava, era infestato da certi orribili serpenti con creste rosse e visi umani, che parlavano; quello di destra, dove c'era un enorme albero di castagno, serviva invece da ritrovo per le streghe: vi si sentivano, di notte, suoni di liuti[7] e di viole e rumori e voci come di gente che si desse buon tempo, sicché nessuno degli abitanti del villaggio s'azzardava piú a raccogliere la legna dell'albero, e i frutti – che pure erano abbondantissimi – d'autunno se li mangiavano i porci. Soltanto una persona in paese aveva il coraggio di andare lassú, ogni anno, a prendersi una manciata di castagne, e saliva sul *dosso* senza alcun timore: Pietro Maffiolo, il *camparo*[8] di Zardino. Quell'uomo alto alto e magro – spiegò Teresina a Antonia – che andava sempre in giro armato d'un bastone uncinato e aveva le gambe cosí lunghe che, quand'era a cavallo alla sua mula, i piedi quasi gli toccavano terra...

«Non ha paura dei Diavoli?», chiese Antonia.

«Macché! – Teresina scoppiò a ridere. – È un mezzo Diavolo lui stesso... Lo conoscerai!»

7 *liuti*: strumenti musicali a corde in uso nel Seicento.
8 *camparo*: guardia campestre (voce dialettale).

Capitolo settimo

Zardino

L'automobilista che oggi si fermasse in prossimità del viadotto del fiume Sesia, sull'autostrada tra Torino e Milano, affacciandosi verso sinistra e verso sud potrebbe ancora vedere in mezzo ai boschi alzarsi il fumo dei *fuochi* di Zardino, se Zardino esistesse: ma non c'è. Nella primavera del 1600 Zardino invece esisteva, ed era anzi del tutto inconsapevole di dover scomparire entro pochi anni: un piccolo borgo come tanti altri piccoli borghi della *bassa*, col suo paesaggio di vigneti e di boschi verso le paludi e gli argini del fiume; di prati e di *baragie* (terreni incolti, brughiere) verso Biandrate; di campi di granoturco, di grano e di risaie verso Cameriano e verso Novara. Con le sue due collinette, dette *dossi*, formate dai depositi del Sesia: che sovrastavano le case verso nord e riparavano l'abitato dall'impeto del fiume durante le piene. La strada principale di Zardino era quella che entrando dalla parte di Novara e del mulino cosiddetto «dei tre Re» attraversava tutto il paese, fino alla piazzetta della chiesa; su quella strada s'affacciavano i cortili e le case, fatte in parte di mattoni e in parte di quegli stessi sassi che erano stati tirati fuori dal terreno da chi lo aveva reso coltivabile qualche secolo prima, e che poi erano serviti per costruire le prime case in muratura, e per acciottolare le strade. I balconi erano in legno, e cosí pure le tettoie per tenere riparati gli attrezzi e i carri; le stalle, anziché essere ricoperte di tegole come le abitazioni degli uomini, avevano i tetti fatti di paglia impastata con il fango. Tutto ciò che si vedeva stando tra le case era grigio, angusto, primitivo e però anche, nella buona stagione, tutto era fiorito di convolvoli e di roselline rampicanti; l'edera s'affacciava in cima ai muri, tralci di vite s'intrecciavano ai balconi, lasciavano pendere i grappoli cosí bassi che non c'era bisogno di scala per raccoglierli, bastava alzare la mano. Nelle case, i soffitti si toccavano, le porte e le finestre erano proporzionate alle stanze, cioè molto piccole, la convivenza anche di poche persone diventava subito affollamento e promiscuità; ma, di solito, le persone che vivevano dentro queste case di contadini all'inizio del Seicento non erano mai poche. Fuori delle case, nei viottoli, nelle vigne, nei cortili resi pittoreschi da esposizioni di pannocchie di granoturco, di pelli di coniglio e d'altri piccoli animali, di mazzi d'agli e di cipolle, di lenzuoli e d'altri panni stesi dopo il bucato, la vita umana ferveva e s'agitava, non piú insensata che in altre parti del mondo: pastorelle scalze badavano alle oche che se ne andavano liberamente lungo i fossi; vecchi incurvati dagli anni e deformati dalle artriti lavoravano dall'alba fino a notte in certi orticelli resi inespugnabili con siepi d'alberi spinosi, barriere di rovi, pali aguzzi ed altri artifici degni di figurare in un moderno manuale di guerriglia, per impedire l'accesso ai monelli, agli asini, alle oche, agli animali di tutte le razze e di tutte le taglie che pascolavano liberamente nel paese, facendo danni dove potevano. Piccole nicchie nei muri contenevano statuette ed altarini della Madonna Nera d'Oropa[1] e d'altri Santi che, per antica consuetudine, si credeva proteggessero le case e i loro abitanti da ogni sorta di mali: malocchi, epidemie degli uomini e del bestiame, siccità, grandine, discordie... Ogni mattina si vedevano le donne che andavano verso il gorgo della Crosa – quello stesso gorgo dove, secondo Teresina, la *Melusia* stava in agguato per acchiappare i bambini – reggendo in equilibrio sulla testa la cesta dei panni da lavare: si sentivano da quella parte del villaggio i tonfi e i colpi dei lenzuoli sbattuti contro le pietre o nell'acqua, e le voci e le risate delle *lavandere*; si sentivano anche i loro canti, e le loro imprecazioni e i loro strilli se qualcuno le molestava. Questo fatto, delle *lavandere* molestate dai viandanti, a Zardino si verificava con una certa frequenza e aveva anche originato, in passato, rustiche guerre contro i paesi vicini, con spedizioni punitive e ritorsioni, da una parte e dall'altra, che potevano andare avanti anche per anni, ma non c'era rimedio: il lavatoio, cioè il punto dove le acque della Crosa erano piú profonde e piú limpide, si trovava proprio di fianco alla strada per Novara, tra il villaggio e il mulino « dei tre Re »; di lí, a ogni ora del giorno e soprattutto alla mattina, passavano carri e carretti, muli e asini e cavalli di contadini che portavano i loro gra-

[1] *Oropa*: santuario frequentato da molti devoti nel novarese.

ni al mulino, per macinarli: *melga* e *melghetto* (granoturco e grano saraceno), *formento*[2] e segale e perfino alcuni legumi, come i ceci, dovevano essere ridotti in farina per farne cibo per gli uomini e mangime per gli animali, ma sempre in piccole quantità; la farina non si conserva, i grani sí. Quei contadini venivano anche dagli altri villaggi della *bassa*, dove il mulino non c'era o macinava a un prezzo ritenuto maggiore o macinava male, e non tutti e non sempre resistevano alla tentazione d'andare a vedere le *lavandere* da vicino, con quel ben di Dio che mostravano quand'erano piegate sull'acqua; o di rivolgergli, passando per strada, qualche rustica galanteria, qualche offerta focosa di se medesimi. Insistendo quelli, le donne gli rispondevano d'andare a fare quelle stesse offerte alle loro mogli, o alle loro sorelle, o alle loro madri, e dopo qualche scambio di parole gli innamorati respinti proseguivano per la loro strada; ma, come già ho avuto modo di dire, si erano verificate in passato liti anche serie, quando qualcuno aveva messo le mani, oltre che gli occhi, sulle parti carnose delle donne: erano accorsi i mariti e i fidanzati dal villaggio, e dalle parole si era passati ai fatti. C'erano stati contusi e anche feriti, qualche spirito un po' troppo acceso aveva avuto modo di raffreddarsi nelle acque sempre gelide della Crosa, era saltato fuori qualche coltello... Del resto, questa era la vita della *bassa* con le sue luci e le sue ombre e se anche in una di quelle liti ci fosse scappato il morto, i suoi parenti l'avrebbero seppellito e tutto sarebbe finito lí, i giudici e gli sbirri di città non sarebbero certamente arrivati a Zardino per cosí poco; ognuno badava a se stesso e alle sue cose, nel Seicento, e per badare a tutti c'era solo Dio; avevano ben altre faccende a cui pensare, i Tribunali dell'epoca! In quanto al mulino, di già che l'abbiamo nominato, basterà dire che si chiamava «dei tre Re» per via d'una pittura quasi cancellata dal tempo e dalle intemperie, di cui restavano soltanto poche tracce – per l'appunto, tre teste barbute e coronate – sulla facciata e sul portone d'ingresso; e che era uno dei mulini piú antichi e piú noti di questa riva del Sesia, da Borgo Vercelli su su fino a Biandrate.

Il mercato a Zardino si faceva sulla piazza della chiesa, due volte al mese, il primo e il terzo lunedí; arrivavano gli ambulanti da Novara e dai paesi della valle del Ticino: Trecate, Oleg-

2 *formento*: frumento (voce dialettale).

gio, Galliate ed esponevano le loro mercanzie di terrecotte, di attrezzi per l'agricoltura, di lettiere e d'altri strumenti per allevare i *bigatti*, di trappole per gli animali selvatici e di reti per i pesci, di calzature, di tessuti. In quei giorni, l'Osteria della Lanterna di fronte alla chiesa diventava un locale animatissimo, un vero e proprio mercato nel mercato per ogni genere di trafficanti, dal *bacialè* (sensale di matrimoni) al cavadenti, dal barbiere che tra una barba e l'altra s'occupava anche d'affari di salute e di cuore, al venditore di grasso di marmotta per curare le artriti, al *pénat*[3]: che era un eroe di queste contrade della *bassa*, l'individuo piú odiato e piú adulato dalle comari. Sul suo conto, correvano voci incontrollabili che gli attribuivano vizi e malvagità tali da far impallidire la memoria di Erode, o di Giuda Iscariota, o di Nerone; ma quando poi le comari lo incontravano per strada, gli si appianavano tutte le rughe del viso e gli occhi gli brillavano di felicità. Era lui, il *pénat*, che gli comprava la spiumatura delle oche pagandola al minor prezzo che riusciva a strappargli, ma pagandola in contanti: e l'amore e l'odio che le comari provavano per lui si può capire soltanto se si pensa che la vendita di quelle piume, per le donne della *bassa*, era l'unico modo di guadagnare del denaro, indipendentemente dai mariti; e che quelle *berlinghe*[4] che gli dava il *pénat*, per antica consuetudine le donne non le dividevano con nessuno, erano soldi loro; il principio della loro autonomia economica, il primo passo dell'emancipazione femminile in questa parte di pianura e di mondo. Circolavano tra le comari, e si tramandavano di madre in figlia, le leggende d'alcuni *pénat* divenuti ricchissimi rivendendo a caro prezzo ai materassai di Novara, di Vigevano o addirittura della lontana Milano quelle stesse piume che loro, le povere comari!, avevano dovuto cedergli per pochi spiccioli. Palazzi, carrozze, servitori; mezzi quarti e quarti di nobiltà con le relative carriere nell'esercito e nel clero, messi su a forza di spiumar oche, cioè comari... Queste cose in genere si raccontavano d'inverno, quando ci si riuniva di sera nelle stalle per stare al caldo e fare chiacchiere; e

[3] *pénat*: voce dialettale che indica un compratore ambulante di penne e piume d'oca. L'uso di espressioni dialettali è finalizzato a rendere il colore e il ritmo del mondo contadino. Ma nell'uso del dialetto è implicito anche un messaggio ideologico: la cultura «in lingua», piú potente, è estranea al mondo della campagna: può dominarlo (vedi nota 15, p. 159), giudicarlo (vedi cap. XXI, p. 204), ma non è in grado di comprenderlo realmente (vedi cap. XV, p. 144).

[4] *berlinghe*: monete in uso nel Seicento, ricordate anche nei *Promessi sposi*.

veniva anche sussurrato, in gran segreto, il nome di una famiglia di nuovi nobili novaresi ch'erano saliti in auge dopo l'arrivo degli spagnoli e che, senz'ombra di dubbio, discendevano da una lunga, lunghissima prosapia[5] di usurai e di commercianti di piume. Quei nuovi nobili – si bisbigliava nelle stalle – ora avevano titoli e palazzi e sui portoni di quei palazzi c'erano stemmi scolpiti nella pietra che rappresentavano un animale a quattro zampe, venuto fuori da chissà dove. Ma se si fosse voluta rappresentare la vera origine della loro nobiltà – dicevano le comari – su quegli stemmi ci sarebbe dovuta essere un'oca. Una bella oca rampante: ecco il loro emblema!

Per vedere Zardino un po' dall'alto, al di sopra dei tetti e dei comignoli, bisognava salire sul campanile della chiesa dedicata a San Rocco oppure anche su uno dei due *dossi* che il Sesia aveva formato nei secoli accumulando materiali durante le sue piene e che i viventi all'inizio del Seicento chiamavano, rispettivamente, *ceppi rossi* e *dosso dell'albera*. Quelle due montagnole, basse e larghe, sono scomparse da tempo immemorabile, come il paese: i ciottoli di cui erano fatte sono poi serviti a costruire i nuovi argini del fiume e la terra è stata spianata, prima con i buoi e poi con le pale meccaniche, per dare spazio alle tradizionali coltivazioni del granoturco, del grano o del foraggio o a quella nuova, importata dall'America, del pioppo canadese; sicché ormai si può dire che di quei luoghi, e di quell' ambiente in cui si svolse gran parte della nostra storia, non esiste piú nulla, nemmeno la memoria! La pianura, che ai tempi di Antonia era ondulata e in parte incolta, oggi è piatta e coltivata dappertutto; le lunghe file dei pioppi s'intersecano ad angolo retto con i bordi delle risaie, creano un paesaggio nuovo e assai diverso rispetto a quello che fu nei secoli il paesaggio originario di questa regione, di boschi e di brughiere, di paludi e di prati. Anche il corso dei cosiddetti *fontanili*, cioè delle acque sorgive, che una volta era tortuoso e imprevedibile – qua torrente o rigagnolo, là stagno – ora è stato rifatto con la squadra e in molti casi col cemento. Tutto è ordinato e geometrico e tutto è disposto per dare il massimo profitto: una fabbrica a cielo aperto di cereali, cellulosa[6] e granaglie, senza quasi piú storia. I due *dossi* che sovrastavano Zardino, invece, erano già molto

5 *prosapia*: generazione.
6 *cellulosa*: viene ricavata dalla lavorazione del legno dei pioppi e serve per produrre la carta.

antichi all'inizio del Seicento: antichi di secoli, forse addirittura di millenni. Il *dosso dell'albera*, sul cui pendío dalla parte del paese un tempo doveva esserci stata una vigna, perché le radici delle vecchie piante ancora rigermogliavano qua e là, prendeva nome da un'*albera* secolare – un castagno – cosí grande che per abbracciarne il tronco due soli uomini non bastavano, dovevano essercene tre; sul tronco del castagno era ancora decifrabile una scritta intagliata col coltello, a lettere maiuscole e con le erre rovesciate, che tutti gli abitanti di Zardino e dei dintorni leggevano, anche se non sapevano leggere: *albera dei ricordi*. Naturalmente e per quanto l'ipotesi possa forse sembrare suggestiva, i ricordi intesi come memoria non c'entravano per nulla: il significato vero della scritta era un'attribuzione di proprietà dell'*albera* e dei frutti della stessa a una famiglia di mezzadri – i Ricordi, appunto – emigrati dal milanese o forse addirittura dal Veneto, che ormai da quasi mezzo secolo erano andati via da Zardino, non essendo riusciti a mettervi radici; chi si ricordava ancora di loro ne parlava come di gente prepotente e rissosa, che aveva cercato di attribuirsi, senza averne diritto, la proprietà di alcune *baragie*[7] e di alcuni terreni destinati a pascolo, tra cui appunto il *dosso dell'albera*. L'altro *dosso*, quello dei *ceppi rossi*, era invece un roveto, una pietraia popolata di serponi assolutamente innocui, a cui però la fantasia popolare attribuiva la capacità di emettere suoni, di parlare, di fascinare la gente con lo sguardo e di compiere prodigi, se possibile, ancora piú straordinari di questi che s'è detto: arrivando addirittura ad immaginarseli in forma di draghi, forniti di ali e di creste e di artifici pirotecnici che gli uscivano dalla bocca e dalle narici. La gente di Zardino considerava maledetti i *ceppi rossi* per via d'un fulmine che in un passato nemmeno troppo lontano aveva spezzato e bruciacchiato due alberi di quercia che ne ornavano la sommità, distruggendo anche un'immagine votiva d'una Madonna – con la sua edicola di legno – inchiodata sul tronco d'uno di quegli alberi. I ceppi delle due querce, corrosi dall'umidità e lavorati dagli agenti atmosferici, s'erano poi ricoperti, col passar del tempo, d'una sorta di lichene, o di muffa rossastra, che nei riflessi del tramonto s'accendeva sempre d'un colore rosso vivo; e quel fenomeno, visibile anche dall'altra parte del Sesia, aveva fatto sí che il nome del *dosso* cambias-

7 *baragie*: brughiere, terreni coperti da sterpaglie e arbusti.

se rapidamente, nel volgere di pochi anni: da *dosso della Madonna*, che era stato, a *ceppi rossi*. Meno chiare erano invece le ragioni per cui la gente considerava maledetto il *dosso dell'albera*. Circolava da un po' di tempo quella voce che Teresina aveva riferito a Antonia, che vi andassero le streghe a fare il *sabba*[8] e ad adorare il Diavolo: ma, come fosse nata, nessuno avrebbe saputo dirlo. Non c'erano streghe nel passato di Zardino, per lo meno nel passato prossimo; in quanto poi al *dosso*, i piú vecchi si ricordavano d'un'epoca quando ancora l'*albera* non apparteneva ai Ricordi, e chi voleva poteva salirci: non proprio fino alla sommità ma comunque fino a un'altezza notevole, di trenta piedi e anche piú. C'erano dei rudimentali scalini in legno inchiodati sul tronco dell'*albera* e da lassú – dicevano i vecchi – quando il cielo era sereno e l'aria limpida, si vedevano le guglie del Duomo di Milano a trentacinque miglia di distanza, e Moncalvo nel Monferrato, e i santuari del biellese; si vedevano le Alpi dal Monte Bianco al lago di Garda e il Sacro Monte di Varallo[9]: si vedeva il mondo. Poi erano venuti i Ricordi con le loro pretese di proprietà: avevano cercato di trasformare il *dosso* in una vigna e attaccavano lite con chiunque si avvicinava all'*albera*; e poi ancora aveva incominciato a circolare quella voce delle streghe, che a Zardino in realtà non s'erano mai vedute, e la gente, sui *dossi*, non ci andava piú...

A Zardino, la vita era monotona. Soprattutto d'inverno, quando il lavoro dei campi era quasi fermo; gli animali, rannicchiati nella paglia, attendevano la primavera e il nuovo sole e ogni genere di rapporti sociali si trasferiva dalle aie nelle stalle: dove i monelli continuavano i loro giochi, i vecchi sonnecchiavano oppure anche raccontavano, a richiesta, le storie dei tempi andati a chi desiderava ascoltarle e le comari si mettevano sedute in cerchio per cucire o per filare, secondo quanto dicevano loro stesse; in realtà, per chiacchierare fitto fitto, fino a notte inoltrata. Era lí che nascevano «le voci»: quelle stesse voci – pettegolezzi, intrighi, calunnie e assurdità varie – che ancora oggi, alla vigilia del Duemila, sono un elemento essenziale e irrinunciabile della vita dei paesi della *bassa*; ma che ora, per

8 *sabba*: fantastico festino notturno animato dalla presenza delle streghe e del diavolo.

9 *Sacro Monte di Varallo*: insieme di edifici religiosi che coprono tutta la pendice di una collina nei pressi di Varallo Sesia; la costruzione dei sacri monti fu incentivata dopo il Concilio di Trento.

effetto del progresso, possono intrecciarsi con le notizie del giornale e della televisione, e possono diffondersi anche in altri modi rispetto a quelli d'una volta: per esempio col telefono, o addirittura – potere dell'alfabetizzazione! – con le lettere anonime. All'inizio del Seicento, invece, le voci nascevano per intero dalle ossessioni e dai livori di chi le metteva in circolazione e si diffondevano in un solo modo, da bocca a orecchio; ma il risultato finale non aveva poi niente da invidiare a quello di oggi, perché quelle voci passavano con grandissima rapidità da una stalla all'altra intrecciandosi con altre voci d'altre stalle, d'altri villaggi, d'altri inverni: formavano un tessuto inestricabile di menzogne e di mezze verità, un delirio verbale di tutti contro tutti che finiva sempre per sovrapporsi alla realtà, condizionandola, nascondendola, determinandone sviluppi imprevedibili; fino a diventare, esso stesso, la realtà. Con la buona stagione, poi, le voci continuavano a circolare e a fare danni ma l'attenzione della gente si spostava altrove, sulle «liti di cortile» e sulle «liti d'acqua»: due elementi che rimescolarono per secoli gli umori altrimenti torpidi degli abitanti della *bassa*, e assicurarono a Novara la presenza in città di una colonia molto folta di legulei, causidici[10], procuratori, notai, periti agrimensori, scrivani ed altri addetti alle cause giudiziarie; seconda solo per numero – la colonia di cui sopra – a quella, ancor piú numerosa, dei preti e dei religiosi in genere. E mi sia consentito, a questo punto del racconto, di deporre per un istante la penna, e di soffermarmi a riprendere fiato e slancio: perché qui la materia del narrare s'innalza, e il compito dello scrittore si fa difficile. Ci vorrebbe un grandissimo poeta, un Omero, uno Shakespeare, per parlare in modo degno ed adeguato di quelle liti di cortile della *bassa*, che s'iniziavano quasi sempre da un nonnulla: un panno steso, un pollo morto, un bambino morsicato da un cane e poi duravano per secoli, con un accumulo tale di odio tra le parti in causa che, se pure non arrivava a produrre morti sgozzati e finali da tragedia, sarebbe stato comunque sufficiente per dare forma logica e significato ai piú atroci massacri della storia; è qui infatti, nelle liti di cortile, che l'odio umano si raffina e si esalta fino a raggiungere vette insuperabili, diventa un assoluto. È l'odio puro: astratto, disincarnato, disinteressato; quello che muove l'universo, e che sopravvive a tutto. L'amore umano, tanto cantato dai poeti, a

10 *causidici*: avvocati di scarso valore.

confronto dell'odio è quasi un fatto inesistente: un granello d'oro nel grande fiume della vita, una perla nel mare del nulla e niente piú. Anche le liti d'acqua, pur nascendo da cause d'interesse, del tutto prive di elementi ideali, potevano tuttavia raggiungere ed anzi spesso raggiungevano una loro oscura, negativa grandezza. In piú, avevano risvolti di tipo sociale, di lotta tra le classi e cose simili, che hanno fatto la storia; essendo tutte le coltivazioni di qui, e sopra tutte la coltivazione del riso, legate alla presenza, particolarmente cospicua in questa parte di pianura, di acque fluviali e sorgive: ne consegue che i padroni veri della *bassa* non erano i padroni della terra, allora ancora suddivisa in molte proprietà piccole e minime, ma erano i padroni dell'acqua cioè dell'ingente e ramificatissima rete di *fontanili* e *rogge, cavi* e *cavetti, diramatori* e *scolmatori* e cosí via, che era ed è, per l'economia di questa zona, l'equivalente di ciò che è la circolazione del sangue per il corpo umano. Pochi padroni, e assai potenti: la Curia vescovile, i grandi feudatari novaresi e lombardi, l'Opera del Duomo, i Domenicani, i Gesuiti, l'Ospedale con la Pia Casa... Contro costoro si lottava, nella *bassa*, in due tempi e in due modi. Innanzitutto, di giorno: i contadini, riuniti nelle rispettive comunità, s'appellavano al Tribunale di Novara per avere l'acqua che necessitava alle colture, al giusto prezzo; e poi, di notte, s'arrangiavano per loro conto ad aprire varchi abusivi nelle *rogge* o a scardinare le chiuse, lasciando spesso all'asciutto le risaie dei vicini e compiendo altre prodezze, che sarebbe troppo lungo elencare ora. Accadeva cosí che dal tronco originario d'una lite d'acqua germogliassero, come i rami dalla *capitozza*[11] del salice, decine e decine d'altre liti: del proprietario dell'acqua contro il singolo contadino, del contadino contro la sua comunità, dei contadini tra loro e contro ignoti, delle comunità contro altre comunità, o contro singoli contadini; che le chiuse dei *cavi* e delle *rogge* fossero spesso vigilate – come oggi sono vigilati gli uffici postali, e gli sportelli delle casse di risparmio e delle banche – da bricconi armati fino ai denti, assoldati dai proprietari delle acque per dissuadere i ladri con la loro presenza, o per punirli se la dissuasione non avesse dato i risultati sperati; e che ogni tanto – date le premesse, la conclusione è inevitabile – ci scappasse il morto.

11 *capitozza*: tipo di potatura che prevede il taglio del tronco a una certa altezza per favorire la gettata di altri rami.

Capitolo ottavo

Gente di risaia

Arrivò il caldo, scoppiò la primavera: quella seconda, dei papaveri che incendiavano campi e prati a perdita d'occhio, e del verde tenero del riso che velava e rendeva opachi gli specchi delle risaie, trasformando quella parte di pianura in un'immensa prateria affocata dal sole. Di notte, il frastuono delle rane era cosí forte che stordiva: dopo un po' che lo ascoltavi, nemmeno lo sentivi piú. Antonia, che pure ormai aveva avuto modo di conoscere il paese di Zardino e tutti quelli che ci vivevano, e di farsi conoscere a sua volta da loro, provava però ancora dei sentimenti contrastanti, di attrazione ma anche di paura, per quel nuovo ambiente dov'era capitata. La impaurivano gli uomini: invece di parlare gridavano, spingevano fuori i suoni dalla gola senza poi riuscire a articolarli con la lingua, si capivano solo fra di loro, e con che sforzi! O le donne: quando la incontravano per strada restavano ferme finché lei non era passata e facevano certi gesti, certi segni, che soltanto loro sapevano cosa volevano dire... Alcune di quelle comari erano bruttissime, cosí magre e vestite di nero da sembrare la morte adunca, che si vede dipinta nei cimiteri con in mano la *ranza*[1]; o, al contrario, cosí grasse e cosí sfatte da non avere quasi piú forma, ridotte a forza di parti e di fatiche come quella Consolata Barbero che abitava nel cortile dei Nidasio, e che aveva fatto le frittelle per l'*esposta* il giorno del suo arrivo. Consolata era una massa di carne senza età, con un viso troppo piccolo rispetto alla mole del corpo e due piccole mani sospese a mezz'aria, nel punto dove approssimativamente avrebbero dovuto esserci i fianchi. La stessa signora Francesca, che di figli non ne aveva avuti e non s'era mai dovuta sforzare troppo nel lavoro, aveva, a detta di suo marito Bartolo, tre cose troppo grandi: il

[1] *ranza*: falce (voce dialettale).

«davanti» cioè le poppe, il «didietro» cioè il sedere e infine il «cuore»; quest'ultimo, però, inteso non come massa muscolare e come organo vero e proprio, ma come sede degli affetti e della generosità.

C'erano tipi umani assai diversi, a Zardino, rispetto a quelli che Antonia aveva conosciuto in città. Macchine da lavoro. I *risaroli*, innanzi tutto: che arrivavano a maggio, se ne andavano a settembre e dormivano di là dall'aia, sopra il *càssero*[2], su un po' di paglia. A differenza di quegli altri che si contrattavano sulle piazze dei villaggi, questi di Bartolo Nidasio non avevano *capi*: erano montanari delle valli sopra Varallo che ogni anno scendevano spontaneamente in pianura per «fare la stagione» del riso e guadagnarci tante *berlinghe* e tanti *soldi milanesi* da passare poi l'inverno senza patire la fame, sepolti nella neve delle loro montagne. Dapprincipio, la ragazzetta li spiava, aspettando l'occasione di parlargli e di farseli amici; ma i *risaroli* non parlavano con nessuno e non avevano niente da dire, né a lei né ad altri. Lavoravano dall'alba a notte disposti in lunghe file, piegati in avanti per quanto l'equilibrio glielo consentiva, con l'acqua alle ginocchia: avanzavano lentamente, trapiantando il riso sotto il sole che li bruciava e li stordiva; estirpavano le erbacce. Cantavano: per quanto la cosa possa sembrare strana, e di fatto lo sia. Cantavano non per gioia ma per alleviare la fatica; per distrarsi ascoltando il suono della propria voce; per sentirsi vivi. Come già s'è detto, erano tutti montanari e molte loro canzoni, con minime varianti, erano le «canzoni della montagna» o «degli alpini» che ancora oggi si conoscono, in Italia, e che ancora si cantano; le parole cambiano da un secolo all'altro ma le melodie sono antiche e quasi eterne come i supporti ritmici e vocali su cui si basano: il passo del montanaro che sale alla baita, il suo grido di richiamo da una valle all'altra, lo scroscio del torrente, lo scampanio disteso delle vacche al pascolo. Altre canzoni, in cui la montagna non aveva parte, parlavano invece d'una rondinella che era partita e non tornava, d'una luna che s'annegava in fondo a un pozzo, d'un giuramento rinnovato e poi perduto, d'un cuore infranto che si rimava con un fiore e poi con un amore. Anche queste canzoni, però, non erano molto diverse da certe canzoni moderne del genere melodico, ed erano quasi tutte tristi.

2 *càssero*: fienile (voce dialettale).

Antonia vedeva i *risaroli* una volta al giorno, quando gli portava da mangiare insieme alla sua nuova amica Teresina e alle altre due figlie dei Barbero: la signora Francesca e Consolata gli caricavano i cibi sul carretto «dei panni» – cosí detto perché nelle altre stagioni serviva soltanto a portare i panni al lavatoio – e loro quattro, al tocco dell'*Angelus*, uscivano dal paese. Vedendole arrivare, Bartolo dava fiato al corno: allora i *risaroli* si raddrizzavano, adagio e non senza difficoltà, perché dopo tante ore di lavoro le giunture stentavano a riprendere il loro assetto normale. Barcollando, inebetiti dalla fatica, storditi dal sole, s'inerpicavano sull'argine e quand'erano all'asciutto si mettevano seduti con la schiena appoggiata a un salice, o si buttavano per terra lí dov'erano, con gli occhi aperti spalancati a fissare il cielo. Se parlavano – e ciò accadeva quando proprio non potevano farne a meno – si scambiavano pochissime parole in un loro dialetto gutturale che le ragazze non capivano; di solito, però, non dicevano niente. Prendevano il pane dalle mani di Antonia e a volte non alzavano nemmeno gli occhi per vedere chi glielo porgeva, a volte invece la guardavano in un modo tale che alla ragazza faceva ancora piú impressione dei loro visi irsuti, dei loro denti gialli e radi, delle loro cicatrici. La guardavano come si guarda il nulla: senza vederla. S'avventavano sul pane.

Un'altra macchina da lavoro con cui Antonia s'incontrava tutti i giorni era quel Giuseppe Barbero, colono dei Nidasio e marito della già nominata Consolata, di cui tutte le bambine di Zardino avevano una gran paura, a cominciare dalle sue stesse figlie, e l'avevano subito detto anche alla loro nuova compagna: che per amor del cielo non restasse mai sola col Giuseppe! Che scappasse non appena lo vedeva, e, se lui la chiamava, che scappasse piú in fretta! «Forse poi non ti fa niente, ma chissà! È meglio non metterlo alla prova!» Giuseppe Barbero era un uomo piuttosto basso di statura, quasi calvo, con le braccia troppo lunghe rispetto al resto del corpo e la bocca priva di denti a seguito d'una infezione delle gengive, per cui, anziché parlare, farfugliava[3]; quella mancanza dei denti non gli impediva però di continuare ad essere ciò che a detta dei suoi compaesani era sempre stato, cioè un gagliardo mangiatore d'ogni cosa mangiabile oltreché un bevitore di capienza smisu-

[3] *farfugliava*: parlava in modo confuso.

rata, tra i piú capienti che mai si fossero visti nella *bassa*: che è una terra, si sa, tanto ricca d'acqua quanto assetata di vino. A vederlo camminare per strada, con la parte inferiore del viso che si muoveva come per masticare l'aria, gli occhi persi nel vuoto e le mani che gli arrivavano alle ginocchia, sembrava un essere privo d'intelletto, uno scimmione; ma chi lo conosceva bene assicurava che il Giuseppe Barbero era furbo, e mica poco! Era un *balòs*: un furbo pieno di malizia, un furbo cattivo. Quanti figli avesse, nessuno lo sapeva, perché in parte erano nati dalla moglie e in parte dalle due figlie maggiori, Liduina e Giulia: che però ormai da tempo se ne erano andate a vivere chissà dove, e non davano piú notizie. Grande lavoratore, grande mangiatore, grande bevitore come s'è detto e poi anche, naturalmente, grande *ingallatore* di femmine, da piú di trent'anni il Giuseppe Barbero una volta alla settimana s'ubriacava e nella notte tra il sabato e la domenica cercava d'*ingallarsi* tutto il pollaio domestico, che all'epoca della nostra storia era composto dalla moglie Consolata e da tre figlie ancora piccole: Teresina di tredici anni, Luisa di dieci e Anna Chiara di otto. Dall'altra parte del cortile, ogni sette giorni, si sentiva un fracasso indiavolato: arrivavano le bambine in lacrime a casa dei Nidasio chiedendo di passare la notte lí, perché «papà era diventato cattivo»; la signora Francesca le metteva a dormire nella stanza di Antonia dove c'erano due lettini, due per letto; e poi tutto, pian piano, s'acquietava. Questi fatti succedevano anche in molte altre case di Zardino e dei paesi attorno; ovunque nelle campagne, all'inizio del Seicento, la notte del sabato era una notte maledetta, in cui accadevano cose che poi, chi le faceva, avrebbe voluto non averle fatte e però puntualmente ritornava a farle la settimana dopo, perché non c'erano alternative: il lavoro dei campi era duro, anzi durissimo, gli svaghi erano inesistenti, la televisione doveva ancora essere inventata... Dei figli maschi dei Barbero soltanto un bambino di sei anni, Irnerio, abitava con i genitori. Due ragazzi piú grandi, Pietro Paolo e Eusebio, lavoravano come *famigli* alla Badia, dove anche vivevano. Un altro figlio, di nome Gasparo, faceva invece lo stalliere a Novara, a servizio d'un nobile Tornielli; e qui dobbiamo fermarci, perché Antonia conobbe solo questi e perché un elenco completo dei figli maschi e femmine di Giuseppe e Consolata Barbero non era mai stato fatto da nessuno e sarebbe stato lungo. La stessa Consolata, quando iniziava la rassegna dei suoi figli, perdeva il conto. S'aiutava con le dita. «Questo è vivo, – diceva; – quello è morto. Questo partí nell'ottantotto per fare il carradore[4]. Quello lo mise al mondo la mia Giulia nell'anno dell'eclisse: che anno era? Quest'altro abita a Ghemme e fa il sacrista. Quello se ne è andato di casa l'ultima volta che suo padre lo ha battuto e non ha piú mandato a dire niente: forse è morto». S'asciugava gli occhi. Le dita delle mani finivano subito e allora lei si rassegnava: «Cosí è! Cosí dev'essere, donna! I figli volano, se ne vanno per il mondo: vivono, muoiono, soltanto Dio può sapere dove sono!» Difendeva il marito in ogni circostanza. «Il mio Giuseppe è un brav'uomo! sosteneva. – Non è vero che sia vizioso. È un gran lavoratore! Lui lavora dalla mattina alla sera come un animale da fatica e soltanto quando è ubriaco cerca di molestare anche le figlie. Se fosse vizioso, cercherebbe sempre!»

Se la prendeva con Zardino, con la *bassa*. «In questi paesi, borbottava tra sé e sé, – l'unico divertimento è fare figli! Non c'è altro!»

Se nessuno la vedeva, verso sera, Antonia attraversava l'aia dei Nidasio, girava dietro al mucchio del letame e andava a cercare Biagio per insegnargli a parlare. Biagio (il cui nome, negli atti del processo, compare sempre accompagnato dall'aggettivo *stulidus*: «*stulidus Blasius*» cioè «Biagio lo scemo») era un ragazzo di dodici o tredici anni, nipote e servo di quelle gemelle Borghesini – Agostina e Vincenza – di cui già abbiamo avuto occasione di dire che erano vicine di casa dei Nidasio, e in lite con loro. Queste gemelle Borghesini erano entrambe nubili; possedevano una bella vigna, un bell'orto ed erano anche padrone di Biagio: che gli era stato regalato quand'era ancora piccolo, da un loro fratello residente a Pavia. Il fratello s'era accorto che nel bambino qualcosa non funzionava e aveva deciso di portarlo in campagna alle sorelle, perché crescendo le aiutasse, come sta scritto negli atti del processo di Antonia: «*A fine che le ajuti nel horto et conzi per loro li lavori grossi, quali che loro essendo femine no podono per se sole conzarsi*[5]». Nessuno dice, ma s'intende agevolmente, che il bambino era figlio

[4] *carradore*: artigiano che riparava i carri.

[5] *A fine... conzarsi*: in modo che le aiuti nell'orto e faccia per loro i lavori pesanti, che esse, poiché sono donne, non possono fare da sole. L'imposizione di condizioni di vita e di lavoro particolarmente gravose a handicappati psichici era purtroppo una costante, e si accompagnava anche ad altre gravi violenze (vedi cap. XIV, pp. 139-40).

del fratello stesso, forse addirittura figlio legittimo; in quanto poi al verbo *conzare, conzarsi* (acconciare, acconciarsi), dovette essere una parola assai diffusa in questi luoghi e in quell'epoca, a giudicare dalla frequenza con cui ricorre nelle nostre carte: non solo nel suo significato specifico di «aggiustare», «adattare» e simili, ma anche spesso con significati piú generici, di «fare» o addirittura di «andare» («*si conzò a Pavia*»). Fosse merito dell'aria di campagna, o della sua naturale costituzione fisica, il povero Biagio crebbe e si sviluppò nel volgere di pochi anni, diventò un ragazzone grande e grosso: ma il suo cervello non cresceva di pari passo con il corpo, anzi a ben vedere non cresceva per niente. Era però molto mite e molto docile: faceva tutto quello che gli dicevano di fare e capitava spesso di vederlo – riferí un testimone al processo – venire su dalla vigna tirando un carretto, o portando una trave sulle spalle, con dietro una delle due gemelle che lo sgridava e gli dava bastonate come si fa con gli animali, senza che lui mai accennasse a ribellarsi. Grande e grosso com'era, si faceva battere dalle gemelle e da chiunque: perciò tutti lo chiamavano «lo scemo»! Soltanto Antonia non rideva di Biagio, anzi gli si avvicinava quando le gemelle non potevano vederla; lo prendeva per mano, gli insegnava i nomi delle cose. Gli diceva: «La casa. L'albera. Il cielo», indicandogli gli oggetti nominati. (L'*albera* era il fico in fondo all'aia dei Nidasio). Lui guardava il dito di Antonia; sembrava trasognato. Ripeteva: «La ca-sa. L'al-be-ra. Il zi-elo»; perché cadendo s'era rotto un dente davanti, e certi suoni non riusciva a pronunciarli. A volte anche Francesca lo prendeva per mano, lo faceva entrare nella stalla o dentro casa per dargli da mangiare qualcosa che aveva messo da parte apposta per lui; ma faceva ciò con molte precauzioni, perché se le gemelle Borghesini se ne fossero accorte, avrebbero citato i Nidasio davanti ai consoli[6] di Zardino accusandoli – come già era successo in passato – «d'avergli voluto rubare il loro nipote»; «di aver dato delle vivande appetitose al loro nipote per attirarlo verso la loro casa». Lo accarezzava sulle guance, gli diceva: «Poverino. Devi aver pazienza!»

«Prima o poi creperanno, quelle due vecchiacce!»

Come già a San Michele, anche a Zardino Antonia di tanto in tanto s'appartava, o andava a spasso per suo conto. Fu cosí

6 *consoli*: autorità locali del paese.

che diventò amica del *camparo* Maffiolo, quello che i ragazzi del paese chiamavano *il Fuente*. Quando lui camminava per le stradette di Zardino, impettito come soltanto i vecchi militari sanno esserlo e cosí alto che passando davanti all'osteria doveva piegarsi per non urtare nell'insegna, i monelli gli gridavano: «Viva 'l Fuente! Viva 'l Fuente!» (Cioè: viva il conte di Fuentes governatore dello Stato di Milano; che, per burla, fingevano di riconoscere nel Maffiolo). Se lui invece appariva a cavallo della mula, coi piedi che quasi gli toccavano terra, i monelli gridavano: «Viva 'l Fuente e la mujé!», evviva il governatore e la sua consorte; e tiravano la coda alla *mujé*, o addirittura ci si attaccavano per farsi trascinare. Per Antonia, invece, l'anziano soldato diventò presto «nonno Pietro»: un amico che vigilava sui suoi giochi e le raccontava com'è fatto il mondo. Capitava a volte di vederli camminare fianco a fianco, con lei che lo teneva per mano e lo ascoltava a bocca aperta, guardando in su, e lui che le parlava delle guerre che aveva combattuto, dei paesi lontani che aveva visitato, dei grandi uomini che aveva visto da vicino, e con cui aveva parlato...

Di «don» Pietro Maffiolo, guardia campestre di Zardino all'epoca della nostra storia, oltreché nonno adottivo della piccola Antonia, si sapeva soltanto che era stato soldato del Re di Spagna per piú di trent'anni, su vari fronti; e che poi, quando s'era ritirato nella *bassa* a fare il *camparo*, s'era portato con sé quella sua vita anteriore legata al braccio, come allora usavano i soldati, chiusa in un astuccio di latta che conteneva i suoi tre brevetti[7]: di soldato scelto, di sergente, di alfiere; oltre ad un numero imprecisato di encomi e di attestati di merito e al diploma di congedo «con onore» firmato personalmente da sua eccellenza don Pedro Alvarez de Zuñiga, capitano generale del ventisettesimo *tercio* (reggimento) di stanza nelle Fiandre. I suoi capelli, già allora, erano tutti grigi: ma ciò non era bastato a frenare gli impeti amorosi delle comari di Zardino e dintorni, per cui l'arrivo in paese d'uno scapolo – e d'uno scapolo cosí distinto, cosí pratico del mondo! – non era cosa di tutti i giorni. Come tante altre *terre* della valle del Po, all'inizio del Seicento, anche la bassa Valsesia aveva sovrabbondanza di donne, vedove e nubili; e piú d'una, dopo l'arrivo in paese del Maffiolo, s'era messa in testa che fosse l'uomo del destino, manda-

7 *brevetti*: certificati, attestati.

to apposta per sposare lei: tra queste, la vedova Ligrina del mulino della Morta (un cascinale cui era stato posto quel nome per via d'un corso d'acqua che andava a morirci); e la Giovanna Cerruti, che aveva avuto il marito ucciso dai briganti nell'ottobre dell'ottantasei e non era piú riuscita a trovarne un altro; e le gemelle Borghesini che erano piccole e brutte ma possedevano alcuni terreni, come già s'è detto, e avevano anche fatto circolare la voce che chi si fosse presa l'una o l'altra sarebbe stato come se le avesse prese tutt'e due... Tutte queste donne, e altre ancora, nei primi tempi che il Maffiolo era a Zardino lo salutavano ad alta voce e con ostentazione, gli dicevano: «Buon giorno, signor Pietro!» Lo invitavano nei loro orti a riposarsi o dentro casa a bere un bicchiere di vino, gli domandavano: «Come fa a vivere un uomo tutto solo? Non sentite il desiderio d'avere qualcuno che si prenda cura di voi?» Lui gli rispondeva un po' in italiano un po' in spagnolo, si inchinava profondamente portandosi la mano destra sul petto, ringraziava del vino e... se ne andava! Inutile descrivere la rabbia delle aspiranti fidanzate deluse. Come spesso accade in tali circostanze, il loro amore disinteressato e sincero s'era poi trasformato in odio: e l'odio delle comari, nella *bassa*, produce «voci». Nel caso del *camparo* Maffiolo le voci erano particolarmente insistenti e velenose e spiegavano la sua avversione per le donne attribuendogli un rapporto, come dire?, un po' speciale, con la sua mula. Si sussurrava da molti inverni, nelle stalle di Zardino, che lui lavasse gli zoccoli della sua mula tutti i giorni con acqua di boraggine; che la nutrisse con le *biete*, i *ramolacci* e le altre erbe di stagione, che si coltivano negli orti per gli uomini; che la riparasse dal gelo, nelle notti rigide, mettendole addosso una trapunta di lana. Che la tenesse e la trattasse, in ogni circostanza, come una moglie: e si sa, non c'è bisogno di spiegarlo, cosa vuol dire la parola «moglie»...

Con Antonia il *camparo* s'intratteneva volentieri e però anche un po' si vergognava di quella sua debolezza, si diceva: «Stare a far chiacchiere con una ragazzina! Devo essermi rimbambito! È la vecchiaia!» Ma poi, quando se la ritrovava davanti, la prendeva per mano come faceva sempre; le chiedeva dove stesse andando e ce l'accompagnava. Le parlava delle terre di là dalle montagne, dei paesi che lui aveva conosciuto facendo il soldato: della Germania, delle Fiandre, perfino della lontana Polonia dove d'inverno le notti sono lunghissime, molto piú lunghe che da noi, e gli orsi e i lupi s'incontrano per strada. Ma soprattutto le raccontava della Spagna. «La Spagna, – le diceva: e la ragazzetta lo ascoltava a bocca aperta, sgranava gli occhi, – è il piú grande paese che c'è al mondo! Lí si toccano gli estremi di ogni cosa: ci sono città cosí grandi e cosí belle che le parole da sole non bastano a descriverle, e poi anche ci sono luoghi dove la gente vive ancora nelle grotte come si faceva nei tempi antichi, quando l'uomo era un animale tra i tanti che popolano la terra. Da lí vengono i piú grandi Santi, i piú grandi malfattori, i piú grandi ricchi, i piú grandi poveri, i piú grandi in ogni cosa. Lí, tutti i giorni, accadono miracoli!» A Santiago di Compostela, raccontava il *camparo*, davanti al Portico della Gloria i ciechi vedono, gli storpi si raddrizzano, i paralitici camminano e i muti parlano; ma nelle strade di Toledo e di Madrid c'è gente capace di levarti la bisaccia di dosso senza nemmeno sfiorarti con un dito: e pure quello, se ci rifletti, è un miracolo! Davanti a ogni chiesa ci sono nugoli di mendicanti, puzzolenti e infetti da non potercisi avvicinare; in mezzo a loro, abbandonati da tutti, ci sono i nobili decaduti: conti, duchi, che cosí pagano già su questa terra i loro errori di debiti di gioco, di *mal franzese*, di dissolutezze, di delitti. «Ma tra i Grandi di Spagna, – diceva poi il *camparo* dopo una breve pausa, – cioè tra i grandi della terra, ci sono persone che vengono dal popolo, come noi: che con la loro stessa volontà, – mi capisci, Antonia? – accumulando denaro nelle Americhe, o mettendo a profitto il loro ingegno qui in Europa, sono riusciti a capovolgere il destino e a scavalcare le antiche gerarchie: dal niente al tutto! Una nuova nobiltà!» Si fermava, muoveva un braccio tutt'attorno. «Cosí è la Spagna!», esclamava: e dovunque si trovasse in quel momento, quel gesto faceva sempre uno strano contrasto coi muricciolі di sassi, con le siepi, con gli orizzonti troppo angusti di Zardino. «Cosí è la Spagna», ripeteva in tono piú basso. «Il piú grande sogno che l'uomo abbia mai sognato! Il Paradiso e l'Inferno sulla terra: mescolati fra loro, per noi vivi!»

Capitolo nono

La tigre

Nella primavera dell'anno del Signore 1601 migliaia di persone della bassa Valsesia, e tra esse Antonia, andarono in pellegrinaggio a Biandrate a vedere la tigre imbalsamata e gli altri animali meravigliosi e mostruosi che i reverendi padri missionari della Compagnia di Gesú portavano attorno di villaggio in villaggio, di città in città, nello Stato di Milano e in tutta Europa: per stimolare le nuove vocazioni, mostrando al popolo cristiano i progressi compiuti dalla vera fede nei paesi lontani e inesplorati e per raccogliere offerte d'ogni genere, in denaro ma anche in sacchi di riso, di frumento, di segale; in porci e capre e capponi vivi, che i villani si trascinavano appresso, venendo dai piú sperduti villaggi della *bassa*; in forme di formaggio e salami d'oca. Biandrate è un borgo della *ripa* del Sesia un po' piú a nord di Zardino e i nostri pellegrini, per andarci a piedi, dovettero partire dall'aia dei Nidasio prima che il sole sorgesse. Erano in sette: la signora Francesca con Antonia, Consolata Barbero con le figlie e con il piccolo Irnerio. Il cane Nero li seguí, come faceva sempre, per un breve tratto fuori del paese; poi tornò indietro. Per aiutare le missioni, ma anche per rifocillarsi durante il percorso, le due donne portavano ciascuna una *paniera*[1] piena stipata d'ogni ben di Dio: uova sode, salami sotto grasso, ciccioli d'oca[2], marmellata di prugne. I ragazzi si tenevano per mano: Luigia con Irnerio, Antonia con Anna Chiara. Soltanto Teresina, che era la piú grande e che si considerava già adulta, una donna fatta!, chiudeva il gruppo camminando da sola. Procedettero seguendo il bianco della strada tra le siepi degli orti e tra i campi seminati, e quando costeggiarono il *dosso* su cui stormiva nel buio, nera e gigantesca,

1 *paniera*: cesto, grosso paniere (voce dialettale).
2 *ciccioli d'oca*: gustoso alimento ricavato facendo fondere il grasso dell'oca.

l'*albera dei ricordi*, Antonia si sentí gelare, trattenne il fiato; strinse la mano di Anna Chiara cosí forte che la bambina si lamentò: «Mi stai facendo male!» Poi, cominciò a albeggiare: a destra, dalla parte di Novara. Su un orizzonte indistinto, nebuloso, affiorò il sole: un disco rosso, un po' velato, che alzandosi s'accendeva d'una luce sempre piú vivida, si rifletteva nell'acqua delle pozzanghere e dei fossi e sui bordi delle nuvole, costringendo le donne – quando uscirono dal bosco – a ripararsi gli occhi col fazzoletto che tenevano in capo, e i bambini a farsi schermo con le mani. Antonia non aveva mai visto sorgere il sole e si ricordò di quell'alba fin che visse; ancora se ne sarebbe ricordata, a Novara, quand'era prigioniera nella Torre dei Paratici e guardando attraverso le feritoie nella prima luce del mattino vedeva sotto di sé il rosso dei tetti, e le nebbie della pianura, e il Monte Rosa[3] che affiorava da quelle nebbie, irraggiungibile, come il suo sogno di salvezza... Ecco, – avrebbe pensato in quei suoi ultimi giorni – io vorrei essere lassú!» Arrivarono alla Fonte di Badia che il sole era già fuori dai vapori, ma l'erba nei prati era ancora bagnata di rugiada: e si stupirono, scendendo, di non vedere *le Madri* rispecchiarsi sulla superficie dello stagno, tra le ninfee e i rami dei salici che scendevano fino ad unirsi con i loro riflessi. «Non ci sono piú le Madri!», esclamò Teresina. Si guardarono attorno. La lastra di marmo con lo gnomone[4] conficcato nel mezzo stava sempre là, sopra i gradini di pietra grigia della fonte, a segnare le ore della *bassa;* sulla sua base in muratura una scritta ammoniva:

TEMPORA METIMUR
SONITU UMBRA
PULVERE ET UNDA
NAM SONUS ET LACRIMA
PULVIS ET UMBRA SUMUS

(«Misuriamo le ore / Col suono e con l'ombra / Con la polvere

[3] *Monte Rosa*: la montagna apparirà agli occhi di Antonia imprigionata cosí come era apparsa al poeta Dino Campana, «attraverso le inferriate di un carcere» (vedi la *Premessa*, p. 4). Il Monte Rosa, stagliato all'orizzonte, vicino eppure irraggiungibile, rappresenta una perfetta visione della «chimera», ossia di uno stato di felicità impossibile. La natura, che qui prende contorni netti dalla luce dell'alba, per Vassalli non è solo un insieme di piante, animali e minerali; ma è tutto ciò fuso nel pensiero dell'uomo, nella memoria collettiva che serba il senso della continuità della storia, degli oggetti e delle tracce del passato (è il caso delle divinità celtiche, per cui vedi nota 5, p. 85).

[4] *gnomone*: asta dell'orologio solare, la cui ombra serviva per segnare le ore.

e con l'onda / Perché noi stessi siamo polvere e ombra / Rumore e lacrime» e nient'altro); ma sulla riva opposta dello stagno erano stati tolti i due blocchi di marmo, informi e levigati dalle intemperie piú che dalla mano dell'uomo, in cui la fantasia popolare per almeno due millenni aveva visto effigiate le piú antiche divinità della regione, le Matrone celtiche: diventate Madri Matute in età pagana e poi, con il cristianesimo, *le Madri*[5]. Al loro posto c'era un rustico altarino: pochi mattoni legati insieme con la calce e, sopra questi, una Madonna bianca e blu di ceramica dipinta alzava gli occhi al cielo in gesto di preghiera, tenendo tra le mani una corona del rosario. «Chissà poi a chi davano fastidio, le Madri! – disse la signora Francesca in tono contrariato. – Stavano lí da sempre, e, per quello che so io, non avevano mai fatto male a nessuno!»

Le due donne si sedettero sui gradini della Fonte, scoprirono le *paniere* e diedero ai ragazzi, come prima colazione, un uovo sodo e un pezzo di focaccia ciascuno. Si sentivano a disagio. C'era un gran silenzio, lí attorno: nemmeno un uccello che cantasse tra le fronde dei salici, né un pesce che guizzasse sulla superficie dello stagno. Forse – pensò la signora Francesca – quel posto era sempre stato cosí silenzioso: ma perché lei non ci aveva mai fatto caso, come ora? «Chiunque ha tolto le Madri, non gliene verrà bene!», disse Consolata: che, come quasi tutte le donne della *bassa*, era molto attenta a ogni genere di presagi e di superstizioni. Aggiunse, dopo un breve silenzio: «Le Madri si vendicheranno!»

Teresina rifletteva. «Non eran poi cosí terribili! – disse infine. – Per quante storie si raccontassero su di loro... Bastava fargli un regalino quando si passava, una cosa qualsiasi: un frutto, un fiore che si raccoglieva per strada prima di arrivarci, e loro erano contente. Perché le han tolte? Chi le ha tolte?»

Si rimisero in cammino che il sole era già alto e di lí a poco arrivarono in vista del paese. Ad Antonia, che non c'era mai stata prima d'allora, Biandrate sembrò una piccola città: c'erano perfino dei portici, bassi bassi, ed una strada acciottolata che, come quelle di Novara, aveva in mezzo due guide in pietra per facilitare lo scorrimento dei carri. C'era molta confusione,

[5] *Matrone... Madri*: le prime sono antiche divinità celtiche, mentre la *Mater matuta* è una dea romana e italica; il suo nome significa probabilmente «madre buona, favorevole» e sembra che si trattasse di una dea delle fecondità. Il cristianesimo sovrappose a questi culti pagani quello di Maria madre di Dio.

molta gente: carri e carretti dappertutto, e contadini vestiti della festa, coi cappelli a cono; comari agghindate come la signora Francesca, con il costume della bassa Valsesia, o tutte in nero, come la Consolata Barbero; giovanotti e *spose*, cioè ragazze in età da marito con in testa il diadema di spilloni (l'*argento*) che era l'emblema della loro condizione; ragazzetti e monelli e bambini piccoli che le madri tenevano per mano o legati con una strisciolina di cuoio, perché non si perdessero. La presenza dei missionari e della tigre aveva richiamato nel borgo una quantità di girovaghi: venditori ambulanti, ciarlatani, procacciatori d'affari, giocolieri, musici, accattoni... Attorno a costoro, come sempre, s'era creata un'atmosfera rumorosa e festosa, da sagra di paese, che rendeva i nostri ragazzi eccitatissimi e li faceva sostare ad ogni passo, di scoperta in scoperta: «Laggiú! L'uomo piú forte del mondo!» «Il mangiafuoco!» «L'uomo che cammina sui vetri rotti!» «Per favore, mamma, dammi almeno un mezzo soldo!» «Una moneta di rame, per comprarci lo zucchero!»

Comperarono cinque *canne* di zucchero e lo mangiarono guardando l'uomo che camminava scalzo sopra i cocci di vetro; ma, sebbene poi ne raccontassero mirabilie[6], di fatto videro pochissimo, soltanto le schiene delle persone che avevano davanti e di là dalle schiene la faccia dell'acrobata che si stava spostando. Un suo compare col tamburo faceva un rumore basso e continuo d'accompagnamento e lui, l'acrobata, veniva avanti piano piano, con gli occhi chiusi per aumentare la concentrazione: tutti i muscoli del suo viso erano tirati e anche i capelli erano legati sulla sommità della testa, a formare una specie di coda. Quando arrivò in fondo, il tamburo smise di rullare; gli occhi dell'uomo si aprirono, le schiene si mossero, ci fu un applauso non troppo caloroso: qualche mano frugò nel borsellino, qualche moneta tintinnò sul selciato. La gente si disperse, mentre lo zingaro e il suo aiutante raccoglievano le monetine di rame. Il piccolo Irnerio era eccitatissimo. Correva avanti, si perdeva tra la gente; poi d'un tratto ricompariva, gridando cos'aveva scoperto. Pretendeva che le donne lo seguissero. «Di qua, – gridava: – venite! Giocano a dadi! Fate in fretta!»

Non fu impresa da poco quella di togliere il bambino d'at-

6 *mirabilie*: cose meravigliose.

torno a un gruppo di uomini – facce nient'affatto raccomandabili, capelli lunghi, coltellacci alle cinture – che si erano radunati, in atteggiamento tra curioso e circospetto, attorno a un tizio con una gran barba rossa ed una gran cicatrice che gli attraversava la fronte, e al suo minuscolo banco: un panchettino pieghevole, lavorato a intarsio, su cui l'unica merce esposta erano un bicchiere di legno, ed un paio di dadi. La partita ancora non era incominciata, tutto era fermo. L'uomo dalla barba rossa guardava in faccia i suoi possibili avversari e non diceva niente; teneva in mano due *reali* d'argento e li faceva saltellare sulla palma aperta. Consolata e Teresina dovettero portare via Irnerio sollevandolo per le braccia, di peso, mentre lui recalcitrava e piangeva tutte le sue lacrime. Un po' piú in là, un mercante di vasi e di bottiglie aveva sciorinato per terra la sua mercanzia e attirava i bambini con certi uccellini di terracotta colorata che bastava riempirli d'acqua e soffiarci dentro per sentirli gorgheggiare come uccelli veri. Costavano piuttosto cari, un soldo l'uno: ma fu a quel prezzo che Irnerio si quietò, e ricominciò a sorridere con le guance ancora bagnate di pianto. A ciascuna delle ragazze, invece, la signora Francesca regalò un salvadanaio di coccio dipinto a fiorellini. Proseguirono: il mercato s'allargava con i venditori di tisane, di unguenti per qualsiasi genere di piaga, di elisir per vivere cent'anni, di panacee o rimedi universali per tutti i mali. «La teriacca! La teriacca!», gridavano certi venditori vestiti di nero da capo a piedi, come i medici: e allineavano sul banco che avevano davanti certe bottigliette piene d'un farmaco oleoso che, variando le dosi e le modalità d'assunzione, curava tutto. «La teriacca di San Marco!» (Che si faceva a Venezia e veniva considerata migliore delle altre). Piú avanti, si passava tra due file di statuette e di statue di ceramica dipinta, in una festa di colori: c'erano i blu degli abiti delle Madonne, i rossi accesi dei Sacri Cuori, le tinte bruciate dei Sant'Antonii e dei San Franceschi, i gialli e gli ori delle aureole, i verdi dei piedestalli, gli avori e i rosa dei visi... I villani s'incantavano a guardare, con gli occhi spalancati e le bocche aperte. Esclamavano: «Che belle statue! Sembran vere!» (Volendo dire che sembravano persone, o qualcosa del genere). Comperavano certe Madonne e certi Redentori cosí grandi, che, per trasportarli fino al loro paese, se li dovevano legare sulla schiena, avvolti alla bell'e meglio dentro una coperta. E il mercato continuava. Si vendevano crocefissi, d'ogni misura e d'ogni materiale: in terracotta, in legno, in bronzo, in legno e bronzo, in legno e avorio, in argento, in peltro... Si vendevano reliquiari fatti a sbalzo, cesellati, con incastonate pietre e vetri colorati, con dentro – spesso – una microscopica Reliquia; piccole teche ed urne di cristallo, per riporvi gli oggetti di devozione; campane di vetro sigillate, con dentro riprodotti gli episodi del Nuovo Testamento: l'Annunciazione, l'Ascensione, la Resurrezione; immagini della *Via Crucis*, cioè dei tormenti che Gesú Cristo ebbe a patire trascinando la sua croce fino sul luogo del martirio; lampade cosiddette «perpetue»; ceri, di tutte le grandezze e di tutte le fogge: colorati, scolpiti, ornati tutt'attorno da corone in ferro smaltato che raffiguravano tralci di vite con attaccati i grappoli dell'uva, oppure gigli e crisantemi intrecciati tra loro. Si vendevano le acque miracolose, dentro ampolle che facevano bella mostra di sé allineate sulle panche o imballate nella paglia. Secondo quanto dicevano le etichette, quelle ampolle provenivano dai luoghi santi di tutto il mondo cristiano: dall'Abbazia di Montecassino al Monte Athos, da Santiago de Compostela, in Spagna, alla Santa Casa di Loreto, nelle Marche; e l'autenticità delle acque in esse contenute era attestata da lettere patenti[7] di reverendi abati e d'altri ecclesiastici d'alto rango, incorniciate e appese al muro dietro le spalle dei venditori. Non mancavano, naturalmente, le acque dei santuari locali: del Sacro Monte di Varallo, della Madonna di Re, della Madonna Nera di Oropa, della Madonna del Latte di Gionzana: particolarmente ricercate, queste ultime due, dalle donne che non riuscivano ad avere figli. Si vendevano messali, e libri di devozione, e libri d'ore, variamente illustrati e colorati; si vendevano stampe in bianco e nero o colorate a mano di tutti i Santi elencati nel calendario ma soprattutto di quelli le cui virtú erano ben note nella *bassa*, e che quindi si invocavano piú frequentemente nelle preghiere dei contadini: San Teodulo che preserva i campi dalla grandine; San Defendente che difende i fienili dagli incendi; San Giovanni Nepomuceno che tiene a freno gli straripamenti del Sesia; San Cristoforo che impedisce le cadute; San Rocco che allontana i contagi; San Martino che protegge i mezzadri; Sant'Apollonia che cura i mali della bocca... Tutte le stampe di questi Santi, e d'altri ancora, erano appese come panni di bucato sopra le teste di quelli che passavano e che, se si fermava-

7 *lettere patenti*: certificati di autenticità.

no a guardarle, dopo aver lodato la bravura dell'artista dicevano del Santo, o della Santa: «Gli manca solo la parola! Sembra proprio vivo!» («Sembra proprio viva!»)

A Antonia, che era vissuta dieci anni tra chiese, suore, devozioni e processioni, quel mercato di oggetti religiosi non piacque granché; ma le due donne, e le ragazze, e lo stesso Irnerio, trascorrevano di entusiasmo in entusiasmo, di sorpresa in sorpresa: per le stampe dei Santi, per le acque miracolose, per le Reliquie, per i crocefissi, per tutto. Tra un'esclamazione e l'altra, tra un acquisto e l'altro, come Dio volle arrivarono in un punto dove il mercato finiva: lí c'erano i padri missionari, i Gesuiti, che raccoglievano e smistavano le offerte, da una parte gli animali vivi, dall'altra il resto; e anche le nostre comari vuotarono le *paniere*. La folla dei curiosi veniva poi avviata su un unico percorso, proprio di fianco alla chiesa: sul muro esterno della chiesa era stata appesa una tela lunga lunga, tutta dipinta a riquadri di colori vivaci, e sotto quella tela c'erano altri missionari che si affannavano a spiegare alla folla le gloriose imprese del venerabile Francesco Saverio; fondatore, insieme a Ignazio di Loyola, del loro ordine[8]; primo missionario in Malacca[9], Giappone e Cina; campione e martire della fede cristiana che, come tutti sanno, è quella vera: l'unica, che conduce gli uomini alla salvezza eterna! Questi missionari gesuiti avevano teste rasate, grandi barbe e portavano bene in vista sull'abito un cuore d'argento, poco piú piccolo d'un cuore vero. S'alternavano a dire le lodi del loro fondatore: un grand'uomo, un vero martire della fede – ripetevano – che sua santità Papa Clemente VIII avrebbe proclamato Beato nel prossimo anno del Signore 1602, ricorrendo i cinquant'anni dalla morte; e per cui già era stata avviata la causa di santificazione. Indicavano le immagini dipinte sulla tela servendosi delle canne che avevano in mano, spiegavano alla folla: «Qui Francesco Saverio, già uomo fatto, incontra il giovane Ignazio di Loyola che sta compiendo i suoi studi al Collegio di Beauvais... Qui siamo a Venezia, come ognuno può vedere: a destra nel dipinto ci sono le gondole e il Canal Grande coi suoi palazzi; a sinistra, invece, inginocchiato, c'è Francesco che sta per essere ordinato prete... Qui siamo in India, nella città di Goa: Francesco cura i

8 *Francesco... ordine*: Ignazio di Loyola (1491-1556) fondò insieme con Francesco Saverio (1511-1552) la Compagnia di Gesú.
9 *Malacca*: penisola dell'Asia sud-orientale.

lebbrosi e gli appestati e gli sorride, indifferente al pericolo del contagio... Qui Francesco è a Yamaguchi, in Giappone: assiste un condannato a morte e riuscirà a convertirlo prima del supplizio... » Il piccolo Irnerio cominciò a piagnucolare che aveva fame; che voleva andarsene da lí. Mezzogiorno era passato da un pezzo: il sole caldo batteva a perpendicolo sulle teste dei nostri pellegrini ma non c'era modo di uscire dalla calca in cui tutti erano stretti e si stringevano: bisognava arrivare fino in fondo con le storie di quel Santo che, se lo avessero lasciato fare, avrebbe convertito da solo tutto il genere umano e invece tutti lo ostacolavano: i perfidi selvaggi della Malacca e del Giappone, i suoi stessi confratelli pigri e ipocriti, perfino un certo capitano Alvaro de Ataide, un vero manigoldo!; che gli aveva fatto fallire la missione in Cina. Il Santo stava male, era in fin di vita e però non moriva mai. «Crepasse in fretta!», s'augurava Antonia. Infine, il Santo crepò e la folla tirò un respiro di sollievo. Tutti pensarono: è finita! Un'occhiata alla tigre, e si va a mangiare...

Svoltarono dietro l'abside della chiesa, dentro un cortile. Gli animali erano là, sotto una grande cupola di tela che riparava i loro corpi imbalsamati dai raggi del sole e dall'umidità della notte: ma non c'era la tigre. Un altro prete, anche lui con il cuore d'argento in evidenza sull'abito, indicava le fiere ad una ad una con una canna; non senza approfittare della circostanza per impartire ai pellegrini qualche nuovo insegnamento morale. Diceva: «Questo è il coccodrillo», e tutt'attorno, dalla folla, s'alzava un coro di esclamazioni e di commenti sbigottiti; «che prima uccide e divora le sue prede, e poi piange pensando al male che gli ha fatto. Come lui, molti cristiani s'inducono al peccato illudendosi, stolti!, che per andare in Paradiso gli basterà dire: mi pento, un poco prima dell'ultimo respiro. Purtroppo per loro, le cose stanno in tutt'altra maniera. Il Paradiso, Dio non lo regala a nessuno: arrivarci è come scalare una montagna; e i gradini per salirci sono le buone opere e gli atti di pietà». «Quest'altro animale a destra, con il muso lungo lungo, è il formichiere, che infila la lingua nei buchi del terreno per catturare le formiche, di cui è ghiotto. Cosí anche facciamo noi missionari, raggiungendo ogni angolo della terra con la parola di Dio per trarne anime da avviare alle mete eterne!» «Questo mostruoso serpente che vedete, lungo piú di venti spanne e grosso come la trave di un tetto, è l'animale pitone:

che prima soffoca le sue vittime avvolgendole nelle sue spire e poi le inghiotte tutt'intere, per quanto grandi esse siano. Cosí fa il Diavolo con gli uomini: afferra le loro anime, le stritola nel vizio, le fa precipitare in un luogo oscuro, chiamato Inferno, dove non c'è riscatto né salvezza ma soltanto risuona una parola, la parola mai». Animale dopo animale, arrivarono all'ingresso d'un granaio che doveva essere stato ripulito per la circostanza e che era presidiato da due persone: da una parte un missionario regolava l'afflusso dei visitatori facendoli entrare a piccoli gruppi, di otto o dieci per volta, non di piú; dall'altra un moro vestito da moro, con un abito di seta viola lungo fino ai piedi e un turbante in capo, metteva davanti a tutti quelli che entravano la taschetta delle elemosine, e non la toglieva finché non s'era sentita tintinnare la moneta sul fondo. «Là dentro, – disse il missionario, – c'è la tigre: il Satana degli animali, la piú crudele delle bestie. Guardatela il tempo di dire un Pater noster e poi andatevene con Dio, perché qui non c'è piú niente da vedere». Mentre aspettavano il loro turno, Antonia spiegò a Irnerio com'è fatta una tigre; lei lo sapeva, o credeva di saperlo, avendola vista disegnata da suor Clelia, nel suo quaderno: dov'erano anche rappresentati gli uomini che vivono nella foresta indiana, lontani dalla civiltà, con le loro armi e le loro capanne, e alcune belve di cui la conversa aveva sentito parlare dai padri missionari, nelle loro prediche. «La tigre, – disse la ragazza al bambino che aveva ricominciato a piagnucolare, – è un grosso gatto, con due baffi cosí larghi; molto piú astuto e piú feroce dei gatti normali». Quando fu il momento di entrare nel granaio, la signora Francesca e Consolata misero alcune monetine nella sacca che il moro gli porgeva; si ritrovarono dentro allo stanzone, alla luce delle torce e non dissero piú niente perché la parola gli morí in gola, restò sospesa in un: «Ah!», che era insieme di spavento e di ammirazione. La tigre era lassú nella penombra, alta sopra le teste dei visitatori, con le zampe davanti sollevate in un certo modo che sembrava balzasse fuori dal buio proprio in quell'istante. La sua bocca, spalancata ed arrossata col minio[10], mostrava zanne cosí grandi da

[10] *minio*: ossido di piombo, dal colore rosso vivo. L'estraneità della tigre all'ambiente in cui è stata inserita è avvertita dolorosamente da Antonia come il segno di una forzatura ideologica prodotta ai danni dell'equilibrio naturale e quindi un preannuncio di morte, come sottolinea la conclusione del capitolo, in cui il paesaggio padano, semplice e vitale, tratteggiato con lievità, pare oppresso dalla minacciosa presenza della belva imbalsamata e di chi fin lí l'ha portata.

far sembrare assolutamente minuscole quelle di cinghiale, di cui i bravacci dell'epoca si facevano collane: i vetri gialli degli occhi s'accendevano nei riflessi delle torce, la cui fiamma, muovendosi, ne riverberava e ingigantiva l'ombra viva contro il soffitto e sui muri. Era piú grande di un vitello, piú grande di un cavallo, piú grande di un bue. Nessuno mai, nella *bassa*, aveva visto un animale cosí fatto; nessuno pensava che potesse esistere davvero, fuori dai sogni. I villani si toglievano il cappello, le comari si facevano il segno della croce, i bambini piagnucolavano e s'attaccavano alle gonne delle madri, come appunto Irnerio: «Mi fa paura! Ho paura!» Girarono attorno al mostro imbalsamato senza distoglierne gli occhi, trattenendo il fiato: quasi temessero che potesse ancora rianimarsi, per aggredirli. Sul fianco destro della tigre, all'altezza della spalla e un poco sotto, c'era un taglio o, per meglio dire, un vero e proprio squarcio che l'imbalsamatore aveva cercato di ricomporre in vari modi, con il filo e con il pennello, senza tuttavia riuscirci. Da lí, pensò Antonia, era esalata l'anima della tigre: e chissà quale arma o quale trappola poteva aver avuto ragione d'una simile belva! Rabbrividí. Si ritrovò fuori del granaio, assieme agli altri visitatori, fra gli orti e i muriccioli di quel villaggio della *bassa* e le sembrò un'assurdità che la tigre esistesse davvero, e che fosse stata viva, e che poi fosse finita proprio lí, in quel granaio e in mezzo a quella gente, per opera di quei preti dalle grandi barbe... Sentí di odiarli. Che diritto avevano, quei preti, di rimescolare a quel modo le cose del mondo?

Capitolo decimo

Don Teresio

Davanti a me, sul mio tavolo, mentre scrivo, c'è una fotografia a colori che avevo fatto io stesso tanto tempo fa, forse nel 1970, forse un paio d'anni dopo, e che non speravo nemmeno piú di ritrovare, tanto a lungo l'ho cercata! La fotografia d'Antonia. Sul retro della fotografia ci sono scritte alcune parole di mio pugno: «Madonna adolescente, con neo sul labbro superiore sinistro. Fotografata a...» (Tra la Valsesia e il biellese). Di Madonne adolescenti e con il neo, il pittore ambulante Bertolino d'Oltrepò ne dipinse moltissime, per anni, nella *bassa* ma soprattutto nelle valli alpine: e chissà, forse ancora ne è rimasta qualcuna, sul muro esterno di qualche cascinale o di qualche oratorio campestre. Questa che io ho fotografato, purtroppo, non c'è piú e giá si vede nell'immagine che il tetto sopra l'affresco stava cedendo, e che l'acqua di vent'anni fa cominciava a infiltrarsi in quella parte di muro dove c'è la pittura. A quell'epoca, io non sapevo niente di Bertolino d'Oltrepò e non avevo ancora avuto modo di imbattermi nella storia di Antonia; ignoravo tutto di ciò che ora sto raccontando. In quell'affresco sbiadito e rovinato mi attirò il viso della Madonna: cosí vivo, da sembrare estraneo al resto della pittura e da farti restare là incantato a guardarlo. Quegli occhi neri come la notte, e luminosi come il giorno; quel neo sul labbro superiore; quelle labbra rosse e carnose e poi quel ricciolo ribelle che scappa fuori dal panneggio, sulla guancia sinistra... Dovevano passare molti anni prima che io venissi a sapere che le Madonne adolescenti e con il neo sono l'unica cosa riconoscibile, una sorta di firma, di quel *madonnaro* Bertolino d'Oltrepò di cui risulta, dagli atti del processo di Antonia, che ritrasse la strega quindicenne in un'edicola votiva di Zardino, vestita appunto da Madonna... Chissà quanti piccoli affreschi di Madonne quindicenni sono esistiti nei secoli passati tra il Monte Rosa e la *bassa*! E chissà anche quante preghiere sono state dette, davanti a quelle rappresentazioni devote d'una strega! Ma cosí è l'Italia, fortunatamente, e cosí è l'arte. In quanto a Bertolino, credo che lui continuasse a dipingere il viso di Antonia perché s'era innamorato di quell'immagine, o, per meglio dire, s'era innamorato di qualcosa che l'immagine gli avrebbe conservato per sempre e che nell'originale, invece, era destinato a dissolversi: l'adolescenza. Gli artisti, a volte, s'innamorano di questo genere di cose. Ciò che Bertolino volle rappresentare nel ritratto che ho davanti, e che in qualche misura e in qualche modo effettivamente rappresentò, col suo talento istintivo e coi suoi mezzi di pittore di campagna, è uno stato di grazia[1], prima ancora che un'età; una stagione dell'anima a cui tutti, e gli artisti piú degli altri, vorrebbero tornare; una primavera in forma di donna, o di Madonna. Già altri pittori, prima di lui, avevano provato a rappresentare la primavera in forme femminili; ma Bertolino doveva soddisfare i suoi rozzi committenti, doveva dargli quelle Madonne con le aureole, e con i manti di stelle, che loro volevano: non era mica Botticelli, o Raffaello! Lui, al massimo, poteva esprimersi nei visi; e cosí fece. Questo viso di Madonna è una giornata di maggio nella *bassa*: piena di luce, e di papaveri, e di nuvole nell'acqua...

Devo ora introdurre un nuovo personaggio. Don Teresio Rabozzi, il giovane prete che tanta parte avrebbe avuto nella vicenda successiva di Antonia, arrivò a Zardino un sabato d'ottobre di quell'*annusdomini*[2] 1601, all'ora del vespero, venendo a piedi da Novara; e nessuno ancora lo conosceva o lo aspettava. Passò davanti all'Osteria della Lanterna e gli uomini seduti sotto il pergolato si voltarono tutti insieme per squadrarlo, come facevano sempre con i forestieri: chi era? Che ci faceva, a Zardino? L'abito, la croce, la bisaccia che portava a tracolla erano quelli stessi dei pellegrini dell'Anno Santo, o, come allora ancora si diceva, dei *romei*[3]; ma l'Anno Santo era finito da

[1] *stato di grazia*: condizione ideale. La riflessione sulla giovinezza, la bellezza e la vitalità di Antonia richiama la poesia *La Chimera* di Dino Campana: «Non so se tra roccie il tuo pallido / Viso m'apparve, o sorriso / Di lontananze ignote / Fosti, la china eburnea / Fronte fulgente o giovine / Suora de la Gioconda: / O delle primavere / Spente, per i tuoi mitici pallori / O Regina o Regina adolescente: ... Guardo le bianche rocce le mute fonti dei venti / ... E ancora per teneri cieli lontane chiare ombre correnti / E ancora ti chiamo ti chiamo Chimera».

[2] *annusdomini*: anno del Signore; secondo la tradizione ecclesiastica vengono indicati cosí tutti gli anni posteriori alla nascita di Cristo.

[3] *romei*: coloro che andavano in pellegrinaggio a Roma.

dieci mesi, e la strada dove il pellegrino era incamminato andava a perdersi fuori del villaggio, tra i canneti del Sesia. Quasi gli avesse letto nel pensiero, il forestiero svoltò; attraversò la piazzetta della chiesa ed entrò senza esitazioni, come sarebbe potuto entrare in casa propria, nella casa del cappellano don Michele: che, finché non si ritirava per andare a dormire, lasciava sempre la porta aperta. Dunque, la faccenda si complicava! Massari e *famigli* scrollarono le spalle, ripresero in mano i bicchieri e le carte da gioco che avevano messo giú quando il forestiero era apparso, tornarono a battere i pugni sopra il tavolo o a discutere d'argomenti irrilevanti con molta foga, come facevano di solito per passare il tempo; in realtà, attendevano gli sviluppi di ciò che avevano appena visto, si chiedevano chi potesse essere quel pellegrino: un amico di don Michele? Un *quistone*? Un chierico vagante? E, in ogni caso: perché era venuto proprio lí, nel loro villaggio, a cercare il prete? Trascorsero una decina di minuti, giusto il tempo che si facesse buio nella piazza e che Assalonne, cioè l'oste, venisse fuori con la torcia sul bastone per accendere quella lanterna in ferro battuto che dava luce e nome all'osteria: e poi cominciarono a sentirsi degli strani rumori dalla casa del prete, di porte sbattute e di voci concitate, di vetri rotti; si videro luci di candele che si muovevano velocemente da una finestra all'altra, da un piano all'altro. Si sentí una voce che gridava: «Fornicatore! Servo del Demonio!» Dall'altra parte della casa il cane di don Michele abbaiava e latrava come se l'avessero scorticato vivo e tutti i cani di Zardino si scalmanavano a rispondergli; ma ancora non si capiva cosa stesse succedendo, là dentro, e comunque tutto succedeva cosí in fretta! Finché si spalancò una finestra al piano superiore e cominciarono a venir giú uno dopo l'altro i grandi vasi di ceramica della farmacia del prete, con dentro le erbe e i sali minerali e gli altri medicamenti. Cadevano sui ciottoli rompendosi in un certo modo che sembrava scoppiassero, mentre di sopra il forestiero gridava con tutto il fiato che aveva in corpo: «Usurpatore dei sacri uffici! Sacerdote del Diavolo! Falso prete!»

«Don Michele! – chiamavano gli uomini dell'osteria, tenendosi a prudente distanza dalla traiettoria di vasi, alambicchi e mortai ch'erano stati, per quasi quindici anni, le uniche attrezzature farmaceutiche esistenti in quella parte della *bassa*. – Cosa sta succedendo? Rispondete!»

«Presto! Presto! Cercate i consoli e il camparo! – diceva anche qualcuno delle retrovie a qualcun altro, nell'ombra. – Chiamate gente! C'è un bandito nella casa del prete!»

«Seminatore di scandalo! – strillava intanto il bandito dentro casa. – Corruttore di anime! Diavolo incarnato!»

Quando anche l'ultimo vaso d'erbe e l'ultimo alambicco ebbero raggiunto quelli che li avevano preceduti, fracassandosi sui ciottoli, e tutta la piazza fu piena di cocci, e fragrante d'erbe secche e di elisir come una bottega di farmacista, ci fu un momento di silenzio; poi la porta della canonica si aprí e il forestiero venne fuori, reggendo un candeliere in una mano e spingendo avanti con l'altra don Michele, gli intimò: «Parla. Spiega a questa gente chi sono io e cosa sono venuto a fare a Zardino. Digli infine una verità, dopo tante menzogne!»

Don Michele aprí la bocca per parlare, ma non ci riuscí e si mise a piangere. Proprio in quell'istante alcune voci gridarono: «Largo! Largo! Lasciate passare il camparo!»

La piccola folla si apri e nella luce delle torce venne avanti «don» Pietro, altissimo, magrissimo, tenendo il bastone uncinato sulla spalla sinistra come se fosse stato un archibugio, e la mano destra sollevata in un gesto che significava, all'incirca: fermi tutti! C'è qua il *camparo* e tutto si risolve. Domandò al forestiero: «Usted[4], chi siete?»

Per tutta risposta il misterioso pellegrino si rivolse di nuovo a don Michele, gli gridò in viso: «Rispondi! Diglielo tu a questa gente, sciagurato, chi sono io e chi mi manda tra di loro! Diglielo forte, che ti sentano tutti!»

«È il nuovo cappellano, – singhiozzò don Michele; tenendo la testa abbassata con il mento sul petto. – Ha portato le lettere patenti di sua signoria il vescovo di Novara. Non c'è niente da fare: è un vero prete!»

La gente, adesso, mormorava, trasecolava: «Questa, poi...» «Vescovo o non vescovo, – disse uno piú deciso degli altri, – se dobbiamo mandarlo via, lo mandiamo via subito»; ma si sentiva dalla voce che non c'era forza in quell'affermazione, e che nessuno, alla fine, avrebbe mosso un dito in difesa del vecchio cappellano. «Diteci voi, don Michele: cosa dobbiamo fare?»

«Ve l'ho già detto, – gli rispose don Michele. – Non c'è

4 *Usted*: in spagnolo, «voi».

niente da fare. Andate a casa». E il nuovo cappellano, don Teresio, gli gridò dietro: «Vi aspetto tutti domani, per la santa messa!»

«Al primo tòcco! Mi raccomando! Tutti in chiesa!»

Quella sera nessuno riprese in mano le carte, all'Osteria della Lanterna di Zardino; gli uomini parlarono, parlarono e quando gli orologi dei campanili della *bassa* batterono tre colpi (mezzanotte e mezza), andarono a dormire. Il giorno dopo, tutto il paese era in chiesa per vedere da vicino quella gran novità, del nuovo cappellano arrivato da Novara. In quanto a lui, don Teresio, doveva avere trascorso tutta la notte a fare pulizie perché la chiesa appariva rassettata da cima a fondo: i pavimenti erano stati lavati, gli affreschi rinfrescati con la spugna, gli ottoni lucidati brillavano come oro. Nei vani delle finestre e tra le crociere della volta non era rimasta una sola ragnatela, delle centinaia che avevano fatto bella mostra di sé fino al giorno precedente. La chiesa tutta sfolgorava di candele: a memoria d'uomo, non ce n'erano mai state tante accese in una volta sola. Il nuovo cappellano, visto alla luce del giorno, era giovanissimo – poteva avere al massimo venticinque anni – e ancor piú magro e piú pallido di quanto fosse sembrato poche ore prima, di notte, nella luce delle lanterne e delle torce che deformava gli oggetti e li faceva sembrare piú grandi. Aveva occhiaie incavate, pelle chiara e guance lisce come quelle delle donne, con un poco di barba mal rasata soltanto sul mento. Ritto sulla porta della chiesa, smistò i fedeli: da una parte gli uomini, dall'altra le donne; davanti a tutti, i bambini; i ragazzi e le ragazze in età da marito rispettivamente alla destra e alla sinistra dell'altare, negli scanni del coro. Poi, sparí: e mentre già i massari protestavano, battendo i piedi e borbottando a mezza voce («Cosa stiamo aspettando? Che si sbrighi! Abbiamo da fare, noialtri!») ricomparve vestito coi paramenti di seta viola ricamata d'oro. Andò all'altare: s'inginocchiò fino a toccare il pavimento con la fronte; ritornò in piedi di slancio, si girò, spalancò le braccia; disse qualcosa in latino con una voce contraffatta e nasale che fino a quel momento nessuno ancora aveva avuto modo di conoscergli, tornò a girarsi; saltò, anzi per meglio dire: volò verso sinistra, leggero come un passerotto, s'inginocchiò, si rialzò con l'elasticità di una molla; ritornò al centro, saltò a destra. Il pubblico, soprattutto femminile, sgranava gli occhi come ipnotizzato da quella danza; qualche ragazzo rideva apertamente, senza nemmeno cercare di nascondersi il viso tra le mani. A un certo punto don Teresio impugnò il calice, si curvò, si rannicchiò sotto l'altare borbottando parole incomprensibili e poi d'un balzo s'allungò come se il calice che teneva tra le dita lo trascinasse verso l'alto, verso la testa di Dio padre dipinta al sommo dell'abside. Un mormorio di stupore si sentí venire dai banchi delle donne, una voce proruppe: «Vola! Vola!»

Finalmente, dopo essersi spostato molte volte da una parte e dall'altra dell'altare, leggendo dal libro della messa con la voce in falsetto delle cerimonie e rispondendosi da solo con la voce normale, don Teresio si rivolse ai fedeli fissandoli con occhi dilatati, gli gridò: che per quanto tutti i presenti in chiesa quella mattina avessero ricevuto il battesimo, e si dicessero cristiani, di fatto s'erano ridotti a vivere come gli infedeli e che quindi lui avrebbe dovuto fargli una bella pulizia delle anime, una pulizia non sostanzialmente diversa da quella dei pavimenti e dei muri della chiesa per cui aveva sgobbato tutta notte. Subito subito, perché la faccenda era urgentissima: e che nessuno s'azzardasse a cercare sotterfugi, o a trovare scuse, nel tentativo di sottrarsi! Citò il *Vangelo* di Matteo: «Chi tra voi, avendo una pecora, se questa gli è caduta nel pozzo, non l'afferra subito e la tira fuori? Ora, quanto è piú prezioso un uomo di una pecora!»; con tutto quello che segue. Intimò: che tutti gli uomini di Zardino, tutti i vecchi, tutte le donne e i bambini in età superiore ai dieci anni dovevano confessarsi e comunicarsi nei prossimi giorni e comunque non oltre la domenica successiva: trascorsa una settimana, i nomi dei reprobi rimasti fuori dalla grazia di Dio e dalla comunione dei Santi sarebbero stati affissi sulla porta della chiesa e maledetti. Gridò: che per volontà del Papa e dei vescovi riuniti nel Concilio di Trento, nessuna indulgenza sarebbe stata possibile e nessuna pietà sarebbe stata lecita nei confronti di costoro; reietti da Dio, fino alla Pasqua dell'anno successivo sarebbero vissuti come bestie, fuori non solo della Chiesa, ma della stessa solidarietà degli uomini! (Soltanto a Pasqua – ammoní – l'anatema avrebbe potuto essere cancellato dal perdono, attraverso la confessione e l'espiazione: per cui i reprobi avrebbero pagato, già qui in terra, un anticipo di Purgatorio). In quel frattempo, spiegò – e gli occhi gli si dilatavano parlando, la voce gli tremava di collera – la scomunica si sarebbe estesa a chiunque li avesse aiutati ed ospitati; i parenti, gli amici dovevano scacciarli; i servi dovevano abbandonarli ed anche i medici non potevano soccorrerli, nemmeno in punto di morte: pena la cancellazione, per i medici, dai pubblici registri della loro arte, e la messa al bando per tutti dalla società umana! Quando poi uno scomunicato fosse morto, non sarebbe stato sepolto in terra consacrata, vicino ai suoi genitori e ai suoi parenti che erano vissuti nella grazia e nel timore di Dio, e nel rispetto delle sue leggi; ma si sarebbe dovuto interrare alla bell'e meglio in un luogo qualsiasi, senza rito funebre e senza preghiere, perché i vermi si cibassero del suo corpo e i Diavoli della sua anima. Cosí – concluse don Teresio – aveva stabilito la santa madre Chiesa, per difendere la fede dagli assalti del Demonio, e per rafforzare il popolo di Dio; e cosí ordinava a Novara sua signoria il vescovo Bascapè: che personalmente, dopo averlo benedetto, aveva affidato a lui, don Teresio Rabozzi, la cura delle sue anime di Zardino.

I contadini ascoltavano sbalorditi. Perché mai – si chiedevano – questo nuovo cappellano non si limita a minacciarci l'Inferno nell'altra vita, come tutti i preti, lasciandoci poi liberi di fare in questo mondo quello che vogliamo? Inferno o Paradiso, sono fatti nostri; ma non sapevano, i tapini, che il piú e il peggio ancora dovevano arrivare. «Aiutatemi! – gridò ad un tratto don Teresio: battendo due o tre volte il piede per terra come se stesse ballando il *saltarello*. – Aiutatemi a schiacciare la testa dell'eterno tentatore, il Diavolo: che è in mezzo a voi e continua ad allettarvi con le sue lusinghe!» Spiegò: che il maledetto paganesimo, sconfitto da piú di mille anni, ovunque e anche nelle campagne della *bassa*, non era però mai stato completamente estirpato, anzi sopravviveva in molte usanze contro cui bisognava continuare a lottare senza mai stancarsi, con l'aiuto di Dio e del vescovo Bascapè. Il vescovo – disse ancora don Teresio – aveva fatto rimuovere in tutta la diocesi gli ultimi resti dei culti non cristiani, rappresentati da iscrizioni e da pietre venerate come feticci; aveva dichiarate illecite le sagre del raccolto e della fertilità; aveva proibito i *maggi*[5] e i balli sull'aia, le feste di nozze e i banchetti funebri; e poi anche soprattutto con particolare rigore aveva messo al bando dalla sua diocesi quell'usanza pessima e perniciosa che va sotto il nome di *carnevale*, e che piú di ogni altra e in sommo grado produce

[5] *maggi*: feste popolari che si svolgono in primavera.

corruzione, decadimento dei costumi, perdita d'anime e trionfo del Demonio. Bisognava dunque sostituire la recita del rosario alle veglie nelle stalle, le novene ai balli, le processioni alle sagre e i *Te Deum* e le cerimonie del ringraziamento alle feste pagane del raccolto; ma soprattutto e prima d'ogni altra cosa bisognava santificare le domeniche e le feste del calendario, integralmente, dall'alba a notte: secondo quanto prescrivono le Scritture e le Tavole della Legge. La domenica è il giorno del Signore e gli deve essere dedicata per intero, nelle opere e nei pensieri, da tutti i cristiani. Niente caccia e pesca, niente giochi e bevute all'osteria, niente conversazioni tra comari o – Dio non voglia! – amorazzi tra giovani. Niente lavoro. Dall'alba a notte – promise don Teresio – ogni festa e ogni giorno di domenica sarebbero stati organizzati in modo tale, a Zardino, che non se ne avanzasse un solo minuto per il Diavolo e per le sue tentazioni: con l'istruzione religiosa degli adulti e dei giovani; con i cori, le benedizioni, i vespri, le processioni, le recite del rosario, le preghiere in pubblico. Stava ormai predicando da oltre un'ora e improvvisamente smise di parlare, spalancò gli occhi, si protese in avanti come un cane che abbia visto una lepre, e la stia puntando. Gridò: «Ehi tu. Dico a te. Dove credi di andare? Torna indietro!»

Tutti si voltarono, giusto in tempo per vedere l'uomo che aveva tentato di svignarsela ritornare al suo posto e rimettersi a sedere, rosso in viso e borbottando qualche cosa d'un animale che aveva partorito durante la notte. «Vergogna! – gli gridò ancora don Teresio. – Andarsene a metà della santa messa! Voltare la schiena a Dio, come niente fosse!»

Tornò a parlare normalmente. Promise che, in conseguenza del suo arrivo, la vita di tutti gli abitanti di Zardino sarebbe cambiata «da cosí a cosí»; anche se – disse – non sottovalutava le difficoltà che avrebbe incontrato per riorganizzare intorno alla sua chiesa una comunità di cristiani degna del nome. Tanto per cominciare – annunciò – avrebbe liquidato tutte le attività dell'uomo che per anni aveva usurpato il nome e le funzioni di prete allevando *bigatti*, prestando denaro a usura, vendendo farmaci e unguenti per il corpo e compiendo ogni genere di azioni, indegne d'un vero prete. Citò i *Vangeli*: «La mia casa era la casa del Signore, e voi ne avete fatto una spelonca di ladri! Un vero prete – disse don Teresio, indicando se stesso – deve vivere, secondo dicono le Scritture, delle elemosine e dei tributi dei fedeli». S'infervorò, sollevandosi sulle punte dei piedi come aveva fatto all'inizio della messa, quando davvero per un momento le comari avevano potuto credere che stesse per alzarsi in volo. Gridò, mettendosi nei panni di Dio padre: «Io, Dio solo in tre Persone, vi domando: che fine hanno fatto, in questi anni, le decime che mi erano dovute? E gli *apendizii*, e i *donatici*[6], legati per tradizione a tutte le feste del calendario liturgico, e ai nomi dei miei santi Martiri, chi me li ha sottratti? E il diritto di macinare, e di trarre acqua, e di avere tante *carre*[7] di legna ad ogni inverno, che stanno scritti negli atti dei notai, quali piedi sacrileghi li hanno calpestati?» Puntò il dito contro gli uomini: «Tu. E tu. E tu. E tu. Voi tutti, fornicatori ed anche ladri, perché avete rubato a Dio ciò che era di Dio!» La voce ora gli tremava per l'ira, ed anche il braccio. Restò cosí in silenzio a fissare i suoi nuovi parrocchiani; piú o meno, nello stesso atteggiamento in cui Michelangelo, negli affreschi della Cappella Sistina, aveva rappresentato il Cristo giudice: guai a voi! Poi però abbassò il braccio, uní le mani sul petto in gesto di preghiera. Disse: «Di ciò che era dovuto a Dio negli anni trascorsi, e che non gli è stato dato, sarà lui stesso a presentarvi il conto quando morirete. Di ciò che invece gli dovete nel presente, per l'anno in corso e per i mesi che verranno, sarò io, suo servitore, a chiedervi ragione. Con i miei poveri mezzi, se questi, come mi auguro, basteranno; oppure anche ricorrendo alle leggi degli uomini ed ai loro Tribunali, se sarà necessario per la maggior gloria di Dio e della sua santa Chiesa. Cosí sia».

6 *apendizii... donatici*: tributi pretesi dalla Chiesa.
7 *carre*: carri.

Capitolo undicesimo

Il Caccetta

Le foglie caddero e il cielo s'ingrigí: vennero l'inverno, e le arature, e la prima neve. Tenendo fede alle promesse, don Teresio si sforzò in ogni momento e in ogni modo d'intristire e di affliggere gli abitanti di Zardino con l'assiduità della sua presenza nelle case e nei cortili, con le sue continue funzioni religiose, tutte obbligatorie («di precetto») e importantissime, anzi indispensabili per salvare l'anima; con le sue assillanti rivendicazioni di *donatici* e di decime e con il frastuono delle sue campane: che suonava a distesa tutti i giorni, sei o sette volte ogni giorno ed anche piú; per richiamare quali folle – diceva Pietro il *camparo* – «Dios lo sabe» («Lo sa Iddio»). Ma, nonostante la sua attività fosse frenetica, e la sua fantasia fosse inesauribile, a Zardino come in tutti gli altri villaggi della *bassa* quella fine d'anno del 1601 e i primi mesi del 1602 sarebbero poi stati ricordati dalla gente non come l'inverno di don Teresio ma come «l'inverno del Caccetta»: che fu invece un feudatario novarese – si chiamava, in realtà, Giovan Battista Caccia – ridottosi[1], per via di bandi e di condanne, sull'altra riva del Sesia, a Gattinara; negli Stati del duca di Savoia. Da lí, approfittando della magra del fiume ed anche dello scarso controllo che gli spagnoli mantenevano su questa frontiera, considerata sicura per via dell'alleanza con Carlo Emanuele I, quasi ogni giorno gli uomini del Caccetta si spingevano nei villaggi della *bassa* a fare razzie; e in tutte le stalle di tutti i villaggi, e anche a Zardino, non si parlava d'altro che delle loro imprese. Rapimenti, incendi, delitti: c'era materia per ogni genere di storie, e per molti anni! Un tale detto il Barbavara – si raccontava tra l'altro nelle stalle – e un tale detto il Marchesino, notoriamente uomini del Caccia, attraversato il Sesia con alcuni altri armati

1 *ridottosi*: rifugiatosi.

avevano preso per strada a Carpignano due gemelle di tredici anni, tali Costanza e Vincenzina Mossotto figlie d'un barbiere Mossotto che abitava in quei paraggi, e se le erano portate di là dal fiume. E ancora: era stato dato fuoco a un cascinale a un miglio forse dal borgo di Recetto; rubati cinque cavalli; il proprietario, un brav'uomo, tale massaro Nicola De Dominicis, sfinito a bastonate era morto dopo pochi giorni senza aver piú ripreso conoscenza e senza aver parlato con alcuno. In compenso, una tale Iselda detta la Magistrina di anni ventiquattro di cui si erano perse le tracce da assai tempo, e che i genitori avevano pianto per morta, era ricomparsa al suo paese, Vicolungo, ed attendeva di partorire l'Anticristo di cui il Caccetta personalmente, o qualcuno dei banditi che stavano con lui, l'avevano ingravidata... Questi ed altri racconti si facevano ogni sera in tutte le stalle della *bassa* e tutte le ragazze, e tra esse Antonia, dovevano ascoltarli con il loro seguito di prescrizioni, di divieti e di raccomandazioni rivolto specialmente a loro: stessero attente – gli dicevano le comari – a non uscire da sole, per nessun motivo! A non aprire la porta di casa a gente sconosciuta! A non commettere imprudenze d'alcun genere! A non far questo e a non far quello! Dai e dai, a forza di sentirne parlare, finí che molte se li sognarono, i banditi. Che venivano a rapire proprio loro e le portavano di là dal Sesia, in un gran castello; dove, seduto in trono ad aspettarle, c'era lui, il Caccetta; e non era né brutto né malvagio come dicevano le loro madri. Anzi, al contrario: era il Principe Azzurro delle favole. E, come accade nelle favole, le sposava!

Il Caccetta... Se la fama degli uomini non fosse cosí effimera, e la loro memoria cosí insignificante per gli uomini stessi, come è di fatto, già da molto tempo la vita del nobile novarese Giovan Battista Caccia sarebbe stata ricomposta in carta e inchiostro, in un numero ragionevole di capitoli, e restituita al suo romanzo; che, invece, aspetta ancora di essere scritto. Cercherò di rimediare per quanto mi è possibile dicendo di Giovan Battista Caccia che in quell'inverno del 1602 non aveva ancora compiuto trentun anni, essendo nato nel suo castello di Briona il 22 luglio 1571, sotto il segno del Cancro: di cui portò fin che visse quasi tutti i caratteri negativi, sia fisici che morali. Era infatti molto basso di statura, un omiciattolo (perciò gli venne affibbiato quel diminutivo-spregiativo: Caccetta!); con una vistosa sproporzione tra la parte superiore del corpo, normalmente sviluppata e anzi robusta, e le gambe, corte corte e gracili. Erede d'un nome illustre, e d'una cospicua fortuna, crebbe, beato tra le donne, nei suoi palazzi di Novara e di Milano, e nel castello di Briona: avendo come maestro e istitutore un prete Alciato – quello stesso prete Alciato che ritroveremo, divenuto monsignore, tra i giudici del processo d'eresia a carico d'Antonia – che si limitò ad assecondarne tutte le velleità[2], a compiacerne tutti i capricci, a giustificarne tutti gli impulsi; intimamente convinto com'era, e come era anche una gran parte del clero di quell'epoca, che nel mondo esistono due categorie di persone, quelle che possono tutto e quelle che non possono niente; e che se anche poi le nude anime sono uguali davanti a Dio nell'aldilà, nell'aldiqua le differenze tra gli uomini sono cosí grandi che ammazzare un contadino, per un feudatario, non è colpa piú grave che prendere al laccio un coniglio, o pescare una trota. Quell'idea del mondo, già presente nel maestro, venne dunque assimilata dall'allievo che poi anche, crescendo, la perfezionò e la integrò con un'opinione altissima e certamente eccessiva del suo intelletto e del suo rango: considerati, dal giovane Giovan Battista Caccia, molto superiori all'intelletto e al rango di quasi tutti gli altri esseri umani. Prima ancora di compiere i vent'anni, il nostro eroe sposò un'Antonia Tornielli: senz'amore, e senz'altro interesse reciproco, che non fosse il calcolo delle rispettive famiglie, tra le piú illustri e facoltose di questa parte d'Italia; ne ebbe un figlio, che chiamò Gregorio. In età imprecisata, ma certamente anteriore ai venticinque anni, vide e conobbe in Novara una donna molto bella, molto frivola, da poco vedova, che tutti corteggiavano: e provò per lei – o credette di provare – un'attrazione immediata e irresistibile. «Quella donna, – pensò, – dev'essere mia: a qualunque costo!» La vedova allegra (sarebbe stata forse meno allegra, avesse potuto leggere le idee che passavano nella testa del Caccetta) veniva da Milano, si chiamava Margherita Casati e aveva una relazione nemmeno troppo segreta con quell'Agostino Canobio che era, all'epoca dei fatti, il giovane piú corteggiato dalle ragazze novaresi, quello con cui tutte sognavano di sposarsi: erede unico di una famiglia di banchieri, aveva anche la fortuna d'essere un bel giovane, abbastanza alto di statura, proporzionato di membra e bianco e rosso di salute. Tutto

2 *velleità*: desideri, aspirazioni ambiziose e non realizzabili.

l'opposto del nostro feudatario: che era piccolo, sgraziato e giallo in viso e che comunque si buttò all'assalto della dama non pensando di avere un rivale e di poterlo mai avere: chi, al mondo, avrebbe osato mettersi contro uno come lui? Agostino Canobio gli rise in faccia; in quanto a lei, alla bella Margherita, qualche sospetto della pericolosità di quel nuovo spasimante dovette averlo, perché finse di prenderlo sul serio, gli disse: «Signor mio, come potrei corrispondere a questo sentimento che dite di provare per me, e che pure mi lusinga moltissimo? Voi siete un uomo ammogliato, io sono una donna onesta; sicché, vedete voi stesso che una nostra relazione non potrebbe esistere, e, esistendo, non potrebbe andare a buon fine». Il Caccetta lí per lí non diede risposta; ma dopo pochi giorni, improvvisamente, la gentildonna Antonia Tornielli sposata Caccia morí: d'un arresto cardiaco, dissero i dottori; di veleno, dissero i novaresi; e, quasi a dargli ragione, in quella stessa settimana morí anche il cuoco del Caccetta, precipitando da un tetto: dove Dio solo sa cosa fosse andato a farci. Margherita Casati, che capí l'antifona, scappò a Milano; non prima, però, che il Caccetta fosse venuto a sapere che lei era stata l'amante del Canobio, e lo era ancora: la qual notizia – riferí poi chi lo conosceva – gli procurò il piú violento e durevole accesso d'ira della sua vita. Dunque le cose erano andate tant'oltre che un borghesuccio, un nipote d'usurai, aveva avuto il coraggio o l'incoscienza di credere di potersi opporre a lui, e addirittura di poter vincere! È a questo punto della storia che i fatti precipitano e i morti non si contano piú: perché il Caccetta, cercando di ammazzare il Canobio, gli ammazza amici, conoscenti, parenti, guardie del corpo, gli fa il vuoto attorno; mentre il Canobio, che non s'aspettava una simile tempesta e che a stento riesce a salvare la pelle (morirà poi, in circostanze poco chiare, nel 1602, in età di ventisette anni: forse infine il Caccetta era riuscito a toglierlo di mezzo, o forse invece era destino del Canobio morir giovane e la sua morte fu naturale: chissà!), un po' cerca di contrattaccare, facendo ammazzare i gregari del Caccetta dai suoi gregari, un po' si appella alla legge e agli uomini che la rappresentano, in Novara e in Milano: al capitano di giustizia, al podestà, ai giudici criminali. Pensino loro, cui spetta per dovere, a difenderlo dalla furia di un pazzo scatenato che ammazza gente, brucia case, e nemmeno si capisce perché lo faccia! La vittoria del Caccetta sul Canobio, totale e travolgente, ha però almeno due caratteristiche che, se non si riferissero a fatti tragici, sarebbero certamente comiche: innanzitutto, è una vittoria inutile, perché della Margherita Casati a questo punto della nostra storia si perdono le tracce, e nessuno sa piú niente di lei; in secondo luogo, è una vittoria costosissima: che il Caccetta pagherà finché vivrà, e che anzi non finirà mai di pagare. Tutti i bravacci e i *farinelli* (cosí, a quel tempo, si chiamava chi viveva ai margini della legge, trafficando non per conto d'un signore ma per conto proprio) a cui il Caccetta aveva chiesto favori d'ammazzamenti e d'incendi, ora si rivolgono a lui per averne il contraccambio: dobbiamo ammazzare il Tal dei Tali – gli mandano a dire – o dobbiamo abbruciare la sua casa, dalle tue parti; per favore, provvedi tu. Come sottrarsi a simili richieste? Accade cosí che uomini del Caccetta ammazzino a Romagnano, ad Orta, ad Angera[3] sulla pubblica piazza, persone completamente estranee alla lite con il Canobio, e che si commettano delitti, senza piú scrupoli e freni d'alcun genere; tanto – ragiona il Caccetta, e i suoi bravacci con lui – il conto con la giustizia è talmente lungo, che, per quanto ci si aggiunga, la pena non può crescere: «Ho una testa sola!» Donne sposate, ragazze in età da marito e perfino bambine di nove e di dieci anni vengono prese con la forza nei paesi intorno alla Rocca di Briona, dove intanto il Caccetta s'è fortificato, ed ivi tenute a disposizione del feudatario e dei suoi bravacci; nei cortili e nelle cucine del castello cresce un branco di figli di nessuno – o, per meglio dire: di tutti – a cui si dà da mangiare come agli animali domestici; s'ammazza per il gusto d'ammazzare: un suonatore di viola che s'era mostrato restio ad alzarsi nel cuore della notte per andare a suonare al castello, a Briona; un uomo che aveva tardato a cedere il passo, a Romagnano Sesia; si compiono razzie e furti d'ogni genere, ma soprattutto di denaro e di cavalli; si bruciano case, si terrorizzano paesi interi perché ormai s'è incominciato a fare cosí, e a che servirebbe fermarsi? Quando s'imbocca una strada, tanto vale andare fino in fondo... Nel 1600, per la prima volta, Giovan Battista Caccia viene condannato a morte da un Tribunale per aver fatto ammazzare con un colpo d'archibugio, in Milano, il gentiluomo Ottavio Canobio, zio di Agostino Canobio: nel cui palazzo, prima di sparire definitivamente dal mondo, la disgra-

[3] *Romagnano... Angera*: località del novarese.

ziata Margherita Casati s'era trovata un ultimo rifugio. Che fare? La giustizia dell'epoca, inflessibile con i poveracci che avessero avuto la ventura di incappare nelle sue reti, offriva ai veri delinquenti ogni genere di scappatoie: una di queste, piú volte ribadita nelle *gride* di sua eccellenza don Ferdinando Velasques, conestabile di Castiglia, eccetera, era che, chi avesse consegnato alla giustizia un ricercato, poteva usufruire d'uno sconto di pena pari alla pena del ricercato stesso. In pratica: per liberarsi d'una condanna a morte, e tornare incensurati, bastava consegnare ai giudici un altro condannato a morte o la sua testa già tagliata, se era morto; e il nostro eroe, nel suo castello di Briona, non aveva che l'imbarazzo della scelta: quale dei suoi bravacci gli era meno simpatico, e sapeva cose piú compromettenti su di lui? Alla fine ne prese uno, lo fece decapitare e mandò la testa a Milano. L'anno dopo – siamo ormai nel 1601 – la faccenda tornò a ripetersi. Vennero pronunciate dal Tribunale di Milano contro Giovan Battista Caccia, feudatario novarese, ben due condanne capitali: una alla forca, per razzie di cavalli ed altri furti; un'altra alla decapitazione, per piú omicidi. Il Caccetta, che nel frattempo e nel suo castello di Briona aveva fatto coniare una gran quantità di monete false da un esperto falsario di cui poi s'era sbarazzato, ammazzando lui, e, per essere piú sicuro, anche sua moglie: si liberò di entrambe le condanne consegnando alla giustizia altri due bravacci e andò a stare a Gattinara, di là dal Sesia; sotto la protezione del conte Mercurino Filiberto di Gattinara e di sua altezza il duca di Savoia. Qui, vivendo in un convento fortificato di certi frati detti Camisotti per via dell'abito bianco che portavano, incominciò a dire che non se ne poteva piú degli spagnoli e del loro governo, e ad armare cavalieri, non come *bravi* e servitori suoi propri ma come soldati: vestendoli con «*banda, penne e legacci con calze bianche*» alla foggia francese, ed «*alterandosi con chi portava il color rosso*» che era il colore della parte avversa; allenandoli al tiro al bersaglio contro «*una figura d'uno huomo qual dicevano era il Re di Spagna*»; tenendo infine discorsi... stravaganti con gli scapestrati che di tanto in tanto attraversavano il Sesia per andarlo a trovare e che erano un tale Giovan Battista Comolo da Omegna, un tale Giulio Gemello da Orta, un tale Giovanni Comazzolo da Vercelli, un tale Blasino Caccia da Novara: tutti «*farinelli d'importanza*», con molti *bravi* e molte aderenze. I maledetti spagnoli – gli diceva il

Caccetta – se ne sarebbero presto dovuti andare da Milano: il popolo li odiava, e la nobiltà, oppressa nei suoi diritti e spogliata nei suoi beni, era ormai tutta contro di loro. Bisognava stare pronti: armare uomini piú che si poteva, ed aspettare che si muovessero il duca di Parma, Ranuccio Farnese, e il duca di Savoia, Carlo Emanuele I, entrambi suoi (del Caccetta) amici e protettori. Stessero certi, e in campana: che la presente alleanza del Savoia con la Spagna era solo un evento passeggero, una manovra politica; e che Milano, assai presto, sarebbe stata «*del Roi*». (Cioè del Re di Francia: che era allora Enrico IV di Borbone). Lui, Caccetta, s'era impegnato con *il Roi* di far cadere quando fosse stato tempo la Rocca d'Angera, già appartenuta ai Borromeo, e di marciare con altri prodi su Milano: dove avrebbe avuto, nel nuovo assetto dello Stato, quella posizione di rilievo che il suo rango, ed il suo impegno a servizio della causa del *Roi*, gli avrebbero meritato.

Fu questa l'epoca che i cavalieri bianco-azzurri terrorizzavano la *bassa* con le loro razzie, il lungo «inverno del Caccetta»: quando le ragazze non uscivano di casa e chi aveva cavalli nelle stalle li trasferiva il piú lontano possibile, nelle cascine attorno a Novara o addirittura nella valle del Ticino. Con la primavera, poi, le acque del fiume si alzarono, allagando i guadi: i banditi smisero le loro scorrerie e la vita dei villaggi, a poco a poco, ritornò normale; si rividero le donne per strada e inginocchiate presso i fossi, a lavare i panni; ripresero i giochi e le avventure dei ragazzi anche lontano da casa, in mezzo ai boschi; si risentirono, nei campi, le canzoni tristi e cadenzate dei *risaroli* e le paure dell'inverno impallidirono, svanirono come fantasmi nel sole dell'estate. È del resto una caratteristica della *bassa*, questa che tutto passi in fretta e nulla, o quasi, lasci un segno di sé: la memoria non incide solchi, al contrario di quanto accade nelle valli alpine, dove il ricordo o la leggenda di un fatto possono conservarsi da un millennio all'altro; la pianura è un mare dove le onde del tempo si succedono e si annullano, evento dopo evento, secolo dopo secolo: migrazioni, invasioni, epidemie, carestie, guerre vengono oggi ricordate soltanto perché sono scritte nei libri; se non ci fosse la scrittura, non ne resterebbe traccia. Un pomeriggio d'un giorno di fine luglio dell'anno del Signore 1602, Antonia e Anna Chiara Barbero stavano aiutando la signora Consolata a togliere le erbacce da una *zolla* coltivata a rape che era dietro l'Osteria della Lanterna, in mezzo agli orti; faceva caldo, c'erano nugoli di mosche e nessuno certamente pensava che proprio quel giorno e proprio lí potesse accadere qualcosa di importante, quando s'udí uno scalpiccio di zoccoli sulla strada che veniva dal Sesia e poi anche un frastuono di voci, un tintinnio di metalli, un abbaiare di cani: le finestre si chiusero con le imposte, la gente ch'era per strada sparí e una sola parola corse da un capo all'altro di Zardino, un nome che da solo bastava a incutere spavento: «Il Caccetta! Arriva il Caccetta!» La povera Consolata fu presa dal panico. Cosa doveva fare, per sé e per le ragazze? Tornare a casa non era piú possibile, perché per far ciò si sarebbe dovuto attraversare la strada e invece la strada oltre la siepe era già tutta piena di uomini a cavallo: c'era anche una carrozza chiusa, con le tendine tirate a coprire i vetri; quando una tendina, per un momento, si scostò, apparve un viso di donna. Non avendo altre vie di scampo, Consolata afferrò entrambe le ragazze, le piegò, le spinse con forza dentro la siepe di biancospino che cingeva la *zolla*; cercò di entrarci anche lei, mettendosi in ginocchio per non essere vista. Gli aculei del biancospino laceravano la pelle e la stoffa leggera dei vestiti, entravano nella carne facendola sanguinare: ma nessuna delle tre donne disse «ahi», nessuna si mosse per trovare una posizione piú comoda. Anna Chiara raccontò poi d'avere trattenuto il fiato il piú possibile e d'essere rimasta immobile, a occhi chiusi, finché i banditi se ne furono andati. Antonia, invece, guardò tutto e vide tutto; nonostante i cavalli fossero cosí vicini alla siepe che se ne poteva sentire l'odore, e nonostante lo spavento che provava quando i banditi si voltavano dalla sua parte, quei tuffi al cuore: mi hanno vista! Stanno guardando proprio me! In lei, piú forte dello spavento fu la curiosità. Vide il Caccetta; stava ritto a cavallo al centro della piazza, e diceva ai suoi bravacci: «Se non vogliono venire, portateceli per forza: ma badate bene, che non vi avvenga anche per sbaglio di far del male ad alcuno!» Tutta la piazza era piena di cavalieri e il Caccetta a tratti si vedeva, a tratti no; nonostante le sue imprese e la sua fama era mingherlino, un omiciattolo, e per giunta brutto; la pelle del suo viso aveva il colore stesso della cera con cui si fanno le candele, la sua fronte era rotonda e prominente e anche i suoi occhi erano sporgenti e lucidi – pensò Antonia – come di solito sono quelli degli ammalati di *mal sottile*[4]. Alcuni cavalieri con in mano gli archibugi, intanto, bussavano alle finestre ed entravano nei cortili, gridavano: «Dove sono i consoli?» Ed anche: «Venite fuori, mangiaterra[5]; tanto nessuno vi farà del male!» In pochi minuti, riuscirono a radunare sul sagrato della chiesa una trentina di abitanti di Zardino: c'erano l'oste della Lanterna, Assalonne, con i due figli maschi; c'erano i consoli in carica quell'anno, tali Benvenuto e Giacomo Ligrina; c'erano alcuni *famigli* e *schiavandaj* e tutti si appellavano alla clemenza del Caccetta, dicevano: sii buono, non ti abbiamo fatto niente, siamo dei poveri *mangiaterra*, cosa vuoi da noi? Quando gli sembrò che fossero in numero sufficiente, il Caccetta fece segno ai suoi uomini che arretrassero e si mettessero in disparte. Domandò ai contadini: «Sapete voi chi io mi sono? Mi riconoscete?»

«Sí, – disse Giacomo Ligrina, tenendo in mano il cappello, come tutti gli altri: – Tu sei il nobile Giovan Battista Caccia, feudatario della Rocca di Briona e signor nostro. Comanda e noi ti ubbidiremo».

Il Caccetta mostrò il pugno sinistro, con il pollice alzato. Chiese ancora: «Sapete voi che significa questo gesto?»

Nessuno lo sapeva e nessuno rispose. «Io sono quel famoso che tutti chiamano il Caccetta, – disse il Caccetta: – e se fosse vera la metà delle favole che in Milano e in Novara si raccontano sul mio conto, dovrei essere un animale crudelissimo, dedito al sangue e ad ogni sorta di eccessi, che ammazza, brucia e fa rapire le vergini. Invece voi vedete, e lo dice anche il proverbio, che il Diavolo non è cosí brutto come si dipinge».

Si drizzò sul cavallo in un certo modo che Antonia pensò: «Crede d'esser bello!» Ma fu affare d'un attimo. «Stringete il pugno sinistro come faccio io, – disse poi subito il Caccetta ai contadini. – Alzate il pollice. Venite qua, e toccate il vostro pollice con il mio, e dite forte viva Franza, e viva il Roi: perché il vostro signore è Enrico, il Roi!»

4 *mal sottile*: tubercolosi. La figura del Caccetta, tratteggiata con ironia raggiunge l'apice del grottesco in questo finale. La scelta dell'autore di mostrarci i suoi gesti e i suoi atteggiamenti attraverso gli occhi di Antonia è molto efficace, perché trasforma l'aristocratico malfattore ancor piú in «un omiciattolo, e per giunta brutto». Il riferimento alla tubercolosi sottolinea il marcio che c'è in lui e che vanamente cerca di coprire con un discorso roboante quanto delirante. Il feudatario è in grado soltanto di procacciarsi con il terrore un pubblico di fronte a cui recitare per sé una farsa della grande politica.

5 *mangiaterra*: termine oltraggioso per indicare i contadini.

I cavalieri ch'erano al seguito del Caccetta si tolsero i cappelli piumati e li agitarono al di sopra delle loro teste, gridando tutti assieme: «Abbasso Spagna! Viva Franza! Viva il Roi!» Qualcuno anche sparò per aria dei colpi d'archibugio che riecheggiarono tra le case, facendo uggiolare e ululare i cani del paese.

«Viva Franza! Viva il Roi!», gridarono i contadini; senza molta convinzione, però.

«Io ora vado nella città di Parma», disse il Caccetta agli abitanti di Zardino; e avrebbe potuto dirgli qualunque cosa, tanto era strano e quasi assurdo quel fatto, che un feudatario si fermasse in un villaggio per raccontare ai bifolchi che abitavano lí dove lui stava andando, e perché ci andava. «Sua altezza il duca mi ha mandato a chiamare e ciò significa che ci sono in vista grandi mutamenti: sappiatelo! Tra qualche mese, al massimo tra un anno, io ripasserò di qui e allora tutto sarà cambiato, perché sui castelli di Novara e di Milano s'alzerà la bandiera con il giglio. La bandiera del Roi!»

«Viva il Roi!», ripeterono i contadini piú forte che poterono. E gli sembrò di cavarsela fin troppo a buon mercato, che il Caccetta se ne andasse cosí: senza prendergli né donne né cavalli e senza aver bruciato nemmeno una casa. Pensarono che probabilmente era diventato matto e che loro, comunque, avevano avuto una gran fortuna. Della *Franza* e del *Roi* non pensarono granché; anzi, a voler proprio dire le cose come stanno, non pensarono niente.

Capitolo dodicesimo

I Corpi Santi

Faceva freddo e pioveva, quel giorno di marzo dell'anno del Signore 1603, quando tutte le campane della *bassa* incominciarono a suonare all'impazzata, rispondendosi da un paese all'altro e continuando per delle mezz'ore come di solito accadeva soltanto la mattina di Pasqua, per comunicare al mondo la lieta novella: finalmente, erano arrivati da Roma i Corpi Santi! Monsignor Cavagna aveva mantenuto la promessa che aveva fatto l'anno precedente, di portare a Novara tanti Corpi di Santi Martiri della fede e tante nuove Reliquie da dotarne ogni piú sperduta parrocchia ed ogni chiesa della diocesi! Don Teresio, a Zardino, non stava nella pelle per la contentezza. Dopo aver scampanato in lungo e in largo fino a riempirsi le mani di vesciche, s'armò d'una bisaccia da pellegrino, d'un mantello pesante con un cappuccio di cuoio e d'un paio di stivaloni pure in cuoio, di quelli stessi che i contadini usavano per entrare nei fossi e cosí equipaggiato se ne andò a Novara, attraversando tutto il fango e tutta l'acqua dei *fontanili*[1] e dei canali straripati lungo il percorso. Tornò dopo tre giorni – era ormai sabato – quando già molti abitanti di Zardino incominciavano a sperare che fosse affogato nel guado dell'Agogna, e che il paese se ne fosse liberato. Al contrario, lui non solo stava bene, ma era anche fuori di sé per la contentezza, cosí eccitato e cosí felice che sembrava ubriaco: cantava camminando, benediva tutti quelli che incontrava, uomini e animali, gridava al cielo le lodi del Signore. Portava il mantello arrotolato sotto il braccio perché nel frattempo aveva smesso di piovere, il cielo si schiariva: i nuvoloni grigi che erano gravati sulla *bassa* per otto giorni, ininterrottamente, si diradavano e s'alzavano fino a scoprire le montagne lontane, aprendosi in squarci d'azzurro pro-

[1] *fontanili*: corsi d'acqua sorgiva tipici della bassa.

fondo, quasi blu, sopra un paesaggio infradiciato e vaporante che tornava a bearsi nel sole della primavera. Andò a casa, difilato, a cambiarsi d'abito e poi, con in mano una campanella che suonando segnalava i suoi spostamenti da un cortile all'altro, incominciò a fare il giro delle case per informare gli abitanti di Zardino dei fatti miracolosi e grandiosi che erano accaduti in quei giorni a Novara e che avrebbero trasformato la loro città in un grandissimo centro di fede e di devozione: secondo, per importanza, solamente a Roma! I Corpi Santi – raccontava don Teresio – erano arrivati a San Martino del Basto, dove c'era il traghetto sul Ticino, dalla parte di Milano, lunedí; e venivano direttamente da Roma, e dalle Catacombe. Occupavano un carro a tre assi: un carro intero, tutto pieno di Corpi e di Reliquie che monsignor Giovan Battista Cavagna da Momo[2] aveva tirato fuori personalmente, con le sue stesse mani, dalle nuove Catacombe, per portarle a Novara e ai novaresi; anche a quelli del contado, si capisce! Anche a Zardino! («Sí, cari, sí, – sussurrava don Teresio ai contadini che lo guardavano stupefatti. – È quasi certo, oramai! Anche a noi verrà dato un Corpo Santo! Un Corpo intero! È una cosa da non crederci!») Il carro poi – proseguiva don Teresio – era rimasto due giorni fermo a San Martino, per permettere al vicario generale del vescovo Bascapè, monsignor Orazio Besozzi, d'andare a prenderlo in consegna a nome del vescovo, e ai fedeli della città e delle campagne di preparare lungo tutto il percorso i piú solenni festeggiamenti che si fossero mai visti in questa parte dello Stato di Milano: il che fu fatto. Mercoledí, piovendo ancora a dirotto, il carro infine s'era mosso ed era arrivato a Novara tra due ali di popolo festante; al suo passaggio erano accaduti fatti prodigiosi, in vari luoghi: una donna cosí incurvata dall'artrite che camminava tenendo il viso all'altezza delle ginocchia improvvisamente s'era raddrizzata, un muto dalla nascita aveva parlato, un infedele s'era convertito prosternandosi nel fango davanti al carro delle Reliquie, ed era stato sollevato e confortato da monsignor Cavagna in persona; che ne aveva ascoltato la prima confessione e poi anche l'aveva battezzato raccogliendo un poco di pioggia nel cavo della mano, direttamente con l'acqua che scendeva dal cielo. «E se questi non sono miracoli, – diceva don Teresio sollevando l'indice, – allora io non so piú

2 *Momo*: paese dell'alto novarese.

riconoscere un miracolo, e ho studiato per nulla, e non sono prete!» Naturalmente bisognava aspettare la convalida della Chiesa per chiamare miracoli quei prodigi, e sarebbe passato del tempo: ma lui che vi aveva assistito, intanto già poteva raccontarli. Quando poi il carro con i Corpi Santi era arrivato in vista di Novara, e faceva buio, le mura della città erano apparse da lontano tutte illuminate, nonostante la pioggia, «come le mura di Sion[3]». Monsignor Carlo Bascapè era uscito dal Duomo per andare incontro al carro, sotto il baldacchino portato dagli allievi del seminario e preceduto da una mirabile processione di canonici, clero, nobili e confraternite; mai, a memoria d'uomo, s'era vista a Novara una festa cosí splendida, con un tempo cosí orribile! Archi trionfali di legno verniciato, che purtroppo la pioggia aveva mandato in rovina in poche ore, erano stati eretti a tutti gli ingressi della città, e i piú grandiosi fuori Porta Sant'Agabio, da dove il carro sarebbe dovuto passare; fiori e frutti – quelli che la stagione permetteva – erano stati sparsi per terra lungo tutto il tragitto, fino al Duomo; non c'era balcone che non avesse un qualche drappo, né finestra che non avesse un qualche lume! Il carro poi era stato portato dentro il Duomo, proprio di fronte all'altare maggiore: non dai cavalli, perché agli animali non è lecito varcare la soglia della casa di Dio, ma dal popolo dei fedeli, ed ivi rinchiuso, in attesa d'essere svuotato del suo preziosissimo carico. Molti tra i fedeli, e don Teresio con loro, invece di tornarsene alle loro case, avevano preferito trascorrere quella notte, e anche la notte del giorno successivo, dormendo o vegliando in preghiera sulla nuda pietra, lí sui gradini del Duomo oppure anche sui ciottoli della piazza, sotto quel portico che per antica tradizione viene chiamato – e mai nome fu piú appropriato e veritiero! – Portico del Paradiso. Senza sentire freddo di sorta – diceva il cappellano, mettendosi la mano sinistra sul petto dalla parte del cuore, e spalancando gli occhi chiari in viso a chi lo ascoltava – perché dalla pietra s'irraggiava un tale calore, e un senso cosí grande di pace e di beatitudine, che lui mai s'era sentito cosí bene, e cosí caldo; nemmeno nel suo letto, a Zardino, sotto la grande trapunta in piuma d'oca che lo riparava dal gelo nelle notti d'inverno...

I villani ascoltavano, stupefatti e increduli. Qualcuno an-

[3] *Sion*: nome biblico di Gerusalemme.

che diceva a don Teresio che si sedesse, che bevesse qualcosa di corroborante: doveva essere stanco, dopo tutta quella pioggia e quelle notti trascorse dormendo sulla pietra, e dopo aver percorso a piedi tutta quella strada, nel fango! Forse anche era digiuno... Gli chiedevano: «Volete mangiare qualcosa? Avete già mangiato?»

«No, no, grazie, – rispondeva don Teresio. – Sono venuto per le funzioni di domenica ma non vedo l'ora di ritornare a Novara a implorare da monsignor vescovo e da monsignor Cavagna la nostra parte di Reliquie per Zardino: un Corpo Santo!» Alzava le mani al cielo e sgranava gli occhi, per sottolineare l'enormità di quella richiesta. Restava un poco in silenzio, poi diceva: «Ci vorran soldi, lo so: ma con l'aiuto della divina Provvidenza, e di voi tutti, troveremo anche quelli», e a questo punto i villani si sentivano gelare, non rispondevano piú niente o se ne andavano, pensando: dovevamo capirlo fin dall'inizio, che voleva soldi! Con don Teresio non c'era modo di sbagliarsi, la musica poteva anche cambiare ma la canzone era sempre la stessa: soldi, soldi... Dovunque si trovasse quel Paradiso di cui lui parlava ogni domenica e ogni giorno, la strada per arrivarci era lastricata di soldi: e chi piú ce ne metteva, piú ci andava comodo e in carrozza. Soldi, soldi: in parte riscossi come dovuti, in parte sollecitati come libere donazioni, in parte dati per espiare qualche colpa, e salvar l'anima. Soldi di rame, d'argento, soldi cosiddetti «di lega», soldi d'oro: da quando era arrivato a Zardino quel nuovo prete – pensavano i villani – era come se al centro del paese fosse stato aperto un ufficio dal buon Dio per riscuotere soldi su tutto: sulle nascite, sulle morti, sulla pioggia, sul sole, sul grano, sui fagioli, sulla *méliga*[4]...

Mentre dunque a Zardino la gente si difendeva come poteva da don Teresio, e dalle sue richieste di soldi, a Novara la buona società era impegnata a festeggiare, con l'arrivo delle Reliquie, un nuovo eroe: quel monsignor Giovan Battista Cavagna da Momo che già è comparso una prima volta nella storia di Antonia, quando lei stava ancora a San Michele e le monache l'avevano costretta a recitare la poesia di benvenuto per la visita del vescovo. L'«oca bianca piú che burro»... Quanta strada, da allora, con l'aiuto di Dio e dei suoi rappresentanti in terra cioè dei suoi superiori, aveva percorso, nel mondo, mon-

4 *méliga*: granoturco (voce dialettale).

signor Cavagna! Strada intesa come carriera, e strada vera: prima a Milano, dove il vescovo Bascapè di tanto in tanto lo mandava a portare sue lettere e suoi messaggi riservati al cardinale Federigo Borromeo, e poi a Roma, dove ora risiedeva: ufficialmente, come segretario del cardinale Gerolamo Mattei; in realtà, come uomo di fiducia del vescovo di Novara nella capitale del mondo cristiano: un paio d'occhi, e di orecchie, collocate nei pressi del Palazzo per registrarne i sussurri piú segreti, gli orientamenti piú occulti... Era un incarico importante, e di gran fiducia, questo che Bascapè aveva dato all'«oca bianca piú che burro»; il fatto poi che per tale incarico avesse scelto proprio monsignor Cavagna, e non altri, significava innanzi tutto che lo considerava un fedele servitore di Dio e del vescovo; dotato, in piú, di qualità e di difetti specifici che lo rendevano particolarmente adatto per vivere e operare nella città dei Papi. I difetti del Cavagna – secondo Bascapè – erano la curiosità dei fatti altrui, la propensione al pettegolezzo e alla mondanità, la ghiottoneria, la scarsa fantasia; per contro, le sue qualità avrebbero dovuto essere il temperamento flemmatico e la mancanza di ambizioni: ma, su quest'ultimo punto, Bascapè sbagliava. Cavagna era ambizioso, come tutti; soltanto, era ambizioso a modo suo e non a modo del vescovo; in piú, aveva nel suo carattere una componente di dabbenaggine che il vescovo sottovalutava. Data la sua scarsa inclinazione per i grandi voli del pensiero, e la sua scarsa attitudine a farsi impressionare, Roma non lo intimorí, né lo eccitò; lo incuriosirono, invece, alcuni traffici che allora si svolgevano attorno alle basiliche fuori porta e ai sepolcreti ad esse annessi, e che smuovevano le stesse cupidigie, e gli stessi interessi, che in altri luoghi del pianeta erano mossi dall'oro. Avventurieri, dame intriganti, ecclesiastici corrotti... Di fatto, e per il commercio che se ne faceva, le Reliquie e i cosiddetti Corpi Santi erano un minerale prezioso, l'unico presente nel sottosuolo di Roma e cosí anche nella testa di monsignor Giovan Battista Cavagna incominciarono a frullare certe idee, a trovare spazio certe voci che circolavano per salotti e sacrestie, di certi «affari»: un Corpo Santo d'un Martire dal nome orrendo, Gerundio, debitamente autenticato ed imballato era disponibile per soli cento *giulii*, pari a poco piú di cinquanta lire milanesi; un altro Corpo, d'un Simplicio da Edessa, si poteva comperare per soli dieci scudi... Occasioni strepitose, offerte irripetibili: che si presentavano soltanto a chi viveva a Palazzo, o nei suoi immediati dintorni. Che fare? Il buon Cavagna ne parlò con il suo vescovo dandogli nomi, riferimenti, garanzie; chiedendogli d'autorizzarlo, ogni volta che gli si presentasse un buon affare, a trattare e ad acquistare Corpi Santi per le chiese di Novara e della sua diocesi. Se si voleva far rinascere la fiamma della fede dalle braci dell'apatia e dell'indifferenza, il momento – disse – era favorevole: ora o mai piú! Le Catacombe erano cantieri aperti, miniere di tesori che sarebbero andati per il mondo a vivificare e a ravvivare, con la presenza corroborante dei Martiri, quel sacro fuoco che in alcune parti d'Europa minacciava addirittura di spegnersi, o si era spento, soffocato dalle ceneri dell'eresia[5]; e lui, Cavagna, chiedeva solo questo privilegio, di poter spendere la sua vita e le sue forze perché tra tutte le sante diocesi che componevano il mondo cristiano Novara fosse un po' piú difesa delle altre dagli assalti del Diavolo, un po' piú vicina a Dio delle altre, un po' piú santa delle altre. Il vescovo, dopo qualche esitazione, gli aveva dato il suo consenso. Ed ecco i risultati...

Per qualche giorno, a Novara, in quel mese di marzo dell'*annusdomini* 1603, monsignor Cavagna – l'«oca bianca piú che burro» – fu il personaggio di cui tutti parlavano, il protagonista della vita mondana e dei salotti: conteso a forza dalle signore dell'aristocrazia locale che lo ingozzavano di *gratòn* (ciccioli d'oca), di *fideghin* (salamini di fegato di maiale), di «biscottini delle monache» e si estasiavano ascoltando i suoi racconti di mirabolanti avventure nelle Catacombe; in cui lui s'era calato («A rischio della vita!», sussurravano le dame, tra incredule e allibite) per assicurare a Novara e alla sua diocesi quel po' po' di bottino che poi infatti era riuscito a portargli: un carro pieno di Reliquie! Questi Corpi Santi – dicevano le dame – a differenza di quelli dell'anno precedente, non erano mica stati comperati sul libero mercato, dove bastava avere

[5] *eresia*: si tratta della Riforma protestante. La satira dell'autore in questo capitolo si abbatte impietosa e puntuale su ogni forma di fanatismo. Egli, però, quasi non interviene nella narrazione, ma fa parlare i fatti, limitandosi a sottolineare alcuni aspetti come l'inattendibilità di monsignor Cavagna «oca bianca piú che burro», la credulità e l'infatuazione di don Teresio, la leggerezza salottiera delle dame, il cinismo dell'ambiente romano. Sullo sfondo di tutto ciò sta il buon senso della gente comune, alla quale importa poco di tutti i corpi santi del mondo, ma non accetta di buon grado di essere una pedina passiva nel gioco tra i potenti. Il ricorso frequente al discorso indiretto libero dà voce, nelle pagine conclusive del capitolo, a questo sentimento collettivo.

soldi e ti davano tutti i Corpi che volevi. Nossignore! Questi erano Corpi che nemmeno si sapeva ci fossero, e dove fossero; bisognava tirarli fuori da sottoterra come si fa con *le trifole* (i tartufi) e lui appunto, il canonico Cavagna, grasso e grosso e non piú giovane com'era, s'era trasformato in una sorta di cane *da trifola*: arrancando sottoterra per certi cunicoli cosí stretti che bisognava camminarci ginocchioni, o addirittura sdraiati, con i gomiti, e dove tutto poteva franare; uno starnuto, e veniva giú il mondo! Senza respirare, per via dell'aria che mancava! Sorretto solo – il Cavagna – dalla fede e dal richiamo silenzioso di quei Corpi che gli gridavano nelle tenebre: «Cavagna! Da questa parte! Ci senti? Siamo qua!» A rischio di diventare lui stesso un santo Martire della fede; cosa tutt'altro che impossibile, laggiú a cinquanta braccia di profondità, ma non temuta, anzi desiderata; l'eroico monsignore – sussurravano le dame – in fondo in fondo cercava proprio quella morte, che gli avrebbe consentito di restare laggiú per sempre in compagnia dei Martiri! L'aveva detto lui stesso nel salotto di una di loro, mentre si riempiva il bicchiere d'un vino aspro e scintillante delle colline di Fara, o di Sizzano. S'era fermato con la bottiglia a mezz'aria, s'era chiesto: «Quale fine migliore può augurarsi un cristiano, che morire nelle Catacombe?»

Le dame andavano in visibilio: «Monsignore, non fate complimenti: un altro poco di gratòn... Tanto, sappiamo che vi piacciono!» «Assaggiate questo vino bianco di Barengo: lo fa mio suocero!» Domandavano: «Si vedeva qualcosa, laggiú sottoterra? Era proprio buio?»

«Come in fondo a un pozzo», assicurava monsignor Cavagna: introducendo con due dita i *gratòn* nella boccuccia che s'apriva, per riceverli, in forma di cuore. Spiegava: «Quando si è là sotto ci si illumina la strada con certe piccole lanterne, in tutto simili a quelle che si trovano nelle tombe dei Martiri, e se l'olio si rovescia, buonanotte! Si rimane al buio!»

«Gradite un poco di questo nocciolato, – gli dicevano le dame. – L'abbiamo fatto ieri!» «Mangiate ancora due biscottini delle monache! Questi dàn forza! Un po' di torta! Non fatevi pregare!»

Brindavano: «Alla vostra prossima impresa nelle Catacombe! Alla prossima esplorazione!» Promettevano: «Preghereremo Dio per voi! Gli chiederemo di aiutarvi!»

Passò cosí una settimana. Un martedí – s'era ormai nel mese d'aprile – entrò in Novara da Porta Sant'Agabio, cioè venendo dalla strada di Milano, un personaggio misterioso, che nessuno vide. Costui viaggiava dentro una lettiga priva di insegne, probabilmente noleggiata all'ultima stazione di posta, con le tendine tirate e i vetri chiusi; era scortato da due gentiluomini barbuti che nessuno, a Novara, aveva mai avuto modo di conoscere prima d'allora e da sei cavalieri armati d'elmo e di corazza, con le divise a bande verticali bianche e blu: chi si intendeva di eserciti e di armati disse che quelli erano svizzeri, i famosi «soldati del Papa». L'arrivo del personaggio misterioso portò scompiglio. Si fermò il traffico alla Porta Sant'Agabio, ci furono scambi concitati di messaggi tra la porta e il castello; dal castello, arrivò dopo pochi minuti un ufficiale spagnolo che accompagnò personalmente il forestiero – doveva essere, stando alle voci che poi corsero in città, un vicario del procuratore fiscale cioè del ministro di Giustizia dello Stato del Papa – ed il suo seguito fin dentro il palazzo del vescovo e lí, per quanto riguarda la nostra storia, dell'illustre personaggio si perdono le tracce. La voce pubblica, che ne segnalò l'arrivo, trascurò poi di registrarne la partenza: avvenuta nei giorni successivi, senza tanto strepito e probabilmente alle prime luci dell'alba. S'occupò invece degli effetti della sua visita a Novara, che furono immediati e vistosi. Il giorno successivo, senza nessuna spiegazione o ragione apparente, sparirono gli addobbi dalle strade e dalle chiese e i Corpi Santi dal Duomo; sparí perfino il canonico Cavagna, senza che si sapesse cosa gli era capitato: una disgrazia, una malattia improvvisa? Chi veniva in Curia a brigare per avere assegnato alla sua chiesa un Corpo Santo – come don Teresio che arrivava da Zardino, e altri preti che arrivavano da piú lontano ancora, dalla Valsesia o dalla Val d'Ossola o dalle valli che si affacciano sulla riviera del lago Maggiore – riceveva risposte disarmanti, del tipo: «I Corpi? A quali Corpi intendete riferirvi?»; oppure anche veniva invitato a ritornare in un altro giorno, perché, gli spiegava il monsignore cui s'era rivolto, «io non so niente di tutta questa faccenda, e chi ne sa qualcosa, ora non c'è». La verità incominciò poi a filtrare e a farsi strada nei giorni e nelle settimane successive, per frammenti e per voci incontrollate che a poco a poco ricevevano conferme, si rafforzavano, diventavano certezze: ed era una storia da lasciare senza fiato, a bocca aperta... Un imbroglio! I Corpi Santi, le Reliquie del Cavagna... Ossa di cani! Nella migliore delle ipotesi, ossa umane di chissà quali cimiteri attorno a Roma: non certo ossa di Santi! Il vescovo, le autorità, la città intera erano vittime di un imbroglio; cosí grande e cosí scellerato che anche gli scherzi dei buontemponi, e le immancabili facezie messe in giro dai soliti miscredenti non facevano ridere nessuno, o quasi. Al contrario, la gente rifletteva. Una gran truffa: ma piú la cosa si chiariva, e veniva in luce, piú appariva incredibile che ad architettarla e a condurla in porto fosse stato quello stesso monsignor Cavagna che – ormai lo sapevano tutti – era in prigione; incarcerato d'ordine del procuratore fiscale cioè del Papa, per aver fabbricato e spacciato Reliquie false, frodando i suoi superiori ed ogni genere di autorità religiose e civili preposte a sovraintendere a questo genere di cose, a Novara e a Roma... Come dire: mezzo mondo imbrogliato dal Cavagna! Forse a Roma la faccenda poteva apparire credibile; a Novara, no. Qui il Cavagna, l'«oca bianca piú che burro» del vescovo Bascapè, era ben conosciuto per la sua ghiottoneria, per la sua vanità ed anche per la sua dabbenaggine che lo rendeva incapace di imbrogliare chicchessia; sicché fu chiaro fin dall'inizio della storia che la prima vittima di quell'intrigo era proprio lui. Una vittima predestinata, un gran citrullo; qualcuno lo aveva fatto entrare nelle Catacombe, gli aveva riempito un carro d'immondizie raccontandogli che si trattava di Reliquie e poi lo aveva rispedito al suo paese sapendo benissimo quali feste se ne sarebbero fatte; aveva dato al vescovo, e a tutti i fedeli della diocesi, il tempo di festeggiarlo; infine, lo aveva smascherato. Per qual scopo s'era fatto tutto ciò? Non per trarne denaro, riflettevano i novaresi; di soldi, in tutta la vicenda, ne erano corsi pochi e comunque un fatto era certo: che a differenza di quelle dell'anno precedente, poche e strane e pagate un tanto l'una, queste altre Reliquie del Cavagna erano state, per cosí dire, acquistate in blocco, e ad una cifra molto modesta. Arrivati dunque a questo punto del ragionamento, i novaresi si chiedevano: chi aveva voluto servirsi del Cavagna per umiliare il vescovo Bascapè e per umiliare la città di Novara? E se anche gli importava poco o nulla di monsignor Cavagna, e meno ancora del vescovo Bascapè, gli sembrò invece un'offesa intollerabile quell'altro fatto: che qualcuno – qualcuno troppo potente perfino per essere nominato! – li avesse usati senza il minimo riguardo per loro e per i loro sentimenti; come si usa un bastone, per colpire un altro. Si sentirono umiliati: e reagirono nell'unico modo che gli era consentito, scrollando il capo. Mormorando. Le Reliquie del Cavagna – dissero – non erano certo meno autentiche e credibili di tante altre allora in circolazione, in tante altre città: Schegge di Croce, Santi Lenzuoli, Santi Chiodi, Corpi di Martiri e Frammenti dei medesimi che, a voler andare al fondo della loro autenticità, avrebbero forse riservato sorprese, e fatto nascere storie esilaranti, da divertire il mondo. Quelle Reliquie invece si conservavano religiosamente nelle chiese, si esponevano ai fedeli e a nessuno mai era passato per la testa di metterle in discussione: vere o false che fossero, autentico era il culto che gli veniva dedicato. Perché allora – si chiesero molti abitanti di Novara – soltanto a loro doveva essere proibito di venerare le Reliquie del Cavagna, accolte a furor di popolo nella loro città, per quel solo motivo, che non erano autentiche? Perché la loro credulità, davanti a Dio, valeva meno di altre credulità? Perché li avevano imbrogliati?

Capitolo tredicesimo

Roma

Quando Cavagna uscí dalla stanza del vescovo, curvo in mezzo alle guardie e barcollante, monsignor Carlo Bascapè rimase ancora qualche minuto lí in piedi, a fissare il vuoto, con le labbra che si aprivano e si muovevano senza emettere suono; poi si prese la testa tra le mani e andò a sedersi. Cosí, ecco, ora finalmente sapeva tutto! Ora capiva! Spostò il crocefisso d'argento che teneva al centro del tavolo e mise al posto di quello la maschera funeraria del suo amico e maestro Carlo Borromeo, come faceva ogni volta che si sentiva angosciato, o che doveva prendere una decisione importante. Cosa avrebbe fatto, al suo posto, Carlo Borromeo? Ne sfiorò i lineamenti con le dita: l'alta fronte spaziosa, il grande naso che era stato l'elemento piú caratteristico di quel viso affilato, dal profilo d'uccello... La maschera era di cera ed era stata eseguita subito dopo la morte dell'arcivescovo di Milano perché poi se ne facesse un busto in bronzo; ma ciò avrebbe significato fondere la cera e Bascapè invece aveva voluto conservarla, come ricordo dell'amico. Nel metallo – diceva – tutti i visi diventano uguali: impassibili, duri, disumani; soltanto la cera, con la sua morbidezza e il suo calore in tutto simili alla morbidezza e al calore della carne, gli avrebbe restituito qualcosa della vita e dell'anima che si erano espresse in quel viso amato, plasmandone i lineamenti. Del resto – si chiedeva il vescovo – cos'altro è la materia di cui è fatto l'uomo, se non cera nelle mani di Dio?

Dopo qualche indugio, si rispose. Qualunque cosa avesse fatto Carlo Borromeo in quelle stesse circostanze – si disse – lui ora non avrebbe potuto rifarla. I tempi erano diversi. Le persone erano diverse. Il secolo era diverso e, se possibile, peggiore, rispetto a quello, già cosí empio e dedito ad ogni genere di vizi, contro cui aveva combattuto il Beato Carlo. La posta in gioco continuava ad alzarsi, e si sarebbe alzata ancora di piú. A quante prove ancora, e quanto terribili, Dio avrebbe sottoposto i suoi servi, prima di far trionfare la sua causa? Era una guerra – pensò il vescovo Bascapè – una vera guerra!, quella che si stava combattendo, da piú di vent'anni ormai, all'interno della Chiesa e per la Chiesa. E se pure già si sapeva con certezza che alla fine sarebbe stato Dio a vincerla, non altrettanto certa era la vittoria di chi combatteva in quel momento, in prima linea, perché la Chiesa di Cristo e degli Apostoli tornasse ad elevarsi sopra le miserie del mondo... Tutt'al contrario: si poteva soccombere! Lui – Bascapè – stava soccombendo. E il nemico era ovunque: fuori e dentro la Chiesa, a Novara e a Roma...

Tornò ad alzarsi; passeggiò per la stanza. Ora sapeva. Il racconto del Cavagna, pur inframmezzato di gemiti, singhiozzi e improvvisi tuffi verso il pavimento per baciare i piedi del vescovo, era stato chiarissimo; né, del resto, i fatti erano complicati. Ciò che ne veniva fuori, ripulito e corretto, era la variante secentesca d'una novella del Boccaccio, quella dello stupido Calandrino che si fa raggirare da Bruno e Buffalmacco[1], i due piú astuti compari: nel caso del Cavagna, i compari erano stati un Giovanangelo Santini, pittore romano, e un prete novarese residente a Roma, tale Flaminio Casella. La storia poi si era sviluppata cosí, che il Casella aveva fatto conoscere il Santini al Cavagna, e che questo Santini – artista, per ciò che se ne sapeva, meno che mediocre ma ben visto dal cardinale Bellarmino[2] e bene introdotto a Palazzo – aveva fatto balenare davanti agli occhi dell'«oca bianca piú che burro» prospettive mirabolanti e fino a quel momento impensate: sarebbe stato disposto – aveva chiesto Santini al povero Cavagna – a calarsi nelle Catacombe dette «di Priscilla» per andare a prendersi lui stesso i Corpi Santi? Se sí, la cosa si poteva fare. Visto che lui, Cavagna, e il vescovo di Novara ci tenevano tanto ad avere quei Corpi, era giusto darglieli senza farglieli pagare troppo, e nel modo piú semplice! Sulle prime, Cavagna aveva esitato ad accettare quell'offerta; soprattutto – stando al suo racconto – lo spaventava la prospettiva di dover scendere lui stesso sottoterra, alla sua età e con la sua costituzione fisica; poi, s'era lasciato persuadere. Con poca fatica e pochi soldi – gli aveva assicurato

1 *Bruno e Buffalmacco*: personaggi di diverse novelle di Boccaccio, nelle quali regolarmente viene beffato Calandrino, prototipo dello sciocco che si crede astuto.

2 *Bellarmino*: Roberto Bellarmino (1542-1621), potente cardinale, che ebbe anche una parte rilevante nel processo contro Galileo Galilei.

Santini – avrebbe compiuto un'impresa memorabile; si sarebbe guadagnato la riconoscenza del suo vescovo e di tutta la Chiesa novarese; sarebbe diventato un grande benefattore della sua diocesi, amato e ricordato nei secoli a venire. A che servivano gli indugi? Che s'aspettava? Lui, Santini, era in possesso di uno speciale lasciapassare, firmato personalmente dal cardinale prefetto alle Catacombe, che gli consentiva di entrare negli scavi per copiare le pitture, e di trattenervisi tutto il tempo necessario all'esercizio della sua arte; ci sarebbe andato in compagnia del Cavagna e per ciò non gli avrebbe chiesto niente, nemmeno un quattrino. Gli avrebbe fatto un favore come amico, a titolo personale: e si sa che in queste cose d'amicizia i soldi non c'entrano! Naturalmente, una volta sotto, si sarebbero dovuti sborsare un po' di scudi per comperare il silenzio e la collaborazione di una guida, e di tre o quattro *tombaroli*; ciò era necessario, anzi indispensabile, perché nelle Catacombe nessuno può muoversi da solo, e meno che mai nella parte inesplorata, dove ci sono i Corpi. Si sarebbe comunque trattato – assicurava il pittore – di una spesa piú che ragionevole, addirittura irrisoria se confrontata con il valore di mercato di quei Corpi, e di quelle Reliquie, che Cavagna avrebbe trovato laggiú! L'«oca bianca piú che burro» aveva abboccato. Erano cosí iniziate quelle discese nell'ignoto per cui il povero Cavagna, imbracato come s'imbracano gli asini per imbarcarli e per sbarcarli dalle navi, veniva calato a mezzo d'argani e carrucole dentro pozzi profondissimi, in fondo ai quali trovava ciò che il Santini vi aveva messo il giorno precedente, appositamente per lui e passando per altri accessi, ben piú agevoli dei suoi: ampolle piene di Preziosissimi Sangui, resti di Santi sbranati dalle fiere con i nomi di ciascun Martire incisi diligentemente nel tufo; Corpi interi da riempircene un carro, e, accanto ai Corpi, tante minori Reliquie di Sante Schegge, Santi Anelli, Santi Frammenti di Vesti e cosí via, da bastare al fabbisogno d'una diocesi e fors'anche da avanzarne. Dopo l'esito trionfale di quelle prime spedizioni, però, le cose erano un po' cambiate: il perfido Santini, per prevenire eventuali dubbi del Cavagna, che trovando la faccenda troppo facile avrebbe potuto insospettirsi, e forse anche per divertirsi alle sue spalle, aveva incominciato a sfiancare la sua vittima con una serie di esplorazioni a vuoto; era stata finta dagli operai una rottura della fune, per cui l'«oca bianca piú che burro», dopo essere precipitata per alcuni metri, era rimasta un paio d'ore in fondo a un pozzo, al freddo, al buio e senza comunicare con anima viva: quando infine i suoi torturatori s'erano decisi a tirarlo fuori, il povero Cavagna aveva dovuto essere riportato a casa in barella perché non riusciva piú a reggersi in nessun modo, nemmeno seduto dentro una lettiga. Era rimasto ammalato (polmonite?) per oltre un mese: durante quel tempo i due compari – cioè il Santini e il Casella – avevano perfezionato l'inganno, facendogli venire al capezzale un falso notaio che aveva inventariato e autenticato tutte le Reliquie, e poi gli avevano procurato un'autorizzazione, anch'essa falsa, per far uscire le Reliquie da Roma. Era stato affittato un carro da trasporto a tre assi, per ogni tipo di strada: un «Tir» dell'epoca; e mentre ormai mezza Roma, o tutta Roma, se la rideva apertamente della dabbenaggine di questo monsignore di campagna, che camminava e pensava come un'oca, e credeva di poter scorrazzare nelle Catacombe senza attirare l'attenzione dei guardiani, e del prefetto alle stesse, e del bargello[3]; era arrivato l'ordine da Palazzo di lasciar correre; perché? Perché – si chiese il vescovo, tormentando con le dita il crocefisso che portava sul petto – Cavagna non era stato arrestato alle porte di Roma, visto che i suoi documenti erano falsi e che si sapeva perfino chi li aveva fatti? Perché il Santini e il Casella erano liberi, e nessuno li accusava? Perché, infine – e gli occhi a questo punto gli si riempirono di lacrime – Dio aveva voluto che fosse eletto suo rappresentante in terra quell'uomo duro, insensibile, dal cuore freddo piú del sasso, che era poi diventato papa con il nome di Clemente VIII? Che senso aveva tutto questo? Perché accadevano tali mostruosità? Come Gesú Cristo sulla croce, implorò il Padre: «Dio, Dio mio, perché mi hai abbandonato?»

Andò davanti alla finestra, l'aprí, s'appoggiò con le mani al davanzale di pietra. Guardò i poveri tetti di Novara, i suoi piccoli campanili, il suo castello e oltre la mole del castello i prati, i boschi, l'orizzonte velato di foschie... Quel paesaggio cosí piatto e cosí sfumato riusciva sempre a incupire i pensieri del vescovo ma quel giorno d'aprile dell'anno del Signore 1603 Bascapè non prestava attenzione a ciò che vedeva dalla finestra: pensava al Papa. Ma sí! Lui l'aveva conosciuto prima che salisse sul trono di San Pietro, il cardinale Ippolito Aldobrandini:

[3] *bargello*: corpo di polizia giudiziaria.

nel 1590, a Roma; aveva avuto occasione d'incontrarsi ed anche, per sua disgrazia, di scontrarsi, con quell'uomo altezzoso, autoritario, dai modi bruschi e sbrigativi; che considerava i consiglieri milanesi dell'allora Papa Gregorio XIV alla stregua di eretici, e non tollerava di sentir parlare di riforma del clero, di rinascita della fede e della Chiesa, di Chiesa santa... Bestemmie! La Chiesa – diceva il cardinale Aldobrandini – era santa cosí come s'era strutturata nei secoli e indiscutibile: parlare di migliorarla e di adattarla ai tempi significava collocarsi di fatto dalla parte dei riformatori e degli eretici; e poi anche – aggiungeva in tono perentorio – sulla spinta di false interpretazioni e di false suggestioni del Concilio di Trento s'erano verificati fervori malsani che dovevano essere disciplinati e castigati, perché non producessero misticismi isterici e smanie di santità vacue e teatrali... Certi personaggi come il defunto arcivescovo di Milano, Carlo Borromeo, avevano fatto danno alla Chiesa quasi quanto Lutero e Melantone[4]; ma un giorno che questo genere di discorsi s'era tenuto alla presenza del Papa, Bascapè era insorto. «Auguro alla signoria vostra, – aveva detto al cardinale Aldobrandini: e il suo viso appariva pallido per l'ira, la voce, a tratti, tremava, – di poter progredire nella vera santità quanto vi progredí ai giorni suoi il cardinale di Santa Prassede (Carlo Borromeo); il cui nome, del tutto erroneamente, è stato da vossignoria accostato a quelli dei principi degli eresiarchi e dei nemici della Chiesa, mentre invece Carlo fu il principe dei pastori, e dei predicatori della vera fede». Il cardinale, lí per lí, non diede risposta: ma quando, dopo poco, Gregorio XIV morí e lui stesso, Ippolito Aldobrandini, venne eletto Papa, saldò il conto col Bascapè. Lo mandò a Novara, a invischiarsi nei massimi problemi d'una minima diocesi; e pazienza ancora se tutto fosse finito in quel modo! Si sarebbe contentato, Bascapè, d'esser lasciato lí dov'era, ai margini del mondo, a lavorare come semplice operaio nella vigna del Signore, secondo dicono i *Vangeli*; dimenticato da Roma. E invece no. Anno dopo anno, stagione dopo stagione, quasi non era passato giorno, da quando Bascapè stava a Novara, senza che gli arrivasse, da Palazzo, un segno tangibile che a Roma ancora si pensava a lui. Qualche minima cattiveria, qualche sgarbo, qualche inciampo

[4] *Lutero e Melantone*: Martin Lutero (1483-1546) e Filippo Melantone (1497-1560) furono gli iniziatori e i massimi esponenti della Riforma protestante in Germania.

sul suo cammino... Ma questo affare delle Reliquie, e del Cavagna, era piú che una cattiveria: era un'infamia! Si voleva screditarlo agli occhi dei suoi stessi fedeli, coprirlo di ridicolo... «Chissà che chiacchiere se ne stanno facendo, in questi giorni, – disse ad alta voce il vescovo Bascapè, – a Palazzo e fuori di Palazzo, in tutta Roma... E a Milano! Chissà cosa è stato riferito al cardinale Federigo Borromeo! E cosa dice la gente di Novara, cosa pensa il clero...»

Sentí freddo e chiuse la finestra. Forse aveva la febbre... Si toccò la fronte. Tornò al tavolo da dove s'era mosso, aprí un cassetto, ne tirò fuori una boccettina di metallo che conteneva dei sali. Aspirò a lungo, prima con una narice e poi con l'altra, ripetendo l'operazione altre due volte. Rimise la boccettina nel cassetto; si sedette. Disse: «Novara!»; e già, in quella nuda parola e nel modo come Bascapè la pronunciava, c'era tutto il tormento di una vita, la condanna e il riscatto, l'abbandono in Dio. Avesse potuto scegliere il proprio destino, Bascapè certo non sarebbe venuto a Novara nemmeno per farvisi seppellire e nemmeno per un giorno; ma, poiché Dio ce l'aveva mandato, lui ora amava la sua diocesi con assoluta dedizione di se stesso e con tutte le sue forze: soltanto, in certi particolari momenti, gli sembrava che le sue forze non fossero sufficienti per quel compito immane. Ripensò a Roma. Disse: «Roma!», e le rughe della fronte si spianarono, gli occhi si dilatarono nel ricordo e nel sogno. Rivide i ponti, il fiume, Porta Castello fuori Castel Sant'Angelo, i Banchi presso il Tevere, la Rotonda, le piazze... Rivide la luce di Roma, l'immensità di Roma, le rovine di Roma, il paesaggio di Roma e riprovò quella strana suggestione – un amore a prima vista, quasi un'attrazione fisica – che aveva provato la prima volta che era andato a Roma, lui milanese pieno di secolari pregiudizi sull'antica capitale dell'Impero, la città dove nessuno lavora e tutti tramano, trafficano, vivono alla giornata e Roma invece lo aveva avvolto nella sua luce rarefatta, nella sua storia infinita, nei suoi spazi immensi; gli aveva comunicato un piacere di esistere e di sentirsi vivo, un'eccitazione di pensare e di fare, che lui, prima d'allora, non aveva mai provato in nessun luogo; gli era entrata nel sangue e nei pensieri, gli aveva sussurrato all'orecchio: «Resta qua! Un giorno, tu sarai il vescovo di Roma!» Lui non aveva voluto ascoltare quella voce, e s'era sempre comportato come se la voce non esistesse; ma lei, invece, s'ostinava ad esistere...

Alzò una mano all'altezza del viso, la mosse come per scacciare un insetto e voleva invece scacciare quel pensiero che stava là, come un tarlo in fondo al legno: anche quando lui dormiva o era occupato in altre faccende, c'era quel tarlo che rodeva, laggiú in fondo; di giorno, di notte; che non si fermava mai. A volte lui s'era appena addormentato e quel tarlo lo costringeva a risvegliarsi, lo faceva balzare sul letto, affannato come per una lunga corsa, tutto bagnato di sudore. Allora Bascapè si gettava una coperta sulle spalle, se era inverno, o s'avvolgeva nel lenzuolo, se era estate, e correva nella cappella del palazzo vescovile, si buttava sul pavimento. Singhiozzava, si batteva il petto: «Dio, perdonami! Dio mio, abbi pietà di me!»

«Non fare caso ai miei pensieri: non son miei! È il Diavolo che mi sta tentando! Aiutami a scacciarlo!»

Si strinse forte la testa tra le mani. Le tempie gli pulsavano e lui pensò con terrore che, forse, gli sarebbe ritornata l'emicrania, il piú atroce dei suoi mali «novaresi»: i medici ne attribuivano le cause ai vapori delle risaie, all'insalubrità del clima, al riverbero del Monte Rosa e dei suoi ghiacciai, che si diceva fossero i piú grandi del mondo. Prima di venire a Novara, Bascapè non aveva mai sofferto di emicranie e il suo pensiero scivolò indietro nel tempo, ritornò a Roma. Laggiú nella Casa dei Padri Barnabiti, dove aveva abitato, c'era una grande terrazza che s'affacciava sui tetti e sulle cupole d'Oltretevere e ci si stava anche d'inverno, con il sole: a leggere, a studiare, a conversare d'argomenti teologici... In primavera poi s'usciva fuori porta, dalle mura di Campo Santo o dal Castello; si andava all'Isola[5] e verso il Colosseo, in una nuvola di fiori di mandorlo, di pesco e di ciliegio, tra le rovine dei templi e gli orti e le casupole della città morta, simili piú a rifugi per animali che a dimore umane; lí, in mezzo a quelle casupole, s'incontravano ancora quei pastori con le *ciocie*[6] ai piedi e la pecora sulle spalle che assomigliavano al Buon Pastore delle prime rappresentazioni cristiane, e c'era ovunque un venticello che ti stimolava,

[5] *Isola*: si tratta dell'isola Tiberina. Ogni personaggio sembra inseguire una propria chimera e se quella di Antonia, naturale e luminosa, è rappresentata dal Monte Rosa, simbolo di libertà (vedi nota 3, p. 84), quella del vescovo Bascapè è il ricordo di Roma, simbolo di un potere corrotto che aveva la pretesa di salvare il mondo. L'autore sottolinea in un crescendo di immagini parossistiche l'attrazione quasi fisica che la città dei papi esercita sul vescovo lombardo e che getta una luce ambigua sulla sua «santità».

[6] *ciocie*: rozze calzature usate dai pastori laziali, specialmente in quella parte della campagna romana detta Ciociaria.

ti eccitava, ti faceva star bene e sentir bene: il *ponentino!* Allungandosi la passeggiata, si finiva a desinare in una delle antiche osterie fuori porta dove ci si sedeva attorno a certe tavole lunghe lunghe, con tante altre persone che non si conoscevano tra loro: monsignori e venditori di terraglie, pellegrini e madri badesse, vescovi e barrocciai, briganti da strada e musicisti e pittori se ne stavano tutti insieme, senz'ombra di imbarazzo o di fastidio, a contatto di gomito; e ci fosse anche capitato un cardinale, o il Papa in persona, l'aiutante dell'oste gli avrebbe sciorinato, tra i nomi dei piatti pronti quel giorno, i *cazzetti d'Angelo* e le *zinne di Sant'Orsola*, i *cojoni der Papa Re* e la *pagliata dell'Agnusdei*, come aveva già fatto con gli altri clienti; e poi ancora alla fine del pranzo gli avrebbe offerto in omaggio un bicchierino di *vin santo*, o di *lagrima Christi*: da bersi *a la facciaccia*, o *a li mortacci*, di chi eventualmente gli voleva male. Queste cose – pensava Bascapè – succedevano a Roma, e non avrebbero potuto succedere in nessun'altra parte del mondo. Soltanto in quel luogo consacrato dai millenni tutto ciò che c'è stato e ci sarà può convivere con tutto: l'alto e il basso, il vecchio e il nuovo, la religione e l'empietà, il fasto e la miseria; perfino Dio e il Diavolo sembravano aver trovato un equilibrio stabile e duraturo in quella città, dove tutto è già accaduto, e mica una sola volta! Mille volte. Cosí anche in quelle osterie sperdute nella campagna laziale, lungo le antiche strade consolari infestate dai briganti, dove si poteva finir sgozzati ad ogni passo per pochi *giulii*.. Ci si sedeva fuori sotto il pergolato e poi arrivavano gli stornellatori con i loro liuti a cantare l'amore, gli occhi di madonna, la primavera e il *ponentino*: e lí era Roma, come era Roma nella nebbia degli incensi e nel fragore dei canti gregoriani che facevano vibrare le colonne della nuova basilica di San Pietro, centro del mondo, anticamera di Dio...

I pensieri del vescovo Bascapè tornarono a incupirsi. Per secoli, per millenni – pensò il vescovo – la città di Roma s'era beata nella sua luce, nella sua storia, nei suoi aromi d'*abbacchio* e di rosmarino e nulla al mondo, o quasi nulla, sembrava potesse piú scandalizzarla; ma un giorno era arrivato sulle rive del Tevere un prete di campagna, grasso e grosso come un'oca e sgraziato fino nel nome (*cavagna* in dialetto novarese significa cesta, recipiente di vimini): e Roma e il Papa avevano scoperto... che esistevano le Reliquie false, e che, per colmo di scandalo, il vescovo di Novara ne faceva incetta!

S'alzò. Riprese a camminare avanti e indietro, tormentando il crocefisso con le dita. Non era giusto – pensava – che l'«oca bianca piú che burro» patisse il carcere; per punire Cavagna delle sue colpe, e soprattutto della sua ingenuità, erano sufficienti la vergogna che lui ora provava, e il discredito da cui non si sarebbe mai piú liberato, finché fosse vissuto... In quanto poi alle Reliquie false, quelle non le aveva certamente inventate lui, e nemmeno chi l'aveva imbrogliato: facevano parte della Chiesa di quell'epoca, e della vita di Roma. La città dei Papi, già negli anni in cui vi aveva abitato Bascapè, era un mercato immondo e fiorentissimo di Corpi Santi, Sante Membra, Sante Schegge, Santi Frammenti, Santi Chiodi e d'altrettali turlupinature di cui si pasceva[7] e su cui anzi s'ingrassava una catena alimentare che andava dal *tombarolo* al monsignore che gli autenticava – per denaro – la Reliquia; dal sensale che procurava i clienti al notaio che stendeva l'atto di vendita, su su fino al cardinale prefetto delle Catacombe. In quel libero mercato, che nessun pontefice romano – nemmeno Papa Gregorio, o Papa Sisto – aveva mai pensato davvero di reprimere, perché dava da mangiare a mezza Roma, il cinismo e l'arguzia della plebe romana riuscivano a immettere reliquie d'eccezione, soprattutto per gli stranieri e soprattutto per i francesi; che a quell'epoca e per qualche ragione non mai sufficientemente chiarita venivano considerati piú stupidi perfino dei milanesi e dei tedeschi: degli autentici babbei! Tutta Roma aveva riso d'un San Cunno, e d'una Santa Mentula (nomi latini degli organi genitali, rispettivamente femminile e maschile) che si diceva fossero stati imbarcati ad Ostia per andare in Bretagna, mentre ancora Bascapè stava a Palazzo presso Papa Gregorio; e ne era anche nata un'inchiesta del bargello, che però non aveva portato a scoprire illeciti. Forse, in quel caso, s'era davvero trattato di una facezia di dubbio gusto, che passando di bocca in bocca s'era poi arricchita di tali e tanti particolari da sembrare un episodio vero: ma il fatto stesso che fosse stata presa sul serio, e che si fosse indagato, lasciava intendere molte cose. Del resto, erano veri e anzi corposi i traffici di quegli anni, e di quella Roma: gli imbrogli, gli ammazzamenti, gli occultamenti di cadaveri antichi

7 *si pasceva*: si nutriva.

e nuovi, tutto ciò che allora accadeva attorno alle Catacombe e alle spoglie dei primi Martiri della fede cristiana, e poi anche gli amori, le avventure, le rapide fortune; una materia che, se si fosse potuto scriverne liberamente, avrebbe forse prodotto un nuovo genere letterario, ed una nuova letteratura, con i suoi grandi scrittori e le sue opere immortali: mai, infatti, nella storia millenaria di Roma, e del mondo intero, i morti sotterrati erano stati piú vivi che in quei primi anni del diciassettesimo secolo, e mai avevano intrecciato piú strettamente le loro vicende con quelle dei vivi...

C'era sul tavolo un campanellino d'argento e Bascapè lo prese, lo scosse due o tre volte. S'aprí una porta, entrò un preticello dai capelli rossi, con le mani unite sul petto. S'inchinò. «Date ordini dabbasso, – gli disse Bascapè, – che monsignor Cavagna venga rimesso in libertà e che se ne torni al suo paese, a Momo o dove ha la casa, e che non si muova da lí. Quando questa faccenda delle Reliquie sarà finita, penserò io stesso a farlo richiamare a Novara!»

Capitolo quattordicesimo
Biagio

Antonia crebbe rapidamente, e, secondo quanto possiamo desumere dagli atti del suo stesso processo, crebbe bene: fin troppo, per la sua condizione e per i gusti dell'epoca. Nell'unanime riconoscimento della bellezza di Antonia da parte dell'inquisitore, dei giudici, dei compaesani e di quanti al processo parlarono di lei sembra quasi affiorare un turbamento, un'indignazione come in presenza di una colpa: che diritto aveva una ragazza del popolo – sembrano chiedersi in sostanza tutti costoro di cui s'è detto – e per giunta *esposta*, d'essere cosí bella? Non era forse implicito, in tale bellezza eccessiva e fuori luogo, un elemento scandaloso e diabolico: la ricorrente lusinga dell'antico tentatore dell'uomo manifestantesi «*nella piccola voglia, ò neo, posta di lato del labro superiore sinistro*», nel «*passo andante*», nell'armonia delle forme del viso e di tutta la persona? Perciò l'inquisitore Manini, al termine del processo, iniziò la sua arringa accusatoria con citazioni dal *Libro dei Proverbi*[1] («*Exaltatio oculorum est lucerna impiorum peccatorum*», tutto ciò che piace troppo ai nostri occhi ci induce a peccati di empietà); e da un autore pagano, Giovenale[2]. Che in una delle sue famosissime *Satire* aveva scritto «*rara est adeo concordia formae atque pudicitiae*», cioè: bellezza e onestà raramente vanno d'accordo tra loro. Proseguendo l'arringa, l'in-

[1] *Libro dei Proverbi*: uno dei libri che compongono l'*Antico Testamento*. Ha inizio la parte relativa al processo per stregoneria in cui viene giudicata e condannata la protagonista. Il racconto si impernia sempre piú sui documenti processuali, dai quali l'autore rileva la vacuità, l'arbitrarietà e la perfidia delle accuse a carico dell'imputata. Il primo indizio di «colpevolezza», e sostanzialmente l'unico, è la bellezza di Antonia: di fronte a tale assurdità il narratore anticipa i tempi del racconto e coinvolge il lettore in un sentimento di sdegno verso l'ottusa crudeltà di chi, in maniera rozza (le sorelle Borghesini) o sottile ed erudita (l'inquisitore Manini) opera per distruggere tanta bellezza e naturale vitalità.

[2] *Giovenale*: poeta satirico latino dell'età imperiale (circa 60-140 d.C.); fu molto critico e spesso aspro nei confronti dei costumi del suo tempo.

quisitore sviluppò poi il tema del carattere innaturale della bellezza di Antonia: che se non fosse stata opera del Diavolo – disse – non avrebbe potuto manifestarsi in regioni « dove le acque dei risi s'impaludano, e i pestiferi miasmi di esse avvelenano l'aria facendo ammalare gli uomini, intristire le donne e perfino i fanciulli; sí che chiunque vorrà aggirarsi in quelle contrade della sponda del fiume Sesia, vedrà rappresentati, nelle genti che ivi vivono, esempi inequivocabili della degradazione umana: visi gialli, occhi lucidi di febbre, ventri prominenti, vecchiezze precoci! » Queste parole dell'inquisitore sono tradotte dal latino, perché negli atti del processo di Antonia soltanto gli interrogatori dell'imputata e dei testimoni risultano scritti in volgare; circa poi il loro significato, va detto che il quadro che ne viene fuori, delle miserie della *bassa*, è senz'altro eccessivo. Le condizioni della pianura novarese all'inizio del Seicento non erano cosí catastrofiche come le descrive Manini, ed anzi non erano granché diverse da quelle di altri luoghi della campagna lombarda e italiana. In collina, attorno ai laghi, tra le montagne, il lavoro dei campi era duro ovunque; ovunque, i contadini apparivano precocemente vecchi e si manifestavano tra loro casi di tubercolosi, dovuti ai disagi dell'ambiente ed al latte delle bestie infette, ed anche altre malattie, come lo scorbuto e la malaria. Ma la coltivazione del riso aveva molti nemici, soprattutto nelle città; ed era vivo e circolante un pregiudizio – a cui Manini, con le sue parole, mostra di dare credito – per cui spesso si attribuivano alla *bassa* tutte le infermità e tutte le degenerazioni procurate all'uomo da abitudini malsane e da ambienti insalubri, e se ne dipingevano gli abitanti come mostri; mentre all'opposto le valli alpine, piene di tubercolotici, di rachitici, di gozzuti, di ebeti, venivano lodate per la salubrità dell'aria e delle acque e della vita che vi si conduceva. (E avrebbero dovuto venir lodate anche per la bellezza delle donne, se il ragionamento dell'inquisitore avesse avuto un fondamento di verità. Invece, non risulta che le montanare abbiano mai goduto fama d'essere tutte belle, né al contrario che le donne della *bassa* siano passate in proverbio per la loro bruttezza. In tutta l'Italia settentrionale, e in tutta Italia, le donne furono sempre come sono ora: un po' belle, un po' brutte).

Dopo aver dimostrato in apertura d'arringa la natura malvagia ed eretica della bellezza di Antonia, l'inquisitore Manini accennò anche, in quel torrido pomeriggio del 20 agosto 1610 in cui la strega fu giudicata, ad alcune circostanze in cui tale malvagità aveva avuto occasione di manifestarsi, e di fare danno: e innanzitutto alla vicenda dello «*stulidus Blasius*», cioè di Biagio lo scemo. Nell'istruttoria del processo la storia dello scemo era stata raccontata in ogni suo dettaglio dalla parte lesa, Agostina Borghesini, testimone anche per conto della sorella gemella Vincenza: costei, secondo dicono le carte, era dovuta rimanere a Zardino per accudire agli animali domestici ma soprattutto per badare allo scemo, che non si strangolasse con la corda del pozzo e non andasse a perdersi tra i canneti del Sesia. Da quando Antonia l'aveva rovinato con le sue arti magiche – raccontò Agostina – Biagio non era piú lui: faceva cose che in passato non aveva mai fatto e non si poteva lasciarlo solo. Prima della disgrazia era stato un buonissimo ragazzo, d'aspetto quasi normale – a parte le dimensioni della testa, che sarebbe stata troppo grande per chiunque, e figurarsi per lui che ce l'aveva vuota! – e sano come un pesce: non aveva mai avuto una malattia, o, se anche l'aveva avuta, ne era guarito da solo, senza bisogno di medicine e di dottori e senza quasi che loro se ne accorgessero. Dormiva nella paglia ed era forte come un mulo; quando si raccoglieva l'uva, tirava il carro dalla vigna fino a casa senza mai fermarsi e faceva anche gli altri lavori grossi, nell'orto e nella vigna: sempre sotto la loro direzione, s'intende! Lui da solo non era in grado di fare niente; ma, se sapevi guidarlo, faceva tutto. Prima che la *stria* ce lo rovinasse – singhiozzò Agostina – ce lo invidiavano tutte le donne del paese, perché lavorava come un uomo senza dare i fastidi che dà un uomo: quando non c'era piú bisogno di lui non andava mica attorno, all'osteria o a molestare le mogli degli altri. Nossignore! Non beveva e non alzava le mani. Lui si sedeva in un angolo e fissava il vuoto. Era stato la loro benedizione; e adesso, invece...

Gridò di nuovo all'inquisitore: «È stata Antonia! Dovete metterla al rogo! È lei, la stria!»

Con l'Agostina Borghesini, come con gli altri testimoni, l'inquisitore dapprincipio si era mostrato paziente, aveva lasciato che si sfogasse, che parlasse; limitandosi ad annuire di tanto in tanto e a fare segno con la mano: andiamo avanti! Poi però aveva incominciato ad incalzare anche lei con domande sempre piú precise: sulla strega, sui *sabba* cioè sui convegni notturni della strega col Diavolo, su chi vi aveva assistito; sui malefici operati dalla strega e sulle conseguenze che quei malefici avevano avuto tra gli ignari abitanti di Zardino. Le aveva detto: «Adesso basta con le chiacchiere! Veniamo ai fatti!»; perché altrimenti Agostina avrebbe continuato a divagare e a parlare di cose che col processo non c'entravano, e che stavano a cuore solamente a lei. La storia di Biagio lo scemo per se stessa era molto semplice, ma era anche la continuazione di un'antica lite di cortile tra i Nidasio e le gemelle Borghesini, iniziatasi prima che Biagio e Antonia nascessero: ed era appunto sulla lite di cortile che il racconto di Agostina ritornava sempre. C'era stata una causa in Tribunale a Novara perché le gemelle volevano che Bartolo gli spostasse il mucchio del letame da un'altra parte dell'aia e lui invece diceva che quel mucchio era lí fino dai tempi di suo nonno, che non avrebbe saputo dove metterlo altrove. Che spostassero loro la loro casa, visto che quando era stata fatta il mucchio era già là! Poi era arrivato Biagio e la lite s'era complicata perché la signora Francesca, ma soprattutto Antonia, pretendevano d'avere a che fare con lo scemo come se fosse appartenuto a loro: gli parlavano, gli davano perfino da mangiare! Una sera lo scemo non si trovava da nessuna parte e, cerca e cerca, Vincenza Borghesini l'aveva infine trovato insieme ad Antonia; stavano seduti con le schiene appoggiate a un albero di noce in un prato appena fuori del paese e lei gli insegnava i nomi degli oggetti, gli diceva: «Stai bene attento. Questa è l'erba; quella è la luna; io sono Antonia; tu sei Biagio. Prova a ripetere: acqua, erba...»

«Ac-qua, – diceva lo scemo. – Er-ba. An-to-nia».

La conclusione di tutta la vicenda era venuta nella primavera del 1605: quando, per dirla con le parole stesse di Agostina, la strega aveva cercato di impadronirsi dello scemo facendogli entrare il Diavolo in corpo. Apparentemente, però, era stato Biagio a innamorarsi di Antonia, a modo suo e perdendo anche quel barlume di ragione che aveva mantenuto fin lí; facendo ridere la *bassa* e il mondo intero coi suoi tormenti d'amore. Il poveretto aveva forse diciassette anni e Antonia ne aveva due meno di lui ma già era la piú bella ragazza che si fosse mai vista su questa *ripa* del Sesia, per giudizio unanime di quanti la conobbero. Tutto ebbe inizio un giorno di fine aprile, o della prima settimana di maggio: le acque dei *fontanili* erano gelate, come sempre, ma il sole era già caldo. Le ragazze di Zardino, e tra esse Antonia, erano attorno al fosso grande della Crosa a lavare i panni, e lavando cantavano *La bergera*: che è una canzone di lavandaie, una canzone antica – le prime versioni di cui si ha memoria parlano di Crociate e di crociati – e dialogata; con un coro e una voce solista. Vi si racconta la storia di una sposa il cui marito è partito per la guerra: passano sette anni, sette lunghi anni, senza che arrivi notizia del marito; una suocera malvagia costringe la ragazza a pascolare i porci (*bergera* in dialetto piemontese vuol dire appunto pastora) e lei si strugge, s'intristisce; finché al termine dei sette anni il marito ritorna ed è proprio a questo punto della canzone che arrivò Biagio. La solista – una maschiotta dai capelli rossi, di nome Irene – s'era già drizzata sull'asse con i pugni sui fianchi e il petto rilevato, per annunciare al mondo il ritorno dell'eroe: quando improvvisamente dietro di lei le ragazze si misero a strillare, spaventatissime, a scappare qua e là, e Biagio, dopo aver cercato di abbracciare l'una e l'altra, balbettando «An-to- nia», si buttò infine nell'acqua per attraversarla perché aveva visto la vera Antonia dall'altra parte della Crosa; ma, non appena toccò l'acqua, si calmò. (Timidezza d'innamorato? Effetto dell'acqua gelida? Purtroppo per noi, l'inquisitore Manini non ritenne opportuno soffermarsi su quel dettaglio, che a mio avviso, invece, avrebbe dovuto almeno incuriosirlo. Molti autori suoi contemporanei, e tra essi il cardinale arcivescovo di Milano, Federigo Borromeo, trattarono nei loro scritti della proprietà che ha l'acqua – specialmente fredda – di scacciare i Diavoli dal corpo dell'uomo; e ne raccomandarono l'uso, sia per immersione che per abluzione[3], negli esorcismi e per liberare gli ossessi). Il povero Biagio restò lì ritto in mezzo al fosso, con le braccia tese e l'acqua che gli arrivava alla cintura, come una statua di sale: e forse, anzi probabilmente, non si ricordava nemmeno cosa fosse venuto a farci. Antonia allora lo aiutò a venirne fuori, cosí bagnato com'era; lo riportò a casa tenendolo per mano e tutte le ragazze li seguirono fin dentro l'aia dei Nidasio, ridendo e facendo finta di essere le damigelle che accompagnano la sposa mentre va all'altare, nel giorno delle nozze: finché uscí di casa una delle due gemelle Borghesini con in mano la ramazza, e le fece correre...

Dopo pochi giorni, ancora non s'era spenta l'eco di quella

[3] *per immersione... per abluzione*: due diversi modi per impartire il battesimo, la prima immergendo il battezzando nell'acqua, la seconda aspergendolo con qualche goccia.

prima prodezza dello scemo, ed ecco che lui improvvisamente tornò a dare in escandescenze, e ad esibirsi in pubblico: per lo svago degli abitanti di Zardino, grandi e bambini. Un venerdí sera, all'ora del crepuscolo; quando tutti i suoi compaesani avevano già cenato, o stavano cenando, e comunque erano in casa. Si sentí un urlo dall'aia dei Nidasio, una voce sgraziata che gridava: «An-to-niaaa! An-to-niaaa!», e di lí a poco ci fu l'inseguimento dello scemo per le stradette e per i cortili del paese. Uno spettacolo esilarante, che anticipò di tre secoli, nella *bassa*, le cosiddette «comiche» del film muto, e fece ridere gli abitanti di Zardino come non ridevano da anni. Una *gag* con attori involontari, d'effetto irresistibile. Le due comari piccolissime, rabbiosissime, armate entrambe di bastoni grossi come clave, correvano dietro al nipote tempestandolo di colpi; lui scappava, fermandosi ogni tanto per gridare: «An-to-nia», ma il grido gli restava sempre a metà perché subito arrivavano le vecchie che lo battevano senza misericordia, in faccia, in testa e dove capitava. Alla fine, le Borghesini riuscirono ad avere ragione di Biagio e delle sue mattane e a riportarselo a casa, inebetito e sanguinante, che scuoteva la testa troppo grossa rispetto al resto del corpo e non capiva cosa gli fosse successo. Fu il momento del loro trionfo, e della «cura» dello scemo: che le gemelle – in questa prima fase della terapia – tentarono di liberare dal Diavolo di Antonia, col digiuno e con gli esorcismi. Lo chiusero nella stanzetta a pianoterra in cui lui dormiva – in realtà, piú che una vera stanza era un ripostiglio, un sottoscala dove si entrava solamente carponi – e ce lo tennero, senza cibo, per tre giorni e tre notti consecutive; durante una di quelle notti, i giovani di Zardino sparsero pula[4] di riso tra la casa dei Nidasio e quella delle sorelle Borghesini, in segno di derisione per l'amante respinto. L'usanza era antica di secoli e veniva detta, nei paesi della *bassa*, «fare la pula» (*fè la büla*): ma nel caso di Biagio la puia fu sprecata, perché lui certamente non ne seppe niente. La mattina del quarto giorno arrivò don Teresio, preceduto da due chierichetti che gli reggevano l'acquasanta e il libro delle Scritture, con cui avrebbe scacciato il Diavolo dal corpo dello scemo. Si piantò ritto davanti al sottoscala e borbottò, saltellò, si fece il segno della croce una dozzina di volte, schizzò l'acqua in tutte le direzioni, anche sul sof-

[4] *pula*: involucro leggerissimo che copre la grana dei cereali.

fitto, gridò – leggendo dal libro – alcune parole che terminavano in *us*, in *um*, e se ne andò tutto impettito, dopo aver detto alle sorelle Borghesini che potevano stare tranquille: era finita! Il Diavolo se ne era andato dalla loro casa e non sarebbe ritornato tanto presto, con la lezione che lui gli aveva dato! S'era preso un tale spavento, che metà bastava...

Biagio tornò a vedere la luce del sole e per tre o quattro settimane si comportò benissimo, fu docile e laborioso come sempre; ma la sera del giorno di San Giovanni, quando ormai le vecchie incominciavano a pensare che, forse forse, il Diavolo d'Antonia s'era dileguato, e in paese tutti invece erano delusi che la faccenda fosse finita cosí presto, e che lo scemo non facesse piú ridere la gente con le sue mattane, lui tutt'a un tratto impazzí di nuovo. Scappò di casa, inseguito dalle vecchie: tra l'entusiasmo dei compaesani che lo incitavano apertamente e lo applaudivano, e poi anche applaudivano le sue inseguitrici. S'arrampicò sul tetto della chiesa e da lí sul campanile, gridando a pieni polmoni: «An-to-niaaa! An-to-niaaa!» Alcuni giovani del paese, sollecitati da don Teresio, cercarono di raggiungerlo: ma lo scemo, che fino a quel momento non s'era mai ribellato a nessuno, incominciò a tempestarli di tegole e di mattoni, li costrinse a scendere; e sarebbe rimasto lassú tutta la notte a chiamare Antonia, se Bartolo non avesse portato una scala lunga lunga, e se Antonia stessa non fosse salita a riprenderlo: tornando giú con lui che la seguiva come un pulcino segue la chioccia. La faccenda per il momento finí cosí, con le comari che si riportavano lo scemo a casa e lo chiudevano col catenaccio dentro al suo sgabuzzino, e con tutti gli abitanti del villaggio che se ne andavano a dormire contenti, perché avevano avuto quel supplemento di spettacolo che s'aspettavano; ma nessuno sapeva, o poteva prevedere, che il piú e il meglio ancora dovevano succedere. A metà della notte lo scemo tornò fuori – si seppe poi che era riuscito a sfondare l'uscio del ripostiglio in cui dormiva – e corse verso la casa dei Nidasio. C'era luna piena. Il gracidio delle rane s'era quietato da poco ed era forse l'ora quarta dal tramonto, cioè la una di notte, quando il silenzio del paese addormentato fu squarciato dal grido: «An-to-niaaa! An-to-niaaa!» Si svegliarono i cani; successe il finimondo. *I famigli*, gli *schiavandaj*, le macchine umane dell'agricoltura dell'epoca, strappati a forza dai loro sonni senza sogni, imbestialiti dal risveglio, seminudi, scesero in strada per far tacere lo scemo: con le lanterne, con i manici delle zappe, con le funi che gli servivano per legare il toro al tempo della monta; e quando infine riuscirono ad acchiapparlo lo ridussero in condizioni tali che per quella notte e per il giorno successivo non avrebbe piú infastidito nessuno, e non si sarebbe nemmeno mosso: faceva fatica perfino a stare in piedi, tant'era malconcio! I vendicatori della quiete pubblica un po' lo spinsero un po' lo trascinarono fino davanti alla casa delle sue padrone e glielo riconsegnarono, minacciando: «Se ci sveglia un'altra di queste notti, lo facciamo netto!»; volendo dire «lo ammazziamo». Ritornate in possesso dello scemo, le sorelle Borghesini, a buon conto, lo legarono; e poi decisero, confabulando tra loro finché venne giorno, che per ridurre il nipote alla ragione, e al lavoro, bisognava *conzarlo*, cioè castrarlo. Come si fa coi cavalli, e coi maiali, e con gli animali da cortile. Del resto, non era anche lui un animale da cortile? Un cristiano, cioè un uomo, non lo era; anche se alla nascita l'avevano battezzato perché credevano che lo fosse, s'era trattato d'un errore: tant'è che poi il prete non gli aveva dato nessun altro sacramento, e non lo voleva in chiesa, e non lo guardava nemmeno. *Conzare* lui o *conzare* un pollo era la stessa cosa: cosí, almeno, arrivarono a stabilire le gemelle Borghesini; soltanto, era piú difficile. «Fosse un pollo lo conzeremmo noi stesse, come abbiamo sempre fatto con i galli che dovevano diventare capponi; ma come si fa a conzare un uomo? E se poi ci muore dissanguato, noialtre, povere donne, che facciamo?»

Fu mandato a chiamare da Ponzana, ch'è un altro borgo della *bassa* novarese, un tale «*Emiglio Bagliotti, castratore esperto*», perché provvedesse alla bisogna dello scemo. Costui venne, armato dei ferri del mestiere; quando vide di cosa si trattava, ebbe un attimo di esitazione: «Questa, poi!» Le gemelle allora gli spiegarono che quel loro nipote, di nome Biagio, sembrava un uomo ma non lo era; che bisognava *conzarlo*, altrimenti lui sarebbe andato attorno, di notte, con la luna, a cercare le femmine, e gli uomini del paese l'avrebbero ammazzato. «Va bene, – disse Bagliotti. – Non mi era ancora capitato di conzare un uomo; ma posso farlo». Chiese due lire per l'operazione, e l'assistenza di un *barbero*[5] di nome Mercurino;

[5] *barbero*: barbiere (voce dialettale); nei secoli passati i barbieri compivano spesso interventi di piccola chirurgia.

promise che lo scemo, *conzato*, sarebbe diventato forte come un bue e paziente come un asino; *conzò*, intascò e se ne andò. Biagio rimase tre giorni tra la vita e la morte e poi pian piano si riprese, ma non al modo che era stato promesso dal Bagliotti; era debole – disse Agostina Borghesini – e soffriva di strani svenimenti, soprattutto nei periodi dell'anno quando cambiano le stagioni; andava a terra, e ci restava come morto per delle mezz'ore. Pativa tutto: le lune, le mutazioni del tempo, i caldi e i geli; era quasi sempre inabile al lavoro e perciò loro, le sorelle Borghesini, avevano nuovamente chiamato in causa il loro vicino Bartolo Nidasio affidatario della strega, e insieme a lui avevano anche querelato quell'Emilio Bagliotti che era l'autore materiale del danno, chiedendo a entrambi che gli risarcissero il nipote; ma la faccenda, portata a Novara davanti ai consoli di giustizia dall'illustrissimo dottor avvocato Francesco Rivano, era finita nel nulla o per meglio dire nell'ilarità: peggio per loro – gli era stato risposto da quei giudici – se avevano fatto *conzare* il nipote scemo! Dovevano invece lasciarlo andare con la strega, che lui poi avrebbe lavorato il doppio! Ed altrettali sciocchezze che dimostravano – disse Agostina Borghesini – quanto poco valesse la giustizia dei Tribunali civili; ma lei ora si trovava davanti al Tribunale della Chiesa, infallibile e santo, ed in quello pienamente confidava.

Invitata dall'inquisitore a riassumere e a precisare le sue accuse: Agostina Borghesini accusò Antonia di aver fatto entrare il Diavolo nel corpo del nipote con sguardi, gesti ed incantesimi di parole, e d'essere una strega. Ma, sebbene la parola *stria*, strega, ricorresse sulla sua bocca con molta frequenza, e con molta rabbia, l'inquisitore Manini sapeva bene che per arrivare alla condanna di Antonia dovevano essere portati altri argomenti: di eresia, di magia, di partecipazione al *sabba;* ed è a quelli appunto che la sua arringa si rivolse, dopo gli accenni iniziali alla natura diabolica della bellezza della strega ed agli effetti catastrofici – di cui s'è detto – che tale bellezza aveva avuto sullo «*stulidus Blasius*».

Capitolo quindicesimo

Il pittore di edicole

Prima ancora che incominciasse a andare ai *sabba*, e ad incontrarsi di notte con il Diavolo nell'estate del 1609, Antonia diede prova di «*eretica pravità*[1]» – dicono le carte del suo processo – in tre circostanze riferite da vari testimoni, e precisamente: facendosi ritrarre da un pittore nelle vesti e nell'atteggiamento della Madonna del Divino Soccorso in un'edicola votiva posta all'ingresso del villaggio di Zardino; dando pubblico scandalo durante una visita pastorale di sua signoria reverendissima monsignor Carlo Bascapè vescovo di Novara; fraternizzando, infine, con un gruppo di *lanzi*, cioè di soldati di lingua tedesca e di confessione luterana, che, per qualche loro misteriosa ragione, s'erano trovati a transitare per la *bassa*. Ognuno di questi fatti, nel racconto dei testimoni, ha una sua corporeità e immediatezza che ci aiuta a rivederlo nei dettagli, come un frammento d'un film: le date purtroppo vengono taciute, ma l'ordine cronologico dei tre episodi è quasi certamente questo che s'è detto. Quando incontrò il pittore Bertolino, Antonia ancora era giovanissima: probabilmente – ma la cosa non è certa – aveva quindici anni. L'incontro avvenne appena fuori dell'abitato di Zardino, dove il sentiero si divideva, dalla parte dei *dossi* e delle *baragie*: di qua s'andava alla riva del Sesia, di là ai villaggi che vi si affacciano piú a nord, alla Badia di San Nazzaro, a Biandrate; la stagione era l'estate, perché Antonia, insieme ad altre due compagne, forse le figlie stesse del colono Barbero di cui già s'è parlato, forse altre amiche, chissà!, stava portando al pascolo le oche dei Nidasio. Faceva caldo. Le oche camminavano davanti alle ragazze in un gruppo disordinato e chiassoso, allungando il collo e sbattendo le ali com'è loro abitudine; se vedevano un fosso correvano a sguaz-

1 *eretica pravità*: malvagità e perfidia proprie degli eretici.

zarci, pescando sott'acqua con i lunghi colli, schiamazzando, alzando l'acqua con le ali in un certo modo che si vedevano in controluce tutti i colori dell'iride; oppure anche cercavano d'infilarsi nelle siepi lungo la strada e allora Antonia doveva correre a scacciarle, perché di là dalle siepi c'erano i campi della *méliga* e se le oche fossero riuscite a entrarci, avrebbero fatto strage di pannocchie tenere... Lontanissimi verso Novara si sentivano i canti dei *risaroli* e le ragazze ridenti, trafelate, si fermavano ogni pochi passi per raccogliere le more che occhieggiavano tra i rovi da una parte e dall'altra della strada; parlavano tra loro delle cose di cui tutte le ragazze, a quell'età, parlano di solito ed erano cosí assorte in quei loro discorsi di vestiti, di amiche e di *morosi* che non sentirono arrivare il carro del pittore, o per meglio dire lo sentirono all'ultimo momento, quando già il carro era alle loro spalle e il pittore le stava chiamando: «Belle gioie!» Il primo impulso che provarono fu quello di scappare. Ogni incontro imprevisto, a quell'epoca e fuori del paese, poteva nascondere un'insidia anche mortale per chiunque ma soprattutto per delle ragazze come loro; e loro lo sapevano. D'istinto, si guardarono attorno: c'era gente che lavorava in mezzo ai campi, qualche persona conosciuta che potesse correre in loro aiuto? Intanto, però, l'uomo che le aveva chiamate era già sceso dal carro e gli veniva incontro sorridendo, tenendo in mano un cappello di paglia d'una foggia che le ragazze non avevano mai vista, larga e bassa e con un nastro rosso intorno alla calotta. Gli diceva: «Belle gioie, non scappate. Non avete visto il mio carro? È il carro del pittore!»

Si sapeva da tempo, a Zardino, che sarebbe dovuto venire un pittore per affrescare la nuova edicola votiva che stava lí da oltre un anno, tutta bianca, dalla parte dei *dossi* e presso al bivio: e aspettava soltanto d'essere dipinta. L'aveva costruita sul suo terreno un tale Diotallevi Barozzi, per essere scampato al crollo di un fienile sotto cui aveva cercato riparo durante un temporale estivo. Un vero e proprio miracolo! In quella circostanza – raccontava Diotallevi – gli era accaduto di pensare: «È finita! Sono morto!»; invece, qualcuno lassú aveva steso una mano, e lui s'era ritrovato illeso. Ma i miracoli, si sa, bisogna poi ripagarli: e Diotallevi, che in un primo momento aveva fatto voto d'andare in pellegrinaggio alla Madonna di Loreto, aveva poi ripiegato – considerata meglio la lunghezza di quel viaggio[2] – sulla costruzione di un'edicola dedicata alla Madonna del Divino Soccorso. Un'edicola – diceva – è pur sempre un bell'attestato di riconoscenza, e dura anche nel tempo: i pellegrinaggi passano, le edicole restano! La costruzione del muro non aveva presentato problemi. Ogni contadino della *bassa*, nel Seicento, era anche muratore in conto proprio e lavorava come muratore almeno un paio di settimane ogni anno, all'inizio dell'inverno: quando si dovevano rinforzare tetti e muri per fare fronte alla cattiva stagione. Un muro in mezzo a un campo, però, non significa niente, se non è dipinto; ed è a questo punto che anche la faccenda dell'edicola aveva cominciato a complicarsi, per il nostro massaro, ad imbrogliarsi: perché lui non aveva mai conosciuto un pittore in vita sua e non aveva neppure idee precise su dove andarli a cercare, i cosiddetti pittori. Tanto per cominciare, ce n'erano, a Novara? «Sí, certamente», gli era stato risposto a Borgo San Gaudenzio, dai sensali a cui s'era rivolto per averne consiglio; ma quando poi uno di loro, dopo avere interpellato chissà quale maestro del pennello, gli aveva riferito la richiesta di costui, Diotallevi s'era sentito gelare. Dieci scudi, per tre spanne d'affresco! (Si era chiesto: «Per chi mi ha preso? Per un matto, che non conosce nemmeno il valore del denaro?») «Con dieci scudi, – diceva il miracolato raccontando l'episodio, – uno che ha due figlie in età da sposarsi, come le ho io, ci fa il corredo d'una ragazza»; e la faccenda, per il momento, non aveva avuto seguito. Erano trascorsi alcuni mesi; finché un giorno, come per caso, era arrivata all'orecchio di massaro Barozzi la notizia che dall'altra parte del Sesia, ad Albano Vercellese, un tale pittore Bertolino d'Oltrepò stava affrescando un oratorio campestre, e tutti andavano a vederlo lavorare, tant'era bravo! Dipingeva sul muro certe figure, certi visi – dicevano i paesani – che gli mancava soltanto la parola; a guardarli *genavano* (cioè: mettevano a disagio). Il giorno dopo, di buon'ora, il nostro Diotallevi sellò la mula e partí – c'era il Sesia in mezzo, e bisognava approfittare della circostanza che era in secca – per andare a vedere come lavorava quel pittore, e per attaccar discorso; se poi gli fosse sembrato un buon cristiano – pensava – da trattarci un affare come si tratta tra persone ragionevoli, e non un matto furioso

2 *lunghezza di quel viaggio*: Loreto si trova nelle Marche, a una notevole distanza da Novara.

come quell'altro di Novara, gli avrebbe anche buttato là una parolina a proposito della sua edicola, gli avrebbe chiesto quanto voleva per dipingerla. Lo trovò. Bertolino era un omaccione di statura piú che media, robusto, con i capelli piú bianchi che grigi e a guardarlo mentre impastava i suoi colori o maneggiava i cartoni che gli servivano per tracciare sul muro, con un chiodo, le forme che poi si sarebbero dovute colorare – ali e mani di Angeli, vestiti di Santi e cosí via – sembrava proprio normale, un uomo come se ne incontrano dappertutto e in qualsiasi mestiere; in piú, parlava un dialetto abbastanza simile a quelli della *bassa* novarese e ciò finí di tranquillizzare Diotallevi, che non avrebbe mai saputo affrontare una trattativa *in lingua*[3]. Le pitture già finite erano bellissime, o comunque sembrarono tali al nostro massaro. Rappresentavano – per ciò che Diotallevi ne capí – la decapitazione di un Santo: ma, nonostante il soggetto fosse orribile, i colori erano vivaci e mettevano allegria; gli occhi delle figure si fissavano nei tuoi ed anche i visi erano proprio vivi. Quando il massaro entrò nella cappelletta, Bertolino era alle prese con un ragazzo di quindici o sedici anni, un suo apprendista; il ragazzo aveva preparato l'intonaco per l'affresco e cercava di stenderlo sul muro come gli aveva insegnato a fare il pittore, con un gesto rapido e uniforme del polso; l'operazione però non era semplice e l'intonaco ricadeva. Bertolino allora faceva finta d'arrabbiarsi: «Maledetto il giorno che ti ho preso!», gridava al ragazzo. Lo copriva d'insulti: «Sei un babbeo! Se mi prendevo una scimmia, lavorava meglio!»; ma, a ben guardarlo, sembrava divertito, piú che arrabbiato. Infine, allontanò il ragazzo con una spinta, e, in pochi istanti, coprí il muro, spianandolo fino negli angoli. Brontolava: «Mangiapane a tradimento! Mangiaufo! Tu non arriverai mai ad essere un pittore, sarai sempre e soltanto uno stomaco che cammina!»; ed altre ingiurie, ancora piú elaborate delle precedenti. Tracciò il disegno con l'aiuto dei cartoni: i profili dei visi, le mani, i panneggi, le aureole; poi, incominciò a stendere i colori. Fu a questo punto che Diotallevi Barozzi si fece avanti per parlargli dell'edicola, avendo deciso che, di già che aveva fatto la strada per arrivare fin lí, tanto valeva venire subito in argomento. Tossicchiò due o tre volte; disse: «Maestro, permettete una parola».

[3] *in lingua*: in italiano (vedi nota 3, p. 68).

«Chi sei?», domandò il pittore.

«Sono un massaro dell'altra riva del Sesia, nello Stato di Milano, – disse Diotallevi. – Di cognome faccio Barozzi e vengo da Zardino. Vi ho cercato, perché vorrei che pitturaste per me una Madonna del Divino Soccorso: una cosuccia, in un'edicola tra i campi, per assolvere un mio voto di due anni fa. Le misure della pittura dovrebbero essere quattro spanne d'altezza per tre di larghezza e un po' di decorazione attorno. Una Madonna bianca e azzurra, fatta in fretta, senza troppe pretese... Però devo sapere in anticipo quanti soldi mi verrà a costare perché io faccio il contadino, ve l'ho già detto. Ho due figlie da sposare e il raccolto dell'anno scorso non è andato bene...»

«Risparmia il fiato, – tagliò corto Bertolino. – La musica la conosco già, e anche la canzone. Quanto pensi di darmi? Fammi tu un'offerta».

Diotallevi ci restò male. «Io... Io non lo so! Veramente, siete voi che dovreste dirmi un prezzo...»

«Va bene, – disse il pittore. – Non fa niente! Non mi dai niente, sei contento? Poi, quando il lavoro sarà finito e se ti piacerà, mi darai quello che vorrai darmi, secondo la tua coscienza e la tua disponibilità del momento. Se non hai soldi, mi darai quello che hai: un maiale, quattro capponi, due brente del tuo vino... Però t'avverto: i lavori alla carlona, come hai detto tu, risparmiando sul tempo e sui colori, Bertolino non li sa fare e non li fa. Se ti dipinge una Madonna, tra cent'anni è ancora fresca come il primo giorno! Domanda in giro, chi è Bertolino d'Oltrepò!»

Cosí, all'impiedi e senz'altre formalità, si stipulò il contratto per l'edicola della Madonna del Divino Soccorso di Zardino. Per Bertolino, del resto, quel modo di trattare gli affari era il modo normale. La sua minuta committenza[4], i contadini, gli allevatori di *bigatti*, i parroci di campagna e di montagna erano tutta gente che aveva una gran paura di essere imbrogliata dal pittore; e, se si voleva arrivare a chiudere la trattativa con loro, bisognava buttargli là quelle due o tre frasi che lui, ormai, co-

[4] *committenza*: l'insieme delle persone che commissionavano i suoi quadri. L'episodio della Madonna quindicenne, già preannunciato all'inizio del capitolo X (vedi nota 1, p. 94) assume una particolare importanza nell'economia dello sviluppo narrativo: Antonia, presentata all'inizio come «il mostro» (p. 7) e alla fine indicata come la strega (p. 296), appare in realtà come una Madonna contadina adolescente, quasi una rustica e antica divinità dei campi e della vita, come le «Madri celtiche» che una decisione di uomini intolleranti aveva fatto togliere dalla campagna (vedi nota 5, p. 85).

nosceva a menadito: «Non fa niente, non mi dai niente! Pagherai quando vorrai e come potrai! Se non ti piace non mi paghi!» Invece – e Bertolino lo sapeva – i piccoli committenti pagavano prima e meglio degli altri; ma diffidavano per principio degli artisti e volevano essere rassicurati, garantiti, sentirsi furbi: tutt'al piú, se qualcosa fosse andata storta, sarebbero stati loro a non pagare il pittore...

Antonia e le sue compagne si voltarono a guardare il carro del pittore, come lui gli aveva suggerito di fare, e tutt'e tre restarono a bocca aperta come lui aveva previsto, con un «oh!» di meraviglia. Non avevano torto. Per quanto fosse impolverato ed infangato – Bertolino veniva dalla parte del Sesia, che aveva attraversato un'ora prima al guado del Devesio – il carro del pittore era un oggetto unico al mondo, sia come veicolo che come opera d' arte, e a vederselo davanti in mezzo ai campi della *méliga*, e del grano, doveva fare un certo effetto! Ci girarono attorno con gli occhi spalancati. Nella parte inferiore del carro, sulle sponde in legno laccato, era dipinto l'intero campionario di marmi finti e di finte pietre dure – i graniti, i porfidi, i diaspri, gli alabastri – che erano stati la vera specialità di Bertolino e la sua arte riconosciuta, quella per cui lui di tanto in tanto veniva ancora chiamato a lavorare ai Sacri Monti o nelle chiese di città, a contatto di gomito con i pittori di figure, i Maestri: che lo ignoravano. Prima di fare il pittore ambulante, e di avere il carro, Bertolino aveva lavorato per molti anni a dipingere ornati e finti marmi nei cantieri dove i Maestri arrivavano quando tutti gli altri avevano già finito il loro lavoro, e non volevano avere attorno occhi indiscreti a guardarli mentre tracciavano il disegno e poi mentre stendevano i colori; erano piú vanitosi e capricciosi delle dame dell'alta società, piú maligni e velenosi delle bigotte di paese, piú bizzosi dei bambini viziati; lui però aveva avuto modo e agio di osservarne all'opera due tra i migliori di quell'epoca, lo Stella e il Lanino, e gli era venuto il desiderio di fare il loro stesso mestiere, e l'aveva fatto: anche se non era mai stato a scuola da un Maestro ed era un semplice decoratore, un *pitúr* (parola ambigua, che nei dialetti della *bassa* significa sia «imbianchino» che «pittore»). S'era messo in proprio: con quel carro su cui viaggiava e in cui abitava e che gli serviva da magazzino, da vetrina, da campionario e da richiamo. (Non erano pochi, nelle valli alpine e nella *bassa*, quelli che conoscevano Bertolino d'Oltrepò, il *pitúr*, soltanto perché un giorno, andando per strada, avevano avuto occasione di imbattersi in quella sua cattedrale viaggiante ed erano rimasti a bocca aperta, come ora Antonia; o perché ne avevano sentito parlare da qualcuno che l'aveva vista.) In piú – diceva Bertolino – per un girovago com'era lui quel carro cosí dipinto aveva anche un altro pregio, di scoraggiare i briganti: che lo riconoscevano da lontano e si risparmiavano la fatica di assalirlo. Tanto lo sapevano senza bisogno di guardarci, cosa c'era là dentro! Tornando dunque ad Antonia, e alle sue amiche: ciò che le fece restar ferme e a bocca aperta, davanti al carro del pittore come davanti a un'apparizione soprannaturale, non furono però i finti marmi delle fiancate ma il telone che copriva la parte superiore del carro e che era dipinto in ogni sua parte come la navata di una chiesa, a colori vivaci e a piccoli riquadri. Lí sopra, c'era tutto il repertorio di Bertolino d'Oltrepò, pittore di edicole e di immagini votive: c'erano le Madonne bianche e nere, col Bambino in braccio e senza Bambino, con la mammella fuori e con il cuore in mano, con l'aureola e con il manto di stelle e con il piede nudo che schiaccia il serpente. C'erano i Santi: quelli dei raccolti, quelli che salvano o difendono la gente da qualcosa, quelli che l'aiutano a nascere o a morire e infine quelli a cui si chiedono i miracoli dei soldi e della salute, le cosiddette «grazie». C'erano il Dio Creatore e il Dio Giudice con la mano alzata, che si vedono nelle chiese medioevali e che, nei primi anni del Seicento, nessun pittore voleva piú fare: eppure venivano ancora richiesti! C'erano gli *ex voto*: un genere che si vendeva bene – diceva Bertolino – e che avrebbe anche potuto dargli da vivere senza bisogno di fare altro, se soltanto lui si fosse adattato a tornare tutti gli anni negli stessi posti, e a sopportare un tipo di concorrenza, che con l'arte non aveva niente a che fare: attorno ai grandi santuari, per il mercato degli *ex voto*, si poteva arrivare ad accoltellarsi; meglio lasciar perdere! Le immagini dipinte sulla copertura del carro erano il campionario un po' ridotto delle pitture che Bertolino faceva coi cartoni, cioè con le sue forme già ritagliate e preparate per servire da stampi. Non c'era, lí, la pittura «all'improvviso», quella dei pittori di figure; nessuno gliela chiedeva, forse anche nessuno pensava che lui ne fosse capace e a volte invece era lui che, non richiesto, la regalava al committente; quasi volesse dimostrargli – o volesse dimostrare a se stesso – che il *madonnaro* Bertolino d'Oltrepò non era artista peggiore né minore di quei Maestri che parlavano con la erre nel naso, vestivano di velluto e camminavano per strada in un certo qual modo, che poi la gente si chiedeva: «Chi è passato?» Capitava a volte che un contadino riconoscesse il proprio viso nel viso d'un Santo; o che un ex *voto* riproducesse alla perfezione il luogo dov'era avvenuto il miracolo e la persona che l'aveva ricevuto; o che, infine, un Dio Giudice assomigliasse al suo pittore in modo così evidente da suscitare le proteste di chi doveva pagarlo. Allora sí che Bertolino s'arrabbiava! «Se la pittura non ti piace, – diceva al cliente, – ci do sopra una mano di calce e non voglio un soldo. Credi forse che i tuoi soldi valgano la mia arte? Tutto quello che io faccio è regalato: ricordatene!»

Soltanto quand'ebbero finito di ammirare le pitture girando tutt'attorno al carro e indicandosele l'una all'altra («Là, guarda là! La Madonna d'Oropa! San Cristoforo!»), Antonia e le sue compagne si accorsero che, seduto a cassetta, un ragazzo della loro stessa età le stava osservando con un certo interesse: mentre loro, fino a quel momento, nemmeno l'avevano visto. Da dove usciva? Chi era? Naturalmente, quel ragazzo era il garzone del pittore: ma la sua presenza bastò per rammentare alle nostre amiche che anche l'apparizione di quel carro in mezzo ai campi, per quanto avesse alcune caratteristiche delle cose sognate, apparteneva invece – come loro stesse – al mondo delle cose reali...

«Le oche! – gridò Antonia: che improvvisamente s'era ricordata dov'era, e che era lí per badare alle oche. – Le mie oche! Signoreiddio! Sono andate a cacciarsi nella méliga!»

Zitte zitte e alla chetichella, con quell'astuzia silenziosa con cui a volte gli animali domestici e selvatici ci ricordano che anche loro sono dotati di intelletto, per quanto meno eccelso del nostro, e che sanno pensare: le oche avevano approfittato della momentanea distrazione delle ragazze ed erano entrate in un campo di granoturco, scomparendo del tutto alla vista delle loro guardiane; si capiva soltanto che erano là per il frastuono che facevano, tirando giú dagli steli le pannocchie ancora tenere e devastando le colture. Bisognava riprenderle: e le ragazze se ne andarono di corsa, senza piú rispondere alle domande del pittore e senza nemmeno salutarlo. Lo lasciarono lí in piedi accanto al carro, con in mano un album e un pezzettino di carbone, che tracciava dei segni e le chiamava: «Tornate indietro! Belle gioie! Che vi prende?» Cosí finí quell'incontro durato pochi minuti; e Antonia forse l'avrebbe dimenticato come si dimenticano i sogni, o forse si sarebbe ricordata soltanto del carro: una fantasmagoria di colori in mezzo al verde della campagna e della *méliga*, una fiaba che se ne andava in giro per le strade del mondo, tirata da due cavalli e su quattro ruote; se di lí a qualche giorno, quando ormai Bertolino aveva finito il suo lavoro e forse addirittura se ne era già andato da Zardino, non avesse incominciato a correre voce che la Madonna del Divino Soccorso dipinta nell'edicola del massaro Barozzi aveva il viso di Antonia, e mica solo il viso! Che era Antonia vestita da Madonna, seduta su un muricciolo, con un'oca ai piedi. Tutti quelli che andavano a vederla, ritornavano dicendo: «È proprio lei! Non c'è il minimo dubbio! È proprio Antonia!» Inutile dire che lo stupore fu grande e che se ne chiacchierò per mesi e non solo se ne chiacchierò: si discusse nelle stalle, in quell'inverno in cui ormai il Caccetta era in prigione a Milano e le «voci» da sole non bastavano a riempire una veglia, se fosse o non fosse lecito rappresentare la Santa Vergine come aveva fatto Bertolino, coi lineamenti di una ragazza del popolo, e per giunta *esposta*, che tutti conoscevano. Se in quell'edicola poco fuori del paese ci fosse dipinta una bestemmia, secondo quanto sostenevano le bigotte e mostrava di credere lo stesso don Teresio – che, a buon conto, aveva rifiutato di benedirla – o se una Madonna è comunque e sempre una Madonna, e la stravaganza dell'immagine dovesse essere messa in conto alla bizzarria del pittore. Gli artisti, si sa, sono tutti matti! E c'era anche chi fondava la sua critica su un argomento, come dire?, storico: che la Madonna che si dipinge nelle immagini deve avere comunque una certa età, dai vent'anni o poco meno dell'Annunciazione ai cinquanta o poco piú della Deposizione di Cristo dalla croce. S'è mai vista – dicevano costoro – una Madonna quindicenne? E se nessuno gli rispondeva si rispondevano da soli, allargando le braccia: no, non s'è mai vista...

La signora Francesca era contentissima. A chi le riferiva le critiche dei compaesani e delle comari rispondeva alzando le spalle: «È tutta invidia! Se ci fossero le loro figlie, su quel muro, parlerebbero in un altro modo». Ogni volta che passava davanti all'edicola, si fermava estasiata: la sua Antonia! Dipinta come una Madonna! Sarebbe stata forse un po' meno contenta se avesse potuto immaginare che fine avrebbero poi fatto quella pittura e quell'edicola, e se avesse potuto leggere negli atti del processo frasi del genere: «*Rispuosemi* – Antonia – *che solo era devota di se medesima, et che pregava la Madonna del Barozzo*» cioè dell'edicola di Diotallevi Barozzi (Irene Formica). «*Le dicevano: vè* – guarda – *la Madonna del Barozzo! Vè la Madonna del Barozzo mentre andava per strada, et essa, al passo, insuperbiva*» (Isabella Ligrina).

Capitolo sedicesimo

La Beata Panacea

La tanto attesa visita pastorale del vescovo Bascapè, a Zardino e ad altri piccoli paesi della sponda sinistra del fiume Sesia, si fece un giorno di primavera d'un anno imprecisato; forse il sedicesimo della vita di Antonia, forse il diciassettesimo: chissà! Mentre le Reliquie del Cavagna erano ancora sotto sequestro a Novara per ordine del Papa, e mentre ancora Bascapè era impegnato a trasformare il suo corpo in quel «cadavere vivo» che avrebbe poi preso forma definitiva e perfetta nell'estate del 1610. In quei primi anni del Seicento – ci dicono i biografi – i suoi mali fisici s'erano tutti aggravati e per cosí dire cronicizzati; i catarri, le emicranie, le *flussioni* (nevralgie, reumatismi ed altre forme dolorose) che lo tenevano legato al mondo dei vivi con il dolore fisico, l'avevano però ridotto ad essere l'ombra di un uomo: una pia larva, in tutto simile ai Santi fantasmi e ai Santi spettri di cui si stavano affollando proprio allora, o già s'erano affollati, i muri delle chiese lombarde per opera di pittori che si chiamavano spesso con i nomi dei loro luoghi d'origine: il Morazzone, il Cerano, il Tanzio da Varallo, il Fiamminghino, il Moncalvo[1]... Quei pittori rappresentarono nelle loro tele la stessa angoscia di vivere, e di vivere in quell'epoca, che Bascapè rappresentò in tutti i suoi atti, perfino nel suo corpo: e i loro quadri ci raccontano cupe storie di Santi animati da un'implacabile follia di devozioni, di processioni, di predicazioni, di opere fervide e insensate; o di uomini assor-

1 *Morazzone... Moncalvo*: tutti pittori di origine piemontese o lombarda. Una simbologia di morte accompagna sempre il vescovo Bascapè. Egli non solo si presenta come «cadavere vivo», intrattiene un continuo colloquio con la maschera funeraria di Carlo Borromeo e viaggia in una lettiga-sarcofago; ma soprattutto non riesce a tollerare, fisicamente e psicologicamente, l'esuberante vita della natura in «una mattina d'un giorno di primavera» e barcolla quando esce alla luce del sole. Bascapè nel romanzo rappresenta il vero antagonista di Antonia, anche se non partecipa direttamente al processo, perché egli è il massimo esponente di una concezione che sovrappone l'ideologia alla vita.

ti in spettrali piaceri; o di altri uomini ancora, vaganti attorno senza un perché. Cosí dunque, come in una tela del Cerano, o del Procaccini, il cadavere ancora imperfetto del vescovo Bascapè arrivò a Zardino una mattina d'un giorno di primavera in cui suonarono a distesa, rispondendosi da un paese all'altro e senza mai cessare, tutte le campane della *bassa*; preceduto da grandissime feste, e con gran seguito; chiuso ermeticamente dentro una lettiga nera con le tendine tirate, quasi al buio; afflitto dall'emicrania, e dalle allergie, e da tanti altri mali misteriosi e dolorosi che sarebbe troppo lungo elencare. Bascapè – dissero poi le cronache dell'epoca – portava in dono a quella piccola comunità, in cambio delle Reliquie promesse a don Teresio da monsignor Cavagna e mai arrivate a destinazione, un frammento della veste d'una Beata locale, la Beata Panacea: di cui lui stesso, nel corso della predica, avrebbe poi raccontato come visse – dando esempio di fede a quanti la conobbero – e come, eroicamente, morí. La sua lettigasarcofago veniva avanti pian piano in mezzo ai boschi, ai campi seminati, ai terreni piantati a vigna; tra gli applausi e gli «evviva» dei bambini che erano corsi a incontrare il loro vescovo fino al mulino dei Tre Re e piú oltre ancora; sulla strada decorata con ghirlande di fiori e cosparsa tutta di petali di rose. Un solo grido risuonava nella *bassa*:

«Evviva la Beata Panacea! Evviva il vescovo Bascapè!»

La lettiga del vescovo, portata da due mule, era preceduta da una carrozza su cui viaggiavano cinque uomini: due ecclesiastici, nelle persone d'un canonico Clemente Gera e d'un canonico Angelo Mazzola, cui spettava il compito di coadiuvare il vescovo nella cura delle anime; e tre laici, di cui purtroppo non si conoscono i nomi ma che erano il cancelliere fiscale[2] della Curia con i suoi due aiutanti: un procuratore legale e uno scrivano. Costoro, e soprattutto il cancelliere, rappresentavano una parte importante, e, per cosí dire, autonoma, della visita pastorale del vescovo: in tutti i posti dove lui si fermava, loro s'insediavano con una specie d'ufficio, all'aperto o al chiuso; e non solo riscuotevano le *prediali*, cioè le tasse ecclesiastiche sui fondi rustici, ma badavano anche alla risoluzione delle controversie con i privati e con le comunità ed al ripristino dei diritti caduti in disuso; che nella diocesi di Novara erano molti, e di

2 *cancelliere fiscale*: il funzionario addetto alla riscossione dei tributi.

grande entità. Dietro la lettiga del vescovo, impettiti per la corazza che avevano dovuto indossare nonostante il caldo (e ne avrebbero certamente fatto a meno, se avessero potuto decidere in merito loro stessi: ma cosí volevano le regole, e cosí avevano ordinato i superiori) c'erano i quattro soldati della scorta, armati d'archibugio; dietro questi, che naturalmente venivano a cavallo, caracollavano e arrancavano sopra ogni sorta di cavalcature – soprattutto muli, ma anche asini e spelacchiatissime giumente – i cappellani e i parroci d'una dozzina di villaggi della *bassa* che monsignor Carlo Bascapè aveva già visitato nei giorni precedenti, o che si accingeva a visitare. Infine, a chiudere il corteo, c'era un carro tirato da due buoi: su quel carro, dopo che il vescovo era passato, i contadini deponevano offerte di capponi, di lardo, di legumi, di riso, di matasse di canapa o di lino, di salami, di ortaggi, di farina, di noci e d'altri prodotti della loro terra che due giovani seminaristi badavano a dividere – da una parte le cose commestibili, dall'altra le altre – e a riporre dentro una grossa cesta di vimini, se c'era il rischio che al sole si guastassero: si trattava infatti di offerte destinate, per la maggior parte, al sostentamento dei Seminari della diocesi, e che sarebbero state recapitate ai destinatari quella sera stessa. E mentre il piccolo corteo veniva avanti, le campane suonavano a distesa, e dappertutto nella piana si sentiva gridare:

«Evviva la Beata Panacea! Evviva il vescovo Bascapè!»

Era una giornata di gran sole, e d'atmosfera limpida. Il Piemonte, le Alpi lontane, il mondo intero, si beavano e si crogiolavano nell'azzurro del cielo e nel verde della pianura; e poi anche e piú da vicino gioivano e s'esaltavano nell'incendio dei papaveri che accompagnava ovunque la crescita del grano; nelle fioriture degli iris e delle rose selvatiche; nello scintillio delle acque; nel vento leggero che increspava le pozzanghere e faceva oscillare, lungo i fossi, i rami nuovi dei salici. La natura tutta era un'esplosione di profumi, di pollini, di ronzii, di canti, di richiami, di colori. Gli animali si cercavano tra loro, si lanciavano i loro segnali dagli alberi, dal cielo, dalla polvere, dall'erba; il cielo era solcato da mille voli, di mille specie differenti di uccelli. Le acque straripavano, e con esse la vita della *bassa*. L'aria stessa era satura di umori, di fluidi, di sostanze invisibili e impalpabili per propagare la vita. Chiuso all'interno della sua lettiga – come già s'è detto in una penombra che era quasi buio, trasudando catarri da tutti i pori, tossendo, lacrimando, il vescovo Bascapè imprecava sottovoce contro i pòllini che si insinuavano tra le intelaiature dei vetri e le pesanti tendine di velluto *leonato* (rosso e spesso, come la pelle del leone): che sollecitavano, attraverso le narici, la vita in lui a fuoruscire in ripetuti starnuti, secchi e violenti come colpi d'archibugio. Teneva in mano due fazzoletti ricamati ed impregnati di essenze di cui aveva davanti a sé tutt'un campionario, in fiaschetti di rame e *carafini* di vetro: belzoino, mirra, cannamele, garofano e di tanto in tanto li avvicinava alle narici, li comprimeva contro le stesse, ne aspirava gli aromi. Si lamentava e gemeva per l'emicrania che soprattutto in primavera, ma anche nelle altre stagioni, lo torturava ormai quotidianamente; ripeteva a intervalli le parole del Salmo: «*Domine, ne elongaveris auxilium tuum!*» («Signore, non tardare il tuo aiuto!») Invocava la Beata Panacea, di cui aveva nella lettiga una Reliquia chiusa dentro un cofanetto d'argento, e il Beato Carlo Borromeo, suo amico e patrono; invocava anche l'apostolo Paolo, di cui lui, come barnabita, era sacerdote. Il frastuono grande che facevano le campane di tutte le chiese e di tutti i cascinali della piana del Sesia gli rimbombava dolorosamente nel capo. Invocava Nostro Signore Gesú Cristo, la cui effigie portava sempre su di sé in un piccolo crocefisso appeso al collo: «Domine, adiuva servum tuum!» («Signore, aiuta il tuo servo!»)

«Evviva la Beata Panacea! Evviva il vescovo Bascapè!», gridavano all'esterno i ragazzi, bianchi e rossi di salute e per essere venuti di corsa dal paese, incontro al vescovo. Si scalmanavano, s'accalcavano: «Evviva il vescovo! Evviva!»

Lui scostava la tendina di velluto forse d'un decimo di palmo (due centimetri), quanto bastava per guardare cosa c'era fuori: se il villaggio ancora era lontano, se ci si stava arrivando. Non vedeva l'ora di entrare in una chiesa, dove i fumi dell'incenso e degli aromi liturgici avrebbero forse neutralizzato i maledetti pòllini, permettendogli di respirare; ma la chiesa non si vedeva da nessuna parte, e nemmeno il villaggio. Si vedevano soltanto quei ragazzi che gridavano e agitavano le braccia in segno di saluto, e dietro di loro le *baragie*, e le vigne, e i campi di frumento... Il rosso dei papaveri lo fece trasalire dolorosamente. Riaccostò la tendina; tornò al buio.

«Evviva il vescovo! Evviva la Beata!»

Finalmente e come Dio volle, si sentí il selciato sotto gli zoccoli delle mule e si videro le prime case: basse, grigie, con certe finestre cosí piccole che non si capiva come facessero a dare luce agli interni e qualche tovaglia sui davanzali, qualche drappo ricamato sui balconi, in onore del vescovo; si sentirono le campane che suonavano all'impazzata, e i fedeli in chiesa che cantavano il *Te Deum*[3]. Come se quel frastuono già non fosse sufficiente, scoppiarono anche tre o quattro *castagnole* davanti alla carrozza su cui viaggiavano i canonici, e i cavalli sgropparono, s'imbizzirono; ma, fortunatamente per i nervi già scossi del vescovo Bascapè, non vi furono né spari, né rulli di tamburo. La lettiga del vescovo, come sempre, andò a fermarsi proprio di fronte all'ingresso della chiesa; il canonico Gera, basso e grasso, s'avvicinò allo sportello, lo aprí; ne uscí il vescovo tutto vestito di nero coi bottoni viola, giallo in viso che sembrava un morto che uscisse dal sepolcro: soltanto gli occhi, nel viola cupo delle occhiaie, erano ben vivi e poi c'era anche quel naso paonazzo che formava una chiazza di colore assolutamente stonata in un viso esangue perfino nelle labbra. Alla luce del sole, il vescovo barcollò e dovette appoggiarsi al Gera con tutt'e due le mani per non cadere; ma subito si riprese. Si drizzò, tenendo in mano il fazzoletto impregnato di essenze, alzò due dita a benedire un gruppo di persone che erano rimaste fuori della chiesa per attenderlo, «in nomine Patris, et Filii, et Spiritus Sancti», nel nome del Padre, del Figlio e dello Spirito Santo; poi si voltò ed entrò in chiesa, seguito dal Gera e anche dall'altro canonico, il Mazzola: che nel frattempo aveva provveduto a prendere all'interno della lettiga l'astuccio con la Reliquia della Beata Panacea. Sulla soglia, dovette fermarsi per non inciampare nel cappellano don Teresio, prostrato a terra. Gli disse: «Exsurge», alzati, e gli porse l'anello da baciare. Davanti all'altare si inginocchiò come faceva sempre, poggiando a terra tutt'e due le palme delle mani e piegandosi in avanti fino a toccare con la fronte il marmo dei gradini; poi si rialzò, si voltò. Guardò la chiesa gremita di fedeli, con tutti gli uomini da una parte, come gli aveva insegnato a disporsi don Teresio, e tutte le donne dall'altra; in prima fila, però, c'erano soltanto le giovani del paese – ed Antonia fra loro – vestite di bianco per devoto omaggio alla vergine Panacea. Esordí con le parole dell'*Esodo*: «*Qui est, misit me ad vos*».

«Colui che è – cioè: Dio – mi ha mandato a voi». («Signore Iddio, che emicrania!»)

[3] *Te Deum*: canto liturgico di ringraziamento a Dio.

(«Maledetti pòllini!»)

Starnutò fragorosamente: due volte, quattro volte, sei volte, comprimendosi con il fazzoletto ricamato il naso paonazzo. Molte tra le ragazze che erano in prima fila si portarono le mani al viso e si coprirono la bocca, per non far vedere che stavano ridendo; Antonia rimase seria. Lo scandalo che don Teresio avrebbe poi riferito al suo processo, di lei che ride sconciamente («*turpiter*») al cospetto del vescovo, se pure avvenne davvero, avvenne dopo: al termine della predica e forse addirittura della messa, quando si trattò, per il vescovo Bascapè, di consegnare la Reliquia della Beata alla comunità di Zardino. Sia don Teresio, del resto, che l'inquisitore Manini, per motivi facilmente intuibili, esagerarono quest'episodio, dell'«offesa al vescovo»: che, forse, non ci fu nemmeno. Antonia già aveva avuto modo di conoscerlo, il vescovo Bascapè; e rivederselo davanti, lí a Zardino, le rammentò quel giorno della sua infanzia in cui lei avrebbe dovuto recitargli la poesia di suor Leonarda, e tutto ciò che le era successo: la levata all'alba, il bagno purificatore, l'uovo crudo... Quanti ricordi passarono per la mente di Antonia mentre il vescovo Bascapè, tra uno starnuto e l'altro, celebrava la messa insieme a don Teresio! Le tornarono a mente suor Livia, suor Clelia, la Pia Casa... E poi, forse, rivide anche quella mano del vescovo, lunga lunga e bianca, che le suore le avevano raccomandato di non sfiorare con le sue, e che lei invece aveva toccato... Nonostante fosse già pallido e affilato in viso, il vescovo Bascapè, all'epoca in cui aveva visitato la Pia Casa, non era ancora quella larva d'uomo che sarebbe diventato in seguito; alcune suore – Antonia se ne ricordava benissimo – credendo di non essere sentite avevano esclamato: «Che bell'uomo!»; e anche a lei, allora era sembrato bello. Mentre ora, di bello, non aveva che la voce: una voce calda e profonda, con un bell'accento lombardo; tanto piú gradevole, se confrontata con il falsetto[4] di don Teresio, con quella sua «voce della domenica» e da prete studiata apposta per dire messa. Quando il vescovo incominciò il racconto della Beata Panacea, Antonia quasi senza accorgersene si lasciò prendere e trasportare dal flusso e dalla musicalità di quella voce; e lo stesso accadde anche alla maggior parte delle persone che erano in

[4] *falsetto*: voce resa piú alta di quanto sia naturale; in un uomo assume una tonalità femminile.

chiesa e che della predica del vescovo capirono soltanto alcune parole e alcune frasi, o addirittura non capirono niente: e ciò, per il semplice motivo che il vescovo predicava *in lingua*, mentre i contadini parlavano in dialetto. La storia della Beata Panacea – che Bascapè, in quei giorni, andava raccontando ai contadini della *bassa* – è la storia di una disgraziata pastorella nata nel 1368 in un villaggio della collina novarese, e morta in tenera età; la prima disgrazia della sua vita – tutta tragica! – era stata probabilmente quel nome: Panacea, che i genitori scriteriati le avevano imposto; ma poi ne erano venute molte altre, una peggio dell'altra. Rimasta orfana di madre, Panacea – cosí dicono i suoi biografi, e cosí raccontò quel giorno il vescovo Bascapè – venne uccisa a quindici anni dalla sua matrigna, infuriata con lei perché non faceva nient'altro che pregare: non aveva il *moroso* come le sue coetanee, non badava al gregge e alla casa, non filava. Non faceva niente. Pregava dalla mattina alla sera e la matrigna la bastonava finché lei morí. «*Dovete dunque sapere, miei diletti figliuoli e figliuole*, – disse il vescovo Bascapè agli abitanti di Zardino, – *che questa vergine Panacea era figlia di un tale Lorenzo da Cellio di Val Sesia, nato nel paese detto Cadarafagno* (Ca' de' Rafani) *ma poi stabilito a Quarona, dove dalla moglie Maria da Ghemme ebbe questa figlia Panacea; ma essendo quella* (cioè: la moglie) *morta a Ghemme prese una seconda moglie, la quale durissimamente trattando la Panacea, la incaricava di pascere l'armento, di raccogliere e portar a casa le legna, et inoltre di un compito da filare oltre il fattibile, massimamente perché, inclinata quella a far orazione nella chiesa di San Giovanni di Quarona posta sul monte ove conduceva al pascolo la greggia, assiduamente si applicava a recitare la corona* (cioè: la corona del rosario). *La malvagia matrigna tanto piú sbuffava et infuriava quanto piú vedeva la figliastra risplendere per pazienza e virtú, e giungeva a castigarla anche per fatti buoni e santi; et onde distoglierla dall'orazione, empia!, le spezzava e gettava via le corone. Ma Iddio nella sua benignità non volendo differire il premio di tanta virtú, permise che a tal punto giungesse il furore della scellerata donna che ammazzò la pia et innocente fanciulla, ch'era già sugli anni quindici, col pretesto della sua grande assiduità alla orazione*».

Bascapè fece una pausa per soffiarsi il naso. All'esterno della chiesa si sentivano l'abbaiare dei cani e il cinguettio degli uccelli: i rumori abituali – pensò Antonia – di un villaggio come anche doveva essere stato quello in cui era vissuta Panacea. Ma il racconto del vescovo riprese: «*Imperocché*[5] *una sera quand'era già tempo di tornarsene, e già avviava le sue pecore verso la casa, e si apprestava a caricarsi del fascio delle raccolte legna, giungendo alla pietra sulla quale aveva abitudine di fare orazione, non poté desistere al desio*[6] *di sostare ivi a pregare ancora, e cosí le pecore da sé sole giunsero alla stalla. Ciò vedendo, la furiosa matrigna corse al luogo del pascolo, e trovata la fanciulla in orazione, fieramente la percosse con la rozza sua conocchia di montagna e piantandole delle fuse* (forse: dei fusi) *nel capo la uccise. E perciò suolsi*[7] *la fanciulla in tal modo dipingere anche con la matrigna che la batte. Ciò uditosi dal padre Lorenzo, che invano perciò aveva piú volte redarguita la moglie, accorse e trovò il fascio che ardeva, dicesi, e non poté in alcun modo né muovere il piccolo corpo, né estinguere il fascio ardente*».

La voce del vescovo si fece grave. «*Secondo narrano il prete Rocco* (Rocco Bononi, parroco di Quarona ai tempi di Panacea) *e tutti gli altri scrittori, e la tradizione costante delle due popolazioni, di Quarona e di Ghemme, fra l'altra innumere*[8] *gente accorsa al grido della tragica e maravigliosa scena vi fu anche il Pretore generale della Valsesia, nobile Ambrogio de' Pantaleoni di Milano; il quale vedendo durare questo prodigio del non potersi né muovere il corpo, né estinguere il fascio ardente, spedí un messo celere a Novara al vescovo Oldrado e questi tosto accorse col Clero, e vedendo pur continuato da piú giorni il portento, col suo comando poté egli solo far muovere il sacro corpo*».

«*Questo* (cioè: il corpo) *si portò a piè del monte e fu caricato su d'un carro tratto da due giovani giovenche che andarono a fermarsi ad un fondo di un tale Lorenzo da Cellio* (stesso nome del padre: va' a capire!), *il quale in niun conto*[9] *volendo che quel corpo ivi si seppellisse, le giovenche da sé presero altra direzione correndo difilate verso il piano*».

Bascapè fece una nuova pausa, s'asciugò il sudore. Riprese con maggior forza: «*Procedeva quello strano corteggio d'un vescovo col clero, colle autorità, con immenso popolo, tutti seguenti due vitelle che correvano a lor talento, traendo sul carro una*

5 *Imperocché*: poiché.
6 *desio*: desiderio.
7 *suolsi*: si è soliti.
8 *innumere*: innumerevole.
9 *in niun conto*: in nessun modo, per nessun motivo.

fanciulla morta. Sostarono le vitelle a Romagnano un quarto d 'ora a mangiare e sostò pure la comitiva: giunte poi a Ghemme, ancora sostarono a uno campo ch'era detto il Campo de' Banchelli, poi bebbero[10] *a una fonte, ove ancor si vede una pia cappelletta colla dipintura del fatto: indi andarono e si fermarono nel cimitero ad uno spinajo* (cioè: a un roseto selvatico) *presso la chiesa, ove appunto era sepolta la vera madre di Panacea*».

«*Quale toccante poesia in questa figlia morta che prodigiosamente vuol avvicinarsi alla morta madre! Ivi il vescovo, fatto deporre intanto il corpo nella chiesa, fece edificare in pochi dí una cappella attigua alla chiesa stessa, e scavatavi una fossa circondata da muratura e coperta di lastra di marmo vi depose egli il corpo al primo venerdí di maggio di quell'anno 1383, che fu il primo di detto mese. Nella ricorrenza del quale suole celebrarsi la festa della Beata Panacea con grande pietà di questi et altri popoli, e grandissimo concorso*[11] *sia di loro spontanea divozione, sia per voto; et è mirabile cosa vedere quanta moltitudine accorra anche dalla diocesi di Vercelli a Ghemme ad onorare questa vergine con preghiere, con oblazioni e con santi sacrifici. In tal giorno l'intero popolo di Quarona col suo parroco vi viene in processione da lungi dieci miglia*[12]*, et offre un cero, concorrendo ciascun paterfamiglia*[13] *alla spesa, e ciò pure dicesi facciano o debbano fare per statuto proprio anche le popolazioni di altre parrocchie. In quella chiesa poi non solo una cappella vi fu costituita, ma anche un beneficio*[14] *per dirvi Messa, et in molte altre chiese per la diocesi si vedono altari et immagini della Panacea*».

«*Molti predicano*, – concluse Bascapè: alzando la voce e la mano in un gesto ammonitore, – *di aver ottenuto sanità invocando la Panacea, il cui nome dinota* (cioè: significa) *medicina universale e noi in nulla abbiamo creduto dover variare questo antico culto, qual fu approvato il 14 marzo 1570 da sua santità Papa Pio V et qual è ispirato ai nostri popoli dalla divina volontà, per virtú di questa beata e felicissima fanciulla! Che da ora innanzi voi pure invocherete, nel nome del Padre et del Figlio et dello Spiritus Sanctus. Amen*[15]».

10 *bebbero*: bevvero.
11 *concorso*: raduno di persone.
12 *da lungi dieci miglia*: venendo da dieci miglia lontano.
13 *paterfamiglia*: padre di famiglia (forma latineggiante).
14 *beneficio*: donativo in denaro.
15 *Amen*: sul plurilinguismo qui adottato vedi nota 3, p. 68.

Capitolo diciassettesimo

I lanzi

Nell'autunno di quello stesso anno in cui a Zardino c'era stato il vescovo, accadde anche un altro fatto straordinario, che un drappello di *lanzi*[1] comparisse in paese una mattina, e che poi vi si trattenesse fino alla sera di quello stesso giorno senza un motivo dichiarato e senza nemmeno che si sapesse chi ce l'aveva mandato: semplicemente, i *lanzi* si insediarono nel centro del villaggio, tra la piazza della chiesa e l'Osteria della Lanterna, come se la loro presenza in quel luogo fosse stata la cosa piú naturale del mondo; e poi, quando calò la notte, se ne andarono dalla parte del fiume. Un bell'enigma, soprattutto per quel genere di uomini – e di donne – che vorrebbero sempre vedere il fondo delle cose, e indagarne le cause. Un vero rompicapo, da perderci il sonno e la ragione! Si disse poi che i *lanzi* erano dovuti sconfinare per compiere una missione di là dal Sesia; che andavano a riprendersi alcuni loro disertori; che s'erano persi dal loro reggimento; che erano disertori essi stessi. Se ne dissero tante; finché, in mancanza di conferme o di riscontri certi, l'interesse a poco a poco si spense a la gente incominciò ad occuparsi d'altre cose. Anche il reparto a cui i *lanzi* appartenevano rimase misterioso; con certezza, si riuscí soltanto a stabilire che non facevano parte della guarnigione di Novara – dove del resto, e per quanto se ne sapeva, di *lanzi* non ce n'erano mai stati, nemmeno in passato – e che dunque venivano da fuori: da Milano, forse, o addirittura da Piacenza; era lí – si diceva – nel Ducato dei Farnese, che quel genere di truppe stava di casa! Li comandava un autentico gigante, con grandi baffi e grandi basette del colore della stoppa: cosí alto, che per entrare nell'Osteria della Lanterna doveva piegare la testa

[1] *lanzi*: soldati di ventura tedeschi al servizio della Spagna, particolarmente temuti per la loro ferocia e per l'abitudine al saccheggio.

e anche la schiena; e poi ancora, una volta dentro, doveva continuare a camminare piegato per non dare di capo contro le travi del soffitto. Nessun uomo di Zardino, o della *bassa*, era tanto alto; nemmeno il *camparo* Maffiolo, che, secondo quanto ne dicevano le comari, era «lungo come la fame»! I ragazzi del paese, non appena lo videro, lo soprannominarono Attila: e anche noi lo chiameremo cosí. Questo Attila aveva mani smisurate e guance d'un colore tra livido e paonazzo che ne certificavano le attitudini di fortissimo mangiatore e bevitore, oltreché la predisposizione a morire d'infarto; parlava solo tedesco, come tutti i suoi soldati, e soltanto riusciva a pronunciare qualche parola o qualche frase in un italiano storpiato dallo spagnolo, o in spagnolo, ma anche quelle si capivano poco; infine, a giudicare da come parlava e da come si muoveva, era sempre arrabbiato: con chi non parlava la sua lingua, con i suoi soldati che invece la parlavano, con il mondo intero. Arrivò in piazza a Zardino coi suoi *lanzi* una mattina d'ottobre che il sole era già alto ma don Teresio aveva appena finito di dire messa, cioè verso le nove e mezza, le dieci meno un quarto; e si mise subito a urlare – cosí, almeno, credettero di capire gli abitanti del paese – che gli facessero venire lí i consoli, gridava alle bigotte che uscivano di chiesa e stavano ferme a guardarlo perché temevano che se avessero fatto l'atto di scappare sarebbe stato peggio per loro: «Teste di porco e di capra e mangiamerda che non siete altro, voglio i consoli qui davanti. Bestie snelle!»

(Naturalmente Attila non sapeva nemmeno che i reggitori dei villaggi della *bassa* si chiamassero consoli, e la parola «mangiamerda» e tutte le altre della frase sopra riferita nel suo vocabolario non c'erano; ma, per una fortunata concatenazione di assonanze e di equivoci, per cui le parole tedesche venivano «tradotte» in base ai suoni con parole italiane piú o meno simili, l'essenziale fu inteso. Attila, infatti, voleva proprio trattare con qualcuno che rappresentasse tutto il villaggio, e cosí avvenne.)

Dopo alcuni minuti d'urli e di trambusto, i consoli arrivarono. Erano due, secondo quanto prescrivevano gli statuti, e venivano rinnovati tutti gli anni; per quell'anno, la volontà popolare aveva chiamato a reggere le sorti di Zardino un tale Angelo Barozzi, di cui ci è noto solamente il nome, e il nostro Bartolo Nidasio; che, vedendosi circondato da quegli uomini armati fino ai denti, e con quelle facce, e ascoltando quei loro urli, giurò a se stesso che non avrebbe mai piú fatto il console, finché fosse vissuto! Attila e i *lanzi*, quando finalmente ebbero davanti gli interlocutori che volevano, cominciarono a parlargli fitto fitto di *rue*, di *spaise*, di *essen*, di cose insomma del tutto incomprensibili, spazientendosi perché quelli non capivano; si portarono le mani alla bocca, anzi addirittura se le misero in bocca con le dita unite, gridarono «hombre, comida! [2]» Il povero Barozzi, spaventato dalla prospettiva di dover dare da mangiare a piú di trenta tedeschi affamati come lupi, avrebbe voluto ammansirli con le chiacchiere, e prendere tempo; sperava – ma quanto poi fosse illusoria quella speranza, si vedrà – che da un momento all'altro potesse succedere qualcosa di imprevisto, e che i *lanzi* se ne andassero nel modo stesso com'erano venuti. Tergiversava con cavilli burocratici, gli diceva: «Non siamo stati avvertiti per tempo»; «È inutile che insistiate, non è compito nostro» ed altre frasi del genere, di cui i tedeschi ripetevano singole parole, sillabandole («com-píto», «a-ver-tí-tí») e poi guardandosi l'un l'altro per vedere se qualcuno di loro riusciva a capire dov'era l'imbroglio. Bartolo invece pensava soprattutto a ciò che sarebbe potuto succedere se i *lanzi* infine avessero perso la pazienza e faceva segno al Barozzi: lascia perdere! Diamogli quello che vogliono, purché poi se ne vadano! Non discutere! Cosí, mentre sul piazzale della chiesa le trattative del *comer* (mangiare) andavano per le lunghe, la maggior parte dei *lanzi* aveva finito per imbrancarsi all'osteria e da là dentro continuava a dar notizia di sé con urla incomprensibili («rotvàine», «trinche[3]»), e grida disumane («Me ne incago!») Alcuni *lanzi* piú giovani, invece, se ne andavano attorno per le stradette di Zardino, sbirciando dalle finestre o nei cortili se c'erano donne: battevano con le dita sulle imposte, facevano «pss, pss», oppure anche chiamavano «tosa, bèla tosa!» (*tosa*, in dialetto milanese, significa ragazza); ma le donne erano tutte scomparse dal villaggio, come per un incantesimo. Non si vedeva nei cortili una sola donna, nemmeno vecchia o vecchissima; e anche di uomini, a dire il vero, ce n'erano in circolazione molto pochi. Soltanto i ragazzi erano tutti fuori per le strade, e correvano dietro ai forestieri gridando: «I lanzi! I lanzi! Viva i lanzi!»; con un entusiasmo abba-

[2] *hombre, comida!*: in spagnolo, «uomo, da mangiare!».

[3] *rotvàine... trinche*: trascrizione di parole tedesche che significano «vino rosso», «bere».

stanza fuori luogo, per quell'evento e per quelle persone. S'azzuffavano per toccargli i cinturoni, le corte spade d'ordinanza, gli archibugi damascati; s'indicavano i farsetti di cuoio, le brache a righe bianche e rosse, i coltelli, i pistolesi; si dicevano: «Ve' (guarda) quello! Ve' quell'altro!» Qualcuno dei piú audaci s'arrischiò perfino ad entrare all'osteria: che secondo leggi non scritte da nessuna parte, ma ferree, era un luogo dove i ragazzi non potevano entrare, nemmeno in casi eccezionali. Vide il *camparo* Maffiolo che s'intratteneva con i *lanzi* parlandogli nella loro lingua e corse fuori a dare la notizia: «Il Fuente parla coi lanzi e loro gli rispondono!» Per farla breve: Maffiolo venne chiamato sulla piazza della chiesa, dove le trattative tra i capi del villaggio e il capo dei *lanzi* sembravano essersi definitivamente arenate, e il suo intervento fu determinante per spiegare al Barozzi – Bartolo già l'aveva inteso per suo conto – che le chiacchiere erano inutili: i *lanzi* non le capivano, e, se le avessero capite, si sarebbero arrabbiati. (Perciò Maffiolo si rifiutò di tradurgliele). Il discorso del tedesco era molto semplice: se ci date quello che vi chiediamo va tutto bene, stiamo tra amici e stiamo in pace; se non ce lo date non importa, ce lo prenderemo da soli ma per ripagarci della fatica ne prenderemo di piú e prenderemo anche altre cose che ci verranno sottomano: denari, donne, quello che capiterà. Esauriti cosí i preliminari, Attila formulò le richieste, che furono: fieno e biada per due cavalli e cinque muli e per gli uomini due porci d'almeno cinquecento libbre l'uno, con tutto ciò che serviva per macellarli, ridurli in pezzi e cucinarli alla maniera tedesca. Vino e pane secondo le richieste e comunque in grande quantità: perché – spiegò il capitano dei *lanzi* – i suoi uomini avevano una fame smisurata, e una sete proporzionata alla fame. Non essendovi altro da fare che ubbidire, si trovarono i porci, si squartarono; s'imbandirono due tavolate nel cortile dell'Osteria della Lanterna, sotto una tettoia che di solito serviva per riparare i carri: perché all'interno dell'osteria i *lanzi* non ci sarebbero entrati tutti, ma nemmeno si poteva metterli fuori sotto il pergolato, per via della stagione umida e del cielo grigio, che faceva presagire la pioggia. Sotto quella tettoia i *lanzi* mangiarono e bevvero a crepapelle e poi anche incominciarono a cantare certe loro canzoni allegre o malinconiche, struggenti o sguaiate, che però tutte avevano in comune almeno una cosa: d'essere tedesche e quindi incomprensibili per gli abitanti di Zardino. C'erano tra i *lanzi* due musici molto bravi, che suonavano uno strumento simile alla viola ma assai piú piccolo, tenendolo appoggiato ad una spalla. Questi accompagnavano le parti dei solisti e le canzoni piú malinconiche; per le altre, i *lanzi* s'accompagnavano da soli, battendo il tempo con le mani e con i piedi e con ogni sorta di strumenti improvvisati: per esempio con i coltelli contro il vetro dei bicchieri, con i piatti di metallo contro le assi del tavolo. Tra una canzone e l'altra, gridavano e ridevano e muggivano in un modo tale che agghiacciava il sangue; se dovevano liberarsi il corpo d'un peso superfluo, uscivano dall'osteria, attraversavano la piazza e andavano a deporlo sulla porta della chiesa o su quella della casa del prete, tra gli applausi e le grida d'incoraggiamento dei compagni che potevano guardarli, mentre loro si esibivano in quelle loro funzioni, senza muoversi da dov'erano seduti: attraverso le sbarre di un'inferriata che divideva il cortile dell'osteria dalla piazza vera e propria. Naturalmente anche la gente delle case lí attorno vedeva tutto ciò che succedeva nella piazza, sicché possiamo dire di quelle esibizioni dei *lanzi* che si svolsero alla presenza di un pubblico abbastanza vario, numeroso e partecipe; e tuttavia, per quanto la cosa possa sembrare strana a noi, uomini del ventesimo secolo, la presenza del pubblico non dava alcun imbarazzo agli attori, anzi, al contrario! Sembrava stimolarli. Quasi tutti i *lanzi*, in quelle ore in cui rimasero a Zardino, sostarono all'impiedi o si accucciarono, coi calzoni abbassati fin sotto le ginocchia, davanti alla porta della chiesa o a quella della casa del prete; alcuni, addirittura, le onorarono entrambe. Gli apprezzamenti e i commenti che gli spettatori rivolgevano agli attori, e le risposte dei medesimi, erano in tedesco, o, in qualche caso, in spagnolo; ma aiutandosi con un po' di fantasia, anche il pubblico di lingua italiana arrivava a capire, se non proprio le singole parole di quei discorsi, per lo meno il loro significato complessivo. E capí benissimo ciò che disse un *lanzo* già grigio di capelli, dopo aver partorito un escremento di notevoli proporzioni sulla soglia del prete; quando, rialzandosi le brache, gridò rivolto alle finestre di don Teresio: «Mira, cura! Nacío tu hermano!»

(«Guarda, prete! È venuto al mondo tuo fratello!»)

Altri *lanzi*, dalla porta della chiesa, chiamavano don Teresio «Papst fon Rom» (Papa di Roma) e lo invitavano ad affacciarsi per benedirgli il culo: che gli esibivano, già nudo e pronto per quello scopo. Uno che aveva in tasca un pezzettino di gesso se ne serví per imbrattare porte e muri d'alcune scritte fortunatamente incomprensibili, e di molti disegni che, invece, si capivano fin troppo bene. «Chissà cosa sta facendo don Teresio, – si chiedeva intanto la gente di Zardino, chiusa dentro alle case. – Se è nascosto in cantina, com'è probabile, o se è lí dietro alle imposte che li sta guardando». Le bigotte pregavano: «Mio Dio, fa' che non esca ad affrontare quei demoni!»

«Andrebbe incontro al martirio! Poveretto lui!»

«Stai tranquilla, – gli dicevano i mariti, – che non ci pensa nemmeno, ad affrontarli! Come prete, effettivamente è un po' esaltato; ma se c'è in gioco la pelle, anche lui si calma!»

Le ore passarono. Cominciò a farsi buio, sotto la tettoia e nella piazza; e tutt'a un tratto Attila – che, dopo aver mangiato e bevuto come un orco, e cantato a squarciagola insieme ai suoi soldati, sembrava essersi addormentato: sonnecchiava, con la testa che gli ciondolava sul petto – si riscosse e ritornò rabbioso com'era stato al momento del suo arrivo e com'era sempre: gridando ordini a raffica uno dopo l'altro, e agitandosi come un forsennato. Qualunque cosa volesse – pensarono gli abitanti del villaggio – un fatto almeno era certo: la voleva in fretta! In fretta, i *lanzi* s'alzarono da tavola, corsero a riprendersi gli animali nella stalla dell'osteria, rifecero i bagagli, si schierarono in piazza; in fretta, andarono a cercare il *camparo* Maffiolo, che però venne con la sua solita andatura, senza scomporsi; nonostante Attila gli gridasse: «In fretta! In fretta!» («Schnell, schnell!») In fretta, si prepararono le torce per il trasferimento notturno; infine, e con tutta la premura del caso, Attila stava domandando al *camparo* informazioni sui dintorni di Zardino («In fretta! In fretta!»), gli chiedeva: «Dov'è il guado del fiume Sesia? Cosa c'è di qua dal guado? Ci sono case?» Quando a un tratto arrivarono in piazza... tre ragazze, e l'entusiasmo dei *lanzi* esplose in un evviva («Lebe hoch!») cosí fragoroso, in un momento di gioia cosí piena, cosí improvvisa, che perfino Attila ci restò disorientato, dimenticandosi della fretta... Tre ragazze!

Le piú sorprese di tutti, a dire il vero, erano proprio loro: le ragazze. Sorprese ma soprattutto spaventate: cosa stava succedendo, lí in paese? Chi erano quegli uomini vestiti tutti allo stesso modo, con le brache di panno bianco e rosso e i farsetti in cuoio? Antonia e Irene Cerruti e Teresina Barbero erano uscite la mattina presto per raccogliere funghi, e ne avevano anche riempita una *paniera* che però ora stava per terra rovesciata, in un angolo della piazza. Rientrando in paese, s'erano stupite di non incontrare nessuno e che tutte le porte fossero chiuse, tutte le finestre serrate, tutti gli animali da cortile, e perfino i cani, ritirati nelle stalle; ma prima ancora di rendersi conto che qualcosa non andava, e che dovevano tornare indietro, s'erano trovate in piazza circondate dai *lanzi*: e ci si può ben immaginare che spavento provarono, soprattutto Irene e Teresina; in quanto a Antonia, la presenza del *camparo* le aveva dato un poco di coraggio, e poi lui le aveva fatto un cenno con gli occhi, un gesto della mano; le aveva detto, nel linguaggio dei segni: stai tranquilla! Non ti succederà niente! Ci sono io!

L'entusiasmo dei *lanzi* era alle stelle. Applaudivano e gridavano: «Tosa! Tosa!» Antonia li guardò in viso: gli anziani avevano davvero ceffi orribili, ma c'erano anche alcuni giovani, biondi di capelli e con gli occhi azzurri, che non sembravano particolarmente pericolosi o malvagi. Uno di questi le venne davanti sorridendo, s'inchinò, le prese la mano: in quel momento i due *lanzi* musicisti attaccarono a suonare qualcosa di molto vivace, di molto ritmato, gli altri si misero a battere il tempo con le mani e Antonia, che non aveva mai ballato in pubblico e non aveva mai ballato con un uomo, si ritrovò a ballare con quello sconosciuto lí in piazza, nella luce delle torce, prima ancora d'aver capito cosa stesse succedendo e cosa stava facendo. Ballava e si chiedeva: «Cosa faccio? Sono diventata matta?» Ma in realtà non le dispiaceva. Durò poco: forse un paio di minuti. Attila si risvegliò con un urlo disumano: la musica si interruppe, i ballerini si fermarono e poi subito ci fu una raffica di ordini perentori e secchi come colpi d'archibugio: bisognava partire! «In fretta, in fretta!» Teresina Barbero, che era rimasta sbalordita a guardare l'amica mentre lei ballava, approfittò di quell'improvvisa confusione per farsi avanti. Prese Antonia per un braccio: «Vieni via!» Le tremava anche la voce: «Cos'hai fatto, Antonia!»

«An-tòina», disse il tedesco che l'aveva invitata a ballare. Ripeté altre due volte: «An-tòina. An-tòina».

Indicò se stesso con la mano: «Io, Hans». Si levò dal collo una medaglietta d'argento che portava appesa ad una strisciolina di cuoio, la mise al collo di Antonia. Le disse: «Undenchen! Recuerdo». Andò a mettersi in fila insieme agli altri.

Proprio in quel momento i *lanzi* si stavano avviando verso la loro ignota destinazione e i due musici, invisibili nel gruppo, incominciarono a suonare qualcosa di molto diverso da ciò che avevano suonato prima; una melodia che sembrava alzarsi direttamente dalla terra mentre loro s'allontanavano nel buio, e che parlava d'un'altra terra di pianure, di foreste, di nebbie... Erano già tutti fuori del villaggio quando risuonò l'ultimo grido: «Lebe vol, An- tòina! Lebe vol!»

(«Addio!»)

Don Teresio si fece vedere il giorno dopo, nel pomeriggio: e ciò, nonostante le pie donne avessero provveduto, fin dalle prime ore del mattino, a togliergli dall'uscio ogni traccia dei *lanzi*, e nonostante si fosse raccolta, a mezzogiorno, una piccola folla sulla piazza della chiesa, di gente che bussava alla sua porta e lo chiamava: «Don Teresio! Per favore, affacciatevi! State bene?» Lui allora s'era rifiutato di rispondergli, chiudendosi in un suo sdegnato e corrucciato silenzio che non pochi, in paese, avevano scambiato per paura. («Sente ancora odore di lanzi, te lo dico io, – disse Bartolo Nidasio alla moglie. – Finché pensa che quelli possono tornare, lui non vien fuori!») Ma qualche ora dopo, improvvisamente e a modo suo, don Teresio era ricomparso. S'era attaccato alle campane, suonandole a distesa per almeno un quarto d'ora, e poi s'era messo a scorrazzare per le case e per i cortili, aveva riunito tante comari e tanti contadini quanti ce ne volevano per fare una solenne processione ai quattro canti del paese; perché a Zardino c'era stato l'Anticristo[4] – gridava – e bisognava riconsacrare tutto: andare in giro di stalla in stalla, di aia in aia, con la Reliquia della Beata Panacea e il crocefisso del Venerdí Santo, quello grande come un uomo, a benedire ciò che era stato profanato! Prima di fare la processione, però, don Teresio aveva spinto i suoi fedeli verso la chiesa («In chiesa! In chiesa!»): a ringraziare Iddio – gli aveva poi gridato quando c'erano arrivati – d'avergli salvato i raccolti e le case, ma soprattutto a chiedergli perdono d'essere stati cosí vigliacchi, il giorno precedente, davanti all'Anticristo; di non essere insorti a difesa della chiesa, e della casa del prete, e della vera fede. (I villani sgranavano gli occhi, mormoravano: «Insorgere? Con che cosa dovevamo in-

4 *Anticristo*: i lanzi erano per lo piú luterani, per cui per don Teresio sono l'incarnazione di Satana.

sorgere? E lui dov'era?»; ma don Teresio fu inarrestabile, implacabile, impermeabile ad ogni dubbio e ad ogni critica). Vigliacchi – gli gridò in viso – ecco che cos'erano: un branco di vigliacchi! Tutti senza eccezione: uomini, donne, ragazzi, vecchi... «Esiste forse un'età, – gli domandò; e la voce gli vibrava di vero sdegno, gli occhi gli scintillavano d'ira non simulata: – o una speciale condizione, per cui qualcuno può essere esentato dal rendere la propria testimonianza a Dio, foss'anche a prezzo del martirio?» S'alzò di scatto sulle punte dei piedi, come quando volava nel dire messa. Puntò il dito contro i suoi parrocchiani, gli gridò, mettendosi come al solito nei panni di Dio padre: «Dove eravate, voi, ieri, mentre l'Anticristo insozzava la mia casa, e la casa del mio prete? Chi si è levato a difendere il mio nome, rendendomi testimonianza, tra di voi?»

Ritornò in terra. Disse, parlando normalmente, che dopo aver riconsacrato a Dio il paese con la solenne processione di aia in aia e di casa in casa, si sarebbero dovuti riconsacrare a Dio anche gli abitanti con un bel *triduo*, cioè con un periodo di tre giorni interamente dedicato alle preghiere, alle funzioni religiose e alle elemosine, sia in denaro che in prodotti della terra. («Figuriamoci, – pensarono i villani, – se si lasciava scappare l'occasione di bussare a soldi!») Al termine del *triduo* – concluse don Teresio – Dio forse li avrebbe perdonati; ma certamente non avrebbe perdonato tutti. C'era una persona, tra loro, per cui un semplice prete come lui non poteva fare piú niente, tanto gravi erano le sue colpe!; e di cui lui quindi si lavava le mani. Stese il braccio, a pronunciare l'anatema: «Chi ha ballato con l'Anticristo sulla pubblica piazza non potrà mai piú mettere piede in una chiesa, né accostarsi ai sacramenti, né venire sepolto in terra consacrata finché il vescovo di Novara, o il Papa in persona, non gli avranno dato quell'assoluzione che essi soli, e non io!, possono concedergli».

Capitolo diciottesimo

L'ultimo inverno

L'inverno tra il 1609 e il 1610 – l'ultimo inverno della vita di Antonia – fu molto rigido, nella *bassa*, ma anche molto generoso di cieli limpidi e di sole e di bei paesaggi: e ciò, grazie soprattutto alla neve che aveva coperto tutta la pianura fino dai primi giorni di dicembre e che poi, diventata ghiaccio, s'era mantenuta quasi intatta fino ai primi giorni di marzo. Quando il tempo era bello, e c'era il sole, i contadini andavano nei boschi a sistemare le tagliole per le volpi, i lacci per i conigli, le reti e il vischio per gli uccelli; alcuni anche s'avventuravano tra le *lame* (paludi d'acqua sorgiva) lungo il Sesia, per insidiare i grossi *lüsc* (lucci) che la fame costringeva ad avventarsi contro qualsiasi cosa si muovesse nell'acqua: un brillio di metallo, un frammento di specchio bastavano a farli venire su, dagli abissi di quel loro Inferno liquido e gelato. Ci fu anche chi avvistò i lupi, o credette d'averli avvistati, e chi disse di avere trovato le impronte della lince o quelle dell'orso: ma ciò accadeva quasi ad ogni nevicata, da tempo immemorabile, e quando poi la neve si scioglieva anche la lince e l'orso dileguavano senza dare piú notizia di sé. Per i ragazzi, l'inverno era la stagione piú bella dell'anno; piú dell'estate, afosa e resa insopportabile dalle zanzare, ma anche piú della primavera e dell'autunno: quando il lavoro dei raccolti e delle semine, nella *bassa*, non risparmiava nemmeno i «garzoni» come loro. «Si lavora prima da garzoni e poi da padroni», dice un vecchio proverbio di questi luoghi: «si lavora sempre». Per le donne, invece, l'inverno era la stagione delle veglie, cioè delle lunghe sere trascorse nelle stalle a filare e a tessere e ad ascoltare i racconti attorno alla lanterna, con i fiati che formavano nuvolette, e, nell'ombra, la presenza degli animali; la stagione delle «voci» e dei pettegolezzi. Anche dal punto di vista delle veglie quell'inverno fu un bell'inverno: di gran chiacchiere, di avvenimenti rari e in qualche caso prodigiosi, di storie da rielaborare e reinventare, fino a farle diventare completamente nuove. Quell'anno, la storia piú raccontata in tutte le stalle e in tutte le veglie della *bassa* fu la storia in parte vecchia in parte nuova di Giovan Battista Caccia detto il Caccetta: il feudatario e masnadiero novarese di cui già s'è detto che le sue gesta furono famose, ai tempi suoi, come oggi sono famose le gesta di certi eroi del pallone, di certi personaggi televisivi. Soprattutto nei mesi di novembre e di dicembre le comari non parlarono d'altri che del Caccetta: ma ogni volta che dovevano pronunciarne il nome s'interrompevano per farsi il segno della croce, e ciò perché il Caccetta ormai era morto, da alcune settimane. Era stato giustiziato il 19 settembre di quell'*annusdomini* 1609 in corso di Porta Tosa, a Milano, dopo sette anni di prigione e sei di processo; decapitato a termini di legge, presente il pubblico delle grandi occasioni: la nobiltà, il clero, le alte cariche dello Stato, le confraternite con i loro gonfaloni, e, dietro, la folla straripante dei borghesi e dei villani accorsi a frotte da ogni parte del contado per togliersi quella gran soddisfazione, di vedere un aristocratico – uno tra i tanti, che avrebbero meritato di fare quella fine! – salire i gradini di un patibolo addobbato a sue spese, e andarsene cosí, tra i fischi e le pernacchie; liberando il mondo della sua presenza, e lasciandolo un po' migliore. C'eran volute due compagnie di alabardieri – si diceva nelle stalle della *bassa* – per tenere lontana dal palco la plebaglia, pronta sempre a trasformare la decapitazione di un nobile in occasione di festa e di piccoli commerci, se non proprio di baldoria e di tripudio per le vie e le piazze di Milano! Lo spettacolo – secondo quanto ne riferirono le cronache dell'epoca – fu di buon livello: in tutto degno delle notevoli tradizioni che Milano, anche sotto gli spagnoli, aveva mantenuto in questo settore dell'amministrazione della giustizia. Il palco era tutto coperto di velluto nero di prima qualità, con guarnizioni in filo d'argento e tutt'attorno al palco ardevano senza fumo venti *torchie* (torce) *genovesi* del peso di *libre quatro l'una*; in un angolo del palco, per chi avesse voluto vederla, c'era la cassa in noce scolpito in cui i due pezzi del Caccetta, dopo avvenuta l'esecuzione, sarebbero stati ricomposti per il successivo, solenne funerale. Giovan Battista Caccia arrivò al suo ultimo appuntamento dentro un'elegante carrozza nera con le tendine d'un colore tra viola e azzurro – il color pervinca – di gran moda in quegli anni; ai piedi del palco gli furono tolti i ferri, mentre le dame commentavano il suo aspetto, deluse e in qualche caso addirittura scandalizzate, si chiedevano: era tutto lí, il famoso Caccetta? Davvero si stentava a credere – dicevano – che quegli efferati delitti, e quegli stupri, e tutte le altre imprese per cui il nome del Caccetta era divenuto famoso, fossero state compiute da un omiciattolo alto un soldo, le cui caratteristiche piú notevoli sembravano essere gli occhi sporgenti e lucidi, da rospo, e due gambette che facevano ridere i polli, corte corte e storte! Questi discorsi si tenevano – anzi, dato il frastuono: si urlavano – a pochi metri di distanza dal decapitando: che, se non avesse avuto ben altre cose a cui pensare, avrebbe anche potuto ascoltarli. In realtà, il Caccetta non ascoltava nessuno e non sentiva niente. Portava in testa un cappello nero, a tesa larga, perché tutti i capelli gli erano stati tagliati, fissava il nulla e il labbro gli tremava. Sull'ultimo gradino incespicò: allora si fece avanti mastro Bernardo Sasso, il boia, con il cappuccio già calato a coprirgli il viso e il pettorale con la croce e il grembiulone in cuoio già indossati, e lo sorresse fino al centro del palco. Qui, secondo l'usanza, mastro Bernardo chiese al Caccetta di perdonarlo per ciò che gli avrebbe fatto; siccome quello non rispondeva e non dava cenno d'avere inteso, lo voltò come avrebbe voltato un pupazzo, verso quella parte del palco dove c'era il prete che già in precedenza lo aveva confessato e che ora gli porse il crocifisso da baciare, anzi, per essere piú precisi: glielo appoggiò sulle labbra e poi lo ritrasse. Dalla parte della folla si sentirono grida e fischi di disapprovazione, per la scarsa partecipazione del Caccetta alla sua morte. Una voce s'impose: «Dai Bernardo! Tagliagli la testa e facciamola finita!» Il boia alzò la mano, domandò al decapitando: «Volete dirci qualcosa, prima che giustizia sia fatta?» Lui fece segno con la testa: sí, ed immediatamente nella folla si fece un gran silenzio, un silenzio carico d'attesa. Cos'avrebbe detto? Il Caccetta allora si levò il cappello e scoppiò in singhiozzi. Tenendo il mento sul petto, balbettava: «Io... io... mi...» «Parla piú forte!», gridarono molte voci, dalle prime file. «Non ti sentiamo!» Anche la folla incitava: «Voce! Voce!» «Io mi muoio per le colpe che ho commesso, – scandí il Caccetta, guardando dalla parte dov'erano le autorità, – ed altresí per quelle che non ho commesso»: e chissà mai cosa gli sembrò di dire! La frase – si capí – era stata meditata a lungo; ma non commosse nessuno e non produsse alcun effetto. Il Caccetta, deluso, si voltò: a questo punto mastro Bernardo, che era uomo assennato e boia esperto, capí che il decapitando stava per dire una sciocchezza pensata sul momento o per fare qualche cosa che non avrebbe dovuto fare, sicché fece un cenno con la mano e i tamburi attorno al palco incominciarono a rullare. Si fecero avanti gli aiutanti del boia, due omacconi che sovrastavano il Caccetta di tutta la testa; lo afferrarono mentre appunto lui gridava (ma nessuno lo udí): «Abbasso Spagna! Viva Franza e viva il Roi!» Lo piegarono e lo incatenarono al patibolo con un gesto cosí rapido che lui nemmeno se ne accorse, perché ancora stava gridando. Mastro Bernardo alzò la scure, l'abbassò di colpo: i tamburi smisero di rullare e poi uno degli aiutanti del boia raccattò la testa del Caccetta tenendola per le orecchie, la mostrò al popolo. Vista cosí e da lontano sembrava finta, una maschera di gesso: un po' grottesca, per via della bocca aperta da cui fuorusciva un pezzettino di lingua, e degli occhi spalancati. «Giustizia è stata fatta», disse il boia, inchinandosi verso le autorità. Da ogni parte del corso e dai balconi s'alzò un applauso, un'autentica ovazione: «Viva mastro Bernardo! Bene! Bravo!» «Ce lo siamo tolto dai coglioni!» «È morto un porco!»

Dice la sentenza che lo condannò, che il Caccetta finí sul patibolo per aver commesso *molti omicidij;* di fatto, lo si tolse di mezzo perché era fortemente sospettato d'avere tramato contro la Spagna e i suoi governi e perché troppe, ormai, erano le persone che lui avrebbe cercato d'ammazzare se fosse ritornato in circolazione. Ma nelle stalle di Zardino, e della *bassa*, il ricordo del Caccetta e delle sue malefatte lasciò subito il posto alla leggenda del Caccetta: cioè alla storia di un delinquente per amore, forte coi forti, generoso con i deboli e gran signore con le donne. Soprattutto, si ritornò a parlare di quella bellissima Margherita Casati per cui il Caccetta ventenne aveva perso l'intelletto e la reputazione; era lei – si disse – la causa di tutte le sue disgrazie e di tutti i suoi delitti e comunque quell'amore cosí violento e cosí tragico non poteva poi essere finito nel nulla, come tutti credevano: al contrario, durava oltre la morte! Margherita – dicevano le comari – quel 19 settembre stava là, in prima fila, a Milano, sotto il palco; impietrita, ad espiare la sua parte di colpa perché si sa che la donna in queste cose un po' di colpa ce l'ha sempre: la bellezza non è mai senza peccato! Ma anche prima, in carcere, lei era andata a trovarlo. Era entrata nella sua cella, molte volte: e ciò era potuto accadere per intercessione di un grandissimo signore – in alcune stalle si sussurrava d'un Savoia, in altre d'un Farnese[1] – che ne aveva parlato con il conte di Fuentes governatore dello Stato di Milano, riuscendo a impietosirlo... Non tutte le comari, però, concordavano su questa versione della storia, tutta centrata sulla Margherita Casati. C'erano anche altre versioni: perché Margherita Casati era stata la piú famosa e forse anche la piú bella tra le donne del Caccetta, ma non era stata né l'unica né l'ultima, dopo di lei ne erano venute a decine, anche donne del popolo; contadine, ostesse, ragazze in età da marito e donne fatte, ora reclamavano la loro parte di leggenda, e, in qualche caso, di soldi; e in molte stalle della *bassa* si parteggiava per loro. Una Marzia di *Sizàn* (Sizzano), una Francesca di *Olegio* (Oleggio), pur essendo entrambe state prese con la forza e violentate per mesi, e mica solo dal Caccetta!, da tutta la sua banda, sostenevano adesso che da quella violenza erano nati grandi amori, con promesse adeguate: di sposarle, riconoscendone i figli come legittimi e nominandoli eredi universali dei conti Caccia... Purtroppo per Francesca, e anche per Marzia, il Caccetta era poi morto in quel modo che tutti sapevano, senza poter dar seguito alle sue buone intenzioni: ma loro avevano incaricato due avvocati (ciascuna, s'intende, all'insaputa dell'altra) perché curassero gli interessi dei rispettivi figli; che nulla gli venisse tolto di quanto gli spettava, e da nessuno! Inutile chiedersi come finirono quelle cause: probabilmente non incominciarono mai. In quei primi mesi del 1610 circolò anche un ritratto a stampa del Caccetta, eseguito da un incisore di Milano che aveva visto il suo soggetto sul patibolo, per pochi istanti, e l'aveva immortalato; alcune dame milanesi e novaresi, che se veramente avessero conosciuto il Caccetta vivo, come volevano far credere, non avrebbero mai prestato attenzione a quell'effigie, la cui somiglianza con l'originale era pressoché nulla, ci versarono sopra vere lacrime: ma ciò rientra nell'ordine naturale delle cose umane, e non merita che se ne tenga discorso. Nelle stalle della *bassa*, invece, passato il primo impeto di commozione per la morte del Caccetta, e per i suoi amori disordinati e sfortunati, si parlò ancora per mesi dei suoi soldi: quanti fossero, e chi dovesse averli in eredità. Si formarono due scuo-

1 *Farnese*: duca di Parma.

le di pensiero, e due partiti: quello di chi voleva il Caccetta, e poi il suo erede, ricco di almeno centomila scudi d'oro, che in valuta d'oggi significherebbero miliardi; e quello opposto di chi sosteneva che il Caccetta era stato ricco, anzi ricchissimo, ma che al momento di morire non aveva piú niente. Erede unico e universale del Caccetta, se non si fossero verificati fatti clamorosi di testamenti nascosti o di figli naturali riconosciuti come legittimi, doveva essere il giovane Gregorio, figlio del defunto e della nobildonna – anch'essa defunta – Antonia Tornielli: un bellissimo ragazzo, dicevano le comari; un vero principe delle favole, alto e moro con gli occhi neri, e, in quanto al carattere, tutto il contrario del padre; ma un giorno arrivò nelle stalle della *bassa* la notizia che l'eredità del Caccetta era stata confiscata dallo Stato all'atto stesso della sua morte sul patibolo, e che anche la città di Novara la rivendicava; e la delusione fu enorme. «Non è giusto!», protestarono le comari. Infine, e a malincuore, s'occuparono d'altro...

Nelle stalle di Zardino, quell'inverno, si parlò anche dell'Antonia dei Nidasio: che aveva avuto il coraggio di respingere, tra molti altri pretendenti alla sua mano, addirittura un Pier Luigi Caroelli, nipote di quel feudatario Ottavio Caroelli che era padrone di mezza Zardino e di mezza *bassa!* Chi si credeva d'essere? Che voleva? Le ragazze da marito e le loro madri, zie, nonne e cognate, cioè all'incirca tutte le donne del paese, erano furibonde. Antonia – dicevano – è una *stria* che cattura i maschi con le sue arti magiche soltanto per farsi beffe di loro, perché non ha nessuna intenzione di sposarseli. È stata vista andare in giro di notte ma non ha il *moroso*: con chi va? È una che *sciupa i morosi* delle altre, cioè li distoglie, li infiacchisce, li snerva con la sua sola presenza: li fa uscire di senno, senza scopo alcuno! E facevano il conto dei *morosi sciupati* dalla strega. Il primo in ordine di tempo era stato il povero Biagio, cioè il nipote scemo delle gemelle Borghesini, ma quello non interessava nessuna e nessuna glielo invidiava: se lo tenesse pure! Poi, però, erano venuti i *morosi* veri. A memoria d'uomo – dicevano le comari – non s'era mai vista, a Zardino, una ragazza che «facesse tanta pula» (cioè: che mandasse delusi tanti pretendenti) quanta ne aveva fatta Antonia. Come si permetteva di disprezzare i loro figli? Lei che era stata *esposta*, s'aspettava forse di sposare un erede alla corona di Spagna? Tra i *morosi sciupati* c'erano due giovanotti del paese, un Giovanni Ligrina e un Cristoforo Cerruti che erano due ragazzi d'oro, da prenderli a occhi chiusi: laboriosi, economi, senza vizi; e uno dei due in particolare, cioè il Ligrina, ne aveva poi fatto una malattia per quel rifiuto, e n'era come intristito, tanto che non voleva piú guardare nessun'altra donna e diceva di voler rimanere «giovane», cioè scapolo, per tutta la vita. Altri *morosi*, invece, venivano da fuori, attirati dalle arti magiche della *stria* e non c'era da stupirsene perché – sentenziavano le comari – lo dice anche il proverbio: «*L'om, l'asan e 'l pulòn in i püsè cujòn*»: l'uomo – inteso come maschio – l'asino e il cappone sono le bestie piú stupide che ci siano al mondo. Un Pietro Balzarini da *Casal Beltram* (Casalbeltrame) e un Giovanni Beltrame da *Viglong* (Vicolungo) avevano mandato, ripetutamente, dei suonatori di liuto sotto la casa di Bartolo Nidasio per fare la serenata a Antonia, ma la faccenda non aveva avuto buon esito; e c'erano anche state, in passato, delle storie che poi erano finite male. Un Paolo Sozzani, per esempio, di cui nelle carte si dice soltanto che era forestiero, non sopportando l'idea d'essere stato respinto, s'era ubriacato e s'era appostato in mezzo agli orti, aveva cercato di prendere la ragazza per forza; ma lei s'era rialzata ed era scappata verso casa. Le era rimasto – si sussurrava nelle stalle – «il seme sul grembiule»: un marchio infame!

«Quella ragazza è una stria», ripetevano le comari; e criticavano la Francesca Nidasio che non le aveva insegnato quale fosse il suo posto nel mondo, anzi l'aveva trattata meglio che se fosse stata una sua figlia naturale, permettendole d'insuperbirsi oltre misura, e in modo irragionevole... Ma la colpa era anche dei tempi nuovi, troppo liberi. «Una volta, – dicevano le comari, riannodandosi il fazzoletto sotto il mento e poi alzando le mani verso il cielo, – queste cose non succedevano. Un nobiluomo respinto da un'esposta! Dove andremo a finire? Cos'altro ancora ci toccherà di vedere? Poverette noi!»

Naturalmente le comari conoscevano il gentiluomo di cui stavano parlando e sapevano che quel suo gesto – di mandare a chiedere in sposa da un sensale una ragazza come Antonia – era stato una bizzarria, da non prendersi a male ma nemmeno sul serio: quale ragazza della *bassa*, a voler essere sinceri, si sarebbe sposata quel nobiluomo *strapelato*[2] e non piú giovane? Pier Luigi Caroelli, il *perdapè*, come lo chiamavano i contadini

2 *strapelato*: spiantato, ridotto in rovina.

e i mezzadri del feudatario suo zio, non aveva altro di suo che un cognome illustre e un soprannome intraducibile (la versione italiana sarebbe: «perdipiedi») che si dava e si dà tuttora, in questa parte di mondo, ai perdigiorno, ai sognatori, ai falliti; a chi fa delle cose cosí, tanto per farle, e non combina niente di buono. Presentarlo come un buon partito era una falsità; se si fosse trattato delle loro figlie, anziché di Antonia, quelle stesse comari di Zardino che ne cantarono le lodi, ne avrebbero parlato in tutt'altro modo. Anche l'aspetto fisico del *perdapè* non era dei migliori. Alto, ossuto, senz'ombra di colore sulle guance e il pizzo e i baffi portati secondo la moda dell'epoca, Pier Luigi Caroelli era un *giuvin vecc*[3], un «signorino» d'una trentacinquina d'anni o poco piú, che parlava arrotando le erre e vestiva con una certa pretenziosità, eleganti abiti rattoppati fatti su misura per un'altra persona, piú bassa e piú tarchiata di lui: forse il conte suo zio, o qualcuno dei suoi cugini ricchi. Abitava a Novara a palazzo Caroelli, in una stanza a pianoterra in cui dormiva, scriveva, riceveva le rare visite degli amici, e, quando non aveva voglia d'andare in cucina a mangiare con la servitú, poteva cucinarsi lui stesso un paio d'uova, o farsi un'insalata. Il conte Ottavio, suo zio, in cambio di quella stanza che gli metteva a disposizione e di quei vestiti smessi che gli dava, si compiaceva di utilizzarlo come suo intendente e uomo di fiducia; e il *perdapè*, a cavallo di una mula, di tanto in tanto compariva anche a Zardino, dove i Caroelli avevano boschi, *baragie* e terreni a mezzadria, a vigilare sull'operato dei mezzadri: un Cesare Ligrina, un Antonio Scaccabarozzi della cascina Torre, oggi scomparsa, un Andrea Falcotti. Controllava che non tagliassero *le albere* o che, dovendo piantarle, le piantassero; che non trasformassero i *gerbidi* (marcite) in risaie, per guadagnare piú denaro; badava anche, o faceva finta di badare, alla divisione dei raccolti: annotando minuziosamente *sacchi* e *staja, mine* e *brente*[4], numero delle fascine e numero dei capponi, numero dei maiali e qualità degli stessi e cosí via, su un suo registro rilegato in pergamena che portava sempre stretto sotto il braccio, e che i contadini chiamavano «asse da polenta», chissà mai perché! Quando doveva scrivere si adattava sul naso, per mezzo d'una molla che li teneva uniti, due fondi di

[3] *giuvin vecc*: giovane (cioè celibe) vecchio (voce dialettale).
[4] *sacchi... brente*: antiche misure di capacità.

bottiglia o *vetri occhiali* che mandavano in visibilio i ragazzini, gli strappavano l'applauso: «Il gufo! Il gufo!» Il fatto poi che tutti nella *bassa* parlassero male di lui, dipendeva soltanto dall'ingratitudine umana. A memoria d'uomo, mai nessun intendente dei conti Caroelli s'era lasciato imbrogliare con tanta facilità, e con tanto garbo, come il *perdapè*. E non solo si lasciava imbrogliare: trattava anche i contadini con il «voi» e non toccava le loro donne, nemmeno di nascosto. Non le molestava e non cercava d'*ingallarle* come gli intendenti che l'avevano preceduto e questo fatto aveva finito per turbare i pensieri e i sonni dei contadini che non riuscivano a darsene ragione: s'arrovellavano, si chiedevano cosa ci fosse di sbagliato nel *perdapè*, o nelle loro donne, che lui nemmeno le corteggiava! Nemmeno le guardava! Finché un giorno avevano risolto la questione col dire ch'era un *cüpia*. (Pederasta e pervertito. Tutte le aberrazioni sessuali catalogate da Krafft-Ebing furono riassunte per secoli, nella *bassa*, in un solo tipo umano, il *cüpia*, e in quella parola, appunto, che serviva a indicarlo). Ovunque andasse Pier Luigi Caroelli, col suo registro sotto il braccio e i suoi *vetri occhiali* nella tasca interna del farsetto, attorno a lui era tutto un fiorire d'allusioni, di doppi sensi, di strizzatine d'occhi, di gesti osceni, di parole in gergo; sicché, quando poi si seppe che aveva mandato un sensale di matrimoni di Borgo San Gaudenzio a casa di Bartolo Nidasio, per chiedere se gli davano in sposa l'Antonia, cascarono tutti dalle nuvole. «Però! – commentarono i contadini, sbalorditi. – Chi l'avrebbe mai detto! Il perdapè!»

Ciò che i contadini della *bassa* non sapevano, e che i posteri invece per loro informazione devono sapere, è che il nobile Pier Luigi Caroelli sognò d'essere, e volle essere, un poeta. «*Goda la piana, e Pan chiami a raccolta*», è il primo verso, folgorante, d'un suo libro di *Rime* che si stampò in Milano a spese dell'autore, correndo l'anno del Signore 1612. Libro unico: il Caroelli, infatti, non ebbe mai piú i soldi per stamparne un altro. Libro illeggibile, nel nostro secolo ventesimo e probabilmente anche in quello in cui vide la luce: infarcito com'è, dalla prima all'ultima pagina, di Ninfe e Fauni e Satiri e luoghi e monti della mitologia classica, e di immagini ripetute fino alla nausea: il «*motor del cielo*» (cioè: Dio), i «*vivi soli*» (gli occhi delle donne), l'«*imo piano*» (la *bassa*), il «*gelido Aquilone*» (l'inverno) che assedia i «*tepidi covili*» (le case) dei bifolchi...

Libro inutile, per me che purtroppo ho dovuto sfogliarlo: non vi è infatti traccia di Antonia, né di altri personaggi della nostra storia, ma soltanto di illustri sconosciuti («*all'illustrissimo ed eccellentissimo poeta*», «*al sommo cantore*», «*al nipote prediletto delle Muse, sommo in Parnaso*[5]», eccetera) colleghi in arte del Caroelli, cui sono dedicate molte tra le liriche che compongono il libro stesso. Sicché almeno per il momento, e in attesa che s'innalzi in qualche piazza d'Italia quella statua al Poeta Ignoto di cui, ogni giorno che passa, s'avverte sempre piú viva l'urgenza: direi che questo accenno che s'è fatto al poeta Caroelli, ed alla sua opera illeggibile, può bastare...

[5] *Parnaso*: monte della Grecia su cui, secondo il mito, dimoravano Apollo e le Muse: sta quindi a indicare la poesia.

Capitolo diciannovesimo

Il processo

In quei primi mesi dell'*annusdomini* 1610, morto il Caccetta e dispersi i suoi compagni, la *bassa* restò priva di briganti che terrorizzassero strade e paesi, e che fornissero materia, con le loro gesta, per i racconti invernali nelle stalle; perciò forse, ed anche per il bisogno che l'umanità ha sempre avuto e probabilmente ha ancora, di pericoli che rimescolino gli umori della gente e ne tengano attive le funzioni vitali, si tornò a sentir parlare della *fiera bestia* o anche, piú semplicemente, della *bestia*. Questa *bestia* – che a seconda dei luoghi e delle epoche assunse decine di nomi dialettali, e cambiò anche alcuni connotati, restando però sempre sostanzialmente unica – fu un animale mostruoso e prodigioso che incarnò a lungo le paure degli abitanti di questa regione, scorrazzando dalle Alpi al Po e dando notizia di sé ad intervalli di anni, per le uccisioni di contadini e di pastori e per le stragi di animali che compiva, ma soprattutto per gli spaventi che incuteva a chi aveva la disgrazia di imbattersi in lei e poi sempre, finché gli restavano vita e fiato, continuava a raccontare quell'incontro e a rivivere quell'emozione: soprattutto nei giorni festivi, e soprattutto in presenza di bevande alcoliche. Per avere notizia della *fiera bestia*, nel Seicento ma anche nei secoli successivi, bastava entrare di domenica in una qualsiasi osteria d'un qualsiasi villaggio di pianura o di collina, e attaccar discorso; e anzi io non mi sentirei di escludere che, a cercare attorno con pazienza e con impegno, qualcuno che l'abbia incontrata si trovi ancora oggi. Esistono descrizioni e rappresentazioni della *fiera bestia* che ce ne mostrano la metamorfosi nel tempo: si sa, ad esempio, che nel Medio Evo veniva vista con grandi corna, grandi creste e pelle corazzata a squame; mentre in età moderna e contemporanea e fino agli ultimi avvistamenti – segnalati tra la fine del secolo scorso e l'inizio del nostro – ebbe forme a noi piú familiari, di torello o di grosso cane con testa di cinghiale, o di *porcocane*: che è un animale esistito a lungo negli incubi dell'uomo ed ora in via d'estinzione, ma ancora vivo nell'uso della lingua italiana. Essendo diventati intelligenti, e mica poco!, noi oggi possiamo riderne; ma all'epoca della nostra storia, cioè nei primi anni del Seicento, la *fiera bestia* faceva ancora veri danni, con vere vittime. Ciò accadeva soprattutto nella stagione invernale, e soprattutto nei periodi di pace e di prosperità, quando non c'erano guerre, né alluvioni, né altre calamità naturali o storiche a infastidire la gente di campagna: come appunto in quel mese di febbraio del 1610 in cui, stando alle chiacchiere della *bassa*, la *fiera bestia* si risvegliò improvvisamente da un letargo durato forse qualche decennio e incominciò a scorrazzare per un territorio piuttosto vasto, tra il fiume Sesia e le colline, con incursioni notturne e anche diurne. Ci furono dei morti: prima un carrettiere, sulla strada che da Briona va a Barengo, nei luoghi stessi dove per anni aveva imperversato il Caccetta; poi una ragazza di Castellazzo, uscita di casa all'alba per andare ad attingere acqua nel torrente e mai piú ritornata. Entrambi i corpi – si disse – presentavano i segni inconfondibili degli zoccoli e delle zanne della *bestia*: che venne vista, nelle settimane successive, da una decina di persone, o forse piú, in vari luoghi e anche vicino a un *fontanile* confinante con il territorio di Zardino. Quegli avvistamenti di solito si verificavano nelle prime ore del mattino, quando ancora il sole non era sorto, o dopo il tramonto; a vedere la *fiera bestia*, come già era accaduto altre volte in passato, furono carrettieri, viandanti, contadini che si recavano al lavoro nei campi o che ne tornavano, donne che uscivano di casa all'alba per andare a attingere l'acqua dalla fonte, o che dovevano alzarsi nel cuore della notte per accudire agli animali. La *fiera bestia* – dissero poi tutti quelli che l'avevano veduta – s'annunciava nel bosco e da lontano con un gran frastuono di rami spezzati, ed un trapestio di zoccoli; aveva una voce a metà tra il latrato d'un cane e il grugnito d'un porco, che ti gelava; era grande piú d'un vitello, e assai pelosa, con un testone irsuto da cinghiale, e zanne bianche che balenavano nell'ombra. Gli occhi, piccoli e rossi, ne denotavano la natura diabolica. Spariva con un segno di croce o se le mostravi una medaglia della Madonna, o un'immagine benedetta, o se dicevi una preghiera. Perciò tutti quelli che dovevano recarsi nei campi la mattina presto, e che avevano paura d'incontrare la *bestia*, uscivano carichi di medagliette e di santini e attrezzati di tutto punto per respingerla; e si verificarono anche casi di persone che, avendo sentito da lontano il fracasso della *fiera bestia*, e la sua voce minacciosa, avevano fatto in tempo ad impugnare un crocefisso, e la *bestia*, pur restando nei paraggi, non era apparsa...

Sul finire di quello stesso inverno, nel villaggio di Zardino incominciarono anche a manifestarsi alcuni fatti prodigiosi, o strani, o semplicemente curiosi, che però tutti denotavano in modo inequivocabile – cosí, almeno, dissero le persone esperte – l'esistenza in paese di una strega. Animali che improvvisamente s'ammalavano di mali misteriosi, e stramazzavano a terra; bambine e donne che dalla sera alla mattina si ritrovavano senza piú voce; segni indecifrabili che apparivano tracciati nella neve in alcuni punti dove questa s'era conservata intatta, senza impronte umane e senza tracce d'animali attorno: lettere dell'alfabeto scritte rovesciate, messe lí a formare parole misteriose, per chissà quale scopo... Queste cose, ed altre ancora di cui poi si fece cenno nel corso del processo, vennero subito collegate dalle comari con il gran parlare che s'era fatto nelle stalle, in quell'inverno appena trascorso, degli artifici diabolici e stregheschi con cui Antonia accalappiava i suoi *morosi*; e non furono soltanto le comari a preoccuparsene, ma anche i loro uomini. Si domandarono, in molti: «Come abbiamo potuto non pensarci prima? Avevamo una strega tra di noi, e nemmeno ce ne accorgevamo!» Le parole, gli atti e tutti i movimenti di Antonia cominciarono ad essere seguiti con grandissima attenzione, e interpretati alla luce di ciò che succedeva in seguito, per esempio: Antonia entrava per fare qualcosa in una casa e poi nei giorni successivi in quella stessa casa s'ammalava un bambino, oppure improvvisamente moriva il cane, o un vitello nasceva deforme; ecco il vero motivo – si diceva – per cui lei era stata lí! Le concatenazioni dei fatti, le coincidenze si sprecavano: Antonia salutava una ragazza e il giorno dopo quella cascava dal fienile; Antonia passava per una certa strada, e vi si trovavano dei pezzettini di legno sparsi in un certo modo, dei segni a terra, a dir poco misteriosi... E non basta. Se lei guardava per aria poi pioveva, o addirittura nevicava; se guardava per terra s'asciugava il pozzo, o sprofondava la cantina; se indicava un punto verso l'orizzonte si poteva stare certi che laggiú, o comunque in quella direzione, prima o poi sarebbe scoppiato un incendio, o la *fiera bestia* avrebbe aggredito un contadino; se sospirava, erano dolori per tutti! Attorno a Antonia si fece il vuoto: per le strade, nei cortili, ovunque lei andasse la gente scappava, trascinando anche gli animali, se faceva in tempo a portarli con sé; se lei chiamava un'amica, o una comare che era in casa, da dentro casa si sbarravano le finestre, le porte, ogni pertugio, per non farla entrare e per non far entrare nemmeno la sua voce! Chi la incontrava per strada all'improvviso, se non poteva piú scappare né tornare indietro, si faceva il segno della croce e passava in fretta, girando il viso da un'altra parte: e chissà Antonia come reagiva, se reagiva, a quell'improvvisa follia dei suoi compaesani! Chissà quali pensieri le passavano per la mente, vedendosi trattare cosí da tutti, anche da persone che in passato aveva considerato amiche! Nessun processo per maleficio, che si sappia, s'occupò mai dei sentimenti della strega; che, anzi, veniva sempre considerata lietissima del gran male fatto o da farsi: la felicità in persona! Tanto piú lieta, quanto piú tutti la trattavano male; perché quello era il segno certo e inconfondibile che i suoi malefici attecchivano. (Ma se anche avesse sofferto, tanto meglio! «Prima schiatta e meglio è», ragionava la gente).

Per difendersi dalla strega, e per liberarsi di lei, gli abitanti di Zardino si rivolsero al prete. Furono alcuni uomini a prendere l'iniziativa, dopo una riunione dei *fratelli cristiani*: cosí – dissero – non si poteva andare avanti! Bisognava fare qualcosa, perché in paese c'era preoccupazione e non erano solo le bigotte ad essere impaurite, ma anche i massari e i contadini e la gente comune: quella stessa gente che andava in chiesa meno che poteva, e lesinava sulle decime, e non amava don Teresio; ma le stregonerie sono una cosa seria, e tutti le temono! «Se incominciano ad ammalarsi le bestie, o se ci marciscono le semine, che facciamo?» Giusto ieri – dicevano gli uomini della confraternita – la tal mucca del tal contadino non ha fatto latte; molti alberi da frutta si sono seccati durante l'inverno, non si sa perché; il tal bambino ha la febbre alta: che succede? Si appellavano al prete. Provvedesse lui, che ne aveva il dovere e la competenza specifica, a ridurre la strega in condizioni di non nuocere, con esorcismi o con altri mezzi ritenuti idonei; o denunciandola a Novara al Sant'Uffizio: perché – dicevano – la faccenda era seria, molto seria, e loro, i *fratelli cristiani*, ne avevano le prove. Loro potevano testimoniare che la ragazza andava ai *sabba* e che era stata vista proprio mentre ci andava, e da tutti i membri della confraternita! «L'estate scorsa, al tempo dei risaroli, – riferirono, – l'abbiamo incontrata di notte, non una sola volta ma piú volte, dalle parti del dosso dell'albera, e allora però non davamo importanza a quegli incontri perché pensavamo che avesse un moroso». Invece Antonia il *moroso* non l'aveva e soltanto in seguito, cioè durante l'inverno appena trascorso, s'era capito cosa andasse a farci, su quel *dosso*: dove, peraltro, si sapeva già da tempo che si riunivano le streghe! Ma s'era capito tardi, quando ormai in paese erano incominciate a succedere cose strane: mucche che s'ammalavano, famiglie intere che perdevano la voce, ragazzi che cascavano dai fienili...

«Don Teresio, aiutateci! – gli dissero. – Dateci almeno un consiglio. Che dobbiamo fare?»

Lui si tenne sulle sue per molti giorni, senza sbilanciarsi in alcun modo: né a favore di Antonia né contro Antonia. «Bisogna pregare, pregare molto, – ripeteva. – Se ci fosse piú religione, qui a Zardino, certi fatti che denotano la presenza del Diavolo tra di noi, certamente non accadrebbero!»

Ne parlò anche durante la messa, una domenica: trattando il tema del peccato e della pena, che viene sempre da Dio. Citò la *Bibbia*, il *Libro dei Maccabei*[1]: «In verità io ti dico: tu, ora, per volontà di Dio, avrai il giusto castigo della tua superbia!» E poi parlò delle Sette Piaghe d'Egitto, che colpirono il popolo d'Israele ai tempi di Faraone; e alluse anche ai due flagelli di Zardino, cioè a Antonia e alla *fiera bestia*, ma senza nominare né l'una, né l'altra. Soltanto, si limitò a dire di quei due flagelli che erano giusti, prevedibili e da lui previsti. «Certamente, – gridò puntando l'indice contro i fedeli, – Dio non permetterebbe che tali presenze diaboliche si manifestassero in questi boschi, e che tali eventi si compissero in questo villaggio, se nelle vostre aie e nelle vostre stalle non si fossero tenuti, per anni!, discorsi sacrileghi contro di lui, contro il suo servo che vi sta parlando e contro i suoi diritti, d'avere le decime e le regalie dei suoi fedeli. Se si facessero piú devozioni e piú elemosine, certe cose non accadrebbero!» Passarono cosí altre due settimane, durante le quali un bambino si scottò con l'acqua bollente, un *famiglio* si ferí malamente cadendo sulla falce e suc-

1 *Libro dei Maccabei*: uno degli ultimi libri dell'*Antico Testamento*.

cessero altri fatti spiacevoli, a Zardino e dintorni, senza che nessuno piú si azzardasse a parlare della strega con il prete, né che lui ne facesse parola con chicchessia: dopo la predica delle Piaghe d'Egitto la faccenda era rimasta cosí, come sospesa nell'aria, e anche tra la gente del paese se ne parlava meno; finché un giorno d'aprile, un lunedí, don Teresio si mise a tracolla la sua bisaccia delle grandi occasioni e andò a Novara, a denunciare Antonia al Sant'Uffizio, anzi personalmente all'inquisitore Manini. Come sta scritto negli atti del processo: «Di fronte al Reverendissimo Signor frate Gregorio Manini da Gozzano, Inquisitore dell'eretica malvagità per la diocesi di Novara, è comparso...»

Tutto il processo ecclesiastico a carico di Antonia (*«contra quendam Antoniam de Giardino dicta la Stria*[2]») è racchiuso entro due date: la data della denuncia, che fu presentata il 12 aprile 1610, e la data della sentenza, che è invece il 20 agosto di quell'anno stesso, come già s'è detto; ciò che poi accadde da aprile a agosto, in quei cinque mesi, si potrebbe forse definire un'istruttoria[3], lunga quasi come l'intero processo. Nel corso di quell'istruttoria vennero ascoltati, oltre all'imputata, una ventina di testimoni e tra essi lo stesso denunciante don Teresio, che anzi venne ascoltato due volte: una prima volta, il giorno in cui presentò la denuncia, e poi un'altra volta il lunedí successivo. Dai verbali di quelle due deposizioni apprendiamo che don Teresio, stando a Zardino, era stato promosso *presbiter*, prete anziano, e che veniva chiamato con quel titolo: «*Presbiter Teresius Rabozzi, rector ecclesiae Giardini*» («Prete anziano Teresio Rabozzi, responsabile della chiesa di Giardino»).

Incoraggiato a parlare liberamente, don Teresio ne approfittò per sfogarsi di ciò che lo rodeva, e che a Zardino dal pulpito non poteva dire. Era cappellano da quasi nove anni – esordí – e ancora non era riuscito a raggranellare tanti soldi quanti ne occorrevano per *levare le bolle*, cioè per comprare i diritti di una vera parrocchia. Non che il villaggio di Zardino – poco piú che un cascinale, secondo la descrizione che lui stesso ne fece – a ben vedere fosse povero; ma la chiesa vi era stata abbandona-

2 *contra... Stria*: in latino, «contro una certa Antonia da Zardino detta la Strega»; dunque già nell'intestazione del processo sia contenuta la sentenza di colpevolezza.

3 *istruttoria*: fase in cui si compiono gli atti necessari per preparare il processo (interrogatori, ricerca delle prove, ecc).

ta per quasi mezzo secolo, ridotta in mano di *quistoni* che se ne servivano per allevare *bigatti* e badavano solo a fare affari trafficando con i contadini dei dintorni, di null'altro curandosi che del proprio guadagno; sicché lui, arrivato in quel villaggio da Novara la sera del giorno stesso in cui era stato ordinato prete, vi aveva profuso tutto il suo entusiasmo e tutte le sue energie nel tentativo di raddrizzare una situazione gravemente compromessa: riuscendovi soltanto in parte. Elencò le sue opere. Aveva dovuto – disse – ripristinare il campanile, che stava crollando; intervenire con lavori di muratura sia nella chiesa che nella casa del prete; rifare il tetto d'un oratorio di Sant'Anna, ormai pericolante; acquistare paramenti e suppellettili per la chiesa: cosí priva di corredo liturgico, all'atto del suo arrivo, che per molti mesi s'era dovuto sopperire con stoviglie e vasellame di uso profano, se non addirittura con oggetti di cucina. Aveva dovuto sostenere grosse liti davanti alla corte di giustizia di Novara, ed altre ancora ne aveva in corso: contro il conte Caroelli, contro un nobile Ferraro, per diritti di decime mai riscosse. Contro un Fornaro (o Fornari), da *Arcomariano* (Cameriano): per un'acqua di cui gli antenati del Fornaro s'erano appropriati, cambiandole anche corso; sicché la lite, nel presente, appariva fin troppo difficile e costosa perché si potesse sperare di venirne a capo in tempi ragionevoli. Perizie, controperizie: un gran tormento! Aveva avuto, ed aveva tuttora, questioni con molti parrocchiani che rifiutavano di tornare ad assoggettarsi a quel complesso sistema di tributi, di regalie obbligate, di *donatici* legati al *Passio*, alle *Tempora*, alle *Rogazioni*[4] ed alle ricorrenze dei Santi, su cui doveva sostentarsi la cappellania, e il cappellano stesso. In piú, s'era rovinato la salute per combattere balli, carnevali, feste di maggio, feste del raccolto ed altrettali occasioni di peccato; per sradicare magie e superstizioni; per diffondere la parola di Dio tra quei villani della *bassa* che erano – cosí disse dei suoi fedeli don Teresio – «*l'elemento piú duro, e piú tenace, che havvi*[5] *nel mondo*». E gli fossero almeno stati riconoscenti... macché! Tutt'al contrario: lo accusavano di essere fanatico e avaro; lo chiamavano corvo parlante, sanguisuga, *zèccola*: col nome di una bestiolina non piú grande di un'unghia, tutta stomaco, che s'appiccica alle

4 *Passio... Rogazioni*: nomi latini di cerimonie religiose legate all'attività dei campi (semine, raccolti, ecc.).

5 *havvi*: vi sia.

pecore ed anche agli altri animali da cortile, per succhiargli il sangue. Gli avevan fatto trovare un corvo morto sulla porta di casa; e alcuni d'essi, incontrandolo per strada, si toccavano sotto i panni per scongiuro, o incrociavano le dita... Negli ultimi tempi, poi, ci si era messa anche questa Antonia, che stava in casa di Bartolo Nidasio ma a ben vedere era un'*esposta* cioè una figlia del peccato piú sozzo che ci sia, il peccato carnale: a predicare ai villani che per far crescere il grano «*vale piú una carra di letame*» che tutte le preghiere del prete, e che non paghino il *Passio* né le decime, se non sono scritte sull'«*istromento del notaro*» (cioè: sull'atto notarile di proprietà dei terreni). E che come il sole sorge e il sole cala senza bisogno d'alcuno che lo faccia sorgere, o calare, cosí anche l'uomo nasce e muore senza bisogno di preti e d'altri parassiti: perché il prete non lavora, non fa niente; è come il sorcio che rode l'altrui pane, e, se non trova piú pane, «*il sorcio crepa*». Tutte queste cose – disse don Teresio all'inquisitore – ed altre ancora che lui non ardiva riferire per rispetto di chi doveva ascoltarle, erano state dette in pubblico ed udite da molti testimoni, a Zardino e nel circondario: suscitando scandalo, e orrore, in ogni persona timorata di Dio. In quanto poi a questa Antonia che incitava i villani a trasgredire alla legge del Signore, ed ai suoi comandamenti, ed alle sue decime: era quella stessa che alcuni anni prima aveva avuto l'ardire di farsi ritrarre da un pittore improvvisato di Madonne e di Santi, nei panni e con l'aureola della Madonna del Divino Soccorso, in un'edicola votiva ancora esistente e visibile da chiunque entrasse in Zardino dalla parte dei *dossi*, e di Badia: traendone motivo di superbia, e di orgoglio sacrilego. Che in occasione della visita pastorale di monsignor Carlo Bascapè, vescovo di Novara, aveva osato ridere di lui al suo cospetto, in chiesa e durante la sua predica. Che, infine, aveva ballato in piazza con i *lanzi*, quando quei demoni luterani, all'improvviso, s'erano presentati una mattina a Zardino e c'erano poi rimasti per l'intera giornata, *sconcacando* (cioè: sporcando di escrementi) la porta della chiesa, razziando i contadini e compiendo le loro solite infamie. In seguito a quell'episodio – disse don Teresio – lui poi le aveva proibito di accostarsi ai sacramenti, e di entrare in chiesa, finché non fosse tornata da Novara con il perdono del vescovo; sperando, con la solennità di quel castigo, di farla rinsavire. Al contrario, Antonia da allora aveva incominciato a tenere in pubblico e liberamente quel genere di discorsi di cui s'è detto, sostenendo – empia! – che i preti non servono a niente e Dio nemmeno; e che è meglio godersi i propri soldi che darli al prete. La faccenda del *sabba* era venuta in seguito, da sé e senza particolare clamore, ma non c'era da stupirsene: dati i precedenti e le inclinazioni della ragazza, cos'altro poteva fare, una volta adulta, se non, appunto, andare ai *sabba?* Cosí infatti era accaduto. L'estate scorsa – disse don Teresio – Antonia era stata sorpresa piú di una volta, di notte e in mezzo ai campi, dai confratelli di San Rocco che andavano attorno a cercare i *risaroli* fuggiaschi, e riconosciuta per strega; anzi a questo proposito don Teresio spiegò che gli incontri tra la strega e il Diavolo avvenivano abitualmente – secondo quanto se ne diceva in paese – sul *dosso* cosiddetto *dell'albera*, sotto un'*albera* secolare di castagno già tristemente nota, in passato, per i riti diabolici che vi si compivano. Quell'*albera* portava incisa sul tronco una scritta misteriosa, con le lettere in parte rovesciate, che i villani s'ostinavano a leggere *albera dei ricordi* mentre invece chissà cosa significava, e in quale lingua! Il Diavolo – disse don Teresio – che Isidoro di Siviglia chiamò *serpens lubricus*, e San Bernardo *indefessus hostes*[6], s'esprime spesso in lingue morte, e ignote ai piú: come anche attestano Anselmo d'Aosta ed altri autori. (Confinato a Zardino tra i villani, il nostro prete non si sarebbe mai lasciato sfuggire quella rara occasione che gli si presentava, di fare sfoggio della sua dottrina in città). Concludendo quindi la sua testimonianza, e la sua accusa, don Teresio si rivolse al Tribunale del Sant'Uffizio, e personalmente all'inquisitore: che per amor del cielo indagasse sul conto della strega, se già aveva consegnato la sua anima al Diavolo o se ancora potesse indursi ad abiurarlo; e, nel caso l'abiura non fosse stata piú possibile, gli chiese – anzi: lo supplicò – di allontanare quel focolaio di eresia dal suo piccolo gregge di fedeli, che ne aveva tratto non poco turbamento; perché – disse infine citando non so che Padre della Chiesa – «*verba movent, exempla trahunt*» (Le parole smuovono, ma gli esempi addirittura trascinano!)

6 *serpens... hostes*: in latino, «serpente viscido, nemico instancabile». La denuncia di don Teresio, rivelatrice del carattere del personaggio è un capolavoro di meschinità, di rancori e di asserzioni grottesche. L'esito è inappellabile: Antonia appartiene al diavolo, è una strega, e ciò sconvolge la vita di Zardino.

Capitolo ventesimo

I testimoni

Il Sant'Uffizio di Novara convocò Antonia; ma, prima di ascoltare l'imputata, ascoltò, in data 20 aprile, tale «*Agostinus Cuccus filius quondam Simonis*», cioè Agostino Cucchi del fu Simone; e poi, in data 25 aprile, «*Andreas Falcottus filius Ioannis*», Andrea Falcotti di Giovanni, nonché «*Nicolaus Barberius filius quondam Agostini*», Nicolò Barbero del fu Agostino: tutt'e tre residenti nel villaggio di Zardino, tutt'e tre contadini e conduttori di poderi per conto dei proprietari degli stessi, cioè mezzadri. Interrogati separatamente, i convenuti dichiararono di parlare a nome proprio personale ed anche, in via riservatissima, a nome e per delega dei *fratelli cristiani* cioè degli altri membri della confraternita di San Rocco che andando attorno di notte fuori del villaggio avevano sorpreso la strega mentre si recava ai suoi convegni con il Diavolo. Per ben quattro volte – raccontarono – l'avevano inseguita e circondata con le torce, credendola un *risarolo* camuffato da donna: la prima volta l'avevano riportata a casa sua cioè a casa di Bartolo Nidasio, raccomandandogli che la tenesse sotto chiave; poi, quando se l'erano ritrovata davanti, presso il *dosso dell'albera*, le avevano chiesto dove andasse ad incontrarsi, e con chi; l'avevano anche colpita con le fruste e lei, sputandogli contro, gli aveva detto: «Io vado ad incontrarmi col signor mio e nemico vostro, che se lui ora vi apparisse dinnanzi, voi caschereste di cavallo per lo spavento»; la qual frase – dissero – gli era sembrata allora del tutto priva d'importanza, mentre invece significava molto chiaramente che la ragazza andava ad incontrarsi con il Diavolo. Elencarono anche i luoghi degli incontri: tutti compresi tra il borgo e il *dosso* detto *dell'albera*, dove la strada si biforca: da una parte, si va a San Nazzaro di Biandrate, dall'altra, all'argine del fiume Sesia. (Una sola volta – riferirono – l'avevano vista incamminata sulla strada che va al mulino dei

Tre Re, e di lí a Novara). Le date, purtroppo, non le ricordavano: ma Andrea Falcotti fece rilevare che, se non c'erano zingari nei dintorni, e non erano stati segnalati furti di bestiame, i confratelli di San Rocco uscivano, per solito, al tempo della *monda* (pulitura) e del raccolto del riso, cioè da giugno a settembre; e che dunque gli incontri con la strega erano tutti avvenuti in quei mesi lí. Interrogati se avessero visto loro stessi il Diavolo, e come fosse d'aspetto: i contadini stupefatti risposero che no, facendo segni di croce; portavano una croce rossa dipinta sul cappuccio – spiegarono all'inquisitore – per quello scopo specifico, che li preservasse dagli incontri con il Diavolo mentre andavano di notte per i boschi. Il loro compito era di difendere il villaggio dagli spiriti malvagi e dai ladri di animali; in piú, nella stagione dei risi, riportavano i *risaroli* fuggitivi ai legittimi proprietari. Giurarono d'aver detto tutto quello che sapevano, e che era il vero. Verificandosi fatti nuovi sarebbero ritornati; e se ne andarono.

Ai *fratelli cristiani* e al loro zelo fecero seguito le comari, in data 28, 29 e 30 aprile. Oltre all'Agostina Borghesini, di cui già s'è detto e che raccontò la storia di Biagio lo scemo, l'inquisitore Manini ebbe modo di ascoltare in quei giorni un'Angela Ligrina, una Maria pure essa Ligrina, una Francesca Mambaruti e un'Irene Formica: definite, negli atti del processo, «*donne piissime*»; addette – per lo meno, la Maria Ligrina e la Formica – alla raccolta a domicilio delle elemosine per la chiesa, e ad altre opere di misericordia. Opportunamente interrogate dall'inquisitore, le pie donne riferirono, con abbondanza di dettagli, tutte le voci relative ai malefici operati in paese dalla strega: polli morti, bambini afoni, vitelli nati deformi e cosí via. In piú, portarono le prove della presenza del Diavolo a Zardino, e dei suoi incontri con Antonia. I *sabba* – dissero – si facevano regolarmente tutte le settimane, nella notte tra giovedí e venerdí, sul *dosso* detto *dell'albera*: si scorgevano luci e si sentivano strane musiche, ed in paese anche circolavano alcune voci che il Diavolo in forma di caprone fosse stato visto andare in giro camminando e danzando eretto sulle zampe posteriori, mostrando enormi vergogne; e a una comare Flavia Maraschino che era rimasta sola nella vigna, l'anno scorso, una domenica di fine estate al tempo della vendemmia, s'era avvicinato un bellissimo giovane che non si capiva da dove fosse uscito, vestito tutto di velluto come un gran signore, e le aveva chiesto se in paese vi fossero dei neonati maschi: ma appena lei aveva fatto il segno della croce, il giovane s'era dissolto, cosí. (La Maria Ligrina che aveva raccontato l'episodio alzò la mano e si soffiò sul palmo.) E non basta. Una ragazza in età da marito, la Caterina Formica figlia della testimone Angela, essendo andata a fare la fascina sul *dosso dell'albera*, l'inverno scorso un poco prima di Natale, una volta ritornata a casa aveva assistito a un fatto prodigioso e terribile, che le legne e i ramoscelli di cui la fascina era composta s'erano tramutati in serpi, entrando nelle fessure del pavimento e scomparendo: erano Diavoli! Antonia – dissero le comari – andava ai *sabba* e s'accoppiava con il Diavolo, vivendo senza la santa messa e senza la santa confessione al modo stesso come vivono gli animali, o i selvaggi del Nuovo Mondo; e faceva discorsi eretici, ed era eretica, senza nemmeno darsi la pena di nasconderlo; perché avendola un giorno don Teresio redarguita e minacciata d'Inferno in presenza dell'Irene Formica, e della dichiarante Mambaruti Francesca, lei aveva avuto ardire di rispondergli che Inferno e Paradiso sono quaggiú in terra, e che oltre la morte non c'è niente: «*un gnente*[1] *grande come il cielo, et in quel gnente le favole de preti*». Cosí anche si faceva beffe degli innumerevoli tributi, e *apenditij*, e *donatici*, legati all'uso e alle tradizioni, che don Teresio esigeva con assiduità e nelle misure prescritte mandando intorno le comari di cortile in cortile, o andandoci lui medesimo: e qui – piú che il racconto delle pinzochere[2], o l'empietà della strega – l'elemento interessante che viene fuori dagli atti del processo è un sistema d'esazioni[3] capillare e intricatissimo che era l'altra faccia del mestiere del prete – per lo meno: del prete di campagna – in quel primo scorcio del secolo diciassettesimo. Un andare e venire ininterrotti; un trafficare a piú non posso, tenendo d'occhio le anime ma soprattutto tenendo d'occhio i raccolti, ovunque si raccogliesse qualcosa o ci fosse un raccolto da spartire. Non si trattava soltanto di riscuotere le decime, quelle scritte negli atti notarili come ipoteca perpetua, per la chiesa, sul frutto dei terreni; c'era altro: c'erano anche le decime sul non decimato, cioè sul seminato fuori dei campi, o negli orti, o sui frutti degli alberi selvatici; c'erano le *once*[4] d'acqua che la

1 *gnente*: niente.
2 *pinzochere*: bigotte, donne eccessivamente zelanti nelle pratiche religiose.
3 *esazioni*: riscossioni delle imposte.
4 *once*: unità di misura di capacità.

comunità e i privati dovevano dare gratuitamente per l'irrigazione dei terreni della chiesa, e la mano d'opera che i contadini tutti, fossero essi proprietari, mezzadri, *famigli* o *schiavandaj* dovevano prestare, gratuitamente, in determinati periodi dell'anno; c'erano gli *apenditij* (cioè: le aggiunte) di Natale, Pasqua, Epifania, Pentecoste e ricorrenza del Santo Patrono fissati in misura diversa per ogni singolo; ad esempio: chi dava *due gallinazze*, chi *un occa*, chi una damigiana di *vino baragiolo*, che era il vino asprigno che si faceva in questi luoghi; c'erano i *donatici* e le *regalie* per le processioni e per le ricorrenze dei Santi; c'erano l'offerta dell'olio e quella del cero e chissà ancora quant'altre minutaglie che le pinzochere, al processo di Antonia, non menzionarono nemmeno: ma che esistevano e venivano riscosse, in nome di Dio e delle consuetudini. C'erano, infine, il *sacco delle Rogazioni* – che erano quelle particolari processioni con cui il prete faceva il bello e il brutto tempo, invocando il sole o la pioggia – e la *mina del Passio*: due antichi balzelli – in frumento o in riso a seconda dei luoghi – la cui tradizione s'era venuta via via perdendo, nella *bassa*, dopo l'arrivo degli spagnoli. A quel tempo, i preti avevano dovuto rinunciare ad alcuni loro privilegi, per far posto ai nuovi padroni; ma don Teresio, dopo piú di cinquant'anni, era riuscito a compiere il capolavoro di reintrodurre a Zardino le due tasse con regolari atti pubblici d'un tale Ragno, notaio novarese: basandosi su una tradizione che si trovava attestata nei documenti della sua chiesa fino all'anno 1556, e che poi era caduta in disuso senza però essere stata abolita. («*Siasi*[5] *obligato il dominus* – prete – *di Giardino*», dice un rogito del Ragno di quest'anno 1610, «*a dire il Passio ogni anno sopra l'altare maggiore ogni domenica dalla festa di Santa Croce del 3 maggio fino alla festa del 14 settembre, et il popolo per antica consuetudine, idest* – cioè – *ogni padrone di detta terra, o conductore* – mezzadro – *siasi obligato a pagare al dominus o una emina* – mina – *di formento, o una emina di segale non seminando formento, ma segale, e non seminando ne formento ne segale siasi obligato pagare una emina di ceci, lenti, fagioli, lupini e d'ogni altro legume, anche fagioli che si seminano nelle melighe, niuno eccettuato, la quale emina del Passio si paga dal comune montone* – mucchio – *col padrone, come si cava dal inventario del anno 1556*». La prosa è

5 *Siasi*: sia.

contorta, ma il significato è chiaro: qualunque cosa il contadino semini o non semini – dice il Ragno – l'*emina* dovrà pagarla! *Sacchi* e *mine* e *once* sono misure di quell'epoca, e di questi luoghi; e mi scuso se sono uscito dal racconto delle pie donne di Zardino e delle loro testimonianze al processo di Antonia: ma bisognava rendere conto, in qualche modo, d'un sistema d'imposte e di balzelli ossessivo e addirittura micidiale per l'economia della *bassa*, quando a farlo valere e ad applicarlo era un uomo come don Teresio. D'un sistema d'imposte e di balzelli di cui oggi – fortunatamente – s'è perduto il ricordo. E questo è tutto.

Il lunedí successivo, un 3 di maggio, l'inquisitore Manini interrogò quella Teresina Barbero che di Antonia era l'amica inseparabile o quanto meno lo era stata – cosí disse lei stessa – finché Antonia non aveva conosciuto un tale Gasparo, *capo de risaroli* del massaro Serazzi (o forse, Seghezzi: il manoscritto in questo punto è rovinato) d'un paese detto Peltrengo, posto tra Novara e Cameriano. Teresina si era presentata in Tribunale insieme a sua madre Consolata, a cui già aveva incominciato a somigliare nell'aspetto fisico e nel modo di vestirsi, come una goccia d'acqua somiglia a un'altra goccia: entrambe le donne, infatti, erano nere d'occhi e di capelli, con il viso rotondo e il corpo informe, o quasi informe; entrambe vestivano di nero, con abiti di lanetta lunghi fino ai piedi e grandi scialli a coprirgli il capo. La sua testimonianza, se Manini l'avesse presa sul serio, sarebbe forse stata sufficiente a far chiudere il processo di eresia: spiegava tutto, e senza tirare in ballo niente di soprannaturale; in piú, aveva anche il vantaggio di poter essere verificata nelle persone e nei fatti concreti. Purtroppo per Antonia, però, nessun inquisitore del Sant'Uffizio, in nessuna città, avrebbe accettato di considerare come risolutiva, in un processo d'eresia, una verità cosí volgare e grossolana da coincidere con l'evidenza stessa delle cose; e a Novara meno che altrove. Qui, all'epoca in cui si svolse la nostra storia, il Tribunale per la difesa della fede era presieduto da quel frate Gregorio Manini da Gozzano, teologo, di cui piú oltre si parlerà in modo diffuso ma di cui bisogna dire fin d'ora che dubitava sistematicamente, e per principio, di tutto ciò che gli si presentasse con le caratteristiche della chiarezza e dell'evidenza; e che sospettava in ogni cosa troppo semplice un tranello del Diavolo. Parlando con i suoi collaboratori, Manini spesso gli citava un verso del poeta latino Virgilio, alzando il dito e il sopracciglio, gli diceva: «*Perfacilis descensus Averni*», la discesa all'Inferno è la cosa piú facile che ci sia! E commentava: «Cosí è, cari figliuoli! In questo mondo in cui Dio ci ha dato in dono di vivere, l'unica cosa veramente facile è perder l'anima. Tutto il resto è difficile, e oscuro, e complicato: ricordatevene in ogni occasione!» Li esortava a non fermarsi mai alla superficie delle cose, e a dubitare delle apparenze. Distingueva tra la realtà e la verità. «Non tutto ciò che è reale è sempre vero, – amava predicare. – Anzi al contrario: la verità si presenta spesso in forme tali, che gli ignoranti e gli stolti se ne fanno beffe. Oppure anche è nascosta sotto l'apparenza, e vi si arriva per vie tortuose». Citava San Tommaso, nella *Summa theologica*[6] («La verità sta nell'intelletto di Dio principalmente e propriamente, mentre nell'intelletto dell'uomo risiede, sí, propriamente, ma soltanto riflessa; nelle cose, se c'è, c'è di riflesso, e sempre impropriamente») e San Paolo nelle *Epistole* («Voi ora vedete in modo confuso e deformato, attraverso lo specchio delle cose materiali. Soltanto dopo la resurrezione vivrete nella luce»).

Tornando dunque alla testimonianza della nostra Teresina Barbero: la figlia del colono, ormai ventiduenne, raccontò di Antonia che si era innamorata di un *camminante* – chi fossero i *camminanti*, si dirà tra poco – e che anzi se ne era infatuata in modo tale da non essere piú la stessa di prima, né con lei, Teresina, né con i coniugi Nidasio. Durante il giorno, spasimava per vederlo; di notte, poi, scappava di casa calandosi giú dalla finestra lungo il glicine, per andare a incontrarlo fuori del paese, al *dosso dell'albera* oppure anche oltre il mulino dei Tre Re, in un campo verso Novara: dove lui a volte «*si conzava*» (s'adattava) a dormire in un cascinotto vicino alle chiuse d'acqua d'un nobile Cacciapiatti; che lo pagava «*un tanti denari*» (una somma imprecisata) perché facesse la guardia alla sua acqua. La storia con il *camminante* – disse Teresina – era incominciata la primavera precedente, forse a maggio; e poi era proseguita fino alla fine di ottobre, quando i *risaroli* erano ritornati alle loro case e anche questo Gasparo che tutti chiamavano «il Tosetto» se ne era andato a cercare dei nuovi *risaroli*, da portarli a lavorare *nei risi* quest'altr'anno: ma non era finita.

[6] *Summa theologica*: opera del teologo medievale Tommaso d'Aquino (ca. 1225-1274), fondamentale per la Chiesa soprattutto dopo il Concilio di Trento (1545-1563).

Antonia aveva continuato a pensare a Gasparo, e proprio in quei giorni s'aspettava che tornasse; perché Gasparo gliel'aveva promesso e perché la stagione dei *risi* stava per ricominciare. Mai però che lui avesse parlato di sposarla con chi doveva, cioè con Bartolo o con la signora Francesca! Mai che avesse preso un impegno serio nei confronti di Antonia! A questo punto, Manini interruppe la testimone per chiederle se lei personalmente aveva avuto occasione di vederlo, quel *camminante* di cui parlava. «Due volte», rispose Teresina. «E ci hai fatto conversazione? L'hai toccato?» «Nossignore». «Come puoi allora, – domandò l'inquisitore, – essere cosí sicura, come sei, che questo Gasparo o Tosetto o comunque lui si faceva chiamare, non fosse il Diavolo sotto forma di uomo?» Teresina restò perplessa: effettivamente, non ci aveva nemmeno pensato, a quella possibilità! Ma subito si riscosse. Rispose molto a proposito: «Cosa volete che vi dica! Io parlo per ciò che vedo e per ciò che so: se poi le cose in realtà sono diverse da come appaiono, sta a voi scoprirlo, che siete prete, e non a me!» E ancora, nella risposta successiva: «Di questo Gasparo io so solo quello che ho detto, e che è il moroso di Antonia; e se proprio devo aggiungere dell'altro, e dire tutto il mio pensiero in proposito, allora dico che non capisco cosa Antonia abbia potuto trovarci, di piú e di meglio rispetto ai giovani di qui, che invece non le piacciono; forse il fatto che è un po' briccone, o che è straniero; ma circa l'essere Diavolo, e non uomo, quelle due volte che io l'ho incontrato mi è sembrato uomo».

«E che mi dici dei sabba?», la incalzò Manini.

Teresina si strinse nelle spalle. Da piccola, s'è visto, era stata la ragazzetta piú assennata di Zardino: e quel senno doveva essere cresciuto insieme a lei, se dobbiamo giudicare dalle risposte che diede all'inquisitore. «Secondo me, – rispose dopo averci riflettuto, – questa voce che Antonia andava ai sabba è potuta nascere perché lei s'è preso per moroso uno che a Zardino non si conosce: un forestiero, e per giunta camminante! Se il moroso fosse stato un ragazzo di qui, il discorso ora sarebbe un altro, se lui la sposa o se lui non la sposa; storie cosí ce ne sono sempre state in passato, e ce ne saranno ancora; ma che una ragazza andasse al sabba, questa è la prima volta che si sente dire e il motivo vero è che non si conosce il suo moroso».

Il giorno 8 maggio 1610 si presentò davanti all'inquisitore un omiciattolo cosí basso, che di là dal tavolo se ne vedeva solo il viso. Un viso da folletto: una gran fronte prominente, due occhi dilatati, pochi ciuffi di pelo rosso sulla nuca e tutt'attorno alle guance; pochi denti, in una gran bocca vuota. Un tic nervoso, a intervalli irregolari, muoveva la parte destra di quel viso, imprimendovi una sorta di smorfia. Il folletto, che era stato convocato su suggerimento del cappellano don Teresio – come tutti gli altri testimoni sentiti fin lí – disse di chiamarsi *Pirin Panchet* (letteralmente: Pierino Seggiolino). Spiegò: che di primo mestiere faceva il mungitore e andava in giro anche di notte da una stalla all'altra con un seggiolino (*panchet*) legato in vita, in modo tale che gli bastava abbassarsi per restar seduto; il suo soprannome era nato cosí. Un cognome vero e proprio non l'aveva mai avuto. Di secondo mestiere faceva il sagrestano: suonava le campane, passava la ramazza in chiesa, raccoglieva le elemosine durante le messe. Zardino – disse – non aveva segreti per lui, ma anche dei paesi vicini era bene informato: chiedessero ciò che volevano sentir dire e Pirin Panchet gliel'avrebbe detto. Volevano sentire della strega? Benissimo. Lui lo sapeva da due anni che Antonia era una strega e quando diceva strega – l'inquisitore gli aveva chiesto che significato attribuisse a quella parola – voleva intendere una donna che va ai *sabba* e fa morire i bambini maschi, che diamine! Ne aveva già viste delle altre, di streghe, a Zardino e attorno; era stato ai loro *sabba* ma senza parteciparvi: cosí, per curiosità. Chi conosceva Pirin Panchet sapeva che lui aveva una caratteristica unica al mondo: non dormiva mai! Non aveva mai dormito in vita sua! Andava in giro ventiquattr'ore su ventiquattro col seggiolino attaccato al culo e una notte per passare il tempo era arrivato al *dosso dell'albera* e si era seduto dietro un cespuglio, per vedere il *sabba*. Sissignore: si era seduto sul *panchet*! Quando ciò fosse accaduto lui al momento non se lo ricordava ma bastava chiederlo alla Luigia Cerruti, perché quella era la notte stessa che le era morto il bambino in culla: «Morto soffocato», s'era poi detto. Col cavolo! Lo sapeva lui, Pirin, chi l'aveva soffocato! I fatti s'erano svolti cosí: quando Pirin era arrivato in cima al *dosso dell'albera* c'erano tre donne, l'Antonia e altre due molto piú vecchie di lei che dovevano essere venute da lontano, perché lui non le aveva mai viste. C'era acceso un grande fuoco sotto l'*albera*; ballando attorno al fuoco, le donne s'erano denudate. A questo punto era comparso il Diavolo e tutt'e tre, cominciando da Antonia, s'erano inginocchiate per baciargli il culo. Come fosse fatto il Diavolo lui, Pirin, poteva dirlo con molta precisione – l'inquisitore gli aveva appunto chiesto di descriverlo – avendolo già visto in altre circostanze. «Il Diavolo, – spiegò Pirin Panchet, – è in tutto simile a un uomo, grande e magro e nero di capelli e di pelo; non ha corna, o, se le ha, le ha fatte cosí piccole che non escono fuori dei capelli; ha cosce arcuate in avanti e gambe e zoccoli come quelli di un caprone; c'è chi dice che abbia la coda: io non l'ho vista. Ho visto invece le Vergogne del Diavolo (nel manoscritto entrambe le parole hanno l'iniziale maiuscola): grandi piú del normale e di colore Pavonazzo». Servendosi di quelle Vergogne, il Diavolo s'era poi accoppiato con tutt'e tre le donne, secondo il rituale del *sabba*; ma prima che ciò accadesse le donne gli avevano offerto, passandoselo di mano l'una con l'altra, un bambino da poco nato, che piangeva: lui l'aveva toccato in fronte, e poi sul cuore, e il bambino immediatamente s'era irrigidito, esalando l'anima. A quei fatti terribili, e prodigiosi, il nominato Pirin detto Panchet dichiarava di aver assistito l'autunno precedente, in una notte che non sapeva precisare ma comunque del mese di ottobre: «Affermando con solenne giuramento di avere detto il vero, niente aggiungendo e niente ritenendo[7]». In fondo a questo foglio, e a tutti gli altri fogli del registro, c'è poi scritto come suggello «Lode a Dio» («*Laus Deo*»), oppure: «Sia benedetto il nome del Signore» («*Sit Nomen Domini benedictum*»).

[7] *niente... niente ritenendo*: senza aggiungere né togliere nulla; questa deposizione ha un carattere del tutto grottesco, poiché il testimone è inattendibile, in quanto legato da un rapporto di dipendenza con il denunciante principale, cioè don Teresio. Ciò che avvalora queste accuse insensate è la semplice frase trascritta in fondo a ogni foglio «Lode a Dio» che dà l'impressione di porre gli accusatori dalla parte del giusto.

Capitolo ventunesimo

La sposa

Antonia comparve per la prima volta davanti all'inquisitore il 14 maggio, un venerdí: con notevole ritardo rispetto al *precetto* – cioè alla convocazione del Tribunale – perché Bartolo per molti giorni non aveva voluto saperne di attaccare il carro e di portarla a Novara «soltanto per i preti». (Gridava in mezzo al cortile: «Che si credono? Di poter far andare il mondo come vogliono loro? Io non ho tempo per loro! Devo pensare alle mie semine!») Infine, aveva ceduto alle insistenze della signora Francesca. C'era il mercato delle sementi a Borgo San Gaudenzio e lui ne avrebbe approfittato per accompagnare a Novara le due donne senza rinunciare ai suoi principî: in città apposta per i preti – continuava a ripetere – non ci sarebbe mai andato! Mai e poi mai! S'arrangiassero loro a mandarla a prendere, l'Antonia, se volevano interrogarla e giudicarla: lui aveva altro da fare e da pensare! Continuava a imprecare mentre portava il cavallo fuori della stalla, mentre lo attaccava alle stanghe del carro. Ribadiva il concetto appena espresso: lui non voleva impicciarsi, a nessun costo! Accompagnava sua moglie e la ragazza fino al Borgo San Gaudenzio e le lasciava lí. Se la vedessero poi loro, con i preti; tanto lui Bartolo lo sapeva dalla nascita cosa vuole dai contadini quella gente, quando si occupa di loro: «Vogliono soldi! Ancora soldi! Sempre soldi! Qualunque cosa s'inventino è per quello, e anche stavolta ci riusciranno a cavare il latte dal toro – cioè: a ottenere da me l'impossibile – ma non pretendano che io li aiuti! No e poi no!» Le due donne, impegnate a vestirsi, tardavano a scendere e Bartolo, che d'abitudine non gridava quasi mai, si mise a urlare: «Francesca! Antonia! Vi sbrigate?»

«Se non scendete entro un minuto, vado via da solo!»

Partirono sotto un cielo grigio come i loro pensieri. Antonia indossava il costume dei paesi della *bassa* del Sesia: una gonna nera che le arrivava fino alle caviglie, un corpetto in panno ricamato a colori vivaci, una camicia bianca con i polsi in pizzo e uno scialle nero lavorato all'uncinetto che le copriva le spalle. Ai piedi, aveva i *suclòn*, le grandi zoccole di legno delle contadine. Era molto bella. La signora Francesca aveva voluto raccoglierle i capelli sulla nuca e le aveva messo in testa quel diadema di spilloni – l'*argento* – ch'era il segno distintivo delle *spose*, cioè delle ragazze da marito, con la dote fatta e il corredo già pronto. Lei, a dire il vero, avrebbe preferito rimanere con i capelli sciolti o tenerli raccolti in un fazzoletto, come faceva sempre; ma Francesca era stata irremovibile. «So come vanno queste cose, – aveva detto. – Le gran chiacchiere che hanno fatto le comari, l'invidia che le rode e che rode le loro figlie. Cosa sono andate a raccontare a don Teresio perché ti denunciasse. Una ragione in piú, per mostrargli che sei una sposa!»: e l'aveva fatta alzare prima dell'alba, l'aveva preparata come se davvero avesse dovuto andare a sposarsi[1]...

Il viaggio fino a Novara fu monotono; e sarebbe stato anche silenzioso se la signora Francesca non avesse continuato, per tutta la durata del tragitto, a parlare con Antonia, asciugandosi gli occhi con un fazzolettino ricamato che si passava da una mano all'altra; a farle raccomandazioni. «Devi mostrarti rispettosa con chi ti interroga, – le diceva. – Tenere gli occhi rivolti verso terra, da ragazza timorata di Dio, e dargli sempre ragione: messer sí, o, meglio ancora, eccellenza sí; quando poi ti accuseranno di essere una strega e di avere fatto quello che gli hanno detto le comari, tu nega ma con buona grazia, quasi scusandoti: messer no, eccellenza no, io non avrei mai fatto questa cosa per tutto l'oro del mondo. Mi dispiace, ma vossignoria è stata male informata... Se proprio dovrai ammettere qualcosa, di' che hai agito d'impulso e sconsideratamente, come fanno i giovani; e che subito dopo te ne sei penti-

1 *andare a sposarsi*: la descrizione dell'abbigliamento di Antonia richiama alla mente quella dell'abito da sposa di Lucia: «I neri e giovanili capelli, spartiti sopra la fronte, con una bianca e sottile dirizzatura, si ravvolgevan, dietro al capo, in cerchi molteplici di trecce, trapassate da lunghi spilli d'argento, che si dividevano all'intorno, quasi a guisa de' raggi d'un'aureola, come ancora usano le contadine del Milanese» (*Promessi sposi*, capitolo II). Tuttavia, mentre la descrizione manzoniana è volta a dare il segno dell'armonia e della compiutezza, su cui si abbatte un caso assolutamente imprevisto, la narrazione di Vassalli lascia trasparire una tensione vivissima, sintetizzata dalla frase «come se davvero avesse dovuto andare a sposarsi...», seguita dai puntini di sospensione, come per indicare un sogno irrimediabilmente perduto.

ta». Circa la questione delle scappatelle notturne, e degli incontri con i *fratelli cristiani* che, per ciò che se ne sapeva, erano la base dell'accusa: Antonia – disse la signora Francesca – avrebbe dovuto anzitutto decidersi a parlare e a confidarsi con lei; perché, se l'uomo con cui s'incontrava era già sposato, non valeva la pena di affrontare il Sant'Uffizio, e di essere processata come strega, per difenderne il nome e la reputazione; se non era sposato, le cose s'aggiustavano. Anche se fosse stato un *camminante* come dicevano le figlie dei Barbero, o addirittura uno zingaro: bastava che sapesse qual era il suo dovere, e che avesse salute, e voglia di lavorare; nessuno, in casa Nidasio, aveva mai sofferto la fame, ringraziando il cielo! Doveva fare una sola cosa: sposarla, di questo non si discuteva nemmeno; subito, perché altrimenti sarebbe stato un gran furfante, senza onore e senza un briciolo di dignità; un uomo indegno di stare al mondo, e di chiamarsi uomo; ma lei Francesca si rifiutava di credere che una ragazza come la sua Antonia avesse potuto innamorarsi di un individuo di quel genere... Mentre la signora Francesca parlava, Antonia stava zitta: guardava giú, la strada piena di pozzanghere e gli alberi che vi si riflettevano; le risaie, gonfie di nuvole e grigie come il cielo. Anche Bartolo, a cassetta, sembrava estraneo a quei discorsi, assorto nei suoi pensieri e nel suo dialogo con il cavallo; un dialogo – o, per meglio dire: un monologo – irto di suoni intrascrivibili e intraducibili. Di tanto in tanto alzava gli occhi verso il cielo, brontolava: «La terra è asciutta, e noi continuiamo a bagnarci!» Si lamentava della siccità, delle stagioni, delle annate sempre piú magre... Il carro dietro era pieno di *cavagne* per le piantine di riso che Bartolo andava ad acquistare a Novara e questa coincidenza dei trapianti e delle semine gli aveva fatto tornare alla memoria un altro viaggio d'un altro giorno di primavera, dieci anni prima: quando lui e Francesca stavano tutt'e due seduti a cassetta e sul carro, in mezzo ai sacchi di sementi, c'era quella ragazzina tutta occhi, con la testa rapata... Quante cose erano poi successe, da quel giorno! Fosse suggestione del maltempo, o di quei ricordi, sembrò a Bartolo che un ciclo intero della sua vita si stesse chiudendo, e che le gocce che gli scorrevano sulle guance e andavano a perdersi nel grigio della barba fossero lacrime. Ma sí! Un omaccione come lui non poteva mica mettersi a piangere per strada, e allora ci pensava la pioggia. Pioveva, a tratti, con raffiche di vento; tanto che Bartolo, dopo un paio di miglia, aveva dovuto coprire il carro con un telo per riparare le donne e le *cavagne*, e s'era anche buttato addosso una mantella impermeabile che da giovane non avrebbe mai usato – lui, allora, amava sfidare le intemperie, perché pensava di essere piú forte di loro! – e adesso invece teneva sempre a portata di mano, piegata sotto il seggiolino di cassetta: per via di certi dolori che lo tormentavano, soprattutto d'inverno, e che erano portati dall'umidità. Poi però il cielo s'era schiarito. Al guado dell'Agogna non pioveva piú, e le nuvole si diradavano, s'aprivano, mostravano squarci d'azzurro. A Borgo San Gaudenzio la strada era asciutta e la gente era tutta fuori: lí, di pioggia, non ne era venuta giú nemmeno una goccia. I nostri viaggiatori smontarono all'Osteria del Falcone e subito si divisero: Bartolo andò dove si contrattavano le sementi e le due donne proseguirono verso Novara, camminando di buon passo perché ormai il sole era alto e c'era ancora un bel tratto di strada da percorrere, per arrivare al Tribunale. Bisognava sbrigarsi!

Porta San Gaudenzio, in un giorno di mercato, era un luogo pieno di traffici, di gente, di discorsi, di grida; c'era ressa di contadini e di venditori ambulanti con muli e asini e carretti carichi di merci che i soldati del presidio, una volta dentro, si divertivano a mettergli sottosopra – nonostante il dazio fosse già stato pagato – rovistandoci con tutt'e due le mani, gridandosi l'un l'altro: «Mira, mira!» («Guarda, guarda!») «Vayas unas cosas que tiene este birbon!» («Guarda un po' cos'ha qui questo furfante!») «Pan del dia! Vino tinto! Pescado fresco!» («Pane fresco! Vino rosso! Pesce!») Se il malcapitato non era svelto a allungare una moneta, o se la moneta veniva giudicata insufficiente, tutta la mercanzia finiva per terra, in mezzo al fango e agli escrementi dei muli. «Qué es esto?», dicevano i soldati. Si passavano di mano in mano la moneta, fingendo di scandalizzarsi perché s'era cercato di corromperli. «Qué diablo es esto? sus, sus !» («Che diavolo è mai questo? andate via!») A volte però erano soddisfatti e lo dimostravano alla loro maniera, rumorosamente; battendo sulla schiena del malcapitato certe manate da lasciarlo tramortito, o stringendogli una guancia tra due dita, come si fa coi bambini piccoli. «Vaya con Dios!», gli gridavano. («Vai con Dio!») «Dios te ha hecho una gran merced en topar conmigo!» («Dio ha voluto favorirti, facendoti incontrare proprio me!»)

Francesca e Antonia non avevano né borse né bagagli e riuscirono a passare senza essere molestate; Antonia s'era anche coperta il viso con lo scialle, tenendolo alzato in un certo modo, che i soldati non le prestarono attenzione. Oltre la Porta San Gaudenzio c'era la via carrabile – la via *granda*, acciottolata e lastricata nel mezzo – e le nostre donne proseguirono per quella, verso la piazza del Duomo. Sopra le loro teste, in mezzo ai tetti, le nuvole finalmente s'erano aperte e un solicello malato, un po' velato, si rifletteva nei vetri dei palazzi, accendeva i colori degli intonaci, il rosso vivo dei mattoni e dei fregi in terracotta, gli smalti delle Madonne e delle altre immagini devote nelle nicchie dei muri. C'era molta gente per strada, e anche molta animazione. Gli artigiani manovravano con forza le ramazze davanti alle loro botteghe, o istruivano i garzoni, o riattaccavano le insegne; i venditori di verdura, o di pesce, o d'altre mercanzie, gridavano la loro merce. Di quella Novara dei primi anni del Seicento tre cose forse colpirebbero un visitatore d'oggi, se mai una simile visita potesse compiersi: l'affollamento, il rumore e gli escrementi. Nonostante i palazzi signorili vi fossero numerosi, con i loro saloni vuoti e i loro spazi disabitati, e cosí pure le chiese, l'affollamento fuori di quegli spazi era quello d'un formicaio: strade strette come cunicoli, porte e finestre piuttosto piccole, stanze piccole in proporzione o ancora di piú, scale esterne che s'inerpicavano sui muri, balconcini, abbaini e dappertutto c'era gente che s'affacciava, che dormiva, che gridava, che rassettava o stendeva panni, che spiumava polli, che accudiva bambini, che mangiava, che si parlava da una casa all'altra... Il rumore prodotto da una tale moltitudine era poi qualcosa di cui s'è persa la memoria, in un mondo rintronato da rumori meccanici, vibrazioni, scoppi, suoni registrati: è quasi impossibile, per un uomo d'oggi, rendersi conto di quanto una simile città potesse invece imprecare, fischiare, urlare, tossire, cantare, singhiozzare, ragliare, bisbigliare, piangere, bestemmiare, abbaiare, ridere... Infine, c'erano gli escrementi. Che le città di oggi nascondono nelle viscere delle fogne e che allora invece erano sotto gli occhi e sotto il naso di tutti, sulle strade e in ogni spazio pubblico: escrementi di mulo, di cavallo, d'asino, di cane, ma soprattutto escrementi umani piovuti giú dalle finestre oppure anche fatti sul momento e sul posto, da chi andando per strada s'era sentito cogliere da un'improvvisa necessità di farli. Con le grandi piogge, poi, in autunno e in primavera, la città, due volte all'anno, ritornava pulita; ma era una pulizia che durava poco. Tornando a Antonia, e a Francesca: dopo percorso un tratto di via *granda* le nostre donne arrivarono in piazza Duomo, *la piazza* per antonomasia; l'attraversarono; passarono sotto la Ministeria dei Poveri, piú nota al volgo come *minestreria* perché, in tempi di calamità, vi si dava da mangiare ai senza cibo; proseguirono per le *contrade* dietro la Canonica, puzzolenti e strette; arrivarono infine alla piazzetta di san Quirico: che era la meta del loro viaggio, e il quartiere generale dell'Inquisizione novarese. Vi si affacciavano infatti da una parte la chiesa di San Pietro Martire, allora ancora in via di costruzione, e il convento dei Domenicani; dall'altra, il Tribunale del Sant'Uffizio. Piazza San Quirico era pulita e silenziosa, molto piú pulita e silenziosa di tutte le strade e le piazze che la signora Francesca e Antonia avevano attraversato per giungere fin lí, e assolutamente deserta; anche un cane che raspava in un angolo, quando vide arrivare le due donne, gli abbaiò contro e scappò via. Il Tribunale del Sant'Uffizio era un palazzetto di due piani, con un portico che s'affacciava sulla piazza; sotto il portico, una statua in marmo bianco rappresentava San Pietro; a fianco dell'ingresso, una lapide dello stesso marmo ricordava ai viandanti che tutto ciò che si vedeva lí attorno – il palazzetto, la statua, il convento e il cantiere della chiesa – era stato voluto da fra' Domenico Buelli, domenicano, professore di teologia e inquisitore in Novara; che vi aveva anche fatto porre quella lapide, correndo l'anno del Signore 1585. Avvicinandosi al portone in legno scuro, con due leoni di bronzo per battenti, Antonia ebbe paura: si fermò; allora la signora Francesca, che la teneva per un braccio, la rincuorò e la sospinse. «Su, su, – le disse, – coraggio! Ormai ci siamo: non possiamo mica ritornare indietro! Prima entriamo e prima usciamo: non aver paura!» Bussarono. Venne ad aprire un giovanottone barbuto, dagli occhi strabici, a cui Francesca tentò di spiegare, due o tre volte perché aveva la sensazione che il giovanotto non capisse ciò che lei diceva, chi erano e cosa volevano. Lui la guardava come guardano gli strabici, da un'altra parte; infine, dopo averla lasciata parlare per un po', le fece cenno che aspettasse e le voltò le spalle. Arrivò un frate con la testa rasata, magro e ossuto, sui cinquant'anni; costui era quel «*dominus frater Michael Prinetti, cancellarius*», cioè «prete e frate Michele Prinetti, cancelliere», che avrebbe poi compilato il registro dei verbali del processo di Antonia, scrivendo in calce a ogni foglio le lodi a Dio. Prese Antonia per un braccio, le disse: «Cosí, tu sei l'Antonia di Zardino! Ti aspettavamo dal mese scorso»; spingendola verso una porta sovrastata da una croce. La signora Francesca fece l'atto di seguirli ma il domenicano le indicò una panca: «Tu stai lí!»

Antonia era terrorizzata. Si diceva: «Chissà adesso cosa succede! Che mi fanno!»; invece, non successe niente. Dopo un'attesa che le sembrò lunghissima, sola in uno stanzino con un inginocchiatoio nel mezzo e un grande quadro della flagellazione di Cristo sulla parete di fronte, fu accompagnata al piano di sopra dallo stesso giovanotto strabico che era venuto ad aprire la porta quando lei e la signora Francesca avevano bussato e che ora, con la scusa di guidarla, la toccava qua e là, in un certo modo tra sfrontato e maldestro. («Questa, poi...», pensò la ragazza: e si scostò il piú possibile). Salita una scala e attraversato un atrio, entrarono in uno stanzone con dei banchi di chiesa disposti tutt'attorno alle pareti, e nel centro una cattedra dov'erano seduti due domenicani: il cancelliere Prinetti, di cui già s'è detto, e l'inquisitore Manini. Quello stanzone era la camera del consiglio, dove il Tribunale si riuniva per emettere le sue sentenze e dove anche Antonia sarebbe stata giudicata: non serviva, di solito, ad interrogare gli indiziati o i testimoni dei processi, che venivano invece sentiti al pianoterra in un apposito locale, attrezzato anche per la tortura degli eretici; ma, per qualche ragione a noi ora ignota, il primo interrogatorio di Antonia si svolse proprio lí.

«Avvicinati», le disse l'inquisitore. E poi, quando l'ebbe davanti, le rivolse una prima domanda a cui Antonia non seppe rispondere: non per paura, o perché quella domanda fosse particolarmente imbarazzante, o difficile; ma perché non era certa di aver capito bene ciò che il frate le aveva chiesto. Guardava il viso e le labbra di Manini e si domandava, angosciata: «Ho capito bene?» A tutti, sulle prime, succedeva cosí. Manini infatti parlava *in lingua*, anziché in dialetto, e parlava come ancora oggi parlano molti attori di teatro, seguendo l'uso toscano e le regole della buona pronuncia della lingua italiana: che non fu mai quella della valle del Po, e tanto meno quella della *bassa*. Modulava i toni per rafforzare le parole, le accompagnava col gesto: spalancava gli occhi in viso alla persona cui si rivolgeva, muovendo le lunghe mani affusolate in un certo qual modo, che i villani rimanevano incantati a guardarlo... Anche la nostra Antonia, sulle prime, restò davanti all'inquisitore come il coniglio davanti al serpente: lo fissava, e non riusciva a rispondere. Poi però incominciò ad avere certezza di alcune parole, e alcune altre gliele tradusse il cancelliere Prinetti, che in questo genere di interrogatori e di colloqui svolgeva spesso anche le funzioni di interprete. Incominciò a rispondere. Negò con forza d'essere una strega, e d'essersi mai incontrata col Diavolo nel cosiddetto *sabba*: non sapeva nemmeno cosa fosse, quello che tutti chiamavano il *sabba*! Dei tre mezzadri che l'accusavano disse che uno, l'Agostino Cucchi, era nemico del suo affidatario Bartolo Nidasio per una lite d'acqua che durava da sempre, tra i Nidasio e i Cucchi; mentre il Falcotto e il Barbero erano soltanto due sudicioni che l'avevano piú volte molestata per strada e nei campi, promettendole anche di darle «*assai denari*», se avesse accettato d'appartarsi con loro; e che il Barbero specialmente lo sapevano tutti, a Zardino e dintorni, che era «*huomo di bassa voglia*», un vero porco: e che s'era incapricciato di lei, come già in precedenza di tante altre. Ammise d'essere stata sorpresa fuori del paese, di notte, da quelli della confraternita di San Rocco e di non averli potuti evitare in alcun modo «*per cio che loro andavano a cavallo, et io a piede*»; ammise anche che si stava dirigendo nel buio verso il *dosso dell'albera* e che ci andava per incontrare un suo *moroso*, di nascosto da tutti: rifiutandosi però con molta ostinazione di dire chi fosse e da dove mai venisse fuori questo *moroso*, che nessuno conosceva. Richiesta dall'inquisitore se credeva in Dio, rispose: «*Messere sí, che io ci credo*»; richiesta di specificare in che Dio credeva, rispose che le avevano insegnato a credere «*in Dio Patre, et in Dio Figlio, et in Dio Spiritus Sanctus, amen*»: facendosi anche il segno di croce in modo tale, che se la signora Francesca avesse potuto vederla, ne sarebbe rimasta contenta e consolata. La preoccupazione della povera donna, giú nell'atrio, era che Antonia si lasciasse trasportare dal temperamento: che dicesse all'inquisitore, chiaro e tondo, ciò che pensava di don Teresio e dei preti in genere. Invece Antonia, in quel primo interrogatorio, si comportò con saggezza e secondo le raccomandazioni che le erano state fatte. Quando Manini le chiese se ammetteva di aver dato pubblico scandalo ridendo durante la predica di sua signoria reverendissima, monsignor Carlo Bascapè vescovo di Novara: lei gli rispose di non ricordarsi in alcun modo d'aver riso in quella circostanza. Se ciò era accaduto – disse – certamente non era stato per il vescovo, ma per qualcosa che doveva essersi verificato proprio allora: un'inezia, forse la parola di un'amica; i giovani, si sa, ridono per niente! Anche a proposito del ballo con i *lanzi* rispose che ci si era trovata all'improvviso, senza averne piena coscienza e senza nemmeno sapere chi fossero i *lanzi*; che l'incontro era durato «*il tempo di un Pater noster*» (un paio di minuti) e non di piú; e che nulla ne era seguito. Infine, delle frasi riferite da don Teresio sull'inutilità dei preti, disse che erano cattiverie di comari, che facevano chiacchiere nelle stalle d'inverno e poi andavano a raccontarle al prete; e che lei si era sempre confessata e comunicata ogni anno a Pasqua, fuorché nell'anno trascorso per esserne stata impedita da «*pré Teresio*»; e che tutto ciò che aveva dichiarato era verità.

Mentre Antonia rispondeva alle domande dell'inquisitore, la signora Francesca, al pianoterra, aveva cercato di applicarsi a un suo lavoro di cucito che s'era portata per passare il tempo; ma era venuto a sedersi accanto a lei uno sconosciuto, calvo e basso e scuro di pelle e con un viso da mariuolo che proprio non si capiva cosa ci stesse a fare, in un Tribunale religioso, un uomo cosí! Costui aveva detto di chiamarsi Taddeo e si era comportato come se lui, lí al Tribunale dell'Inquisizione, fosse stato il padrone di casa: si era informato di lei senza tanti preamboli («Chi era? Da dove veniva? Che ci faceva, al Sant'Uffizio di Novara?») e poi anche aveva cominciato a tenerle certi discorsi che non stavano né in cielo né in terra, per esempio le aveva detto che lui era il *creato*, cioè il pupillo dell'inquisitore; che l'inquisitore non ascoltava altri che lui, e, in pratica, faceva tutto quello che lui gli diceva di fare; che una sua parola pronunciata a tempo e luogo, lí dentro, poteva cambiare il destino di una persona, da cosí a cosí. (Quest'ultima frase s'era accompagnata con il gesto, dal dorso al palmo della mano). Francesca era rimasta zitta, cercando di concentrarsi nel suo lavoro ma quello strano seccatore non aveva accennato a lasciarla in pace: al contrario, si avvicinava sempre piú; si faceva sempre piú sfrontato. Le aveva chiesto – standole cosí vicino che si sentiva l'alito: e non profumava certo di violette, o d'acquarosa! – se nella cascina dei Nidasio s'allevavano capponi; se erano grossi; se vi si facevano salami; se vi si produceva il vino. Che vino era: vino asprigno o vino buono? Poi, s'era atteggiato ad amico e protettore, le aveva promesso cose incredibili («Vedrò, – le aveva detto con sussiego, – cosa si può fare per vostra figlia, per tirarla fuori da questo guaio in cui è andata a cacciarsi!»); e finalmente, proprio un minuto prima che Antonia ritornasse giú e che le due donne si ritrovassero fuori del Tribunale, nuovamente libere tra le piazzette e i vicoli della vecchia Novara, le aveva fatto quella proposta grossolana che la signora Francesca s'aspettava fin dal primo momento. («Voi mi piacete, signora! – le aveva detto. – Se tornerete a trovarmi nei prossimi giorni, vi darò notizie di come è andato l'interrogatorio di vostra figlia!» Le aveva messo una mano su un ginocchio e lei era sobbalzata: «Cosa state facendo? Siete diventato matto?»)

Capitolo ventiduesimo

Il camminante

Del *moroso* di Antonia, tale Gasparo, s'è già detto che fu un *camminante* e a questo proposito non esistono dubbi: per quanto Antonia si sia poi rifiutata fino all'ultimo momento di farne il nome, e di coinvolgerlo nella sua rovina, la storia è chiara. S'erano conosciuti un anno prima del processo, nella primavera del 1609: quando lei aveva soltanto diciannove anni e Gasparo invece ne aveva parecchi di piú, forse una trentina, forse meno, chissà! Non è mai esistita un'anagrafe dei *camminanti*. Si erano amati subito; ma prima ancora di raccontare il loro amore, cosí breve e fuggevole come si vedrà: bisogna che io dica qualcosa di questi uomini di cui nella *bassa* si parlò per secoli, e di cui oggi non si parla piú per il semplice fatto che non esistono piú. Liquidarli con una parola: «vagabondi», non sarebbe giusto. Il *camminante* fu una presenza specifica di questa parte di pianura e di mondo, un personaggio, come dire?, storico: che però rimase sempre nella parte in ombra della storia, tutto chiuso nel suo presente, nel suo io, nel suo cupo volere di appagamenti elementari; e sarebbe anche riuscito a scomparire dalla memoria degli uomini se uno scrittore novarese vissuto tra Ottocento e Novecento, il Massara, non ci avesse dato un'ultima, struggente testimonianza di quel «*tipo singolare ed enigmatico della nostra campagna, che il pittoresco e preciso gergo paesano illumina col vocabolo di camminante*». Andando indietro nel tempo, e scavando nella memoria collettiva: perché gli ultimi *camminanti*, i *camminanti* contemporanei del Massara, nell'estremo tentativo di difendersi e di difendere il loro modo di vita contro l'avanzare del progresso, dell'elettricità, delle strade ferrate e dell'istruzione obbligatoria si erano poi trasformati in delinquenti e banditi: come quel tale soprannominato il *Biundin*, o quell'altro detto il *Moret*, che movimentarono a lungo le cronache della *bassa* ed assursero agli onori della stampa nazionale per conflitti a fuoco tra le risaie e nei pagliai con gli uomini della *Giuvana* (polizia); negli anni stessi, piú o meno, che i fratelli Wright compivano i loro primi esperimenti di volo con aeroplani a motore, e che Albert Einstein elaborava la teoria della relatività. Ma i *camminanti*, quelli veri, non erano banditi; e il Massara ce li ricorda in alcune sue pagine tra ispirate e commosse, che ne sono insieme l'epitaffio e l'epopea. «*Questi anarchici della campagna*, – scrisse il Massara, – *hanno perduto, allo stesso modo delle fiere nate nei serragli, gli istinti sanguinari, conservando ciò che pare piú indomabile e indistruttibile: l'odio ad ogni servitú. E nel fondo scuro di quelle anime brute si vede pur brillare un riflesso di poesia selvaggia, come sulle acque dei putridi stagni si specchia talvolta un lembo di cielo stellato*».

«*Donde vengono e dove vanno? È un mistero per tutti ed anche per loro. Qualche volta, tuttavia, anche la vita colle sue piú grossolane lusinghe li attrae; ed allora compaiono improvvisamente in qualche osteria di villaggio, gozzovigliano, cantano allegramente, ballano magari colle compiacenti paesanelle, sprecano quel denaro che sdegnano di possedere, essi che comandano a quelli che lo posseggono*[1]*... E poiché questi camminanti osano sfidare la forza pubblica, che essi chiamano, forse come vecchia amante delusa, la Giuvana, e scorrazzano per i campi ed impongono condizioni ai proprietari ed ai fittavoli, per un desiderio rabbioso di vita libera, per un sentimento d'orgogliosa fierezza, è naturale che il popolo delle campagne, pur temendoli, li ammiri e che ammirandoli li aiuti*».

«*Camminano, camminano, di rado per le strade maestre, spesso per i sentieri, ma per lo piú, per un singolare simbolismo delle cose, fuori da ogni via calpestata dal servil gregge umano, dietro certe tracce misteriose seguite dal loro capriccio, cui fanno da pietre miliari gli argini delle risaie, i filari dei pioppi, i salici delle bealere*[2]*, le chiuse dei canali. Camminano, camminano, sotto il solleone ardente che matura le messi, o sulla neve gelata e scricchiolante che copre i seminati, e dopo aver riposato qua e là all'ombra dei gelsi nell'afa meridiana, al lume delle stelle e tra lo stridio dei grilli nelle tepide notti estive, sul fienile di solitari cascinali la maggior parte delle altre, ed aver chiesto e ottenuto di*

[1] *comandano... posseggono*: dal momento che a volte rapinano i ricchi di campagna. [2] *bealere*: termine locale oggi caduto in disuso, il cui significato non è certo; forse indica zone ricche di acquitrini.

che sfamarsi col frutto di quella terra di cui si sentono non servi ma padroni, camminano ancora».

Gasparo Bosi, piú noto tra i *camminanti* della *bassa* col soprannome di Tosetto, s'incontrò per la prima volta con Antonia a quella stessa Fonte di Badia dove un tempo c'erano state *le Madri* e dov'era ancora scolpita nella pietra la ricetta dell'uomo, che è un impasto di «suoni e lacrime, polvere e acqua» mescolati tra loro: ed era, per ciò che si riferisce all'aspetto fisico, piuttosto basso di statura, biondiccio, con gli occhi grigi tra le fessure delle palpebre e una faccia rotonda, da briccone, senza barba né baffi. Vestiva, come tutti i *farinelli* dell'epoca, con abiti appariscenti e volgari: grandi maniche a bande gialle e nere, farsetto giallo, *brache* aderentissime per evidenziare ciò che oggi si chiamerebbe il *bozzo* e allora invece si chiamava *la bottega*; portava appesi alla cintura un coltellaccio e un *pistolese*; in testa, un cappello piumato completava l'insieme. Come tutti i *camminanti* di quell'epoca, e delle epoche precedenti e successive, era un personaggio da romanzo, anzi: un romanzo, che andava attorno per il mondo sui suoi piedi, e che nessuno, allora, si sarebbe sognato di scrivere. (Avevano altro per la testa, nel Seicento, gli scrittori italiani! Cose grandi; o, se anche si occupavano di minuzie, le ingrandivano con gli apparati mitologici: l'Elicona, il Parnaso, il Monte Cillene furono i monti su cui piú amarono aggirarsi, prima di scendere nei verdi pascoli d'Arcadia[3]; Apollo e le altre divinità greche e romane erano, per loro, interlocutori abituali; ma quale Dio antico o moderno avrebbe potuto far assurgere i *camminanti* nel cielo dell'arte, e della poesia, e quale poeta avrebbe avuto interesse ad occuparsi di loro?) Era stato *camminante* dalla nascita, da prima ancora di camminare, com'è ovvio: perché poeti e *camminanti* si nasce, non si diventa. Sua madre, un'inserviente d'osteria, l'aveva tenuto con sé fino a dieci anni e poi l'aveva affidato al padre, un vagabondo di nome Artemio che di tanto in tanto tornava a esercitare su di lei i suoi diritti di tavola e di letto, perché lo portasse un po' attorno per il mondo e gli insegnasse a vivere; ma Artemio, nei due o tre mesi che erano stati insieme, si era limitato a insegnargli il modo di chiedere l'elemosina sulla porta delle chiese, fingendosi cieco e storpio, e ad inculcargli l'orrore del lavoro. Soprattutto aveva insistito su

[3] *Elicona... Arcadia*: i primi tre sono monti sacri agli dei della mitologia greca, divenuti luoghi letterari, l'Arcadia è una regione della Grecia, mitica patria della poesia bucolica.

quest'ultimo punto. «Il lavoro è l'ultima risorsa dei coglioni! – gli gridava mentre camminavano per strada. – È l'ultima speranza dei falliti, ricordatene! Tieni la fronte alta e la schiena dritta e non lavorare mai, per nessun motivo e nemmeno per fame! Si comincia sempre a lavorare per fame e poi si passa il resto della vita a piegare la schiena come questi che lavorano, li hai mai guardati negli occhi e da vicino? Te li mostro io!» Lo portava fino in mezzo al campo, se si trovavano in campagna, a guardare negli occhi il contadino che zappava; oppure, se si trovavano in città, dentro le botteghe dove c'erano gli artigiani intenti ai loro mestieri. Quasi quasi si commuoveva: «Poveretti! Anche loro erano nati uomini, come noi!» Tornava in strada, ispirato. Alzava il dito: «Io, tuo padre, – diceva al bambino che lo guardava con la bocca aperta e gli occhi spalancati, – sono al mondo da piú di quarant'anni eppure non ho mai lavorato, te lo giuro! Nemmeno per un minuto e per provare che sensazione dà! Nemmeno per scherzo! Anche far finta mi ripugnerebbe! Cerca di ricordarti quello che ora ti sto dicendo, se non vuoi diventare il disonore della razza dei Bosi!»

Un giorno erano tra le colline del Monferrato, di là dal Po e da Casale, e in un'osteria lungo la strada s'erano rimpinzati di salsicce e di ritagli di carne bollita. Artemio si lamentava: «Ohimè, sto male! Se non vado di corpo, me la faccio addosso!» C'era un grande canneto in cima alla collina e l'uomo vi si nascose. Passarono dieci minuti, un quarto d'ora, poi Gasparo incominciò a chiamare il padre, a cercarlo nel canneto. Non c'era nessuno. Di là dalla collina si vedevano altre colline e altri canneti, a perdita d'occhio, e il ragazzo capí che era rimasto definitivamente solo. Mettersi a piangere non sarebbe servito a niente: bisognava camminare. Il mondo è un gomitolo di strade e seguendole trovi tutto: vita e morte, miseria e felicità, lacrime e consolazione, avventure e amore. Tornò giú in strada; si rimise in cammino.

A diciott'anni Gasparo era per la prima volta nel porto di Genova e lí un uomo che tutti chiamavano *Crovogianco* (in dialetto genovese: «Corvo bianco»), per via dei capelli precocemente candidi e della voce sgradevole e gracchiante, com'è appunto quella dei corvi, riuscí, a forza di vino e di discorsi, a ingaggiarlo come *buonavoglia* su una nave in partenza per la Sardegna. *Buonavoglia*, all'epoca, si chiamavano i rematori non forzati, i volontari del remo; i disperati che s'imbarcavano per denaro e che spesso, come il nostro Gasparo, non erano poi nemmeno proprio volontari. «C'è sempre vento su quella rotta, non si rema mai»: gli gridava Crovogianco nel frastuono dell'Osteria del Baglio, piena di ladri e di puttane a ogni ora del giorno e della notte; e badava intanto, senza farsi scorgere, a tenere ben pieni i loro due bicchieri e a scambiare quello vuoto con il suo, non appena Gasparo aveva bevuto. Gli urlava nelle orecchie: «Tu non li guadagni quei soldi, tu li rubi!»; e si riferiva ai denari dell'ingaggio, che però Gasparo non vide mai perché qualcuno già li aveva intascati al posto suo, prima ancora che la nave partisse. Lui invece si risvegliò da quella sbornia quando la terra era ormai lontana, e gli toccò remare: contravvenendo alle raccomandazioni di suo padre Artemio e ai suoi stessi principî. Disonorando tutta la razza dei Bosi. Remò, con il sudore negli occhi e il bruciore delle frustate sulla schiena, nel tragitto da Genova alla Sardegna e poi ancora remò per ritornare indietro, sopra altre due navi: da Cagliari alle foci del Tevere e dalle foci del Tevere nuovamente a Genova. Crovogianco era un furfante incallito, un furbo di tre cotte e aveva preso le sue precauzioni nel caso avessero voluto ammazzarlo ma Gasparo lo colpí alle spalle mentre andava per strada, senza nemmeno dargli il tempo di voltarsi; gli tirò una coltellata nel fianco e poi, mentre quello cercava ancora di scappare gridando: «Ohimè!, che sono morto», e «Confessione! Confessione!», tornò a ficcargli il coltello nella schiena; lo lasciò a rantolare là sui ciottoli, che sembrava un porco sgozzato a metà. Si nascose per qualche giorno: ma la giustizia della Repubblica aveva altro a cui pensare che cercare l'assassino di Crovogianco e cosí Gasparo ritornò in circolazione, libero come l'aria. Scoprí Genova: scoprí l'eccitazione di vivere in una grande città, piena di vita, di commerci, di osterie, di donne disposte ad essere compiacenti per denaro ed anche senza denaro; in una città tutta fatta di pietra, con palazzi grandi come colline e labirinti di *caruggi* (vicoli) che ci si poteva perdere come in una foresta; e avrebbe voluto rimanerci per sempre, in quella città: ma fu accusato d'un furto che non aveva commesso, e condannato in contumacia da un Tribunale della Repubblica al taglio della mano destra: prospettiva pochissimo allegra, che lo convinse a scavalcare l'Appennino per tornarsene in Piemonte. Fu allora che incominciò a procurare *risaroli* ai massari della *bassa*. Cambiava zona ogni inverno; andava nelle valli alpine, raggiungeva i paesi piú sperduti, quelli sepolti sotto metri e metri di neve, dove gli uomini erano affamati come i lucci delle *lame*[4] del Sesia, e dove il bagliore d'una moneta d'argento costituiva un miraggio irresistibile. In Val Vigezzo, in Valsesia, nel biellese; in Val Strona sopra la Riviera d'Orta; in Val Formazza. Faceva tutto legalmente, secondo le regole: con certi fogli stampati che si compravano a Novara, dagli scrivani del Palazzo Pubblico; e non importava niente, glielo aveva detto un avvocato, che né lui né le sue vittime sapessero leggere ciò che c'era scritto. Bastava che firmassero davanti a due testimoni, o che ci fossero comunque due persone disposte a dire che li avevano visti firmare. Nell'inverno del 1605 gli era riuscito un colpo d'eccezione, di arruolare tutti gli uomini validi (e gozzuti) di un intero villaggio di montagna, sopra Varallo: trentadue gozzuti! Tre squadre di *risaroli*! Naturalmente il fatto non s'era piú ripetuto negli anni successivi, ma una squadra di *risaroli* per inverno il Tosetto riusciva sempre a metterla insieme e poi anche riusciva a farla lavorare fino all'epoca del raccolto, che era forse la cosa piú difficile: perché molti *risaroli* cercavano di scappare, quando si rendevano conto che gli era stato promesso il Paradiso e gli si dava l'Inferno; oppure si ribellavano. Lui, il Tosetto, si ricordava ancora dell'avventura con Crovogianco e i suoi *risaroli* se li sceglieva ad uno ad uno tra i disperati, gli invalidi, i rassegnati al peggio della vita, gli infelici cronici: di cui nel mondo non c'è mai stata scarsità, e figuriamoci se ce n'era nel diciassettesimo secolo! Era diventato un vero *farinello*: svelto come un furetto e spietato, come volevano l'ambiente e l'epoca in cui gli era toccato vivere. Ogni primavera ritornava nella *bassa*, nei villaggi dove ormai tutti lo conoscevano: a Borgo Vercelli, a Cameriano, a Casalino, a Orfengo. Per un buon tratto della *ripa* del Sesia, un po' piú a est di Zardino, il Tosetto era un *camminante* rispettato, sia come *capo di risaroli* che come guardiano delle acque dei proprietari che per ciò lo pagavano, e che lui custodiva andando attorno di villaggio in villaggio, di osteria in osteria: facendo circolare la voce che quella tale acqua e quell'altra erano «sue», e che in caso di furto il ladro si sarebbe ritrovato con le sue stesse budella tra le mani, a contarle per strada. Come ogni buon *cam-*

4 *lame*: paludi d'un genere particolare, non d'acqua stagnante ma d'acqua sorgiva, collegate al fiume da uno o piú rigagnoli.

minante, era selvatico: non aveva posti fissi dove andare a dormire, né abitudini d'alcun genere, né amici. Passava il tempo nelle osterie giocando a bàzzica, a lanzichenecco, a tarocchi, scommettendo sui galli o sulla «rana» (che era il gioco nazionale della *bassa*, una sorta di tiro a segno) e poi anche molestava e corteggiava tutte le donne che gli capitavano a tiro, comunque fossero: belle o brutte, giovani o vecchie, ragazze o maritate, l'esperienza gli aveva insegnato che si può sempre ricavarne qualcosa. (Sentenziava: «La donna è come il porco: non si butta niente!») Aveva inoltre, o si illudeva d'avere, l'esclusiva di una vedova Demaggi, rossa di capelli e assai formosa, di Novara: che gli apriva la porta di casa quando lui andava a bussarci nel cuore della notte e non gli domandava mai niente, né da dove veniva, né quanto tempo si sarebbe fermato. Tanto già lo sapeva, che se ne sarebbe andato con la prima luce del giorno e senza nemmeno salutarla! Senza nemmeno svegliarla! Si sarebbero addormentati insieme e poi lei si sarebbe svegliata da sola, come tutti i giorni...

Questo dunque era l'uomo, o il suo romanzo, che abbordò Antonia presso la Fonte di Badia nella primavera dell'*annusdomini* 1609: col suo cappello piumato, il suo *pistolese* infilato nella cintura, la sua *bottega* in evidenza... E chissà mai cosa Antonia ci vide, o credette di vederci; chissà cosa lui le disse! Lei, com'era naturale, si schermí: ma qualcosa era accaduto in quei pochi minuti, qualcosa che le avrebbe fatto ripensare al *camminante* incontrato vicino alla sorgente, piú e piú volte durante quella stessa giornata. L'attrazione tra gli uomini, si sa, segue leggi sue proprie, altamente illogiche; ma non sempre sbagliate. A quel primo incontro, brevissimo, ne fece seguito un altro, del giorno successivo, su quella stessa strada, e un altro ancora: in cui Antonia e il Tosetto per la prima volta entrarono nel bosco. Poi, s'incontrarono di notte: quando ormai nella *bassa* era incominciata l'estate e le risaie erano paludi vaporanti da cui sciamavano milioni di zanzare che andavano a perdersi lontano in mezzo ai campi oppure anche si riunivano, si alzavano al di sopra degli alberi, formavano delle nuvole d'insetti, visibili a distanza... Quegli incontri notturni – com'è noto – avvenivano quasi sempre sul *dosso dell'albera* e da lí poi Gasparo ritornava alle sue *acque*, ai suoi villaggi dall'altra parte della *bassa*, ai suoi traffici di sempre... Certe notti, però, erano rimasti lassú insieme fino all'alba, abbracciati sotto il tronco del castagno e poi, quando il cielo a oriente aveva incominciato a imbiancarsi, Antonia era scappata: appena in tempo, per non incontrare le squadre dei *risaroli* che tristemente s'avviavano alla loro quotidiana fatica. Sotto il grande castagno non c'erano zanzare e Gasparo parlava a Antonia di tante cose: del mare, che lei non aveva mai visto e che cercava d'immaginarsi. («Pensa al cielo, – le diceva Gasparo. – Il mare è un cielo capovolto, una distesa infinita d'acqua viva con le isole in mezzo: per esempio l'isola di Montecristo, o la Capraia... Tutt'attorno alle isole c'è il mare, come tutt'attorno alle nuvole c'è il cielo. Il mare non finisce da nessuna parte: non finisce mai!») Oppure della Sardegna, che nel ricordo di Gasparo aveva paesaggi favolosi e terribili, pieni di mulini a vento, di briganti, di rocce parlanti, di grotte, di prodigi. Ma soprattutto le parlava della grande Genova, la città lontana come un miraggio, complicata e indecifrabile come un sogno: dove s'incontrano tutte le razze della terra e ci sono palazzi di pietra – diceva il *camminante* – alti come qui da noi sono alte le colline di Sizzano o di Ghemme, e a una cert'ora di sera la gente va sul lungomare per vedere le dame e i nobili che passano dentro alle loro carrozze... Dove si compra e si vende tutto quello che esiste al mondo, e gli uomini possono scomparire da un giorno all'altro, cosí: come un sasso che affonda in uno stagno, senza che piú nessuno si interessi di loro. Antonia stava a ascoltare. Teneva la testa reclinata sulla spalla di lui e guardava in cielo le stelle; a volte un guizzo, un fruscío la facevano trasalire: «C'è qualcuno! Tra quei cespugli, laggiú. Ho sentito un rumore». Lui allora alzava le spalle: «Che ci importa!» Si batteva la mano sul fianco, dalla parte dove teneva il *pistolese*. Le diceva ad alta voce e con ostentazione: «Quando stai con me, devi essere tranquilla!» Si pavoneggiava. «Io, – diceva, – non ho paura di niente e di nessuno. Andrei diritto all'Inferno, se occorresse! Sfiderei il Diavolo! Non mi credi capace?»

«Lo faresti per me?», domandava Antonia.

«Naturalmente! Per chi altri dovrei farlo?»

Le faceva grandi promesse: di sposarla, di andare a vivere a Genova con lei, laggiú dove c'è il mare. «Dammi tempo un paio d'inverni, – le diceva. – Voglio provare a mettere insieme tanti scudi, quanti ne occorrono per comprare una casa. Se però non ci riesco non importa, ci andremo a vivere lo stesso: farò il bravo d'un signore di laggiú, vestirò la sua livrea e anche tu ti troverai un impiego come guardarobiera o come cameriera...» Rimaneva un poco in silenzio e poi aggiungeva: «Io, per me, non vedo l'ora di tornarci! Ne ho abbastanza di fare il camminante, d'andare in giro a imbrogliare poveracci per portarli a morire in mezzo alle risaie». Naturalmente erano tutte fandonie, perché Gasparo non aveva la minima intenzione di tornare a Genova a farsi tagliare la mano destra e forse anche la testa, era contentissimo della vita che faceva e dei patimenti dei *risaroli* non gli importava piú di quanto gli importasse d'una mosca, o d'un sasso. Erano cose dette cosí tanto per dire, che il Tosetto raccontava alle ragazze come Antonia: con le vedove, e con le inservienti d'osteria, faceva invece promesse d'altro genere, di vestiti e gioielli... In quanto poi a mettersi al servizio di un signore, quella bugia era talmente grossa che lui stesso, ascoltandola dalla sua voce, ne era rimasto stupefatto: una livrea! Una livrea su un *camminante*! Una cosa del genere, fino a quel momento, non solo non l'aveva mai detta, ma nemmeno l'aveva pensata. Un *camminante* non è mica un *pícaro*[5], da poter mutare di stato e di condizione come niente fosse: oggi mendicante o ladro da strada, e domani, forse, favorito d'un principe. Un *camminante* è *camminante* e basta. Antonia, invece, taceva: se ne stava là immobile, nel buio, con gli occhi aperti; e chissà se ascoltava quelle chiacchiere, chissà se ci credeva... Di certo, le piaceva stare là, e starsene coi suoi sogni; le piaceva immaginare cose nuove rispetto a quelle che aveva conosciuto fino a quel momento. Se parlava, era per chiedere dettagli: com'eran fatte di dentro quelle navi, che andavano da una terra all'altra attraversando il mare? E in quelle case di pietra cosí alte, lui c'era stato? E quelle dame, che si mostravano alla sera sul passeggio, com'erano vestite? Da chi erano accompagnate? Erano belle?

Fu all'inizio d'agosto che il Tosetto incominciò a mancare agli appuntamenti con Antonia: lei andava all'*albera*, lo aspettava e poi, vedendo che lui non arrivava, s'incamminava per andargli incontro ma trovava i *fratelli cristiani* con le torce che la riportavano a casa dei Nidasio, rossa di vergogna e tremante di rabbia... Il giorno dopo lui si scusava: «Mi dispiace! Sono dovuto correre alle chiuse del tal fosso!» Oppure: «M'erano

[5] *pícaro*: figura di vagabondo, un po' mendicante e un po' malfattore, molto frequente nella Spagna del secolo XVII e spesso anche celebrato dalla produzione letteraria dell'epoca.

scappati due risaroli e ho dovuto riprenderli! »; ma si capiva dall'espressione del viso che raccontava frottole e che Antonia, per lui, stava diventando un fastidio: che voleva? Aveva avuto la sua parte di promesse, la sua avventura d'estate, le sue chiacchiere: mica era stupida, da pensare davvero di sposare un *camminante*! Rimanevano un po' senza vedersi; poi lui tornava a cercarla e allora si mostrava affettuoso come nei primi tempi: le portava piccoli regali, le raccontava storie che non stavano né in cielo né in terra, di tremende avversità che aveva dovuto superare proprio in quei giorni, di persecutori che aveva dovuto sgominare... Le rinnovava le promesse già fatte ed anzi le ingrandiva, ci aggiungeva dettagli. Si mostrava stupito e addolorato se lei gli teneva il broncio: lui, la vittima delle piú infami congiure degli uomini e del destino, nemmeno dalla sua *morosa* riusciva ad avere comprensione e solidarietà! A volte proprio si commiserava, si diceva: « Ti sta bene, Gasparo! Questo ti meriti e questo è giusto che tu abbia! » Passavano la notte sotto l'*albera* e poi tutto ricominciava daccapo – le menzogne, gli abbandoni, gli incontri di Antonia con i *fratelli cristiani* – finché una sera di fine ottobre lui le annunciò che stava per andarsene e che sarebbe ritornato in primavera; le chiese di aspettarlo. Contrariamente al solito, era triste e nient'affatto in vena di spacconate. Disse ad Antonia che era stufo di quella vita randagia e la pregò di perdonarlo se ancora non si era presentato ai Nidasio per chiedere la sua mano. L'avrebbe fatto – fu la sua ultima promessa – la primavera successiva! S'asciugò una lacrima: e chissà, forse in quell'istante era perfino sincero...

Capitolo ventitreesimo

I due inquisitori

La notizia che il vescovo Bascapè aveva rinunciato a partecipare alle solenni cerimonie di santificazione del suo maestro e ispiratore Carlo Borromeo, previste in Roma per i primi giorni di novembre di quell'*annusdomini* 1610, e che già era in viaggio per tornarsene a Novara, non era certamente tale da rallegrare l'inquisitore Manini: che l'apprese da un canonico del Duomo il 21 di maggio, un venerdí. Anzi la sua prima reazione fu un moto di stizza. Non c'era verso – pensò – che quel... sant'uomo la smettesse di infastidire quelli che avevano la disgrazia di essergli prossimi, camminandogli sui piedi, mettendogli i bastoni tra le ruote e comportandosi comunque e in ogni circostanza in modo da essere lui, e non gli altri, al centro dell'attenzione. « Se torna adesso, addio processo! », si disse. Le cose stavano cosí: Bascapè era andato a Roma l'autunno precedente per perorare la causa di canonizzazione del Beato Carlo, cui facevano inciampo ostacoli non formali, cioè legati a questioni di dottrina; pronto a dare battaglia, e che battaglia!, per la Chiesa marciante e combattente che era stata la Chiesa di Carlo Borromeo, e che ora era la sua: contro la Chiesa ipocrita e stagnante di quella Roma, e di quei Papi, e di quegli anni... Invece, nei pochi mesi della sua permanenza in città, gli era stato detto che il Beato Carlo sarebbe stato fatto Santo in tempi brevi, anzi brevissimi, anzi subito: e la sua battaglia era finita prima ancora d'incominciare. Da un giorno all'altro, era arrivata una parola da Palazzo e la pratica di Carlo Borromeo era balzata davanti alle altre pratiche d'aspiranti Santi di lui piú popolari, e morti prima: davanti a quella d'Ignazio di Loyola, di Francesco Saverio e d'altri ancora; ma quel matto di Dio di Bascapè, invece di rallegrarsene, aveva preso cappello[1] e se ne stava ri-

[1] *aveva preso cappello*: si era offeso e adirato.

tornando a Novara. Dove si sarebbe rimesso a scorrazzare in lungo e in largo per la diocesi, c'era da giurarci; e a rompere le uova nei panieri degli altri, incominciando da lí, dal Sant'Uffizio e dal processo di Antonia... Che si poteva fare, in quelle circostanze? Manini si consultò con alcuni suoi collaboratori ed anche con alcuni giudici del suo stesso Tribunale. La risposta fu unanime: vescovo o non vescovo – dissero gli interpellati – il processo della strega di Zardino, già bene avviato, doveva concludersi nel piú solenne e formale dei modi. I tempi ormai erano maturi perché il Tribunale del Sant'Uffizio di Novara riprendesse a funzionare in modo autonomo rispetto alla Curia vescovile e a qualsiasi altra struttura periferica della Chiesa; in piú, la causa era giusta, l'esito scontato: perché si indugiava? Bisognava far presto: arrestare l'imputata, interrogarla, e, se ciò si fosse reso necessario, sottoporla a tortura per costringerla a confessare le sue colpe. Una volta che la confessione della strega fosse stata verbalizzata e che il Tribunale si fosse riunito, nessuno piú avrebbe potuto modificarne la sentenza, nemmeno il vescovo: perché ciò avrebbe significato ripetere tutta la procedura, e giudicare due volte un imputato per lo stesso delitto; la qual cosa, in via ordinaria, *non si concede* (cioè: non è lecita) né nel diritto ecclesiastico, né in quello civile. Se l'inquisitore era persuaso della bontà della causa, cosí come ne erano persuasi i suoi collaboratori, e se lo Spirito Santo non gli avesse negato il suo aiuto, il processo avrebbe potuto concludersi entro un tempo ragionevolmente breve. Un mese, al massimo due...

Per capire meglio le preoccupazioni dell'inquisitore e anche il vero significato che il processo contro la «strega di Zardino» ebbe per chi lo celebrò, bisogna però fare un passo indietro nella nostra storia, e raccontare alcune cose che fin qui ancora non sono state raccontate, del Sant'Uffizio di Novara e dei Domenicani: la cui attività di inquisitori, dopo l'arrivo del vescovo Bascapè, era stata impedita per una quindicina d'anni, e trasferita quasi per intero al Tribunale del vescovo. Soprattutto, bisogna introdurre un personaggio che nel 1610 era ormai defunto da parecchi anni, ma la cui ombra s'allungava ancora su Novara, sul vescovo Bascapè, sul processo d'Antonia e su chissà quant'altre cose. Quell'ombra non vendicata e non placata era l'ombra dell'inquisitore Domenico Buelli, predecessore di Manini; di cui già s'è avuto modo di dire che aveva scritto orgogliosamente il suo nome su una lapide in piazza San Quirico, a Novara, per ricordare ai posteri che passassero di lí: «Tutto quello che vedete qui attorno, è opera mia!» Come il poeta latino Orazio era persuaso – e lo scrisse – di non dover morire del tutto, e di avere edificato un monumento di parole, fragile ma destinato a durare nei secoli e nei millenni a venire; cosí anche l'inquisitore Buelli, ai tempi suoi, pensò d'aver lavorato per i posteri, e che la sua opera sarebbe stata ricordata a lungo e con gratitudine. Si sbagliava. Visto dal vero e dal vivo, finché visse, fra' Domenico Buelli da Arona, professore di teologia, inquisitore del Sant'Uffizio e padre priore dei Domenicani di Novara, era stato un bel fratacchione basso e grasso, calvo e rubizzo: dogmatico, come richiedeva il suo ufficio e anche di piú; ambizioso, come si conveniva ad un uomo che aveva avuto per maestro ed amico uno dei padri della Controriforma cattolica[2], il cardinale Antonio Ghislieri; il quale cardinale, divenuto Papa con il nome di Pio V, aveva poi continuato a favorirlo assecondandone anche i difetti: primo fra tutti, la megalomania[3]. Quella smania un po' inconsulta di grandezza che aveva indotto Buelli ad attrezzare Novara, al di là d'ogni necessità reale, per i posteri!, d'una delle piú poderose macchine inquisitorie dell'Italia del nord: con un palazzetto per il Tribunale e la cancelleria, un convento-caserma di Domenicani ed una chiesa sua propria; una cittadella della fede, che aveva centro – come già s'è visto – in una piazza intitolata a san Quirico. Di quel piccolo regno di Buelli, edificato con l'aiuto di un Papa oltreché col sudore e col fervore di chi poi avrebbe dovuto regnarvi, a Novara oggi non restano piú tracce: piazza San Quirico non c'è piú, cosí come non esistono piú il palazzetto del Tribunale ed il convento dei Domenicani; al loro posto c'è una piazza dedicata ad Antonio Gramsci, comunista sardo, ma meglio nota ai novaresi del ventesimo secolo con il suo nome storico di piazza del Rosario. Anche la chiesa, in parte rimaneggiata, in parte intatta, ha cambiato titolare, da San Pietro Martire alla Madonna del Rosario; sicché dell'opera di Buelli, e del suo nome, nel presente non c'è piú niente: nemmeno la memoria! In quel passato che gli appartiene, e che fu suo, Buelli invece si era edificato il proprio regno, ci aveva scritto il suo nome

2 *Controriforma cattolica*: azione della Chiesa cattolica in opposizione alla Riforma protestante.

3 *megalomania*: mania di far le cose in grande.

su una lapide e si disponeva – meritatamente – a regnarvi: ma gli accadde ciò che spesso accade agli uomini quando arrivano a realizzare il sogno di tutta la loro vita, e poi qualcosa di imprevisto gli impedisce di goderne, e glielo vanifica, e li fa morire disperati e rabbiosi. Quel qualcosa per Buelli fu l'arrivo a Novara di un vescovo che già nell'aspetto fisico era il suo contrario: quanto lui era rubizzo, sanguigno, pieno di vita e di energie in eccesso, tanto quell'altro era diafano, e scarno, e tormentato da ogni genere di acciacchi, del corpo e dello spirito. «Durerà poco», pensò Buelli, come tutti: ma non sapeva, il tapino!, che sarebbe invece stato lui a durare poco. Bascapè era venuto a Novara per edificarvi una sua Chiesa nella Chiesa, per cambiare il mondo partendo da lí: e figuriamoci se avrebbe tollerato che qualcun altro lo cambiasse al posto suo, secondo le idee sue proprie e non secondo le idee del vescovo! Figuriamoci se intendeva delegare ad altri la lotta contro le eresie! Quelle infiltrazioni di protestantesimo nelle valli alpine, che Buelli s'era attrezzato per combattere da lontano, nel piú formale e burocratico dei modi, Bascapè andò ad affrontarle a domicilio, personalmente: «*per sentieri abrupti*[4]*, scoscesi e pericolosi, ed il buon vescovo doveva aggrapparsi colle mani, ed anche farsi portare sopra una rozza barella per ciò fatta, e talor anche doveva mandar gente a interrompere il corso de' torrenti per poterli guadare, e traversò anche con tutto disagio i ghiacciai*», secondo quanto poi ne scrisse un suo biografo. E non basta: ordinò ai parroci che segnalassero ogni sospetto di eresia a lui direttamente, e al Tribunale del vescovo; era il vescovo – spiegò in una sua lettera pastorale – l'inquisitore piú ordinario e piú antico, e i Domenicani semplici coadiutori che il vescovo poteva utilizzare, volendo, oppure non utilizzare. Ribadí inoltre – ma, questo, con la storia di Antonia c'entra poco – il diritto antico dei vescovi di Novara di amministrare la giustizia civile nel loro feudo di Orta, e di regolare da sé soli, senza interferenze dei Tribunali dello Stato, ogni questione in cui fossero coinvolte persone o beni di Chiesa: gettando cosí le basi di un conflitto duraturo e insanabile con il podestà di Novara, con il governatore e il senato di Milano, coi Re di Spagna, col mondo. Il povero Buelli diede in escandescenze; corse a Roma, per appellarsi al Sant'Uffizio e personalmente al cardinale Bellarmi-

4 *abrupti*: scoscesi, stretti e disagevoli.

no che era il suo nuovo protettore: gridò, pianse, pestò i piedi e batté i pugni; e tanto disse e tanto si scalmanò che, ritornato a Novara, morí infine di *crepacuore* cioè d'infarto, correndo l'*annusdomini* 1603. Improvvisamente, secondo quanto poi ne dissero le cronache: una mattina, aveva appena finito di fare colazione e s'alzò in piedi spalancando la bocca come se avesse voluto gridare chissà cosa, ma non gridò nulla; diventò paonazzo, cadde per terra e dopo aver tirato qualche ultimo pugno, qualche ultimo calcio, esalò l'anima. Ebbe un bellissimo funerale, celebrato personalmente dal vescovo e con tutte le autorità civili e religiose della diocesi in prima fila a cantargli il *De profundis*[5], ma la sua morte – si seppe dopo – non fu inutile: perché fu proprio grazie ad essa, e ai buoni uffici del cardinale Bellarmino, che le traversie del Sant'Uffizio di Novara arrivarono finalmente all'orecchio del Papa. Clemente VIII, già s'è detto, amava poco o niente Bascapè e amava invece, e molto!, i Domenicani. Sotto il suo pontificato, e poi sotto quello del suo successore, Paolo V, l'Inquisizione romana visse le sue giornate piú grandi e piú terribili: quelle del rogo di Giordano Bruno[6], dell'interdetto di Venezia[7]. Da un giorno all'altro, al povero Bascapè incominciarono a succedere disgrazie, e mica piccole: innanzitutto, lo si coprí di ridicolo con l'affare delle Reliquie del Cavagna; poi, le denunce contro di lui di molti novaresi che non se la sentivano di diventare Santi per forza, e avevano perfino pagato un «oratore[8]» perché rappresentasse a Milano e a Roma le istanze di chi chiedeva l'allontanamento del vescovo matto, e la restituzione di Novara alla sua antica quiete, trovarono in entrambe le città, e anche a Palazzo, orecchie attente. Vennero disposte periodiche ispezioni della diocesi di Novara: il vescovo di Como, in un primo momento, e poi il cardinale Piatti ed il cardinale Gallo furono incaricati da Clemente VIII di vigilare sull'operato del vescovo Bascapè; il

5 *De profundis*: salmo che accompagna i funerali.

6 *Giordano Bruno*: monaco e filosofo italiano (nato nel 1548), condannato dall'Inquisizione come eretico e arso vivo a Roma nel 1600.

7 *interdetto di Venezia*: nel 1605, a causa di una vertenza giudiziaria contro due preti, il papa lanciò contro Venezia l'interdetto, che consisteva nel divieto di celebrare funzioni religiose. Venezia rispose duramente e il conflitto si protrasse per circa due anni prima di trovare una soluzione sostanzialmente favorevole alla città veneta. Entrambi gli episodi qui ricordati testimoniano una fase di grande intolleranza e aggressività della Chiesa nei confronti di chiunque volesse sottrarsi al suo controllo.

8 *oratore*: avvocato.

«cadavere vivo» si calmò e il successore di Buelli, Manini, pensò che forse era arrivato il momento di celebrare un processo clamoroso in cui il vescovo non avesse parte: per risarcire la memoria del suo predecessore, e per rendere pubblica e tangibile la vittoria di un organismo universale della Chiesa sulle ambizioni assolutistiche di un vescovo di provincia. Bisognava riarmare la cittadella della fede edificata da Buelli, e che il Diavolo finalmente venisse lí, in piazza San Quirico, a scornarsi contro il suo nemico piú forte e piú temuto, invece di continuare ad avere buon gioco contro quei canonici impiccioni e pasticcioni – un Seneca, un Settala ed altri ancora – che il vescovo di volta in volta nominava suoi inquisitori, senza che ne avessero la competenza e la capacità specifiche! Bisognava che finisse l'epoca dei canonici impiccioni, e che si tornasse a sentir parlare, nel mondo cristiano, del Sant'Uffizio di Novara! La denuncia di don Teresio contro la «strega di Zardino» era poi arrivata in questo particolare momento della nostra vicenda, mentre Bascapè era a Roma per perorare la santificazione del Beato Carlo; e la causa che ne era nata era un normale processo d'eresia ma era anche qualcosa di piú, per Manini personalmente e per il Tribunale dell'Inquisizione di Novara: era la causa giusta al momento giusto, mandata dalla divina Provvidenza e irrinunciabile. Un risarcimento per il passato e una promessa per il futuro. Un segno certo, che a Novara e nella Chiesa novarese molte cose ormai erano cambiate, o stavano cambiando...

Dell'inquisitore Manini ancora non s'è detto che fu uomo di persona alta e snella, di colorito pallido, d'aspetto gradevole; elegante nei gesti e anche nell'abito monacale bianco e nero, dal taglio attillato e dalla lana leggera che frusciava ad ogni suo movimento. Le sue mani, dalle dita affusolate, erano curatissime; l'eloquio[9], artificioso nella pronuncia e ricercato nella scelta dei vocaboli e delle figure, era quello stesso dei grandi predicatori di quell'epoca, in cui le chiese ancora erano teatri e ci si andava anche per piangere, per ridere, per stupirsi; per provare quelle emozioni forti, e quel piacere della scena, che dà il teatro quand'è applicato alla realtà, o si pensa che sia realtà. Manini stesso, del resto, aveva scoperto la sua vocazione cosí, sentendo predicare la Quaresima a Novara da un frate domenicano, a diciott'anni: aveva provato un impulso irresistibi-

[9] *eloquio*: il modo di esprimersi.

le di diventare predicatore. S'era fatto frate; era andato a Roma a studiare teologia e poi anche aveva seguito un corso speciale di retorica, e di arti oratorie; aveva sognato le grandi cattedrali, e i grandi pulpiti, e sotto i grandi pulpiti le grandi folle con i grandi della terra seduti nella penombra, in prima fila, e lui in alto che li teneva avvinti a sé, armato solo di parole: li confondeva[10], li atterriva, li annientava e poi li restituiva alla speranza, al pentimento, alla fiducia in Dio... Il destino, però, non aveva voluto favorire quei suoi sogni; o, per meglio dire, erano stati i suoi superiori a indirizzare la sua vita verso altri esiti, e a valorizzare di lui altre qualità, che ne facevano anche un buon inquisitore: prime fra tutte la prudenza, la cautela, la diplomazia; la capacità di trattare affari, anche importanti, senza commettere leggerezze. A soli quarant'anni, Manini era stato nominato inquisitore in una sede come Novara, considerata – non a torto – difficile; e da allora le grandi cattedrali erano definitivamente scomparse nei suoi sogni, per far posto alle grandi cattedre, dei Tribunali delle grandi città... Altre due cose che sappiamo di Manini sono: che non riteneva reale la realtà («La realtà, – diceva il nostro inquisitore muovendo le mani affusolate e spalancando gli occhi grigiazzurri in viso a chi lo stava ascoltando, – per se stessa non esiste, se non è ravvivata dal soffio della grazia di Dio; è soltanto un'illusione, una falsa percezione che la morte spazzerà via») e che era ossessionato dall'idea e dalla pratica della castità, cui attribuiva poteri quasi soprannaturali e a cui dedicò la sua unica opera che si conosca, rimasta inedita. Quell'opera manoscritta ha una data sul frontespizio[11]: 1618, ed è ancora oggi reperibile e accessibile in un archivio romano. Per il lettore del ventesimo secolo ha almeno un pregio, quello di essere breve; si compone infatti di due parti, di sei capitoli ciascuna per complessive ottantotto pagine di scrittura: un opuscolo, se lo confrontiamo con la maggior parte dei trattati inediti che il piú grafomane dei secoli anteriori al nostro, il Seicento, ha cercato di scaricare sui suoi posteri e che i tarli e le catastrofi ancora non sono riusciti a togliere di mezzo; ma da un maestro di eleganze, come fu Manini, non ci si poteva attendere che un'opera cosí. Elegante fino dal titolo: *De Remedio et Purga haereticorum libri XII*, con il suo bravo

10 *confondeva*: umiliava e disorientava.
11 *frontespizio*: prima pagina di un libro con l'indicazione dell'autore, del titolo, della casa editrice e della data di pubblicazione.

sottotitolo in lingua volgare che suona *Antidoto e Purga degli eretici, dodici libri*; scritta da fra' Gregorio Manini da Gozzano, «*Sanctae Theologiae professor et Inquisitor Novariae*», professore della santa teologia ed inquisitore di Novara. L'assunto base del saggio, e la sua specifica novità rispetto a tutta la trattatistica che lo precede, è nell'esordio. «*Haeresis*», scrive Manini già nelle prime righe del primo capitolo, «*potest expurgari, vel etiam impediri*»: «l'eresia può essere repressa, ma può anche essere prevenuta». E si domanda: «Perché oltre a punire, giustamente, l'eresia, chi è delegato a combatterla non cerca di prevenirla e di impedirla, contrattaccando il Diavolo sul suo stesso terreno?» Ogni eresia – argomenta l'inquisitore – viene direttamente dal Diavolo, che si aggira per il mondo in molte forme ma soprattutto agisce attraverso la femmina dell'uomo, *idest* (cioè) la donna (*mulier*): essendo la parte umana femminile quella che piú direttamente partecipa della natura del Diavolo, e della sua stessa sostanza; mentre la parte maschile, modellata da Dio nell'elemento universale che è la terra, senza altri passaggi né manipolazioni, è stata fatta da lui a sua propria immagine, secondo dicono le Scritture; ed è quindi, almeno tendenzialmente, divina. Da quanto detto discende che l'arma piú efficace di cui il Diavolo dispone per tentare l'uomo è la seduzione femminile: e che l'uomo, e la stessa donna, possono togliergli quell'arma, e trionfare di lui, attraverso la pratica della castità. La quale castità – scrive Manini – «*vere est summus Remedius, et maxima Purga haereticorum*», cioè: «è veramente il gran Rimedio, e la Purga suprema degli eretici»; concludendo poi con un'asserzione memorabile, che dove c'è castità, non c'è eresia; e citando San Paolo nelle *Epistole* («Non c'è salvezza al di fuori della castità») e la *Somma teologica* di Tommaso («La castità è rimedio d'ogni vizio»).

Dopo aver cosí efficacemente esposto la sua idea di offensiva antieretica basata sulla castità universale, Manini passa a discorrere della sfrenata lussuria che nei paesi transalpini[12] ha prodotto quell'orribile eresia che lui chiama *lutterana*, con due ti: citando brani di predicatori, resoconti di viaggiatori e storielle varie. Ammette in un punto di non avere esperienza diretta del fenomeno, ma soltanto una pallida nozione in seguito ad un episodio accadutogli nei primi tempi che era inquisitore:

12 *transalpini*: qui la Svizzera e la Germania.

quando, essendosi recato a visitare l'estremo limite della diocesi di Novara, e i valichi alpini che conducono «*in partibus infidelium*», cioè: tra gli infedeli e gli eretici, i Diavoli vollero ostacolarlo avvolgendo tutta la regione in una fitta nebbia. Non essendo però riusciti a farlo desistere dal cammino, scatenarono intorno a lui ed ai suoi accompagnatori una tempesta violentissima in cui dapprima si sentivano orribili fischi e voci d'orsi, leoni, lupi ed altri fieri animali; poi, siccome l'inquisitore e gli altri religiosi procedevano imperterriti, e non davano segno alcuno di voler recedere, a poco a poco le strida e gli ululati delle belve si trasformarono in musiche di viole ed in voci di femmine che chiamavano per nome proprio lui, gli chiedevano: Gregorio, dove stai andando? Perché non ti fermi? Lo invitavano a rimanere lí con loro, promettendogli gioie e piaceri tali, quali prima d'allora nessuno mai aveva potuto gustarne di simili. «A un certo punto, le nebbie si squarciarono»: cosí, nel suo latino e nel suo libro, racconta l'inquisitore Manini, «e vedemmo davanti a noi l'antico Nemico[13] in forma di femmina bellissima, formosissima, ignuda: che sconciamente rideva mostrandoci la lingua (*obscene ridens, linguam exerens ab irrius*) e faceva cenno a me in particolare perché lo raggiungessi: cosa che io naturalmente non feci, e lui, dopo avermi ancora chiamato, se ne andò».

Uno dei capitoli piú interessanti del manoscritto è quello dedicato alle streghe; di cui Manini dice apertamente che, come il Diavolo è il rovescio di Cristo le cui spose nel mondo sono le monache, cosí esse sono le spose del Diavolo e non in senso traslato, per figura: ma carnalmente e nel *sabba*. Anzi, a questo proposito il nostro inquisitore si sofferma per demolire ad una ad una le ragioni di chi sostiene che soltanto l'anima delle streghe partecipa al *congressus sabbathicus* cioè al *sabba*, mentre il loro corpo rimane inanimato nel letto o altrove. Se cosí fosse – argomenta Manini – dovremmo dire che il *sabba*, e la congiunzione della strega con il Diavolo, ed il Diavolo stesso, sono sogni; ma i peccati di chi dorme e di chi sogna sono soltanto un'eco, un pallido riflesso della colpa antica dei progenitori, cioè del peccato d'Adamo e d'Eva, e non sono affatto peccati nuovi dei dormienti: essendo questi impossibilitati a fare uso della loro volontà e della loro persona, e anzi giacendo co-

13 *l'antico Nemico*: il diavolo.

me morti («*immo vero jacentes sicut mortui*»). Se dunque si ritiene che la colpa delle streghe sia una colpa nuova rispetto a quella originale, e specifica del loro essere streghe, bisogna ammettere che quelle sciagurate peccano con il corpo e con l'anima e con tutte se stesse, consapevolmente. A margine poi di quest'altra questione, dei peccati e dei sogni, l'inquisitore si sofferma su un dettaglio non irrilevante, anzi addirittura sorprendente se si pensa che anticipa di tre secoli Freud e *L'interpretazione dei sogni*. Se si accettasse il principio – scrive infatti Manini – che sognando si commettono nuove colpe, nessun Santo piú sarebbe tale e nessun uomo, nemmeno il piú continente e pudico, sarebbe casto: perché il sogno per l'appunto è un'effusione e quasi uno sfogo dell'animo («*somnium est prorsus effusio et quasi eruptio cordis*») e nessuno può essere incolpato dei suoi sogni, per quanto questi siano peccaminosi, e licenziosi. Bisogna quindi distinguere la colpa dal peccato. Il peccato del sogno è l'antico Adamo, che riverbera nei secoli la colpa originaria («*per aetates resonans tamquam imago pristinae culpae*»): non è, né potrebbe essere in alcun modo, una colpa propria del dormiente. Chi dorme non commette colpe . («*Nulla enim culpa est in somnis*»).

Capitolo ventiquattresimo

La tortura

Quando comparve per la seconda volta davanti all'inquisitore, rivestita di quegli stessi rozzi panni che aveva indosso al momento dell'arresto, Antonia non era piú la *sposa* d'un mese addietro, quella che si era presentata in Tribunale con in capo l'*argento*: ma era ancora molto bella, nonostante avesse trascorso due notti a disperarsi e a difendersi dai morsi dei topi, nella prigione di piazza San Quirico a Novara, sotto il palazzetto del Tribunale dell'Inquisizione, e un giorno e mezzo senza mangiare per essersi rifiutata di toccare il cibo dei frati. Ora che l'avevano riportata su, alla luce del giorno, stava seduta su uno sgabello non piú alto di due spanne, piegata e quasi avviluppata su se stessa, e si teneva il viso tra le mani. A guardarla, si sarebbe potuto credere che piangesse: ma non piangeva. Stava là, senza pensare a niente, come sospesa in una sorta di vuoto; assente a se stessa e al mondo: e quell'assenza – che era anche stanchezza, e sfinimento fisico – si sarebbe forse trasformata in sonno, se improvvisamente il suono d'un campanello che annunciava l'ingresso dell'inquisitore non avesse ricondotto Antonia alla realtà, facendola sobbalzare. Si domandò: «Dove sono? Cos'altro ancora deve succedermi?» Manini entrò, trafelato ma non troppo, muovendo l'aria al suo passaggio, con la veste; salí al centro della cattedra, in posizione sovrastante rispetto al cancelliere che nel frattempo e per ingannare l'attesa, aveva scritto le formalità latine del verbale; si fece il segno di croce; disse ad alta voce: «Laus Deo». («Sia resa lode a Dio».) Prese un sacchetto di tela nera che qualcuno gli aveva preparato lí davanti, perché esaminasse ciò che c'era dentro; lo sollevò con due dita della mano sinistra, maneggiandolo con grande cautela, come se avesse potuto uscirne un animale velenoso; ne tirò fuori, uno dopo l'altro, tre vasetti di coccio sigillati con la ceralacca e un astuccio d'argento cesellato che mostrò al cancelliere Prinetti scuotendo il capo, quasi a dirgli: guarda un po', cosa ci tocca trovare in una casa di contadini! Chiese alla ragazza: «Riconosci questi oggetti?»

Dice dunque il registro dei verbali che il secondo interrogatorio di Antonia si fece il 14 giugno, un lunedí, essendo ormai la strega detenuta nell'apposito carcere riservato alle donne, a partire dalle ore undici di mattina e a pianoterra del Tribunale dell'Inquisizione di Novara: in quella sala – chiamata, appunto, «sala degli interrogatori» – di cui il buonanima Buelli aveva curato personalmente l'allestimento, attrezzandola con gli apparecchi di tortura piú moderni e funzionali allora reperibili sul mercato. Lui, purtroppo, non aveva poi potuto usufruirne, per le note vicende del contrasto col vescovo; ma le macchine erano state tenute in efficienza, periodicamente oliate e sottoposte a collaudo, ed erano pronte per essere usate. L'aspetto complessivo di quella sala era un insieme di tre cose: l'aula di Tribunale, la palestra – cioè: la palestra come la conosciamo noi, uomini del ventesimo secolo – e la sagrestia. Al centro del soffitto c'era una trave con due robuste carrucole: queste reggevano due funi che si potevano svolgere e riavvolgere per mezzo di argani fissati al pavimento, rapidamente e con gran facilità. C'era, in un angolo della stanza, un oggetto sinistro e misterioso – un grande tavolo, delle dimensioni di un moderno biliardo – ricoperto da un telo grigio. C'era, e occupava da sé solo metà d'una parete, un armadione senza vetri con una targa in ferro smaltato che diceva: «*Supellex tormentorum*» (cioè, piú o meno, «magazzino d'attrezzi per tortura»). C'erano, infine, la cattedra dell'inquisitore e dei giudici che gli sedevano a fianco durante gli interrogatori, e, appeso al muro dietro questa, un crocefisso in legno laccato, tutto tempestato di macchioline color sangue, con in capo la sua brava corona di spine vere.

«Messere sí, – rispose Antonia. – È roba mia».

«Spiega dunque di che si tratta», disse il frate; protendendosi verso la ragazza con un interesse forse eccessivo per quella domanda, ma spontaneo e nient'affatto caricaturale. Manini era cosí. Qualsiasi cosa dicesse, ed a chiunque, i suoi grandi occhi grigiazzurri si spalancavano o s'incupivano nel pallore del viso, le ciglia battevano a tempo, minime rughe d'espressione si formavano o si spianavano. Era un attore per temperamento e per nascita, un grande attore – vanitoso e crudele come tutti i grandi attori – finito per caso nel diciassettesimo secolo a fare l'inquisitore. Il mondo è strano.

Dopo un attimo di riflessione Antonia spiegò. I tre vasi – disse – contenevano certe erbe che crescono nelle *baragie* e dentro gli orti e che si mettono a macerare in spirito di vino per trarne rustici profumi: e ciò – ammise la ragazza – nonostante il cappellano don Teresio avesse proibito a tutte le donne indistintamente, ed in modo specialissimo alle giovani, di dedicarsi a quel genere di distillazioni sotto pena d'ira di Dio, d'Inferno e di chissà che altro; ed avesse anche scacciato dalla chiesa, non una volta sola, ma piú volte, ragazze e donne che s'erano profumate. Ma le femmine – disse Antonia – non sono fatte alla maniera stessa dei maschi, e non tutto quello che fanno è vanità. «*Se ànno le lune*», per esempio: deve forse una ragazza dare fastidio a se medesima e a chi le sta vicino per non offendere Dio con i suoi comportamenti, come dice prete Teresio? E se invece fosse vero il contrario, che Dio s'offende del cattivo odore delle femmine?

L'inquisitore alzò le mani: «Taci, donna! Anche di fronte al santo Tribunale osi bestemmiare il Signore Iddio tuo? Rispondi solo a ciò che ti viene chiesto, e non fare chiacchiere. Questi unguenti contenuti in questi vasi, di che veleni son fatti? Quali malefici procurano? Chi hanno ucciso?»

«Ve l'ho già detto, – rispose Antonia. – Sono erbe».

L'inquisitore sollevò il coperchio dell'astuccio d'argento e guardò dentro. S'alzò in piedi: non di slancio, ma lentamente. Continuava a alzarsi tenendo in mano l'astuccio e l'espressione del suo viso s'incupiva, come se dinnanzi ai suoi occhi fosse apparso qualcosa di orribile, la prova stessa di un delitto. Gridò: «Questo astuccio contiene crini umani. A chi appartengono? Parla, sciagurata!»

I capelli dentro l'astuccio erano di Gasparo e a questo punto della nostra storia bisogna dire che Antonia e il *camminante* s'erano incontrati un'ultima volta, proprio all'inizio di quel mese di giugno e pochi giorni prima dell'arresto di lei. Antonia aveva saputo che lui era ritornato ed era corsa a cercarlo, Gasparo aveva fatto il possibile per evitarla: infine, siccome lei non si dava per vinta e ritornava tutti i giorni, aveva deciso d'affrontarla e di parlarle chiaro. Portava il braccio sinistro fasciato e legato al collo per via d'una ferita d'arma da taglio e non aveva nessuna voglia di ricominciare una storia d'amore che, stando a ciò che si diceva in giro di Antonia, era ormai pericolosa, oltre che fastidiosa. Sommerse Antonia di chiacchiere sulla triste vita dei *camminanti*. Aveva camminato – le disse – per mesi e mesi, sui monti e per le valli intorno a Biella, sfidando ogni genere di avversità e di disagi per racimolare quel gruzzolo che gli avrebbe permesso di sposarla e di andare a vivere a Genova con lei, secondo quanto le aveva promesso: ma non c'era riuscito! Aveva percorso valli e scavalcato montagne, affrontato la polizia dei Savoia, le valanghe e tutti i pericoli d'un ambiente ostile senza trovare nemmeno un *risarolo* perché ormai – disse – la gente stava diventando ricca, gli uomini mangiavano quasi tutti i giorni e non c'era piú la disperazione di una volta, nemmeno in montagna! Anzi se un tale di Pollone, un falegname, non gli avesse affidato i suoi tre figli divenuti scemi per via d'un mal di testa che nessun medico della valle era stato capace di curargli, se ne sarebbe dovuto ritornare a mani vuote; e poi anche aveva perso al gioco il denaro dell'anno precedente; e aveva fatto debiti; e stava male. (Gli venivano tutt'a un tratto certi dolori nelle viscere – disse – che ogni volta credeva di morirci). Cosa si poteva pretendere da uno come lui? Cos'altro ancora voleva da lui Antonia, che lui già non le avesse dato? Lui era generoso, prometteva mari e monti e quando infine le cose si fossero messe ad andare per il giusto verso, avrebbe anche mantenuto, sissignore! La parola del Tosetto è vangelo, prima o poi s'avvera. Ma nel presente bisognava lasciarlo perdere, e girargli alla larga perché era pieno di guai: coi creditori, coi padroni delle acque che non lo volevano piú come guardiano, con la giustizia, con il mondo intero. Anzi Antonia doveva essergli grata che lui le parlasse cosí come stava facendo, col cuore in mano: un altro al suo posto le avrebbe raccontato chissà quali frottole per continuare ad approfittarsi di lei e invece lui no, lui si levava di mezzo onestamente, spontaneamente, senza bisogno che nessuno gli dicesse di farlo; si sacrificava in silenzio, per lei sola...

Antonia restò zitta. L'inquisitore, ora, incombeva su di lei, la sovrastava dall'alto della sua statura e della sua cattedra. La incitava a rispondere: «Rispondi, sciagurata! A chi sono appartenuti questi crini: a una tua vittima? Al Diavolo?»

«Forse, – esitò Antonia, – sono miei...»

«Serva di Satana! – gridò il frate. – Questi crini sono biondi, al massimo rossicci, e i tuoi invece sono neri come la tua anima...»

Rimise giú l'astuccetto, si sedette. «Sei andata al sabba, – le disse; e la sua voce, d'un tratto, era tornata ad essere pacata, quasi suadente. – Ti han vista! Sotto un'albera di castagno che io farò ridurre in pezzi e bruciare perché nessun'altra strega possa piú servirsene per i suoi riti. Negare il sabba non ti sarà utile in alcun modo, ci sono troppi testimoni: quindi, ti conviene confessare tutto. Dicci in quale forma ti si presentava il Diavolo e quali altre donne lo servivano; cosa vi ordinava di fare e se vi univate carnalmente con lui. Soltanto un atto di pentimento può salvarti!»

«Non so niente di queste cose, – disse Antonia. – Non ho mai visto un Diavolo. Non ho niente da dire».

L'inquisitore si alzò, batté le mani. Chiamò: «Bernardo! Taddeo!»

A questo punto del secondo interrogatorio di Antonia il manoscritto, laconicamente, annota nel suo latino rudimentale che la strega «*data est tormentis ad tempus quartae partis horae circiter*», fu torturata per un tempo corrispondente a un quarto d'ora all'incirca; ma le cose non furono cosí semplici, come quelle poche parole vorrebbero far credere. Prima di lasciarsi spogliare, completamente, e perquisire (dirò poi di cosa si trattava), e, infine, appendere al *curlo*[1], Antonia si difese con tutte le sue forze, lottò a lungo con le unghie e con i denti contro gli inservienti del Tribunale e delle carceri, cioè contro i nominati Taddeo e Bernardo: i quali infine riuscirono a sopraffarla e a legarla soltanto dopo molti sforzi, e non senza farle male. Di questi due individui, padre e figlio, abbiamo già avuto modo di fare conoscenza nelle pagine che precedono: Taddeo, il padre, è quello stesso che era venuto a sedersi vicino alla signora Francesca durante il primo interrogatorio di Antonia, e che aveva manifestato il suo entusiasmo per lei, non soltanto con le parole; mentre suo figlio Bernardo è quel giovanaccio strabico e barbuto che aveva aperto la porta del Tribunale alle due donne, e che poi anche aveva accompagnato Antonia dall'inquisitore, toccandola qua e là in modo maldestro. A chi gli domandava dove mai fosse andato a prendersi quei due collaboratori, a dir poco strani, l'inquisitore Manini rispondeva alzando gli occhi al cielo e muovendo le mani affusolate davanti al viso

[1] *curlo*: strumento di tortura il cui uso viene spiegato piú avanti.

dell'interlocutore («Un miracolo, un vero miracolo! Due uomini cosí, è stata la divina Provvidenza che ce li ha mandati!»), ch'erano due laici venuti a vivere con i frati a seguito d'un voto, per servire Dio e il suo santo Tribunale; ma la verità era un po' diversa e qualcuno ancora, a Novara, se la ricordava. Taddeo e Bernardo erano due scherani[2] del Caccetta entrati in chiesa per scampare agli sbirri, secondo quanto consentivano le leggi dell'epoca, e poi rimasti a vivere con i frati: che avevano finito per affezionarsi a loro o quanto meno ai servizi che loro gli rendevano, ed a cui – dicevano – non avrebbero piú saputo rinunciare! In particolare, l'inquisitore Manini sembrava provare per quei due individui qualcosa di cui lui stesso non si rendeva bene conto, quasi un'attrazione fisica: e Taddeo aveva detto il vero, quando, parlando con la signora Francesca, le aveva rivelato di essere il protetto dell'inquisitore. Manini era affascinato – lui, l'esteta! – da quegli uomini cosí primitivi e cosí istintivi; che, d'istinto, avevano saputo adattarsi alla loro nuova situazione, e alla loro nuova vita, con una facilità del tutto imprevedibile e quasi prodigiosa. Servizievoli fino alla nausea con i frati, assidui in chiesa e alle funzioni religiose, attenti a tutto ciò che gli succedeva attorno e che succedeva attorno a piazza San Quirico, i due furfanti divenuti frati laici erano riusciti a mettere radici all'ombra augusta e terribile del Tribunale dell'Inquisizione di Novara come certi fungacci incommestibili riescono a crescere nei luoghi piú strani, per esempio nelle cantine o nei ripostigli delle case; e non solo vi avevano messo radici, ma vi prosperavano con ogni genere di traffici e d'intrighi, all'esterno e anche all'interno del convento: dove la loro intraprendenza non disturbava nessuno, anzi, per ciò che se ne sapeva, veniva messa nel conto dello zelo. «È cosí premuroso, cosí attento!», soleva dire Manini di Taddeo: spalancando i grandi occhi grigiazzurri, e muovendo le mani. «Cosí zelante e sollecito ad ogni nostro desiderio, ed anche cosí pio!» (Effettivamente, ogni volta che i suoi traffici lo spingevano ad allontanarsi per qualche giorno dal convento dei Domenicani e dall'annesso Tribunale, Taddeo giustificava le sue assenze con pratiche devote: voti resi, pellegrinaggi o visite a santuari, elemosine ed altre opere di pietà).

2 *scherani*: sgherri, sicari.

La memoria storica che si ha oggi delle streghe sa che venivano torturate, a lungo e con molta crudeltà; non sa, o non dice apertamente, o non dice sempre, che le torture si eseguivano su donne in parte svestite o del tutto ignude, e che venivano sempre precedute da minuziose ispezioni del corpo della strega per accertare – tale, almeno, era il motivo dichiarato dagli inquisitori – che costei non nascondesse su di sé filtri o amuleti o altre diavolerie in grado di vanificare l'effetto dei tormenti. Le si guardava sotto la lingua e tra le natiche; le si aprivano le gambe a viva forza, e l'aguzzino, o il frate stesso, verificava con le dita che tutto fosse in regola anche in quelle parti piú segrete del corpo. (Nel caso nostro, di Antonia, la prima ispezione delle cavità corporee venne compiuta da Taddeo: che ne aveva vinto il diritto e il privilegio giocandolo a «testa o croce» con il figlio – e naturalmente vincendo – mentre attendevano che Manini li chiamasse nella sala degli interrogatori). Anche i contorcimenti successivi, della strega appesa al *curlo* per le braccia, o con le gambe spalancate sul tavolo di tortura, facevano parte di un rituale inconsapevole con cui la Chiesa cattolica (e anche quella protestante, a dire il vero) sfogò per secoli, su quelle sciagurate, la sua angoscia e il suo tormento del sesso; la sua paura della donna in quanto Diavolo e il suo bisogno di Diavolo. Quando poi la stagione di quei riti finí con sollievo di una parte del clero, e disappunto di un'altra – tutto l'affare delle streghe s'impiccolí e si sfumò, razionalizzandosi con il senno di poi[3], riducendosi ad un errore concettuale in cui il sesso non aveva parte: del resto – e qui arriva in soccorso il falso storico, creato poi dalla cultura ottocentesca – che donne mai erano le streghe? Vecchie orribili, sdentate, con la bazza, piene di porri o di verruche pelosissime; comari idropiche[4], obese, deformate dalle fatiche e sfiancate dai parti. Chi, per quanto sessualmente represso, avrebbe potuto desiderare donne simili o anche soltanto immaginarsele svestite, senza provarne un invincibile disgusto? Ma la bruttezza fisica della strega come riflesso esteriore della sua bruttezza morale è una favola fondata

3 *con il senno di poi*: riflettendoci successivamente. In questo passo di lucida indignazione civile l'autore mette a fuoco le vere motivazioni della repressione contro le streghe: si tratta, egli dice, della conseguenza della profonda sessuofobia del mondo ecclesiastico, qui adeguatamente rappresentato dall'inquisitore Manini. Del resto tutto il marchingegno del processo sta a dimostrare tale assunto visto che le sue motivazioni lontane stanno nella bellezza di Antonia e nella sua nascita «irregolare».

4 *idropiche*: affette da idropisia, malattia che rende gonfio e deforme l'ammalato.

su un pregiudizio: una favola romantica. In verità, se si potesse e si volesse andare al fondo di tutta la faccenda, si scoprirebbe forse che le cosiddette streghe, nella stragrande maggioranza dei casi, furono comari grassottelle e bellocce, d'età compresa tra i trenta e i cinquant'anni; e che non mancarono tra loro le giovanissime, come Antonia, o le bellissime come quella Caterina Medici di Broni che il *protomedico* Ludovico Settala[5], e l'arcivescovo Federigo Borromeo, e il Senato di Milano, condannarono come «*femmina impurissima, strega e fattucchiera funestissima*», ad essere «*condotta al luogo del patibolo sopra un carro, tormentata durante il cammino con tenaglie roventi e per ultimo bruciata*». (Cosí il Mauri, autore ottocentesco d'una «novella storica del XVII secolo» in cui viene ricostruita la vicenda, purtroppo vera, di Caterina Medici: una fantesca che finí arsa viva sulla pubblica piazza, a Milano, nel febbraio dell'anno del Signore 1617). In quanto poi alle vecchie con la bazza, anch'esse certamente esistettero, e qualcuna anche fu torturata come strega: ma è ragionevole, è umano sospettare che le loro ispezioni corporali fossero un po' piú sbrigative di quelle delle giovani, e che gli si consentisse un po' piú spesso di subire la tortura con qualcosa indosso? Io personalmente ne sono convinto: e può anche darsi che mi sbagli, ma non credo...

Sottoposta per la prima volta all'annientamento fisico e morale della tortura, Antonia reagí con furore, dimenticando tutte le raccomandazioni della signora Francesca, e la prudenza, e la paura stessa: come quegli animali che non sopportano di sentirsi prigionieri, e s'avventano contro le sbarre della gabbia fino ad uccidersi. Roteò gli occhi, schiumò, urlò, sputò contro i suoi aguzzini, si morsicò le labbra: insomma, si comportò da strega. Infine disse: slegatemi. Vi dirò tutto quello che volete sentir dire da me, e forse anche qualche cosa di piú. Da questo momento – annota sul suo registro il cancelliere Prinetti – «*incipit confessio Strigae*», cioè: incomincia la confessione della strega. Richiesta se avesse visto e conosciuto il Diavolo nel *sabba* la strega rispose: io non so chi sia costui che voi

[5] *Ludovico Settala*: «protomedico» (1552-1633), cioè responsabile della sanità a Milano al tempo della peste del 1628; è ricordato nei *Promessi sposi* (capitolo XXXI) con toni elogiativi, ma di lui si dice pure che «partecipava de' pregiudizi piú comuni e piú funesti de' suoi contemporanei». Si ricorda l'episodio di Caterina Medici: «con un suo deplorabile consulto cooperò a far torturare, tanagliare e bruciare, come strega, una povera infelice sventurata, perché il suo padrone pativa dolori strani di stomaco, e un altro padrone di prima era stato fortemente innamorato di lei».

chiamate il Diavolo; ma se è il contrario vostro, e del vostro Dio, io mi professo sua devota e sua sposa. Richiesta se al *sabba* s'univa carnalmente con il Diavolo, rispose di non sapere, in verità, se colui con cui s'univa carnalmente fosse il Diavolo: ma che certamente con qualcuno s'univa. Richiesta se avesse mai invitato le comari che l'avevano denunciata – un'Angela Ligrina, una Maria Ligrina, una Francesca Mambaruti, un'Irene Formica – perché andassero al *sabba* insieme a lei, rispose con molta fierezza che lei, comunque, il suo Diavolo non lo divideva con altre femmine; ma se anche avesse consentito a fargli conoscere quelle comari nominate dall'inquisitore, lui certamente avrebbe avuto schifo della loro bruttezza, e non si sarebbe unito con loro nemmeno al prezzo d'uno scudo ciascuna. (Qui, forse, Antonia sottovalutava il suo Diavolo). Insistendo l'inquisitore sulla testimonianza dell'Angela Ligrina, che aveva detto d'essere stata piú volte invitata da Antonia per il *sabba*, rispose che con la comare in questione lei non sarebbe andata in nessun posto e a nessun prezzo; e che forse, anzi certamente, la Ligrina si sbagliava di Diavolo, e di *sabba*. Lo chiedessero a lei, con chi era stata! Richiesta se avesse mai rapito bambini per succhiargli il sangue, e per compiere malefici dopo averli uccisi, rispose: messere no, io queste cose non le so fare e nemmeno mai ho saputo che qualcheduno al mondo le facesse, per quanto malvagio; sono scemenze che si raccontano d'inverno nelle stalle, e che nascono dalle fandonie di voi preti. Avendole poi l'inquisitore domandato se avesse mai sottratto un'ostia consacrata per i suoi *sabba*: rispose che il suo Diavolo mangiava ben altro che le ostie, e che fossero consacrate o non lo fossero non cambia niente; sono sempre mollichette senza sale, poco piú grandi di un'unghia: un pasto *da formicole*! Una pagnotta ben cotta – disse Antonia – con dentro tre o quattro belle fette di salame, o di *stracchino*, vale piú di tutte le ostie della terra. L'inquisitore ascoltava senza batter ciglio. «Devo trascrivere queste enormità?», gli domandò il cancelliere Prinetti. «Naturalmente, – disse Manini. – Siamo qui per questo!» Rivolto poi alla strega le fece un'ultima domanda. «È vero, – le chiese, – che il Diavolo ti si presentava in panni e aspetto d'un camminante, secondo quanto ha riferito al Tribunale la testimone Teresina Barbero?»

«Io mi incontravo col mio Diavolo, – rispose Antonia, – e non sapevo niente di lui: nemmeno che era un Diavolo! Ma se anche l'avessi saputo le cose non cambiavano. Camminante o Diavolo, ci sarei andata lo stesso...»

«Va bene, – disse Manini, – per oggi può bastare». E poi ordinò ai due inservienti di riportare la strega alla sua cella per la via piú breve, senza ascoltare i suoi eventuali discorsi e – se possibile – senza nemmeno guardarla. «Anche un semplice sguardo, – li ammoní, – può condurvi alla perdizione. Il Demonio è astuto!»

Capitolo venticinquesimo

Il porco

Francesca e Bartolo Nidasio comparvero davanti all'inquisitore il 28 di giugno, un lunedí: ed è certamente da annoverare tra le stranezze del processo di Antonia il fatto che i genitori della strega siano stati ascoltati cosí tardi, e dopo gli altri testimoni; di solito, in cause di stregoneria contro ragazze e donne giovani, la prima persona che si interrogava era proprio la madre della strega, in quanto sospettata d'essere strega lei stessa e d'avere indotto la figlia a andare al *sabba*, se non addirittura d'avercela portata. Quali che fossero le ragioni del ritardo, i due vennero fatti aspettare per piú di un'ora e infine ammessi alla presenza dell'inquisitore, che, dopo la trascrizione delle generalità da parte del cancelliere Prinetti, sgarbatamente s'adattò ad interrogarli: perché due semplici contadini, come loro, s'erano rivolti a Novara, alla Pia Casa, per averne in affidamento un'*esposta?* E perché proprio una femmina? Già le campagne pullulavano di femmine, che i contadini – disse il frate – consideravano spesso pesi inutili e ancora in alcune valli delle Alpi usavano affogare barbaramente, senza nemmeno battezzarle, appena nascevano: che senso aveva venirne a prendere delle altre in città? E poi: perché l'*esposta* in questione era cresciuta nell'ozio e nella spensieratezza e non era stata invece impiegata, senza tante storie, per accudire agli animali del cortile, attingere l'acqua dal pozzo e lavare i panni, come richiedeva la sua condizione e come essi stessi avevano detto di voler fare, firmando l'atto d'affidamento? Chi si credevano d'essere: dei nobili? Dei feudatari? Dei signori? Parlava tenendo la testa leggermente inclinata e le mani puntellate una contro l'altra davanti al viso, unite per i polpastrelli. Continuava a porre le sue domande, modulando i toni e la voce come faceva sempre, ma si capiva che non s'attendeva alcuna risposta dai Nidasio, anzi, al contrario: i due lí in piedi davanti alla sua cattedra non avrebbero potuto commettere un errore piú grossolano che tentare di interrompere quel suo monologo, per dargli una risposta. Li incalzò. Lo sapevano, i «nobili» Nidasio, che da oltre un anno l'*esposta* non entrava in chiesa, e che invece sparlava della santa religione, aizzando i contadini contro il prete e tenendo discorsi eretici? Lo sapevano, che ogni giovedí notte andava al *sabba* per incontrarsi col Diavolo? Che stregava i giovani, succhiava la vita degli infanti e compiva atrocità d'ogni genere? Avevano qualcosa da dire in proposito? Se sí, parlassero in fretta: lui, l'inquisitore, aveva altri doveri piú importanti, oltre a quello di ascoltare le loro inutili chiacchiere! Tirò fuori di tasca un orologio meccanico su cui lui stesso aveva fatto incidere l'immagine di un albero, e, sotto a questa, una frase dei *Proverbi*: «*Fructus iusti lignum vitae*» («Il frutto del giusto è un albero di vita»). L'aprí, se lo mise davanti. «Parlate, dunque! – si spazientí con i Nidasio. – Cosa state aspettando? Che si faccia notte?»

La signora Francesca scoppiò in singhiozzi; continuò poi a piangere, piú sommessamente, per tutto il tempo che rimase in Tribunale. Bartolo, che aveva capito sí e no la terza parte delle parole dell'inquisitore ma aveva provato l'impulso, mentre lui parlava, di alzarsi e di andarsene, rispose in modo pacato, disse di essere abbastanza vecchio per ricordarsi di un'epoca quando la Chiesa era meno oppressiva, e i preti non costringevano la gente «a cantare e a portare la croce» nello stesso tempo, come invece facevano da qualche anno in qua: e questa, del cantare e del portare la croce, è un'espressione della *bassa* che merita d'essere spiegata. Colui che nelle processioni della Settimana Santa porta la croce di legno, pesantissima, col crocefisso grande come un uomo tenuto su per mezzo di una sacca di cuoio, compie un tale sforzo che non gli si può chiedere di venire avanti cantando a tempo con gli altri. Lui cammina e bada a reggere la sua croce: perché la saggezza dei vecchi contadini gli ha insegnato a non compiere piú di uno sforzo per volta. «Perciò, – disse Bartolo, – io stesso, ed altri vecchi come me, non abituati ad essere tormentati dal prete in ogni momento della giornata e per ogni emina di fagioli o di fave, ci lamentiamo alcune volte ad alta voce, e con espressioni vivaci; e questa sola è l'origine dei discorsi di Antonia, che vostra signoria definisce eretici». Circa le presunte arti magiche della strega, Bartolo disse: «La ragazza è bella, e gli uomini forse fanno male a correrle dietro, soprattutto quelli che non hanno piú l'età per farlo e i male intenzionati; ma ciò rientra nell'ordine naturale delle cose del mondo». Succhiare bambini e spargere malefici erano chiacchiere da comari, senza alcun fondamento. L'unica cosa seria di tutta la faccenda era invece che Antonia, l'estate precedente, s'era presa una sbandata per un poco di buono, un vagabondo di cui i Nidasio ignoravano perfino il nome; soltanto a maggio di quell'anno e quando ormai era iniziato il processo davanti al Tribunale dell'Inquisizione, a Novara, loro avevano avuto notizia di questo *camminante*, detto «il Tosetto»: che veniva ogni estate a *guardare le acque* dei signori della *bassa* e a portare *risaroli* ai loro mezzadri. Costui, e non altri, era il Diavolo di Antonia; un Diavolo in carne e ossa che lui, Bartolo, avrebbe voluto incontrare per parlargli, e l'aveva anche cercato: ma senza trovarlo! L'unico modo di chiarire tutta la faccenda – disse il massaro – e di venirne a capo era dunque che il Tribunale dell'Inquisizione, avendone l'autorità e la possibilità materiale, costringesse il Tosetto a presentarsi, e a confessare cosa fossero quei famosi *sabba* a cui Antonia era stata vista recarsi. «La ragazza certamente è colpevole, ma non di ciò per cui viene accusata. Io non so altro».

Parlò Francesca, asciugandosi le lacrime. Disse che suo marito Bartolo s'era fatto dei nemici a Zardino per avere rifiutato, quando era console, di favorire il Tizio e il Caio e per essersi opposto a trasferire al prete certi antichi diritti della comunità, su certe *baragie* che il prete invece reclamava per sé; e che quei nemici erano piú o meno le stesse persone che ora cercavano di far condannare Antonia come strega. Disse che il Cucchi Agostino non era un testimone attendibile, essendo in lite, da sempre, coi Nidasio per una causa d'un'acqua che i Nidasio e i Cucchi si contendevano da secoli... «Sí, sí, sappiamo. Conosciamo», la interruppe l'inquisitore: che quando parlava di se stesso con persone considerate inferiori si dava del «noi». «Lascia stare queste storie: abbiamo fretta!» Intimò, perentorio: «E tu? Confessa! Ci andavi anche tu, a fare i sabba con la strega?»

«Signoreiddio! – disse Francesca, facendosi il segno della croce. – Vi sembran cose da chiedersi? Io... ai sabba!»

«Hai mai visto l'esposta che ci andava?»

«Scappava di notte, – disse Bartolo. – Col buio... Quando già in casa eravamo tutti a dormire. Verso la una». (Cioè, alle nove o alle nove e mezza di sera. A quell'epoca, e nei piccoli paesi, le ore si calcolavano dal tramonto del sole). «Si calava dalla finestra, lungo l'edera...»

«S'approfittava del fatto, – spiegò Francesca, – che, d'estate, noialtri contadini andiamo a dormire quando il sole tramonta perché poi dobbiamo alzarci prestissimo: alle sei e mezza o alle sette». (Le tre e mezza o le quattro di mattina.)

«Rientrava prima dell'alba – disse Bartolo. – Non è mai capitato che i risaroli la incontrassero mentre andavano al lavoro; o, se pure è capitato, non mi è stato detto».

L'inquisitore era annoiato. Anche facendoli parlare altre due ore – pensava – cosa mai potrebbero dire, questi due citrulli? S'alzò in piedi, riprese l'orologio. Scese di cattedra e s'avviò per andarsene: ma a questo punto, sta scritto nei verbali, il Diavolo «sciocamente» lo tentò con l'offerta di un porco, che lui respinse. («*Stulte Diabolus temptavit eum, praebens suem quem ille contempsit*»). In realtà, il tentativo di corruzione da parte di Bartolo fu talmente inatteso e imprevedibile da lasciare l'inquisitore lí impietrito: una statua di sale! «Scusatemi, eccellenza, una parola, – gli bisbigliò il massaro, tirandolo per la manica. – Devo farvi una proposta». Guardò indietro, per vedere se il cancelliere li ascoltava. Non li ascoltava. Sussurrò: «Ci ho un porco di seicento libbre, giú al paese... Una gran bestia! Se mi dite che l'affare vi sta bene, domani ve lo porto e mi riprendo Antonia». S'accorse che la bocca dell'inquisitore s'era aperta e che anche gli occhi gli si stavano dilatando. Minimizzò, cercò di rimediare: «Per il convento! Un donatico!»

Le labbra di Manini si mossero per ben due volte, senza che ne uscisse suono. Quando finalmente la voce uscí, era un grido strozzato: «Taddeo! Bernardo! Dove siete?»

«Buttate fuori questi sciagurati! Che non mi tornino innanzi!» Stringeva i pugni e li protese verso Bartolo come se avesse voluto minacciarlo ma l'affronto subíto era stato cosí grave che nessun gesto appariva adeguato, e le parole meno ancora dei gesti... Batté il piede per terra: «Andate via!»

«Ritornate tra i pari vostri! Zoticoni! Bestie calzate e vestite! Un porco... a me!»

Francesca, che non sapeva niente delle intenzioni del marito, non capí nemmeno cosa fosse successo. Soltanto dopo, sul carro, quando ormai avevano passato il guado dell'Agogna e s'erano lasciati Novara alle spalle, lui le spiegò che aveva proposto all'inquisitore di scambiare la ragazza con un porco e le disse anche chi gli aveva suggerito di farlo. Era stato don Michele, il vecchio cappellano che ora abitava di là dal Sesia nello Stato dei Savoia, e faceva quello che aveva già fatto da quest'altra parte del fiume, però senza dichiararsi prete: aggiustava le slogature, curava i mali della gente con le erbe, allevava api e *bigatti*, distillava essenze... S'era anche preso moglie, don Michele! Una donna giovane, che avrebbe potuto essere sua nipote. Quando Bartolo era andato a trovarlo, aveva ascoltato la storia di Antonia scuotendo il capo: «Poveretta! Povera ragazza!» «Vorrei tanto aiutarti, amico mio, – gli aveva detto alla fine, – ma cosa posso farci? Lo sai anche tu che non sono stato capace nemmeno di aiutare me stesso! Questa Chiesa di oggi, questi preti... In apparenza, tutti Santi! Tutti Arcangeli con le spade sguainate contro i poveri diavoli come noi, che trafficano con le cose del mondo... Però, a ben vedere, un punto debole ce l'hanno anche loro. Prendi ad esempio don Teresio. S'alza in volo mentre dice messa, ti manda dritto all'Inferno se la domenica t'azzardi a andare a caccia, o a lavorare nell'orto: ma se gli porti una volta al mese due bei capponi... Se gli dai uno scudo d'oro a Natale e a Pasqua... Be', allora puoi fare quello che ti pare, te lo dico io! Che tu sia un peccatore non importa piú. Le tue colpe verranno perdonate – tanto, la Chiesa c'è apposta per questo! – ed il tuo prete, incontrandoti per strada, spazzerà ogni volta le pietre col cappello[1]...» A questo punto don Michele era rimasto in silenzio a riflettere, poi aveva detto: «L'Inquisizione... un brutto affare! Io questo inquisitore che c'è adesso non l'ho mai visto, ringraziando il cielo, ma ho conosciuto il suo predecessore, il *magister*[2] Domenico Buelli... Un can mastino! Uno che non mollava mai niente, devi credermi: né un eretico, né un soldo, né una prerogativa! Quand'è venuto a Novara il vescovo Bascapè si sono scornati come due torelli nella stagione degli amori: testa a testa, senza cedere d'un pollice... Buelli non aveva paura di nessuno. Non fosse morto di crepacuore, com'è morto, nemmeno il vescovo ce la faceva a domarlo e poi anche era un genio per spremere quattrini: torchiava pure le pietre, che Dio l'abbia in gloria! A

1 *spazzerà ogni volta le pietre col cappello*: manifesterà sempre un grande rispetto e considerazione.

2 *magister*: maestro.

Novara è stato lui quello che ha fatto costruire tutto: il palazzetto dell'Inquisizione, il convento, la chiesa di San Pietro... Insomma, lo sai meglio di me: tutto e tutti hanno un prezzo, a questo mondo! Prova a parlare con quest'altro inquisitore, fagli un'offerta, che so: offrigli un porco, un vitello... Certo, sarebbe meglio se tu gli offrissi dei soldi: cinquanta lire, cento lire... Con cento lire, ci comperi anche il Papa! Ma tu, tutti quei soldi da dare all'inquisitore non ce li hai e allora offrigli un porco, il piú grosso che c'è a Zardino. In cambio della ragazza. Che gli dici? Digli: eccellenza, un donatico! Per il convento! Ma sí! Non rischi niente, stai tranquillo! Male che vada, s'arrabbia e allora vuol dire che l'offerta era troppo bassa! Che il prezzo vero è piú alto, molto alto e che tu, mio povero Bartolo, non ci arriveresti comunque... Però devi provarci anche se l'idea non ti piace e non ne hai voglia, lo so. Devi pur fare qualcosa, per Antonia! Per non tenerti poi il rimorso, finché vivrai, di non aver fatto niente... Poveretta! Disgrazia per disgrazia, era meglio per lei se la prendevano i banditi...»

La mattina del 4 luglio – una domenica – la ragazzaglia sempre all'erta sulla via principale di Zardino e le comari che ritornavano dalla prima messa assistettero a un evento memorabile. Pietro Maffiolo, il *camparo*, attraversò il paese dritto impettito a cavallo *d'la so mujé* cioè della mula sua moglie («La mujé! La mujé!», gridavano i ragazzi tirandole la coda) con in testa quello stesso elmo che aveva indossato per trent'anni, prima come soldato e poi come alfiere di Filippo II il Re Cattolico, la spada al fianco e l'astuccio dei diplomi legato al braccio sinistro. Andava a Novara – ma, questo, in paese si sarebbe saputo soltanto nei giorni successivi – a rendere all'inquisitore Manini la sua personale testimonianza sul caso della «strega di Zardino». Ci andava spontaneamente, senza essere stato convocato dal Tribunale e senza essersi consultato con nessuno: convinto com'era di dover dire alcune cose importantissime, che avrebbero impresso una svolta decisiva al processo e determinato l'immediata scarcerazione di Antonia. I ragazzi, eccitati per la novità di quella tenuta, gli correvano innanzi e lo applaudivano, gridandogli: «Viva 'l Fuente, viva 'l Fuente!»; ed anche: «Viva 'l Fuente e la so mujé!» Lui li ignorava. Soltanto, faceva a tratti un gesto con la mano davanti al viso, come se avesse dovuto scacciare una zanzara. Borbottava a mezza voce: «Niños locos!» («Bambini stupidi!») Accarezzava la mula sopra il collo, la rincuorava: «Vámos, ánimo!»

L'incontro tra l'inquisitore e l'ex soldato, al primo piano del palazzetto di piazza San Quirico, a Novara, fu burrascoso. Manini era appena tornato da Milano dov'era andato a informare il suo collega della causa che aveva per le mani, e a rendergli quell'omaggio che Buelli non gli aveva mai reso: riconoscendogli, di fatto, quella superiore autorità sugli altri inquisitori delle diocesi lombarde che il Sant'Uffizio di Milano reclamava da sempre, e che non sempre otteneva. In cambio, s'aspettava d'averne un incoraggiamento e una promessa d'essere sostenuto in ogni sede, a Milano e a Roma, nell'eventualità di una controversia con il vescovo; ma non aveva avuto né l'incoraggiamento né la promessa, e aveva fatto tutto il viaggio di ritorno chiedendosi: perché? Perché l'inquisitore di Milano si era comportato cosí nei suoi confronti? Per malanimo verso il suo predecessore? Per qualcosa che a Milano si sapeva, e a Novara no? Eppure Manini aveva cercato di rappresentargli la situazione novarese nel piú efficace e veritiero dei modi: gli aveva detto del vescovo Bascapè, della «strega di Zardino», del Tribunale dei Domenicani che era rimasto per tanti anni inoperoso, a causa del vescovo... Gli aveva parlato del presente. Bascapè – aveva raccontato Manini all'inquisitore di Milano che taceva e sorrideva, chissà poi di cosa! – era tornato da Roma in fretta e furia, e con molti mesi d'anticipo rispetto alla data prevista per la canonizzazione del Beato Carlo; inferocito, stando a ciò che se ne sapeva, per come il Papa l'aveva trattato, o non trattato; inoltre, s'era fratturato una mano che continuava a dolergli, sicché i suoi collaboratori nel governo della diocesi dicevano che alternava ore di cupa depressione a improvvisi scoppi di collera, e che era piú «cadavere» e piú intrattabile che mai. Cos'altro ci si poteva aspettare da un uomo cosí ridotto, se non che in un momento d'ira tornasse a intromettersi nelle cause del Sant'Uffizio, e facesse pazzie? Ma l'inquisitore di Milano, quando infine s'era deciso a far sentire la sua voce – con un discorsetto tutto infarcito di citazioni dalle Scritture e dai Padri della Chiesa, e con quel suo eterno sorriso sulle labbra, da tirar fuori di mano gli schiaffi ai Santi – s'era mostrato molto tiepido, se non proprio freddo, per l'affare della «strega di Zardino»: arrivando a suggerire al povero Manini di... lasciar perdere! Tanto – gli aveva detto – l'orientamento allora prevalente nella Chiesa, in materia di streghe e di malefici, era di delegare il piú possibile *al civile*, cioè ai Tribunali ordinari dello Stato; e di non procedere essa stessa se non in quei casi, pochi ed estremi, dove fossero in gioco i principi stessi della fede... Inutilmente Manini aveva alzato al cielo le lunghe mani affusolate, e aveva spalancato in viso all'interlocutore i grandi occhi grigiazzurri, per dirgli che il suo processo era appunto uno di quei casi! Inutilmente aveva richiamato la sua attenzione sulla specificità della situazione novarese, e sulla necessità di riaffermare – con una giusta causa e una giusta condanna – la presenza autonoma del Sant'Uffizio in una diocesi, dove quella presenza era stata soffocata... «Ma no, ma no, cosa dite!», lo aveva contraddetto il collega; guardandolo, e continuando a sorridergli, come se lui fosse stato un ragazzetto irriflessivo, che parlava a vanvera. «Cosa volete che ci sia di cosí specifico, nella situazione della diocesi di Novara, che non rientri nelle problematiche generali e universali del nostro ministero?» E poi lo aveva congedato accompagnandolo fin sulla porta del suo studio, gli aveva preso una mano tra le sue, sorridendogli in quel suo modo indisponente, gli aveva ripetuto ancora due volte: «Siate cauto!»

Camminando in su e in giú per la sua stanza, Manini ancora pensava a quell'incontro: «Ha voluto umiliarmi! – Si chiedeva: – Perché lo ha fatto?»; e non sapeva rispondersi.

Quando s'ebbe davanti quel visitatore inatteso, di cui Taddeo gli aveva detto che si era presentato armato d'elmo e di spadone come il paladino Orlando e che s'erano dovute sudare le proverbiali sette camicie per indurlo a separarsi dalla sua ferraglia, l'inquisitore esordí rivolgendogli alcune parole – naturalmente ironiche – d'elogio. Gli disse: «Bravo! Hai fatto proprio bene a presentarti al santo Tribunale, anche se nessuno ti ha mandato a chiamare e anche di domenica, e senza timore d'infastidirci, data l'importanza di ciò che devi dire!» Lo invitò a parlare e a confessarsi. Suggerí: «Forse andavi anche tu al sabba, con la strega? O, forse, eri tu il suo Diavolo? Racconta!»

«Messere sí», disse il *camparo*; che aveva fatto caso non tanto alle parole dell'inquisitore quanto piuttosto a quel suo modo di parlare, muovendo gli occhi e il viso e tutta la persona. Lui, Maffiolo, aveva già conosciuto un uomo che parlava cosí, e tutt'a un tratto ricordò («Madre de Dios!») Il *conde* (conte) Horacio Lope de Quiroga, capitano del ventiduesimo *tercio* (reggimento) dell'armata delle Fiandre. Il piú grande *maricón* (finocchio, omosessuale) che avesse mai combattuto sotto le bandiere di Spagna, e forse anche il piú grande matto: pretendeva la perfetta dizione castigliana[3] anche dai tedeschi, e, quando s'innamorava di un soldato, gli mandava un anello di rubini con il suo stemma... Si riscosse. «L'anno scorso, – disse, – nella stagione dei risi, io andavo ogni notte a controllare le chiuse del Cavetto, che è un'acqua destinata all'irrigazione degli orti e quindi di interesse pubblico. Passando sotto il dosso dell'albera una notte che c'era luna grande (cioè: piena) mi è capitato di vedere quella ragazza che avete incarcerato come strega, l'Antonia; stava insieme con un tale Tosetto, camminante e capo dei risaroli d'un paese verso Novara. Un gran briccone! Giuro sul mio onore di soldato che questa è la verità e che intorno a loro l'ambiente era normale: non c'erano Diavoli, né streghe che ballavano il sabba, né prodigi d'alcun genere. Questo è quanto».

Mentre il *camparo* parlava, l'inquisitore lo guardava simulando interesse e anche stupore, in un certo qual modo che avrebbe dovuto significare: perbacco! Queste sí che sono rivelazioni utili! Poi, tornò serio. S'alzò in piedi. Disse al *camparo*: «Dovresti vergognarti!» E mentre lui lo guardava e non capiva, alzò il dito ammonitore, ripeté: «Dovresti vergognarti della tua stupidità, e della tua superbia! Tu che sei cosí stupido da presumere di conoscere la verità, e cosí superbo da venircela a raccontare proprio a noi, del Tribunale di Dio! Con la medesima sfrontatezza con cui l'andresti a raccontare agli ubriaconi tuoi pari, in una delle osterie che frequenti di solito!» Fece una pausa d'attore. Domandò: «Credevi forse che già non la sapessimo, questa tua storia del camminante?» Puntò il dito contro il *camparo*. «Chi sei tu, piccolo uomo presuntuoso, per venire a dare lezioni al Sant'Uffizio? Chi ti ha chiamato? Vattene, e non ardire piú di comparirci dinnanzi!»

Di quella grande invettiva dell'inquisitore, Maffiolo capí alcune parole e molte altre non le capí, ma l'insieme non gli piacque. Quando poi si vide quel dito puntato contro, impallidí, fece un passo indietro e il gesto d'impugnare la spada; non trovandola, la mano risalí verso l'astuccio dei diplomi, lo slegò,

[3] *castigliana*: spagnola; il castigliano è considerato lo spagnolo puro.

lo brandí come se fosse stato un'arma. «Io, – disse il *camparo*: e la voce gli tremava per l'ira, le dita aprivano l'astuccio e vi frugavano cercando chissà cosa, – io ho combattuto contro Lutero e contro il Turco[4], contro il Polacco e contro l'Inglese. Sono stato ferito sette volte in battaglia; ho ricevuto due diplomi di valore e la bandiera d'alfiere di Sua Maestà il Re Cattolico. Se quelli come voi possono ora offendere un vecchio come me, ciò è per merito dei tanti miei compagni – si fece il segno di croce, baciò il dito – che hanno lasciato la loro vita sui campi di battaglia, nelle Fiandre o sul Danubio o piú lontano ancora». Sbatté i tacchi, si voltò per andarsene. «Quédese Usted con Dios!» («Addio, state con Dio!»)

4 *contro Lutero e contro il Turco*: i principi luterani e i Turchi furono, alla fine del XVI secolo, i piú pericolosi nemici del mondo cattolico dominato dal re di Spagna.

Capitolo ventiseiesimo

La prigione

Cosí finí il mese di giugno per Antonia: in carcere; mentre fuori del palazzetto dell'Inquisizione e nella *bassa* tutti continuavano nei loro traffici di sempre, e il sole sorgeva ogni mattina e tramontava ogni sera in un mare di vapori e di nebbie. Soltanto lei se ne stava rinchiusa sottoterra, senza ricevere altre visite che quelle regolamentari dei suoi carcerieri e senz'altra compagnia che quella dei topi. Le prigioni dell'Inquisizione di Novara erano nelle cantine stesse del Tribunale, a destra della scala le celle degli uomini e a sinistra quelle delle donne; oltre alla strega, all'epoca dei fatti, c'era stato anche un «chierico sodomita[1]» di cui null'altro si sa, se non appunto ciò che significano queste due parole: ma poi il chierico aveva dovuto essere trasferito nelle prigioni del vescovo e Antonia era rimasta sola. Le celle erano piccolissime: buchi ciechi, senza pavimento e senza finestre; l'unico barlume di luce vi entrava da un'apertura poco piú grande di una mano che c'era nella porta, all'altezza del viso. Affacciandosi a quell'apertura, Antonia vedeva un corridoio che di giorno prendeva luce dal cortile dei frati attraverso due grate di ferro nel soffitto; di notte, da una lanterna appesa a un gancio, collocato a una certa altezza nel muro di fronte. Su quel muro, a ogni ora del giorno e della notte e quasi ininterrottamente, salivano e scendevano grossi topi, dal pelo nero e lucido sul dorso e grigio sulla pancia: erano i ratti, destinati poi a estinguersi nelle nostre città per lasciare il posto al topo biondo o «pantegana» venuto dall'America; ma ancora molto attivi nell'estate del 1610, e per nulla pensosi della sorte che sarebbe toccata ai loro discendenti. Entravano nella cella di Antonia, le si avvicinavano, la «assaggiavano» cioè provavano la commestibilità del legno delle sue zoccole e della

1 *chierico sodomita*: sacerdote colpevole di atti omosessuali.

stoffa dei suoi vestiti, la costringevano a svegliarsi appena lei s'assopiva; a scacciarli gridando e battendo i piedi, tre o quattro volte ogni ora e anche piú spesso. Senza l'assillo di quelle bestiacce il carcere sarebbe stato quasi sopportabile e Antonia, che ne provava terrore ed anche orrore, si risolse a parlarne ai suoi carcerieri: al giovane Bernardo, dagli occhi strabici e dalla bocca semiaperta, che l'ascoltò e non rispose; era forse sordo? E poi al vecchio Taddeo, dal cranio lucido e dalle occhiaie incavate, che simulò stupore e costernazione, disse: «Dei ratti! Qui da noi! Poveretto me se l'inquisitore viene a saperlo!» Le fece un mucchio di domande: se era proprio sicura di averli visti; se erano tanti; se li aveva contati. Infine, dopo essersi divertito ancora un poco, il vecchiaccio promise: sarebbe intervenuto con grosse trappole ed esche avvelenate, avrebbe fatto una tale strage di ratti che nella prigione del Sant'Uffizio di Novara si sarebbe perso anche il ricordo di quegli animali. Invece i ratti nello scantinato ci rimasero poi tutti, dal primo all'ultimo: i morti, a imputridire e a puzzare, i vivi a scorrazzare; ma la diminuzione del numero di questi ultimi alleviò un poco i tormenti di Antonia, permettendole di dormire brevi sonni senza essere molestata: un gran sollievo!

Nei primi giorni ch'era in carcere, Antonia aveva alternato scoppi d'ira con pianti sconsolati: gridava che voleva uscire, che non aveva fatto niente di male contro i preti e contro nessuno; che era innocente. Batteva i pugni contro il muro e si strappava i capelli. Poi, s'era quietata. Era rimasta seduta sul pancaccio a fissare la finestrella della porta e il muro di fronte, con i ratti che salivano e scendevano, mentre i giorni e le notti, sopra di lei, si susseguivano sempre piú veloci. Non parlava, non reagiva nemmeno quando Taddeo le metteva in mano la scodella del riso bollito, le annunciava cerimonioso: «Ecco qua il pranzo! La damigella è servita!» O quando, alla mattina, le chiedeva informazioni del *sabba*: era andato bene? C'erano tutti, quella notte, i Diavoli suoi amici? Erano meglio degli uomini, quei famosi Diavoli? Ce l'avevano piú grosso? e simili sciocchezze.

La visita medica, obbligatoria in questo genere di processi, si fece la mattina del 12 luglio, prima che Antonia venisse interrogata per la terza ed ultima volta dall'inquisitore, e durò quasi un'ora. I due periti, tali Ovidio De Pani del collegio dei dottori medici di Novara e Giovan Battista Cigada del collegio di Milano, si soffermarono a lungo e con grande scrupolo su due caratteri esteriori di Antonia che dovettero apparirgli sospetti, e precisamente: il pelo crespo e nero e l'abbondanza dei nei. Soprattutto li insospettirono i nei come possibili *signa Diaboli* o «bolli del Demonio»; perciò li sottoposero alla prova della trafittura, pungendoli pazientemente ad uno ad uno con uno spillo d'argento e trovandone alcuni pressoché insensibili: indizio grave – scrissero i dottori – e prova quasi certa («*majus argumentum et satis firma probatio*») d'avvenuta possessione diabolica. I corpi abitati dal Diavolo, si sa, presentano spesso zone torpide[2]; e da ciò appunto si riconoscono. Minore importanza si doveva invece attribuire a quell'altro connotato di Antonia, dei crini crespi e neri e molto folti sul capo e nelle altre parti del corpo a ciò disposte da natura: accade infatti – sentenziarono i periti – di vedere molte donne che certamente non sono streghe presentarsi con le medesime caratteristiche, vivendo saggiamente in ogni momento della loro giornata e comportandosi anche nelle pratiche di devozione con molta pietà; sicché è opportuno che in tale materia si distingua, e che si proceda con grande cautela, senza affrettarsi verso conclusioni che potrebbero poi rivelarsi errate. Infine – forse per umanità, forse per scrupolo scientifico – i due medici s'appellarono al santo Tribunale chiedendo che si facesse un estremo tentativo di liberare la ragazza dal Diavolo, prima di giudicarla: con pillole d'assenzio, aloe, erba ruta e simili; o con violenti purganti; o con emetici[3], perché – dissero – era già accaduto in passato che tali rimedi si rivelassero efficaci, e che il Diavolo se ne uscisse dal corpo della donna «*inflatus, stercus, aut utcumque in corporis excrementa*» («In vento, sterco o in altra materia corporale»). Ma, fortunatamente per Antonia, non risulta che quel suggerimento dei periti sia poi stato seguito...

Dopo un intermezzo di poche ore in cella, il pomeriggio di quello stesso 12 luglio 1610 Antonia venne fatta risalire al pianoterra del Tribunale, nella sala appositamente attrezzata per

2 *torpide*: poco sensibili o addirittura insensibili al dolore. Come se non bastasse l'assurdità dell'imputazione, i processi per stregoneria erano corredati da tutta una serie di strumenti procedurali che non lasciavano scampo all'accusato. «La letteratura demonologica insegnava, per esempio, che se una presunta strega confessava, era colpevole; se taceva nonostante le torture, lo faceva grazie ad un incantesimo (il cosiddetto *maleficium taciturnitatis*); se negava, mentiva sedotta dal diavolo, padre di ogni menzogna» (Carlo Ginzburg, *Il giudice e lo storico*, Einaudi, Torino 1991, p. 94).

3 *emetici*: prodotto capace di provocare il vomito.

l'interrogatorio e la tortura degli eretici, e sottoposta ad un nuovo esame che durò, dice il verbale, fino a notte, e che impresse una svolta decisiva al processo: è infatti nel corso di quest'ultimo colloquio che Antonia dimostrò di essere un'eretica pericolosa, non soltanto una *lamia* cioè una strega esperta in malefici, ma anche una propagatrice di dottrine eretiche e scismatiche tra gli abitanti della *bassa*: un Lutero in gonnella, un Diavolo in forme femminili! La presenza del Diavolo in quest'ultimo interrogatorio si manifestò con chiarezza – dicono le carte del processo – fin dalle prime risposte della strega e senza bisogno di speciali sollecitazioni da parte di Manini: che, anzi, aveva riproposto molte domande già fatte nei due precedenti interrogatori. «È vero, – aveva chiesto tra l'altro l'inquisitore ad Antonia, – quanto affermano alcuni testimoni, che tu al dosso dell'albera ci andavi per incontrare un uomo, un camminante chiamato Tosetto, e non invece per incontrare il Diavolo? Rispondi!»

«Se il mio moroso fosse stato un uomo, come voi dite, – rispose Antonia, – lui poi sarebbe venuto a scagionarmi davanti al Tribunale. Non c'è venuto perché è un Diavolo».

«Com'è fatto il Diavolo?» domandò l'inquisitore.

«Esattamente com'è fatto un uomo. Come voi».

«Cosa facevi tu col Diavolo?»

«L'amore».

«E poi che altro?»

«Parlavamo».

«Avevi complici?»

«Messer no».

«Uccidevate bambini?»

«Messer no».

Per costringere la strega a confessare i suoi delitti la si sottopose quindi a una prima tortura, con il *curlo*. Questo genere di tortura si faceva tirando su la strega per i polsi fino a due o tre metri d'altezza e poi facendola ripiombare a terra dopo averla tenuta sospesa per un tempo che l'inquisitore stabiliva di volta in volta secondo necessità e che misurava in preghiere; dicendo al carnefice, per esempio, «tienila su un Pater noster», oppure: «un Salve Regina», «un Miserere»... (Tutto quel trambusto è però riferito nelle carte del processo con due sole parole: «*ter squassata*», cioè Antonia fu tirata su e lasciata ricadere per tre volte di fila). L'ispezione prima della tortura era stata eseguita dal giovane Bernardo, che non aveva piú accettato di giocarsi quell'incarico a «testa o croce» col padre, ma s'era fatto avanti, risolutamente, quand'era stato il momento: «Tocca a me!» Taddeo, poi, aveva cercato di rimettere a posto le ossa della strega, che erano tutte slogate, perché l'inquisitore potesse continuare a interrogarla; come infatti avvenne. Nel corso di quel successivo interrogatorio vi furono altre due interruzioni, e la strega fu torturata altre due volte; la prima volta ancora con il *curlo*, la seconda volta con quello speciale *lectus cruciatus* (cioè *cavalletto* o «letto dei tormenti») che Buelli aveva fatto costruire appositamente per il Sant'Uffizio di Novara, introducendo alcune innovazioni sul modello allora piú diffuso. In questa fase del processo venne posta a Antonia tutta una serie di domande, per cosí dire, rituali: se nei suoi *sabba* si calpestassero le croci, se si vomitassero le ostie consacrate, se si compissero abiure del battesimo ed altrettali faccende, del tutto irrilevanti per la nostra storia. Sottoposta a nuove torture, Antonia impazzí di dolore: urlò, pianse, implorò i carnefici che smettessero, insultò l'inquisitore Manini e il cancelliere Prinetti, disse cose orribili e schiumò dalla bocca, ruotò gli occhi, tirò fuori la lingua e perse i sensi, insomma si comportò come normalmente si comportavano le streghe appese ai *curli* o dilaniate dai *cavalletti* dell'Inquisizione; ma nelle risposte che poi diede, e che il cancelliere trascrisse, la sua rabbia e la sua disperazione diventano eroismo, volontà di vincere gli aguzzini nell'unico modo possibile, cioè dimostrandosi piú forte di loro. È in quelle risposte che il personaggio di Antonia, sbiadito purtroppo nelle carte del processo come nella pittura del *madonnaro* Bertolino, ci mostra i suoi connotati piú autentici e piú vivi, d'ingenuità, di fierezza, di determinazione; diventa grande per se stesso e nel confronto con i giudici, che non sanno darsi ragione di tanto coraggio e finiscono per attribuirne – come già s'è detto – tutto il merito al Diavolo. Nella sua arringa conclusiva, pronunciata il 20 agosto di fronte al Tribunale riunito in camera di consiglio, Manini parlò di una forza soprannaturale e diabolica che aveva consentito alla «strega di Zardino» di sostenere torture dolorosissime piú e piú volte ripetute («*peracerba et iterum repetita tormenta*») senza mai recedere dalla sua malvagia volontà («*numquam recedens a mala voluntate*») ma anzi riaffermando, e rafforzando, quelle stesse rozze eresie per cui era stata incarcerata, e che aveva cercato di diffondere tra i contadini della riva del Sesia. Di tali eresie, l'inquisitore forní ai giudici una sintesi, non priva di efficacia e abbastanza esatta. Tutte le affermazioni eretiche della «strega di Zardino» – disse in sostanza l'inquisitore – si riferivano a tre argomenti. Il primo di quegli argomenti era l'inutilità dei preti, parassiti delle campagne e del mondo intero; il secondo, era la natura soltanto simbolica del Cristo (« *Ce ne sono statti tanti Gesuscristi, da che ce il mondo, et Gesuscriste anco piú assai* »); il terzo, infine, era l'origine del peccato, ciò che la Chiesa chiama « peccato originale » e che secondo Antonia era la religione stessa (« *La prima colpa è la bugia de' preti. Dicono che sanno quello che non sanno; danno nome acciò*[4] *che non a nome. Quello è il primo peccato. Il resto seguita* »).

Fu a questo punto dell'interrogatorio che Manini s'alzò in piedi – secondo quanto ne riferisce il cancelliere Prinetti – e si coprí il capo con l'abito, esclamò: « *Diabolus locutus!* »

(« Ha parlato il Diavolo! »)

Faceva caldo in quei giorni: un caldo afoso. La *bassa* e tutta la pianura novarese, nel sole torrido di quel mese di luglio dell'*annusdomini* 1610, erano un'immensa palude vaporante che pian piano si prosciugava e si seccava attendendo la pioggia. Per tenere allagate le risaie, i contadini si rubavano l'acqua l'uno con l'altro o la rubavano ai padroni; il fiume Sesia, da cui tutti attingevano, era quasi secco: una distesa di sassi a perdita d'occhio, con al centro due o tre rigagnoli d'acqua viva che stentavano a non insabbiarsi da una pozza all'altra. S'attendevano, s'invocavano i temporali: ma le sole nuvole che s'alzavano verso sera, sulla città e sui villaggi della *bassa*, erano quelle delle zanzare. Cosí stando le cose, e in attesa che il capitano di giustizia di Novara – cui s'era rivolto – gli mettesse a disposizione per interrogarlo quel *camminante* Tosetto, *capo di risaroli* e guardiano d'acque, il cui nome compariva piú volte nel processo d'Antonia, Manini partí, se ne andò in vacanza: del resto, proprio in quei giorni aveva ricevuto assicurazione, da parte dell'abate Aimo e di altri collaboratori del vescovo, che Bascapè, una volta tanto, non si sarebbe intromesso a dettar legge nel « suo » processo; che aveva altre cose a cui pensare, in quel momento! Bisognava – dissero gli uomini della Curia – che l'inquisitore, come regola generale, s'astenesse dal

4 *acciò*: a ciò.

trattare cause di ecclesiastici e che presentandosi casi come quello del «chierico sodomita» deferisse subito l'imputato al loro Tribunale, senza nemmeno interrogarlo; per le cause pendenti a carico di laici, invece, nessuna obiezione era stata sollevata e nessun provvedimento specifico era stato preso, sicché si doveva intendere che il vescovo tacitamente consentiva a demandarle al Sant'Uffizio: «*Nulla negatio prorsus est assensus*», la mancanza di divieto è per se stessa consenso[5]. Dunque come s'è detto l'inquisitore partí: tornò al suo paese natale sulla Riviera d'Orta, Gozzano, e ci rimase fino alla metà d'agosto; alternando le visite al Sacro Monte di Orta, ch'era allora un cantiere d'una decina di cappelle, alle gite in barca ed alle passeggiate nei boschi. Il lago d'Orta, in questi primi anni del Seicento in cui si svolge la vicenda di Antonia, era un luogo incantevole, da fiaba: le sue acque ancora non erano avvelenate dagli scarichi delle industrie né solcate dai motoscafi, la ragnatela d'asfalto, tutt'attorno, ancora non esisteva, cosí come non esistevano i campeggi, le ville a schiera, i condomini di otto o dieci piani e l'edilizia del ventesimo secolo. Nemmeno gli spagnoli, che erano quelli che allora rovinavano ogni cosa, in Italia e altrove, erano riusciti a impadronirsi di quel minuscolo paradiso; essendo tutta la Riviera d'Orta – cioè il lago e le sue sponde – feudo ecclesiastico per antichissimo privilegio concesso ai vescovi di Novara, Bascapè aveva difeso da par suo quell'anacronistico diritto della Chiesa ad amministrare la giustizia, armare milizie e battere moneta, con interminabili cause giudiziarie che in quell'anno 1610 ancora si trascinavano in varie sedi: a Milano, a Roma, a Madrid. Quelle cause, naturalmente, erano tutte perse prima ancora d'essere incominciate, e non certo per motivi giuridici; erano, come dire? assurde rispetto ai tempi e alla situazione concreta dei luoghi a cui si riferivano. In un'Italia percorsa in lungo e in largo da eserciti di diverse lingue e di diverse nazionalità, nessuno, nemmeno il vescovo di Novara!, poteva pensare di ritagliarsi un proprio Stato e poi di regnarvi come se questo si fosse trovato sulla luna, anziché in mezzo ai dominî della Spagna. Di fatto, gli spagnoli governavano lo Stato di Milano, erano presenti a Novara e nel contado ed incombevano sulla Riviera d'Orta; dove soltanto per evi-

[5] *la mancanza... consenso*: se una cosa non è espressamente vietata, è automaticamente consentita.

tare di scornarsi con quel matto del vescovo Bascapè avevano rinunciato a insediare un presidio militare, rimandando tutta la faccenda a quando il vescovo fosse *muerto*[6]: cosa che molti si auguravano succedesse *de prisa* (in fretta). In questo ambiente incantevole del lago Manini poi ci restò, come s'è detto, per piú di un mese; avendo ricevuto notizia da Novara che il vescovo Bascapè era partito per la Val Vigezzo senza dare disposizioni che riguardassero il Sant'Uffizio, o lui personalmente; sicché almeno per il momento – aveva pensato il nostro inquisitore – non c'era ragione di interrompere la villeggiatura per ritornare in città, a morire di caldo. L'afa, che sul lago d'Orta e sulle Alpi era mitigata dai frequenti temporali – nuvolette formatesi dall'evaporazione del lago o della pianura sottostante, che verso sera si scioglievano in pioggia – rendeva invece insopportabile il clima della *bassa*; la città di Novara, secondo quanto ne riferivano i viandanti, puzzava sottovento come se fosse stata un immenso mucchio di letame ed era anche invasa da una miriade di insetti assetati di sangue che volavano, saltavano, s'infilavano nei paglericci e nelle cuciture dei vestiti o addirittura nascevano addosso alle persone, nei loro panni medesimi! Gli artigiani chiudevano le botteghe, tutte le attività si fermavano ed anche il santo Tribunale – si disse Manini – poteva concedersi una sosta temporanea: Dio e il Diavolo, ugualmente accaldati, avrebbero atteso che l'aria rinfrescasse per tornare a contendersi il genere umano come normalmente facevano, senza esclusione di colpi e con il giusto vigore che una preda cosí ambita richiedeva a entrambi! C'erano soltanto – erano già stati convocati – due testimoni da interrogare: due testimoni chiamati a deporre sul Tosetto, cioè sul *camminante*, perché il Tosetto – secondo quanto mandava a dire il cancelliere Prinetti – non si trovava; ma per due testimoni cosí non occorreva certo che si scomodasse l'inquisitore, bastava il cancelliere. Provvedesse lui...

Gli interrogatori d'un tale Spirito Fassola, martedí 26 luglio, e poi d'una Demaggi detta Gippa che si fece invece sabato 30 luglio, avvennero in un'atmosfera illividita dal caldo e dai miasmi dell'estate novarese e non contribuirono granché a rendere meno evanescente la figura di quel misterioso corteggiatore della strega sul cui conto, nelle carte del processo, esi-

6 *muerto*: morto.

stevano testimonianze discordi; e che Antonia stessa diceva essere stato un Diavolo. Il cancelliere Prinetti, praticamente nudo sotto la pesante veste monacale di lana bianca e nera, era cosí infiacchito dall'afa che nemmeno la vicinanza di una donna come la Gippa ebbe il potere di ridestarne gli spiriti – casti ma pur sempre vivi! – inducendolo in tentazione. Questa Gippa Demaggi vedova Pescio – già ascoltata da Buelli ai tempi suoi perché sospettata d'essere strega lei stessa, e da lui poi ammessa all'abiura – aveva fama di costumi alquanto liberi e d'ingegno non eccelso: in pratica, era una sempliciotta che si lasciava volentieri abbindolare dal primo venuto, purché fornito di parlantina e d'aspetto non sgradevole. Molto avvenente e prosperosa in gioventú, la Gippa all'epoca del processo era una gran matrona dai capelli color carota e dalle rotondità prorompenti, per cui i soldati del castello facevano pazzie, ogni volta che la incontravano per strada; e per cui ancora le *contrade* di Novara risuonavano di fischi, quando lei passava. Era piú alta del cancelliere d'una mezza spanna e robusta in proporzione; parlando del Tosetto, continuava a mettersi una mano tra le poppe per estrarne o per riporvi un fazzolettino ricamato con cui s'asciugava le lacrime che le zampillavano dagli occhi nei momenti piú significativi del discorso, senza che lei realmente piangesse: lacrime d'espressione, o qualcosa del genere... Il Tosetto – disse in sostanza la Gippa – era un buon ragazzo, che una volta parlandole le aveva detto di volerla sposare e da allora lei lo vedeva «*ogni tanto tempo*», cioè: di tanto in tanto, quando lui capitava a Novara; ma senza mai farci niente di male, per l'amor di Dio! Giurò: che Dio poteva vederla e giudicarla e anche i suoi genitori defunti, se li si fosse chiamati in causa e avessero potuto parlare, avrebbero attestato il corretto comportamento della figlia in questa come in altre circostanze, nonostante le chiacchiere che circolavano sul suo conto: perché essere vedove «*è una gran brutta bestia*[7]», dappertutto e in una città come Novara, piena zeppa di malelingue, piú ancora che altrove. Al Tosetto – disse – era poi successo che aveva dovuto andarsene di là dal Sesia a causa delle chiacchiere e del gran *diavuleri* (trambusto, diavolío) prodotto nella *bassa* dalla «strega di Zardino»; non perché temesse di rendere conto dei suoi atti alla giustizia, essendo innocente: ma perché, cosí sel-

7 *è una gran brutta bestia*: è una situazione molto triste e penosa.

vatico com'era e come sono di natura i *camminanti*, preferiva morire o andare *aramengo*[8] tutta la vita, piuttosto che essere messo in prigione anche solo un giorno. Non è giusto – concluse la Gippa, spandendo e zampillando tutte le sue lacrime – che ci siano ancora nel mondo queste streghe, che fanno danni d'ogni genere a persone e cose e rovinano i ragazzi dabbene! Ancor piú avaro di notizie utili era stato in precedenza il Fassola: che aveva ammesso soltanto di aver conosciuto il *camminante* e d'averlo impiegato come guardiano d'acque, nell'estate del 1608 e poi anche in quella successiva. A parte ciò, non sapeva niente di lui, e meno ancora delle sue *morose*. I *camminanti* – disse il massaro Fassola – sono gente strana: meglio lasciarli perdere! E cosí anche dovette pensare l'inquisitore Manini quando poi stilò l'atto di accusa della strega: dove in pratica si dice del Tosetto che non fu altri che un Diavolo, anzi: il Diavolo; l'antico *Camminante* che va in giro per il mondo cercando d'accalappiare donne e uomini, e cammina e cammina, e non si stanca mai di tentarli.

8 *aramengo*: in rovina (voce dialettale).

Capitolo ventisettesimo

L'ultimo viaggio

Bascapè non dormiva. Il caldo, l'afa, il fastidio della mano che s'era fratturata a Roma, ruzzolando giú dai gradini di San Paolo in Colonna, e che nessun medico aveva saputo rimettergli in sesto, nemmeno il chirurgo del Papa, da molte notti gli toglievano il ristoro del sonno, lasciandolo spossato e intorpidito per tutto il giorno successivo ma non c'era rimedio, ormai lui lo sapeva; non c'erano né medicine né preghiere che potessero frenare l'eccitazione dell'ora e del pensiero e riportare nella sua mente il silenzio, la tanto sospirata quiete. Doveva alzarsi: trovare qualcosa da leggere o sedersi al tavolo di lavoro e sfiorare con le dita la maschera di cera del Beato Carlo Borromeo per evocarlo, per parlargli come se lui ancora fosse stato vivo e fosse stato lí; per raccontargli le faccende del mondo e anche un poco le sue faccende personali; per chiedergli d'aiutarlo a vivere, se proprio non si risolveva d'aiutarlo a morire! Anche durante il giorno Bascapè invocava l'amico Beato, che lo prendesse con sé. Che si sbrigasse «Vorrei attraversare in fretta quest'ombra che mi rimane, – gli diceva, – e uscire nella tua luce. Sono stanco!» C'è sempre, arriva sempre, nella vita di ogni uomo che abbia avuto in gioventú un forte stimolo ideale, il momento in cui si prende atto definitivamente, senza piú speranze né illusioni né sogni, dell'inerzia delle cose e del mondo. Il momento in cui si capisce che la fede non smuove le montagne; che le tenebre prevarranno sempre sulla luce, l'inerzia soffocherà il moto e cosí via. Sette mesi di permanenza a Roma erano serviti al vescovo Bascapè per fargli guardare in faccia la realtà, e per togliergli le illusioni. Ora sapeva. Quella Chiesa che lui e il Beato Carlo avevano voluto rifondare sulla fede, sul fervore morale, sulle grandi opere di devozione e di pietà, s'era invece bloccata e raggelata nel breve volgere di due decenni; era rimasta cosí, come la Babilonia delle antiche scritture[1]: un monumento alle cose del mondo e alla politica del mondo. Una sentina[2] di traffici e d'intrighi, che poteva anche sbarazzarsi dei suoi Santi, e di fatto se ne sbarazzava, nel piú cinico e sfrontato dei modi: santificandoli! Mettendoli nel calendario, cioè in soffitta! Perciò lui, Bascapè, era ritornato a Novara lasciando tutto interrotto, in fretta e furia, e senza nemmeno prendere congedo da Palazzo; e perciò anche si era rifiutato di partecipare a quella festa della santificazione del Beato Carlo, che in quel momento e per chi la organizzava aveva uno scopo soltanto: quello di liberarsi dei morti ma anche dei vivi, di Carlo Borromeo ma anche di Carlo Bascapè... Come poi anche avrebbe scritto un suo biografo: «*Deliberò al tutto di partirsi, affermando non potere appieno godere di quella canonizzazione nella quale in un medesimo tempo vedevasi per una parte santificare la persona, e per l'altra riprovarsi gli atti*[3]». Parole forti, e scandalose per quell'epoca! Parole di aperta ribellione: ma forse inadeguate ad esprimere lo sconforto e l'angoscia che muovevano i passi del vescovo Bascapè in quelle calde notti di luglio del 1610, su e giú per le scale e i corridoi del palazzo vescovile di Novara; che lo spingevano ad affacciarsi alle finestre per guardare nel buio tra le case, come in fondo alla sua anima...

A quante cose, in quelle notti d'afa e di tormento, pensava Carlo Bascapè! Pensava al Papa: al nuovo Papa Paolo V, in cui lui aveva riposto tutte le sue speranze dopo la morte di Papa Aldobrandini, e da cui invece aveva ricevuto un'offesa cosí bruciante, cosí amara, che anche soltanto rammentarla lo faceva soffrire. A Roma, nella primavera di quello stesso anno 1610: Bascapè aveva parlato al Papa della sua lite con gli spagnoli e con il governatore di Milano per la Riviera d'Orta, l'aveva supplicato di aiutarlo a risolvere la questione scrivendone personalmente al Re di Spagna. «Preparatemi la bozza della lette-

1 *la Babilonia... scritture*: in diversi testi biblici la città di Babilonia è il simbolo della corruzione piú vergognosa; nella pubblicistica anticuriale tale simbolo è spesso applicato anche alla Chiesa.

2 *sentina*: parte della nave in cui si raccolgono le acque di scolo e i rifiuti.

3 *per una parte... gli atti*: la Chiesa dell'epoca esaltava la persona di Carlo Borromeo per motivi di prestigio, ma rifiutava di valorizzarne l'esempio. Nella definitiva sconfitta la figura di Carlo Bascapè assume una sua lugubre dignità. Questo asceta della propria morte esce di scena per lasciare il posto a chi della morte altrui ha fatto uno strumento per le proprie mire di potere, come il cardinal Federico Borromeo o, ancor piú evidentemente l'inquisitore Manini.

ra», gli aveva detto il Papa: e lui, Carlo Bascapè, aveva profuso in quella lettera tesori di dottrina giuridica, di artifici letterari, di fervore; ma quando poi era ritornato a Palazzo per informarsi se Sua Santità l'aveva letta e se la cosa procedeva nel migliore dei modi, s'era accorto che i monsignori assistenti del Papa, pur badando a non contraddirlo apertamente («La lettera... Certamente! Già inoltrata! Il Papa... No, Sua Santità non ha ancora avuto il tempo di leggerla»), ridevano di lui dietro le sue spalle: che si toccavano la testa con il dito come si fa con i matti, e lo indicavano...

Pensava al cardinale arcivescovo di Milano, a quel Federigo Borromeo cugino in primo grado del Beato Carlo che si serviva di lui e del suo fervore per aizzarlo contro quegli stessi nemici della Chiesa con cui poi lui, il cardinale, andava a pranzo, e faceva politica, e restava in pace. Un gran signore e un grand'uomo sulla scena del mondo, sua eminenza Federigo Borromeo!; ma, soprattutto, un gran politico. Un grande figlio dei tempi. Mentre lui...

Pensava a Roma. Era tornato ad abitarci dopo molti anni, sperando di ritrovare tra i suoi colli quel respiro di eternità che gli sembrava si stesse affievolendo dovunque nel mondo, anche nei luoghi consacrati e nelle parole e nei riti della Chiesa, e che lui aveva avvertito lí per la prima volta, fortissimo, quando ancora era giovane; ma era rimasto deluso da quella permanenza. Lo Spirito di Dio non abitava piú lí. Al suo posto, ora, s'era insediata la politica: cioè la bestia scarlatta di cui sta scritto nell'*Apocalisse*[4] che è tatuata da capo a piedi di bestemmie, che ha sette teste e dieci corna e chissà che altro! E quella Roma della politica, quella nuova Roma, era la Grande Babilonia di cui parlano le antiche scritture: colei che si è data ai Re della terra e agli abitanti della terra, ubriacandoli col vino della sua matta lussuria. «*Teneva nella mano una coppa d'oro colma delle sporcizie della sua prostituzione*», cosí, appunto, sta scritto nell'*Apocalisse*, «*e sulla fronte aveva scritto un nome, un mistero: Babilonia la grande, la madre delle meretrici e delle vergogne della terra!*»

Il caldo afoso lo faceva delirare. Dalla terrazza piú alta del palazzo vescovile interrogava il cielo pieno di stelle, la pianura

4 *bestia scarlatta... Apocalisse*: altro simbolo di corruzione presente nel libro dell'*Apocalisse*.

buia a perdita d'occhio, si chiedeva angosciato: dove andare? Dove fuggire? Morire... Non era forse già morto, in quella terra paludosa in cui il suo sogno era venuto a naufragare? Non era il mondo tutto un immenso cimitero brulicante di vermiciattoli dentuti che lui, verme tra i vermi, si sforzava di amare ma che poi invece si sorprendeva ad odiare con tutte le sue forze, ogni volta che gliene capitava uno davanti? Amarli in chiesa, o nelle processioni, o quando stavano tutti insieme, era piú facile: cantavano, esalavano buoni aromi, erano «il gregge» che gli era stato affidato perché lo pascolasse e lo guidasse sulle vie del Signore; ma quando ne incontrava qualcuno da solo a solo, nelle sale di quel palazzo... Quando i singoli venivano ad importunarlo con la loro stupidità: testardi, ipocriti, intimamente convinti di possedere le ragioni del tutto e volevano persuaderlo a parlare e a pensare in un certo modo, ad agire come loro gli dicevano di agire, allora lui non riusciva piú a trattenere la collera, come faceva una volta. Li insultava. Senza alzare la voce, senza nemmeno guardarli in viso. Le parole gli uscivano di bocca da sé sole ed erano fruste che s'avvolgevano intorno al malcapitato, lo denudavano, lo spellavano, gli cavavano il sangue. Poi si pentiva. Anche lui avrebbe voluto essere amato dal suo «gregge», e dai singoli che ne facevano parte. S'inginocchiava per terra, singhiozzava: «Dio, Dio, perdonami! Beato Carlo, aiutami tu!»

Dalla pianura buia e desolata veniva su il frastuono delle rane, quel loro enorme gracidio che a tratti s'interrompeva, inspiegabilmente, e dopo poco riprendeva cosí com'era cessato, senza una ragione al mondo... In quei momenti di silenzio, certe notti, si sentiva cantare un usignolo dalla parte del fossato del castello, dove c'erano i salici; certe altre notti, invece, non si sentiva niente. Ad ogni cambio di guardia, sulle mura, le sentinelle si lanciavano la voce, gridavano: «Stanotte non è venuta! Ieri notte sí!»; al qual grido un'altra sentinella rispondeva: «Verrà domani notte! Resta all'erta!» Che significavano quegli strani messaggi? Incuriosito, il vescovo Bascapè aveva chiesto informazioni ai suoi collaboratori e ne aveva tratto risposte vaghe, allusioni imbarazzate: finché un giovane prete, don Delfino, gli aveva riferito ciò che tutti a Novara sussurravano, e se poi fosse verità, Dio solo lo sapeva! Una gentildonna novarese, d'uno dei casati piú antichi e piú nobili che ci fossero nel contado, resa smaniosa dal caldo e dall'età, si faceva accompagnare fin sotto le mura da due anziani servitori muniti di lanterne e andava a visitare le sentinelle dentro le garitte, passando da una all'altra finché non faceva l'alba: ed era una dama che Bascapè vedeva in Duomo per la messa di mezzogiorno, ogni domenica; seduta in prima fila con il viso velato, nel banco di famiglia contrassegnato dalla targa d'ottone! Una dama altera, famosa per spietatezze domestiche[5] e per pubbliche elemosine; una pia donna, che sovraintendeva a molte opere di devozione, sia in città che nel suo feudo. Una puttana!

Dove fuggire? E con quale pretesto? E per fare cosa? Per parecchie notti quelle domande erano rimbombate nella testa del vescovo Bascapè come i rintocchi di una campana a morto (tutto è vanità, gli dicevano i rintocchi; qui o in un altro luogo, che differenza farebbe? Tutto è finzione nel mondo, tutto è niente). Finché una sera – la sera precedente alla notte di cui stiamo parlando – era arrivato un messaggio da Milano che comunicava al vescovo di Novara l'avvenuta morte di don Pedro Enriques de Azevedo conte di Fuentes, eccetera, governatore dello Stato; e il desiderio del cardinale Borromeo – cosí pressante da dover essere letto come un ordine – d'avere attorno a sé tutti i vescovi lombardi, per le solenni esequie del defunto. Quel messaggio inatteso e sconcertante aveva fatto maturare una nuova ribellione del vescovo Bascapè: la decisione di partire, di fuggire. Subito subito! Di andare via dalla politica. Ne aveva tutto il diritto, ma se anche non l'avesse avuto – pensava Bascapè – le cose, per ciò che lo riguardava, non cambiavano: lui non avrebbe celebrato le esequie del Fuentes nemmeno se glielo avesse ordinato il Papa. A nessun prezzo! Per anni e anni, con ogni mezzo e in ogni sede, aveva dovuto combattere l'arroganza e l'invadenza di quell'uomo malvagio che aveva cercato di togliergli la Riviera d'Orta, di spogliarlo d'ogni sua prerogativa e perfino del titolo di vescovo... Di quell'uomo che per piú di un decennio, nella valle del Po, aveva rappresentato l'essenza stessa della maledetta politica. Il tradimento, la calunnia, la sopraffazione, lo spergiuro erano stati i suoi comportamenti abituali e se ora era morto – si disse Bascapè – il giudizio su di lui e sulla sua opera non poteva mutare: se era morto da cristiano, non occorrevano il cardinale e tutti i vescovi per seppellirlo, bastava il parroco; se no, pace all'anima sua, una

[5] *spietatezze domestiche*: crudeltà nei confronti dei figli e dei servi.

preghiera non si nega a nessuno. Ma le opere restavano: erano là, sotto gli occhi di tutti, e gridavano vendetta al cospetto di Dio...

Sugli spalti, le sentinelle annunciarono il secondo cambio della guardia. Due ore dopo la mezzanotte, o poco piú; e tutt'a un tratto, come se fosse stato colto da un'improvvisa frenesia, Bascapè andò a una parete dove c'era un cordone di velluto che serviva a chiamare il suo assistente e lo tirò piú e piú volte, con gran forza, mentre si sentiva un campanello che suonava nella parte alta del palazzo: dentro un abbaino, dove il poveretto stava facendo chissà quali sogni e quel campanello gli suonava nei sogni. Quand'ebbe ben suonato, il vescovo si mise a camminare avanti e indietro per la stanza e camminando parlava tra sé e sé, ma ad alta voce: dei bagagli che dovevano essere pronti prima che sorgesse il sole; dei cavalli che dovevano essere tirati fuori dalla stalla, strigliati bene e preparati a partire; della carrozza che doveva essere controllata in ogni sua parte perché poi non si rompesse per strada, come già era successo altre volte in passato... «Andiamo a Re!», disse al povero don Delfino che, in camicia da notte e con in mano il lume, s'era affacciato sulla porta della stanza del vescovo e stava lí fermo, lo guardava con gli occhi imbambolati e non capiva cosa fosse successo. «Partiamo all'alba, cosí viaggeremo con il fresco! Pensa tu a dare gli ordini dabbasso e a preparare i bauli. Poche cose... l'indispensabile per due settimane, non di piú! Fammi venire mio nipote... Dove stai andando?» Don Delfino, che già s'era voltato per uscire, ritornò indietro. «Don Delfino», disse il vescovo Bascapè; e le parole forse volevano essere paterne, ma il tono con cui venivano pronunciate era aspro. «Vai in camera mia e lavati la faccia. Nella mia catinella: è tutto pronto! Tanto io per quest'oggi non la uso piú. Tu stai ancora dormendo, caro il mio ragazzo, e qui invece c'è bisogno di gente sveglia! Svegliami tutti: mio nipote, i miei vicari, i canonici del Duomo... Loro stessi poi mi diranno chi verrà in montagna con me, e chi invece resterà a Novara». Batté le mani: «Su, su!»

Uscí nel corridoio, attraversò la propria anticamera. Mentre passava, uno specchio gli restituí l'immagine di un uomo, anzi di un vescovo, che sembrava tolta da una tela del Cerano, o di Tanzio da Varallo: un viso grigio, profondamente incavato, con tutti i tratti del teschio già visibili sotto la pelle tirata;

una barba rada; la mano che reggeva la lanterna, una fascina d'ossa; una gran veste bianca, piena d'ombre; un fantasma che attraversava le tenebre del mondo come s'attraversa per l'appunto un'anticamera: quella di Dio e della vita in Dio dopo la morte, che è l'unica reale. Chi crede in Dio – dicono le Scritture – non morirà in eterno e sarà partecipe, nei secoli dei secoli, della sua gioia: una gioia talmente abbagliante, talmente intensa, che i nostri corpi terrestri non potrebbero sopportarla nemmeno per un attimo; brucerebbero, come appunto stavano bruciando, in quello stesso momento e davanti a quello specchio, i moscerini attirati dalla fiamma della lanterna del vescovo. Un minuscolo bagliore, un impercettibile sfrigolio e il moscerino non esisteva piú. Bascapè si riscosse, proseguí: varcò la soglia del suo studio, andò a sedersi al suo tavolo di lavoro. Quella sera stessa, o, al piú tardi, la sera successiva – e le sue dita intanto e quasi inavvertitamente sfioravano la maschera del Beato Carlo in una tacita, abituale carezza – avrebbe riveduto le montagne della «sua» Val Vigezzo, e le foreste d'abeti, e i pini altissimi, svettanti nel blu profondo del cielo alpino; avrebbe riascoltato lo scroscio delle acque dei torrenti che scendevano a valle dai ghiacciai; avrebbe risentito i profumi della terra, e i suoi silenzi, e in fondo a quei silenzi la parola di Dio. Lui, Bascapè, ne era certo: lo Spirito di Dio, lassù, abitava in permanenza e non si sarebbe mai ritirato da quel tempio di rocce, e di neri abeti, e di nevi eterne, di cui lui stesso era l'artefice e dove anche aveva voluto rivelare la sua presenza con un miracolo. A Re, un minuscolo borgo in mezzo ai boschi della Val Vigezzo, nella primavera dell'*annusdomini* 1494 un'immagine della Madonna, percossa da mano sacrilega, aveva pianto lacrime di sangue per venti giorni consecutivi e ciò era servito innanzitutto a ravvivare la fede di quegli uomini che vivevano allora nella valle. Resi attoniti da tanto prodigio, i valligiani avevano tolto il muro del miracolo dal luogo dove si trovava e l'avevano trasportato in una chiesa che poi via via s'era ingrandita per accogliere i pellegrini, era diventata un grande santuario: il santuario, appunto, della Madonna del Sangue. Un luogo mistico; lassú, pensava Bascapè, Dio certamente sarebbe tornato a parlargli ed anche il Beato Carlo Borromeo – di cui mentre era a Roma aveva percepito l'assenza in modo tangibile, come la mancanza di un arto o la perdita improvvisa di una persona amata – gli sarebbe venuto incontro lungo un viottolo, con quel modo trasandato di camminare che era solo suo, quando lui meno se lo fosse aspettato... Il «suo» San Carlo!

Ormai il cortile e il pianoterra del palazzo risuonavano di passi, di voci, di sospiri; si vedevano luci muoversi dietro le finestre, anche ai piani superiori; i monsignori assonnati s'incontravano, si riconoscevano illuminandosi l'un l'altro con le lanterne, si commiseravano: «Anche voi! Non c'è riguardo per nessuno!» «Alla mia età! Con le mie flussioni articolari[6], i miei dolori!» «Un po' piú di carità, per i propri prossimi, non guasterebbe!» Raccontavano: «Ero appena riuscito a prender sonno, e mi bussano alla porta...»

Si scambiavano informazioni. Si dicevano: «Vuole partire! Vuole andare a Re! E ha mandato a svegliarci nel bel mezzo della notte perché dice che dobbiamo salutarlo o partire con lui: subito subito, in fretta in fretta, lui è fatto cosí! Chissà mai cos'avrà nella testa, quel... sant'uomo!»

Protestavano. «Io non vado da nessuna parte», diceva un monsignore basso e grasso, con la veste sbottonata davanti e la camicia aperta d'una spanna sul petto villoso. «La settimana prossima mi aspettano i miei nipoti nella casa di Ghemme e da qui, ora, non mi muovo nemmeno con le cannonate: vescovo o non vescovo! Non siamo mica lanzichenecchi, da farci alzare prima dell'alba per andare in guerra! Siamo preti, d'una certa età ed anche d'una certa condizione, e meriteremmo un poco piú di rispetto. Sissignore: rispetto!»

Compiangevano il vescovo. «È malato», diceva un prete dalla faccia tutta rossa e dai capelli precocemente candidi, che si piccava di medicina. «Il caldo umido di questi giorni gli fa salire la temperatura dei fluidi, che poi precipita nel corso della notte alterando l'equilibrio degli umori in modo incontrollabile, cosí: il collerico si travasa nel melanconico, il sanguigno entra nel flegmatico[7] e produce questa instabilità, questa perenne inquietudine, questo disordine dei pensieri e delle azioni che è appunto un tratto caratteristico della sua malattia». Ma non tutti, nell'atrio e nel cortile, erano disposti all'indulgenza. Molti brontolavano: «Se è malato si curi! Se ne vada!»

6 *flussioni articolari*: dolori reumatici.

7 *il sanguigno... flegmatico*: la medicina del Seicento ipotizza la presenza nel corpo umano di fluidi che non devono entrare in contatto tra di loro; se ciò accade si produce una malattia.

«Non si può continuare in questo modo! C'è bisogno di un uomo equilibrato per guidare una diocesi! Questo è matto!»

Domandavano: «Dov'è adesso? Cosa fa? Perché ci ha fatti svegliare nel cuore della notte? Non pretenderà mica che partiamo insieme a lui!»

«No, no, – badava a dire don Delfino. – Vuole darvi soltanto le consegne! È nel suo studio che parla coi vicari! Adesso scende... Per favore, abbiate un poco di pazienza!»

Sopra il cortile del vescovado, ancora buio, l'orizzonte pian piano cominciava a rischiararsi verso levante. Albeggiava. Nel blu cupo del cielo senza nuvole c'era una stella luminosissima, una sola, delle migliaia che fino a un'ora prima avevano fatto palpitare la notte estiva: era Lucifero, la portatrice del giorno. Nel cortile debolmente illuminato dalle lanterne dei servitori e dei preti, il trambusto era al culmine. Arrivavano dai piani alti del palazzo i bauli del vescovo; arrivavano, tra le urla e le bestemmie degli stallieri, le due carrozze: quella piú piccola su cui avrebbe viaggiato il vescovo e quella grande per gli accompagnatori; sempre che – sussurravano i maligni – si fossero poi trovati davvero, i volontari disposti a seguire Bascapè anche a quell'ora, ed in quelle circostanze, e per andare in quei luoghi, fuori dal mondo! Arrivavano, caracollando su cavalli che sognavano d'essere ancora nella stalla, i «soldati del vescovo»: erano due, fatti venire in fretta e furia dai loro alloggi al pianoterra della Cancelleria, e, per ciò che si poteva capire dai loro visi tetri, rabbuiati, e da come si guardavano attorno, erano pochissimo entusiasti di partire a quel modo, ed a quell'ora, e senza il minimo preavviso...

«Il vescovo! – disse una voce. – Arriva il vescovo!» Allora i monsignori che erano rimasti nel cortile s'affrettarono a entrare, quelli che già erano nell'atrio si rivolsero verso la scala, su cui era apparsa una strana coppia: un giovane e un vecchio – ma, forse, sarebbe meglio dire un vivo e un morto – venivano giú pian piano, e il vecchio, cioè Bascapè, s'appoggiava al giovane; dietro a lui c'era un servitore con in mano un candeliere acceso, e poi ancora venivano alcuni prelati che erano saliti a salutare il vescovo prima che partisse, e a riceverne le istruzioni per il governo della diocesi. Tra loro, c'era quel «*conte Abate di San Nazario di Biandrate*» che ritroveremo tra i giudici di Antonia e che approfittò della circostanza per chiedere al vescovo quale atteggiamento si dovesse tenere circa il processo della «strega di Zardino» iniziato dal Sant'Uffizio. «Faccia l'inquisitore l'ufficio suo», aveva risposto il vescovo, «ed adempia a ciò che da lui è stato intrapreso secondo vogliono la provvidenza e la giustizia di Dio: ma la punizione della colpa, se vi sarà, dovrà compiersi nei luoghi stessi dove l'eresia si è manifestata, e non nella città di Novara, che è sostanzialmente estranea a questi riti campestri, delle donne che vanno al sabba». E ciò fu tutto.

Il giovane a cui Bascapè s'appoggiava scendendo le scale era un suo nipote trentenne – tale Michelangelo Marchesi, anch'egli prete – che ne faceva ancor piú risaltare l'aspetto cadaverico per contrasto con il suo: questo Marchesi, infatti, era uomo nero d'occhi e di capelli, roseo di pelle, di corporatura robusta e d'aspetto florido. Nessuno tra i presenti allora poteva saperlo, ma il destino – insensato e cinico come sempre fu e sempre sarà – aveva già disposto di quei due uomini che di lí a tre anni il vivo e giovane morisse, e che il cadavere suo zio gli celebrasse le esequie avendo attorno piú o meno quegli stessi preti che erano lí quella mattina, e in quello stesso luogo; e ciò, a ben vedere, non interesserebbe nemmeno la nostra storia, se non ci desse uno spunto in piú per riflettere sulla straordinaria vitalità di certi cadaveri, anche in rapporto alla fragilità dei vivi... Circa poi il fatto che Bascapè fosse cadavere, nessuno ormai ne dubitava, e da molti anni! Il suo aspetto era sotto gli occhi di tutti e lui stesso, del resto, parlava a volte di sé come d'un cadavere: imperfetto e insepolto, ma pur sempre cadavere. Sorprendeva invece che continuasse a respirare, e a camminare nel mondo, e a infastidire quegli stessi vivi che poi, vedendolo, finivano spesso col perdonarlo, perché pensavano: «Poveretto! Malridotto com'è, durerà ancora qualche giorno, al massimo qualche settimana!» E cosí accadde anche quella mattina. Il mormorio che s'alzò tra i monsignori, quando il vescovo finalmente gli comparve dinnanzi, fu un mormorio di compassione e di cordoglio. Qualcuno anche scrollò la testa: «Dove va, in giro per il mondo? Farebbe meglio a restare nel suo letto, ad aspettare che il Signore si ricordi di venirlo a prendere!»

«Peserà centosessanta libbre milanesi», disse il prete dalla faccia rossa, che s'intendeva di medicina. «Centosettanta vestito». (Per i posteri: da cinquantadue a cinquantacinque chilogrammi). «Se gli fanno un salasso, gli esce l'anima!»

Capitolo ventottesimo

La sentenza

«*In civitate Novariae die 12 mensis Aprilis 1610. Processus haeresis contra quendam Antoniam de Giardino. Expeditus die 20 mensis Augustus ejusdem anni. In nomine Patris, et Filii, et Spiritus Sancti amen.*

Coram Rev.^{ssimum} D.^{um} frater Gregorius Manini de Gozano diocesis Novariensis Inquisitor haereticae pravitatis[1]...» L'ultimo atto del processo religioso contro la «strega di Zardino» s'iniziò il 20 agosto alle ore quattro pomeridiane, al primo piano del palazzetto dell'Inquisizione di Novara: in quella stessa sala delle udienze dove l'inquisitore aveva interrogato Antonia la prima volta, e dove ora aveva fatto collocare in via provvisoria, per solennizzare l'ambiente, alcuni quadri destinati alla chiesa di San Pietro Martire: una *Flagellazione di Cristo*, una *Deposizione*, un *San Gerolamo nel deserto*... Erano stati fatti addobbi speciali anche al pianoterra: ai due lati d'ogni ingresso c'erano alberi d'agrifoglio ed altri sempreverdi dentro vasi di terracotta lavorata in rilievo con tralci, pampini e maschere grottesche; mentre un tappeto lungo e stretto, una *passatoia* rossa, era stato steso nell'atrio e sulle scale e nell'anticamera della sala delle udienze, fin sulla porta: quasi a guidare e a rendere ovattati i passi degli illustri personaggi chiamati a legittimare il processo con la loro presenza, e a decidere la sorte della strega. Senza condannarla loro stessi, si capisce: la Chiesa non

[1] *In civitate... pravitatis*: «Nella città di Novara il giorno 12 del mese di aprile 1610. Processo per eresia contro una certa Antonia da Zardino. Concluso il giorno 20 del mese di agosto del medesimo anno. In nome del Padre, e del Figlio, e dello Spirito Santo amen. Di fronte al Reverendissimo Signor frate Gregorio Manini da Gozzano inquisitore della malvagità eretica della diocesi di Novara...». La lunga citazione in latino sanziona il definitivo esercizio del potere ai danni della giovane contadina. In questo caso la lingua ecclesiastica serve a marcare una distanza infinita tra i giudici e Antonia, come anche i nomi e rispettivi titoli dei membri della buona società novarese.

condanna e non assolve se non in forma rituale, e, soprattutto, non uccide nessuno! Ciò su cui i giudici dell'Inquisizione dovevano di volta in volta esprimere il loro parere, in questo genere di cause, era una questione, come dire?, tecnica: se la strega fosse ancora capace di pentirsi, e se quindi si potesse ammetterla a quella confessione pubblica della colpa che le avrebbe consentito di salvare l'anima (e la vita); o se fosse invece del tutto irrecuperabile, definitivamente alla mercé del Diavolo. In questo secondo caso la si consegnava al «braccio secolare» cioè alla giustizia dello Stato, che la condannava a morte e curava anche l'esecuzione della sentenza. Di quel collegio che giudicò Antonia sappiamo dagli atti del processo che si riuní intorno all'inquisitore seduto in cattedra insieme al cancelliere Prinetti, e che fu un collegio misto, cioè formato da giudici ecclesiastici ma anche laici. Leggendo i nomi e i titoli di ciascun giudice, ci accorgiamo che questi collegi erano composti in modo che vi fossero rappresentati tutti quelli che contavano qualcosa nella società dell'epoca, con la sola esclusione dei militari e dei banchieri; e chissà se dappertutto e sempre il Sant'Uffizio agiva cosí! C'erano molti dei potenti di Novara, il 20 agosto di quell'anno del Signore 1610, al primo piano del palazzetto dell'Inquisizione in piazza san Quirico: un viavai di gorgiere inamidate[2], di spade d'argento finemente cesellate, di grandi chieriche e di barbe teologali, di cordigli[3], di sete un po' gualcite e impregnate di sudore; soltanto il caldo, purtroppo, guastò il quadro d'insieme di quel congresso di notabili, che in qualsiasi altra stagione dell'anno sarebbe stato certamente piú solenne e che allora invece, in quell'atmosfera illividita, appariva un poco affranto, un poco sfatto; ma pur sempre cospicuo. C'era il «*magnificus iuris utriusque doctor dominus Petrus Quintanus*[4]», cioè il signor dottor Pietro Quintano podestà di Novara che, guarda caso, era proprio quel «braccio secolare» a cui la strega avrebbe dovuto essere consegnata, se si fosse ritenuta incapace di pentirsi. C'erano gli esponenti della magistratura e del patriziato: un Giovanni Andrea Castellano, un Giovan Battista Avogadro, un Giovan Francesco Caccia, un

2 *gorgiere inamidate*: sono i grandi colletti rotondi e rigidi tipici dell'abbigliamento elegante maschile del Seicento.

3 *cordigli*: cordoni con cui i frati francescani e domenicani si cingono l'abito in vita.

4 *magnificus... Quintanus*: in latino, «il signor Pietro Quintano dottore magnifico in entrambi i diritti».

Marco Antonio Gozadini, tutti dottori *utriusque iuris*, cioè sia di diritto civile che di diritto ecclesiastico. C'era, in rappresentanza non del vescovo, ma del vicario del vescovo («*locumtenens eximii Domini Vicarii generalis curiae episcopalis Novariae*[5]»: Bascapè non volle entrarci, in questa storia, e nemmeno il suo vicario Gerolamo Settala), quell'illustrissimo «conte abate di San Nazario di Biandrate» il cui nome viene omesso, chissà perché. C'erano i rappresentanti delle gerarchie ecclesiastiche, e dei capitoli: un canonico Pierangelo Brusati arciprete della cattedrale, un Alessandro Mazzola canonico di San Gaudenzio, un Francesco Alciato anch'egli canonico non si sa di cosa (forse, anzi probabilmente, era quello stesso Alciato che era stato istitutore del Caccetta), un Gregorio Tornielli canonico della cattedrale. C'erano, infine, i delegati dei piú importanti ordini religiosi presenti in città e questi erano un non meglio identificato frate Ottavio, teologo e priore del convento dei Carmelitani («*reverendus sachrae theologiae professor frater Octavius, prior in monasterio fratrum carmelitanorum*[6]») ed un altro frate Giovan Battista da Casale, teologo, dell'ordine di San Francesco. In tutto, quattordici persone, con l'inquisitore e il cancelliere: e chissà come ne sarebbe stato consolato il povero Buelli, se avesse potuto vedere un simile collegio riunito sotto il suo nome e nel suo Tribunale! Se avesse potuto assistere a quella sua vittoria postuma, da defunto, su un defunto ancora vivo, cioè sul vescovo!

Faceva caldo, un caldo terribile, come già s'è detto e com'è anche attestato da un particolare curioso: che l'inquisitore Manini, in via del tutto eccezionale, offrí ai giudici ed a se stesso un sorbetto ghiacciato, facendolo venire da quel *Canton Balín* (letteralmente: «angolo di Annibale») che nel 1610 era l'osteria piú nota di Novara, cosí detta dal nome del proprietario Annibale Rostiano: l'unica, che avesse una ghiacciaia profondamente interrata e rifornita anche nei mesi estivi con la neve del Monte Rosa. Naturalmente il sorbetto all'amarena non sta scritto nel verbale del processo, ma in un foglio sciolto dove sono registrate, sulla facciata contrassegnata con la lettera «A» le spese sostenute dal convento dei Domenicani, e poi,

5 *locumtenens... Novariae*: in latino, «rappresentante dell'esimio signor vicario generale della curia episcopale di Novara».

6 *reverendus... carmelitanorum*: in latino, «reverendo frate Ottavio professore di sacra teologia, priore nel monastero dei frati carmelitani».

sulla facciata contrassegnata con la lettera «B», quelle sostenute dalla città di Novara per processare e giustiziare la «strega di Zardino», tutte annotate diligentemente fino all'ultimo centesimo: tanto per il mantenimento in prigione della maledettissima strega, tanto per il sorbetto offerto ai giudici da S. S.ria (sua signoria) l'inquisitore, tanto per aver fatto venire da Milano mastro Bernardo Sasso (il boia), tanto per messer Bartolone e messer Jacopo (gli aiutanti del boia), tanto per gli *huomini da fatica* che abbatterono e ridussero in pezzi l'*albera* di castagno con cui si fecero le fascine; e cosí via. Dopo eseguita la sentenza, la nota spese complessiva venne poi presentata ai coniugi Nidasio da un ufficiale esattore della città di Novara, con intimazione di doversi pagare entro giorni trenta, a partire da quello della consegna in essi incluso: sicché possiamo ragionevolmente dedurne che i Nidasio finirono in rovina, avendo venduto tutto ciò che gli apparteneva, e che andarono raminghi finché vissero lavorando come mezzadri nei fondi altrui; con notevole soddisfazione di quanti gli volevano male, a cominciare dalle sorelle Borghesini con la loro lite di cortile, dai Cucchi con la loro lite d'acqua e dal cappellano don Teresio, perché no? Anche i preti possono voler male ai loro prossimi, come tutti gli altri esseri umani; e soprattutto i preti che volano. L'ammontare complessivo della cifra era infatti enorme, di settecento lire milanesi e forse piú (il calcolo preciso, a volerlo fare oggi, non è facile: in quei tempi di Diavoli e di streghe il sistema decimale ancora non era stato introdotto e questo complica le cose, e mica poco!, nel passaggio da una moneta all'altra e nelle operazioni connesse). In quanto poi ai sorbetti, se la faccenda può ancora interessare qualcuno, costarono dieci lire e otto soldi, servizio incluso: la qual cifra, divisa per quattordici, darà, a chi saprà eseguire correttamente il calcolo, il costo d'un singolo sorbetto all'amarena, fatto con la neve del Monte Rosa, a Novara e nell'agosto del 1610.

Faceva caldo: un caldo intollerabile, da sconvolgere la mente degli animali e degli uomini e da dar corpo alle paure collettive di prodigi che si verificavano un po' ovunque, nei villaggi della *bassa* o nella stessa città di Novara; di mostri o Diavoli o *fiere bestie* che apparivano di notte e anche di giorno, a spaventare i viandanti; di contagi che s'iniziavano, come già in passato, in modo apparentemente casuale, e invece erano peste: *peste nera*, per cui non c'è rimedio. Soprattutto questa paura, della peste, era diffusa in ogni ceto sociale e non risparmiava nessuno, ricco o povero, ignorante o colto, nobile o plebeo; riaffiorava ogni anno all'inizio dell'estate e poi cresceva con la siccità, diventava ansia, angoscia, attesa spasmodica di un evento che la voce pubblica puntualmente s'incaricava di registrare anche quando le epidemie non arrivavano, arrivavano gli spaventi: c'era sempre qualcuno che s'ammalava all'improvviso con sintomi misteriosi, gonfiandosi negli arti, delirando, presentando escrescenze a forma di bubbone o grandi chiazze violacee su tutto il corpo... C'erano le voci che si propagavano di quartiere in quartiere, di villaggio in villaggio, che dicevano: Tizio è stramazzato mentre camminava per strada, Caio ha visto una zingara fargli dei cenni e dopo poco gli sono venuti dei dolori atroci nella schiena e nel petto e naturalmente si trattava di notizie che in un'altra qualsiasi epoca dell'anno avrebbero suscitato scarsissima emozione, a chi mai interessavano le condizioni di salute di Tizio e Caio? Ora invece la gente impallidiva, appariva costernata: «Poveretto! Come mi spiace! Era ancora cosí giovane!» In realtà, nessuno pensava al malcapitato cui la disgrazia veniva attribuita. Pensavano a se stessi, si dicevano: «Ci siamo, è ritornata la peste! San Rocco, San Gaudenzio, aiutatemi a non prenderla! San Cristoforo, tu che preservi da ogni male, preservami anche da questo! Madonna del Soccorso, soccorrimi!» La città che l'inquisitore aveva ritrovato al suo ritorno dalla Riviera d'Orta era un intrico maleodorante di viuzze piene di ratti, d'immondizie, di escrementi ma era anche altro, era una miscela di paure che prendevano corpo e diventavano visibili nelle statue della Madonna, di San Cristoforo e di San Rocco esposte sopra altarini improvvisati agli angoli delle strade, con le candele accese tutt'attorno e rustiche corone d'aglio che gli cingevano le spalle; nei mazzi d'aglio e nelle immagini devote che s'appendevano ovunque, sui balconi, sui muri, sui portoni delle case... In contrada delle Erbe, in Monte Ariolo e in altri luoghi della città vecchia, si vendevano a un soldo l'uno certi mazzetti di erbe odorose che la gente portava in mano camminando per strada e ogni tanto accostava alle narici per aspirarne gli aromi, acri ma ritenuti efficaci contro il contagio. S'invocava la pioggia nelle chiese, con preghiere speciali che venivano ripetute tutti i giorni piú volte al giorno, durante le funzioni religiose; e poi anche fuori delle chiese si parlava della pioggia facendone dipendere l'arrivo dal manifestarsi di certi segni premonitori, o dal compiersi di certi eventi: ad esempio la visita a Novara – che era stata annunciata e che poi non ci fu – del nuovo governatore di Milano don Fernando Velasquez, conestabile di Castiglia, eccetera; o la morte del vescovo – nemmeno quella, però, si verificò – di cui i bene informati assicuravano che era andato a Re, in Val Vigezzo, per morirvi. (Sospiravano, allargavano le braccia. Dicevano: «È arrivata la sua ora!») Soprattutto, nelle strade e nei mercati, s'incominciò a parlare della «strega di Zardino», che essendo strega non portava altro che male: e a collegare il ritorno della pioggia con la sua morte. «Finché c'è viva la strega, non può piovere!»; dicevano con molta enfasi, e con molta convinzione, quelli che avevano pratica del mondo, e s'intendevano di streghe, e sapevano tutto. (Di uomini cosí, nel Seicento, fu pieno il secolo). Citavano casi divenuti famosi, accaduti a Torino, ad Alessandria e altrove: di streghe che erano riuscite a non far piovere per sei mesi, oppure al contrario, di piogge che erano durate tanto a lungo da far straripare i fiumi e franare le colline, e poi d'un tratto erano cessate con la morte della strega. Sentenziavano: «Prima si brucia e meglio è!»; e anche quelli che avevano minori pretese di saggezza, di solito assentivano. Dicevano: «Che ragione c'è di tirare la faccenda per le lunghe? Se c'è una strega, e dev'essere bruciata, tanto vale bruciarla: cosí piove!»

Il giudizio e la condanna della strega, cioè il verdetto per cui la si consegnò a quel «braccio secolare» che doveva liberare il mondo dalla sua presenza, si compirono secondo un copione in cui ogni giudice recitò la sua parte e in cui ogni parte era già scritta ed assegnata, probabilmente da secoli. Davvero, è un peccato che degli archivi dell'Inquisizione novarese – retta, salvo brevissimi periodi, per piú di mezzo millennio dai Domenicani – non resti nulla, nemmeno un altro processo, da potersi confrontare con quest'unico di Antonia! Si scoprirebbe forse che tutti questi dibattimenti furono uguali, o quasi uguali: secolo dopo secolo, accusato dopo accusato. Nel caso di Antonia, il copione registra innanzitutto l'arringa dell'inquisitore, ampia, dettagliata e rivolta a dimostrare la colpevolezza della strega: la quale strega, avendo ammesso le sue eresie con molta chiarezza e anzi addirittura in modo sfrontato («*protervius*») – cosí disse in conclusione Manini ai giudici – doveva essere considerata rea accertata e consegnata al braccio secolare. All'arringa dell'inquisitore seguí il dibattito, secondo la relazione del cancelliere Prinetti: «Le quali cose tutte viste e considerate se ne ebbe lungo dibattito, in cui particolarmente presero la parola l'esimio signor Conte Abate di San Nazario, facente le veci del vicario del vescovo e i magnifici dottori *utriusque iuris* Giovan Francesco Caccia e Marco Antonio Gozadini sostenendo che la prigioniera ad ogni costo doveva essere consegnata al braccio secolare come eretica e apostata (*absolute dicebant ipsam detentam debere traddi brachio saeculari tamque haereticam et apostatam*); parlò poi il magnifico signor pretore dottor Pietro Quintano podestà di Novara affermando che la cosa non era cosí certa, e che il reverendo signor inquisitore che aveva visto ed esaminato l'imputata e l'aveva potuta conoscere quando ammetteva la sua colpa e quando la negava, dicesse se la stessa gli fosse sembrata capace oppure no di vero ravvedimento, e quindi degna d'essere ammessa a pronunciare l'abiura; se no, si consegnasse al braccio secolare; e poi avendo preso la parola uno dopo l'altro gli altri magnifici signori dottori e professori della sacra teologia, dicevano tutti che la detenuta nel corso degli interrogatori mai aveva chiesto perdono e che se anche aveva confessato la sua colpa aveva fatto ciò senza pentimento, secondo quanto già era stato detto dal reverendo signor inquisitore; che l'imputata nelle sue parole e nei suoi atti non aveva dato mai alcun segno di vera contrizione (*in dictis eius examinibus ipsam numquam demonstrasse aliquod signum verae penitentis*), e che quindi doveva consegnarsi al braccio secolare; rimettendosi comunque per ogni decisione al reverendo signor inquisitore. E cosí tutti in questa sentenza convennero».

Sembra il verbale d'una riunione di condominio, o dei soci di una cooperativa... Naturalmente la sentenza in cui tutti convennero, e che negli atti del processo ecclesiastico non è nemmeno formulata, ma soltanto allusa nei termini sopra riferiti, fu di dare Antonia al «braccio secolare»: com'era scritto nel copione. In quanto poi all'altra sentenza, emessa successivamente, con cui il pretore Pietro Quintano dispose i modi e i tempi della morte della strega: le parole di quella noi purtroppo non le conosciamo, ma possiamo immaginarcele dagli effetti che produssero. Antonia fu condannata dal «braccio secolare» ad essere arsa viva su quello stesso *dosso dell'albera* prospiciente il villaggio di Zardino, che era stato teatro dei suoi *sab-*

ba; in un giorno da concordarsi con il boia, ma di sabato, perché tutti potessero accorrere liberamente ad assistere al suo supplizio, e in un'ora successiva al tramonto del sole, perché il rogo fosse visibile anche da lontano e da ogni parte della *bassa*. La legna in tronchi per la catasta, e le fascine, si dovevano ricavare da quella stessa *albera* che dava nome al *dosso*; si ordinava quindi che l'*albera* venisse abbattuta, ridotta in pezzi e che i pezzi diligentemente venissero messi al sole ad asciugarsi, onde poi bruciassero senza dare fumo. Infine e secondo le consuetudini, si ordinava doversi spargere sale sulle ceneri del rogo, e dovervisi collocare una croce per memoria: nel nome del Padre, del Figlio e dello Spirito Santo. *Amen*.

Della riunione del Tribunale, il 20 agosto, Antonia non seppe nulla; ma già nelle prime ore di mattina di quello stesso giorno in cui lei fu giudicata, si erano verificati alcuni eventi nel sotterraneo dove lei era rinchiusa, che le avevano fatto presagire qualche grande novità. Erano comparsi i due carcerieri, padre e figlio, armati entrambi di secchio e di ramazza: avevano tolto le carogne dei topi e le altre immondizie che ammorbavano l'aria del sotterraneo; avevano spazzato via le ragnatele e rassettato l'ambiente in modo tale, da renderlo, se non proprio gradevole, un po' meno orribile di com'era stato fino a quel momento. Naturalmente, Taddeo non s'era lasciato sfuggire l'occasione per dire a Antonia le cose che le diceva sempre, di lei, dei Diavoli e di ciò che lei faceva – o si supponeva facesse – con i Diavoli; ma, a quelle volgarità, la ragazza c'era abituata e nemmeno le ascoltava. «Chissà perché fanno queste pulizie, – pensava ingenuamente. – Se deve venire in visita qualche personaggio importante... Se qualcuno può arrivare fin quaggiú, e vedere in che condizioni mi trovo! Chissà cosa succede, su nel mondo!»

Le era sembrato di capire, da certe parole e mezze frasi dei suoi carcerieri, che lei presto sarebbe uscita di prigione e nel suo cuore, per un attimo, s'era acceso un barlume di speranza. «Vedrai, vedrai, – le aveva detto Taddeo, tra tante altre sciocchezze, – che ti verrà nostalgia di stare qua sotto... Con il caldo che c'è di sopra! E anche di noi... Non è vero, Bernardo? Di' qualcosa!»

«È vero, – disse Bernardo. Confermò: – C'è un caldo, su, che sembra proprio di bruciare!» Ammiccò al padre con l'occhio strabico: «Si va a fuoco!»

Nel pomeriggio, i due furfanti ritornarono. Avevano in spalla un paglericcio ciascuno e li misero nella cella di fianco a quella di Antonia, che era vuota come tutto il carcere dell'Inquisizione di Novara: da quando se ne era andato il «chierico sodomita» gli unici rumori che vi si sentivano a tutte le ore del giorno e della notte erano quelli dei ratti che correvano, squittivano, lottavano tra loro o s'accoppiavano. Quegli animali erano un assillo terribile, per Antonia; ma anche il buio e il silenzio del sotterraneo erano terribili... Vedendo i suoi carcerieri che tornavano, fuori orario e con quello strano carico, Antonia incominciò ad avere paura: cosa stava succedendo? Il viavai, però, non era ancora finito. Dopo i materassi, venne giú altra roba: lanterne, fiaschi di vino, una *paniera* probabilmente piena di cibi che Bernardo appese a un gancio del soffitto, perché i ratti non ci arrivassero... Ogni volta che passava davanti alla cella di Antonia, Taddeo le diceva qualcosa: «Allegra, Antonia! Domani torni nel mondo! Te ne vai!»

«Ti facciamo la festa: sei contenta?»

«Se vuoi invitare i tuoi amici Diavoli, fai pure! Noi non abbiamo paura di nessuno, nemmeno dei Diavoli!»

«Aspettaci! Ritorniamo tra poco!»

Venne buio, e poi notte. Dopo un'ora che era notte, i due ricomparvero. Non parlarono: accesero le lanterne, aprirono la cella di Antonia, incominciarono a spogliarsi. Taddeo si passò la punta della lingua sul labbro superiore e quel gesto fu cosí sconcio, cosí brutto, che Antonia urlò; allora Bernardo la immobilizzò, tenendole ferme tutt'e due le braccia e suo padre, non appena la ragazza aprí nuovamente la bocca per gridare, ci fece entrare un attrezzo di tortura che aveva preso nell'armadio al piano di sopra, uno speciale morso in ferro e cuoio che poi lesto le allacciò dietro la nuca: con quello tra i denti, Antonia al massimo riusciva a mugolare. Poi le strapparono i vestiti di dosso perché intanto s'erano eccitati, glieli fecero a pezzi; picchiandola piú forte che potevano per fiaccare le sue ultime resistenze. La trascinarono sopra uno dei due paglericci e lí la possedettero a turno, ripetutamente, in un crescendo rabbioso in cui la frenesia prendeva il posto dell'eccitazione iniziale finché i due uomini ansimanti, grondanti sudore, arrivarono a battersi tra loro per contendersi un appagamento che era ormai fuori della possibilità di entrambi. Infine giacquero stremati, in un groviglio di corpi su cui le fiamme delle lanterne, muovendosi nel buio, disegnavano mutevoli contrasti di luci e d'ombre, e Antonia era là in mezzo, come morta; cosí scomposta, come l'aveva lasciata l'ultimo assalto dei due bruti, con un filo di sangue che le scendeva dall'angolo della bocca, dove l'attrezzo di tortura le aveva lacerato la pelle. Allora soltanto i suoi aguzzini le parlarono, anzi al solito parlò Taddeo per tutt'e due, con voce rotta dall'affanno. Le diceva ansimando: «Credevi di cavartela, eh, puttana... Credevi di andartene cosí, lasciandoci a becco asciutto dopo averci tenuti in tiro per piú di un mese, maledetta! Noi nei nostri stanzini sottotetto a pensare alla tua fica e tu qui al fresco, a spassartela con i Diavoli! Stanotte te la spasserai con noi, parola di Taddeo! Fino all'alba, e oltre...»

Capitolo ventinovesimo

I Paratici

Finí agosto, venne settembre e il caldo ancora non accennava ad attenuarsi; la pioggia non arrivava. Giorno dopo giorno, un sole sempre piú pallido ed opaco riaffiorava all'alba da un mare di vapori; e si poteva guardarlo senza rimanerne abbagliati, per molto tempo. Chi viveva in città, vi si muoveva come sul fondo di un acquario, in un fluido caldo trasparente che rendeva faticoso ogni gesto e dilatava le percezioni: gli odori, i rumori, i colori, le sensazioni un po' piú forti del normale producevano un'inquietudine, un'angoscia del tutto sproporzionate alla reale entità del fastidio sopportato; il pensiero e le idee restavano fluttuanti, come accade anche nel dormiveglia, stentavano a trovare le connessioni logiche con il mondo reale e tra di loro. Quelle livide aurore di cui s'è detto succedevano a notti afose, trafelate, tormentate dagli insetti e dall'insonnia; e queste, a loro volta, venivano dopo torridi tramonti, in cui il sole sembrava tuffarsi nei vapori come il ferro incandescente, dopo che è stato tolto dalla forgia, si tuffa nell'acqua: sicché quasi ci si stupiva di non sentirlo sfrigolare e fischiare come fa il ferro. Fuori città, nelle campagne inaridite dal caldo e rese inabitabili dalle zanzare, ci si preparava alla raccolta autunnale delle messi con quasi un mese d'anticipo sui tempi normali di maturazione. Si verificarono alcune visioni: il 23 agosto 1610, in una cascina presso Sillavengo, una Assunta Martinetto vedova Brusati vide la Madonna, sorridente sopra il pozzo dov'era andata per attingere l'acqua, e da lei ricevette la promessa d'essere guarita d'un suo male d'ossa, ricorrente e fastidioso; cosa che infatti avvenne. Il 3 settembre, a Morghengo, una giovinetta andando *in baragiu a fare spine* – cioè a raccogliere rovi per recintare l'orto e i terreni seminati – incontrò un giovane a cavallo con una luce intorno al capo: costui s'intrattenne benevolmente con lei e le svelò d'essere San Martino ritornato sulla terra per alleviare le tribolazioni del genere umano. Si moltiplicarono le processioni per far piovere, e le novene della Madonna e d'altri Santi a cui la credenza popolare attribuiva una specifica funzione in questo settore, del combattere la siccità e del propiziare i raccolti; ma soprattutto e dappertutto nella *bassa*, s'infittirono le voci che non sarebbe mai piú piovuto sui villaggi minacciati dagli incendi e sulle campagne riarse da mesi di calura finché la strega non fosse stata giustiziata, e finché fosse rimasto sulla terra un sia pur minimo segno della sua esistenza. A Zardino, una squadra di boscaioli scelti tra gli uomini piú robusti del paese prese d'assalto l'*albera* di castagno che aveva assistito ai *sabba*, e che ora, per decreto del pretore, si doveva trasformare in *legna grossa e legna fina* per il rogo della strega. Quel castagno era l'albero piú grande e piú antico di tutta la valle del Sesia, e resistette a lungo; quando infine crollò – dissero le comari – dal suo tronco venne fuori un serpentello crestato che era il Diavolo, e che si perse tra i rovi. Poi, fu la volta dell'edicola affrescata da Bertolino d'Oltrepò. Diotallevi Barozzi, il proprietario, cercò invano di salvarla dalla furia dei compaesani col dire che l'avrebbe imbiancata a calce quel giorno stesso, e che l'avrebbe fatta ridipingere: anche il muro – gli fu risposto – ormai era impregnato della maledizione della strega, e bisognava liberarne il paese! Vennero quattro massari – in testa a tutti era quell'Agostino Cucchi, già piú volte nominato in questa vicenda – ciascuno con il proprio paio di buoi e legarono l'edicola con catene e grosse funi, la divelsero dal terreno in cui era conficcata, la trascinarono fino sul greto del Sesia e lí l'abbandonarono: in attesa di quell'onda di piena che l'avrebbe portata chissà dove, dopo la morte della strega... Rozzi riti si compirono anche nell'aia dei Nidasio e nella casa dove la strega aveva abitato. Fu dato fuoco ad uno spaventapasseri costruito con i vestiti di Antonia, e alla suppellettile della sua stanza, e a tutto ciò che si trovò di suo; qualcuno anche avrebbe voluto che si bruciasse la casa dei Nidasio e che loro se ne andassero via da lí, dall'altra parte del cortile o dove volevano: ma si temette – a causa del caldo, della vicinanza con le altre case e dei tetti in paglia – che una volta appiccato l'incendio il fuoco non si sarebbe piú fermato, e che sarebbe bruciato l'intero paese. La «casa della strega» rimase dov'era e se ne parlò ancora per molti inverni, nelle stalle: per dire che si sarebbe dovuto darle fuoco a qualunque costo, e che portava disgrazia. Finché un giorno imprecisato – un giorno come tutti gli altri, nella storia infinita del mondo! – anche Zardino scomparve, e le sue chiacchiere cessarono...

Presa in consegna dal «braccio secolare», Antonia fu trasferita, il 21 agosto, nella Torre dei Paratici che era l'antica torre del Broletto, cioè del palazzo del Comune di Novara prima che questo si riducesse ad essere com'è ora: soffocato dagli edifici che gli sono cresciuti addosso nel corso dei secoli, e senza torre. All'epoca della nostra storia, invece, il Broletto era un palazzo indipendente, attorno a cui correvano le strade; e la Torre dei Paratici, che s'alzava a sud, nella sua parte superiore era una prigione... aerea, di due stanze sovrapposte e raggiungibili per mezzo di una scala esterna, piuttosto ardimentosa. Speciali immagini devote, in quelle due stanze, avevano il compito di redimere i detenuti. Al piano superiore, destinato alle donne, era dipinto un Cristo Morto in braccio alla Madonna, mentre al piano di sotto, dov'erano tenuti prigionieri gli uomini, c'era il patrono dei carcerati, San Leonardo: entrambi gli affreschi, però, erano ricoperti di nomi, date, graffiti osceni, ed entrambi si vedevano poco, perché non c'erano finestre in quelle due stanze, soltanto feritoie che d'inverno venivano chiuse con la paglia, e allora buonanotte! Si restava al buio. D'estate poi le feritoie si riaprivano, e ci si tornava a vedere: ma chi entrava ai Paratici, qualunque fosse la stagione in cui ci arrivava, doveva attendere un po' di tempo prima che i suoi occhi s'adattassero alla penombra; e cosí anche successe a Antonia. Quando la porta di ferro si fu chiusa dietro le sue spalle lei avanzò a tentoni d'alcuni passi, appoggiandosi al muro; poi, si sedette. Soltanto allora si accorse di non essere sola e si girò contro la parete, perché l'altra prigioniera capisse che non voleva parlare con nessuno, e la lasciasse in pace; ma quando quella le ebbe detto il suo nome, «Rosalina», non poté fare a meno di voltarsi. Rosalina!

Andò a guardarla da vicino: era proprio lei? Rosalina aveva i capelli tagliati corti come allora usavano le puttane, anzi: le puttane da strada, e appariva precocemente sciupata; il naso, schiacciato e storto, doveva esserle stato rotto con un pugno, la pelle delle guance era deturpata da una miriade di piccole cicatrici, conseguenza di chissà quale malattia e anche il collo portava il segno d'una ferita d'arma da taglio, probabilmente d'un rasoio: una cicatrice sottile e lunga lunga, che spariva sotto il vestito. Era già molto brutta, Rosalina; non proprio orrenda, perché aveva soltanto ventisei o ventisette anni: ma si capiva che sarebbe diventata orrenda entro poco tempo. Il fatto che Antonia si ricordasse di lei e del suo passato la lasciò indifferente; a lei, invece, la faccia di quella nuova compagna era del tutto sconosciuta e anche il nome: Antonia, non le ricordava nulla. Era lí – disse – per colpa d'un maledetto ufficiale spagnolo che per un po' di tempo l'aveva tenuta sotto la sua protezione, era stato il suo *moroso* e il suo ruffiano e poi un giorno le aveva annunciato, senza tanti preamboli, che s'era preso un'altra *morosa* piú giovane e che lei, Rosalina, doveva andarsene. Come dice il proverbio: «Carne nuova, e denari freschi!» Ci sono ormai troppe puttane attorno al castello di Novara – cosí, piú o meno, quell'ufficiale e gentiluomo aveva avuto la finezza di esprimersi – e di tanto in tanto bisogna rinnovarle, come si fa coi soldati: altrimenti la guarnigione invecchia, e anche le puttane, invece di essere le nostre *morose* nei momenti di riposo, diventano le nostre madri e le nostre nonne. Ma Rosalina non si sentiva d'essere la nonna di nessuno, e in quanto a andarsene, dove andava? Perciò – disse – aveva continuato a esercitare il suo mestiere, senza piú protezione; e i maledetti spagnoli avevano incominciato ad arrestarla perché dicevano che infrangeva la *grida*, cioè la legge sulle puttane. C'è una *grida* – le ripetevano ogni volta – che proibisce alle puttane di andare in giro senza avere sulle spalle una mantellina gialla, che è il loro segno distintivo; che gli vieta di avvicinarsi ai luoghi della civile convivenza cioè al palazzo del podestà, alle chiese ed ai castelli abitati dai soldati; di affacciarsi alle finestre nei luoghi di transito o di stare ferme in strada «*et facere*[1] *zip zip*», per adescare gli uomini; e le leggevano le frasi stesse della *grida*, fino alle «*pene pecuniarie et corporali*»: di gogna, frusta, prigione e forca. Poi la chiudevano nei Paratici, come ora: perché s'era fatta sorprendere senza la mantellina gialla, perché stava nelle vicinanze del castello, perché faceva *zip zip* ai soldati che passavano, per le corna delle loro madri e delle loro sorelle e per quelle che loro stessi avevano in testa: una foresta intera! Ma stavolta – disse Rosalina – il guaio era piú serio: si finiva in piazza ad essere frustate. Anche lei, Antonia; qualunque fosse la colpa per cui l'avevano mandata su ai Paratici, c'era arrivata

[1] *facere*: in latino, «fare».

in un brutto momento: s'aspettava il boia! Siccome Antonia la guardava e non capiva, Rosalina spiegò: doveva venire mastro Bernardo da Milano, a bruciare una strega che aveva commesso ogni genere di delitti, tra cui parecchi infanticidi; e purtroppo le cose a Novara andavano cosí, che quando veniva il mastro di giustizia l'autorità ne approfittava per fargli frustare tutti quelli che erano in prigione in quel momento, qualunque fosse il motivo per cui c'erano: perché il mastro non ci veniva tutti i giorni, e perché il Comune che lo pagava un certo prezzo voleva fargli fare, per quel prezzo, tutto il lavoro possibile. Anche al piano di sotto – disse Rosalina – c'erano quattro poveracci, ladri e bari, che s'aspettavano d'essere frustati in piazza per colpa della strega! Scrutò Antonia, le chiese: «Cos'hai fatto, tu?»

«Niente, – rispose Antonia. – Non ho fatto niente». E poi, quasi in un sussurro: «Io... io sono la strega!»

Rosalina spalancò gli occhi: «Sei la strega?»

«Sí, – disse Antonia. – Cosí dicono». Guardò in viso Rosalina. Mormorò: «Spero solo che si sbrighino a bruciarmi, e che tutto finisca! Che si faccia in fretta!»

Il tormento maggiore, ai Paratici, erano gli insetti. Soprattutto le pulci, ma anche le cimici e i pidocchi; erano invece quasi sopportabili le zanzare che non salivano in massa fino lassú, dove c'erano le rondini, ma restavano tra le case, dove c'erano gli uomini. La paglia su cui i detenuti dormivano brulicava di insetti, che in caso di necessità potevano anche servire come passatempo: bastava incominciare a grattarsi, e le giornate volavano! Verso sera, si sentivano dei colpi sul pavimento, delle grida dal piano di sotto; erano i prigionieri maschi che cercavano di comunicare con le donne, ma le celle erano disposte in modo tale, che, per quanto quelli di sotto si sgolassero, raramente si riusciva ad intendere una loro parola, per esempio la parola «amore». Dopo un po', anche i prigionieri si chetavano. Di notte il mondo taceva. Gli unici rumori erano le grida delle sentinelle sulle mura lontane, e i richiami delle civette e degli allocchi che avevano fatto i nidi nelle fessure della torre...

Passarono i giorni: uno dopo l'altro, uno uguale all'altro, senz'altri eventi che il suono d'un campanaccio, la *barlocca*, con cui da basso e una volta al giorno si avvisavano i prigionieri che era ora di tirare su la funicella con il panierino del cibo. La vita ai Paratici era organizzata cosí, e se non c'erano nuovi arrivi di detenuti durante la settimana la porta in ferro che dava sulla scala si riapriva soltanto alla domenica, per il cambio della latrina. Ci si grattava, si parlava; si guardava attraverso le feritoie, il mondo fuori; si seguiva il corso dei pensieri; si dormiva. Nel sotterraneo del Tribunale dell'Inquisizione Antonia aveva dormito pochissimo, e quando fu nella Torre dei Paratici recuperò una parte di quel sonno: dormí cosí profondamente, e cosí a lungo, da perdere il conto dei giorni e delle notti e da far spazientire Rosalina, che avrebbe voluto una compagna piú socievole e a volte addirittura la prendeva a calci per svegliarla, quando il cibo nel panierino era cattivo. «Se sua signoria la strega si degna di alzarsi per mangiare, – le diceva, – la informo che il pranzo della galera è servito!» Se invece il cibo era accettabile, Rosalina s'adattava a mangiare da sola. («Tanto, – pensava, – chi dorme mangia in sogno!») Per Antonia ogni risveglio era un ritorno, in un mondo sgradevole e nemico. Si lamentava, annaspava. A volte anche balbettava: «Dove sono?»

«Sei in gattabuia, cocca mia, – le diceva Rosalina. – Dove sognavi d'essere: al palazzo reale?»

Effettivamente, Antonia sognava. Grandi sogni: complicati e futili come la vita. Quasi sempre belli; a volte, come la vita, anche insensati. Sognava il mare come un cielo capovolto, e le navi che lo solcavano, e poi anche quella città di cui le aveva parlato Gasparo: dove le case sono alte come le colline e si compra e si vende tutto quello che c'è al mondo, persone incluse; dove c'è un viale alberato in riva al mare, e alla sera ci passano le dame nelle loro carrozze, e si va al mare per vederle... Sognava d'essere dentro una di quelle carrozze, vestita di seta e di velluto e in compagnia d'un bellissimo giovane che era Gasparo, o forse soltanto gli somigliava, chissà! Qualche volta, tra quelle immagini del sogno, s'insinuavano i nemici: don Teresio, l'inquisitore, la gente di Zardino. Piú spesso, però, i sogni di Antonia nella Torre dei Paratici erano aerei come quella prigione: fantasie, tenute insieme da una trama sottile come un filo di ragno. In quei sogni lei camminava per palazzi incantati, pieni di stucchi, di ori, di pitture, di arazzi, di cose che lei non aveva mai visto se non, appunto, nel sogno; si trovava a ballare con giovani bellissimi; andava a cavallo con loro, su certe strade bianche che non finivano mai e davanti a loro c'era un sole che sorgeva, o forse che calava... Sognava sapendo di sognare, temendo di svegliarsi. «Se mi sveglio, – pensava con terrore, – torno ad essere quella che tutti credono la strega, e che morirà bruciata entro pochi giorni!»

Bernardo Sasso, «mastro di giustizia» cioè boia di Milano, arrivò a Novara con i suoi aiutanti Bartolone e Jacopo la sera di venerdí 10 settembre, accaldato per il viaggio e d'umor nero per il genere di prestazione che gli veniva richiesto: con quel caldo – aveva detto ai suoi aiutanti mentre traghettavano il Ticino a Boffalora – sarebbe stata miglior cosa, e piú sensata, affogare la strega, anziché bruciarla... Magari lí nel Ticino: perché no? Se avesse potuto sottrarsi a quella faccenda del rogo, ed evitare di venire a Novara anche a costo di perderci dei soldi, mastro Bernardo ci si sarebbe sottratto: ma non poteva. Giust'appunto un mese prima, l'8 agosto di quell'anno 1610, aveva firmato un regolare contratto – oggi, forse, si direbbe una convenzione – per cui lui, mastro di giustizia della città di Milano, s'impegnava ad esercitare la sua arte in Novara ogni volta che ve ne fosse necessità, frustando i condannati sulla pubblica piazza, giustiziandoli in modo conforme alla sentenza, e, se del caso, macellandoli secondo le regole della sua arte. Com'era scritto, tra l'altro, nel contratto: «*Et che facendo bisogno*[2] *di squartare, fare in pezzi quelli che si giustiziavano, et cosí bisognasse attaccare le quarti*[3] *nelli luoghi destinati* (sottinteso: si conviene) *che in quel caso d. m.* (cioè: *dominus magister*) *Bernardo sia tenuto et obligato squartare et attaccare di quarti dove farà bisogno*», eccetera. Il documento è poi arrivato fino a noi, sicché possiamo citarne le parole esatte. A voler dare troppo credito a quelle parole, dovremmo forse pensare che a Novara si giustiziassero abitualmente sulla pubblica piazza criminali e banditi pericolosissimi, e che si eseguissero ogni genere di sentenze; la realtà, invece, era assai meno truculenta, e ciò che in definitiva si chiedeva al boia era che lui venisse di tanto in tanto a frustare in piazza o al massimo ad impiccare qualche piccolo malfattore o qualche ladrone, perché le esecuzioni piú spettacolari, le decapitazioni, generalmente si facevano a Milano; ma i roghi, ecco, i roghi erano qualcosa che mastro Bernardo Sasso considerava una barbarie del passato, la negazione stessa di

2 *facendo bisogno*: qualora occorresse.

3 *le quarti*: per rendere ancora piú orrenda l'esecuzione i pezzi dei corpi dei giustiziati venivano spesso lasciati appesi agli strumenti di pena.

quell'arte di cui lui era maestro e che per lui era ben piú che una professione: era una missione! «Se per eseguire una sentenza capitale basta accendere un paio di fascine, – brontolava tra sé e sé mentre s'avvicinavano a Novara, – a cosa serve il mastro di giustizia? Perché non chiamano un cuoco, uno qualunque, che gli accenda i fornelli al posto mio? Cosa c'entra la giustizia di uno Stato moderno, con questi riti d'altri tempi? Che bisogno c'era di chiamare il boia?»

Il boia... Tra i personaggi, anzi: tra i romanzi non scritti che intrecciarono la loro storia con la storia di Antonia, il piú inconsueto e forse anche il piú difficile per chi oggi volesse decifrarlo, o addirittura scriverlo, fu proprio lui. Bernardo Sasso, nel settembre del 1610, era un uomo d'età piú che mezzana, con la testa e le guance accuratamente rasate e un viso che si sarebbe potuto giudicare del tutto ordinario se non vi avessero fatto spicco due occhi azzurri, vivacissimi, che si fissavano in quelli dell'interlocutore e sembravano leggervi anche i pensieri piú profondi, le idee improvvise, le tentazioni inconfessabili. Figlio d'arte – suo padre era stato boia, e cosí pure il nonno – Bernardo Sasso non aveva mai fatto nulla, in vita sua, che si potesse definire strano o straordinario, se non, forse, il mestiere del boia: ma erano proprio la sua assoluta normalità, il suo assoluto equilibrio, la sua saggezza quasi disumana che ne facevano un personaggio, piú che singolare, unico. Chi aveva avuto modo di conoscerlo dall'infanzia, e poi di frequentarlo, garantiva che in oltre cinquant'anni di vita non si era mai ubriacato, nemmeno un poco e nemmeno per provare; che non aveva mai alzato la voce con qualcuno; che non aveva mai corteggiato una donna. Anche sua moglie l'aveva conosciuta lavorando: nel senso – spiegavano i suoi biografi o aspiranti tali – che era stata lei ad adocchiarlo mentre praticava la sua arte sulla pubblica piazza, e ne era rimasta cosí bene impressionata che poi per tramite di un prete gli aveva fatto chiedere se voleva sposarla; e si erano visti, e si erano sposati. Lei era un'ospite del Deposito di San Zeno, dove si ricoveravano le ragazze scappate di casa che i genitori non volevano piú riprendere con sé; lui era un mastro di giustizia ovvero un boia, con cui pochissime donne al mondo avrebbero voluto convivere; ne era sortito un matrimonio felice e solidissimo, con un unico neo, purtroppo irrimediabile: l'assenza di figli maschi. Quell'assenza era il cruccio della vita di Bernardo. Cinque figlie, e nemmeno un figlio per continuare l'arte e la missione dei Sasso! Cosí, in mancanza di eredi che portassero il suo cognome, Bernardo aveva finito per affezionarsi a quei due suoi collaboratori che ora lo seguivano e che erano un uomo già maturo – Bartolone, destinato a succedergli – ed un altro piú giovane, suo lontano parente, di nome Jacopo. Entrambi erano il frutto di una lunga selezione di aiutanti che poi nel tempo s'erano rivelati inadeguati per vivere vicino a un uomo cosí perfetto come mastro Bernardo, e avevano dovuto trovarsi un altro boia o cambiare mestiere. Entrambi rappresentavano un tentativo abbastanza riuscito di imitare il maestro: avevano la testa rasata, come lui; erano vestiti da capo a piedi di grigio, come lui; erano privi di vizi – o quasi – come lui...

I tre, che viaggiavano a cavallo, andarono a bussare alla porta del convento dei frati cappuccini: perché nessun albergatore e a nessun prezzo avrebbe alloggiato il boia nella sua locanda, e nessun oste gli avrebbe dato da mangiare, né a Novara né in altri luoghi. Dopo una cena frugale con i monaci, e dopo aver ricevuto la visita del capitano di giustizia che gli spiegò dov'era quel villaggio in cui si sarebbe dovuta giustiziare la strega, e poi anche li informò dei preparativi che erano stati fatti in città e sul luogo dell'esecuzione, andarono a dormire. Prima però di congedarsi dai suoi collaboratori, e d'augurargli la buona notte, mastro Bernardo gli assegnò i compiti per il giorno successivo. Bartolone – disse – sarebbe andato con la scorta della strega, e avrebbe viaggiato in carrozza insieme a lei, per assicurarsi della sua incolumità; Jacopo, invece, si sarebbe recato già di prima mattina sulla *ripa* del Sesia, a controllare che tutto vi fosse pronto per quando poi lui fosse arrivato. «E voi?», gli chiese Bartolone. (Entrambi gli aiutanti si rivolgevano al boia dandogli del «voi»). «Voi, che farete?»

Mastro Bernardo si guardò attorno, se qualcuno dei frati li stava ascoltando. Non c'era nessuno. «Io, – disse, – domattina dovrò frustare in piazza quei disgraziati che ci sono nella Torre e poi anche dovrò sbrigare un'altra faccenda, dovrò andare da uno speziale per fargli preparare qualcosa che io solo posso ottenere, e io solo so». Si fece il segno della croce, abbassò la voce. «Dio mi vede e mi giudica, – disse ai suoi collaboratori. –

Bruciare vivi è la morte piú orrenda che ci sia e io non credo di togliere nulla alla pena che i giudici hanno stabilito per la strega togliendole un poco di quella capacità di intendere che è anche capacità di soffrire. Che Dio mi perdoni se sto per commettere un errore, e che Dio ci aiuti! »

Capitolo trentesimo

La festa

Quando la «strega di Zardino» apparve in alto sulla Torre dei Paratici, nella prima ora pomeridiana di quel sabato II settembre in cui morí, c'era già in piazza Duomo, sotto le finestre del pretore, una folla di sfaccendati che con il caldo e i discorsi avevano incominciato ad eccitarsi, gridavano: «Dateci la strega! La bruciamo noi!», agitando i pugni e anche i bastoni; mentre altri sfaccendati, apparentemente piú calmi, cercavano di convincere le guardie fuori del palazzo a consegnargli la condannata, gli dicevano: «Che bisogno c'è di riportarla al suo paese? Vogliamo vederla mentre brucia! Qui a Novara!»

«Altrimenti non ci fidiamo! In questa stessa piazza!»

Accecata dalla luce del giorno a cui i suoi occhi non erano piú abituati, Antonia venne giú senza vedere niente o quasi niente, avendo anche nelle orecchie quell'urlio della folla in cui di tanto in tanto si capivano singole parole, «pioggia», «morte», «strega» e poche altre; un po' sorretta da chi le stava dietro un po' aggrappandosi alla ringhiera di ferro, arrivò in fondo. C'erano tanti soldati nel cortile del Broletto, a cavallo e a piedi, e con ogni genere di divise: *miliziotti* italiani e *micheletti* spagnoli, alabardieri e archibugieri, e tutti stavano là schierati per ogni evenienza senza avere un compito specifico, tranne quelli che erano attorno alla carrozza e dovevano scortare la strega sul luogo dell'esecuzione. C'era la carrozza: un cocchio chiuso, piuttosto malandato, che normalmente serviva a trasportare i giudici delle cause civili quando andavano a fare i sopralluoghi per le liti d'acqua. Antonia vi venne issata e spinta dentro da quegli stessi soldati che erano saliti a prenderla in cella e dovette sedersi nell'unico posto libero, a fianco d'uno sconosciuto vestito tutto di grigio e con la testa rasata che era l'aiutante del boia. Di fronte a loro c'erano altri due uomini. A sinistra, il capitano di giustizia era un vecchio alto e ossuto, con i capelli di due colori: bianchi alla radice, e, per il resto, neri come il piumaggio di un corvo. Costui, che in ogni momento e in ogni gesto s'atteggiava a grand'uomo, gettò appena un'occhiata sulla strega e poi subito tornò ad occuparsi di ciò che succedeva fuori, tenendo sollevata la tendina e guardando attraverso il vetro. A destra, invece, un frate francescano, calvo con una gran barba nera che gli arrivava a mezzo il petto e due occhi grigi spiritati, aveva tra le mani una croce di legno e fissava Antonia come se lei fosse stata il Diavolo, con uno sguardo che significava: non ti temo!

Si sentí una voce concitata che impartiva degli ordini e la carrozza si mosse, si girò, uscí dal palazzo: i ferri delle ruote incominciarono ad urtare contro i ciottoli della strada facendo sobbalzare, all'interno, le teste e gli arti dei viaggiatori con un effetto curioso, a tratti grottesco. Antonia allora guardò fuori, attraverso quello stesso finestrino sulla sua sinistra da cui guardava il capitano di giustizia: perché l'altro finestrino, quello dalla parte del frate, aveva la tendina completamente abbassata. Vide i busti e i profili dei soldati che cavalcavano di fianco alla carrozza, e la folla lungo il percorso: i pugni alzati, le facce stravolte con le bocche spalancate a insultare e a maledire e a invocare una morte, la sua morte! Proseguendo verso Porta San Gaudenzio, s'accorse che per non sentire quelle grida bastava non ascoltarle. Guardava i volti e i corpi degli uomini là fuori come avrebbe guardato dei pesci in una boccia di vetro; li vedeva lontani ed anche strani, anzi si meravigliava di non avere mai fatto caso a quei dettagli che ora le sembravano cosí assurdi; di non essersi mai stupita in precedenza di quelle forme, considerandole – come tutti – inevitabili, e assolutamente sensate! Di averle sempre credute... normali! Quei cosiddetti nasi, quelle orecchie... Perché eran fatte cosí? Quelle bocche aperte con dentro quei pezzi di carne che si muovevano... Che insensatezza! Che schifo! E quell'esplosione incontenibile di odio, da parte di individui che fino a pochi giorni prima non sapevano nemmeno che lei esistesse e ora volevano il suo sangue, le sue viscere, reclamavano d'ammazzarla loro stessi, lí sul momento e con le loro mani... C'era forse un senso, una ragione in tutto questo? E se non c'era, perché accadeva? Ecco, pensava: io sto qui, e non so perché sto qui; loro gridano, e non sanno perché gridano. Le sembrava di capire, finalmente!, qualcosa della vita: un'energia insensata, una mostruosa malattia che scuote il mondo e la sostanza stessa di cui sono fatte le cose, come il *mal caduco*[1] scuoteva il povero Biagio quando lo coglieva per strada. Anche la tanto celebrata intelligenza dell'uomo non era altro che un vedere e non vedere, un raccontarsi vane storie piú fragili d'un sogno: la giustizia, la legge, Dio, l'Inferno...

«Maledetta strega! Devi crepare! A morte! Al rogo!»

Appena fuori da Porta San Gaudenzio un viso piú stralunato degli altri s'avvicinò al finestrino, aprí la bocca: ne uscí uno sputo che imbrattò la superficie esterna del vetro e il capitano di giustizia allora abbassò la tendina, per un attimo l'interno della carrozza rimase al buio; poi però lui tornò a guardare fuori e anche gli altri viaggiatori tornarono a vedersi.

«Fai piovere, brutta porca! A morte! Crepa!»

Il frate calvo, dagli occhi spiritati, non aveva smesso di fissare la strega nemmeno per un istante e nemmeno al buio. Ora improvvisamente si sporse con il braccio, mise la croce davanti al viso di Antonia, le parlò. «Se ancora sai pregare, – le disse: e gli occhi quasi gli uscivano dalle orbite, la voce gli tremava, – è tempo che tu ti penta, e che tu preghi, e che tu chieda perdono a Dio dei tuoi innumerevoli peccati, per quanto orribili essi siano: perché gli uomini non possono piú perdonarti, ma Dio sí!»

Avvicinandosi Borgo San Gaudenzio, dove c'era il mercato, le grida della gente per strada s'infittirono e crebbero d'intensità: tornarono ad essere un urlio confuso e minaccioso, un ininterrotto frastuono cui facevano da contrappunto i colpi degli ortaggi che s'abbattevano con sempre maggior forza sul tetto e sulle fiancate della carrozza e che proseguendo diventarono gragnuola, acquistarono una sonorità nuova e preoccupante. Bartolone non fece in tempo a dire: «Sono sassi!», che tutt'e due i finestrini, quello di destra e quello di sinistra, esplosero quasi contemporaneamente, finendo in pezzi sulle loro ginocchia e tra i loro piedi. Nello stesso tempo la carrozza si fermò: segno, questo, che anche il cocchiere era in difficoltà; mentre i soldati della scorta gridavano: «State indietro o spariamo!», «State indietro!», la carrozza, per un istante che ai suoi occupanti sembrò lunghissimo, rimase in balía della folla che la scosse e la spinse e la fece oscillare da ogni parte, come

1 *mal caduco*: epilessia.

una barca in un mare tempestoso. Al tambureggiare dei sassi sopra il tetto si sostituí quello dei pugni e dei bastoni che battevano contro le fiancate; uno sportello venne aperto dall'esterno, visi e mani di forsennati si protesero per afferrare la strega ma a questo punto i soldati spararono e tutto finí nel volgere di pochi secondi: la gente per strada si calpestava per fuggire, scappava in tutte le direzioni urlando di paura mentre i soldati ricaricavano gli archibugi e il capitano di giustizia, proteso con metà busto fuori dal finestrino, li incitava a ricaricare piú in fretta, a sparare piú in basso, a sparare ancora! Una mano invisibile richiuse con un gran colpo lo sportello che era stato aperto dagli assalitori, il capitano di giustizia si ritrasse, la carrozza ripartí; ma dopo passato il guado dell'Agogna dovette tornare a fermarsi perché nel trambusto s'era sconnessa una ruota e bisognava sistemarla lí per strada, con gli attrezzi di fortuna che erano a disposizione. Questo guasto, verificandosi piú e piú volte durante il resto del viaggio, determinò un notevole ritardo nell'arrivo a Zardino della strega: che era previsto verso le quattro del pomeriggio e invece avvenne un poco prima delle sette, quando ormai il sole aveva incominciato a tramontare; e chissà se Antonia se ne dispiacque! Di quella prima sosta in prossimità del torrente va anche detto che serví a lavare una ferita che il capitano di giustizia s'era ritrovato in viso al termine dell'assalto della folla e che gli era stata procurata, con ogni probabilità, da una scheggia di vetro. Nessun dolore; ma la vista del proprio sangue rese furibondo il grand'uomo, che non esitò, in tale circostanza, ad impartire ai soldati della scorta ordini perentori e spietati: sparassero senza preavviso, ad altezza d'uomo, contro chiunque s'avvicinasse alla carrozza ad una distanza di meno di tre passi, anche se costui fosse stato disarmato; contro gli armati di sassi e di bastoni sparassero da lontano, e per colpirli, nel momento stesso in cui li vedevano. Se infine gli assalitori erano in molti, sparassero nel mucchio: tanto – brontolava il capitano ferito, comprimendosi un fazzoletto bagnato sulla parte offesa – per quanti contadini s'ammazzino, ne rimangono al mondo sempre troppi...

S'incontravano, quasi ad ogni passo, comitive dirette al *dosso dell'albera*, che andavano laggiú per veder bruciare la strega; famiglie intere su quei carri a sponda bassa, tirati da cavalloni con ginocchia grandi come la testa di un uomo, che a quell'epoca e nelle campagne di tutta Europa erano il mezzo di trasporto universale, di merci ma anche di persone. Al sopraggiungere della carrozza, i carri si facevano da parte o venivano costretti dai soldati a togliersi di mezzo, mentre tutti quelli che ci stavano sopra gridavano, fuori di sé per l'entusiasmo: «La strega! Arriva la strega!», e i cani – se ce n'erano sul carro – abbaiavano anche loro piú forte che potevano, i ragazzi facevano girare con due mani certi strumenti di legno detti *raganelle*, che si fabbricavano apposta per produrre frastuono, gli uomini agitavano quelle stesse filze di barattoli che erano state gli strumenti del Diavolo cioè del Carnevale, prima che Bascapè lo mettesse al bando, e che ora invece servivano per festeggiare la vittoria di Dio sul Diavolo, le donne e i vecchi gesticolavano, gridavano con gli altri:

«La strega! C'è la strega! A morte! Al rogo!»

Avvicinandosi la riva del Sesia, sugli incroci con le strade secondarie e negli slarghi comparvero i primi venditori di vino e bibite, di pesci fritti, d'angurie. I campi in prossimità delle strade, ovunque il granoturco e la segale erano già stati tagliati e portati via, brulicavano di carri, di cavalli, di bambini che si rincorrevano e giocavano a nascondersi, di adulti che s'erano fermati lí, e mangiavano e bevevano e aspettavano di godersi da lontano quel gran spettacolo del rogo della strega che tanto – gli era stato detto – si sarebbe visto per molte miglia tutt'attorno: non era il caso d'arrivare fin sotto il *dosso*, dove la folla certamente era cosí fitta che poi, anche ad essere vicini, si finiva per non vedere niente! Meglio stare un po' piú lontani e un po' piú comodi. Arrivavano da ogni parte della *bassa* e anche dalle città: da Novara, da Vercelli, da Gattinara; con le famiglie, con gli amici, con i vecchi di casa, con i bambini, con i carri carichi di vino e di cibarie per far baldoria, e stare in allegria, e festeggiare la fine dell'estate. Non erano gente sanguinaria, né malvagia. Al contrario, erano tutti brava gente: la stessa brava gente laboriosa che nel nostro secolo ventesimo affolla gli stadi, guarda la televisione, va a votare quando ci sono le elezioni, e, se c'è da fare giustizia sommaria di qualcuno, la fa senza bruciarlo, ma la fa; perché quel rito è antico come il mondo[2]

2 *quel rito... il mondo*: la partecipazione della folla entusiasta alla «festa» dell'esecuzione rende evidente il ruolo definitivamente toccato ad Antonia: essa è la vittima sacrificale del rito collettivo della crudeltà, del bisogno comune di trovare qualcuno su cui scaricare le proprie angoscie e le proprie frustrazioni. Questo è il significato della intuizione di Antonia, ripresa dall'autore in queste righe: «Ce ne sono statti tanti GesusCristi, da che ce il mondo, et Gesuscriste anco piú assai» (Vedi cap. XXVI, pag. 252).

e durerà finché ci sarà il mondo. (Finché continueranno ad esserci degli uomini ci saranno i Gesucristi e le Gesucriste, come disse Antonia).

«C'è la strega! Arriva la strega! A morte! Al rogo!»

«Preparate il fuoco! Accendete il camino! È arrivata la strega!»

Mastro Bernardo, venendo da Novara a cavallo, s'era accodato alla carrozza della strega e ne aveva seguite tutte le peripezie, arrivando in vista dei *dossi* e del villaggio che era già sera. Zardino, in quel sabato afoso di settembre, stava vivendo nella luce della storia per la prima ed ultima volta dacché esisteva; ai suoi balconi, in segno di festa, le comari avevano esposto tutte le stoffe colorate che c'erano in paese e sulle finestre di quasi tutte le case brillavano file di lumini: ben visibili, perché il sole ormai aveva iniziato a tramontare sull'argine del Sesia e le ombre s'allungavano nei cortili, s'infittivano tra i vicoli. Non c'era mai stata in passato, in quel villaggio, e non ci sarebbe mai piú tornata ad essere, per nessun motivo!, una tale folla che entrava e usciva dall'Osteria della Lanterna, si pigiava dentro la chiesa e s'accalcava in piazza, per ascoltare dalla voce ormai roca del cappellano don Teresio terrificanti prediche sulle insidie del Diavolo e sui modi in cui la fragile volontà dell'uomo può venire da lui distolta nel suo cammino verso Dio, e deviata verso l'Inferno. Tutte le porte e le finestre della chiesa erano spalancate e don Teresio, coadiuvato da due preti dei paesi vicini, celebrava e predicava ininterrottamente dalle prime luci dell'alba: preparava i suoi fedeli, e l'altra gente accorsa in pellegrinaggio a vedere la strega, alla solenne processione che si sarebbe mossa dalla chiesa verso il *dosso dell'albera* non appena il sole fosse sceso sotto l'orizzonte. Quattro chierichetti s'aggiravano in continuazione tra la folla, in chiesa ed anche fuori di chiesa, sulla piazza, raccogliendo le offerte: e fecero cosí bene il loro servizio che il giorno dopo, contando quel mucchio di denaro, don Teresio si accorse che la tanto sospirata parrocchia non era piú cosí lontana. Che, forse, entro quell'anno medesimo...

«Siamo qui per bruciarti, maledetta! È tutto pronto! Ci manchi solo tu!»

Il sole ormai tramontava dietro i *dossi* e chiunque aveva avuto familiarità con quel paesaggio avvertiva la mancanza dell'*albera* come un vuoto enorme, un'assenza irreparabile;

s'accorgeva con stupore, arrivando lí, d'una cosa a cui nessuno aveva fatto caso finché il castagno se ne stava in cima al *dosso*, e cioè che quell'*albera*, esistita per secoli, non era solo una presenza pacificata e consacrata al silenzio dei luoghi, ma era anche un elemento fondamentale del paesaggio della *ripa* del Sesia, che senza lei non sarebbe ritornato ad essere com'era prima, mai piú! Al suo posto, quasi a coprire una nudità, o una dolorosa ferita, c'erano ora due cataste ben ordinate di fascine, e in mezzo alle cataste, il palo per la strega con tutto ciò che doveva servire a facilitare il lavoro del boia: la scaletta in legno per salire sulle fascine, le assi disposte in modo da formare un ripiano... Sull'altro *dosso*, non vigilato dai soldati, una folla straripante e incontenibile aveva fatto piazza pulita di tutte le leggende relative alla presenza in quel luogo di esseri soprannaturali, e ne aveva anche distrutta la vegetazione. C'era folla dappertutto. Ovunque l'occhio arrivava, fino all'argine del Sesia e sui tetti delle case, sugli alberi, sul campanile, si vedeva gente: centinaia, migliaia di persone e tutti si scalmanavano, si sbracciavano, nonostante il caldo afoso gli inzuppasse i panni di sudore; tutti correvano in qua e in là, s'adocchiavano tra maschi e femmine, masticavano semi di zucca o mangiavano grosse fette d'anguria, tutti facevano baccano con le *raganelle* o con i barattoli. Tutti festeggiavano quel giorno di felicità, in cui la *bassa* si liberava d'una strega che era la causa dei bambini che morivano, e della pioggia che non veniva, e del caldo, e dell'estate che non si decideva a finire...

«Maledetta strega! Devi bruciare! A morte! Al rogo!»

S'era fatto tardi. Il sole rosso, fermo sull'argine del Sesia, accendeva l'orizzonte e vi si rifletteva, riverberandosi nei vapori terrestri con quel particolare fenomeno di rifrazione che fa dire agli abitanti di questi luoghi: «*Quand al sul al varda indré, acqua a secc al dí adré*», quando il sole guarda indietro l'indomani pioverà a secchi; in un tramonto melodrammatico e teatrale come solo in Italia sono i tramonti di settembre: ricco di colori squillanti, di scenari pittoreschi, di abissi di luce, di malinconia e di poesia. Mastro Bernardo, però, tra le sue perfezioni non aveva quella d'essere un contemplatore di tramonti; o, se anche l'aveva, non avrebbe potuto esercitarla quella sera, per mancanza di tempo. Staccò di sella una borsa di cuoio da *flebotomo* (aiutante chirurgo) in cui teneva alcuni ferri e alcune cose della sua arte; prese la strega per un braccio e un po' la spinse un po' la guidò fino in cima al *dosso*, dove i cavalieri di San Giovanni Decollato, in brache nere e mantelletta bianca con la croce, presidiavano il patibolo; si fermò là sotto. Accanto a lui, pallidissima, con gli occhi spalancati, Antonia guardava attorno e non vedeva niente, sentiva soltanto il cuore che le rimbombava nel petto e le faceva pulsare il sangue sulle tempie, fino dentro le orecchie: bum, bum, bum... «Prima di compiere questo ufficio, – disse il boia, inchinandosi davanti alla ragazza, – a cui mi hanno delegato la volontà di Dio e la giustizia degli uomini, ti chiedo umilmente di perdonarmi». Le labbra di Antonia si mossero, ma lei non disse nulla. Si sentí invece dal paese la voce di don Teresio che stava uscendo di chiesa con la processione e aveva incominciato a cantare, anzi per meglio dire: a gridare, le litanie della Madonna; si sentí e poi si vide la folla straripante dei fedeli che muovevano dalle case verso il *dosso*, attraverso i campi. Infine, si vide la processione che usciva dal paese, sulla strada del *dosso*. Don Teresio, ormai allo stremo delle forze per le energie profuse in quella lunghissima giornata, veniva avanti gridando, come s'è detto, barcollando e portando la croce: che era un fatto quasi prodigioso, considerato il peso della croce e l'apparente gracilità dell'uomo. Gridava ogni tanti passi:

«*Stella matutina!*» («Stella del mattino!»)
«*Rosa mystica!*» («Rosa mistica!»)
«*Turris davidica*[3]*!*» («Torre di Davide!»)

Dietro di lui, incappucciati e tenendo ben alti i rispettivi gonfaloni, venivano i *fratelli cristiani* di Zardino e degli altri villaggi della *bassa*, e poi il clero, e poi le pie congregazioni, e poi i fedeli con le fiaccole. Rispondevano in un boato, cui s'univa la folla dei *dossi* e dell'argine e di tutta la valle del Sesia:

«*Ora pro nobis*» («Prega per noi»).

Mastro Bernardo infilò ad Antonia, dalla testa, un saio rosso con due grandi croci bianche, una sul petto ed una sulla schiena. Avrebbe anche dovuto tagliarle i capelli e metterle in testa un cappuccio senza buchi; ma non c'era piú tempo per quelle formalità e comunque si trattava di dettagli che potevano essere tralasciati, per lo meno in Italia: dove la preparazione della strega per il rogo non seguiva regole precise come in Spa-

[3] *Stella... davidica*: sono litanie della Madonna, cioè attributi glorificanti tratti per lo piú da testi biblici; il celebrante le enuncia ad alta voce e i fedeli rispondono «ora pro nobis».

gna, ma variava a seconda delle circostanze, dei luoghi e dell'arbitrio del boia. Prese un flacone di vetro dalla borsa, ne versò il contenuto in un bicchiere, sussurrò a Antonia: «Presto, bevi! Servirà a stordirti». Le tenne ferma la mano mentre lei beveva. Allora il frate che aveva viaggiato con la strega si fece avanti brandendo il crocefisso e la gente sui *dossi* e attorno ai *dossi* gli tributò un applauso fragoroso, molte grida d'incoraggiamento: «Fuori il Diavolo!» «Vogliamo vedere il Diavolo che viene fuori dalla strega!», ed altre simili sciocchezze, che non vale la pena di riferire. Mentre la processione continuava a uscire dal villaggio, don Teresio veniva avanti gridando nel crepuscolo e la folla ogni volta gli rispondeva, con la forza di un tuono: «*Ora pro nobis*».

«*Turris eburnea!*» («Torre d'avorio!»)

«*Foederis arca!*» («Arca dell'alleanza!»)

«*Ianua coeli!*» («Porta del cielo!»)

Il frate alzò il crocefisso sopra le ultime braci del tramonto, rivolgendolo verso Antonia. Le gridò: «Inginocchiati! Chiedigli perdono!» Lei rimase immobile per qualche istante, forse anche stordita da ciò che aveva bevuto: poi fece l'atto di abbracciare il frate, che la respinse. Barcollò come ubriaca. Allora il boia le bendò gli occhi con un fazzoletto nero e l'accompagnò sotto la scala del patibolo, dove c'era Bartolone. Tutta la scena ormai era perfettamente illuminata e visibile a distanza perché i cavalieri di San Giovanni Decollato, disposti tutt'attorno, facevano luce con le loro torce. Bartolone afferrò Antonia per le ascelle, la tirò su come se fosse stata senza peso, la legò al palo: per le braccia, per le caviglie, perfino per la vita. Diede fuoco alla legna, tornò giú. Proprio in quel momento la processione stava arrivando ai piedi del *dosso*, la risposta della folla a don Teresio sembrava un vento di tempesta: «*Ora pro nobis*».

«*Speculum justitiae!*», gridava il prete, piú forte che poteva («Specchio di giustizia!») «*Consolatrix afflictorum!*» («Consolatrice degli afflitti!») «*Causa nostrae letitiae!*» («Origine della nostra gioia!»)

Ci fu un gran fumo e poi tutte le voci tacquero mentre il fumo incominciava a diradarsi, tutti gli occhi si fissarono oltre il fumo, dove c'era la strega. Le fiamme crepitarono alte, la notte diventò chiara come il giorno, le lingue di fuoco si unirono in un'unica vampata che salí nel cielo non ancora buio, altissima:

addirittura piú alta – dissero poi gli abitanti di Zardino e dei paesi attorno – di quell'*albera* che era vissuta mille anni su quel *dosso*, e che ormai non c'era piú. Si videro i capelli della strega che svanivano nella luce e la sua bocca che s'apriva in un grido senza suono. La veste rossa si dissolse, il corpo si scurí e si raggrinzí, gli occhi diventarono bianchi, Antonia non fu piú. Esplose il giubilo della folla: i tamburi, le *raganelle*, le trombe, le collane di barattoli quasi non si sentivano, sopraffatti com'erano dal frastuono di migliaia di voci che gridavano la gioia irripetibile di quel momento e di quell'ora: «Evviva! Evviva!» Esplosero i fuochi d'artificio: da Borgo Vercelli a Biandrate e ancora piú su, per almeno dieci miglia lungo il corso del Sesia questa sponda del fiume, la *ripa* milanese, s'illuminò di cascate, di razzi, di girandole, di artifici di luci e di colori che si riverberarono sulle acque e sui borghi della *bassa;* che si videro dal Monferrato, e dal Biellese, e dalla *ripa* del Ticino. Allora, finalmente, incominciò la festa.

Congedo

Il nulla

Le prime gocce di pioggia, rade e pesanti come chicchi di grandine, caddero all'alba del giorno successivo e poi subito s'infittirono, scrosciando sulla terra inaridita dalla siccità, costringendo a uno sgradevolissimo risveglio quanti, sfiatati per il gran gridare e inebetiti dal vino, s'erano infine sdraiati in mezzo a un campo o lungo il bordo d'una strada, per dormire lí; e se qualcuno tardò troppo a risvegliarsi, corse il rischio di morire affogato. Per alcuni minuti, la pioggia venne giú con una tale intensità e una tale violenza che non si vide piú niente: un muro d'acqua; spense le ultime braci del rogo della strega, ne disperse in un attimo le ceneri, mescolandole alla terra del dosso *o trascinandole via, nei cento e cento rigagnoli che tumultuando e ribollendo come fiumi in piena si gettavano l'uno nell'altro e poi nel Sesia. Dopo quel primo scroscio la pioggia diradò, fino a cessare del tutto; si videro i nuvoloni grigi che venendo da sud andavano ad ammassarsi contro le montagne lontane, le nascondevano alla vista; si vide il cielo che diventava tutto grigio mentre i fulmini schioccavano in ogni direzione e il tuono era un rotolio indistinto e continuo, come se mille carri dalle ruote ferrate si stessero spostando al di sopra delle nuvole, viaggiando tutti insieme da orizzonte a orizzonte. Allora venne la grandine, quella vera, e coprí la* bassa *d'uno strato di ghiaccio che sembrava neve, alto in certi punti fino alle caviglie d'un uomo; senza fare troppi danni, però: perché la precocità della stagione era stata tale, che ormai quasi tutti i frutti della terra erano raccolti e riparati nelle case. S'alzò il vento, cosí forte da spezzare gli alberi e da far volare via le tegole dei tetti; tornò la notte, nell'ora stessa in cui il sole avrebbe dovuto affacciarsi all'orizzonte, e a Zardino e negli altri villaggi della* bassa *si dovettero riaccendere i lumi, per fare il pane e per mungere le vacche: ma tutto questo sconquasso – va detto subito, a scanso di equivoci – pur capitando all'indomani della morte di Antonia non fu cosa cosí eccezionale, o cosí inattesa, come potrebbe credere chi non conosce il clima della* bassa *e non è mai vissuto in questi luoghi. Non si trattò, insomma, d'una manifestazione di collera soprannaturale, di Dio o del Diavolo: nemmeno allora, all'inizio del Seicento, a qualcuno venne in mente che potesse esserlo. Fu un fatto, tutto sommato, normale. Succedeva quasi ogni anno, nella* bassa, *e succede ancora, che l'autunno si annunci in questo modo, con un mezzo uragano: tanto piú violento, e persistente nella scia di maltempo che si porta appresso, quanto piú lunga e torrida è stata l'estate. In quel lontano 1610 la siccità era incominciata prima ancora della Pasqua e l'estate aveva portato un'arsura e un caldo quali non si verificavano da anni, sicché tutti, in definitiva, s'aspettavano che accadesse ciò che accadde quel giorno: grandinò, piovve, ci furono trombe di vento in vari luoghi, piovve ancora nel pomeriggio e poi, all'ora del tramonto, sembrò che le nuvole si aprissero e che il cielo ritornasse sereno: ma era un'illusione. Nella notte ci fu un nuovo temporale, e un altro ancora la mattina successiva, e poi piovve, salvo brevi schiarite di un'ora o al massimo di un giorno, fino quasi alla fine di settembre: i rigagnoli e i fossi traboccarono, il Sesia straripò, insinuandosi in un tratto dove l'argine era basso o ancora non era stato costruito, arrivò nelle stradette di Zardino e fin dentro i cortili e nelle case, mentre gli abitanti si rifugiavano sui due* dossi, *temendo il peggio. Infine, ritornò il sole e le acque si abbassarono, si ritirarono, rientrarono nei loro percorsi abituali. La* bassa *intera scintillò, in un mare di fango. Cominciò l'autunno.*

Guardo il nulla dalla finestra. Là è Zardino, in un punto imprecisato, ma centrale, rispetto al resto che si vede o non si vede: negli immediati paraggi, o sul terreno stesso, di quell'autostrada Voltri-Gravellona che quando sarà collegata con i valichi alpini si chiamerà Voltri-Sempione. Là ci fu il dosso, *e morí Antonia. Che fine poi fecero gli altri personaggi di questa storia io non posso raccontarlo perché non lo so, so soltanto qualcosa di qualcuno: per esempio del vescovo Carlo Bascapè, dell'inquisitore Manini. Bascapè morí cinque anni dopo Antonia, il 6 ottobre 1615, dopo aver patito inenarrabili tormenti di dolori fisici ma soprattutto morali; ed è davvero un peccato che la sua vita – il suo romanzo! – sia poi stata ridotta dai biografi a storiella edificante, per persone pie. In quegli ultimi cinque anni, infatti, Bascapè dovette subire umiliazioni cocentissime. In particolare e tra l'altro, gli venne imposto da Roma come vicario un nipote del cardinale Bellarmino: che, senza darsi alcun pensiero delle reazioni del suo superiore, considerato matto, incominciò a fare e a disfare cose, nella diocesi, e a comportarsi come se il vescovo fosse stato lui. Contro il suo stesso vicario, e contro Roma, e contro l'universo mondo, Bascapè combatté le sue ultime, tragicomiche battaglie. Si dimise da vescovo; Paolo V accettò le dimissioni e soltanto in un secondo momento, avendogli qualcuno fatto osservare che il matto era davvero lí lí per rendere l'anima, e che sarebbe stata miglior cosa, oltre che piú caritatevole, evitare lo scandalo di cacciarlo, gli chiese di restare al suo posto. Manini invece visse ancora molti anni, e fu inquisitore a Novara fino al 1623; di lui si sa soltanto ciò che ho detto e poi anche che raggiunse il culmine della carriera subito dopo il processo e l'esecuzione di Antonia: nel 1611 lo troviamo a Parigi al «capitolo generale*[1]*» dei Domenicani, in cui è assai probabile che abbia fatto rifulgere le sue doti di eloquenza e di prudenza; e chissà poi se qualcuno le apprezzò! Anche di mastro Bernardo Sasso, boia di Milano, chi volesse cercare notizie negli archivi lombardi qualche cosa certamente troverebbe: un boia è un personaggio storico. Di tutti gli altri personaggi, che non appartengono alla storia e che quindi sono «terra, polvere, fumo, ombra, nulla», per dirla con le parole di uno dei massimi poeti di quell'epoca, si può soltanto immaginare cosa fecero dopo il rogo di Antonia: il* camminante *continuò a camminare, e a trafficare coi* risaroli; *la puttana continuò a fare la puttana finché trovò clienti disposti a pagarla, e poi comunque in qualche modo sopravvisse, come ruffiana o come accattona; e cosí pure sopravvissero, ciascuno a modo suo, il* camparo *Maffiolo, i due inservienti del Tribunale dell'Inquisizione, il cappellano don Teresio che certamente diventò parroco in città, le comari di Zardino, i* fratelli cristiani, *il pittore Bertolino d'Oltrepò, il poeta Caroelli, i contadini, il canonico Cavagna e tutti gli altri monsignori novaresi, Biagio lo scemo... Continuarono tutti a vivere nella gran confusione e nel frastuono di quel loro presente che a noi oggi appare cosí silenzioso, cosí morto, e che rispetto al nostro presente fu soltanto un po' meno attrezzato per produrre rumore, e un po' piú esplicito in spietatezze... Infine, uno dopo l'altro, morirono: il tempo si chiuse su di*

1 *capitolo generale*: riunione solenne di tutti i priori e i personaggi piú rilevanti di un ordine monastico.

loro, il nulla li riprese; e questa, sfrondata d'ogni romanzo, ed in gran sintesi, è la storia del mondo[2].

Tutto finito?

Tutto finito, sissignore. O forse no. Forse c'è ancora da rendere conto di un personaggio di questa storia, in nome del quale molte cose si dissero e molte altre si compirono, e che in quel nulla fuori della mia finestra è assente come è assente ovunque, o forse è lui stesso il nulla, chi può dirlo! È lui l'eco di tutto il nostro vano gridare, il vago riflesso d'una nostra immagine che molti, anche tra i viventi di quest'epoca, sentono il bisogno di proiettare là dove tutto è buio, per attenuare la paura che hanno del buio. Colui che conosce il prima e il dopo e le ragioni del tutto e però purtroppo non può dircele per quest'unico motivo, così futile!: che non esiste. Come scrisse un altro poeta, di questo secolo ventesimo: «Questi, che qui approdò, / fu perché non era esistente. / Senza esistere ci bastò. / Per non essere venuto venne / e ci creò».

2 *la storia del mondo*: la conclusione del romanzo riecheggia la parte finale di una delle piú alte operette morali di Giacomo Leopardi, il *Cantico del gallo silvestre*: «E nel mondo che di grandissimi regni ed imperi umani e loro maravigliosi moti, che furono famosissimi in altre età, non resta oggi segno né fama alcuna, parimente del mondo intero, e delle infinite vicende e calamità delle cose create, non rimarrà pure un vestigio; ma un silenzio nudo, e una quiete altissima, empieranno lo spazio immenso». Se alla visione cosmica del poeta di Recanati corrisponde in Vassalli una visione piú incentrata sulla storia, identico in entrambi è il lucido pessimismo sulla condizione e i comportamenti dell'uomo.

Percorsi di lettura

1. Spunti per una lettura storico-sociologica

«Penso che la storia, da un punto di vista narrativo, si possa configurare come una immensa "metafora potenziale", che consente un gioco complesso e affascinante di rinvii, allusioni, intersezioni e contrappunti con il presente» (G. Pontiggia, *Cinque domande sul ritorno al passato*, in *Tirature '91*, cit., p. 47).

La chimera rinnova, per molti aspetti, la tradizione del romanzo storico di origine ottocentesca; anzi il tempo e l'area geopolitica in cui sono collocati gli eventi narrati (la Lombardia del primo Seicento) sono proprio quelli del primo e piú celebre romanzo storico italiano: *I Promessi Sposi*. Il giudizio storico e l'impostazione narrativa presenti nei due testi sono però radicalmente differenti. Il Manzoni scrive la «storia milanese del XVII secolo» e dà una lettura prettamente politica degli eventi: il degrado della vita civile è per lui prodotto dalla corruzione profonda del ceto nobiliare e dalla mancanza di uno Stato capace di farsi rispettare e di far rispettare i piú deboli («La forza legale non proteggeva in alcun conto l'uomo tranquillo, inoffensivo, e che non avesse altri mezzi di far paura altrui [...] L'impunità era organizzata, e aveva radici che le gride non toccavano, o non potevano smuovere»; capitolo I). L'unica struttura capace di svolgere una funzione positiva è la Chiesa, attiva soprattutto nella figura di Federico Borromeo («[...] fu degli uomini rari in qualunque tempo, che abbiano impiegato un ingegno egregio, tutti i mezzi d'una grand'opulenza, tutti i vantaggi d'una condizione privilegiata, un intento continuo nella ricerca e nell'esercizio del meglio»; capitolo XXII); e in quella eroica di Padre Cristoforo, testimone di carità.

La chimera, invece, è il romanzo di un mondo che si pone al di fuori della storia, registrando una sostanziale ininfluenza del mondo politico sul mondo contadino della bassa. Il potere spagnolo è presente in maniera oppressiva e ossessiva nella città di Novara che «all'epoca della nascita di Antonia, era forse la piú disgraziata di assoluto tra le molte disgraziatissime città che costituivano il regno disgraziato di Filippo II di Spagna» (capitolo I, p. 8); ma si ferma lí, attorno alle sue mura. La campagna, non fosse che per le angherie cui i contadini erano sottoposti, (come il divieto, peraltro disatteso, di coltivare il riso; vedi il capitolo IV) continua a seguire ritmi e tradizioni proprie.

Il «romanzo» di questa pianura è allora la storia di figure perdute nel nulla, come i «camminanti» («Donde vengono e dove vanno? È un mistero per tutti ed anche per loro»; capitolo XXII, p. 208); i «risaroli» («L'Europa, quando poi ha scritto la sua storia e quella di tutte le altre parti del mondo, ha pianto ipocrite lacrime sui neri che lavoravano nei campi di cotone in America e su ogni genere di schiavi, moderni o antichi: ma non ha speso una parola, una sola!, sui *risaroli*»; capitolo VI, pp. 57-8); i pittori delle edicole, che trasformano i contadini in santi e le ragazze in Madonne. La gente di campagna vive una propria esistenza naturale, fatta di fatica e di silenzi, di tolleranza e di crudeltà, di ignoranza e talvolta di buon senso, in un precario equilibrio fondato sull'esigenza primaria di sopravvivere nella maniera meno disagiata possibile.

All'opposto di quanto accade in Manzoni, a svolgere un ruolo negativo in questa campagna è invece proprio la Chiesa, la Chiesa della Controriforma, desiderosa di affermare il proprio potere sia sul terreno ideologico (rinvigorito dal recente Concilio di Trento) che su quello economico. I suoi uomini, il vescovo Bescapè, don Teresio, i gesuiti, l'inquisitore Manini, non si fanno alcun scrupolo a rompere il fragile equilibrio di quel mondo, pur di affermare il loro potere e la loro verità. Ma, ecco il punto, per domare la gente con lo spettacolo della propria potenza, per dare un segno della propria irremovibile volontà, agli uomini di Chiesa occorre una vittima da sacrificare agli istinti piú oscuri della folla.

Si creano cosí le condizioni per il processo, la tortura e il supplizio di Antonia, simbolo di quel mondo naturale che si vuole in ogni modo tenere in pugno.

Accanto a una lettura sincronica il romanzo offre anche, come abbiamo già visto, la possibilità di uno sguardo storico diacronico, che colleghi cioè gli eventi narrati alle vicende attuali.

Talvolta è l'autore stesso a metterci sulla strada, ad esempio alla fine del capitolo IV («Del resto, era una precisa tecnica di governo..» [p. 44]); ma molte altre volte sono indicate tra le righe mille sottili analogie che legano quel passato neanche troppo lontano alla nostra vita di ogni giorno.

Ipotesi di lavoro

a) Il mondo contadino, pur avendo rappresentato il centro della società europea per millenni, trova poco spazio sia nei testi letterari che in quelli storici. Quali sono, a tuo parere, i motivi di ciò?

b) Il romanzo di Antonia è anche un romanzo sulla condizione della donna (numerosi sono i personaggi femminili!), in un contesto di pesante repressione culturale e sessuale; scegli qualche episodio o qualche figura di donna che ti paiono significativi a riguardo.

c) La figura di don Teresio, come è presentata nel capitolo X, offre un interessante spaccato sul cambiamento subíto dalla Chiesa dopo il concilio tridentino. Analizzane gli aspetti salienti e cerca di sottolineare eventuali analogie col presente.

d) Confronta la presentazione di Carlo Bescapè (capitolo II) con quella di Federico Borromeo nel capitolo XXII dei *Promessi Sposi*; e inoltre la visita pastorale del primo a Zardino (capitolo XVI) con quella del secondo al paese di Lucia (*I Promessi Sposi*, capitolo XXV). Quali sono gli elementi di maggior differenza?

e) La tortura come strumento di indagine giudiziaria ha radici antichissime e, purtroppo, è utilizzata ancor'oggi in maniera piú o meno esplicita. Esprimi le tue considerazioni a riguardo.

f) «Caccia alle streghe»: ricostruisci un episodio del passato o del presente cui sia adeguata questa definizione.

g) In diversi passi del romanzo, e in particolare nei capitoli XIII, «Roma», e XXVII, «L'ultimo viaggio», si parla di forti contrasti all'interno delle gerarchie ecclesiastiche. Cerca di ricostruire i motivi della contesa e indica quale posizione esce vincitrice dallo scontro.

2. Spunti per una lettura psicologica

Tre dimensioni psicologiche si intrecciano e si contrappongono nella vicenda della *Chimera*: quelle di Antonia, quella del potere e quella della gente.

Antonia è presentata sin dall'inizio (anche in virtú delle sue origini «spagnole», capitolo I, p. 7) come una figura almeno potenzialmente «straniera», cioè non riconducibile del tutto al modello consueto. Essa presenta fin da bambina caratteristiche fisiche e psicologiche che la fanno emergere dal gruppo («[...] le Orsoline [...] scelsero proprio Antonia tra tutte le esposte per recitare al vescovo la poesia di benvenuto: forse perché era piú bella delle altre ragazze, o perché era piú assennata [...]»; capitolo II, p. 18). Dopo l'arrivo a Zardino, Antonia non si adegua alla mentalità del paese, ma continua a fare sfoggio di atteggiamenti che la pongono in contrasto con gli altri: esprime pietà per i risaroli (capitolo VI, p. 61); cerca di insegnare a parlare a Biagio, lo scemo delle gemelle Borghesini (capitolo VIII, p. 78); balla con i lanzi nella piazza del paese («Ballava e si chiedeva: "Cosa faccio? Sono diventata matta?" Ma in realtà non le dispiaceva»; capitolo XVII, p. 166). Non è neppure priva di una punta di narcisismo allorché afferma «[...] *che solo era devota di se medesima, et pregava la Madonna del Barozzo. [...] Le dicevano: vè* – guarda – *la Madonna del Barozzo! Vè la Madonna del Barozzo mentre andava per strada, et essa, al passo, insuperbiva*» (capitolo XV, p. 150). Il suo spirito indipendente la porta a sfidare di continuo l'opinione pubblica proprio su temi particolarmente delicati, rispetto ai quali ogni divergenza è sospetta, o meglio, vietata: per esempio, quello della sessualità («Antonia – dicevano – è una *stria* che cattura i maschi con le sue arti magiche soltanto per farsi beffe di loro [...] È una che sciupa i morosi delle altre»; capitolo XVIII, p. 174); o quello della religione («[...] a predicare ai villani che per far crescere il grano “vale piú una carra di letame” che tutte le preghiere del prete [...]»; capitolo XIX, p. 186).

Ciò rappresenta la sua dimensione visionaria e utopica, «chimerica», che neppure il processo e la tortura sapranno piegare. Questi, al contrario, stimoleranno in lei una sorta di lucida e disperata ribellione contro l'ingiustizia sofferta: «ma nelle risposte che poi diede, e che il cancelliere trascrisse, la sua rabbia e la sua disperazione diventano eroismo, volontà di vincere gli aguzzini nell'unico modo possibile, cioè dimostrandosi piú forte di loro. [...] Antonia [...] ci mostra i suoi connotati piú autentici e piú vivi, d'ingenuità, di fierezza, di determinazione; diventa grande per se stessa e nel confronto con i giudici» (capitolo XXVI, p. 251).

L'altro polo attorno a cui si articola la struttura narrativa è il potere, in particolare quello ecclesiastico. I soggetti del potere agiscono in vista di un unico fine: conservare e incrementare il potere stesso. A questo obiettivo viene sacrificato tutto, persino la propria e l'altrui vita. Di una simile logica, il romanzo ci offre tre figure particolarmente significative: Carlo Bescapè, don Teresio, l'inquisitore Manini.

Il vescovo è un asceta della morte e rappresenta l'aspetto teorico e astratto del potere, per il quale egli ha combattuto con tutte le sue forze, uscendone però sconfitto (vedi capitolo XIII). Isolato e umiliato, egli sublima dentro di sè la propria sconfitta in una sorta di permanente esaltazione delle proprie motivazioni spirituali, rifiutando la realtà (si veda ad esempio il capitolo XVI). L'autore dedica a questa figura ben quattro capitoli (insieme ai due citati, il II e il XXVII), oltre a innumerevoli altri riferimenti. In nessuno di essi Bescapè compare impegnato in un dialogo umanamente significativo con un altro individuo. Il suo unico interlocutore è un simbolo di morte, la maschera funeraria di Carlo Borromeo (vedi, ad esempio, capitolo XIII, p. 122):

Don Teresio Rabozzi rappresenta invece l'aspetto pratico del potere: egli ha deciso di trasformare radicalmente la piccola comunità di Zardino per farne uno strumento della propria ascesa. Nulla lo può fermare (vedi capitolo X), neppure il rispetto della vita umana (ad esempio nel capitolo XIX). Egli è animato da una straordinaria volontà nel perseguire il proprio interesse, distruggendo tutto ciò che gli si oppone. Non c'è tradizione che sopravviva alla sua furia normalizzatrice, come non c'è momento dell'economia contadina che sfugga all'imposizione delle sue gabelle (capitolo x, pp. 100-02; capitolo xx, pp. 193-95). Ambiguo nel comportamento e nella liturgia, egli possiede una struttura psicologica infantile: in ogni suo gesto si rivela un fondo nevrotico e l'ansia puerile di mettersi in mostra. Con la gente di Zardino egli non riesce a stabilire nessun rapporto di reciproca comprensione e complicità («[...] molti abitanti di Zardino incominciavano a sperare che fosse affogato nel guado dell'Agogna, e che il paese se ne fosse liberato»; capitolo xii, p. 113), se non mettendosi alla testa della persecuzione nei confronti di Antonia, nella quale dà prova di cinismo e di crudeltà veramente notevoli.

Di Gregorio Manini, infine, l'autore ci lascia un ritratto minuzioso e rivelatore (capitolo xxiii, pp. 222-26): esteriormente freddo, ma interiormente animato da un forte bisogno di affermazione e di autocompiacimento, egli individua nelle istituzioni il campo in cui realizzare la sua sete di potere. L'inquisitore «non riteneva reale la realtà [...] ed era ossessionato dalla pratica della castità» (p. 223): due elementi che lo portano a non confrontarsi con gli altri esseri umani, soprattutto se di sesso femminile, ma sempre e soltanto a giudicare, o meglio a condannare.

La gente, che pure è un insieme di figure psicologiche differenti, plasmate per lo piú dalla fatica e dalle consuetudini, diviene un soggetto unico allorché è mossa da emozioni collettive: può trattarsi dello stupore per qualcosa d'insolito (si veda il capitolo ix) o di fastosamente sacro, come i Corpi Santi (capitolo xii) e la Beata Panacea (capitolo xvi); o il timore per minacce reali (come il Caccetta e i suoi sgherri nel cap. xi) o immaginarie (come la «fiera bestia» nel capitolo xix, pp. 179-81). Ma sono soprattutto il sospetto e la crudeltà a rendere la folla compattamente ostile nei confronti di qualcuno. È il sospetto (si veda l'atteggiamento della gente all'arrivo di Antonia a Zardino; capitolo v, pp. 46-47) a mettere in moto la dinamica della crudeltà fino alla distruzione fisica della vittima prescelta, distruzione che sola permette l'allentamento della tensione comune (come rivelano le parole che concludono il romanzo: «Allora, finalmente, incominciò la festa»). Infine a dare verità e spessore al rapporto tra questi diversi ambiti intervengono le considerazioni psicologiche dell'autore: «È necessario, per la riuscita di un romanzo, che l'autore "creda" alla finzione e ne sia, lui per primo, coinvolto. La "sospensione dell'incredulità", che è l'effetto primo di una scrittura persuasiva, riguarda in prima istanza il narratore.» (G. Pontiggia, *Cinque domande sul ritorno al passato*, in *Tirature '91*, cit., p. 48).

Ipotesi di lavoro

a) Nel corso del romanzo il carro di Nidasio compie due viaggi con sopra Antonia: il primo da Novara (capitolo IV, pp. 39-45) e il secondo diretto alla città (capitolo XXI, pp. 197-200). Quali elemento descrittivi e linguistici definiscono la diversa condizione psicologica dei personaggi nel corso dei due viaggi?

b) Il capitolo IX, «La tigre», presenta una vasta gamma di stati psicologici di Antonia. Metti in evidenza le situazioni piú significative, e individua le connessioni tra situazione ambientale e stato d'animo.

c) Esamina il comportamento del Caccetta, dalla sua formazione alla morte, e cerca di tracciarne un adeguato profilo psicologico.

d) Esamina la psicologia della folla per come essa emerge nel capitolo finale, «La festa».

e) Diverse figure (ad esempio, nel capitolo III suor Livia e Rosalina) possono venir collegate, sul piano psicologico, alla personalità e al tormento di Antonia; prova a considerarle mettendo in risalto i punti di contatto e le sostanziali differenze.

f) Spesso il paesaggio fornisce un riscontro ambientale allo stato emotivo dei personaggi; individua ed esamina qualche passo significativo in questo senso.

g) Il rapporto tra opinione pubblica e vittima sacrificale si è manifestato in forme diverse durante i secoli, ma con alcune caratteristiche di fondo costanti. Avvalendoti anche dei testi dei «Sussidi» (pp. 315 e sgg.), esamina questo problema storico e psicologico e cerca di darvi qualche risposta.

h) Il capitolo XX, «I testimoni», offre una serie di esempi del rapporto tra la gente comune e il potere inquisitorio. Esamina i vari comportamenti e metti in evidenza come l'inquisitore sappia sfruttare i desideri, le paure e le nevrosi dei diversi soggetti.

3. Spunti per una lettura narratologico-linguistica

Dal punto di vista narratologico il romanzo di Vassalli presenta una struttura molto compatta: racchiuso in una cornice omogenea («Il nulla»), esso si articola in tre parti, quantitativamente quasi uguali, che potremmo definire come «Il tempo e i luoghi» (capitoli I-IX), «I fatti» (capitoli X-XVIII), «Il dramma» (capitoli XIX-XXX) ed ha il suo vertice simbolico nel capitolo centrale, «Il pittore di edicole». Ma questo equilibrio circolare è spezzato perché l'autore, contravvenendo volutamente alle regole del genere, ci indica sin dalle prime battute come andrà a finire la trama. Abbiamo cosí non una storia romanzata, ma un romanzo-inchiesta di tipo storico, in cui il lettore è liberato dall'impegno di scoprire come si scioglie la fabula ed è in parte privato del gusto straniante e rassicurante di quell'«effetto di storia» di cui parla Roland Barthes (il sentirsi contemporanei «illuminati» dei personaggi del romanzo); il lettore è piuttosto spinto a riflettere sulle connessioni (psicologiche, sociologiche ecc.) che conducono all'esito finale e sui richiami all'epoca presente sparsi lungo la narrazione. Il narratore, di conseguenza, non compare solo come l'io onnisciente ideatore dell'intreccio, ma coinvolge di continuo il lettore nel suo lavoro di analisi (si veda, ad esempio, il passo della tortura delle donne accusate di stregoneria – capitolo XXIV, pp. 233-35 – che si conclude con le parole: «Io personalmente ne sono convinto: e può anche darsi che mi sbagli, ma non credo [...]»).

La ricca articolazione dei livelli stilistici e linguistici rende piú esplicita questa seconda funzione del narratore. Le scelte sintattiche e lessicali non mirano mai a soddisfare un facile gusto comune. Al contrario, avvengono sempre sulla base di un preciso progetto dell'autore, attraverso il richiamo a numerose fonti letterarie. Indiscutibili sono gli influssi manzoniani, sia nella struttura che nel ritmo del periodo, specialmente nel caso delle descrizioni (si veda, ad esempio, l'inizio del capitolo v). Si tratta però non del Manzoni trasformato in modello scolastico, bensí riscoperto alla luce della lettura gaddiana dell'*Apologia manzoniana*: «Scrittore degli scrittori, egli visse prima la sua meravigliosa annotazione: e il continuo riferimento del male antico al nuovo aumenta la risonanza tragica di ogni pensiero. Volle poi che il suo dire fosse quello che veramente ognun dice, ogni nato della sua molteplice terra, e non la roca trombazza d'un idiota impossibile, che nessuno parla (sarebbe il male minore), che nessuno pensa, né rivolgendosi a sé, né alla sua ragazza, né a Dio» (C.E. Gadda, *Apologia manzoniana* [1924], in *Antologia di «Solaria»*, Milano, Lerici 1958, p. 178).

Accanto alle suggestioni manzoniane non mancano i riferimenti a un altro grande dell'Ottocento italiano, Giovanni Verga, dalla cui celebre novella *La roba* sembra tratto l'inizio del capitolo VII, «Zardino». Verghiana e pirandelliana è anche l'insistenza nell'uso del discorso indiretto libero («Lui lo sapeva da due anni che Antonia era una strega e quando diceva strega – l'inquisitore gli aveva chiesto che significato attribuisse a quella parola – voleva intendere una donna che va al sabba e fa morire i bambini maschi, che diamine!», p. 195); mentre della prosa neorealista, specialmente piemontese (Pavese, e in particolare Fenoglio), ritroviamo il gusto per l'uso della parola dialettale («"Come in fondo a un pozzo", assicurava monsignor Cavagna: introducendo con due dita i *gratòn* nella boccuccia...»; p. 118) e una certa coloritura espressionistica, soprattutto in alcune parti dialogate. Tutte queste suggestioni letterarie sono fuse in una lingua in cui il tono colloquiale non rifugge dall'aggettivazione evocativa di tipo poetico (si vedano ad esempio la premessa e la conclusione) nè dalla terminologia tecnica, giuridica, liturgica. Ne deriva, come scrive Giovanna Rosa (*Di storia in storia*, cit., p. 12) «una scrittura dall'andamento elegante e disinvolto che alterna il timbro saggistico ai toni del pathos».

Ipotesi di lavoro

a) Il capitolo XIII presenta diversi piani temporali: esamina le loro interconnessioni e indica quelli che, a tuo parere, ne sono i pregi e i limiti.

b) Esamina il mutare del ruolo del narratore nel corso del capitolo x ed esprimi le tue considerazioni a questo proposito.

c) «Poi, cominciò a albeggiare [...] farsi schermo con le mani» (capitolo IX, p. 84). Confronta questo passo con una celebre pagina manzoniana, la descrizione dell'alba all'inizio del capitolo IV nei *Promessi sposi*: «Il cielo era tutto sereno: di mano in mano che il sole s'alzava dietro il monte, si vedeva la sua luce, dalle sommità dei monti opposti, scendere, come spiegandosi rapidamente, giú per i pendii, e nella valle». Quali analogie e quali differenze trovi nei due testi e qual è, a tuo parere, il loro significato nell'ambito dei rispettivi contesti narrativi?

d) A quale problema linguistico si accenna nel corso del capitolo XV, quando si parla della trattativa, tra Diotallevi Barozzi e Bertolino d'Oltrepò? A tuo parere, si tratta di una questione significativa o secondaria nel complesso del romanzo?

e) Quali elementi linguistici e stilistici caratterizzano la prima parte (fino a « [...] Beato Carlo, aiutami tu! ») del capitolo XXVII e che condizione psicologica del personaggio stanno ad indicare?

f) Nel romanzo, oltre all'italiano contemporaneo, si usano altre forme linguistiche: il latino, il dialetto novarese, lo spagnolo, l'italiano del Seicento. Qual è, a tuo parere, la loro funzione nell'economia della narrazione?

g) Analizza il discorso del vescovo Bescapè in onore della Beata Panacea (capitolo XVI). Che significato assume, a tuo parere, nell'economia del romanzo, un cosí lungo *excursus* sulla lingua del Seicento?

h) Nella prima parte dell'ultimo capitolo compaiono diverse espressioni in discorso diretto, come, ad esempio: «Fai piovere, brutta porca! A morte! Crepa! ». Elencale e poi cerca di spiegare il perché di questa scelta stilistica da parte dell'autore.

4. Sussidi

La chimera, come abbiamo già visto, tratta con particolare passione due temi fortemente connessi tra di loro: le mistificazioni prodotte dal potere allorché mira a creare un «mostro» da sacrificare all'opinione pubblica e la tortura come strumento privilegiato per compiere questa operazione.

Come stimolo all'approfondimento di questi argomenti proponiamo la lettura di passi tratti da tre libri differenti tra di loro ma accomunati da una stessa passione civile e culturale. Si tratta della *Storia della colonna infame* (1842) di Alessandro Manzoni, di *Quer pasticciaccio brutto de via Merulana* (1957) di Carlo Emilio Gadda e di *L'onore perduto di Katharina Blum* (1974) di Heinrich Böll.

I testi verranno presentati in due brevi sezioni; la prima dedicata agli autori italiani e incentrata sulla tortura, la seconda composta di passi tratti dal romanzo di Böll e dedicata al perverso potere della stampa (e in generale dei *media*) nel creare «processi alle streghe», cui fa solitamente seguito la condanna da parte dell'opinione pubblica (si ricordino le parole di Vassalli sulla «brava gente laboriosa del nostro secolo [che] se c'è da fare giustizia sommaria di qualcuno, la fa senza bruciarlo, ma la fa»).

«Storia della colonna infame» e «Quer pasticciaccio brutto de via Merulana»

Storia della colonna infame è uno straordinario romanzo-inchiesta di A. Manzoni; completato nel 1842 venne pubblicato nello stesso anno in appendice ai *Promessi Sposi*. Si tratta di una ricostruzione del processo che condusse alla morte due presunti «untori», Guglielmo Piazza e Giangiacomo Mora; a decretare la loro morte sono un'opinione pubblica terrorizzata dalla peste ed eccitata dalla convinzione di avere messo le mani sui colpevoli di veneficio, e dei giudici convinti di essere «il paese, come si dice spesso con un traslato di quelli che fanno perder di vista il carattere proprio e essenziale della cosa, con un traslato sinistro e crudele nei casi in cui il paese si è formato un giudizio senza averne i mezzi». (*Storia della colonna infame*, Sellerio, Palermo 1981, p. 27). I passi riportati riguardano l'inizio della vicenda (capitolo I) e la narrazione della tortura inflitta al Piazza (capitolo III).

In *Quer pasticciaccio brutto de via Merulana* C.E. Gadda narra della vana ricerca del colpevole di un delitto avvenuto a Roma all'inizio degli anni Trenta. Come scrive Raffaele Crovi «può aver senso [...] far notare che, se la *Storia della colonna infame* di Manzoni è la storia dell'impossibilità (per divieto del Potere) di difendere l'innocenza, *Quer pasticciaccio* di Gadda è la storia dell'impossibilità (per corruzione del Potere) di identificare la colpa» (*Cinque domande sul ritorno al passato* in *Tirature '91*, Einaudi, Torino 1991, p. 39). Dell'opera gaddiana riportiamo un breve passo relativo a un episodio secondario, ma significativo, in cui il Potere dimostra di voler solo «adoperare» l'avvenimento senza un'effettiva ricerca della verità.

I.

Riportiamo l'inizio della «storia [...] d'un avvenimento complicato, d'un gran male fatto senza ragione da uomini a uomini». Con grande respiro narrativo, e documentati riferimenti alle fonti processuali, Manzoni espone l'incredibile avvio di una vicenda destinata a travolgere degli innocenti. Come sottolinea Leonardo Sciascia, con queste pagine l'autore ci offre un alto esempio di un «genere» che non aveva precedenti in Italia: l'odierno racconto-inchiesta di ambiente giudiziario.

La mattina del 21 giugno 1630, verso le quattro e mezzo, una donnicciola chiamata Caterina Rosa, trovandosi, per disgrazia, a una finestra d'un cavalcavia che allora c'era sul principio della via della Vetra de' Cittadini, dalla parte che mette al corso di porta Ticinese (quasi dirimpetto alle colonne di san Lorenzo), vide venire un uomo con una cappa nera, e il cappello sugli occhi, e una carta in mano, *sopra la quale*, dice costei nella sua deposizione, *metteua su le mani, che pareua che scriuesse.* Le diede nell'occhio che, entrando nella strada, *si fece appresso alla muraglia della case, che è subito dopo voltato il cantone*, e che *a luogo tiraua con le mani dietro al muro. All'hora*, soggiunge, *mi viene in pensiero se a caso fosse un poco uno di quelli che, a' giorni passati, andavano ongendo le muraglie.* Presa da un tal sospetto, passò in un'altra stanza, che guardava lungo la strada, per tener d'occhio lo sconosciuto, che s'avanzava in quella; *et viddi*, dice, *che teneua toccato la detta muraglia con le mani.*

C'era alla finestra d'una casa della strada medesima un'altra spettatrice, chiamata Ottavia Bono; la quale, non si saprebbe dire se concepisse lo stesso pazzo sospetto alla prima e da sè, o solamente quando l'altra ebbe messo il campo a rumore. Interrogata anch'essa, depone d'averlo veduto fin dal momento che entrò nella strada; ma non fa menzione di muri toccati nel camminare. *Viddi*, dice, *che si fermò qui in fine della muraglia del giardino della casa delli Crivelli... et viddi che costui haueua una carta in mano, sopra la quale misse la mano dritta, che mi pareua che volesse scriuere; et poi viddi che, leuata la mano dalla carta, la fregò sopra la muraglia del detto giardino, doue era un poco di bianco.* Fu probabilmente per pulirsi le dita macchiate d'inchiostro, giacché pare che scrivesse davvero. Infatti, nell'esame che gli fu fatto il giorno dopo, interrogato, *se l'attioni che fece quella mattina, ricercorno scrittura*, risponde: *signor sí.* E in quanto all'andar rasente al muro, se a una cosa simile ci fosse bisogno d'un perchè, era perchè pioveva come accennò quella Caterina medesima, ma per cavarne una induzione di questa sorte: *è ben una gran cosa: hieri, mentre costui faceua questi atti di ongere, pioueua, et bisogna mo che hauesse pigliato quel tempo piouoso, perché piú persone potessero imbrattarsi li panni nell'andar in volta, per andar al coperto.*

Dopo quella fermata, costui tornò indietro, rifece la medesima strada, arrivò alla cantonata, ed era per ispirire; quando, per un'altra disgrazia, fu rintoppato da uno ch'entrava nella strada, e che lo salutò. Quella Caterina, che, per tener dietro all'untore, fin che poteva, era tornata alla finestra di prima, domandò all'altro *chi fosse quello che haueua salutato.* L'altro, che, come depose poi, lo conosceva di vista, e non ne sapeva il nome, disse quel che sapeva, ch'era un commissario della Sanità. *Et io dissi a questo tale*, segue a deporre la Caterina, *è che ho visto colui a fare certi atti, che non mi piacciono niente. Subito puoi si diuulgò questo negotio*, cioè fu essa, almeno principalmente, che lo divolgò; *et uscirno dalle porte, et si vidde imbrattate le muraglie d'un certo ontume che pare grasso et che tira al giallo; et in particolare quelli del Tradate dissero che haueuano trovato tutto imbrattato li muri nell'andito della loro porta.* L'altra donna depone il medesimo. Interrogata, *se sa a che effetto questo tale fregasse di quella mano sopra il muro*, risponde: *dopo fu trovato onte le muraglie, particolarmente nella porta del Tradate.*

E, cose che in un romanzo sarebbero tacciate d'inverisimili, ma che pur troppo l'accecamento della passione basta a spiegare, non venne in mente nè all'una nè all'altra, che, descrivendo passo per passo, specialmente la prima, il giro che questo tale aveva fatto sulla strada, non avevan però potuto dire che fosse entrato in quell'andito: non parve loro *una gran cosa* davvero, che costui, giacché, per fare un lavoro simile, aveva voluto aspettare che fosse levato il sole, non ci andasse almeno guardingo, non desse almeno un'occhiata alle finestre; nè che tornasse tranquillamente indietro per la medesima strada, come se fosse usanza de' malfattori di trattenersi piú del bisogno nel luogo del delitto; nè che maneggiasse impunemente una materia che doveva uccider quelli che *se ne imbrattassero i panni*; nè troppe altre ugualmente strane inverisimiglianze. Ma il piú strano e il piú atroce si è che non paressero tali neppure all'interrogante, e che non chiedesse spiegazione nessuna. O se ne chiese, sarebbe peggio ancora il non averne fatto menzione nel processo.

I vicini, a cui lo spavento fece scoprire chi sa quante sudicerie che avevan probabilmente davanti agli occhi, chi sa da quando tempo, senza badarci, si misero in fretta e in furia a abbruciacchiarle con della paglia accesa. A Giangiacomo Mora, barbiere, che stava sulla cantonata, parve, come agli altri, che fossero stati unti i muri della sua casa. E non sapeva, l'infelice, qual altro pericolo gli sovrastava, e da quel commissario medesimo, ben infelice anche lui.

Il racconto delle donne fu subito arricchito di nuove circostanze: o fors'anche quello che fecero subito ai vicini non fu in tutto uguale a quello che fecero poi al capitano di giustizia. Il figlio di quel povero Mora, essendo interrogato piú tardi *se sa o ha inteso dire in che modo il detto commissario ongesse le dette muraglie et case*, risponde: *sentei che una donna di quelle che stanno sopra il portico che trauersa la detta Vedra, quale non so come habbi nome, disse che detto commissario ongeua con una penna, hauendo un vasetto in mano*. Potrebb'esser benissimo che quella Caterina avesse parlato d'una penna da lei vista davvero in mano dello sconosciuto; e ognuno indovina troppo facilmente qual altra cosa poté esser da lei battezzata per vasetto; chè, in una mente la qual non vedeva che unzioni, una penna doveva avere una relazione piú immediata e piú stretta con un vasetto, che con un calamaio.

Ma pur troppo, in quel tumulto di chiacchiere, non andò persa una circostanza vera, che l'uomo era un commissario della Sanità; e, con quest'indizio, si trovò anche subito ch'era un Guglielmo Piazza, *genero della comar Paola*, la quale doveva essere una levatrice molto nota in que' contorni. La notizia si sparse via via negli altri quartieri, e ci fu anche portata da qualcheduno che s'era abbattuto a passar di lí nel momento del sottosopra. Uno di questi discorsi fu riferito al senato, che ordinò al capitano di giustizia, d'andar subito a prendere informazioni, e di procedere secondo il caso.

È stato significato al Senato che hieri mattina furno onte con ontioni mortifere le mura et porte delle case della Vedra de' Cittadini, disse il capitano di giustizia al notaio criminale che prese con sè in quella spedizione. E con queste parole, già piene d'una deplorabile certezza, e passate senza correzione dalla bocca del popolo in quella de' magistrati, s'apre il processo.

(da A. Manzoni, *Storia della colonna infame*, con una *Nota* di L. Sciascia, Sellerio, Palermo 1981, pp. 21-25).

II.

Guglielmo Piazza, il primo imputato, viene sottoposto a tortura per estorcergli la confessione di ciò che egli non ha mai fatto. La lucida indignazione morale del Manzoni mette a fuoco il significato non solo fisico, ma soprattutto psicologico della tortura: «[...] volevan fargli sentire quale terribile, immediata conseguenza veniva dal risponder loro di no; volevano che si confessasse bugiardo una volta, per acquistare il diritto di non credergli, quando avrebbe detto: sono innocente».

[...] Vollero appunto costoro cominciar dalla tortura. Senza entrare in nulla che toccasse circostanze, nè sostanziali nè accidentali, del presunto delitto, moltiplicarono interrogazioni inconcludenti, per farne uscir de' pretesti di dire alla vittima destinata: non è verisimile; e, dando insieme a inverisimiglianze asserite la forza di bugie legalmente provate, intimar la tortura. È che non cercavano una verità; ma volevano una confessione: non sapendo quanto vantaggio avrebbero avuto nell'esame del fatto supposto, volevano venir presto al dolore, che dava loro un vantaggio pronto e sicuro: avevan furia. Tutto Milano sapeva (è il vocabolo usato in casi simili) che Guglielmo Piazza aveva unti i muri, gli usci, gli anditi di via della Vetra; e loro che l'avevan nelle mani, non l'avrebbero fatto confessar subito a lui! [...]

Intimò adunque l'iniquo esaminatore al Piazza: *che dica la verità per qual causa nega di sapere che siano state onte le muraglie, et di sapere come si chiamino li deputati, che altrimente, come cose inuerisimili, si metterà alla corda, per auer la verità di queste inuerisimilitudini. – Se me la vogliono anche far attaccar al collo lo faccino; che di queste cose che mi hanno interrogato non ne so niente*, rispose l'infelice, con quella specie di coraggio disperato, con cui la ragione sfida alle volte la forza, come per farle sentire che, a qualunque segno arrivi, non arriverà mai a diventar ragione.

E si veda a che miserabile astuzia dovettero ricorrer que' signori, per dare un po' piú di colore al pretesto. Andarono, come abbiam detto, a caccia di una seconda *bugia*, per poter parlarne con la formola del plurale; cercarono un altro zero, per ingrossare un conto in cui non avevan potuto fare entrar nessun numero.

È messo alla tortura; gli s'intima *che si risolua di dire la verità*; risponde, tra gli urli e i gemiti e l'invocazioni e le supplicazioni; *l'ho detta, signore*. Insistono, *Ah per amor di Dio!* grida l'infelice: *V.S. mi facci lasciar giú, che dirò quello che so; mi facci dare un po' d'acqua*. È lasciato giú, messo a sedere, interrogato di nuovo, risponde: *io non so niente; V.S. mi facci dare un poco d'acqua*.

Quanto è cieco il furore! Non veniva loro in mente che quello che volevan cavargli di bocca per forza, avrebbe potuto addurlo lui come un argomento fortissimo della sua innocenza, se fosse stato la verità, come, con atroce sicurezza, ripetevano. – Si, signore, – avrebbe potuto rispondere: – avevo sentito dire che s'eran trovati unti i muri di via della Vetra; e stavo a baloccarmi sulla porta di casa vostra, signor presidente della Sanità! – E l'argomento sarebbe stato tanto piú forte, in quanto, essendosi sparsa insieme la voce del fatto, e la voce che il Piazza ne fosse l'autore, questo avrebbe, insieme con la notizia, dovuto risapere il suo pericolo. Ma questa osservazion cosí ovvia, e che il furore non lasciava venire in mente a coloro, non poteva nemmeno venire in mente all'infelice, perché non gli era stato detto di cosa fosse imputato. Volevan prima domarlo co' tormenti, questi eran per loro gli argomenti verosimili e probabili, richiesti dalla legge; volevan fargli sentire quale terribile, immediata conseguenza veniva al risponder loro di no; volevano che si confessasse bugiardo una volta, per acquistare il diritto di non credergli, quando avrebbe detto: sono innocente. Ma non ottennero l'iniquo intento. Il Piazza, rimesso alla tortura, alzato da terra, intimatogli che verrebbe alzato di piú, eseguita la minaccia, e sempre incalzato *a dir la verità*, risponde sempre: *l'ho detta*; prima urlando, poi a voce bassa; finché i giudici, vedendo che ormai non avrebbe piú potuto rispondere in nessuna maniera, lo fecero lasciar giú, e ricondurre in carcere.

Riferito l'esame in senato, il giorno 23, dal presidente della Sanità, che n'era membro, e dal capitano di giustizia, che ci sedeva quando fosse chiamato, quel tribunale supremo decretò che: «il Piazza, dopo essere stato raso, rivestito con gli abiti della curia, e purgato, fosse sottoposto alla tortura grave, con la legatura del canapo,» atrocissima aggiunta, per la quale, oltre le braccia, si slogavano anche le mani; «a riprese, e ad arbitrio de' due magistrati suddetti; e ciò sopra alcune delle menzogne e inverisimiglianze risultanti dal processo».

Il solo senato aveva, non dico l'autorità, ma il potere d'andare impunemente tanto avanti per una tale strada. [...]

E il senato di Milano, da cui il pubblico aspettava la sua vendetta, se non la salute, non doveva essere men destro, men perseverante, men fortunato scopritore, di Caterina Rosa. Chè tutto si faceva con l'autorità di costei; quel suo: *all'hora mi viene in pensiero se a caso fosse un poco uno de quelli*, com'era stato il primo movente del processo, cosí n'era ancora il regolatore e il modello; se non che colei aveva cominciato col dubbio, i giudici con la certezza. E non paia strano di vedere un tribunale farsi seguace ed emulo d'una o di due donnicciole; giacchè, quando s'è per la strada della passione, è naturale che i piú cechi guidino. Non paia strano il veder uomini i quali non dovevan essere, anzi non eran certamente di quelli che vogliono il male per il male, vedergli, dico, violare cosí apertamente e crudelmente ogni diritto; giacchè il credere ingiustamente, è strada a ingiustamente operare, fin dove l'ingiusta persuasione possa condurre; e se la coscienza esita, s'inquieta, avverte, le grida d'un pubblico hanno la funesta forza (in chi dimentica d'avere un altro giudice) di soffogare i rimorsi; anche d'impedirli.

Il motivo di quelle odiose, se non crudeli prescrizioni, di tosare, rivestire, purgare, lo diremo con le parole del Verri. «In quei tempi credevasi che o ne' capelli e peli, ovvero nel vestito, o persino negli intestini trangugiandolo, potesse avere un amuleto o patto col demonio, onde rasandolo, spogliandolo e purgandolo ne' venisse disarmato.» E questo era veramente de' tempi; la violenza era un fatto (con diverse forme) di tutti i tempi, ma una dottrina di nessun tempo.

Quel secondo esame non fu che una ugualmente assurda, e piú atroce ripetizione del primo, e con lo stesso effetto. L'infelice Piazza, interrogato prima, e contradetto con cavilli, che si direbbero puerili, se a nulla d'un tal fatto potesse convenire un tal vocabolario, e sempre su circostanze indifferenti al sottoposto delitto, e senza mai accennarlo nemmeno, fu messo a quella piú crudele tortura che il senato aveva prescritta. N'ebbero parole di dolor disperato, parole di dolor supplichevole; nessuna di quelle che desideravano, e per ottener le quali avevano il coraggio di sentire, di far dire quell'altre. *Ah Dio mio! ah che assassinamento è questo! ah signor fiscale!... Fatemi almeno appiccar presto... Fatemi tagliar via la mano... Ammazzatemi; lasciatemi almeno riposar un poco. Ah! signor Presidente!... Per amor di Dio, fatemi dar da bere*; ma insieme: *non so niente, la verità l'ho detta*. Dopo molte e molte risposte tali, a quella freddamente e freneticamente ripetuta istanza di *dir la verità*, gli mancò la voce, ammutolí; per quattro volte non rispose; finalmente potè dire ancora una volta, con voce fioca: *non so niente; la verità l'ho già detta*. Si dovette finire, e ricondurlo di nuovo, non confesso, in carcere.

E non c'eran piú nemmeno pretesti, né motivo di ricominciare: quella che avevan presa per una scorciatoia, gli aveva condotti fuor di strada. Se la tortura avesse prodotto il suo effetto, estorta la confession della bugia, tenevan l'uomo; e, cosa orribile! quando piú di soggetto della bugia era per sé indifferente, e di nessuna importanza, tanto piú essa sarebbe stata, nelle loro mani, un argomento potente della reità del Piazza, mostrando che questo aveva bisogno di stare alla larga dal fatto, di farsene ignaro in tutto, in somma di mentire. Ma dopo una tortura illegale, dopo un'altra piú illegale e piú atroce, o grave, come dicevano, rimettere alla tortura un uomo, perché negava d'aver sentito parlare d'un fatto, e di sapere il nome de' deputati d'una parrocchia, sarebbe stato eccedere i limiti dello straordinario. Eran dunque da capo, come se non avessero fatto ancor nulla; bisognava venire, senza nessun vantaggio, all'investigazione del supposto delitto, manifestare il reato al Piazza, interrogarlo. E se l'uomo negava? se, come aveva dato prova di saper fare, persisteva a negare anche ne' tormenti? I quali avrebbero dovuto essere assolutamente gli ultimi, se i giudici non volevano appropriarsi una terribil sentenza d'un loro collega, morto quasi da un secolo, ma la cui autorità era viva piú che mai, il Bossi citato sopra. «Piú di tre volte,» dice, «non ho mai visto ordinar la tortura, se non da de' giudici boia: *nisi a carneficibus.*» E parla della tortura ordinata legalmente! [...]

(da A. Manzoni, *Storia della colonna infame*, cit., pp. 55-63).

III.

Liliana Balducci, una giovane signora della buona borghesia romana, viene assassinata nel suo appartamento di via Merulana. Il primo indiziato è un giovane cugino della vittima, Giuliano Valdarena, che viene fermato e interrogato dal commissario Ciccio Ingravallo. Giunto a questo punto del racconto, l'autore sospende la narrazione e svolge una riflessione sulla «pseudo-giustizia» e «pseudo-severità» di cui si ammanta il Potere per placare la «Megera anguicrinità», cioè l'opinione pubblica che di fronte a un crimine cerca un colpevole su cui riversare il proprio odio, non la vera ricostruzione degli eventi. L'episodio citato come esempio deriva da un fatto di cronaca reale che vide accusato di assassinio e di strupro un tale Pirro Ficoni (di cui Gadda scrive nome e cognome tutti uniti per aumentare il senso del grottesco), risultato poi totalmente innocente.

[...] Rileggasi in *Guerra e Pace* al libro terzo, parte terza, il capo 25, doloroso atroce racconto: e intendasi la sommaria esecuzione dello sciagurato Veresciàghin, ritenuto spia non essendo; il conte Rostòpcin, governatore di Mosca, teatrando di sulla scalea di Palazzo davanti la cupa attesa della folla, ordina a' dragoni di ucciderlo a sciabolate, lí astante la folla: sul bel fondamento interiore, madonnabona, «qu'il leur faut une victime[1]». Era di mattina, le dieci. «Alle quattro dopo mezzogiorno le truppe di Murat entravano a Mosca.»

Ben piú vile e teatrale, chez nous[2], quel Facciaferoce col pennacchio[3]: né gli concediamo, siccome a Rostòpcin, le attenuanti immediate della tema (di venir linciato lui) e dell'angoscia e dell'ira e del pandemonio (psicosi totale della folla) e del nemico in arrivo dopo le cannonate secche e la strage (di Borodino).

Il mal capitato Pirroficoni fu ridotto in fin di vita a busse da un taliana di quelli: perché gli si voleva estorcere ad ogni modo, in «camera di sicurezza», la veridica ammissione d'aver istuprato certe bimbe. Paracadde giú da' nuvoli e implorava che no, che non è vero un corno: ma ne buscò da stiantare. Oh mani generosi del Beccaria[4]!

L'Urbe, propio al tempo de' suoi accessi di buon costume e di questurinizzata federzonite[5], l'ebbe a conoscere (1926-27) alcuni periodici strangolamenti di bambine: e ne reliquavano alle prata e le spoglie e lo strazio, e la misera e spenta innocenza: là là extra muros, dopo le divozioni suburbicarie[6], e l'epigrafi degli antichi marmi e sacelli. Consule Federsonio, Rosamaltonio enixa: Maledito Merdonio dictatore impestatissimo[7]. Il Ficoni Pirro, meschino! dameggiava in allora una sua

1 «*qu'il leur faut une victime*»: tradotto dal francese: «hanno bisogno di una vittima».

2 *chez nous*: tradotto dal francese: «da noi»; cioè in Italia alla fine degli anni Venti.

3 *Facciaferoce col pennacchio*: Mussolini, piú avanti indicato anche come «Maledetto Merdonio», «Testa di Morto» e «buce».

4 *Oh mani generosi del Beccaria*: O anima (per i Romani i Mani erano le anime degli antenati defunti) generosa di Cesare Beccaria (1738-1794), autore del libro *Dei delitti e delle pene* (1764), in cui si batte contro la tortura.

5 *federzonite*: da Fedezoni, gerarca fascista ministro dell'Interno.

6 *extra muros...suburbicarie*: i luoghi di culto fuori dalle mura.

7 *Consule... impestatissimo*: «mentre era console Federzoni, dopo che aveva partorito Rosa Maltoni (madre di Benito Mussolini): mentre Maledetto Merdonio era ditta-

dama anzichenò butirrosa comeché stagionatuzza, ma di alquanto impedita accessione: quinto piano: casamento umbertino: portiera in sul portone: marito presente, efficiente... a pantofole: grappoli di coinquilini ad libitum[8], glossatori de natura, piú che Irneio[9]. Donde, cioè da queste premesse di fatto, un patetico saliscendi di autografi di vario enunciato per le cure di una gentil fantolilla (tredicenne), che li recava con qualche circospezione e con altrettanto batticuore a destino. E colloqui per cenni e per digitazione varia da finestra a contrada: e viceversa. Il peritoso e digitativo galante fu tratto in arresto a marciapiede, in quell'atto appunto del dispacciare alcuni suoi segni di sei o sette diti (ore, amore) all'indirizzo d'una finestra del quinto (ch'era, al parere della questura, una «finta strategica»): e del confidare un viglietto per madama, secondo strattagemma, alla di lei fanticina molto pupetta, e tutta trepida di un tanto incarico, e tutta imporporata nel viso. Il Pirroficoni avea fatto, com'e' suole, alcuna carezza alla bimba: il quale atto, e il di cui rossore, lo perdettero. Su questo bell'indizio il Testa di Morto in pernacchi eruttò che «la polizzia romana in meno di 48 ore eccetera eccetera».

E il birro, confortato dall'alta parola del buce, dagli a stangare. L'intervento dubitativo di un qualche onesto funzionario salvò le ossa al Ficoni, dimolto peste però. [...]

(da C.E. Gadda, *Quer pasticciaccio brutto de via Merulana*, Garzanti, Milano 1983, pp. 104-07).

«L'onore perduto di Katharina Blum»

Argomento del libro sono i cosiddetti «anni di piombo», gli anni in cui il terrorismo fu particolarmente virulento in Germania e in Italia.

Katharina, una giovane domestica che non ha niente a che vedere con il terrorismo, si innamora di un giovane sospettato di essere un rapinatore e, appunto, un terrorista. Senza pensare troppo alle conseguenze, Katharina lo aiuta a fuggire e viene

tore fetentissimo». L'espressione, in latino maccheronico, suona come una parodia delle iscrizioni antiche e della retorica fascista della romanità.

8 *ad libitum*: espressione latina che significa «a piacere».

9 *Irnerio*: commentatore medievale di testi classici, preciso sino all'astrusità e alla pedanteria.

arrestata per complicità: da questo momento comincia a carico suo e dei suoi amici una vergognosa campagna di stampa, nella quale, attraverso lo stravolgimento dei fatti, essa viene dipinta come una scaltra e pericolosa cospiratrice. Nel far questo non ci si ferma di fronte a nulla: la madre di Katharina, malata in modo gravissimo, viene intervistata da un giornalista che si era finto infermiere per poterla avvicinare. Tutto ciò produrrà alla fine la reazione lucidamente disperata della protagonista.

Riportiamo alcuni passi sulla campagna denigratoria compiuta contro Katharina dal GIORNALE (simbolo degli organi di stampa a taglio scandalistico) e del conseguente atteggiamento di condanna e di dileggio nei suoi confronti da parte di una vasta opinione pubblica.

I.

*Katharina Blum, fermata dalla polizia per aver fatto fuggire, dopo averlo ospitato, Ludwig Götten, un presunto rapinatore e terrorista, è stata lungamente interrogata dal commissario di polizia Beizmenne; a Katharina vengono mosse molte contestazioni, ma nessuna accusa specifica. Nei due giorni seguenti su un quotidiano scandalistico della città, indicato genericamente come il «*GIORNALE*», viene pubblicata una serie di servizi che, mescolando brandelli di interrogatorio con valutazioni moralistiche, traccia un quadro falsato e orienta l'opinione pubblica verso una sentenza di condanna. Ma non basta: nell'operazione vengono coinvolti anche i coniugi Blorna, avvocato di grido il marito e affermato architetto la moglie, datori di lavoro di Katharina e simpatizzanti per la sinistra politica della Repubblica federale tedesca.*

Il venerdí mattina, quando verso le nove e mezzo si presentò, imbronciato, al tavolo della colazione, Trude gli tese subito il GIORNALE. Katharina Blum in copertina. Una foto gigantesca, caratteri cubitali. KATHARINA BLUM L'AMANTE DEL BANDITO: ACQUA IN BOCCA SULLE VISITE MASCHILI. *Ludwig Götten, il bandito e assassino ricercato da un anno e mezzo, poteva essere arrestato ieri se la sua amante, la domestica Katharina Blum, non avesse cancellato le sue tracce e coperto la sua fuga. La polizia sospetta che la Blum sia implicata già da parecchio tempo nel-*

la cospirazione (Altre notizie sul retro sotto il titolo: VISITE MASCHILI).

E sul retro lesse che il GIORNALE aveva trasformato il suo giudizio, facendo del suo «molto fredda e intelligente» un «gelida e calcolatrice» e della sua frase generica sulla criminalità l'opinione che Katharina fosse «senz'altro capace di un delitto».

Il parroco di Gemmelbroich aveva detto: «La credo capace di tutto. Il padre era un comunista mascherato e sua madre, che per pietà ho fatto lavorare da me per un certo tempo come donna delle pulizie, rubava il vino della Messa e in sacrestia si abbandonava a vere e proprie orge coi suoi amanti».

La Blum da due anni riceveva regolarmente visite maschili, ossia da parte di un signore. Che cos'era la sua casa? Un centro di cospirazione, un ritrovo di bande sovversive, un posto di smistamento d'armi? Come ha fatto questa domestica di appena ventisette anni ad acquistare una casa di proprietà del valore di circa 110 000 marchi? Una parte del bottino rapinato alle banche andava a lei? La polizia continua le indagini. La procura di Stato è sotto pressione. IL GIORNALE CONTINUERÀ A MANTENERE LA PALLA! *Tutti i retroscena domani, nell'edizione del sabato.* [...]

Già il sabato mattina, alla stazione della città che, come voleva la ricorrenza, era ancora in baldoria, arrivando tutto rotto e col morale a terra, già sul marciapiede della stazione eccoti il GIORNALE, di nuovo con tanto di Katharina in prima pagina, stavolta nell'atto di scendere le scale del commissariato in compagnia di un funzionario di polizia in borghese. LA FIDANZATA DELL'ASSASSINO CONTINUA A TACERE! NESSUN ELEMENTO SU DOVE SI TROVA GÖTTEN! TUTTA LA POLIZIA IN ALLARME.

Trude comprò quel foglio e i due, senza parlare, se ne tornarono a casa in taxi, e mentre lui pagava il conducente, intanto che Trude apriva la porta di casa, quello indicò il GIORNALE e disse: «C'è dentro anche lei, l'ho riconosciuto subito. Lei è l'avvocato e il padrone di quella puttanella, no?» Lui diede una mancia troppo lauta, e l'autista, il cui sogghigno non era cosí maligno come il suono della sua voce, gli portò valigie, borse e sci fin dentro l'ingresso e gli disse, cordiale, «Salve».

Trude aveva già innestato la caffettiera e si lavava in bagno. Sul tavolo del salotto c'erano il GIORNALE e due telegrammi, uno di Lüding, l'altro di Sträubleder. Quello di Lüding: «Siamo perlomeno delusi causa nessun contatto. Lüding». Quello di Sträubleder: «Non capisco questo tuo piantarmi in asso. Aspetto subito telefonata. Alois».

Erano esattamente le 8,15, quasi la stessa ora in cui le altre mattine Katharina serviva la prima colazione: come glielo apparecchiava sempre bene, il tavolo, con fiori, tovaglie e tovaglioli lavati di fresco, un vasto assortimento di pane e di miele, di uova e caffè e per Trude pan tostato e marmellata di arance.

Persino Trude rivelò un certo sentimentalismo quando portò la caffettiera, un po' di pane di segala, miele e burro. «Non sarà mai piú come prima, mai piú. Quelli te la liquidano. Se non la polizia, certo il GIORNALE, e quando il GIORNALE non ci godrà piú a tormentarla, ci penserà la gente. Vieni, leggiti prima questa roba e solo dopo telefona ai signori visitatori». Lui lesse:

«Il GIORNALE, sempre desideroso di informarvi il piú possibile, è riuscito a raccogliere altre testimonianze che fanno luce sul carattere della Blum e sul suo oscuro passato. I cronisti del GIORNALE sono riusciti a trovare la madre della Blum, una donna gravemente malata. Per prima cosa essa si lamentò che da tanto tempo sua figlia non venisse piú a vederla. Poi, messa di fronte all'innegabile realtà dei fatti, disse: "Non poteva che andare cosí, non poteva che finire cosí". L'ex marito, l'onesto operaio tessile Wilhelm Brettloh, dal quale la Blum è separata per abbandono del tetto coniugale, è stato ancora piú sollecito nel rispondere alla nostre domande. "Adesso, – disse, frenando a stento le lacrime, – adesso so finalmente perché ha tagliato la corda, perché mi ha piantato. ECCO che cos'era. Ora capisco tutto. La nostra modesta felicità non le bastava. Lei mirava in alto, e come volete che un onesto, umile lavoratore si faccia mai una Porsche? Forse (soggiunse con molta saggezza) potreste trasmettere un mio consiglio ai lettori del GIORNALE: È cosí che va a finire ogni falsa idea del socialismo. Domando a lei e ai suoi lettori: Come può una domestica diventare cosí ricca? Se vuol mantenersi onesta, non è possibile. Ora so perché ho sempre temuto il suo radicalismo, la sua ostilità contro la Chiesa, e benedico la Provvidenza di non averci concesso figli. Se poi vengo a sapere che le tenerezze di un assassino e rapinatore le erano piú care del mio affetto senza complicazioni, posso dire soltanto che anche questo capitolo per me è chiarito. E tuttavia vorrei gridarle: Mia piccola Katharina, se tu fossi

rimasta con me! Anche noi, con l'andar del tempo, ci saremmo fatti una proprietà e una piccola macchina, certo una Porsche non avrei mai potuto offrirtela, solo una modesta felicità come può offrirla un onesto lavoratore che diffida dei sindacati. Ah, Katharina».

Sotto il titolo *Coppia di pensionati sgomenti, ma non sorpresi*, Blorna trovò ancora, nell'ultima pagina, una colonna segnata in rosso:

Il preside in pensione prof. Berthold Hiepertz e sua moglie Erna Hiepertz si dimostrarono sgomenti delle attività di Katharina Blum, ma non «particolarmente sorpresi». A Lemgo, dove una collaboratrice del GIORNALE *li trovò in casa della loro figlia sposata, che in quella località dirige una casa di cura, il filologo classico e storico Hiepertz, presso il quale la Blum lavorava da tre anni, ha detto: «Una donna radicale in tutti i sensi, che ci ha abilmente ingannati».*

(Hiepertz, col quale Blorna si mise poi in contatto telefonico, giurò di aver detto: «Se Katharina è radicale, lo è nel suo modo di aiutare gli altri, nella sua metodicità, nella sua intelligenza. Dovrei essermi ingannato molto sul suo conto, e io come pedagogo ho quarant'anni di esperienza alle spalle e mi sono ingannato di rado»).

Continuazione da pagina 1:

«L'ex marito della Blum, un uomo totalmente distrutto che il GIORNALE *è andato a cercare durante una prova della società tamburini e pifferai di Gemmelsbroich, si girò dall'altra parte per nascondere le lacrime. Anche gli altri componenti l'associazione, a detta del vecchio contadino Meffels, voltarono le spalle con orrore a Katharina, ch'era sempre stata cosí strana e aveva sempre fatto tanto la schizzinosa. Non c'è dubbio che l'innocente allegria carnevalesca di un onesto lavoratore è stata ormai guastata».*

Infine, una fotografia di Blorna e di Trude, in giardino presso la piscina. Didascalia: «*Che parte ha la donna che un tempo era nota come "Trude la rossa", e suo marito che ogni tanto si definisce "di sinistra"? Il dott. Blorna, pagatissimo avvocato dell'alta industria, con sua moglie Trude davanti alla piscina della loro villa di lusso*».

(da H. Böll, *L'onore perduto di Katharina Blum*, Einaudi, Torino 1979, pp. 38-45).

II.

L'operazione diffamatoria del «GIORNALE» ha una vasta eco nell'opinione pubblica, che identifica Kaiharina con quanto di peggio la gente «perbene» possa immaginare: una donna spregevole sul piano del comportamento sessuale e per di piú un'estremista politica, insomma una moderna «strega». Inizia cosí un feroce linciaggio morale: molti, vilmente coperti dall'anonimato, riversano su Katharina oltraggi di ogni genere, e non basta l'affetto e la dedizione dei suoi amici, Else Woltersheim e Konrad Beiters, a proteggerla da tanta ottusa perfidia.

[...] Forse è abbastanza rivelatore che Katharina Blum, dopo gl'interrogatorii finali del venerdí pomeriggio, abbia pregato Else Woltersheim e Konrad Beiters di portarla in macchina a casa sua e – per favore, per favore – di accompagnarla su. Disse che aveva paura, perché quel giovedí notte, poco dopo aver parlato al telefono con Götten (chiunque fosse estraneo alla faccenda avrebbe dovuto riconoscere l'innocenza di lei dal fatto ch'essa parlava apertamente, anche se non durante l'interrogatorio, dei suoi contatti telefonici con Götten!), le era accaduta una cosa davvero orrenda. Poco dopo aver parlato con Götten, aveva appena posato il ricevitore quando il telefono si era di nuovo messo a squillare. Lei, nella «selvaggia speranza» che fosse di nuovo Götten, aveva staccato subito il ricevitore, ma all'apparecchio non c'era Götten bensí una voce maschile «spaventosamente sommessa» che, «quasi bisbigliando», le aveva detto un sacco di «bassezze», cose molto brutte, e il piú brutto era che quel tizio si era detto un coinquilino e le aveva chiesto perché mai, se ci teneva tanto alle tenerezze, le andava a cercare cosí lontano: lui era lí pronto, e ben disposto a offrirle tutte le tenerezze immaginabili. Sí, era a causa di quella telefonata che quella notte stessa essa era andata da Else. Aveva paura, persino paura del telefono, e poiché Götten aveva il numero telefonico di lei, ma lei non aveva quello di Götten, Katharina continuava a sperare in una telefonata, ma al tempo stesso aveva timore del telefono.

Be', non vogliamo nascondere che l'aspettavano ancora altri spaventi. Per prima cosa: la sua cassetta delle lettere, che finora aveva avuto una parte assai scarsa nella sua vita e dove essa aveva quasi sempre lanciato uno sguardo «perché si usa far cosí», ma senza successo. Ebbene, quel venerdí mattina traboccava addirittura, e non certo per la soddisfazione di Katharina. Infatti, benché Else W. e Beiters facessero di tutto per intercettare lettere e stampe, Katharina non si lasciò confondere e, si presume nella speranza di trovarvi un segno di vita del suo caro Ludwig, passò in rassegna tutto ciò che le aveva portato il postino – complessivamente una ventina tra lettere e stampati –, evidentemente senza trovare nulla di Ludwig, e infilò tutta quella roba nella borsa. Già la salita in ascensore fu un tormento, perché con lei salivano altri due coinquilini. Un signore (dobbiamo dirlo, per quanto suoni incredibile) mascherato da sceicco, che nel palese e tormentoso intento di tenersi lontano, si appiattava in un angolo, ma che per fortuna scese già al quarto piano, e una signora (sembra una pazzia, ma quello che è vero è vero) travestita da andalusa la quale, con una maschera in faccia, non si scostò affatto da Katharina, ma le rimase piantata accanto, vicinissima, scrutandola sfacciata e curiosa con «due occhi color nocciola duri e insolenti». E costei salí oltre l'ottavo piano.

Ma attenti, c'è ancora di peggio. Giunta finalmente nella sua abitazione, dove si aggrappò subito a Beiters e a Frau W., si sentí squillare il telefono, e stavolta Frau W. fu piú veloce di Katharina, partí di corsa, staccò il ricevitore, le si vide assumere un'espressione inorridita, farsi pallida, la si sentí mormorare: «Maledetto porco, maledetto vigliacco d'un porco», dopo di che non riattaccò il microtelefono ma lo posò accanto all'apparecchio.

Invano Frau W. e Beiters cercarono di strappare dalle mani di Katharina la sua posta, essa teneva stretto stretto il fascio di lettere e di stampe, insieme con le due edizioni del GIORNALE che aveva tirato fuori ugualmente dalla borsa, e insisté per aprire la corrispondenza. Non ci fu nulla da fare. Lesse tutto quanto!

Non tutto era anonimo. Una lettera non anonima – la piú grossa – veniva da un'impresa che si definiva *Spedizioni intime* e che le offriva ogni sorta di articoli sexy. Era già una bella botta per l'animo di Katharina, e peggio ancora che qualcuno ci avesse aggiunto a mano: «Eccole, le vere tenerezze». Per farla breve, o meglio per esprimerci in termini statistici, degli altri diciotto messaggi ricevuti da Katharina:

sette erano cartoline anonime scritte a mano, con «pesanti» proposte sessuali, dove si era sempre fatto uso dell'espressione «troia dei comunisti»;

quattro altre cartoline anonime contenevano insulti di carattere politico senza proposte sessuali. Si andava da «agitatrice rossa» a «fanatica del Cremlino»;

cinque lettere contenevano ritagli del GIORNALE e per la maggior parte – tre o quattro – portavano in margine dei commenti in inchiostro rosso, per esempio: «Quello che non è riuscito a fare Stalin non riuscirai a farlo neanche tu»;

due lettere contenevano esortazioni religiose, in entrambi i casi scritte su due trattatelli acclusi: «Devi di nuovo imparare a pregare, povera creatura perduta» e «inginocchiati e riconosci le tue colpe, Dio non ti ha ancora abbandonato».

Solo alla fine Else W. scoprí un biglietto infilato sotto la porta, che per fortuna riuscí a nascondere a Katharina: «Perché non usi il mio catalogo di tenerezze? Devo proprio obbligarti a essere felice? Il tuo vicino, che hai respinto con tanta spocchia. Bada a te». Era scritto in un carattere stampatello che a Else W. fece pensare a una formazione universitaria, se non decisamente medica.

(da H. Böll, *L'onore perduto di Katharina Blum*, cit., pp. 79-82).

Altre letture consigliate

Le questioni connesse con la stregoneria e in particolare la persecuzione di cui sono state oggetto le «streghe», celate per molto tempo sotto una coltre di reticenze, mistificazioni e folklore romantico, solo recentemente sono state oggetto di ricerche di grande valore scientifico e storico. Oggi, sull'argomento, possiamo disporre degli affascinanti studi di G. GINBURG tra cui in particolare va ricordato *I benandanti. Stregoneria e culti agrari tra Cinquencento e Seicento*, Einaudi, Torino 1966; si tratta di un saggio su originali figure di difensori dei raccolti contro le presunte influenze stregonesche, attivi in Friuli tra i secoli XVI e XVII. Superstiti di un'antica religione dei campi, legata a riti della fertilità, essi vennero a loro volta perseguitati e sterminati dal tribunale dell'Inquisizione.

Un altro libro fondamentale dello stesso autore è la poderosa *Storia notturna. Una decifrazione del sabba*, Einaudi, Torino 1989; studio complesso e ricchissimo di questa leggendaria cerimonia diabolica, ampiamente ricordata anche ne *La chimera*.

Uno sguardo d'assieme sullo sviluppo della stregoneria e sulle attività di repressione svolte nei suoi confronti dalla Chiesa e dal potere politico ci è fornito da *La stregoneria. Diavoli, streghe, inquisitori dal Trecento al Settecento*, a cura di S. ABBIATI, A. AGNOLETTO, M.R. LAZZATI, Mondadori, Milano 1984. Si tratta di una raccolta di testi rari e molto significativi, che permettono di valutare sia l'importanza del fenomeno sia la determinazione e spesso la ferocia con cui esso fu combattuto sul piano ideologico, oltre che in campo giudiziario.

All'Inquisizione vista come modello di violenza legalizzata e prototipo di tutti gli istituti giuridici fondati sulla logica del sospetto piuttosto che sulla fondatezza delle prove è dedicato il saggio di J. MAREU: *Storia dell'intolleranza in Europa*, Bompiani, Milano 1988. Allo stesso tema («Mi sono interessato all'inquisizione – scrive l'autore – perché è lungi dal non esistere piú nel nostro mondo») si ricollega il racconto-inchiesta di L. SCIASCIA: *Morte dell'inquisitore*, Adelphi, Milano 1964, come pure il romanzo di J. SARAMAGO, *Memoriale del convento*, Feltrinelli, Milano 1992, ambientato nel Settecento portoghese, e quello di U. ECO *Il nome della rosa*, Bompiani, Milano 1980, d'ambientazione medievale e conventuale.

Sul mondo della campagna la letteratura è pressocchè infinita: ci limitiamo a segnalare, per la loro particolare significatività, tre testi. Il primo è *Cristo si è fermato a Eboli* (1945), romanzo-saggio di C. LEVI, Einaudi scuola, Milano 1992, in cui ci si mostra un mondo contadino, certo ben diverso da quello rievocato da S. Vassalli, che intrattiene con la magia e la stregoneria un rapporto sostanzialmente positivo. I racconti di G. CELATI: *Narratori delle pianure*, Feltrinelli, Milano 1985, ispirati dagli abitanti dei paesi lungo il corso del Po. Infine, l'opera di un autore piemontese, *La malora* (1954), di B. FENOGLIO, Einaudi scuola, Milano 1991, in cui troviamo un quadro vivo e amaro della miseria e della violenza che domina quel mondo.

Indice

Percorsi di lettura

Stampato presso «La Tipografica Varese»